ANASDAHALA

*Malhorne* ***

Jérôme Camut est né en 1968. Dans sa tétralogie de *Malhorne*, il mêle thriller, merveilleux et mystère avec une efficacité digne des meilleurs best-sellers anglo-saxons. Depuis 2004, il écrit également en collaboration avec Nathalie Hug. Outre *Le Trait d'union des mondes*, premier volume de *Malhorne*, il a récemment publié, avec Nathalie Hug, *Les Éveillés* et le troisième tome des *Voies de l'ombre*, *Instinct*.

*Paru dans Le Livre de Poche :*

MALHORNE

1. Le Trait d'union des mondes
2. Les Eaux d'Aratta

*En collaboration avec Nathalie Hug :*

PRÉDATION

STIGMATE

JÉRÔME CAMUT

# *Anasdahala*

Malhorne ***

BRAGELONNE

ISBN : 978-2-253-12435-1 – 1re publication LGF

*Pour Clara et Valentin,*
*À mes enfants, eux qui poursuivront mes pas*
*sur cette Terre.*

L'Homme se matérialisera de nouveau.
Son être, retourné dans le cycle des mondes, en reviendra.
Lieu de la perpétuelle transmutation.
Le septième sceau se rouvrira.
L'Eau rejaillira.
L'Esprit du créateur s'incarnera.
Alors les morts s'adresseront aux vivants, les vivants aux vivants, les vivants aux morts.
Et les sept peuples de Dieu connaîtront enfin l'harmonie.

*L'Apocalypse perdue*,
d'Archalb le Nazaréen
(XIIe siècle apr. J.-C.).

## *Prologue*

Franklin ne parvenait pas à détacher son regard d'Ilis. La jeune femme tenait ses mains levées au-dessus de la sphère et paraissait indifférente à ce qui se passait autour d'elle. Une lueur ténue émanait de l'objet et dessinait sur son visage des ombres douces.

Franklin attendait ce moment depuis si longtemps. Il avait imaginé bien des fois à quoi pourrait ressembler Bout de chou. Il se souvenait de Shannon, sa mère, et bien sûr de Julian Stark, son «père». Mais, dans son esprit, le mélange des géniteurs ne donnait pas ce résultat. Les caprices de l'ADN exprimé pouvaient conduire à des résultats inattendus. Le fait qu'elle soit entièrement rasée devait aussi jouer un rôle. Mais même cette explication ne lui suffisait pas. Il avait simplement été incapable de projeter la jeune femme qui se tenait assise face à lui. Plus belle et plus inhumaine en même temps. Quelque chose qui flirtait avec l'indicible, la férocité et la candeur à la fois. Le portrait d'un possible démon au féminin.

Pourtant, Franklin connaissait intimement la nature d'Ilis, et celle de ce qu'elle avait été avant : humaine, intrinsèquement humaine, mais d'une humanité sans doute surdimensionnée, plus évoluée que la sienne propre. Et non pas surhumaine, comme il aurait été si simple de conclure.

C'était difficile à définir. Il aurait fallu inventer un nouveau terme et le seul qui lui venait ne le satisfaisait pas. Il trancha pourtant, à défaut de trouver une meilleure idée. Ilis serait à partir de cet instant qualifiée de néo-humaine.

Autour de lui, les éléments semblaient répondre à de nouvelles lois. Un vent violent tournait autour de leur petit groupe, un vent qui les frôlait dangereusement, sans toutefois les mettre véritablement en péril. En un temps éloigné, Franklin aurait pu s'inquiéter d'une telle situation. Nemo, lui, s'en amusait presque. Que les éléments répondent aux injonctions muettes de la jeune femme lui apparaissait comme pratiquement normal.

La fine pellicule de rosée commença à pénétrer les vêtements. Le sol poussiéreux du désert durcit sous l'action de l'eau, puis une flaque apparut, qui s'enfla rapidement et commença à ruisseler sur le terrain qui partait en pente douce.

Ilis le regarda à son tour. Son visage souriait. Ses yeux pétillaient d'excitation. Elle aussi attendait ce moment, depuis plus longtemps encore. Infiniment plus longtemps.

Franklin éprouva le sentiment plein de se trouver à l'endroit où il devait être, avec les personnes qu'il fallait. Depuis une vingtaine d'années, il avait joué le trouble-fête partout autour de la planète. À présent, il savait qu'il venait de poser ses valises. À cet endroit du monde étaient en train de se jouer des perspectives extraordinaires, inimaginables, de possibles futurs radieux comme il s'était plu à en imaginer tout au long de sa vie. Franklin le savait, le sentait, le ressentait au plus profond de sa folie douce. Demain allait être, simplement. La peur ne pouvait pas trouver de place dans un tel sentiment. Pas même une pointe d'appréhension.

Le vent tourbillonna plus vite. L'accélération était perceptible. La matière du désert en suspension devenait un mur, de plus en plus épais. C'est à peine si Franklin réussit à distinguer deux hélicoptères qui se posaient à une centaine de mètres devant lui.

À l'endroit où il se tenait, le vent tomba subitement. Un phénomène de type cyclonique était en train de se produire. Ilis, lui et les autres se trouvaient dans son œil.

Dans le même temps, la lumière qu'irradiait la sphère augmenta d'intensité, devint douloureuse pour les yeux. Franklin ferma les paupières et tous en firent autant, à l'exception d'Ilis. Ils ne s'aperçurent pas que la sphère augmentait de volume en même temps que la lumière devenait plus crue. Ils sentirent seulement le contact d'une matière liquide et épaisse au moment où la paroi de la sphère les engloba. Et ce fut tout. Le bruit du vent, le bourdonnement des hélicoptères, les voix de Craig et de ses hommes, tout disparut en un instant.

Ce fut comme si quelqu'un avait refermé une lourde porte.

Irina rouvrit les yeux la première. Et ce qu'elle vit lui coupa le souffle.

Le désert s'était volatilisé. À sa place, il y avait bien quelque chose, mais il était trop tôt pour qu'elle puisse déjà le décrire. Son cerveau refusait de nommer ce que lui montraient ses yeux : de l'eau.

Le sol, le plafond et les parois de l'endroit où ils venaient d'aboutir étaient faits d'eau. La couleur variait selon l'endroit où se posait son regard, bleu pastel ou vert profond. Comme si l'épaisseur de cette matière variait. Elle et les autres se trouvaient au centre d'une bulle d'air environnée d'eau. C'est ainsi qu'elle parvint à définir leur environnement après quelques instants. Une bulle d'air dans de l'eau.

Irina tendit sa main vers une paroi. Elle accomplit ce geste lentement, plus par respect que par crainte. Sa paume se plaqua contre la matière, qui renvoya une sensation de tiédeur et d'élasticité. Un contact agréable. Comme de l'eau épaisse, si cette expression peut avoir un sens.

Elle observa ses compagnons. Tous à présent découvraient leur nouvel univers avec des yeux d'enfants émerveillés. Tous ignoraient où cette salle faite d'eau pouvait bien se trouver. L'endroit dégageait un tel sentiment d'absolue sérénité qu'il annihilait le raisonnement. Et faute de référent, il aurait été bien difficile à quiconque d'en deviner la localisation.

Irina jeta un regard vers Franklin. Tara venait de lui prendre la main, et Franklin semblait se laisser faire. Lui qui craignait d'ordinaire le contact avec ses semblables, la main de Tara ne l'avait même pas fait sursauter. Sans doute cet environnement inattendu accaparait-il son attention. Sans doute, mais Irina supposa que Franklin devait nourrir pour Tara un penchant depuis longtemps retenu.

Sur sa gauche, elle entendit la respiration de Gabriel Ostrander devenir rauque, saccadée.

*Ne craignez rien,* leur dit Ilis par la pensée. *Il n'y a rien ici qui puisse vous faire du mal, à moins que vous ne l'ayez amené avec vous.*

Gabriel ouvrit la bouche pour parler, mais Ilis l'en empêcha.

*Servez-vous de vos pensées. L'Aratta augmente les capacités de tous. Vous allez apprendre.*

Une pensée jaillit du cerveau de Gabriel, sans qu'il s'en rende vraiment compte.

— *Te souviens-tu d'Ethen Ur Aratta ?*

Ilis sourit à Gabriel.

— *Je ne suis pas comme toi, Lukingia. Je n'ai pas été amputée de ma mémoire. L'accès a momentanément été bloqué.*

Gabriel ne put s'empêcher de parler pour répondre :

— Cinq mille ans, tu appelles ça un moment ?

— *Plus tard, Lukingia. Nous verrons plus tard. Tu auras toutes les explications que tu souhaites. Mon corps se remplit d'eau, ma mémoire revient avec. Maintenant, nous devons atteindre ce que tes ancêtres appelaient le Kur, souviens-toi.*

Un bruit de succion détourna l'attention du groupe, à l'exception d'Ilis, qui gardait son regard braqué sur la sphère.

Dans la paroi horizontale de l'Aratta, six ouvertures venaient d'apparaître, six diaphragmes hauts de deux mètres, au-delà desquels se dessinaient des formes encore indéfinies.

Tara se rapprocha de Franklin.

— Si c'est le moment de faire le grand saut, j'aime autant que ce soit avec toi, murmura-t-elle à son oreille.

— Tu ne penses pas sérieusement que Bout de chou nous ait entraînés vers la mort ?

Il observa Tara un instant avant de reprendre :

— Si c'était juste pour me prendre la main, tu n'avais qu'à me demander, Tara ! À nos âges !

Tara eut un sourire de gamine prise en faute. Ses yeux se plissèrent délicatement, accentuant les rides qui dessinaient de fines pattes-d'oie sous la pointe extérieure de ses sourcils.

Dans cette sorte de bulle qui formait leur environnement, il y eut de nouvelles modifications. La matière qui fermait encore les ouvertures s'amincit rapidement, et ne fut bientôt plus visible. Elle devait pourtant toujours être là, car ce changement ne fut accompagné par aucun mouvement d'air.

Ce qui se trouvait au-delà n'avait rien de surprenant. Chaque diaphragme offrait un spectacle différent, l'intérieur d'une grotte, le bord d'un lac, une forêt tropicale ou un désert, assez semblable à celui qu'ils venaient de quitter. Des scènes ordinaires, presque décevantes.

*Concentrez vos pensées sur moi,* intima Ilis. *Ne pensez qu'à moi et à moi seule ! Je serai votre guide.*

Ce qui se passa ensuite fut bref, effrayant et incompréhensible. Ils se sentirent écartelés, comme si chaque centimètre carré de leur peau était tiré par des forces contraires. Il n'y eut aucune douleur, juste de la peur instillée par la rencontre de leur psyché avec un inconnu total.

Ils eurent la sensation d'exploser, puis tout devint confus. Un brouillard de particules en suspension altéra leur vision. Chacun oublia les autres, chacun n'eut plus de pensées que pour sa survie. Tous oublièrent Ilis et sa consigne. Sauf Milos, qui errait encore dans les territoires obscurs où l'avait envoyé le poing de Spencer. Puis ils perdirent jusqu'au sentiment d'être. Il ne resta plus à chacun qu'une pensée encore distincte, la plus forte sans doute de l'instant, qu'ils conserveraient jusqu'au moment où la matière qui les constituait reprendrait sa place.

Tous ceux qui allaient survivre à cette expérience n'en garderaient qu'un souvenir confus, un souvenir qu'ils ne pourraient utiliser par la suite mais qui justifiait leur existence dans l'Aratta.

Pour les autres, la mort allait venir vite, presque sans douleur, presque à regret. L'Aratta allait les conduire à l'endroit qu'ils avaient secrètement désiré, et, pour la plupart d'entre eux, sans même l'avoir consciemment formulé.

Ilis s'en aperçut trop tard. Elle tenta de faire machine arrière, mais son expérience du fonctionnement de l'Aratta remontait à trop loin pour qu'elle ait gardé des réflexes. Elle envoya vers ses compagnons une pensée non verbale où l'urgence se mêlait à de la détresse.

Certains en perçurent le vague écho. Les autres étaient déjà partis vers un ailleurs souhaité.

Lorsque Irina recouvra une vision normale, le groupe initial s'était scindé. Il ne demeurait plus à ses côtés que Gabriel et les autres Lukingias. La bulle bleutée assez vaste où ils s'étaient tous tenus s'était considérablement réduite, et des six ouvertures qu'ils avaient pu voir, il n'en restait plus qu'une, celle qui donnait sur un désert.

— Où sont-ils ? demanda la voix de Gabriel dans son dos. Où est Ilis ?

Irina ne répondit pas. Elle cherchait à comprendre et ne disposait d'aucune référence pour y parvenir.

Les Lukingias s'approchèrent de l'ouverture, bientôt rejoints par Gabriel et Irina.

Un film d'eau très fin séparait encore l'endroit où ils étaient de l'ailleurs désertique qu'ils pouvaient voir. Un vent violent y soulevait un brouillard de sable et de poussière, limitant la visibilité. Gabriel toucha le voile d'eau du bout des doigts. C'était résistant et souple, comme du film plastique alimentaire. Il exerça une pression plus forte. Sa main traversa d'un coup la matière, sans qu'elle se rompe. Lorsqu'il essaya de ramener son bras en arrière, il n'y parvint pas. Il tira plus fort, sans résultat.

— La direction s'indique d'elle-même, dit-il d'une voix mal assurée. Il n'y a plus qu'à la suivre.

— Attendez ! les alerta Irina. À quoi avez-vous pensé tout à l'heure, quand Ilis nous a demandé de nous concentrer sur elle ?

— Je ne sais pas, grogna Gabriel. De toute façon, moi, je suis coincé, semble-t-il. À moins de me couper le bras, je n'ai pas le choix. Et comme il ne m'en reste qu'un, je n'y tiens pas particulièrement.

— Il s'est passé quelque chose d'imprévu, poursuivit Irina. Nous ne devrions pas être ici.

— C'est un peu tard pour retourner en arrière, non ? Il fait froid de l'autre côté. Je ne sens presque plus ma main.

— Ce qu'elle a dit était important. Si nous avons été séparés, c'est parce que nous n'avons pas suivi son ordre. À quoi avez-vous pensé ?

— À Ethen, murmura l'un des Lukingias au bout d'un moment.

— Oui, moi aussi, je crois, acquiesça Irina.

— Alors, nous allons sans doute la retrouver ! conclut Gabriel.

— Mais…, hésita Irina. Ethen n'existe plus !

Gabriel lança une jambe vers l'avant et traversa le film d'eau entièrement.

Ses compagnons l'imitèrent aussitôt, dans un même mouvement solidaire.

Restée seule, Irina ne parvenait pas à bouger. Une peur irraisonnée tiraillait ses entrailles sans qu'elle en comprenne la raison. Elle regarda derrière elle. La « pièce » n'avait pas changé d'un millimètre. La demi-sphère bleutée de quatre mètres de diamètre ne possédait qu'une issue. Elle avança vers la paroi opposée à l'ouverture et allait de nouveau poser une main dessus quand un phénomène étrange se produisit : un couloir naissait dans la direction de son geste. Elle accompagna la matière en mouvement, ce qui eut pour effet d'accélérer la déformation de la bulle.

Irina se retourna. Il fallait qu'elle prévienne ses compagnons.

Le spectacle qu'elle découvrit alors fit monter un flot de bile dans sa gorge.

Gabriel gisait sur le sol, immobile, et les autres semblaient suffoquer. Deux d'entre eux s'écroulèrent ensemble et, quelques secondes plus tard, le troisième les rejoignit. Le quatrième et dernier chancelait encore. Il se rua dans un dernier sursaut d'énergie vers l'ouverture et fut arrêté par le film d'eau.

Irina hurla dans leur direction et pensa une seconde à les rejoindre, pour les aider, ou pour mourir avec eux. Mais même l'enseignement patient transmis par son père ne réussit pas à contrer la formidable envie de vivre qui l'animait à cet instant précis. Irina ne sut que s'agenouiller devant les dépouilles de ses compagnons. Ses yeux noyés de larmes ne lui montraient plus qu'un amas de corps flous et anonymes.

# I
# Les chemins du réel

# 1

*Zagul : il y a quarante mille ans,*
*moins trois jours…*

Blotti au milieu du marécage, Zagul tremble de la tête aux pieds. Le tigre à dents de sabre ne l'a toujours pas senti. Depuis quelques minutes, il s'est couché et nettoie tranquillement son pelage marbré. De temps à autre, il fouille sa fourrure de ses longues canines surdimensionnées, puis bâille, inconscient de la proie facile qui se terre à quelques mètres de lui.

Zagul parvient à l'entr'apercevoir entre les joncs, lorsque le vent les couche par paquets entiers.

C'est un mâle, le plus grand prédateur de la terre de cette époque. Il vit seul, loin de son groupe. La longue estafilade qu'il porte sur le flanc, il la doit à une rencontre avec une troupe d'humains. Le tranchant d'un silex taillé a marqué sa robe d'un trait brun.

Cette situation ne peut pas durer indéfiniment. Les eaux du marécage, elles aussi, grouillent de dangers sournois.

Et puis, le vent peut tourner. Jusqu'à présent, Zagul a eu de la chance, mais il suffirait d'une seule bourrasque en sens contraire pour que le flair du smilodon le localise, si près, à portée de griffes.

Le vent, justement, vient d'apporter de nouvelles informations au félin, en même temps qu'à l'humain.

Un troupeau d'antilopes se déplace quelque part. L'odeur de leur musc est infime mais bien présente.

Le corps à moitié plongé dans l'eau croupissante, Zagul reprend espoir. Le tigre a peut-être faim. S'il avait un Dieu, Zagul prierait pour que le tigre soit affamé. Mais Zagul et les siens n'ont pas inventé de Panthéon, pas encore.

Le tigre vient de se lever. Il n'a pas l'air d'être pressé. Il s'étire et bâille une dernière fois, les yeux clos de plaisir. Ses muscles longs et volumineux entrent en action. Il s'éloigne sur la bande de terre molle en direction de l'odeur musquée. Deux à deux, ses pattes laissent de profondes empreintes sur le sol. Elles y demeureront quelque temps, au moins jusqu'à la prochaine pluie.

L'ouïe de Zagul n'a pas quitté le bruit des pattes de son ennemi se retirant de la boue. Il sort la tête des joncs qui viennent de lui sauver la vie et scrute les environs. Le danger s'est éloigné, mais il décide d'attendre encore un peu. Les tigres ont des ruses de chasse. Zagul le sait par expérience.

Au-dessus de lui, le soleil est à mi-course entre le zénith et l'horizon. Le temps presse. Zagul doit retourner auprès de son clan avant la tombée de la nuit.

Il avance avec prudence sur le sol incertain du marécage et finit par atteindre la terre ferme.

Il était temps, quelque chose de gros se déplaçait dans sa direction, à quelques centimètres en dessous de la surface. Il peut en voir le sillage.

Zagul s'éloigne aussitôt de la berge. On ne sait jamais, certains habitants du marais sautent loin de l'eau.

Maintenant que le félin est parti, il se sent plus fort. Sur une courte distance, il pose ses pieds dans les empreintes du tigre, pour anéantir toute trace de son passage, pour écraser son existence. Hors de sa vue, l'animal n'existe presque déjà plus. Bien sûr, Zagul ne l'exprime pas en ces termes, mais il le ressent. Effacer les traces du passage du tigre lui procure une joie primaire, viscérale et entière.

Un hurlement rauque l'arrache à cette occupation. Zagul s'éloigne en courant de cet endroit manifestement trop fréquenté et se dirige vers le rivage.

Parvenu au sommet des dernières dunes, Zagul arrête sa course effrénée et s'allonge sur le sable encore tiède.

L'eau est loin. Comme il vient souvent ici s'approvisionner, il sait que l'eau est loin ou proche, en mouvement ou calme, dangereuse ou inoffensive. Ça aussi, Zagul l'a appris par expérience. Il sait que cette eau sans limites est vivante et qu'elle lui donne ce dont il a besoin. À lui d'attendre qu'elle soit prête à le servir. La patience est l'une des armes principales de Zagul et des siens.

Un bref tour d'horizon lui apprend qu'il est seul. Il se relève et descend vers l'eau bleutée. Puis il se remet à courir. Sur cette plage qui s'étend à perte de vue, sa silhouette est repérable de très loin. Seuls les rochers peuvent le cacher à la vue de possibles prédateurs.

Ces rochers, justement, sont sa destination. C'est dans les mares, formées par le travail d'usure des vagues, que pousse la variété d'algues qu'il recherche.

Ces algues-là, une fois séchées et réduites en poudre, puis mélangées à de la graisse, lui procurent un pigment d'un vert foncé incomparable.

Il ne doit pas en prendre beaucoup. Leur croissance est lente et Zagul ne connaît que cet endroit. Des rochers, il y en a d'autres, mais ils sont loin, bien trop loin, en dehors du territoire de son clan. L'expérience et la peur conjuguées l'empêchent de s'y aventurer.

Lorsqu'il y parvient, le souffle court et le corps couvert de sueur, Zagul découvre ce qu'il redoute le plus. Les mares ont déjà été visitées. Il ne reste plus qu'une infime quantité d'algues, de jeunes pousses translucides qui ne produiront qu'une couleur légère, inadéquate pour couvrir les parois de sa caverne.

Le forfait n'est pas vieux. Des empreintes de pieds marquent encore le sable. Et Zagul sait que l'eau en revenant fait disparaître toute trace de profanation.

L'idée que le voleur est peut-être toujours dans les parages le fait se cacher de nouveau. Zagul se blottit entre deux rochers et commence à épier les alentours.

À cinquante mètres devant lui, une autre paire d'yeux en fait autant. Zagul voit un visage en partie caché derrière des rochers et rugit. Il reconnaît ce faciès, cette couleur de peau différente de la sienne, plus claire, plus blanche. Il sait à qui appartient ce visage renfrogné, ces yeux noirs protégés par une barrière osseuse proéminente.

Zagul ne peut en préciser le nom, mais il en connaît le clan d'appartenance. C'est celui des autres chasseurs-cueilleurs avec lesquels sa tribu est en rivalité. Ceux qui ne sont pas de sa race.

Face à cet adversaire, Zagul se sent de taille. Il peut lutter, reprendre son bien. Car ce sont ses algues à lui. Ici, entre ces rochers découverts par la marée, il est chez lui, il est dans son droit. Et surtout, il sait qu'il est le plus fort.

Il commence par frapper son torse, des deux poings en même temps. Il cherche à impressionner l'adversaire, et il y parvient, à en croire la peur qui ride à présent son visage. Zagul a beau se croire fort, il n'en est pas pour autant un imbécile. L'autre n'a pas pu se laisser intimider aussi facilement.

C'est en se retournant qu'il comprend.

La peur était trop forte, trop immédiate.

Une vingtaine d'humains comme lui descendent la dune en courant. Mais ceux-là non plus ne font pas partie de son clan. Zagul les connaît. Il les a déjà vus plusieurs fois. Une fois, il les a même suivis, pour découvrir à quel clan ils appartenaient. Mais il les a perdus au beau milieu du marais. Ils ont disparu. Leurs traces se sont arrêtées d'un coup, sans explication. Pourtant le marais, c'est plat, uniformément plat.

Les nouveaux arrivants sont à quelques mètres de lui. Ils déplient une matière faite de lianes tressées, un filet.

Zagul peut les voir de près, de très près même. Ils portent des tissus en étoffe, sans rapport avec les peaux de bête qu'utilise son clan. Ils possèdent des outils qu'il ne connaît pas et se parlent dans un langage auquel Zagul ne comprend rien.

Ils passent à présent juste à côté de lui, et le regardent même en montrant les dents, dans un rictus qui s'approche du rire. Mais ce n'est pas après lui qu'ils en ont. Leur filet s'abat sur l'autre, le voleur d'algues. Il a beau se débattre, rien n'y fait. Il est pris.

Le malheureux hurle à pleins poumons, quand quatre paires de bras commencent à tirer le filet sur le sable.

Zagul écoute sa supplique un long moment, jusqu'à ce qu'elle s'éteigne, absorbée par l'épaisseur de la dune.

Sa peur peut maintenant retomber.

Il ne s'en est pas aperçu sur l'instant, mais une flaque d'urine ruisselle à ses pieds, part en filet vers un trou d'eau et se mélange à la mer.

À l'horizon, le soleil est en train de s'aplatir. La nuit est proche.

Zagul part inspecter les rochers où se tenait l'autre quelques minutes auparavant et trouve un paquet d'algues vertes roulées en boule.

Il a eu assez d'émotions pour un seul jour.

Il ramasse les algues tant convoitées et rentre auprès du clan à toutes jambes.

Lorsque le soleil brillera de nouveau, il essaiera de peindre dans le fond de la grotte ce qu'il vient de voir. Il le fera à côté des bisons, là où il reste encore un peu de place. Et puis il fabriquera cette chose avec laquelle les étrangers ont attrapé l'autre. Dans sa cervelle au fonctionnement rustique, Zagul se dit que ce doit être bien pratique, un filet.

# 2

Saroual laissa sa tête dépasser du mur. La rue était déserte. Il avança lentement une jambe, puis une autre, en prenant soin de demeurer dans l'ombre de l'immeuble. Sa tenue vestimentaire, composée d'un simple pantalon en piteux état, son faciès de primate aux yeux du monde, tout ce qu'il était représentait un danger. Se promener en pleine rue, à découvert, même si pour le moment il n'y avait personne, pouvait ruiner toute chance de réussite. Et Saroual devait réussir. Dans quelques jours, Mirrah allait enfanter. Ils avaient besoin de vêtements, de nourriture et, surtout, de tranquillité.

Saroual ignorait où il se trouvait. Dans les rues qu'il venait d'emprunter, il avait bien croisé des panneaux indicateurs, mais ils ne lui avaient servi à rien. Saroual ne savait pas lire, ni cette écriture ni aucune autre. Saroual était un Staulm, et les Staulms ne sont pas faits pour recevoir une quelconque éducation.

Deux croisements plus loin, Saroual aperçut ce qu'il cherchait, des jardins. Il sauta par-dessus une palissade et se tapit derrière un rempart de buissons. Les vêtements qui séchaient sur un fil à linge allaient parfaitement lui convenir. Il y en avait de toutes les tailles. Il y avait même des changes de nourrisson.

Le soleil se levait à peine. Tous les habitants du quartier dormaient encore.

Il avança sans un bruit et décrocha une demi-douzaine de vêtements divers. Puis il se risqua jusqu'à la porte close de la maison. Elle résista.

Il força sur la poignée, qu'il réussit à tordre, puis à briser. Même pour un Staulm, Saroual était considéré comme une force de la nature. Ç'avait été la fierté de sa mère, autrefois, dans un temps si reculé qu'il lui semblait appartenir aux souvenirs d'un autre.

Saroual chassa ces pensées de son esprit. Ce n'était pas le moment. Il se trouvait sur une Terre étrangère. Une Terre si différente de la sienne, des conditions de vie à ce point éloignées de ce qu'il connaissait. Chaque recoin recelait un danger potentiel et il ne pouvait pas faillir. Ici, les hommes semblaient vivre en liberté, peut-être même dans un climat proche de l'harmonie. Saroual l'ignorait. Il n'avait pas encore vu grand-chose de cet endroit.

Derrière la porte, quelqu'un venait d'allumer une lumière. Saroual en distinguait le halo.

Une voix beugla :

— Qui est là ?

Saroual n'en comprit que l'intention. La langue utilisée lui était aussi inconnue que l'écriture des panneaux indicateurs. Il y avait de la peur dans cette voix, une peur mal dissimulée dont il ressentit l'énergie négative.

La porte s'ouvrit avant qu'il ait eu le temps de se cacher. Dans la lumière verdâtre de néons clignotants, Saroual découvrit la silhouette d'une femme, une humaine de la race des *sapiens*.

Et la femme découvrit à son tour la nature du cambrioleur. Elle vit un visage qu'elle jugea monstrueux. Des arcades sourcilières très prononcées, un front bas, des mâchoires puissantes, des yeux enfoncés dans lesquels elle ne sut lire autre chose que le mal absolu.

Elle hurla de toutes ses forces, le corps paralysé par la peur, incapable du moindre geste.

Saroual lança une main dans sa direction et la plaqua

sur la bouche béante de la femme. Sa main disproportionnée enferma la moitié du visage et absorba l'énergie du hurlement.

La peur, à présent panique, qui aveuglait la raison de cette femme court-circuita son cerveau. Ses jambes devinrent molles. Elle s'affaissa sur le sol bétonné. Saroual l'accompagna dans sa chute. Il ne lui voulait aucun mal. Pas plus qu'à quiconque.

Puis il fouilla la pièce du regard. Les objets lui étaient étrangers mais il comprit rapidement qu'il se trouvait dans une sorte de réserve. Des légumes s'entassaient dans des casiers en bois, un jambon pendait à un crochet et des têtes d'ail, l'un des aliments préférés de Saroual, séchaient le long d'un fil.

Il enroba tout ce qu'il pouvait prendre dans les vêtements qu'il venait de voler et rebroussa chemin.

Il était sur le point d'atteindre la palissade par laquelle il était entré quand une seconde voix s'éleva. Une voix d'homme cette fois. Saroual ne prit plus le temps de se cacher et s'éloigna dans la rue en courant. Quelle que soit la contrée où il se trouvait, il devait exister une force armée qui ne tarderait pas à le traquer pour ce qu'il venait de faire.

Saroual ne s'arrêta de courir qu'une fois arrivé devant la porte de l'immeuble désaffecté dans lequel l'attendait Mirrah.

Il s'estima chanceux. Pour une première sortie, il avait réussi une razzia satisfaisante. Avec son butin, il pouvait espérer tenir une bonne semaine. D'ici là, Mirrah aurait accouché et ils pourraient reprendre leur route.

Perdu dans sa satisfaction, Saroual ne s'aperçut que trop tard de la présence de plusieurs hommes. Il voulut se ruer dans la pièce où se trouvait Mirrah mais s'arrêta net sur le pas de la porte. Mirrah gardait les yeux ouverts, dans sa direction, mais ses cristallins n'exprimaient plus rien. Sa gorge tranchée laissait encore s'échapper un mince filet de sang.

Saroual se retourna, une obsession meurtrière obscurcissait son regard.

De part et d'autre de la porte se tenait un homme. Il reconnut leurs uniformes noirs au premier coup d'œil et sut à qui il avait affaire. De toute façon, même les yeux fermés, il aurait su qui ils étaient. Il s'agissait du service d'ordre et de régulation de ses ennemis, la milice exo-raciale, celle à qui il avait réussi à faire faux bond.

Saroual n'avait aucune chance de s'en sortir vivant. Il le savait.

Mais Saroual ne cherchait pas à s'en sortir vivant. Sans Mirrah, plus rien n'avait d'importance ni d'intérêt.

Il bondit sur l'homme le plus proche de sa position et l'attrapa par les cervicales.

Les chairs du cou s'écrasèrent contre les vertèbres. Saroual fit une pause, juste pour sentir le pouls de ce salopard une dernière fois. Puis il accentua la pression. Les vertèbres se brisèrent en différents endroits. Il souleva alors le corps sans vie et le lança contre les volets bringuebalants qui fermaient la pièce. Le bois vola en éclats et le corps chuta dans l'arrière-cour.

Saroual avança jusqu'à la dépouille de Mirrah. Il s'agenouilla devant elle et lui prit la main. Puis il attendit.

Un instant plus tard, il entendit un sifflement feutré. Une flèche d'acier venait d'entrer à la jonction du crâne et de la colonne vertébrale. Il sentit une douleur brève, puis il s'écroula sur le corps de Mirrah. Sa conscience s'évanouit peu à peu, plus lentement que les forces de son corps. Ses yeux encore ouverts ne quittaient plus le plafond délabré.

Saroual eut une dernière pensée pour Anasdahala, la seule femelle *sapiens* en qui il ait jamais cru. Il se la représenta telle que son peuple se transmettait son image, depuis des dizaines de générations. Il avait failli réussir, mais il ne pourrait pas retourner auprès des siens pour en témoigner. Pour lui et pour Mirrah, l'aventure s'arrêtait là. Le souvenir d'Anasdahala mourut avec le dernier échange électrique de son cerveau.

Deux hommes l'attrapèrent par les jambes et commencèrent à le tirer vers un escalier. Deux autres s'occupèrent du cadavre de Mirrah. Ils gagnèrent ainsi le rez-de-chaussée et allaient traîner leurs victimes vers l'arrière-cour quand la porte d'entrée vola en éclats.

Plusieurs *bobbies* firent irruption dans le bâtiment en même temps, bouclier de protection en avant et arme au poing.

Il y eut de brèves sommations de la part des policiers, puis une pluie de balles crépita sur les murs.

Les hommes de la milice lâchèrent les cadavres et prirent la fuite. Dans la cour, ils s'emparèrent du corps de leur collègue défenestré et s'engouffrèrent dans un escalier qui menait aux sous-sols. Ils exécutèrent cette action sans un bruit, communiquant uniquement par gestes rapides, efficaces.

Les *bobbies* hésitèrent à les suivre dans les sous-sols. Une embuscade y était aisée. Ils se contentèrent de gazer les caves et de surveiller les sorties du pâté d'immeubles.

Deux heures plus tard, les fuyards ne s'étant pas manifestés, la police londonienne envoya un robot équipé d'une vidéo. La dizaine de caves furent rapidement inspectées. Il ne s'y trouvait plus personne.

On sonda les deux puits situés sous les extrémités du bâtiment principal. Rien non plus.

Une équipe spéciale descendit en rappel dans les boyaux étroits et constata une parfaite étanchéité dans la maçonnerie. Rien. Une demi-douzaine d'individus de corpulence normale avait réussi à se volatiliser dans un endroit clos, en plein milieu de la banlieue londonienne et à la barbe des autorités. La manchette allait faire le bonheur de la presse dès le lendemain.

# 3

— Je suis désolé, Denis.

— Pas tant que moi, Archi. Pas tant que moi, tu peux me croire.

Denis Craig se tourna vers le fond de son bureau. Par la baie vitrée, il pouvait voir la frondaison de conifères ballottée par le vent. Sur la droite, les bâtiments du secteur quatre de la Fondation Prométhée paraissaient se dissoudre dans le brouillard épais.

— Et comment ne s'en est-on pas aperçu avant ? Je passe des examens assez souvent, non ?

Archibald Van Kriegs se racla la gorge.

— Les métastases se sont répandues à toute allure. J'ai rarement vu une prolifération aussi…

Van Kriegs eut une hésitation, puis il se hâta de conclure :

— Aussi rapide.

— Tu allais dire foudroyante et tu n'as pas osé. Je me trompe ?

— Je ne vais pas te cacher la vérité. Pas à toi. Ce cancer est une vraie merde. Les parties touchées sont plus ou moins facilement opérables. Poumons, foie, reins, c'est faisable. Mais le cerveau est sévèrement envahi… Quant à envisager d'autres sortes de thérapie, je crains qu'il ne soit déjà trop tard.

— Quelles chances de succès ?

— Je dirais une sur dix.

— Merci pour ta franchise.
— Qu'est-ce que tu veux faire ?
— Vivre, je crois. Qu'est-ce que je pourrais vouloir de mieux ?
Van Kriegs préféra garder le silence. Tous ses patients voulaient vivre, bien sûr.
— Ça a commencé à quel endroit ?
— Les testicules.
Le visage de Craig grimaça un sourire amer.
— Je paye par là où j'ai péché. La Bible aurait parlé d'un glaive, mais c'est tout comme, non ?
Van Kriegs esquissa un mouvement d'épaules. Il faillit répondre puis se ravisa et changea de sujet :
— Inutile de te demander de te reposer. C'est maintenant que tu vas te mettre à courir, au contraire. Mais ménage-toi quand même un minimum.
— J'essaierai.
— Ton corps te le rappellera, si tu oublies. Tu n'as plus vingt ans, Denis.
— Pas loin du triple à vrai dire.
— Ce qui a au moins le mérite de ralentir le processus de division cellulaire.
— Pour ce que ça change… Bon ! On ne va pas épiloguer là-dessus trop longtemps, sinon, je vais crever sur place. Je dois partir ce soir pour l'Europe. On se verra à mon retour.
— Entendu, Denis, et…
— Tu veux me dire que tu es désolé ?
— Oui, c'est ça.
— Alors, ne le reste pas. Il faut aller de l'avant, même si ce devant pue la mort.
Craig s'éloigna vers le fond de son bureau. Il s'immobilisa devant un miroir et contempla son corps, qu'il savait à présent malade.
*Cette salope me tient par les couilles,* pensa-t-il avec amertume.

La pluie venait enfin de cesser. Denis Craig laissa son parapluie sur le rebord d'une fenêtre et sortit en direction du bâtiment principal. Il s'arrêta tout à coup au beau milieu de l'allée.

L'odeur. Il n'y avait jamais prêté attention mais à présent, il avait conscience de la moindre sensation. Chaque instant comptait. L'air embaumait, chargé de parfums lâchés par les nombreuses essences qui composaient la forêt alentour. Craig nota une dominante de pins. Cette nuance le fit sourire. La veille encore, jamais il ne se serait arrêté à de tels infimes détails.

Il resta une minute entière le nez levé dans le vent à peine perceptible, puis il repartit d'un pas rapide.

Il pénétra à l'intérieur du bâtiment sécurisé et adressa un signe de tête au gardien en faction. Ça aussi, il ne l'avait pas souvent fait. Son statut, son besoin de rapidité d'action, les trop nombreuses personnes qui l'entouraient depuis des années l'avaient amené à négliger les hommes, surtout s'ils occupaient des postes subalternes.

*Je ne vais quand même pas me transformer en petite sœur des pauvres sous prétexte que je vais bientôt crever,* pensa-t-il en traversant un couloir. *Je n'en ai sûrement pas le temps, il faudrait tout réapprendre…*

Il entra sans frapper dans un laboratoire.

Wilma Stanford, l'ingénieur en hydrologie qu'il avait récemment engagée, était comme à son habitude penchée au-dessus de documents.

— Bonjour, monsieur Craig, dit-elle en se retournant. Je ne vous ai pas entendu entrer.

— Restez assise, Wilma. Je ne reste pas.

— Vous avez une petite mine, si vous me permettez. Des ennuis ?

— Au contraire ! Je ne me suis jamais senti aussi bien de toute ma vie.

— Une bonne nouvelle ?

— Pas vraiment, mais à présent j'ai une certitude. C'est un privilège rare.

Il regarda Wilma attentivement. C'était une belle femme. Il lui supposait des origines malgaches, ou mauriciennes, quelque chose dans ce goût-là. Pourtant, elle n'abusait pas de son pouvoir de séduction. Elle s'habillait sobrement, sans se mettre particulièrement en valeur, et portait au-devant des autres une belle intelligence et une capacité de déduction rare qu'elle offrait à son groupe de travail.

Craig appréciait.

— Vous voulez un topo sur les recherches ?

— Avec grand plaisir, je ne suis là que pour ça.

— Un instant dans ce cas.

Elle débarrassa un bureau, fouilla quelques secondes dans ses notes et revint vers Denis Craig.

— J'ai fait une étude comparative de la cartographie de la sphère réalisée par Stacey Revel avec différentes cartes de la géographie terrestre. Il en ressort que la sphère matérialise bien le circuit hydrique terrestre.

— Souterrain ?

— Absolument. Souterrain. Pour une raison inconnue jusqu'à présent, je peux affirmer que le réseau représenté n'est pas exhaustif. Peut-être n'y a-t-il que les principaux circuits, les principales nappes phréatiques, je l'ignore. Quoi qu'il en soit, c'est à ma connaissance la représentation la plus aboutie du circuit hydrique de la terre. Je n'ai pu comparer que les portions connues. Nos connaissances limitées en la matière concordent avec les tracés de la sphère. Pour le reste, j'extrapole qu'il s'agit là de ce que nous ignorons encore. C'est assez stupéfiant, d'ailleurs.

— Connaissez-vous l'ancienneté de la sphère ?

— Pas exactement, mais si j'ai bien compris, vous non plus.

— Non, mais je sais qu'elle est restée enfermée dans une construction antédiluvienne pendant six mille ans. Elle a donc au moins cet âge.

— Vous êtes croyant, monsieur Craig ?

— Je pensais ne pas l'être, pourquoi ?

— Parce que ce genre d'impossibilité m'évoque l'Ancien Testament, voilà pourquoi.

— Pour ma part, j'ai le sentiment qu'il existe des choses intelligentes plus vieilles encore que l'Ancien Testament, mais nous aurons le temps d'en reparler. Quoi d'autre ?

— Ça !

Wilma désigna plusieurs points sur la projection plane de la sphère.

— Le réseau s'entrecroise en trois cent quarante-trois points de jonction. Si vous me le permettez, j'aimerais partir sur une dizaine d'entre eux pour voir ce qui s'y trouve. À commencer par le plus proche, tout près d'ici, à moins de dix miles dans la forêt.

— Vous avez ma bénédiction et plus encore. Prenez autant d'hommes qu'il vous sera nécessaire. Ne négligez pas votre sécurité et n'ébruitez rien de ce que vous découvrirez.

— Cela va de soi, monsieur Craig.

— Appelez-moi donc Denis. J'ai beau avoir vieilli, il reste encore quelques grammes de jeunesse, au moins dans ma tête.

— C'est comme vous voulez, Denis.

— Avez-vous localisé ces points d'émergence ?

— Je n'ai pas encore tout vérifié. Il y en a un peu partout, comme vous pouvez le voir. Sur les cinq continents, assez également répartis. Mais aussi sous les océans.

— En mer Noire ?

— Absolument, sous la ziggourat que vous avez découverte.

— Bien, conclut Craig d'un air songeur. Poursuivez. Établissez un listing des points de connexion avec leurs coordonnées géographiques précises, les bâtiments construits dessus si tel est le cas, etc. Nous nous verrons la semaine prochaine.

Craig sortit du laboratoire plus serein qu'il y était entré.

L'enthousiasme de Wilma lui faisait du bien. Pour connaître la vérité qu'il traquait depuis des années, il avait besoin de gens comme elle. Et, à présent, brûler les étapes s'imposait comme une absolue nécessité. Il n'avait plus de temps à perdre, pas même une seconde. Et plus il s'en rendait compte, plus il rageait de ses échecs passés.

Il rejoignit à pied l'héliport de la Fondation et demanda au pilote de mettre les gaz sur l'aéroport JFK.

Dans quelques heures, il aurait rejoint Stacey dans le sud de l'Espagne.

Lui aussi travaillait sur un chantier prometteur.

# 4

Frère Federico de Salva passa une main sous sa soutane. Son estomac le faisait terriblement souffrir. Du plat de la paume, il appuya sous le sternum et commença à effectuer des ronds. L'effet souhaité fut quasi immédiat. L'impression de malaise s'évanouit en quelques secondes. À tel point qu'il douta presque l'avoir ressentie. Il poursuivit pourtant. Habitué à ce genre de crises liées au stress, frère Federico connaissait son affaire. Le mal allait revenir, il le savait. À moins qu'il ne trouve la solution à son angoisse présente, ce dont il ne doutait pas. La réunion à laquelle il se rendait, une fois terminée, aurait comblé ses attentes. D'ici deux heures au plus, il saurait.

Par la vitre de la portière arrière, il regardait sans le voir un paysage qui s'enténébrait de plus en plus. Un orage menaçant jetait sur la Toscane un voile épais, presque aussi trouble que les pensées du frère.

Deux pères de son ordre, deux pères réputés pour leurs actions, venaient de le convoquer pour une obscure raison.

Pourquoi en dehors du Vatican ? Pourquoi dans un monastère occupé par une communauté de femmes qui avaient prononcé des vœux de silence ? Les sœurs de la Rédemption. Pourquoi aussi loin de Rome ?

Frère Federico n'allait pas tarder à le savoir, la limousine quittait une route secondaire pour s'engager sur une allée privée.

Le point de vue s'éleva peu à peu, dévoilant un lointain de collines boisées, séparées les unes des autres par des vallées profondes et encaissées. L'horizon disparut bientôt, masqué par un rempart végétal, puis par un haut mur, et enfin l'entrée du monastère.

Le chauffeur, un laïc, descendit pour lui ouvrir la portière, mais pas assez vite.

— Laissez, annonça frère Federico en s'extirpant prestement de la voiture. Je ne suis pas encore assez impotent.

Le chauffeur regarda s'éloigner l'homme en soutane en se demandant à qui il pouvait bien avoir eu affaire. En deux heures de route, ils n'avaient pas échangé la moindre parole, hormis un bonjour poli et cette phrase lâchée à l'instant.

Frère Federico sentit le regard du chauffeur peser sur ses épaules. Il s'en délecta un instant, au moins le temps nécessaire pour rejoindre la porte d'entrée du monastère.

Frère Federico de Salva avait l'habitude des regards étonnés. La soutane, qu'il portait à dessein tout au long du jour, se mariait mal avec ce visage de play-boy qu'il ne pouvait pas cacher. Et s'il l'avait pu, sans doute ne l'aurait-il pas fait. Cet étonnement l'amusait, et parfois le servait.

*Dans une armée de canards, le cygne passe pour un roi,* se disait-il souvent, conscient de la vanité de cette réflexion.

Mais, à quarante-deux ans, il savait qu'il ne changerait plus et avait réussi à s'accommoder de ces travers sans grande conséquence. Et puis, devait-il fuir le soleil romain parce que sa peau s'ambrait délicieusement de sa caresse ? Devait-il s'enlaidir intentionnellement pour ne pas attirer les regards ? Parce qu'il était moine ? Jamais il n'avait rencontré dans les Saintes Écritures la moindre allusion de ce genre. Dieu l'avait fait agréable à regarder. Frère Federico se devait de ne rien soustraire aux regards de ses contemporains. Pas moins qu'à ses contemporaines, qui tentaient parfois quelques manœuvres de séduction plus ou moins habiles, malgré la soutane.

La porte s'ouvrit sur une religieuse sans âge. La peau de son visage était si parcheminée que le frère de Salva en perdit aussitôt tout repère, tout compte ou estimation possible des années passées.

Il n'y eut pas un mot échangé, seulement un mouvement de la tête. Ces deux êtres n'étaient pas là pour se parler, et sans doute n'auraient-ils jamais dû se rencontrer. C'est à peine s'ils servaient la même cause.

Le frère pénétra dans un corridor sombre. Il vit sur le sol l'ombre de la porte se refermer et en éprouva un pincement au cœur.

Rome lui manquait déjà.

Dehors, un roulement de tonnerre sourd déchira la campagne.

Sans un mot, la religieuse responsable de la porte le fit avancer jusqu'à un vestibule où une deuxième sœur prit le relais.

À partir de là, ils traversèrent une enfilade de salles qui semblaient s'enfoncer dans le temps. Avant de venir, frère Federico s'était renseigné sur l'endroit. La partie la plus ancienne de ce monastère datait du IXe siècle après J.-C. Et, curieusement pour une telle construction, il n'en avait trouvé aucune représentation, tableau ou photographie.

Ils parcoururent en diagonale un cloître de toute beauté. À son extrémité, la sœur fit jouer une grosse clé dans une serrure antique. Une ouverture plus basse que sa stature obligea le frère à se courber pour la franchir. La sœur le fit passer devant lui et ferma la porte dans son dos.

Federico de Salva attendit tranquillement qu'une nouvelle sœur vienne l'accueillir. L'endroit était curieux. La porte donnait sur une sorte de couloir à ciel ouvert qui tournait à angle droit sur la gauche quelques mètres plus loin. Comme personne ne venait le chercher, il s'engagea dans le couloir étroit.

Il n'y avait pas un bruit.

Un deuxième roulement de tonnerre résonna entre les murs rapprochés. Instinctivement, frère Federico guetta le prochain éclair, puis compta les secondes.

Une, deux, trois. Un grondement puissant déchira l'air. L'épicentre en mouvement de l'orage devait être tout proche, à moins de mille mètres du monastère.

De grosses gouttes de pluie s'écrasèrent autour de lui, aussitôt absorbées par le sol surchauffé. Federico de Salva se dépêcha. Il releva légèrement le bas de sa soutane et allongea ses enjambées. Le couloir tourna de nouveau sur la droite, découvrant une porte minuscule qui s'ouvrait en biseau dans un mur épais. Frère Federico hésita une seconde. L'air qui montait par l'ouverture sombre ne lui plaisait pas. Il charriait un mélange de pourriture et d'humidité malsaine, à peine dissimulées sous des relents de vieil encens.

La pluie, en s'abattant avec force, l'obligea à se décider.

Il quitta la lumière du jour et descendit dans ce qu'il comprit bientôt être une crypte.

*Bien plus vieux que ça,* pensa-t-il lorsqu'il franchit le mur d'enceinte. *On ne construit plus ainsi depuis le Ve siècle.*

Dans l'épaisseur du mur, on pouvait voir de petites briques de terre cuite appuyées les unes contre les autres sur un nombre de rangées difficile à estimer.

Le mortier qui les liait apparaissait encore, çà et là, mais ce n'était plus lui qui faisait tenir l'édifice. Les briques s'étaient si intimement écrasées les unes sur les autres, chacune soutenant une infime partie de la totalité, qu'elles agissaient pratiquement comme un monolithe.

*C'est ainsi que Rome s'est bâtie,* songea le frère. *Et c'est ainsi qu'elle existe encore. Deux mille ans plus tard.*

Frère Federico se demanda un instant si les sœurs portaient un Implant, puis oublia sa réflexion. Au centre de la crypte, là où des fragments de pierre marquaient encore l'emplacement de l'autel, il devinait une silhouette immobile.

Sa convocation allait prendre corps.

Il s'approcha, l'esprit accaparé par ce qui allait se passer.

En s'accoutumant, ses yeux donnèrent une identité à la silhouette. Il reconnut le père franciscain La Rieta, un homme qu'il connaissait bien et qu'il appréciait.

*On l'envoie pour m'amadouer,* pensa de Salva sans rien en dire. *Ou alors, je me suis inquiété pour rien.*

— Bonjour, mon père, dit frère Federico en s'inclinant légèrement vers l'avant. C'est une joie de vous revoir, même si les aboutissants m'échappent encore.

— Bonjour, Federico. Vous allez comprendre, d'ici peu.

— Le père Lérida ne devait-il pas assister à notre réunion ?

— Il viendra tout à l'heure, frère Federico. Et n'employez pas ce terme de réunion. Nous sommes ici de manière totalement informelle.

De Salva jeta un regard circulaire sur la crypte.

— Alors, voilà des manières de brigands, mon père.

— Les premiers chrétiens auraient aimé ce lieu. Ce qui fut valable pour eux doit bien toujours l'être pour nous.

— Bien sûr, acquiesça Federico.

— Certaines vérités sont faites pour la nuit. Vous allez découvrir à quel point cette sentence peut être bien pensée.

Frère Federico observa machinalement la salle. Il n'y avait aucune ouverture sur l'extérieur, exception faite de la porte d'entrée.

— Ce que vous allez entendre ne doit pas sortir d'ici, frère Federico. Vous paieriez de votre vie tout manquement.

— D'autres serments me lient déjà, répondit de Salva en essayant de contenir l'excitation qui le gagnait.

— C'est un avertissement de pure forme, reprit le père La Rieta. J'ai toute confiance en vous, sinon nous ne serions pas ici.

— Je suis votre serviteur.

— Ne dites pas une chose pareille. Ce que vous allez entendre va changer le cours de votre vie. Et je ne saurais dire si ce sera pour votre bien.

Le père La Rieta inspira profondément avant de se lancer. Le bord de ses narines tremblait légèrement, signe qui n'échappa pas à l'attention de frère Federico.

— Que savez-vous du père Fontorbe ?

— Y a-t-il quelque chose que je devrais savoir ?

— En effet.

— Alors, je sais bien peu de chose, dans ce cas. Le père Fontorbe a été assassiné avant même que je n'entre au service de Sa Sainteté.

— Un horrible crime.

— Je ne me suis pas attardé sur les circonstances, mais je le crois volontiers.

— Le père Fontorbe fut assassiné d'un coup de poignard, après avoir subi un rituel de purification lié à l'eau.

— Si c'est de cela dont vous vouliez parler, alors je le sais.

— Oui ? Mais savez-vous pourquoi il est mort ?

— Le rapport de police a fait mention d'un cambriolage, si je ne me trompe pas.

— En effet. Mais nous avons voulu étouffer un scandale. Fontorbe avait des goûts, disons… certains penchants qui n'honorent pas notre Église. Il a suivi, ou s'est fait suivre par un jeune homme qui n'était apparemment qu'un appât.

Le père La Rieta s'éloigna de quelques pas.

— Venez vous asseoir, invita-t-il frère Federico. Nous en avons pour un petit moment.

Il descendit une demi-douzaine de marches qui formaient une sorte de bassin. Le sol, partiellement recouvert de mosaïques, laissait encore apparaître un décor végétal.

— Le baptême se faisait debout, précisa-t-il. Comme le pratiquait Jean le Baptiste. Comme Notre-Seigneur Jésus l'a reçu.

Frère Federico descendit à son tour dans le bassin et s'installa en face de son interlocuteur.

— Je ressens presque de la peur en vous, mon père, dit frère Federico d'une voix qu'il chercha à rendre la plus douce possible.

— Notre Saint-Père vous a désigné comme son ambassadeur officieux, murmura le père La Rieta en jetant autour de lui des regards inquiets. Et je ne peux que vous demander si vous acceptez cette charge avant même de vous en révéler la matière…

— Je suis d'ores et déjà prêt, l'assura le frère.

Le père La Rieta observa quelques secondes de silence, puis il reprit :

— Si vous acceptez cette ambassade, vous ne repasserez pas par Rome. Vos affaires n'existeront plus. L'appartement que vous occupez sur le Campo dei Fiori ne sera plus qu'un amas de cendres.

— Voulez-vous dire que…

— Qu'il sera incendié, absolument. L'enquête conclura à une vétusté des installations électriques.

— Dans ce cas, j'aurais voulu…

— Vous-même ferez partie du désastre. Je disais que vous ne rentrerez pas à Rome, mais votre Implant par contre, si. Il sera retrouvé dans les chairs carbonisées d'un malheureux dont j'ignore l'identité. Vous avez encore votre mère et votre sœur, frère Federico. Vous ne devrez jamais les revoir. Elles apprendront ce soir ou demain votre décès. Êtes-vous prêt à leur faire subir ce désarroi ? Êtes-vous prêt à l'endurer vous-même ?

— Mais qu'est-ce qui peut justifier de telles dispositions ?

— Acceptez et vous le saurez.

— Vous connaissez déjà ma réponse.

— Alors, dites-la !

— N'ai-je pas malgré tout le droit à un minimum de…

— Non ! opposa le père. Donnez-moi votre réponse. Acceptez-vous ?

— J'accepte, lâcha frère Federico dans un souffle. J'accepte l'ambassade.

Le visage du père La Rieta se relâcha, mais frère Federico ne sut comment interpréter son expression. Le vieil homme marmonna pour lui-même quelques syllabes inaudibles, puis releva son regard et vint le planter dans celui de son cadet.

— Juste avant de mourir dans les conditions que nous connaissons, le père Fontorbe travaillait en collaboration avec une société filiale de la Craig Corporation, connue sous le nom de Fondation Prométhée. Ensemble, et avec l'aval du Vatican, ils ont œuvré sur l'affaire Malhorne, que vous ne pouvez avoir oubliée.

Frère Federico acquiesça d'un signe de tête.

— Cette affaire Malhorne, repensez-y, est à prendre au pied de la lettre. Revoyez le film qui a été fait à l'époque, et envisagez-le comme un simple documentaire, sans doute légèrement «fictionné». Malhorne a donc existé, et par conséquent existe encore. L'ambassade du père Fontorbe a partiellement échoué. Les plus hautes instances vaticanes n'avaient pas prévu son dénouement, pas plus que Denis Craig.

» Nous ne pouvions pas nous permettre que son exemple soit connu. Aussi le père Fontorbe était-il mandaté pour appuyer auprès de Craig notre volonté d'étouffer cette... ce conte à dormir debout. Nous laissions toutefois liberté aux laïcs d'interpréter cette notion d'étouffement.

— Je me souviens parfaitement des faits, assura frère Federico. Si je comprends bien, nous allons nous intéresser à la réincarnation de Malhorne. J'ai vu le film, effectivement. Et il s'agissait d'une fillette, si ma mémoire ne me joue pas des tours.

— Pas exactement, mais il y a un rapport. En réalité, c'est de la Fondation Prométhée et non pas de Malhorne dont nous devons nous rapprocher.

— Je ne comprends pas.

— J'y viens, Federico. J'y viens. Il faut à présent remonter dans le temps, très loin de nous.

— L'Antiquité est ma spécialité.

— Alors, j'en arrive au fait. Au secret. La Fondation Prométhée a continué de travailler sur Malhorne et sa descendance, et sur tout ce qui pouvait y toucher, de près ou de loin. Il y a peu, cette fondation s'est intéressée à un chantier de fouilles archéologiques dans le sud de la Turquie. Une équipe y œuvrait depuis quelques mois déjà avant que l'argent ne vienne à couler à flots et permette de révéler ce qu'il y avait à révéler.

— Je vous trouve bien cynique, mon père, glissa Federico.

— J'aurais préféré que tout ceci ne retrouve jamais le chemin de la lumière du jour. Infiniment. Nous aurions ainsi tous pu continuer tranquillement à nous occuper de nos affaires. Mais Notre-Seigneur Jésus n'en a pas voulu ainsi.

Le père La Rieta se signa à deux reprises avant de reprendre.

— Ce n'est pas du cynisme, seulement de l'amertume, précisa-t-il. Les sables ont livré des corps et des écritures cunéiformes. À partir de ces dernières, qui racontaient l'histoire du royaume d'Aratta, les hommes de la Fondation ont découvert une civilisation enfouie sous la mer Noire.

— Cela ne peut pourtant pas être la même. Le pays d'Aratta est une légende, n'est-ce pas. Elle est à rapprocher de celle de Gilgamesh.

— Votre connaissance est grande, frère Federico. C'est aussi l'un des points qui ont poussé Sa Sainteté à vous désigner. Votre jeunesse, votre pouvoir de séduction aussi, j'en suis certain. Mais, bien au-delà de toutes vos qualités, votre connaissance du monde antique vous permettra de comprendre plus finement ce qui vous attend.

— Que peut-il y avoir eu dans l'Antiquité qui puisse concerner encore notre temps ?

— L'Aratta ! lâcha le père. Ce qui ressort des textes anciens sur ce pays légendaire est pour moitié vrai. Mais il faut croire que Gilgamesh, s'il a existé, n'a jamais atteint ces contrées mythiques. L'Aratta n'est pas seulement un pays.

— Non, confirma frère Federico. La légende de Gilgamesh parle aussi d'un roi qui porte le même nom.

— Erreur. Il s'agit d'une reine. Ethen Ur Aratta. Mais il n'y a pas que cela. L'urgence ne se trouve pas dans une méprise sur le sexe d'un monarque. Non ! L'Aratta est un objet de pouvoir, au sens premier de ce terme.

— Que voulez-vous dire ?

— Ce que vous venez d'entendre. L'Aratta est sans doute une arme absolue, un lien possible avec Dieu.

— Ce que vous dites m'évoque l'arche d'alliance…

— Nous ne savons pas si l'arche n'a pas justement servi à transporter cet Aratta. Nous ne savons pas très bien ce qu'en ont su les Hébreux anciens. Mais une chose est certaine, Babylone s'est construite sur les ruines de la Mésopotamie. Les cités d'Ur, d'Uruk, de Babel en sont les fondations.

Frère Federico observa un instant de silence. Tout ce qu'il venait d'entendre était tellement incroyable. Il lui fallait balayer l'effet parasite du merveilleux pour raisonner convenablement.

— La Fondation Prométhée l'aurait-elle découvert sous la mer Noire ?

— Absolument, frère Federico.

— Alors, il n'y a pas d'affolement immédiat. Puisque nous savons où se trouve cet objet. Denis Craig a déjà collaboré avec le Vatican. Il acceptera sans doute de…

— Il n'a plus cet objet !

— Comment cela ?

— Quelqu'un s'en est emparé. Quelqu'un qui savait comment s'en servir.

— Mais qui pourrait avoir encore cette connaissance ? Personne ne le peut. Cet objet s'est perdu depuis…

Federico réfléchit quelques secondes.

— Cinq mille ans. Peut-être plus. Personne n'a pu conserver la trace d'une civilisation aussi ancienne.

— Justement, si !

Federico resta sans voix.

— C'est là que le lien avec la Fondation Prométhée trouve tout son sens. Il apparaît qu'Ethen Ur Aratta a été le précurseur de Malhorne. Pour une raison dont nous ignorons tout, Malhorne n'avait pas le souvenir de son passé. Mais cette chose est dorénavant certaine, Ethen Ur Aratta et Malhorne sont une sorte de continuité de mémoires, une continuité interrompue, si ces mots ont un sens ainsi accolés.

Federico secoua la tête. Il était habitué à entendre des secrets d'alcôve, des confidences de confessions. Mais cette fois, il ne s'agissait plus du même registre. Ce que venait de lui apprendre le père La Rieta dépassait de loin sa maigre responsabilité d'auditeur. Une telle nouvelle, si elle venait à s'ébruiter, pourrait changer le cours de l'Histoire. Et pas seulement celle des chrétiens.

Il se massa les tempes, la tête penchée vers l'avant, les coudes posés sur ses genoux. Puis il se redressa, conscient qu'ayant accepté la mission qu'il ne connaissait pas encore, sa marge de manœuvre était nulle.

— Mais alors ? Qu'attendez-vous de moi ? Qu'y a-t-il que je puisse faire auprès de la Fondation Prométhée ?

— Je ne connais pas la réponse à cette question.

Frère Federico allait s'étonner de cette réplique, mais le père l'en empêcha.

— L'idée que nous nous faisons de Dieu a changé à travers les siècles. Jamais, je pense, personne n'a mis en doute cet épisode. Mais il est à entendre avec une oreille exercée.

» À présent, nous allons nous quitter. La suite de cette histoire, seul le père Lérida la connaît, en dehors bien sûr de notre Saint-Père. Allez vers le fond de la crypte. Vous y trouverez un escalier. Empruntez-le. Le père vous attend quelque part sous cet édifice.

Le père La Rieta se leva. Il ouvrit les bras vers frère Federico, comme s'il avait voulu l'enlacer, puis il se ravisa et s'éloigna.

— Que va-t-il advenir de vous, mon père ? demanda frère Federico.

— Je pars séance tenante pour le monastère de La Sombra, répondit le père sans même se retourner. Il est à présent certain que je mourrai là-bas.

Il quitta la crypte, laissant Federico seul, l'esprit tourmenté par bien des questions.

Le monastère de La Sombra, situé dans le sud de l'Espagne, était occupé par une communauté silencieuse, tout comme les sœurs de la Rédemption. Si besoin était, cette rencontre pourrait ne jamais avoir eu lieu. Personne ne répéterait, de part et d'autre, ce que de toute façon personne n'avait entendu. Le secret n'est un poids qu'à la condition d'avoir la possibilité de le trahir.

Federico pesa la situation dans laquelle il se trouvait embarqué pendant un long moment. Puis il finit par se lever et traversa la crypte. Dissimulé derrière ce qui avait pu être le chœur, des siècles auparavant, il trouva un escalier en colimaçon qui s'enfonçait dans les profondeurs du roc. Cela faisait comme une gueule béante où la lumière se perdait vite.

Sur la margelle en demi-cercle qui assurait un semblant de sécurité autour du puits, une lampe torche attendait le moine.

Federico la ramassa et s'engagea dans l'escalier.

Les marches étaient usées par le passage d'un nombre incalculable de visiteurs au fil des siècles. Si la crypte avait mille ans, ce qui se trouvait dessous devait avoir au moins le même âge.

Après avoir accompli deux rotations complètes autour de l'axe central de l'escalier, frère Federico sut ne plus devoir son salut qu'à la lampe qu'il maintenait fermement. Il prit le bas de sa soutane d'une main et accéléra le pas.

Il perdit bientôt toute notion de temps écoulé ou de distance parcourue.

Après cinq, dix ou quinze minutes sur ce rythme, son pied chercha le sol et ne le trouva pas. Emporté par son élan, frère Federico tomba la tête en avant et roula sur un sol dur et froid.

L'escalier venait de le vomir.

Dans sa chute, il n'avait pas lâché la lampe. Il se releva en jurant, épousseta son habit et chercha autour de lui un accès. Dans le rayon de lumière, il n'en trouva pas.

La salle était en forme de dôme. La surface du roc semblait avoir été lissée par le passage d'une eau vive et, en guise de mobilier, il n'y avait qu'un banc, taillé dans la pierre, qui épousait le tour complet de la salle.

Frère Federico comprit ce qui l'avait fait tomber. La dernière marche de l'escalier n'était autre que ce banc.

Une marche trois à quatre fois plus haute que les centaines précédentes.

Il fouilla de nouveau la pièce. Ce ne pouvait pas être un cul-de-sac.

Au milieu, une colonne d'un mètre cinquante naissait de la roche même et s'achevait par un chapiteau simple, pourvu d'un renflement hémisphérique à son sommet.

Federico s'en approcha et concentra le rayon de sa lampe sur des inscriptions qui faisaient le tour du chapiteau. Elles étaient très abîmées, trop partielles pour qu'il puisse y comprendre quelque chose.

— Cet escalier n'a pas été creusé, comme tout semble pourtant l'indiquer, dit une voix dans son dos.

Frère Federico se retourna d'un bond, le cœur battant et l'esprit aux aguets.

— Nous sommes en fait au fond d'un gouffre qui a été comblé autour de ce puits. Les anciens ont asséché le courant tellurique et la vouivre qui passaient jadis par là.

Federico réussit à accrocher un visage dans le rayon de sa lampe. Il reconnut la vieille figure du père Lérida, un homme dont il avait, dans ses années d'études, bu l'enseignement religieux. Le visage parcheminé du vieux père le heurta. Vingt ans à peine s'étaient écoulés. Le père semblait s'être momifié.

— Vos paroles ne me semblent pas être en harmonie avec votre esprit, père Lérida, que je sais en revanche profondément chrétien.

— Alors, apprenez à vous méfier, Federico. Nous ne sommes pas les seuls à professer une parole juste. Nous ne sommes pas non plus les seuls à professer une parole en partie fausse.

Le frère jaugea du regard son interlocuteur, en commençant à se demander s'il ne s'agissait pas en fait de son ennemi. Puis il passa à l'offensive. Quoi qu'il décide à présent de faire, sa vie était déjà bouleversée. Il ne pouvait pas revenir en arrière, pas plus que différer d'un instant le plan que d'autres avaient tracé pour lui. S'il tentait de le faire, par un moyen ou un autre, seule la mort se trouverait au bout de sa trahison.

— Il ne me reste plus qu'à vous écouter. J'ai écouté et compris les incroyables nouvelles du père La Rieta. À vous de me surprendre à présent.

— C'est sans doute le secret le mieux gardé au monde. Il s'est transmis de successeur de Pierre en successeur de Pierre. Jusqu'à ce jour, depuis mille ans.

Le père Lérida sortit une boîte d'allumettes de son habit et enflamma la mèche d'une bougie collée sur le banc à côté de lui.

— Elle n'en a plus pour très longtemps à brûler, dit-il en désignant l'amas de cire fondue. Une demi-heure tout au plus. C'est largement plus qu'il ne m'en faut pour vous enseigner, une dernière fois.

Frère Federico allait dire quelque chose, mais il se retint et laissa son aîné poursuivre.

— Au début du XIII^e siècle, Rome a dû une fois de plus se battre pour exister. À travers l'Europe entière montait en puissance l'hérésie cathare. Ceux qui se nommaient eux-mêmes les « purs » bousculaient les chrétiens dans les fondements de leur foi, de leurs croyances et de leurs traditions. Et ce qui fut inacceptable jadis le serait encore aujourd'hui.

» Avez-vous jamais entendu parler d'un certain Archalb le Nazaréen ?

— Jamais, non, dit frère Federico après une courte réflexion. Le devrais-je ?

— La véritable question est : le pourriez-vous ? Et la seule réponse possible est non. À moins d'avoir traversé les siècles pour venir témoigner de son existence. Rome a fait disparaître tout ce qui le concerne de près ou de loin.

— Dites-moi tout dans l'ordre.

— Accordez ces dernières petites coquetteries à un homme qui est sur le point d'achever son temps. Vous ne vous pensez déjà plus tout jeune, mais vous êtes pourtant bel et bien dans la fleur de l'âge.

» Au début de l'an 1243, le pape Innocent IV envoya le frère André de Maillezais en ambassade, tout comme vous allez l'être vous-même.

» Mais le frère André ne partait pas pour un simple voyage vers un autre continent. Le frère André partait pour un autre monde !

» Tout cela s'est fait après que des contacts étroits eurent été établis entre Rome et les cathares. Car il faut bien que tout cela ait commencé avec quelqu'un.

— Cet Archalb le Nazaréen, qui était-ce ?

— Innocent IV écrivit ceci dans une bulle qui ne se transmit que de Saint-Père en Saint-Père. Il donna mission au frère André de Maillezais d'établir un premier contact avec les populations des cohortes, c'est ainsi qu'il les mentionne dans son écrit, et de lancer l'évangélisation avant de revenir.

— Je vous ai posé une question, père Lérida. Étant donné ce à quoi je renonce du simple fait de vous écouter, j'estime avoir le droit de savoir.

— Archalb a été connu sous bien des noms, mais c'est là une autre histoire. Il a été au centre de la tourmente cathare, c'est lui qui a créé ce mouvement, de toutes pièces. Il en fut l'instigateur.

— Je ne comprends pas, père Lérida. C'est une mauvaise plaisanterie. L'hérésie cathare s'est codifiée sur des siècles. Elle est fille d'hérésies plus anciennes, en remontant au moins jusqu'à la philosophie de Mani…

— Ai-je dit que vous aviez tort ?

— Mais… c'est ou ce n'est pas. Il n'y a pas de place pour les deux en même temps.

— Archalb le Nazaréen, au cours des tractations qui eurent lieu avec les émissaires de Rome, promit de grandes choses au pape qui le rencontrerait. Ce fut Innocent IV qui répondit à cette invitation. Son prédécesseur n'avait pas voulu en entendre parler.

» C'est ici même que la chose a eu lieu. À cette époque, une source souterraine coulait dans cette salle, avec un débit plus ou moins fort dont vous pouvez constater les effets sur les parois.

» Et ce qu'Archalb voulait montrer au Saint-Père se trouve ici, à mes pieds.

Le père Lérida se leva péniblement, révélant une valise en cuir craquelé.

— Aidez-moi, je vous prie.

Frère Federico se précipita à l'appel de son aîné. Il souleva la valise et la déposa sur le banc.

— Ouvrez-la, lui demanda le père Lérida.

Federico retira les attaches qui fermaient le vieux cuir et ouvrit en grand les charnières. Les parties métalliques grincèrent de façon sinistre.

— Éclairez-la !

Le faisceau de la lampe mit en lumière une sphère d'une trentaine de centimètres de diamètre. Foncée, faite dans un métal qui ressemblait à un vieux bronze, elle semblait lourde au regard.

— Nous ne savons pas d'où elle vient. Dans la tradition orale qui s'est ensuite transmise de pape en pape, certains ont émis des hypothèses parfois farfelues. Comme par exemple que saint Pierre l'aurait soustraite aux Juifs et aux Romains pour partir fonder le Vatican, ou encore que l'arche d'alliance n'aurait été qu'un réceptacle pour cet objet.

» D'autres encore ont parlé de saint Jean. Ils ont dit qu'Archalb et saint Jean n'auraient en réalité été qu'une seule et même personne. Allez savoir ce qui est vrai, ce qui ne fut que fantasme. Saint Jean était après tout le seul évangéliste auquel les cathares se référaient.

— Cela fait beaucoup pour un seul jour, commenta frère Federico.

— Prenez-la, n'hésitez pas. Cette sphère n'a-t-elle pas déjà changé le cours de votre existence ? Vous avez bien le droit de la regarder un peu.

Frère Federico referma la valise. Ce petit jeu du chat et de la souris avec le père Lérida avait assez duré.

— Qu'est devenu le frère André ? demanda-t-il.

— Il n'est jamais revenu de son voyage ! Cette sphère, que vous appellerez «l'Aratta», si vous ressentez le besoin de lui donner un nom, a ouvert un passage vers... quelque part. Ailleurs. Le frère André s'en est allé, et n'est jamais revenu. Le gouffre qui se trouvait ici a ensuite été comblé, la source a été bouchée et cet escalier bâti.

— Et Archalb le Nazaréen ?

— Conduit sur le bûcher par les dominicains. C'était après tout à l'époque le meilleur moyen pour se débarrasser des gêneurs.

— Et les cathares...

— Massacrés, par milliers, à travers toute l'Europe. L'hérésie cathare a disparu pour ainsi dire de l'Histoire humaine. Il n'en est plus resté pierre sur pierre, plus d'écrits, plus de témoins, plus rien. Rien d'autre que la poussière et des cendres dans le vent.

— Vous me donnez l'impression d'apprécier, père Lérida.

— Ne dites pas de sottises. L'Aratta a retrouvé seul le chemin de l'Histoire, comme vous le savez. Et il a de nouveau disparu. À vous maintenant de porter votre part de responsabilité. Allez trouver la Fondation Prométhée. Si l'Aratta ouvre un accès vers quelque part, alors il faut que des humains soient capables de le comprendre et pourquoi pas, si nécessaire, de s'y opposer. De préférence des hommes de notre obédience, ce qui est le cas de Denis Craig.

Le père Lérida chancela. Il retourna s'asseoir près de la bougie, dont il ne restait plus qu'un minuscule bout d'un centimètre à peine.

— Partez maintenant, frère Federico. Emportez avec vous mon tourment et montrez-vous digne de la confiance de notre très Saint-Père.

— Mais… et vous-même ? N'allez-vous pas remonter ?

— Je ne suis même pas certain de le vouloir. Mes jambes me portent à peine. Ce fut une épreuve que de descendre. Et mes yeux ne verront bientôt plus rien. J'ai transmis le message de Sa Sainteté. Tout est bien à présent. Ne vous souciez plus que de vous-même et de ce que vous transportez. Vous êtes le seul à savoir. Partez à présent.

— Si je me rends auprès de la Fondation Prométhée, ses membres exigeront de connaître l'origine de cet objet.

— Oh, rétorqua le père d'une voix sourde. Je gage qu'ils seront bien plus intéressés par l'objet lui-même que par son histoire.

— Pourtant…

— Vous raconterez ce que vous jugerez utile, frère de Salva. Vous n'avez pas été choisi par hasard. Vous verrez. Vous possédez bien plus de réponses que vous ne le pensez encore. Partez maintenant.

Frère Federico de Salva hésita. Il resta quelques secondes devant le père Lérida, qui paraissait s'être endormi.

Sur le banc de pierre, la bougie crépita, puis la mèche se coucha sur la cire fondue. Là, elle brûla un court instant et s'éteignit, engloutie par le combustible liquide.

En remontant vers la surface et la lumière, frère Federico ne put s'empêcher de songer au visage monstrueux que son Église pouvait avoir, parfois. Jusqu'à ce jour, il n'avait fait qu'entrevoir cette face grimaçante, presque hideuse, entre les lignes de l'Histoire du monde. Maintenant, il en connaissait certains détails, et le rictus qu'il venait de découvrir ne lui plaisait vraiment pas.

*Tuez-les tous et Dieu reconnaîtra les siens.*

Cette phrase proférée au cours du massacre des albigeois résonnait dans ses oreilles avec une force décuplée par sa toute récente connaissance. Toute une population chrétienne anéantie par ses pairs catholiques, parce qu'un envoyé du pape n'était pas revenu. Car finalement, tout avait commencé ainsi. Si le frère André était revenu de son périple ?…

Et tout d'abord, s'il était revenu, d'où ?

Frère Federico s'étonna d'avoir si facilement intégré ce qu'il venait d'entendre. En un autre lieu, prononcées par d'autres lèvres, ces paroles lui auraient paru insensées. Mais il s'agissait de deux dignitaires de son Église, deux hommes de foi dans lesquels il avait jadis placé sa confiance. Et qui parlaient au nom du Saint-Père…

Il retrouva l'air libre avec une joie primaire, celle du condamné sursitaire.

La valise, qu'il portait sous le bras, lui parut bien légère pour un si grand fardeau.

En retraversant le cloître, il découvrit d'infimes détails qu'il n'avait su voir lors de son premier passage. Des fleurs par centaines exhalaient un parfum subtil de rose et de chèvrefeuille. Une fontaine rafraîchissait l'air de microgouttes d'eau. Des dizaines d'abeilles faisaient vibrer l'air encore chaud de la Toscane.

Federico s'arrêta un instant dans cette ambiance idéale avec, au fond du cœur, l'envie d'y demeurer à jamais.

Puis il quitta le monastère et se dirigea vers la limousine, qui l'attendait à l'ombre d'un bouquet de conifères.

Le stress avait quitté le corps de frère Federico de Salva. À la place, ce fut une vague dévastatrice d'angoisse qui le submergea.

Il n'était plus qu'à quelques pas de la limousine quand il fut contraint de s'arrêter. D'un coup d'œil, il jugea le buisson le plus proche bien trop éloigné pour le sauver de l'urgence dans laquelle il se trouvait. Il vomit sur place, les jambes écartées pour épargner ses chaussures, les bras enroulés autour de la valise en vieux cuir.

Lorsqu'il put enfin monter dans la voiture, il n'eut pas besoin d'indiquer sa destination. Le chauffeur démarra sans qu'il ait rien dit et se dirigea vers l'aéroport le plus proche.

Au premier croisement, la voiture se rangea sur le bas-côté.

— Que se passe-t-il ? demanda de Salva.

— Tournez-vous sur le côté, indiqua le chauffeur.

— Pourquoi ?

— Pour me laisser accéder à votre Implant, monsieur Giangrandi.

Frère Federico obtempéra après une demi-seconde de réflexion. Évidemment ! Federico de Salva ne pouvait pas s'embarquer dans un avion et mourir le soir même à son domicile romain.

— Ça va picoter un peu, prévint le chauffeur.

— Un peu comment ?

Mais il n'eut pas le temps d'écouter la réponse. Le chauffeur venait d'envoyer une décharge électrique dans le dos du frère, détruisant ainsi les informations contenues par son Implant. Après quoi, il se contenta de ranger l'appareil dans la boîte à gants et quitta son stationnement provisoire.

Dans une mallette glissée sous la banquette arrière, Federico de Salva, alias Federico Giangrandi, trouva le nom de son contact au Vatican, un billet d'avion, un Implant portable provisoire, une enveloppe contenant plusieurs centaines de milliers de dollars, ainsi que différentes informations qui lui seraient nécessaires dans les jours à venir.

Il n'existait plus dorénavant que trois personnes au monde à le savoir toujours en vie.

# 5

Le dernier coup de pinceau venait de révéler le sommet d'un crâne. Stacey sentit les battements de son cœur s'accélérer. Il avait beau avoir atteint la soixantaine, l'excitation de la découverte avait toujours le même goût. Elle desséchait le fond de la gorge, faisait monter une acidité vers les papilles, libérait des molécules d'adrénaline par milliards, engendrait de légers tremblements dans les extrémités, faisait naître des fourmillements dans le bas-ventre. Un vrai régal. Stacey devait bien se l'avouer, il ne connaissait pas de sensation plus stimulante que celle-là.

— João ! Viens m'aider ! lança-t-il vers un jeune homme chargé de seaux de terre à tamiser.

João posa sa charge et accourut vers Stacey.

— Un nouveau ? demanda-t-il avant même d'être arrivé pour se rendre compte.

— Exact ! Et d'après ce que je peux voir autour du crâne, celui-ci est aussi enterré debout.

C'était le sixième squelette qu'ils trouvaient ainsi mis en terre, debout. João s'agenouilla à côté de Stacey et commença à évacuer la terre.

Stacey Revel ne se trouvait pas là par hasard. Lui et la Fondation Prométhée dans son ombre cherchaient encore et encore à expliquer l'inexplicable. Stacey avait été chargé par Denis Craig, immédiatement après la disparition d'Ilis, de lancer de nouvelles recherches et d'étudier en parallèle les textes de la civilisation d'Aratta. Stacey était maître du choix des sites auxquels Craig apporterait une aide financière. Le plus important était qu'il se trouve sur l'un des points cartographiés sur la sphère d'Aratta. Mais ces points ne pouvaient se lire qu'à titre indicatif. Un point de coordonnées, aussi petit soit-il, indiqué sur une sphère à peine plus grande qu'une mappemonde d'enfant, était trop imprécis. Aussi avait-il sillonné la planète Internet avec un plaisir rare, retrouvant de vieilles connaissances, en liant de nouvelles. Certains sites qu'il avait pu convoiter par le passé n'avaient plus rien à livrer.

Une conversation qu'il avait eue avec Craig avait porté ses fruits. Ensemble, ils avaient décidé de se restreindre au pourtour méditerranéen. Ce qui laissait encore une très grande niche d'exploration. Sur l'Aratta, cette région comptait une trentaine de points de connexion.

Stacey avait alors sélectionné une demi-douzaine de sites archéologiques très différents et s'était rendu sur place, décidant que l'odeur de la terre l'avait toujours inspiré.

Celui sur lequel il travaillait depuis une dizaine de jours le passionnait de plus en plus. Cela faisait une vingtaine d'années que cette partie du littoral oriental espagnol était fouillée par des étudiants en archéologie. Vingt ans à gratter à flanc de falaise, de week-end en week-end, les mains dans la terre, des rêves de découverte au fond des poches, jusqu'à ce que, quelques mois plus tôt, enfin, Paula Ruiz, l'actuel chef de projet, révèle des ossements d'hommes de Neandertal.

La population néandertalienne qui avait séjourné là entre moins cent vingt mille et moins trente-sept mille ans avant notre ère avait intimement côtoyé son cousin *sapiens*. Des traces de vie de *sapiens* venaient d'être découvertes à quelques kilomètres de là. Donc, il allait peut-être devenir enfin possible de déduire si ces deux cousins humains avaient eu des rapports, et si oui, lesquels.

Pour l'heure, personne ne savait avec certitude si Neandertal et *sapiens* avaient pu se reproduire. Personne ne savait non plus comment Neandertal avait disparu sans laisser d'explication, il y a près de quarante mille ans auparavant. S'il s'était éteint purement et simplement pour une raison encore à déterminer ou s'il avait été génétiquement absorbé par ses cousins *sapiens*.

Stacey avait clairement expliqué l'intérêt de ce site à Denis Craig, qui lui avait aussitôt donné son accord.

En l'espace de deux heures, Stacey et João réussirent à mettre au jour l'intégralité du squelette. Il s'agissait d'un adulte d'un mètre soixante-dix environ, enterré en position verticale sous deux mètres de terre mêlée de sable. La sépulture, car on pouvait sans peur de se tromper utiliser ce mot, avait été remplie de sable marin, qui s'était compressé avec le temps autour des chairs, puis des os. Outre ses restes, le squelette avait livré un collier de cailloux percés en leur centre. C'était toujours émouvant de découvrir les parures naïves offertes aux morts par d'aussi lointaines créatures douées de raison.

Le pourtour de la tombe, là encore, était constitué de dalles d'ardoise imbriquées les unes dans les autres pour former une sorte de cercueil vertical, fiché dans la terre et rempli de sable. C'était la première fois que Stacey rencontrait un tel procédé.

Trois jours plus tôt, le plancher du fond de la grotte s'était affaissé, ouvrant un passage sur une sorte de salle inférieure. L'endroit avait été inspecté de fond en comble, ses parois et son sol scannés à l'aide d'un appareillage sophistiqué, et rien. Aucun résultat. Cette seconde salle semblait n'avoir jamais servi. De grosses pierres avaient été entassées contre la paroi du fond. Stacey avait demandé à ce qu'elles soient retirées. Peut-être se trouvait-il quelque chose derrière, au moins un indice qui pourrait expliquer cette salle inutile, dans un temps où rien ne pouvait l'être. Mais les pierres une fois bougées n'avaient livré qu'un conduit de source asséchée.

Pourtant, Stacey connaissait l'importance des sources dans l'Histoire d'Aratta, les tracés sur la sphère, le rapport qu'Ilis enfant entretenait avec l'eau, la décision de la rationner sous peine de voir ses capacités extraordinaires décuplées. Il n'avait rien dit. Pas même à Paula Ruiz, qu'il estimait grandement. Il gardait cette déduction pour lui-même, et pour Denis Craig qui devait venir le jour même.

Stacey consulta sa montre.

— Je vais te laisser continuer, João ! J'attends de la visite et je me sens fourbu.

— Pas de problème, répondit João. Je vais m'occuper de tamiser la terre et le sable.

Stacey se releva en s'appuyant sur l'épaule du jeune homme et s'éloigna en traînant un peu les pieds.

*Il faudra bientôt que j'arrête,* pensa-t-il. *Tout cela n'est plus de mon âge. Surtout pour mes articulations.*

Il se dirigea vers une caravane où il avait ses quartiers. Avant d'ouvrir la porte, il tenta d'enlever la poussière qui couvrait son pantalon, puis décida qu'il n'y arriverait jamais et entra. Il se déshabilla entièrement et se glissa dans la cabine de douche.

L'eau était rationnée par nécessité, mais Stacey s'en moqua. Il demeura un quart d'heure sous le jet d'eau chaude, chassant sa fatigue et l'illusion du poids des ans. Il n'eut pas besoin de fermer le robinet. Le stock d'eau venait de se tarir.

— Merde ! ragea-t-il.

Il rinça les dernières bulles de savon qui traînaient encore sur sa peau avec l'eau contenue dans sa chevelure et ouvrit la porte de la cabine.

— Tu peux sortir, je ne regarde pas, lui dit la voix de Denis Craig. C'est spacieux chez toi. Un vrai nid douillet !

Stacey marmonna une réplique incompréhensible et se sécha tant bien que mal dans le compartiment exigu.

— Tu ne regardes pas, hein ? C'est sûr ?

— Tu n'as jamais été pensionnaire ? lui demanda Craig.

— Ni taulard ni rien de ce genre. Je ne suis même jamais allé dans un sauna collectif. Tu vois le genre de bonhomme ? Alors, détourne le regard.

Stacey passa d'abord la tête hors de la cabine, pour s'assurer que son visiteur respectait sa demande, puis attrapa un caleçon, qu'il mit malgré tout à l'intérieur de la douche. Il sortit enfin, un ventre trop gros sur des jambes trop fines, une pilosité pectorale blanchissante et des marques de bronzage très nettes au niveau des bras et du cou.

Il passa en vitesse une chemisette et un pantalon puis vint s'attabler en face de Denis Craig.

— J'ai reçu les derniers relevés de Wilma Stanford, dit Stacey pour effacer la dernière trace de gêne qu'il éprouvait encore.

— Et ?

— Elle bosse plutôt bien.

— Non, elle bosse très bien.

— Ses extrapolations des jonctions de l'Aratta sont intéressantes.

— C'est tout ce que ça te fait, vieux jaloux ? C'est grâce à elle si tu te trouves ici. Tu aurais très bien pu aller gratter la terre au fin fond de l'Alaska.

— À cette saison, ça n'aurait pas été facile, Denis.

— Et ici, ça donne quoi ?

— Des tas de cailloux et quelques ossements au milieu, comme d'habitude. Tu sais, ces vieilleries qui me fascinent…

— Allez, Stacey. Sois beau joueur. Sais-tu que je viens de loin ?

Denis Craig pensa : *et je vais encore plus loin,* mais il n'en dit rien.

— Qu'est-ce que t'a raconté ton homme de Neandertal ?

— Qu'il n'avait pas pu supporter ce qu'allait devenir le monde.

— Un suicide collectif ?

— Va savoir pourquoi il a disparu. Le premier génocide peut-être.

— Qui aurait pu avoir intérêt à éradiquer une race, à une époque où ce concept n'existait pas encore ?

— Sérieusement, Denis, ce site est très intéressant.

— Je te crois sur parole, mais a-t-il un rapport avec ce qui nous occupe ?

— Peut-être.

— Comment ça peut-être ?

— Une bière ?

— Si elle est fraîche.

Stacey leva les yeux vers le plafond de la caravane. Puis il poussa un long soupir et fit deux pas jusqu'au réfrigérateur.

— Qu'est-ce qui te presse tant ? demanda Stacey. Je te dis que les fouilles sont intéressantes, et toi tu veux seulement savoir si ça nous rapproche de l'Aratta.

— Disons que la vie peut être courte et que je ne veux pas manquer ce dernier épisode.

Stacey lança un regard étonné vers Craig, puis il se réinstalla en face de son visiteur et déposa deux bouteilles de bière couvertes de buée.

— L'accès à une source a été muré dans la seconde salle, poursuivit-il en décapsulant les bouteilles. Et quand je dis « muré », je ne te parle pas d'un mur de briquettes. Ceux qui ont bloqué l'accès ont utilisé des blocs de pierre énormes. Aucun risque que quelqu'un en sorte.

— Ça date de quand ?

— Difficile à dire, la pierre ne parle pas. Mais nous avons trouvé plusieurs débris de l'autre côté du mur. Si c'est d'origine organique, on pourra donner une date. Mais ils peuvent être antérieurs ou postérieurs à l'érection du mur. J'attends malgré tout ces résultats.

— Bien, apprécia Craig. Autre chose ?

— Mais c'est déjà énorme, Denis ! s'enthousiasma Stacey. On ne mure pas une source ! L'eau, c'est essentiel. *A fortiori* quand on n'a pas les moyens techniques de la stocker.

— As-tu répondu à cette question dans ce cas ?

— Non, c'est ce que je viens de te dire.

— Où partait cette source ? Elle devait bien s'écouler quelque part, non ?

— Je penche plutôt pour une résurgence, répondit Stacey, enfin satisfait que Craig montre de l'intérêt pour son travail. La salle secondaire devait être inondée régulièrement, d'après les traces laissées sur les murs. Elle pouvait même couler à travers la grotte principale. Mais nous n'avons pas encore découvert de marques de son passage.

— Et tes précieux fossiles ? demanda Craig, un air de malice dans l'œil.

— Les dernières sépultures que nous avons trouvées montrent des corps inhumés à la verticale. Et, à ma connaissance, ce serait la plus ancienne sépulture de ce type mise au jour.

— Tu l'expliques ?

— Absolument pas ! Et puis, ce n'est pas tout ! Tu finances ce site et tu ne sembles pas t'y intéresser plus que ça, mais je peux te dire qu'il est tout bonnement magnifique !

Denis Craig croisa les bras. Il connaissait bien Stacey et savait que l'archéologue ne s'arrêterait pas avant d'avoir expulsé son trop-plein d'enthousiasme. Il le laissa donc faire sans tenter de l'interrompre.

— Enterrés debout, poursuivait Stacey. Tu te rends compte de ce que ça signifie ? Eh bien, si c'est le cas, tu es un fortiche ! Parce que, moi, je ne sais pas. Mais alors pas du tout. Toutes les sépultures préhistoriques que je connais présentent des dépouilles allongées. Tu comprends ? La mise en scène des morts est associée à l'image du sommeil. Le réveil est peut-être encore possible, quelque chose dans ce goût-là. Ici, on a des squelettes debout, dans la position de l'homme encore en vie. Ils sont parés de bijoux, mais sans armes, et là aussi, c'est une énigme. Tous les peuples préhistoriques étaient guerriers. Et ce n'est pas un jugement critique que je fais. Ils n'avaient pas le choix, tout simplement. Ici, non ! On se retrouve donc avec une population de néandertaliens qui a muré la source la plus proche de son lieu de vie, qui enterre ses morts debout et qui ne porte pas d'armes ! Et, toi, tu voudrais savoir si j'ai trouvé un lien avec l'Aratta ? Je ne sais pas s'il y a un lien, par contre, je suis certain que nous sommes en présence d'un site préhistorique de première importance.

— Moi, ce que je ne m'explique pas, commenta Craig, c'est comment tu peux te passionner pour ce genre de détails, alors que la disparition d'Ilis et de sa bande t'a pratiquement laissé de marbre.

— Eh bien, je te répondrai que je suis archéologue, pas cartomancienne !

— Il existe sans doute une situation intermédiaire, non ?

— Je ne vois pas quoi…

— Tu es hostile aux choses qui échappent aux lois qui te gouvernent !

— Tu exagères !

— À peine, Stacey. Mais passons. As-tu du nouveau sur les textes d'Aratta ?

— Du nouveau, non, on ne peut pas dire les choses ainsi.

— Alors quoi ?

— Des hypothèses.

— C'est mince, Stacey.

— J'ai pris le postulat de départ de lire les textes en ne cherchant pas à les interpréter. Écoute ça !

Stacey chercha quelques secondes dans un grand classeur.

— Voilà !

« Il fut au temps jadis la première Aratta.

La première des reines d'Aratta.

Celle que l'on appela pour les siècles Ethen Ur Aratta.

La première qui marcha sur terre l'esprit éveillé.

Elle-même fille-sœur du premier des conscients. »

» Qu'apprenons-nous, si, comme je te l'ai dit, on s'en tient au sens littéral du texte ? Nous apprenons qu'Ethen était exactement comme Malhorne. Remplace Ethen par Malhorne et tu vas comprendre.

Denis Craig parcourut la traduction des textes découverts dans le désert turc. Il hocha plusieurs fois la tête avant de rendre la copie à Stacey.

— Je comprends, déclara-t-il. Le texte nous raconte l'histoire d'une femme qui se réincarne comme l'a fait Malhorne.

— C'est ce que je crois, rebondit Stacey. Et d'autres passages vont directement dans ce sens. Le « premier des conscients » sous-entendrait qu'il y a eu quelqu'un d'autre avant Ethen.

— Un troisième réincarné comme Malhorne ?

— Peut-être, c'est en tout cas ce que je comprends. Mais venons-en à ce qui t'intéresse directement.

« La vieillesse d'Aratta – donc d'Ethen en l'occurrence – fut longue et fertile.

« Elle livra à son peuple les connaissances des mondes du dehors et la sagesse de son cœur. » Rapproche ce passage avec ce que tu sais, ou plutôt ce que tu ne sais pas de ce qu'il est advenu d'Ilis.

« Aratta devait être à jamais interdit aux autres hommes. » Là, on ne sait pas précisément ce que veut dire Aratta. Est-ce le royaume d'Ethen, sont-ce les autres mondes dont il est question plus haut, est-ce cette eau qui revient tout le temps ? Impossible de le dire.

« Des mondes du dehors, Ethen Ur Aratta rapporta la matière et l'esprit qui l'anime.

L'écriture et la lumière, la connaissance de l'eau et le soc de la charrue, la façon de bâtir et l'irrigation.

Elle prit ce qui était bon et laissa ce qui était mauvais.

Comme on sépare après la moisson les grains sains de ceux qui ne le sont pas. »

» On est en plein dans ce que tu veux savoir.

— Si j'accepte de lire au pied de la lettre.

— Mais ne t'en prive pas, Denis. Rappelle-toi que ces textes ont été écrits par des pères pour leurs enfants, pour qu'ils se souviennent. Ce n'est pas édulcoré par des générations de copistes. Non, c'est un peu obscur sans doute, mais c'est du fait de notre mauvaise maîtrise de la langue sumérienne.

— Donc, si je te suis, reprit Denis Craig, Ethen serait allée chercher hors de la Terre les grandes inventions qui ont permis à l'humanité de prendre son envol. C'est ça ?

— À l'exception de ton interprétation des « mondes du dehors », oui. Le texte ne dit pas qu'Ethen a quitté la Terre, il mentionne seulement les « mondes du dehors ». Ce qui n'est pas pareil. Et, en l'état, on ne peut absolument pas savoir de quoi il s'agit.

— Que pouvaient donc savoir ces gens de la Terre ?

— Que savions-nous de l'Aratta jusqu'à il y a peu ?

Craig sourit.

— Un point pour toi, Stacey.

— Merci. Et ce n'est pas fini. Écoute la suite de ce que j'ai relevé.

« Il – Irinadar d'Uruk pour ne citer que lui – n'eut plus dès lors qu'une obsession.

Amener l'Aratta dans son royaume pour en faire l'instrument de son pouvoir.

Un pouvoir sans limites pour sa gloire personnelle. »

— Et après ?

— Après ? s'exclama Stacey. Mais c'est sans doute le passage le plus passionnant. Puisque nous avons retrouvé une sphère sous la mer Noire et puisque Irinadar en possédait une aussi, ça signifie donc qu'il existait plusieurs sphères.

— Au moins deux, convint Craig.

— Mais s'il en existait deux, et que nous en avons retrouvé une, pourquoi douter que la deuxième existe encore ? Et pourquoi ne pas penser qu'il y en a encore davantage ? C'est même ce qu'explique le passage suivant.

« Nous, Lukingias, ne savons pas si elle emporta avec elle le siège d'Aratta.

Ou si elle le laissa au sommet du temple, qu'il ne devait pas quitter.

Car tous ceux qui vivaient en Aratta périrent bientôt et ne purent raconter ce qu'ils avaient vu.

La reine et certains des nôtres partirent pour le lointain royaume de Sumer et ne revinrent jamais. »

» Ils sont donc partis avec une deuxième sphère ! C'est écrit.

— Justement pas, contra Craig. Ils ne savaient pas.

— Eux non, jubila Stacey. Mais nous, oui ! Puisque la destruction du royaume d'Ethen a été du fait d'Irinadar et de sa – je suppose – mauvaise utilisation de la sphère. Il l'avait avec lui. Et puisque nous en avons trouvé une sous la mer Noire, ça ne peut signifier qu'une chose, c'est qu'il y en avait deux, au moins.

— Brillante démonstration, admit Craig. Mais comment trouver la deuxième, si elle existe toujours ?

— Tes meilleurs spécialistes n'ont même pas réussi à sonder la sphère que nous avions. Elle absorbait l'énergie des appareils sans en renvoyer la moindre parcelle. Qui te dit que cet objet est destructible ? Du moins par des moyens dont nous disposons ? Je poursuis.

« Irinadar d'Uruk, le félon, apprit à pénétrer l'Aratta et… »

» Ce qui signifie que la chose est donc possible. On peut apprendre à se servir de la sphère.

— À condition de l'avoir, Stacey. Et nous ne l'avons plus.

— Alors cherchons l'autre, ou les autres.

« Mille fois mille âmes ont péri en une seconde.

Par les eaux, la matière sacrée du passage, de la pensée et de l'harmonie.

Notre terre n'est plus. »

» On ne sait pas ce qui s'est passé. Irinadar d'Uruk s'est emparé de l'Aratta, a appris à s'en servir et a apporté la destruction avec lui. Il a peut-être ramené quelque chose des mondes de l'extérieur, et ce quelque chose était suffisamment puissant pour provoquer le séisme à l'origine du détroit du Bosphore et la destruction du royaume d'Aratta.

— Ce qui corrobore la théorie déjà ancienne de la création de la mer Noire par un séisme, catastrophe qui serait à l'origine du mythe hébreux du déluge.

— Absolument, s'enflamma Stacey. Et je note au passage que tu écoutes ce que je te raconte.

— Parce que tu en doutais ?

— Non, mais… je parle tellement parfois. Je ne t'en aurais pas voulu.

— Tu permets ? demanda Craig en indiquant le classeur.

— Je t'en prie.

Craig prit le classeur des mains de Stacey et feuilleta lentement les pages.

— Voilà, c'est ici. As-tu une idée sur cette notion de « passeur des eaux, de la vie et du savoir » ? Tu t'es bien gardé d'en parler tout à l'heure.

Stacey eut l'air contrarié.

— Non, dit-il au bout d'un moment. Je penche pour une divinité quelconque. À vrai dire, je ne sais pas. Ça fait penser à une appellation de Dieu, d'une certaine idée de Dieu. Par contre, il y a ce dernier texte, celui intitulé l'*Apocalypse*, pour lequel tu m'avais demandé une attention particulière :

« L'homme est la révélation.

L'humain est le matériau.

La terre est la richesse.

L'eau est le siège du savoir. »

» Ce qui m'intrigue, c'est le rapprochement évident avec ce qu'avait dit Malhorne.

— Il a dit beaucoup de choses, précise un peu.

— J'en ai fort heureusement une copie. C'est à la fin des textes sumériens. Regarde.

Denis Craig fit basculer l'épaisse liasse de feuillets plastifiés et retourna le dernier.

— « Les Sept ont été sculptées pour préparer l'avènement d'une révélation. » C'est de ce texte dont tu parles ?

— Précisément, Denis. Lis-le à voix haute s'il te plaît.

Denis Craig jeta un premier coup d'œil sur le texte, puis il se lança :

— « Les Sept n'ont de valeur et de sens que réunies, solidarisées par le huitième élément.

Les Sept représentent l'heptagone qui m'apparut en songe, lors d'une si lointaine nuit d'il y a près de cinq siècles.

Cet heptagone qui me suit depuis l'aube de ma seconde vie et n'a jamais eu pour moi plus de clarté ni de sens que ce qu'il représente.

Quatre et trois, le quaternaire associé à la trinité, la matière à l'esprit, les éléments au divin.

Je suis le gardien de cette révélation, dont je ne sais pour ainsi dire rien.

Mille fois plus grand aurait pu être le nombre des années, je n'en saurais toujours pas davantage.

Je ne suis que le gardien, le trait d'union des mondes.

Sans intention ni pouvoir.

Je ne sais si, comme moi, d'autres maudits parcourent le monde à la recherche d'une dernière vie, cet ultime trépas après lequel mes soupirs languissent.

Je ne suis pas la révélation.

Je suis le trait d'union des mondes. »

— *Sum cohaerentia mondorum !* dit Stacey en articulant lentement. Il l'a gravé sept fois sur les lames de sept épées.

— Je l'avais presque oublié, avoua Craig.

— Moi pas, Denis. Et si l'on pose tous ces textes en parallèle, on apprend plusieurs choses. Malhorne ne savait pas, mais il pressentait, ou ressentait, les vérités dites dans les textes sumériens. L'heptagone, pour commencer. Je n'ai pas besoin de t'expliquer le rapport, n'est-ce pas ! La sphère ensuite. Tu vas me dire que c'est sans doute la meilleure forme possible pour asseoir les sept statues, mais tout de même.

» Il se qualifie lui-même de « trait d'union des mondes ». Et nous avons tous pensé qu'il s'agissait des vivants et des morts. Maintenant que nous avons connaissance des textes anciens, de l'existence du royaume d'Aratta et de la disparition miraculeuse d'Ilis et des autres, on peut émettre une quasi-certitude : Malhorne était un trait d'union entre différents mondes, au sens strict de ce terme. Pas question d'âmes dans tout cela, ou peut-être que si, mais, à mon avis, c'est encore plus large. Je ne veux pas faire du sensationnel à tous crins mais la sphère est peut-être un outil de passage cosmique, un instrument de translation de la matière, appelle ça comme tu veux. Mais c'est à mon sens la seule explication possible.

— Et dire que c'est toi le scientifique, dit Craig en souriant de façon de plus en plus ouverte. J'aurais émis le tiers de ce que tu viens de dire que tu m'aurais taxé de doux rêveur !

— Je ne me serais pas permis, Denis.

— Eh bien, tu aurais dû dans ce cas. Ce que tu racontes est tellement séduisant que je préfère ne pas y adhérer.

— De toute façon, je ne peux rien prouver, abdiqua Stacey. Bon, je termine mon analyse des textes sumériens :

« Dans l'Aratta cohabitent d'autres possibles.

L'Aratta est cela. L'un et la multitude. Le visible et l'invisible.

En élevant nos cœurs et nos esprits, nous pourrons l'apprendre.

Des voyageurs viendront des mondes de l'extérieur. »

» C'est la première fois qu'il est fait mention d'étrangers à notre race.

« Des voyageurs viendront des autres mondes.

Ils libéreront sur la terre des humains le sens de l'heptagone.

Ils permettront aux hommes du visible de voir les êtres de l'invisible.

Le monde, les mondes de l'extérieur et le Kur. Tous réunis dans l'Aratta.

Ethen Ur Aratta est un lien. Mais elle n'est pas l'unique. »

» Moi, je veux bien comprendre par là que d'autres êtres se réincarnent comme Ethen, comme Malhorne et comme Ilis. D'où viennent-ils ? Aucune idée, mais les Lukingias affirment leur existence.

» Se sont-ils manifestés depuis la disparition d'Aratta ? Sans doute pas, on n'attend pas le Messie deux fois.

Or les Lukingias attendaient encore le retour d'Ethen quand Ilis s'est présentée.

» Ont-ils déjà libéré le sens de l'heptagone ? Non, sinon, nous ne serions pas ici en train de nous interroger sur sa signification.

» En même temps, il est précisé ce que contient l'Aratta : le monde – sans doute le nôtre –, les mondes de l'extérieur – à préciser – et le Kur, dont je te rappelle qu'il signifie « l'enfer » en langue sumérienne. Je n'en dis pas plus, je n'extrapole pas, je relate.

« D'autres viendront, qui ne pourront être entendus que par nous seuls.

Ainsi a parlé Ethen Ur Aratta avant de disparaître.

Pour que subsiste l'espoir dans les cœurs des Lukingias.

Et que l'harmonie reste possible sur la terre des humains. »

» Et pourquoi ne pourraient-ils être entendus que par les seuls Lukingia ? Sans doute parce que dans l'éventualité du retour de leur reine, les voyageurs se seraient obligatoirement présentés à elle.

Stacey observa un long moment de silence, ce qui obligea Denis Craig à lever les yeux des textes.

— Alors ? Qu'en dis-tu ?

— Que tout cela demande réflexion.

Il termina sa bière d'un trait et se leva.

— Tu repars déjà ?

— Figure-toi qu'un rendez-vous singulier m'attend.

— De quoi parles-tu ?

— Oh, rien que je puisse te dire encore, Stacey. Mais, rassure-toi, tu seras le premier informé. Je vais revenir ici très vite. Pas avant deux jours, je pense, mais c'est somme toute un délai très raisonnable étant donné mon emploi du temps.

Craig ouvrit la porte de la caravane et sortit à l'air libre.

Il apprécia d'un regard circulaire la lumière rasante du soleil qui éclaboussait de teintes orangées la falaise où avaient lieu les fouilles.

L'air était chargé du parfum de plantes aromatiques sauvages. S'il l'avait pu, il serait resté sur place une nuit, malgré l'inconfort d'une caravane, malgré la réputation de ronfleur de Stacey.

— Je suis un peu jaloux de ton mode de vie, dit Craig en se retournant vers la porte de la caravane. Si c'était à refaire…

Il observa un instant le bout de ses chaussures, semblant y chercher une réponse qu'il ne trouva pas.

— Mais on ne peut pas refaire le chemin, n'est-ce pas ! À bientôt, Stacey. Et ne rêve pas trop à tes contes d'extraterrestres.

Stacey regarda Denis Craig s'éloigner vers l'hélicoptère, posé dans une zone dégagée à une centaine de mètres de la caravane.

Une phrase de son patron et ami lui revint en mémoire. Qu'avait-il dit exactement ?

« La vie peut être courte et je ne veux pas manquer ce dernier épisode. »

Quelque chose dans ce goût-là. Stacey n'était pas sûr des mots mais n'avait aucun doute sur le sens.

Craig ne versait pourtant pas dans une morbidité avouée. Cet homme était un battant, sa vie et son parcours en étaient les meilleurs exemples. Stacey le savait. Cela faisait vingt ans qu'il travaillait à ses côtés.

Alors, pourquoi avait-il prononcé cette phrase ?

Stacey s'en voulut de ne pas le lui avoir demandé directement. Il n'avait pas osé. Mais, en réfléchissant honnêtement, il dut bien s'avouer qu'il n'avait pas cherché à le faire. Et si Craig lui avait annoncé une mauvaise nouvelle concernant sa santé, comme tout semblait l'indiquer, qu'aurait-il fait ?

Stacey n'était pas homme à s'occuper des autres. Très égocentrique, il avait aussi inconsciemment trop peur de ne pas pouvoir supporter la détresse de ses proches. Trop lâche pour le faire.

Finalement, il soupira de soulagement. Il n'avait rien demandé, rien dit, et ne demanderait ni ne ferait rien.

# 6

L'ancien sentier des contrebandiers prenait de plus en plus de hauteur. À présent, après cinq heures de marche, il s'élevait à une centaine de mètres au-dessus du lit du torrent de montagne. C'est à peine si l'on entendait le fracas de l'eau au passage de petites chutes.

Le frère Federico serra avec fermeté la main courante qui pendait le long de la paroi. La corde maintes fois tenue par des paumes couvertes de sueur avait pris la couleur de la nuit et la texture du nylon brûlé. Mais sa présence rassurait le promeneur, qu'il soit habile marcheur ou, comme c'était le cas pour frère Federico, plus habitué aux salons et aux ruelles romaines.

Quel étonnant rendez-vous !

*France. Pyrénées-Orientales. Plateau de la Carranza, mercredi en fin de journée.*

Alors qu'il allait s'embarquer pour les États-Unis, frère Federico avait contacté la Fondation Prométhée. Après tout, s'était-il dit, Craig ne s'y trouvait pas nécessairement.

Il avait eu un certain Philip Straub en ligne, après deux ou trois autres interlocuteurs lambda. Et c'est ce Straub qui l'avait rappelé quelques minutes plus tard pour lui indiquer le lieu de rencontre vers lequel il progressait en ce moment même.

Pourtant, frère Federico n'avait pas dit grand-chose. Il se recommandait du père Fontorbe et voulait rencontrer Craig pour une affaire privée.

Ce contact si facile avec l'un des hommes les plus demandés sur Terre l'avait rassuré dans sa démarche. Finalement, l'argent et le pouvoir réussissaient à le convaincre plus que la parole d'un éminent supérieur de son ordre.

Straub s'était contenté de préciser un horaire et un lieu, sans poser la moindre question. La technologie dont il disposait lui avait sans doute permis de s'en passer.

Et si Federico comprenait bien, c'est avec Denis Craig en personne qu'il avait rendez-vous.

Ce qui expliquait pour beaucoup ces conditions exceptionnelles.

Sur la carte d'état-major qu'il tenait à la main, le plateau de la Carranza s'élevait à mille huit cents mètres d'altitude, au cœur des Pyrénées. Pas un village à des dizaines de kilomètres à la ronde, pas une ferme isolée. Il n'y avait rien. Le plateau était parsemé de lacs de montagne, dont la plupart se trouvaient sur le sol espagnol.

Denis Craig, s'il venait en personne, n'aurait alors rien à craindre. Il ne pouvait se monter sur ce plateau désertique aucune embuscade, aucun projet d'attentat. Si le choix du lieu de rendez-vous avait été fait dans cette optique, alors le résultat était brillant.

Federico n'avait d'autre possibilité que de s'y rendre à pied. Aucune route ne passait à côté et la marche serait de toute façon un sain exercice qui l'isolerait du monde pendant quelques heures au moins.

Cette solitude momentanée était la meilleure chose qui pouvait lui arriver dans sa position. Federico le savait. Les événements des derniers jours avaient ébranlé certaines de ses convictions, si ce n'est la principale.

*Et si Dieu n'existait pas ?*

Cette question, La question, Federico se l'était posée un nombre de fois incalculable. Mais, depuis une poignée d'heures, elle avait pris une tournure plus tangible, plus concrète. L'existence de l'Aratta, la révélation qui lui avait été faite ne mettaient pas vraiment en péril l'existence de Dieu. Rien ne le pourrait. Mais ces éléments faisaient vaciller les écrits judéo-chrétiens sur lesquels sa foi était bâtie. Ils prouvaient aussi qu'en un temps reculé, l'autorité vaticane avait eu si peur de la vérité qu'elle avait réglé la question dans un bain de sang bien connu des historiens. Le massacre des hérétiques cathares avait bel et bien existé, là-dessus, il n'y avait pas de doute. Mais la raison qui les avait conduits à leur perte n'était vraisemblablement pas celle que tout le monde se figurait.

Depuis un peu plus de vingt-quatre heures, les certitudes de frère Federico versaient vers un continent de doutes incommensurables.

Le doute.

Le poison des âmes et des cœurs les plus purs.

Le doute faisait partie de sa vie. Un doute qui pouvait atteindre une partie essentielle de son engagement. Un doute si profond que, parfois, Federico avait cru voir se dissoudre tout ce qui tenait encore debout, jusqu'au sens même de l'existence. Jusqu'à la raison d'être de la vie, sous toutes ses formes, humaine comprise.

Et pourtant, il n'avait jamais envisagé la vie autrement qu'au service de Dieu.

Federico se disait qu'il faisait un drôle de religieux, mais qu'y pouvait-il ?

Si Dieu n'existait pas, pas sous la forme à laquelle il avait cru jusqu'à ce jour, que ferait-il ? Que lui resterait-il, à lui, l'homme de foi, l'homme en soutane noire, l'homme avec un crucifix épinglé sur le col ?

Servir Dieu signifiait en même temps servir les hommes. Ce genre de pensées l'avait conduit au séminaire.

Mais à demeurer trop longtemps dans les sphères élitistes du Vatican, ces convictions deviennent vite des chimères, de pieux rêves après lesquels on court encore un peu, du moins au début. Et puis les rêves s'évanouissent. Restent alors le seul pouvoir et ses luttes intestines.

*Si Dieu disparaissait, il resterait les hommes.*

Frère Federico ne savait pas comment il parvenait à proférer de tels blasphèmes sans ébranler profondément sa foi un seul instant.

*Ce sont les hommes qui soulèvent des montagnes depuis des millénaires.*

La marche sur ce sentier d'altitude devait accélérer la chimie de son cerveau. Federico ressentait mieux, plus loin, plus finement que depuis longtemps. Et curieusement, des idées bizarres lui venaient en tête.

*Quel est le travail de Dieu depuis qu'il nous a créés ? Que lui reste-t-il à faire, puisqu'il nous a légué le libre arbitre ?*

Cette question à laquelle il songeait subitement, c'est un enfant qui la lui avait posée, des années plus tôt, alors qu'il avait remplacé un ami défaillant pour un cours de catéchisme.

— Et Dieu, qu'est-ce qu'il fait depuis qu'il a fini l'Univers ?

Bonne question pour un gosse de huit ans.

Les Saintes Écritures mentionnent ce que Dieu a fait avant de créer l'homme.

Six jours pour créer tout ce qui existe.

Le septième jour pour se reposer. Et après ?

La dernière allusion au travail de Dieu se trouve dans l'Ancien Testament. Juste après avoir donné le paradis terrestre aux hommes, Satan tente Ève, qui tente Adam, qui tente la colère de Dieu.

Dieu se met alors en colère et punit Adam et toute sa descendance. Le dernier acte connu d'un Dieu d'amour.

Ensuite, il y a bien quelques apparitions, mais elles sont tellement sporadiques qu'il est presque dérisoire d'en parler.

C'est ce que l'enfant lui avait soutenu, les yeux dans

les yeux. Un enfant de huit ans, fier et insolent. Et lui, Federico, n'avait alors pas vingt-cinq ans et allait bientôt devenir docteur en théologie.

Parler à Moïse, embraser un arbre, faire pleuvoir du pain, ouvrir la mer Rouge pour permettre au peuple juif de fuir, bien sûr, ce n'était pas rien. Mais depuis ?

Federico s'était senti stupide.

Bien sûr, tout cela n'était que parabole.

Frère Federico avait essayé de l'expliquer à l'enfant. Mais il avait senti une totale incompréhension face à lui. Et il avait bien dû admettre qu'il ne savait pas. Il ignorait totalement ce que pouvait faire Dieu.

Une question incongrue laissée sans réponse. Il était de toute façon inutile, impossible de poser cette question, et encore plus de tenter d'y répondre.

Dieu ne fait pas. Dieu est. Mais comment le faire comprendre à un gosse de huit ans ?

La pente se fit moins raide. Federico n'allait pas tarder à émerger du sentier caché dans la paroi.

Il consulta sa montre. À peine treize heures. Il était largement en avance.

*Tant mieux,* pensa-t-il. *Je vais pouvoir me reposer un peu.*

Le sentier contourna un épaulement rocheux. Le bruit du torrent en contrebas disparut en même temps, absorbé par la paroi minérale. Un vent léger se mit à souffler. Il descendait des pics alentour dont le plus élevé culminait à deux mille neuf cents mètres. Federico ferma le col de sa vareuse et posa le pied sur le plateau des lacs.

Il s'accorda quelques minutes de repos avant de poursuivre. L'ascension avait été éprouvante et son corps était en nage. Il posa son sac, s'assit sur un rocher rond et dévissa le bouchon de sa gourde. L'eau provenait d'un torrent qu'il avait croisé à mi-parcours. Elle n'avait aucun goût, si ce n'est celui, plus fantasmé que réel, de la vie et du bien-être.

*C'est ça que j'aurais dû dire à ce môme,* pensa-t-il soudain. *Comparer Dieu avec l'eau. Il aurait compris qu'Il est partout. Dans cette gourde, dans son corps, dans la pluie, dans tout. Et qu'Il ne fait pas les choses. Il est les choses.*

Il se désaltéra en appréciant chaque gorgée.

*Oui. L'enfant aurait compris.*

Federico observa son nouvel univers. Le plateau s'étendait jusqu'au pied de plusieurs pics aux sommets enneigés. Il devinait le contour de trois lacs, peut-être quatre, reliés entre eux par un ruisseau. Il n'y avait aucun arbre, aucune végétation remarquable, si bien qu'il verrait facilement approcher celui, ou celle, avec lequel il avait rendez-vous.

Il sortit de son sac deux barres de céréales et ne résista pas à la tentation de toucher la sphère.

Elle était bien là, logée dans son écrin de vieux cuir craquelé qui occupait presque tout le sac.

Quelque chose bougea à la limite de son champ de vision. Federico se redressa et observa l'horizon. Il y avait une forme qu'il n'avait pas encore remarquée. Ça ne pouvait pas être un rocher, en tout cas, ça n'y ressemblait pas vraiment.

Federico éprouva un court moment de panique. Il ne s'attendait pas à rencontrer Denis Craig si tôt.

Il referma son sac à dos tout en réfléchissant.

Quelle tactique allait-il pouvoir adopter ? Il se trouvait dans une position peu commode, isolé de tous, supposé mort chez lui, loin de toute aide possible et avec pour seul secours cet homme dont il ne savait pour ainsi dire rien.

Frère Federico décida de parler sans rien cacher de ce qu'il savait. Le temps n'était pas à la manipulation. Il se trouvait seul, livré à un homme dont le pouvoir dépassait celui d'un État, et qui était sans doute la seule personne à pouvoir lui venir en aide dans sa mission. Bien sûr, Federico disposait d'un argument de poids. Une sphère d'une dizaine de kilos de métal dont il doutait encore de la réalité. Mais une fois qu'elle serait passée entre les mains de Craig, plus rien n'obligerait ce dernier à le garder auprès de lui. Le frère ne pourrait plus que s'en remettre à son bon vouloir.

Federico chargea le sac sur son dos et se dirigea vers la silhouette.

Les sangles mordaient ses chairs douloureusement. La sphère semblait s'alourdir à chaque pas.

Comment cet objet avait-il fait trembler le pouvoir du christianisme ? Quelle puissance pouvait-il contenir ? Ses supérieurs ne le lui avaient pas clairement dit. Peut-être même ne le savaient-ils pas. Pendant mille ans, un secret était passé de pape en pape, sans doute par le biais d'un écrit jalousement conservé à l'abri des regards. Le texte lui-même avait probablement été rédigé de telle façon qu'il ne pouvait être compris qu'à l'aide de clés, de symboles. Une intention abstruse s'y était glissée, pour que nulle personne étrangère ne puisse y comprendre quoi que ce soit de vraiment clair. Et, de siècle en siècle, ce texte avait peut-être été repris, changé, transformé, avili, vidé de son sens premier par les Saints-Pères eux-mêmes. Rien n'était impossible. Frère Federico le savait. La tentation de s'approprier, de marquer personnellement les textes sacrés avait souvent été l'un des travers des successeurs de Pierre.

Alors, que penser de ce que le père La Rieta lui avait révélé ?

Cette sphère représentait-elle un réel danger pour la chrétienté, pour l'humanité ?

C'était difficile à croire, d'autant plus qu'à présent, isolé comme il l'était, Federico pouvait très bien disparaître corps et biens, sphère comprise, de la connaissance des hommes. Et emporter avec lui ce secret dérangeant.

Pourtant, dans l'écrin vieilli de cette valise, la sphère semblait tellement anodine.

C'était presque incroyable.

À cent mètres, son cerveau interpréta les contours de la forme aperçue plus tôt.

C'était celle d'un homme, assis dans un fauteuil de style empire, face à un second fauteuil identique, vide et tout aussi incongru dans ce décor de montagne.

À trente mètres, Federico reconnut les traits de Denis Craig.

— Bonjour, frère Federico, lança Craig sur un ton désinvolte. Dois-je être désolé de vous apprendre que vous êtes mort depuis deux jours ?

Federico plissa ses paupières. Il aurait aimé se trouver dans la tête de son interlocuteur à cet instant précis.

— Cette entrée en matière m'apprend que vous en savez déjà beaucoup à mon sujet.

Federico de Salva posa son sac au pied du fauteuil libre et tendit une main, dont Craig s'empara chaleureusement.

— Bonjour, monsieur Craig.

— Votre mère et votre sœur savent-elles que vous êtes toujours de ce monde ?

— Non, et je le regrette. Mais je n'ai pas eu le choix.

— On a toujours le choix.

— Pas quand vous vous trouvez devant le fait accompli.

— Vous me semblez bien sombre. Remarquez, j'aime assez. Pour quelqu'un qui fait ressurgir le nom du père Fontorbe pour se faire introduire auprès de moi, vous ne lui ressemblez pas beaucoup.

— Je ne sais pas tellement comment je dois le prendre…

— Mais le mieux du monde, frère Federico. Le mieux du monde. Le père Fontorbe n'était pas toujours des plus recommandables. Mais passons. Nous ne sommes pas là pour parler de lui, mais de ce qui vous amène et que vous n'avez pas voulu dire à Philip Straub.

— Je ne pouvais en parler qu'à vous seul.

— Quoi qu'il en soit, ce doit être sacrément important pour que vous ayez fait tout ce chemin à pied. Mais je vous en prie, installez-vous ! Je n'ai pas fait déposer ce fauteuil pour que vous restiez debout.

Federico jaugea l'assise du fauteuil d'un regard et s'y assit. Le coussin était épais et moelleux. Un délice après ces heures passées à marcher.

— Le père Fontorbe nous a quittés il y a vingt ans, à peu de jours près. Qu'a-t-il pu laisser derrière lui qui vous fasse surgir aujourd'hui ?

— Rien qu'il ait personnellement fait.

— S'agit-il de quelque chose ayant à voir avec Malhorne ?

— Je ne m'attendais pas à ce que vous soyez aussi direct.

— J'aime surprendre, parfois.

— Ces fauteuils, ici, en pleine montagne, en sont une preuve manifeste, je suppose.

— Une bête histoire de confort, se défendit Craig. Mais ils auraient pu être plus simples, en effet. Vous ne pouvez plus faire demi-tour à présent, frère Federico. Votre présence a-t-elle un rapport avec Malhorne ?

— En effet, admit Federico en s'étonnant lui-même de devoir se livrer si rapidement.

— Quoi précisément ?

— J'ai entendu parler de vous comme d'un homme rompu à l'art du langage, appréciant cet exercice, et ce n'est pas l'homme que je vois devant moi. Que peut-il y avoir d'aussi urgent pour que vous soyez si direct ?

— De ma vie, je n'ai jamais été aussi honnête, frère Federico, confessa Denis Craig. Et je n'ai jamais non plus eu un tel besoin de rapidité. Ceci explique en partie pourquoi je suis venu ici personnellement.

— Comment en arrivons-nous à cette situation ? Pardonnez-moi cette offense, mais il y a sans doute une explication. Votre position en ce monde n'a pas dû vous porter vers la confidence, je me trompe ?

— Les métastases ! Voilà l'explication. J'ai un excellent toubib, je dispose des meilleurs services, mais je vais crever quand même. Et ça, toutes les fortunes possibles ne réussiraient pas à me le faire oublier.

— Vous m'en voyez navré, monsieur Craig. J'ignorais ce malheur.

— Comme le reste du monde, et il faut qu'il en soit ainsi jusqu'à la fin. Vous n'avez pas idée de l'inclinaison que prendraient nos cotations en Bourse si la chose s'ébruitait. Même sur le point de crever, je me soucie des destinées de mon empire.

— Pour ce que vous en ferez le jour venu…

— Vous êtes sans merci !

— Vous ne me laissez pas vraiment le choix. Votre brutalité génère la mienne.

— Alors, soyez brutal jusqu'au bout et répondez-moi ! dit Craig en élevant le ton. En quoi votre présence a-t-elle un rapport avec Malhorne ? Et permettez-moi de vous poser la question différemment, avez-vous apporté le cristal d'Ethen ?

Federico ne sourcilla pas

— Je n'ai aucun cristal, répondit-il.

— Alors, qu'avez-vous ?

— Ceci, dit-il en ouvrant son sac pour en sortir la valise. Sans doute l'appelez-vous « l'Aratta » vous aussi.

Craig sentit une goutte de sueur descendre le long de sa colonne vertébrale tandis que Federico ouvrait la vieille valise.

*Est-il possible que… ?* pensa-t-il sans oser achever sa phrase.

Protégée dans une housse en velours pourpre, la sphère se livra à la lumière du jour.

— Depuis quand l'avez-vous ? murmura Craig en se penchant pour la toucher.

— Personnellement, ou parlez-vous de Rome ?

La main de Craig effleura la surface métallique, puis il se pencha davantage pour l'envelopper de ses mains et la soulever.

— Si légère et si lourde en même temps, apprécia Craig.

— Doutez-vous de sa réalité ?

— Ce pourrait très bien être une copie et je n'en saurais rien. Savez-vous ce que c'est ?

— Sans doute moins bien que vous. Et encore, je n'ai appris son existence qu'il y a quelques jours. Je crois qu'elle est un instrument de passage.

— C'est une bonne définition, frère Federico. Je n'aurais pas mieux dit. Un instrument, sans aucun doute. Pour un passage, assurément, mais nous ne savons pas vers où. Et c'est précisément ce qui nous fascine tous.

— Êtes-vous nombreux à connaître l'existence de cet objet ?

— Non, quelques-uns. Et j'ai toute confiance en ces gens. Enfin, presque toute confiance. Mais vous n'avez pas répondu à ma question. Depuis quand Rome possède-t-elle l'Aratta ?

— Près de huit cents ans.

— Et vous n'avez pas trouvé comment elle fonctionnait ?

— Je ne possède pas la réponse catégorique à cette question, mais si nous nous trouvons ici réunis, c'est sans doute que non.

— Dites-m'en plus. Où a-t-elle été trouvée ?

— Nulle part. Son origine n'est pas connue. Par contre, nous savons qui la possédait.

— Allez-y, frère Federico, gronda Craig. Vous finirez par me le dire, alors ne tournez pas autour du pot.

— Et quel pot !

— Soyez aimable, je vous prie.

— Archalb le Nazaréen, lâcha frère Federico. Êtes-vous plus avancé ?

— Pas si vous ne m'en dites pas plus. Mais je peux aussi lancer l'un de mes limiers sur la trace. Il y a huit cents ans, en Europe je suppose, ou en Orient, Archalb le Nazaréen, c'est plus qu'il n'en faut pour trouver quelque chose.

— Je doute qu'il trouve quoi que ce soit sur cet homme.

— Tout le monde laisse une trace, surtout s'il possédait l'Aratta. Maintenant que nous savons, il suffit de chercher.

— Cet Archalb était, je le pense, un messager venu d'ailleurs. C'est ce que j'ai compris. C'est peut-être lui qui a développé l'hérésie cathare en Europe.

— Les cathares ! s'exclama Craig. Voilà qui a donné du mal au Vatican, si mes souvenirs sont corrects. Ainsi donc, ce serait l'Aratta qui aurait fait peur à Rome dans cette secte chrétienne ! Archalb, ça sonne comme un nom arabe, non ?

— Je me garderai bien de situer son origine sur notre Terre, contra Federico. D'après mes supérieurs, l'Aratta ouvrirait l'accès aux cohortes citées dans les Évangiles.

— Les armées de Satan ? C'est de ça dont vous avez eu peur ?

— Il y a huit cents ans, oui, sans doute.

— Pauvres fous ! vociféra Denis Craig. Mais Rome n'a-t-elle jamais su faire autre chose que se tromper et réparer ses erreurs dans le sang ?

— Nous parlons d'un autre temps, essaya de se défendre Federico. Et nous, aujourd'hui, ne savons même pas exactement ce qu'est cet Aratta. Il faudrait rester prudents avant de juger nos aînés.

— La prudence n'est plus pour moi. Qu'ai-je à perdre ?

— Peut-être rien, mais qu'avez-vous à gagner ?

Denis Craig se garda de répondre trop vite. Il plissa les paupières et observa son interlocuteur.

— Archalb le Nazaréen, reprit-il. Ce nom ne me dit rien. Pas même une consonance familière, mais j'ignore bien des choses sur bien des sujets.

— Les cathares ont été rayés de la carte. Tous leurs écrits ont été brûlés. Tout ce qu'ils auraient pu laisser derrière eux a été systématiquement détruit. En tout et pour tout, il ne reste que deux ouvrages cathares. Et encore sont-ils partiels !

— Je sais, mais je ne m'étais jamais demandé si la raison n'était pas autre que celle racontée dans les manuels.

— Jusqu'à ces jours derniers, moi non plus.

— Vous voilà aussi abusé que moi.

— Ce qui compte pour moi n'est pas les affaires dont se sont mêlés les religieux.

— Belle parade pour n'endosser aucune responsabilité.

— Ce n'est pas ce que je cherche à faire. Croyez-vous que je n'ai éprouvé aucune souffrance quand j'ai étudié les actes de l'Inquisition ?

— Pour ce que ça change…

— Est-ce parce que des banquiers ont épaulé l'Allemagne nazie que vous avez cessé de vous intéresser à l'argent ?

— Je ne vois pas le rapport, frère Federico. Vous divaguez.

— Ma foi n'est pas liée à l'Histoire et aux errements de l'Église catholique.

— Ce qui m'intrigue, confia Craig, c'est pourquoi le Vatican n'a pas essayé de percer les secrets de la sphère pour son propre compte. Pourquoi vous envoyer vers moi ? Seul qui plus est. C'est la possibilité d'expédier l'agneau entre les griffes du loup.

— Un loup qui va mourir est un loup qui veut savoir.

— Personne ne le sait.

— Moi, si, à présent. Mais je ne pense pas que Rome soit animée des mêmes intentions qu'auparavant. Le pouvoir temporel s'est partagé depuis. Les catholiques ont été obligés de se plier aux nouvelles règles. Vous-même en avez édicté certaines. L'islam aussi.

— Nous y voilà donc.

— Rome a besoin de vous. Nous ne pouvons pas nous permettre de voir cet objet tomber entre de mauvaises mains.

— Est-ce à dire que les miennes sont assez propres ?

— Vous imaginez de quoi je veux parler…

— Je vous taquine, frère Federico. Je suppose que vous ne voulez pas qu'un croissant vienne faire de l'ombre au-dessus de cette sphère.

— C'est à peu près ça, acquiesça Federico, soulagé d'avoir affaire à un homme intelligent. C'est même exactement ça. Et puis, vous avez su vous trouver du même côté que nous par le passé. Rome gage que nous saurons nous entendre de nouveau.

— Alors, gageons ! Gageons tout ce que vous voulez, même. J'ai déjà laissé mon âme en gage, alors continuons !

— Vous semblez très amer, monsieur Craig.

— Le père Fontorbe me donnait parfois des petits noms. C'était « mon fils », je crois.

— Chercheriez-vous mon habit de moine ?

— Vous me plaisez bien, frère de Salva. C'est un bon départ.

— Faisons en sorte que le chemin se poursuive sous ces bons augures.

— Ça ne tient qu'à nous.

— En effet. Et puisque vous êtes le maître du jeu pour le moment, me direz-vous ce qui va se passer ?

— Que voulez-vous savoir ? La sauce à laquelle vous allez être mangé ?

Le front de frère Federico se rida d'un trait d'inquiétude.

— Je pourrais prendre cette sphère et vous laisser ici, poursuivit Craig. Je pourrais aussi vous faire disparaître. Puisque vous êtes déjà mort pour l'administration italienne, ce ne serait même pas un meurtre.

— Dois-je m'y préparer ?

— Pas une seconde. D'ici quelque temps, je vais avoir besoin de vous, pour une extrême-onction, si j'ai besoin de me repentir…

— Ou si vous en avez l'audace.

— Appelons ça « l'extrême audace », dans ce cas. Mais non, je ne me priverai pas de votre compagnie.

— Avoir entassé une telle fortune pour finir si seul, finalement, je ne peux pas regretter d'avoir choisi la pauvreté de mon ordre.

— Une pauvreté très relative, non ?

— Je ne possède rien. Pas même ce sac.

— Je vous emmène à une condition.

— Si je ne veux pas, que ferez-vous ?

— Vous êtes venu à pied…

— Exposez-moi cette condition. Ce n'est pas la marche qui me gêne. Rome a misé sa confiance sur moi.

— Soyez mon fou, jusqu'à ma dernière heure. Rares sont les hommes à oser me parler comme vous le faites. C'est un luxe que je n'ai pas su me payer. Après ma mort, ce sera la curée. Je n'ai pas d'héritiers, seulement des actionnaires et ces gens-là sont la plupart du temps des ingrats. Mais, pour cela, je vais vous proposer un marché. Restez inchangé jusqu'à mon heure dernière et vous hériterez d'une grosse partie de ma fortune.

— Je n'en veux pas.

— Imaginez qu'avec le centième, vous pourriez couvrir l'Afrique de puits d'eau potable !

— Faites-en don à mon Église.

— Non, vous savez très bien ce que Rome en fera.

— Alors, je n'ai pas de solution.

— Fondez-en une nouvelle. Une Église à but non lucratif, ce serait nouveau. Vous pourriez dilapider une fortune colossale pour le seul bien de l'humanité. Ça ne se refuse pas aussi vite.

Frère Federico tourna son regard vers les sommets enneigés.

La proposition de Craig était si attractive qu'il s'en méfia immédiatement. Pourtant, s'il l'acceptait, il posséderait de quoi éradiquer la famine, les épidémies, l'extrême pauvreté pour des décennies. Et pourquoi pas pour toujours ?

Très haut dans le ciel, un rapace poussa un cri strident. Federico suivit son vol. L'oiseau effectuait de grands cercles dont le centre devait se trouver à quelques mètres de lui. Il chercha sur le sol ce qui pouvait bien intéresser ce chasseur, mais ne vit rien. Lorsqu'il reporta son regard vers le ciel, le rapace n'y était plus.

— J'accepte votre offre.

— Alléluia ! s'exclama Denis Craig. Ce sera mon dernier pied de nez. J'en connais qui ne vont pas apprécier.

— Bien, que se passe-t-il à présent ?

Craig leva une main vers le ciel, l'index tendu comme pour y désigner quelque chose.

— La réponse vient toujours d'en haut !

Federico regarda machinalement dans la direction indiquée. Il ne vit rien dans le ciel mais entendit bientôt le bourdonnement d'un hélicoptère.

— Une dernière question, frère Federico. Avez-vous pensé à votre nouvelle identité ?

— Cette question ne m'avait pas effleuré l'esprit, je dois bien l'admettre. Pour le moment je porte l'un de vos Implants au nom de Federico Giangrandi.

— Vous en êtes satisfait ?

— Il me vient de ma grand-mère. L'attention est délicate. Surtout dans une telle situation...

— C'est égal pour le moment. Je vais affiner ma question. Voulez-vous rester prêtre ?

Federico prit la question de plein fouet. Il n'avait visiblement pas envisagé une pareille hypothèse.

— Pensez-y, dans ce cas. Cette identité fabriquée par le Vatican ne résistera pas à l'épreuve du temps. Celle que mes techniciens vous implanteront sera la dernière, à vie, si vous me permettez cette expression. Vous pouvez devenir qui vous voulez, quitter le clergé si vous le voulez.

— Une renaissance sociale en quelque sorte !

— Exactement, frère Federico. Une renaissance sociale. Réfléchissez bien, ce genre d'opportunité ne se présente pas deux fois dans une vie. Je n'ai pas le pouvoir de changer ce que vous avez dans la tête, mais j'ai celui de transformer le regard que les autres porteront désormais sur vous.

— Je vais y réfléchir. Mais j'ai toujours voulu servir Dieu, monsieur Craig.

— Vous pouvez même tourner le dos à Rome, si c'est votre désir. Servir Dieu ne veut pas forcément dire être chrétien. Je ne vous achète pas et n'essaie même pas de le faire. Ce doit être une conséquence des métastases. Je deviens plus généreux que je ne l'ai jamais été.

— Vous êtes le diable en personne, rétorqua Federico sur un ton qu'il souhaita plaisant sans y parvenir. On ne donne pas un tel choix à un homme, fût-il prêtre.

— Comme vous y allez ! Au cours de ma vie, j'ai commis ou fait commettre certains actes qui pourraient me faire appartenir à la fratrie de Satan, mais je ne pourrais être au mieux qu'un de ses lieutenants. Et encore, si je l'ai été, aujourd'hui, je n'en ai plus envie.

# 7

Harold Finlay garda les yeux fermés.

L'hôtesse venait d'annoncer le début de la descente sur l'aéroport de Bordeaux. L'atterrissage ne tarderait pas. L'atterrissage, le moment du vol qu'il détestait par-dessus tout.

C'était le seul moment où Finlay avait vraiment peur. Et pour cause. Tout dans sa situation lui hurlait qu'il avait raison de l'appréhender. Il était assis dans une carlingue d'environ deux cents tonnes de métal, lancée à mille kilomètres à l'heure, et qui allait devoir toucher le sol avec une exactitude de l'ordre du millimètre. En toute bonne foi, Finlay se disait que ça n'était définitivement pas raisonnable.

Pourtant, dans son métier, le danger ne manquait pas. Finlay ne comprenait pas pourquoi l'avion lui faisait cet effet-là.

À longueur d'année, il côtoyait la mort, les scènes de crime, les criminels, les juges et les avocats.

Mais aucun de ceux-là n'avait jamais réussi à lui procurer cette même trouille primale qu'il éprouvait à cet instant précis.

Il serra légèrement les poings et ne bougea pas, le visage tourné vers le hublot. Il sentit l'amorce de la descente. Son estomac se noua, ses oreilles commencèrent à bourdonner et une légère sudation perla entre la base de son nez et le bord de sa lèvre supérieure.

Finlay aurait payé cher pour que tout soit terminé. Entre ses paupières mi-closes, il eut un aperçu de la campagne bordelaise, dont les détails grossissaient à vue d'œil.

Parler lui aurait fait du bien. Dire n'importe quoi, occuper sa cervelle, c'est ce qu'il faisait d'ordinaire, lorsqu'il ne craignait pas d'attirer l'attention de son voisinage.

Mais cette fois, non. Il garderait les yeux fermés jusqu'à ce que le train de roues touche la piste.

La raison de son attitude se trouvait à côté de lui, assise dans le fauteuil voisin. Cette raison s'appelait Cecilia Palmer.

Il ne connaissait pas cette femme. Ses supérieurs lui avaient imposé sa présence la veille au soir, alors qu'il bouclait sa valise.

« La fille de Palmer va vous accompagner », lui avait-on dit sans laisser de temps pour une quelconque manifestation de sa part.

Et quand la hiérarchie exigeait, Finlay savait qu'il était vain de s'y opposer. Il laissait cette dépense inutile d'énergie aux derniers don Quichotte de la brigade anticriminalité.

Le matin même, il avait trouvé ladite Cecilia Palmer dans son bureau de Londres. Belle, longue, le regard expressif, la jeune femme pouvait avoir trente ans. Et pour une gosse de riches, elle avait même réussi à se montrer plutôt sympathique.

Exactement ce qu'il ne tenait pas à avoir à traîner pendant son enquête sur le sol français. Supporter les autochtones serait déjà assez difficile.

C'est pourquoi il n'avait pour ainsi dire pas décroché une seule parole du voyage, camouflant cette muflerie caractérisée sous une grosse fatigue, somme toute légitime au regard du départ très matinal.

Finlay détestait qu'on lui impose quoi que ce soit.

Deux jours plus tôt, George Palmer, l'une des plus grosses fortunes d'Angleterre, avait été retrouvé dans la forêt landaise, près du littoral atlantique.

Rufus Baudenuit, son interlocuteur local, n'avait pas voulu lui donner plus de précisions, se retranchant derrière la discrétion nécessaire à ce genre d'affaires.

*Baudenuit ! Drôle de nom, tout de même,* pensa Finlay. *Je me demande à quoi tu ressembles, collègue.*

Il aurait pu se procurer son profil sur la base de données du corps policier européen, mais il ne l'avait pas fait.

Sur une photographie, on se fait une mauvaise idée des gens. Les rapports sont faussés avant même d'avoir commencé. Finlay le savait pour l'avoir testé.

Normalement, Finlay aurait dû connaître Baudenuit. Cela faisait bientôt dix ans qu'il travaillait pour la section spéciale des enlèvements de personnalités. Ses enquêtes l'avaient mené dans toute l'Europe, et plus loin parfois. Mais Baudenuit venait de débarquer dans le corps. Son incorporation datait du mois précédent.

*Un nouveau par-dessus le marché ! Il fallait bien ça. Palmer n'est pourtant pas le premier venu.*

Finlay traquait la piste de Palmer depuis deux mois. C'est sa fille, Cecilia, qui avait signalé la disparition de l'homme d'affaires. Il s'était rendu en France pour ses loisirs et n'était pas rentré à la date prévue.

Sans bouger de son bureau de Londres, Finlay avait su en peu de temps où l'Implant de Palmer avait cessé d'émettre, quelque part dans une vallée du Pays basque.

Il s'y était donc rendu.

Et rien. La signature de son Implant était bien présente sur le réseau, et puis elle avait disparu. Sa dernière transaction commerciale datait du matin même de sa disparition, dans un hôtel près de la frontière avec l'Espagne. Palmer avait réglé sa chambre et un petit déjeuner.

Spécialisé dans la traque de disparus, Finlay savait qu'il n'existait pas beaucoup d'explications possibles à une interruption de signal d'Implant. Accident ayant entraîné sa destruction, usurpation de code, mais cette solution ne durait jamais très longtemps, ou alors, et c'était le cas le plus probable, quelqu'un avait intentionnellement retiré l'Implant pour le détruire.

Le problème, c'est que Palmer était équipé d'un second traceur, fonctionnant sur un autre réseau, très cher celui-là, qui permettait aux riches de ce monde de ne pas être aussi facilement manipulables que le commun des mortels.

Cet Implant, rendu quasiment indétectable par son matériau et sa forme, était en général situé dans une partie du corps accessible par une chirurgie profondément invasive. Rien à voir avec le simple coup de scalpel nécessaire pour enlever l'Implant universel. La seule solution pour faire taire ce second Implant, sans y toucher toutefois, revenait à enfermer son porteur dans une cage de Faraday. Finlay avait rencontré ce dispositif quelques années plus tôt. Sa mise en place nécessitait une grosse infrastructure qui ne passait pas inaperçue, surtout dans une vallée déserte des Pyrénées.

Le bourdonnement dans les profondeurs de ses oreilles se fit plus fort, plus douloureux. L'avion approchait du sol. Finlay tenta de chasser le malaise en déglutissant plusieurs fois, mais rien n'y fit. Et pas question de se pincer le nez pour décompresser. Mlle Palmer s'en apercevrait aussitôt.

Il prit son mal en patience et serra davantage l'accoudoir.

Renseignements pris auprès de la société qui avait posé le second Implant, celui de Palmer se trouvait dans son foie. Inaccessible à moins de disposer d'un bloc opératoire et de sérieuses compétences. Tout ceci avait amené Finlay à craindre très sérieusement de ne pas revoir le milliardaire en vie.

Il y eut une première secousse, l'avion repartit vers une position horizontale, puis une seconde. Les réacteurs vrombirent.

Et pourtant, il venait de réapparaître, deux jours plus tôt, en pleine nature, à plusieurs centaines de kilomètres du lieu présumé de sa disparition.

L'une des premières questions de Finlay avait concerné les deux Implants. Et, contre toute attente, Baudenuit avait répondu par l'affirmative. Palmer les avait encore tous les deux.

Incompréhensible !

L'avion venait de s'immobiliser. Finlay bougea légèrement sur son fauteuil, cherchant à imiter quelqu'un sortant du sommeil. Il avait presque honte de ce petit jeu, mais il s'y était trop largement engagé pour pouvoir faire demi-tour.

— Monsieur Finlay, le secoua Cecilia Palmer. À moins que vous ne vouliez me confier votre enquête, il va falloir vous décider à cesser de faire semblant de dormir !

Finlay bougonna en ouvrant les yeux. Il ne sut pas très bien si son visage devenait entièrement rouge ou si, au contraire, le sang s'en était retiré. Il se leva d'un bond pour échapper aux regards de la jeune femme, attrapa son bagage et fila sans un mot vers la porte arrière.

Finlay trouva Baudenuit en quelques secondes. La foule, pourtant importante, qui attendait les voyageurs ne le gêna pas. Les flics se reconnaissent entre eux. Il chercha simplement au bon endroit, là où lui-même se serait sans doute tenu dans une même occasion. Sur le côté, légèrement à l'écart, adossé à un mur pour réduire le nombre de directions à surveiller.

Baudenuit était grand, un peu moins de deux mètres, d'une musculature fine. Habillé, il ne paraissait pas avoir un gramme de graisse. Son visage suggéra à Finlay un métissage, dont il ne réussit pas à séparer les ascendances. Asiatique pour une moitié, ou un quart. Mais de quelle partie de l'Asie, il devrait attendre pour le savoir.

L'absence d'expression sur son visage plut aussitôt à Finlay. Baudenuit affichait une expression neutre qui vous permettait d'aller à l'essentiel sans passer par le superflu. Un superflu qui viendrait ensuite, si des affinités se présentaient.

Une attitude professionnelle comme Finlay les aimait.

Baudenuit aussi sembla reconnaître Finlay, à moins qu'il n'ait auparavant pris ses renseignements auprès du fichier européen.

Il tendit une main, en proportion aussi longue et fine que l'était le bonhomme en entier.

— Rufus Baudenuit, déclara-t-il d'une voix qu'il modulait à merveille. Avez-vous fait bon voyage ?

Les présentations furent courtes, même si Cecilia Palmer ne partageait pas ce goût pour la rapidité. Baudenuit les entraîna vers un parking en sous-sol. Dix minutes à peine après que l'avion se fut posé, ils quittaient l'aéroport et s'engageaient sur une voie périphérique.

— Vous allez le voir dans quelques minutes, précisa Baudenuit. La clinique se trouve à quelques kilomètres d'ici.

— La clinique ? s'inquiéta Cecilia Palmer.

— Votre père est dans un état de désarroi mental, disons, chaotique. Les médecins ne se sont pas encore exprimés sur sa pathologie précise. Je crois que pour le moment, ils pataugent.

— Sait-on ce qui lui est arrivé ?

— C'est le noir total. Et c'est là que je voulais en venir, répondit Baudenuit. George Palmer a été trouvé par deux randonneurs. Il était nu, le corps entièrement peint en rouge. Il présentait un état de sous-nutrition légère et de déshydratation avancée. Les randonneurs ont appelé nos services après l'avoir alimenté et mis au chaud sous leur toile de tente.

— Ses jours sont-ils en danger ? s'enquit Finlay.

— Absolument pas. Ses analyses physiologiques sont normales, à l'exception de la présence d'un alcaloïde dans son sang, mais plusieurs traitements sont en cours.

— On sait de quoi il s'agit ?

— Pas exactement. Les médecins en sauront peut-être plus tout à l'heure. Les prélèvements datent de moins de quarante-huit heures.

Baudenuit actionna son clignotant, puis s'engagea sur une bretelle de sortie. Les panneaux indiquaient la direction des vignobles du Médoc.

— Vous tenez à le voir maintenant ? demanda Baudenuit à Cecilia Palmer.

— Mlle Palmer est ici justement pour cela, répondit Finlay d'une façon un peu trop brusque.

Baudenuit regarda la jeune femme, une interrogation muette dans les yeux.

— Mon père est une très forte personnalité, monsieur Baudenuit. Je suis sa fille unique et je pense avoir hérité de ce même sale caractère. Quoi qu'il ait pu vivre au cours de ces deux derniers mois, je suis certaine qu'il est à même de le surmonter. Même si cela nécessite un certain temps pour qu'il y arrive. Ne vous inquiétez pas pour moi.

— Votre père porte-t-il un tatouage, mademoiselle Palmer ?

— Que voulez-vous dire ?

— Exactement ce que vous venez d'entendre.

— Bien sûr, ce n'est pas ce que je voulais dire. Pourquoi me posez-vous cette question ?

— Répondez-vous toujours de cette façon ? Ça ne doit pas être facile d'apprendre quelque chose de vous, je me trompe ?

Cecilia sourit à Baudenuit par l'intermédiaire du rétroviseur central.

— Non, il ne porte aucun tatouage. Je comprends qu'il en a un à présent…

— Exact, mademoiselle Palmer. Votre père présente un tatouage sur le thorax.

— De quelle sorte ? intervint Finlay.

— Vous voyez à quoi ressemble une croix cathare ou une croix solaire ?

Finlay secoua la tête négativement.

— Et vous, mademoiselle Palmer ?

— Je crois, oui. À moins que je ne confonde avec le symbole des chevaliers de l'ordre du Temple.

— C'est pratiquement le même, affirma Baudenuit. Votre père porte ce symbole sur le thorax. Inspecteur Finlay, je ne vous ai intentionnellement pas donné tous ces détails par téléphone. La moindre fuite pourrait prendre des proportions très importantes. Étant donné la notoriété de M. Palmer. Cette croix fait immédiatement penser à des sectes, ou ce genre de choses. Vous comprenez, je suppose. Les sectes ont plutôt le vent en poupe, ces temps-ci.

— C'est aussi pourquoi je ne vous ai rien demandé de plus, l'assura Finlay. Mais dites-moi, j'aimerais comprendre un détail. Comment se fait-il que les Implants de M. Palmer n'aient pas été identifiés par le réseau plus tôt ? Vous dites qu'il errait. Savez-vous depuis quand ?

— Impossible de le savoir. La région des Landes est peu peuplée. Il y a des parties couvertes de forêts où l'on ne rencontre pas âme qui vive. Vous seriez surpris de constater à quel point on manque de réseau à certains endroits. Et là, je parle de téléphonie. Quant à celui de couverture des Implants, la France n'échappe pas à ses grandes règles. Il est presque inexistant en rase campagne. Vous connaissez le dicton ? « Là où tu ne consommes pas, tu n'es personne. »

— Bien sûr, lâcha Finlay. Je ne perdais rien à demander.

— Nous arrivons, informa Baudenuit. Vous allez vous rendre compte par vous-même.

Leur voiture quitta la route secondaire, qui traversait les célèbres vignobles depuis quelques kilomètres, et s'engagea dans une allée privée.

Baudenuit fit le tour d'une grande bâtisse du XVIII^e^ siècle et se gara à l'arrière, sur un parking réservé aux visiteurs. Plusieurs véhicules de police s'y trouvaient déjà. Dans l'une d'elles, trois agents surveillaient les abords.

— Venez avec moi, dit Baudenuit. C'est la direction parisienne qui nous a demandé de le faire interner ici. Et je pense que l'ordre venait de plus haut.

— Mon père a des amitiés à Paris. Je ne sais pas exactement lesquelles. Il connaît du monde un peu partout.

Ils montèrent une volée de marches qui les déposa dans un hall ouvert aux quatre vents.

Baudenuit les fit alors emprunter un couloir, puis sa perpendiculaire.

— Il est là, dans cette chambre de contention, indiqua Baudenuit d'un signe de la tête.

— Est-ce qu'il est… entravé ? osa demander Cecilia.

— Non, il ne l'est plus depuis quelques heures. Mais nous avons dû le protéger de lui-même.

— Est-ce que je peux ?

— Un instant, répondit Baudenuit. Je dois m'assurer d'une dernière chose. Tournez-vous vers moi, s'il vous plaît.

Cecilia s'exécuta sans comprendre.

Rufus Baudenuit l'inspecta de la tête aux pieds, puis désigna une broche qu'elle portait sur sa veste de tailleur, juste au-dessus de la poitrine.

— Je dois vous demander de retirer ce bijou.

— Je ne comprends pas.

— Expliquez-vous, insista Finlay.

Baudenuit vérifia la tenue de son homologue anglais.

— Vous allez bientôt comprendre, dit-il de manière laconique. Allez-y, vous pouvez le voir à présent.

Cecilia s'approcha la première. Une petite fenêtre rectangulaire, faite dans une matière souple et incassable, permettait de voir à l'intérieur.

— Où est-il ? dit-elle en regardant vers les policiers. La salle est vide.

Puis elle retourna son attention vers la fenêtre.

La tête de George Palmer s'y encadra au même moment.

— Oh, mon Dieu ! gémit Cecilia.

Ce n'était pas l'homme qu'elle connaissait qui se trouvait à l'intérieur de cette cellule. Son visage était livide et ses traits, creusés par la fatigue, la chimie et l'épreuve inconnue qu'il avait traversée, marquaient de cernes noirs un regard halluciné.

Au passage, les yeux de Palmer croisèrent ceux de sa fille. Mais il ne la reconnut pas. Il disparut le long du mur, qu'il longeait sans s'arrêter. Un long hurlement prolongea sa présence.

— Que dit-il ? demanda Cecilia. Je ne comprends pas ce qu'il dit…

Elle avait les yeux pleins de larmes.

— Je suis désolé, mademoiselle Palmer, déclara Finlay. Je ne m'attendais pas à ça. Sans quoi, vous auriez découvert votre père autrement.

— Nous avons mis un bon moment à comprendre nous-mêmes, expliqua Baudenuit. Et au début, il était d'une extrême violence. Vous avez remarqué les gélatines qui couvrent les fenêtres de ce côté ?

Finlay et Cecilia se tournèrent. Dans la direction indiquée par Baudenuit, plusieurs fenêtres étaient entièrement recouvertes de feuilles de plastique bleu. À travers ce filtre, les couleurs étaient dénaturées, affadies, comme vieillies.

— Votre père hurle le mot «green», mademoiselle Palmer. Et c'est ce qui nous a fait comprendre qu'il ne supportait pas cette couleur. Depuis qu'il ne voit plus les feuillages des arbres du parc, il s'est calmé. Le personnel a proscrit la couleur verte autour de et dans sa cellule.

— Est-ce que…, commença Cecilia. Qu'en disent les médecins ?

— Mais bien sûr, s'excusa Baudenuit. Je suis impardonnable. Voulez-vous rencontrer son médecin traitant ?

— Nous aurions pu commencer par là, s'agaça la jeune femme.

Puis elle reprit sur un ton plus doux :

— Pardonnez-moi, monsieur Baudenuit. Mon père compte beaucoup pour moi. Mes nerfs craquent un peu, à présent que je l'ai retrouvé.

— Je le comprends parfaitement. Venez avec moi.

Baudenuit accompagna Cecilia Palmer jusqu'au bureau des infirmières puis revint vers Finlay.

Il le trouva en pleine contemplation de la cellule de contention.

— J'ai omis certains détails dans la voiture tout à l'heure, déclara Baudenuit à voix basse. Je ne savais pas que Mlle Palmer serait là.

— Ordre de Londres. Je m'en serais passé.

— Elle n'est pas désagréable, au contraire, vu les circonstances…

— Je vous l'accorde. Mais je m'en serais quand même passé.

— Venez, il y a une terrasse par ici.

Baudenuit entraîna Finlay vers un salon, qui lui-même ouvrait sur une terrasse. Une glycine y jetait une ombre très agréable. Ils s'accoudèrent à une balustrade qui dominait des dizaines d'hectares de vignes.

— On a trouvé du sang humain sur le corps de Palmer et sous ses ongles. Il y en avait un bon millimètre séché.

Les analyses nous ont appris qu'il y avait plusieurs ADN.

— Comment ça plusieurs ?

— Huit dans les traces prélevées sous les ongles. Encore plus sur le corps. Une vingtaine, peut-être davantage.

— Hommes, femmes ?

— Les deux, avec une plus grande proportion d'hommes.

— Je n'ai encore jamais vu ça, laissa traîner Finlay.

— Moi non plus, acquiesça Baudenuit. Mais comme j'ai une certaine avance sur vous, j'ai eu le temps d'échafauder des idées.

— Je vous écoute.

— Eh bien, je n'en vois que deux. D'une façon ou d'une autre, Palmer s'est trouvé en présence de ce sang. Il est possible qu'il ait pris part à un rituel sectaire, satanique ou autre, au cours duquel le sang de plusieurs participants a été mélangé.

— Ça me semble peu crédible.

— À moi aussi.

— La deuxième ?

— Un combat. Je ne sais pas dans quelles circonstances, ni avec qui cela a pu se passer, mais Palmer s'est peut-être vu contraint de se battre à mort avec des femmes et des hommes.

— Plus de vingt ?

— Je sais, c'est difficile à avaler, mais je n'ai pas trouvé mieux.

— Et son tatouage ? Ça a donné quelque chose ? Palmer passe pour un original. Sa fortune lui permet d'assouvir ses lubies.

— Je me suis renseigné aussi, déclara Baudenuit. Et puis, je lis les journaux.

— On peut résumer ça à : passion pour l'histoire médiévale et les trésors perdus.

— Il en aurait retrouvé…

— Et cette fois, c'est quelqu'un qui l'a trouvé, lui.

— On ne peut pas raisonnablement incriminer des cathares, monsieur Finlay. Cette secte a disparu il y a huit cents ans.

— Harold, précisa Finlay. Il existe sans doute de nouveaux adeptes. J'avoue mon ignorance sur ce chapitre.

— Rufus, répondit Baudenuit. Pour ça aussi, j'ai une solution. Nous irons voir un professeur d'histoire des religions sur Bordeaux. Nous avons d'excellentes universités.

— Puisque tout est prévu et organisé, je n'ai plus qu'à suivre le mouvement, plaisanta Finlay.

— J'attends les premiers résultats des recherches que j'ai demandées sur des affaires similaires. Nous aurons ça d'ici ce soir, ou demain matin. En attendant, nous passons à votre hôtel et je vous sers de guide dans la vieille ville de Bordeaux.

Cecilia Palmer les retrouva à cet instant de leur conversation. Elle avait retrouvé son attitude désinvolte et ses yeux ne brillaient plus exagérément.

— Ce sera avec plaisir, déclara-t-elle en pénétrant sous la glycine. Et il va me falloir autre chose que du vin local pour encaisser cette journée. Je boirai quelques verres de gin à la santé de mon père.

# 8

Sidney Conrad ouvrit la porte de la morgue. Dehors, il faisait nuit. Une pluie très fine emmaillotait les ténèbres dans un écrin humide. Il posa une main au-dessus de ses yeux pour essayer de voir plus loin. C'était une vieille habitude qu'il avait gardée de son enfance passée au bord de la mer et dont il n'avait pas réussi à se départir. Pourtant, au cœur de Londres, la lumière était rarement assez forte pour nécessiter de tels gestes.

Derrière la barrière métallique qui fermait l'enceinte de l'institut médico-légal, il distinguait les contours d'une silhouette. Petite, trapue, presque rondouillarde, elle correspondait assez bien à celle de son ami Isidore Philax, à qui il avait donné rendez-vous.

— C'est toi, Isidore ? ne put-il s'empêcher de crier.

— Et qui veux-tu que ce soit à une heure pareille ? lui répondit une voix fluette en partie absorbée par la distance et l'humidité. Un livreur ?

Sidney sourit. Il imaginait Isidore grognant sous la pluie d'être sorti sans son parapluie. Isidore oubliait toujours quelque chose.

Il appuya sur le bouton de commande d'ouverture à distance et attendit, les yeux rivés sur la barrière.

Isidore apparut bientôt dans la lumière d'un réverbère. Il dégoulinait de la tête aux pieds.

— Viens te mettre au sec, l'invita Sidney. A-t-on idée d'oublier son parapluie quand on habite Londres !

— A-t-on idée de donner des rendez-vous dans un quartier aussi charmant à une heure aussi incongrue ?

Sidney jeta un regard sur sa montre-bracelet.

— Vingt-deux heures, ça n'est pas vraiment ce que j'appellerais une heure incongrue.

— Je m'incline, puisque monsieur a toujours raison.

Les deux hommes longèrent un couloir sombre, puis entrèrent dans une pièce qui tenait plus de la salle d'archives que du bureau, tant son espace était occupé par des rayonnages de classeurs et d'enveloppes étiquetées.

— Assieds-toi, proposa Sidney en débarrassant une chaise de sa pile de paperasse. Je te sers quelque chose ?

Sans attendre la réponse, il alla ouvrir le placard aux alcools de son cabinet. Il s'empara d'un flacon de vieux cognac et de deux verres à liqueur. Puis il retourna s'asseoir à son bureau et leva la bouteille vers le visage de son ami.

— Tiens, bois un coup, ça aide un peu.

— Il est un peu tard, non ?

— Dis donc ! Tu ne deviendrais pas un peu chiant avec l'âge ? Trop tard pour ceci, trop tard pour cela.

— Ça perturbe mon sommeil, s'expliqua Isidore.

— Parce que tu crois que ce que je vais te montrer va t'aider à t'endormir ? Il ne sera pas trop tard pour dégueuler, en tout cas.

— Oh… c'est aussi répugnant que ça ?

— Un cadavre ? Non, mais après être passé entre mes mains, c'est assez sale à voir. Surtout que mon assistant ne l'a pas encore remis dans le bon ordre. Mais c'est comme tu veux.

— Non, je vais t'écouter, donne-moi une rasade.

— Ce n'est que du raisin ! Ça ne peut pas faire de mal. À ta santé.

Ils entrechoquèrent leurs verres et les vidèrent d'une traite.

— Raconte-moi ce qui m'amène à l'institut médico-légal, hormis le fait de visiter mon vieil ami ?

— L'un de mes clients me pose un problème d'ordre anatomique.

— Ai-je une quelconque chance d'en savoir plus que toi ?

— Je me suis dit que deux avis valent mieux qu'un, et quand tu verras la tête de mon client, tu comprendras mieux mes interrogations.

— Allons-y dans ce cas.

Sidney fit passer Isidore dans la pièce jouxtant son bureau.

Au centre de la salle, une lumière crue tombait sur une table d'autopsie couverte de morceaux humains.

Isidore resta un moment sans rien dire, puis il s'approcha du cadavre tronçonné.

— Quelle taille faisait-il avant que tu ne t'en occupes ?

— Un mètre soixante-treize. Je peux te dire plusieurs choses à son sujet. Il a vécu pieds nus, vu l'épaisseur et la dureté de sa corne. Il mangeait des végétaux, presque exclusivement. Les analyses du bol alimentaire indiquent la présence de protéines animales, sans doute des insectes.

— Quelle sorte ? Selon la variété d'insectes, on peut envisager d'où il venait. Et certaines espèces endémiques pourraient même nous dire d'où au kilomètre carré près.

— Je l'ignore. Tu sais, je n'ai pas l'habitude de faire ce genre de recherches. Les bestioles que je rencontre dans mon travail, ce sont plutôt des mouches, des vers et des cafards. Rarement des espèces endémiques. Pour en revenir à mon client, je peux encore te dire qu'il était en excellente santé, qu'il n'a jamais eu recours à un dentiste, qu'il était doté d'une musculature impressionnante et que la cause de sa mort est due à l'intrusion d'un corps étranger très fin entre les vertèbres C1 et C2. Sans doute du métal, mais il faudra une analyse spécifique au microscope électronique et je ne suis pas certain d'avoir le budget pour.

» Ah, oui, dernier point le concernant, il n'a pas de cordes vocales. Je veux dire, pas du tout. Pas même atrophiées. Il était totalement et définitivement muet.

— Il a une tête à faire peur, je te l'accorde, marmonna Isidore, les yeux rivés sur la face sans vie. Il ressemble plus à mes chimpanzés qu'à un homme. Mais c'est pourtant indéniablement un humain.

— J'ai travaillé toute la journée dessus. Et il y a quelque chose qui m'échappe. J'ai devant moi un homme, en apparence. Et en même temps, ce n'est pas un homme. Je veux dire, pas un être humain.

— Qu'est-ce qui te fait dire ça ? Pas un délit de sale gueule, j'espère !

— Les cadavres sont arrivés il y a plusieurs jours et…

— Les ? Il y en a d'autres avec le même type de faciès ?

— Vas-tu me laisser terminer ? Non, il n'y avait qu'un autre corps, et il se trouve sous la bâche derrière toi. C'est une femme et je n'y ai pas encore touché.

— Je peux ?

— Rien d'intéressant. La femme a dû être belle avant de tomber entre les mains de ses assassins.

Dans le fond de la pièce, une deuxième table d'autopsie attendait dans la pénombre. Isidore s'y dirigea. La bâche dessinait les contours d'un corps indéniablement féminin. Il posa une main sur l'endroit où devait se trouver la tête, hésita puis renonça.

— J'ai vu faire ce geste dans des centaines de films, mais finalement ça ne me dit rien de me confronter à la réalité.

— Je peux continuer ?

Isidore fit un signe affirmatif de la tête. La présence de ce second cadavre le mettait mal à l'aise.

— Donc, je disais qu'ils sont arrivés il y a plusieurs jours. La morgue est un peu embouteillée en ce moment et comme nous ne sommes que trois légistes en tout… tu vois qu'il y a finalement peu d'étudiants en médecine qui choisissent de s'occuper des morts.

» Les analyses de routine sont parties au labo le jour même. Et elles sont arrivées aujourd'hui à vingt heures, juste avant que je t'appelle. En ce qui concerne la femme qui est derrière toi, les analyses n'ont rien révélé d'intéressant. Par contre, concernant ce monsieur-là, nous avons à faire face à un vrai problème.

— Qui est ?

— Son code génétique est humain à quatre-vingt-dix-neuf virgule sept pour cent !

— Pardon ?

— Tu as parfaitement entendu, Isidore. Le labo m'a même appelé pour savoir de quel type de singe il s'agissait. Je leur ai répondu que c'était le Premier ministre et on en est restés là. Mais quand j'ai compris que le type du labo ne plaisantait pas, je me suis dit que ta présence serait précieuse.

Isidore regarda le corps découpé très attentivement.

— Quatre-vingt-dix-neuf virgule sept pour cent ! C'est énorme, une telle différence, c'est même impossible ! Il n'y a pas pu y avoir une erreur dans les échantillons de sang ?

— Ce serait la première fois.

— C'est extraordinaire, déclara Isidore en accomplissant lentement un tour complet de la table d'autopsie.

— Je trouve ça au contraire très embarrassant !

Isidore négligea la remarque de Sidney. Il venait de mettre des gants stériles et s'apprêtait à manipuler le crâne, mais il se ravisa et s'adressa à son ami :

— Tu as fait une radio de son crâne ?

— Là, sur la paillasse, précisa Sidney Conrad.

Isidore alluma une table lumineuse et posa les radios dessus. Il les observa très attentivement, émettant de temps à autre un commentaire étonné ou satisfait, mais dont le sens échappait totalement à son voisin.

Après quelques minutes de ce manège, il se tourna vers Sidney Conrad. Son visage offrait une expression embarrassée.

— Finalement, tu aurais pu te contenter de me montrer cette radio. Et moi, j'aurais pu me passer de voir ta boucherie…

— Où aurait été le plaisir ?

— Nous nous connaissons depuis combien de temps, Sidney ?

— Pas loin de trente-cinq ans, je crois. Pourquoi ?

— Ça fera trente-sept ans en novembre prochain. Souviens-toi, nous nous sommes parlé pour la première fois le jour de la rentrée universitaire. Tu étais un indécrottable crétin à l'époque, et, moi, je rêvais de donner mon nom à un nouveau syndrome.

— J'ai l'impression d'entendre un reproche de la femme que je n'ai jamais eue. Tu es un sentimental, Isidore !

— Méthodique, mon cher. Pas sentimental. Je n'égare ainsi pas grand-chose, et même pas les souvenirs.

— Comme tu veux, capitula Sidney. Mais pourquoi me parles-tu de ça ?

— Parce que je n'ai jamais compris ton attirance pour les cadavres. Vois-tu, j'ai toujours su que tu aurais pu faire un toubib fantastique. Tu as brillamment réussi tes examens, tu es intelligent et surtout, tu as le sens du contact. Tout était réuni pour que tu deviennes un spécialiste apprécié. Et, au lieu de ça, tu as embrassé la carrière de légiste. Et ça m'échappe encore.

— Mais mon métier est passionnant, Isidore. Je t'assure ! Tu dois te faire de fausses idées.

— Mais je n'en doute pas. Par contre, gâcher tant d'années d'études qui auraient dû servir des patients… La médecine est faite pour soigner les vivants !

— Alors, disons que je préfère rechercher la vérité et la justice que prolonger des vies. Nous sommes bien assez nombreux comme ça. Je n'ai aucune sorte de problème avec mes patients ni avec leur famille. C'est peut-être ça qui me convient le mieux dans ce boulot. J'ai mon temps pour travailler. Tout mon temps. Mes clients à moi ne parlent pas. Il faut que je déduise. Un peu comme toi, d'ailleurs. Et maintenant, vas-tu me dire ce que tu as vu sur ces radios ?

— Un crâne, ne put s'empêcher de dire Isidore. Pourquoi, pas toi ?

Sidney ne répondit pas et préféra jeter vers son ami un regard blasé.

— Regarde ! expliqua Isidore en désignant successivement plusieurs parties du crâne radiographié. Arcades sourcilières très proéminentes, menton fuyant. Regarde la forme de l'os occipital. Très arrondi, je dirais même trop arrondi. Absence de front véritablement dessiné. Il devait avoir une vraie tête de demeuré. Et puis, dernier point, mais là je doute encore, c'est le cerveau. Il n'a pas la forme qui convient. Moins compact, moins ramassé qu'une cervelle normale. Par contre, en volume, il est largement aussi gros que celui d'un homme. Ce n'est ni un homme ni un singe, en tout cas aucun de ceux que j'ai étudiés jusqu'à présent.

— J'ai déjà fait toutes ces constatations, Isidore. Et c'est bien ce qui m'a embarrassé. Toi, tu en conclus quelque chose ?

— Ton bonhomme, il est entre l'homme et le primate, si tu veux mon avis.

— C'est bien ce que je te demande.

Isidore Philax prit son menton dans une main et commença à caresser sa barbe fournie.

— C'est un paléoanthropologue qu'il te faudrait, mon vieux, conclut-il.

— Je n'ai pas ce genre d'énergumène sous la main. Un primatologue dans ses relations, c'est déjà pas mal, non ? Vu ce qu'il reste de primates sur la planète... À moins que ta profession s'intéresse aussi aux humains dégénérés, auquel cas tu as du travail avec les générations à venir.

— Amusant ! Pas très original mais amusant, se gaussa Isidore. Niveau fac de médecine, tu es resté désespérément potache, mon bon Sidney. Les primates sont loin d'être aussi crétins que nous. Et ce qui les rend encore plus attachants, c'est qu'ils ne connaissent pas le bien et le mal.

— Conclusion ?

— Est-ce que c'est bien une radiographie de cet individu qui est étendu là, sur la table d'autopsie ? Je te demande ça, parce que si c'est une nouvelle plaisanterie de ta part, je préférerais que tu me le dises maintenant, avant d'aller plus loin.

— Je te l'affirme, déclara Sidney. Je ne pousse pas la plaisanterie aussi loin que ça.

— Permets-moi d'en douter. Tu veux que je te rappelle certaines de tes frasques passées ? Frasques dont j'ai parfois fait personnellement les frais.

— Sois beau joueur, tu as ma parole.

— Il y a un téléphone quelque part dans ta boucherie ?

— Repasse dans le bureau. Pendant ce temps, je vais nous resservir deux petits cognacs.

— Volontiers, voire un double pour moi.

Philax ressortit un quart d'heure plus tard. Son visage affichait une mine satisfaite.

— Vladitch vient tout de suite, déclara-t-il à Sidney. Il habite de l'autre côté de la Tamise.

— Qui donc ?

— Pardon. Walter Vladitch, un vieux pote de fac. Il est paléoanthropologue.

— Tu crois sérieusement qu'il peut nous aider ?

— Toi, tu connais parfaitement le corps humain. Moi, je connais très bien l'anatomie des primates. Vladitch se trouve à la jonction de nos deux disciplines. Ça fait quarante ans qu'il étudie des fossiles d'hominidés qui se situent entre les primates et nous sur l'échelle de l'évolution. Quatre-vingt-dix-neuf virgule sept pour cent de matériel génétique en commun avec l'homme, ça lui a parlé tout de suite.

Vladitch sonna peu de temps après. Il était en proie à une telle excitation que Sidney l'excusa d'avoir négligé les présentations en bonne et due forme. Vladitch ne pensait qu'à une chose, voir le cadavre.

La première chose qu'il demanda, après avoir observé le corps, et surtout le crâne, sous toutes les coutures, fut un verre de cognac, qu'il vida d'un trait avant d'en prendre un deuxième. Puis il tendit une main vigoureuse vers Sidney.

— Walter Vladitch ! tonitrua-t-il. Avant de m'emballer, j'ai plusieurs questions à vous poser.

— Je vous écoute, répondit Sidney, amusé par le personnage.

— Il portait un Implant ?

— Non, aucun. Et je vais vous dire mieux, ses poumons ne recelaient aucune particule de pollution.

— Il a très bien pu vivre en dehors des villes jusqu'à ce qu'il y vienne pour mourir.

— La pollution n'épargne personne, monsieur Vladitch. Même au fin fond du trou du cul du monde, si vous me passez l'expression, vous respirez un air vicié. Et vos poumons en portent la trace.

— En concluez-vous quelque chose ?

— Bien malin celui qui pourrait tirer une conclusion aussi vite.

— Ou trop pressé !

— Vous emballerez-vous cependant ?

— Que feriez-vous, si je ne faisais rien ?

— Je ne sais pas d'où vient ce bonhomme, déclara Sidney après quelques secondes de réflexion. Je ne sais pas non plus où il allait, mais une chose est certaine, son existence sera connue de la presse dès lundi. Pas question que cette histoire soit étouffée par une décision administrative. J'ai trop souvent assisté à ce genre de manœuvres pour me laisser abuser une fois de plus. Un caryotype presque humain, ce n'est pas rien.

— Laissez-moi faire, dans ce cas, intervint Vladitch. Venant de mon labo, la nouvelle n'en prendra que plus de crédit. Et vous pourrez toujours invoquer une maladresse de ma part auprès de vos services, qui ne doivent pas être très tendres, je suppose.

Sidney réfléchit une seconde avant de se décider.

— Entendu, on va procéder comme ça. Je préférerais une revue spécialisée, si possible.

— C'est même nécessaire. Faites-moi confiance, tout se passera dans les règles nécessaires à ce type de nouvelles. Et nous avons le week-end pour doubler ou tripler les analyses du laboratoire.

— Bien, parfait, concéda Sidney. Mais, à présent, allez-vous nous dire ce que vous inspire mon client peu ordinaire ?

Walter Vladitch frotta ses paumes l'une contre l'autre, retardant visiblement son effet.

— Pour moi, c'est bien un homme qui se trouve sur cette table, même s'il sera nécessaire de le recoudre un peu pour l'attester. C'est un homme, et en même temps, ce n'est pas un humain.

— Comment ?... le coupa Sidney.

— Au sens strict de ce terme, ce n'est pas un *Homo sapiens* mais un *Homo neanderthalensis*. L'homme de

Neandertal. Et ce qui nous pose un énorme problème, à vous comme à moi, c'est que cette branche de l'humanité a disparu il y a trente-cinq mille ans.

# 9

Stacey Revel se trouvait sous une longue tente en toile imperméable, occupé à détailler la moisson de fossiles et d'artefacts sortis de terre depuis les quinze derniers jours. Il y en avait des centaines. Du plus anodin fragment de silex au crâne magnifiquement conservé, tous alignés sans ordre d'importance, tous étiquetés soigneusement d'une bandelette en papier autocollant.

Un peu plus loin, sous une autre tente, plus petite celle-là, Paula Ruiz travaillait à répertorier de minuscules pierres bleutées percées en leur centre. À ses côtés, João tamisait la terre à la recherche d'autres pierres bleutées. Bientôt, si rien n'avait été perdu, l'ensemble des cailloux percés formerait un collier.

En dehors d'eux trois, il n'y avait personne. C'était une fin de journée de samedi. La plupart des personnes qui travaillaient sur le site habitaient dans la région et étaient rentrées chez elles.

Stacey arriva près du crâne qu'il avait lui-même contribué à faire ressurgir de la terre, quelques jours plus tôt. Il le souleva délicatement et l'approcha de son visage.

Les chairs, qui avaient un jour lointain recouvert ce crâne, n'avaient sans doute pu que former un faciès fruste. Les arcades sourcilières très proéminentes barraient le tiers supérieur de la face d'une avancée disgracieuse.

— Ce n'est pas juste, dit dans son dos la voix de Paula Ruiz. Cet être avait la tête du parfait abruti alors qu'il nous égalait dans tous les domaines.

— Moins un, répondit Stacey en se retournant. Il semble qu'il n'ait pas su s'adapter.

— Ce qui reste à prouver, Stacey. Rien ne l'a jamais démontré. Et depuis le temps que je travaille sur l'homme de Neandertal, je le connais de mieux en mieux. Peut-être même plus que les *sapiens* que nous sommes.

— Attention à ne pas devenir misanthrope par amour des fossiles, plaisanta Stacey.

Il observa le visage de son vis-à-vis, y cherchant un début de sourire, un froncement de sourcils, une simple marque d'irritation. Mais il n'y trouva rien. Le visage de Paula Ruiz demeura aussi impassible qu'il avait l'habitude de l'être.

— Et j'ai le sentiment que sa disparition n'est pas due à un manque d'adaptabilité, poursuivit-elle sans prêter la moindre attention à la remarque de Stacey. Il s'est passé quelque chose que nous n'avons pas su trouver.

— Et que voulez-vous qu'il se soit passé pour éradiquer une race ?

— Une épidémie qui n'aurait touché que les néandertaliens, par exemple. Mais dans cette hypothèse, nous aurions découvert de nombreuses sépultures de la même époque, ce qui n'est pas le cas.

— À moins que l'épidémie n'ait été fulgurante et que les vivants n'aient pas eu la possibilité de s'occuper de leurs morts. Ça pourrait coller.

— C'était un simple exemple, ajouta Paula. Hélas impossible ! Ce serait tellement plus simple ainsi…

— Il aurait fallu des échanges, ou au moins des contacts, entre tous les néandertaliens, confirma Stacey. Et ça n'est pas envisageable. Pas à cette époque.

— Je me demande à quoi aurait pu ressembler ce

monde si deux races humaines y avaient cohabité jusqu'à aujourd'hui.

— Au véritable racisme, je suppose, plaisanta Stacey. Mais en plus fort encore.

— Je ne sais pas, mais j'espère trouver un jour.

— Avec le soutien de Denis Craig, vous avez plus de chances d'y parvenir que vous n'en avez jamais eu.

— J'espère, dit Paula en retournant vers son travail. Oui, je l'espère.

Stacey regarda d'un air songeur la jeune femme s'éloigner.

*Elle est totalement dépourvue d'humour,* pensa-t-il. *Il n'y a que le travail, le travail et le travail dans sa vie. Je ne sais pas comment on fait pour exister ainsi !*

Il reposa le crâne à sa place et décida d'aller vérifier où en était la recherche qu'il avait lancée sur le Net quelques heures plus tôt.

Comme il en avait pris l'habitude, il tenta de dépoussiérer le bas de son pantalon sur le pas de la porte de la caravane, avant d'admettre que c'était impossible, et entra.

Un e-mail du laboratoire avec lequel il travaillait l'attendait dans sa boîte. Stacey l'ouvrit et parcourut les lignes de résultats. Il fut d'abord très étonné par la rapidité de réponse du laboratoire. Le message concernait la demande de datation concernant le crâne qu'il avait en main une minute auparavant. Il s'attendait à autre chose.

Il lut jusqu'au bout, une fois, puis il fut obligé de s'asseoir, tant le sentiment qui le gagnait le privait de ses facultés habituelles. Il relut la copie du mail, fit une pause pour réfléchir puis la parcourut encore.

Ce qu'annonçait le laboratoire était tout bonnement impossible. Le crâne du néandertalien, le dernier à avoir été sorti de sa sépulture, était trop récent de trente-trois mille ans.

Pourtant, la demande de Stacey ne comportait, comme d'habitude, aucune précision sur la nature du prélèvement. Le technicien du laboratoire ignorait s'il analysait un prélèvement de singe, de mammouth ou d'humain.

Mais le message était clair, l'échantillon était âgé de deux mille ans, à plus ou moins cinquante ans près.

Stacey pensa à une erreur de frappe, puis jugea que c'était sans doute impossible. Plus personne ne frappait les touches d'un clavier. C'était simple à vérifier.

Au téléphone, on lui répondit que les tests avaient été faits, selon la procédure, à plusieurs reprises, et que les résultats avaient été les mêmes chaque fois.

*Quelque chose a dû contaminer l'échantillon*, songea Stacey.

Il décida d'effectuer un deuxième prélèvement pour en faire une nouvelle datation.

Mais auparavant, il voulait vérifier que sa recherche s'effectuait correctement.

Il se connecta sur le site de la Fondation Prométhée et entra son code d'utilisateur.

Le résultat fut immédiat. Il ouvrit le premier lien proposé par les documentalistes de la Fondation. La photo pleine page qui apparut lui ôta toute envie de se relever. Elle représentait le visage en gros plan d'un homme blanc, paupières closes, front bas, arcades proéminentes, maxillaires puissants, qui aurait fait un très bon moule du crâne qu'il venait de faire dater.

La photo était surmontée d'un titre en gros caractères : *HOMO NEANDERTHALENSIS*. UN CADAVRE BIEN EMBARRASSANT ! et suivie d'un article de fond d'un paléoanthropologue, un dénommé Walter Vladitch dont Stacey connaissait certains travaux.

Remis de sa première surprise, Stacey chercha à savoir d'où venait l'article. Il s'agissait d'un mensuel qu'il lisait de temps à autre, spécialisé dans l'archéologie et auréolé d'une excellente réputation.

Il le lut alors, l'œil attentif au moindre détail. Lorsqu'il l'eut terminé, son cœur battait trop vite pour qu'il puisse se concentrer de nouveau.

Walter Vladitch y décrivait l'autopsie d'un homme qui possédait toutes les caractéristiques physiques et génétiques d'un néandertalien.

Stacey fut tenté de contacter aussitôt Vladitch. L'article laissait des zones d'ombre manifestes qui auguraient d'une suite plus retentissante encore. Il s'empara de son téléphone et appela la société d'archéologie de Londres. Après quelques minutes de tergiversations, il réussit à obtenir l'e-mail personnel de Vladitch, mais on refusa de lui communiquer son numéro de téléphone. L'hôtesse prétexta des centaines de demandes dans le même sens depuis la parution de l'article, qui datait de l'avant-veille. Stacey n'insista pas. Il pourrait obtenir ce numéro par d'autres moyens et préférait s'en ouvrir à Denis Craig au préalable.

Il reposa son téléphone, puis demeura pensif un long moment, les coudes posés sur la table à tout faire, la tête calée entre ses mains.

L'homme sur la photographie avait un curieux visage. Laid, les traits épais malgré un nez droit et fin, une barre osseuse au-dessus des yeux, une implantation des cheveux très basse.

Un visage entre l'humain et l'animal. Mais cette apparente stupidité de faciès se trouvait démentie par une boîte crânienne surdimensionnée.

L'autopsie révélait un volume cérébral de mille six cents centimètres cubes, alors qu'un cerveau humain ne dépasse pas mille quatre cents centimètres cubes.

L'article indiquait aussi que le caryotype de cet individu variait de zéro virgule trois pour cent par rapport à celui d'un être humain.

Zéro virgule trois pour cent. C'était infime et énorme en même temps. Le patrimoine génétique de certains grands singes avoisinait cette différence.

Il était donc possible, comme le soutenait Vladitch, de parler d'une race à part entière.

Et si tel était le cas, comme tout le laissait penser, la découverte de cet homme allait répondre à certaines questions que se posaient les scientifiques. À commencer par celles relatives à son extinction.

Deux hypothèses s'affrontaient jusqu'alors. Et personne ne pouvait trancher, faute d'arguments solides en main. Neandertal avait-il disparu pour une raison encore à déterminer, ou s'était-il laissé absorber, d'un point de vue génétique, par l'espèce *sapiens* ?

Stacey secoua la tête. La découverte de cet hominidé soulevait beaucoup plus de questions qu'elle n'apportait de réponses. À commencer par sa présence, en chair et en os, à défaut d'être en vie, trente-cinq mille ans après la disparition de son espèce.

Ce cadavre-là semblait se moquer des impossibilités qui gouvernaient le monde de l'archéologie.

Stacey se redressa. Il était temps de passer à l'action. Il attrapa son téléphone et composa le numéro privé de Craig.

— Te manquerais-je déjà, Stacey ? entendit-il aussitôt. Tu ne vas pas…

— Bonjour, Denis, le coupa Stacey. Écoute, il y a eu du nouveau ici. J'ai des choses à peine croyables à te raconter et…

— À moi de t'interrompre ! Lâche tout ce que tu es en train de faire et prépare ta valise. J'arrive dans une dizaine de minutes.

— Mais…

— Fais ce que je te demande, tu vas vite comprendre pourquoi. Nous repartons en campagne et, cette fois, c'est pour gagner !

Stacey voulut en savoir plus, mais Craig avait déjà raccroché.

Il demeura un instant abasourdi, puis s'activa. Denis Craig n'était pas homme à attendre.

Il imprima les résultats du laboratoire et l'article de Vladitch en deux exemplaires, puis rangea ses affaires personnelles dans un grand sac de voyage. Le tout lui prit cinq minutes. Il profita du temps qui lui restait pour rejoindre Paula Ruiz, qui travaillait toujours sous une tente.

— Paula ! Je ne peux pas t'expliquer les raisons mais je dois partir tout de suite, sans doute pour les États-Unis.

— Que se passe-t-il ?

— Je dois retourner à la Fondation. Denis Craig passe me prendre dans peu de temps.

Une ombre d'inquiétude passa sur le visage de Paula.

— Ne t'en fais pas pour les fouilles, dit Stacey pour la tranquilliser. Je sais combien il est difficile de trouver des financements. Denis Craig ne t'enlèvera pas son soutien, je m'y engage. Et puis, je n'ai pas dit que je ne reviendrai pas. Non que je me sente indispensable, mais je suppose que pour toi, ma présence peut être rassurante, par rapport au soutien de la Fondation Prométhée, bien entendu.

— J'apprécie ton honnêteté, Stacey, répondit Paula.

— Je n'aime pas laisser tomber les gens, surtout quand ils sont bons. Et c'est ton cas.

Le ronflement d'un hélicoptère les interrompit. Ils levèrent ensemble les yeux vers le ciel, où apparut la masse sombre de l'appareil personnel de Denis Craig.

— J'espère à bientôt, Paula.

— Bon voyage.

— Au fait, reprit Stacey en tendant l'article de Vladitch. J'ai imprimé ça pour toi. Ça va faire monter ton taux d'adrénaline. Bonne chance pour les fouilles.

Stacey se dirigea vers la zone où l'hélicoptère venait de se poser.

La porte de l'appareil coulissa. Stacey monta, s'assit et jeta un regard vers l'extérieur.

Paula lui criait quelque chose qu'il ne put entendre. La porte se referma automatiquement et l'appareil décolla.

Stacey se tourna vers l'intérieur de la cabine et découvrit un homme qu'il ne connaissait pas à côté de Denis Craig.

— Je te présente Federico Giangrandi, Stacey Revel.

Les deux hommes échangèrent une poignée de main tout en s'observant attentivement.

— Enchanté, dit Stacey, le visage animé de son sourire habituel.

— Le plaisir est pour moi, répondit Federico.

— Maintenant que vous en avez terminé avec les civilités, plaisanta Craig, raconte-moi ce que tu voulais me dire tout à l'heure au téléphone.

Stacey jeta un regard rapide vers Federico, puis retourna son attention sur les yeux de Craig.

— Tu peux parler ouvertement, précisa Craig. Federico rejoint l'équipe.

— En qualité de… ? demanda Stacey.

— Parlons pour le moment d'« apporteur d'affaires », répondit lui-même Federico.

Les sourcils de Stacey se froncèrent d'incompréhension. Il ne demanda pourtant pas de précisions supplémentaires.

— Le labo m'a envoyé les dernières datations, commença-t-il. Celles portant sur les deux plus récentes sépultures, dans l'ordre chronologique des fouilles, bien entendu.

— Et ? l'encouragea Craig.

— Les deux néandertaliens sont morts il y a deux mille ans.

— Impossible ! contra Craig. Tu me l'as dit toi-même. Cette espèce a disparu il y a quarante mille ans.

— Entre trente-cinq et quarante mille ans, précisa Stacey. Et je le dis encore. Jusqu'à ce jour, aucun archéologue n'avait trouvé de traces de Neandertal plus récentes.

— Deux mille ans, murmura Craig en se tournant vers Federico. Ils auraient été contemporains du Christ, dans ce cas.

— Je ne vois pas bien le rapport, Denis. Mais je suis sûr que tu me l'expliqueras quand tu l'auras décidé.

— Si tu as terminé...

— Non, j'en ai encore pour une minute.

Stacey sortit l'article de Vladitch et le tendit à Denis Craig.

— Voilà ce que je viens tout juste de découvrir.

Craig parcourut l'article et le passa à Federico.

— Ce Vladitch est fiable ?

— Tout ce qu'il y a de professionnel, l'informa Stacey. Je connais certains de ses travaux. C'est un homme brillant. Il a très bien pu péter les plombs, c'est vrai. Mais il se trouve que le magazine dans lequel cet article est paru est des plus respectables.

— Il faudra vérifier quand même, tempéra Craig. On ne sait jamais.

— Si vous me permettez une question, intervint Federico. Cet article est destiné à un public averti et j'avoue ma méconnaissance de ce dont il traite.

— Je vous éclaire si vous répondez à une question, dit Stacey sur le ton de la plaisanterie.

— Je vous écoute.

— Ce petit accent qui traîne dans vos phrases, c'est d'où ?

— Je suis d'origine espagnole et de nationalité vaticane. Cela correspond-il à l'idée que vous vous étiez faite ?

Stacey observa Federico plus attentivement. Une excitation sourde commençait à enfler dans sa poitrine. Denis Craig avait toujours eu d'étroites relations avec certains personnages éminents du Vatican. Stacey ne l'ignorait pas. À commencer par le père Fontorbe, dont la participation dans la recherche de preuves autour de l'histoire de Malhorne avait été non négligeable.

Il tempéra son excitation et répondit à Federico :

— Je vais faire court, monsieur Giangrandi. L'homme de Neandertal est une sous-catégorie de l'espèce humaine qui est censée s'être éteinte il y a plusieurs dizaines de milliers d'années. En clair, ils étaient nos cousins immédiats. Des humains à part entière, mais d'une autre race. Pour faire un parallèle, il existe des dizaines de races canines, qui appartiennent toutes à l'espèce canine. Vous me suivez ?

— Je crois, oui.

— Neandertal était même en avance sur notre ancêtre direct. Il s'est développé sur une période de six cents siècles, puis disparaît sans laisser d'explication. C'est sur les traces qu'il a pu laisser et que nous pouvons interpréter que nous travaillons sur ce chantier de fouilles. Ici et ailleurs, en Europe, car l'homme de Neandertal n'a vécu qu'ici, en Europe et un peu sur la bande orientale de la Méditerranée.

— Je comprends, acquiesça Federico. J'ignorais presque jusqu'à son existence.

— On ne peut pas tout savoir, dit Stacey. Cet article, que vous venez de lire, ajouté aux fouilles sur lesquelles vous êtes venus me chercher, démentirait leur extinction dans un passé si lointain. Les fouilles, d'abord, ont apporté des restes de néandertaliens qui remontent à deux mille ans, ce qui est très proche de nous. Et cet article, maintenant, présente un cadavre présumé néandertalien qui respirait encore il y a quelques jours. Si ce que Vladitch affirme est vrai, alors il va falloir revoir notre copie sur pas mal de points.

— La nôtre aussi, commenta frère Federico.

— Comment ça ?

— La Genèse ne mentionne aucune sous-catégorie de l'espèce humaine.

— Il faudra avoir l'esprit plus large que vos prédécesseurs, dans ce cas.

— Ce n'est pas de mon ressort, monsieur Revel. Plus exactement, ça ne l'est plus.

Stacey négligea la réponse de son interlocuteur. S'il voulait lui en dire plus, il le ferait de lui-même.

— Neandertal a été le premier humain à enterrer ses morts, avant notre ancêtre, avant Adam, donc ! Ce que nous appelons le fait sépulcral est un début de conscience religieuse, ou au moins sacrée. La question est : qui était le dieu de Neandertal ?

— La roue tourne ! s'exclama Denis Craig pour couper court aux explications entre les deux hommes. Vous aurez tout le temps de vous parler dans les jours à venir.

— Sans doute, admit Stacey. À toi, Denis. De quelle bataille parlais-tu au téléphone ? Et de quelle guerre ?

Denis Craig se tourna vers de Salva.

— Federico ? Voulez-vous montrer à notre ami *l'affaire* dont vous parliez tout à l'heure ?

— Certainement, répondit le moine en poussant vers Stacey la valise en cuir qui se trouvait à ses pieds. Ouvrez-la, vous comprendrez.

Stacey attrapa la vieille sacoche et la dégrafa d'une main.

— Se pourrait-il que…

Il n'acheva pas sa phrase. La valise venait de révéler son précieux contenu.

Stacey releva les yeux vers Denis Craig. Son visage blanchissait et ses mains commencèrent à trembler.

— Nous allons pouvoir reprendre les commandes, dit Craig sur un ton victorieux. Tu comprends maintenant que ces fouilles sont devenues secondaires.

— Est-ce que nous partons immédiatement pour la Fondation ? réussit à articuler Stacey au bout d'un moment.

— Vois-tu plus urgent ?

— Eh bien… urgent non, mais nous pourrions passer rencontrer Vladitch à Londres avant de traverser l'Atlantique.

— Non, nous ne pouvons pas. Désolé. Federico ne tient pas du tout à être scanné par le réseau.

— Je peux savoir pourquoi ?

— Figure-toi que monsieur est officiellement mort il y a moins d'une semaine et que je préfère, moi aussi, qu'il le reste.

# 10

Harold Finlay fut surpris de trouver Cecilia Palmer dans la salle de restaurant de l'hôtel. Avec ce qu'ils avaient ingurgité au cours de la soirée, il pensait ne pas la voir de la journée.

Mais à l'entendre discuter de bon matin, il comprit que la jeune femme se trouvait dans une meilleure forme qu'il ne l'était lui-même.

Il plongea donc son nez dans une grande tasse de café noir et chercha de l'énergie pour la journée.

Elle prit une plaquette de médicaments dans son sac, sortit un comprimé de son logement et le tendit à Finlay.

— Tenez, prenez ça, lui dit Cecilia après un quart d'heure de verbiage intentionnel. Promis, je me tais ensuite. Je voulais connaître la hauteur de votre patience avec les femmes. Chapeau, je me suis soûlée moi-même.

— Qu'est-ce que c'est ? J'ai déjà pris deux aspirines.

— Un truc de gosses de riches, répondit-elle sur un ton narquois. Vous n'en trouverez pas dans le commerce.

— Vous m'étonnez davantage de seconde en seconde, mademoiselle Palmer.

— La nuit vous a fait tout oublier, Harold.

— Pardonnez-moi. Je suis un peu vieux jeu.

— Alors, cessez de l'être. La vie n'est pas si longue et l'improbable peut arriver à tout moment. Regardez l'exemple de mon père ! Milliardaire, admiré, très détesté aussi, je vous l'accorde ; et hop, il disparaît pendant deux mois et ressurgit dans la peau d'un fou !

Cecilia venait de prononcer ces paroles avec une désinvolture manifeste, mais ses yeux démentaient ce sentiment.

— Vous avez aussi le droit de montrer votre peine, lui dit doucement Finlay.

— Ce serait ne pas faire honneur à l'éducation de mon père. Quand on doit hériter d'une telle fortune, il y a intérêt à ne pas se monter faible. George a veillé à ce que je retienne au moins ce postulat.

— Libre à vous de vous maltraiter ainsi. Mais vous ne me tromperez pas entièrement.

— On m'a dit que vous traîniez encore au petit déjeuner, lança Rufus en approchant de leur table.

— Sauvée par la police française ! s'écria Cecilia.

— Quelqu'un m'explique ? demanda Rufus.

— Il y a que ce monsieur cherche mon humanité et ne la trouve pas !

— Je n'y vois toujours pas plus clair, commenta Baudenuit.

Finlay se tourna vers Cecilia.

— Vous ne m'aviez pas promis de vous taire, il y a un instant ?

— C'est vrai. Mais asseyez-vous, Rufus. Vous n'allez pas me laisser seule avec ce malfaisant.

— Nous avons du travail, Cecilia. Mais on peut commencer ici. Harold ?

— Aucune objection. Plus je pourrai prendre de cafés, mieux je me porterai.

Rufus s'attabla et sortit d'un vieux cartable en cuir deux chemises cartonnées.

— J'ai les documents des archives dont je vous parlais hier.

— Alors ? demanda Finlay. Qu'est-ce que ça donne ?

— Rien que du troublant, marmonna Baudenuit. Je les ai relus plusieurs fois et ça donne la chair de poule. Nous avons plusieurs cas de personnes portées disparues dans les mêmes conditions énigmatiques que George Palmer. Je vais vous résumer chacun en partant du plus récent. Mai 2012, Ludovic Gauser, un colosse réputé dans sa région de la Forêt-Noire pour les concours agricoles qu'il gagne. Disparition sans explications. Gauser n'a pas de famille, on ne se rend compte de sa disparition qu'à la fin du mois de mai. Il réapparaît six mois plus tard, dans le sud de l'Italie. Il est nu et son corps est entièrement peint en vert. Sur le thorax, il a lui aussi un tatouage en forme de croix. Mais, comparé à celui que porte George Palmer, le sien est en quelque sorte son négatif. Les carabiniers mettent plusieurs heures pour l'attraper, tant Gauser est dans un état de furie. Ils finiront par l'anesthésier à la carabine.

» 2012 toujours. Paula Aguilar disparaît. On est le 13 janvier. Elle est championne d'Espagne de kung-fu et enseigne cette discipline ainsi que d'autres, dans sa ville natale, Barcelone. On perd sa trace alors qu'elle fait une randonnée dans la cordillère Cantabrique. Elle n'est pas seule, mais avec un groupe d'amis. Trois mois plus tard, son corps est retrouvé sur les hauteurs de Bayonne. Elle aussi est nue. Son épiderme a été peint, mais on ne l'apprend pas tout de suite. Le corps de Paula Aguilar est dans un état de décomposition avancé. L'autopsie définira ce détail quelques jours plus tard.

— Quelle couleur ? demanda Finlay.

— Rouge elle aussi, comme George Palmer.

— Un tatouage ?

— Oui, une croix solaire. Mais attendez. Ce n'est pas tout. Remontons plus loin en arrière. 1994, en Islande. Gunnar Guomundson, un sportif de haut niveau, disparaît mystérieusement. On le retrouve deux ans plus tard, dans un hôpital psychiatrique de La Nouvelle-

Orléans. Comment est-il arrivé jusque-là ? Aucune idée. Et comme le réseau n'existait pas encore, on ne peut pas savoir où le signal s'est perdu. Ah, oui, j'ai oublié un détail. Les deux précédents ont quitté le réseau d'un coup. Plus rien sur les bornes.

— Une destruction d'Implant ?

— Même pas. Et c'est ce qui est le plus étonnant, poursuivit Baudenuit. Lorsqu'on les a retrouvés, ils avaient encore leur Implant. Et dans le cas de notre bûcheron de la Forêt-Noire, il n'y avait pas de traces de coupure sur la peau de son dos. L'Implant n'a pas pu être enlevé.

— Nous devons lancer une recherche sur les autres continents, intervint Finlay. Je n'ai pas l'impression que ces affaires ne concernent que le sol européen.

— C'est fait, répondit aussitôt Baudenuit. La demande est partie ce matin.

— Vous ne dormez jamais ? demanda Cecilia.

— Je n'aime pas savoir qu'une bande de malades se balade en toute liberté et kidnappe des gens aux quatre coins du monde.

— Excusez une question de profane, mais qu'est-ce que vous pouvez faire de plus pour le moment ? Vous ne savez pas qui ils sont, vous ne savez pas d'où ils viennent, vous ne savez même pas s'ils existent. Alors ?

Baudenuit et Finlay échangèrent un sourire.

— Nous ne pouvons pas livrer nos secrets de famille aussi facilement, déclara Finlay. Qu'est-ce qu'il nous resterait, ensuite ?

— Le temps de vivre, justement, railla Cecilia.

— Vous ne travaillez pas ?

— Ça m'est arrivé, mais pas en ce moment. Je répète ma question : qu'allez-vous faire maintenant ?

— Attendre les résultats des analyses, pousser les recherches sur des affaires passées ; Rufus a aussi parlé d'aller voir un professeur de faculté hier. Quoi d'autre ?

Finlay interrogea Baudenuit du regard.

— Non, c'est bien ça, répondit-il en modulant sa voix vers des tons plus graves. Pour le spécialiste en histoire des religions, ce ne sera pas avant demain.

Il regarda l'extrémité de ses doigts un instant, puis s'adressa à Cecilia :

— Ludovic Gauser et Gunnar Guomundson sont tous les deux morts par empoisonnement dans les trois jours qui ont suivi leur réapparition. Je suis désolé d'avoir à vous le dire.

— Est-ce que mon père…

— Je l'ai fait transférer vers le CHU de Bordeaux à la première heure ce matin. La clinique ne disposait pas de service de réanimation. Mais pour l'instant, il est dans l'état où vous l'avez vu hier.

— Vous auriez dû me le dire tout de suite, l'apostropha Cecilia.

— Je voulais que vous sachiez pour les autres avant.

— Donnez-moi l'adresse !

— Une voiture banalisée vous attend devant l'hôtel. Vous y serez dans un quart d'heure.

— Merci, Rufus, se reprit Cecilia. J'ai eu un moment de peur, excusez-moi.

— N'en faites rien, Cecilia. Vous avez du cran.

— Je prends ça comme un compliment. Je vous laisse à présent. À ce soir peut-être.

Elle se leva et quitta la salle.

— C'est une fille bien, commenta Rufus Baudenuit.

— Et vous, pour un Français, vous n'êtes pas mal non plus.

Baudenuit releva les sourcils en accent circonflexe et lança à Finlay un regard rieur.

— N'en avons-nous pas terminé avec la guerre de Trente Ans ?

— Oh ! La belle affaire ! s'exclama Finlay. Mais beaucoup d'eau a coulé sous les ponts depuis.

— Comme la Bérézina, par exemple ?

— Je n'aurais pas trouvé mieux. La Bérézina, c'est très bien. Ma période napoléonienne préférée, juste après Waterloo, évidemment.

— Ça va de soi !

— Vous n'avez pas tout dit devant Cecilia, je me trompe ?

— Vous avez raison. Certains détails risquaient de la choquer.

— Par exemple ?

— Ludovic Gauser et Gunnar Guomundson sont morts dans d'atroces souffrances. Toute la pharmacopée moderne n'a pas réussi à les laisser partir en douceur. Il a fallu provoquer un coma artificiel. Et encore ne sommes-nous pas sûrs que la douleur ait disparu pour autant.

— On doit pouvoir contacter les médecins qui s'en sont occupés.

— Le CHU est déjà en rapport avec eux. Mais je ne suis pas certain que ça pourra servir à George Palmer. Il s'agit de deux cas isolés. Plus personne n'a travaillé sur leurs prélèvements après leur mort.

— Vous avez obtenu le résultat des autopsies ?

— Oui. L'analyse du bol alimentaire montre qu'ils avaient exclusivement mangé de la viande crue.

— Comme des chiens d'attaque ?

— J'ai pensé à la même chose que vous. Exactement. Gunnar Guomundson présentait des bleus un peu partout sur le corps, comme s'il avait été roué de coups. Paula Aguilar, elle, avait des plaies sur une cuisse, le ventre, le dos et la tête.

— J'aimerais savoir précisément où chacun a été retrouvé, dit Finlay, pensant à voix haute.

— Je vous l'ai dit…

— Non, les lieux exacts. Savoir ce qui se trouvait à proximité, la topographie des lieux, la position du corps pour Paula Aguilar.

— Vous pensez à quelque chose ?

— Non, mais j'ai besoin de tout ce genre de détails pour réfléchir.

— Nous aurons tout bientôt, acquiesça Baudenuit. Il y a encore un dernier cas, mais je ne pense pas que nous le retiendrons. Pour info, donc. En 1796, un glacier des Alpes a livré le corps d'un homme. On ne sait pas, évidemment, depuis combien de temps il était ainsi prisonnier de la glace, mais la description qui en a été faite est des plus troublantes, au regard de notre enquête. Cet homme de type caucasien, d'une trentaine d'années, de forte musculature, présentait des traces vertes sous les ongles et sur le corps. Un tatouage en forme de croix sur le thorax.

Finlay sortit un stylo de sa poche et aligna des chiffres sur la nappe en papier.

— Que faites-vous ? interrogea Baudenuit.

— Un instant, je vous prie.

— 2030, 2012, 1994... l'intervalle est de dix-huit ans. Je compte à rebours pour savoir si... Et oui ! 1796 colle.

— Je n'y avais pas pensé, admira Baudenuit. C'est peut-être un hasard, même si je n'y crois pas beaucoup.

— Vous avez déjà fait plus que votre part. C'est un peu mon tour. D'ailleurs, il faut que je téléphone à mon bureau. Nous avons quelques historiens qui collaborent avec nos services, à Londres.

— Je vais essayer de trouver la même chose ici.

Les deux hommes se levèrent et quittèrent la salle de restaurant.

— 1796 ! siffla Finlay en posant sa clé sur le comptoir. J'espère que ça n'a pas de rapport, sinon c'est un exorciste qu'il faut aller chercher.

— Je n'irais pas trop jouer de ce côté-là, pour ma part, rétorqua Baudenuit. Mais même si l'on s'en tient aux trois autres cas, ça couvre quand même une période de trente-six ans. Des crimes répétés sur une telle durée, c'est déjà difficile à avaler !

# 11

La Jeep filait à bonne allure sur la piste caillouteuse, soulevant une traîne de poussière blanche qui s'évanouissait rapidement dans le vent léger du désert.

Au volant, Kinuyo Misushi scrutait le sol devant elle, attentive à la moindre trace d'ombre qui aurait pu annoncer la présence d'un trou ou d'une pierre. Assis à côté d'elle, Acil n'Kabo tentait de comprendre le fonctionnement du GPS, qu'il tenait d'une main maladroite. De temps à autre, il donnait à Kinuyo une information confuse, que la jeune femme n'entendait de toute façon pas. Elle lui répondait d'un sourire, les yeux rivés sur la piste.

Partis le matin même d'Erzeroum, en Turquie, ils comptaient rallier avant la tombée du jour un campement d'archéologues situé dans l'extrême sud du pays, près de la frontière irakienne.

Leur logique était simple. Laissés en arrière le jour de la disparition de Tara et de Stuart, ils avaient suivi leurs déplacements grâce à leurs Implants. Les relations de la famille Misushi leur avaient permis d'obtenir des informations inaccessibles au commun des mortels.

Les précieux traceurs avaient été détectés dans New York, puis à l'aéroport JFK. De là, ils s'étaient embarqués pour l'Europe, destination Istanbul. Leur signature s'y perdait, quelque part dans cette ville de plus de dix millions d'habitants.

Les Implants ne menaient nulle part.

Échec et retour à la case départ.

Tout ça pour un rendez-vous manqué.

Au début, Acil ne s'était pas pardonné d'avoir suivi Kinuyo dans sa frénésie d'achats. Jamais il n'aurait dû fractionner leur groupe. Mais Kinuyo ne l'entendait pas ainsi. Eux étaient libres de leurs mouvements et pouvaient donc aider leurs compagnons. Elle ne voyait pas loin dans son champ de possibilités, mais elle savait une chose : leur séparation se révélerait peut-être une chance.

Il fallait simplement en profiter.

Quoi que leur réserve l'avenir, son tempérament et son éducation ne lui permettaient pas de baisser les bras. Elle avait alors proposé une nouvelle approche de la situation. Plutôt que de suivre les Implants de Tara et de Stuart, mieux valait s'intéresser à ceux des personnes qui les avaient accompagnés à l'aéroport. La recherche s'était révélée moins facile, car ces Implants appartenaient à des agents de sécurité qui relevaient d'un niveau de confidentialité plus élevé. Il avait fallu soutirer ces informations contre une forte somme, réglée en dollars.

Dans la liste des Implants, ils avaient découvert celui de Philip Straub, le chef de la sécurité de la Craig Corporation. À partir de là, ils n'avaient plus eu qu'à suivre les faits et gestes de Straub au cours des semaines qui avaient précédé la disparition de Tara et de Stuart. Ce qui aurait pu n'être qu'un départ forcé de leurs compagnons prit dès lors le visage d'un enlèvement.

Le réseau avait scanné l'Implant de Philip Straub à plusieurs reprises sur le sol turc. Cet homme semblait souffrir d'une incapacité à demeurer longtemps au même endroit.

Kinuyo s'était donc intéressée à tout ce qui s'était passé en Turquie au cours de la même période.

Quand elle découvrit que Spencer s'y trouvait également et qu'une enquête de la police locale concernant un homicide le mentionnait, ils n'avaient plus eu aucun doute. Ils ignoraient alors le revirement spectaculaire de leur ennemi de longue date. Si Spencer avait séjourné là, c'est donc là qu'ils devaient se rendre.

Leur traque les avait ainsi menés de la mégapole new-yorkaise jusqu'aux confins de la Turquie. La probabilité que leurs amis s'y trouvent encore était quasiment nulle, mais ce chantier de fouilles représentait leur unique point de départ.

Un panneau indiquant la zone de sécurité à moins de dix kilomètres fit ralentir Kinuyo. Elle tourna la tête vers Acil, qui put y lire une question muette.

— Ce panneau n'a rien à faire ici, s'expliqua-t-il. C'est pas moi qui le dis, c'est ton GPS.

— Cette piste ne mène nulle part, se moqua Kinuyo. Tu me fais un bel homme de terrain.

Acil essaya de déplier la carte qu'il venait de sortir de la boîte à gants, mais le vent l'en empêchait.

— Ah ! s'énerva-t-il. Arrête-toi. Je n'arrive à rien !

— Et le GPS, c'est fait pour qui ?

— Parlons-en de ta technologie japonaise ! Si j'en crois ton bidule, là, on n'a toujours pas bougé depuis une bonne heure.

Kinuyo rétrograda et se rangea sous un bosquet d'épineux.

— Le mauvais ouvrier se plaint toujours d'avoir de mauvais outils, dit-elle en s'emparant de l'ordinateur de poche.

— C'est un proverbe nippon, encore ?

— Pas que je sache, non. Mais c'est d'une logique implacable. Le GPS fonctionne où que tu te trouves sur la planète. Autant dans le désert qu'ailleurs.

— Le désert, ça se respire, bougonna Acil. Ça se ressent. J'ai passé toute mon enfance dans la brousse sans avoir besoin une seule fois de tes gadgets.

— Alors, c'est que tu n'as pas dû t'éloigner beaucoup de ton village, railla encore Kinuyo.

Acil ouvrit la portière et fit quelques pas sur la piste.

En un regard, Kinuyo comprit l'erreur d'Acil. Le scanner du GPS triangula en quelques centièmes de seconde et afficha leur position.

— Ce n'est pourtant pas sorcier d'appuyer sur le bon bouton ! pesta-t-elle pour elle-même.

Elle observa Acil. Il scrutait l'horizon, une main posée au-dessus de ses yeux pour se protéger du soleil.

— Le désert t'a raconté quelque chose ? cria Kinuyo.

Acil maugréa une réponse, rendue inaudible par le vent qui venait de se lever.

— Parce que mon bidule à moi me dit qu'il faut faire demi-tour. On a croisé une piste, il y a un bon quart d'heure. Eh bien, il aurait fallu tourner à droite.

Elle enclencha une vitesse et avança au niveau d'Acil.

— Allez, monte ! On a tous le droit de se tromper.

Acil obtempéra. La Jeep fit demi-tour et se lança sur la piste.

Au carrefour mentionné par Kinuyo, ils s'engagèrent dans la bonne direction et virent peu à peu se rapprocher des collines désertiques derrière lesquelles se trouvait leur objectif.

Ils passèrent l'après-midi entier à serpenter au milieu des collines. La piste, sans doute tracée à l'origine pour des troupeaux, suivait les pentes les plus douces, mais pas le chemin le plus direct.

Alors que le soleil allait basculer derrière l'horizon, ils arrivèrent enfin en vue du campement. Il se distinguait nettement sur l'à-plat grisâtre du désert par les couleurs plus vives de grandes tentes et surtout, dans la demi-douzaine de caissons d'habitation, des lumières brillaient presque crûment.

Ignorant de l'arrivée imminente d'Acil et de Kinuyo, Eredan Stavitch revoyait ses dernières notes.

De la caravane voisine, les voix de Paul et de Meryl montaient crescendo. Eredan supposa qu'ils se chamaillaient pour une broutille du quotidien. Paul et Meryl se chamaillaient tout le temps.

Dans quelques minutes, il serait en liaison avec Denis Craig. Il alla fermer le vasistas et se rassit face à la webcam.

Les consignes de leur mécène avaient été claires. Eredan devait chercher tout indice sur les mondes de l'extérieur cités dans les tablettes sumériennes.

Ce n'était pas chose aisée, mais une intention ferme simplifiait les recherches.

Craig s'était montré extrêmement généreux. Eredan ne voulait pas le décevoir. Aussi avait-il cherché, avec sans doute plus d'acharnement que jamais.

Eredan avait longtemps espéré rencontrer une pareille chance. Mais il commençait à comprendre qu'elle ne venait pas seule. Après l'enthousiasme, de nouveaux sentiments s'étaient immiscés dans son envie de réussir. Ces indésirables s'appelaient vénalité, mépris et recherche du père.

En redoublant d'efforts, Eredan avait fermé les yeux sur cet aspect de lui-même qu'il préférait ne pas connaître.

Mais la terre n'avait plus livré le moindre écrit. En dehors des sept sépultures des Lukingias, le sous-sol du désert ne recelait que de la rocaille.

Avec l'accord, et même les encouragements, de Craig, il s'était tourné vers la ziggourat enfouie sous la mer Noire. Et c'est là, après des dizaines de plongées en scaphandre, qu'il avait fini par trouver du nouveau.

Spencer et Stacey n'avaient que succinctement visité les sept niveaux de l'édifice. Eredan, aidé par une équipe de plongeurs chevronnés, s'était attelé à en fouiller le moindre recoin. Et c'est de cette façon, avec la méthode qui caractérisait l'archéologue turc, qu'Eredan avait déduit que les parois de la ziggourat recelaient plus que l'œil ne pouvait voir. Dans l'épaisseur du mur du premier niveau, les plongeurs trouvèrent plusieurs pièces assez petites, qui contenaient une sorte de bibliothèque.

Cette découverte, très excitante dès le premier coup d'œil, allait se révéler capitale, car il s'agissait de la bibliothèque personnelle d'Ethen Ur Aratta.

La trouvaille datait de plusieurs semaines déjà. L'ensemble du mobilier avait été remonté à la surface et transporté vers le chantier de fouilles.

Depuis ce moment, Eredan n'avait plus endossé de scaphandre, laissant aux équipes de plongeurs le soin de sonder les abords de la ziggourat. Car une cité devait s'y trouver, ou au moins ses vestiges. Et le raz de marée qui avait détruit le royaume d'Aratta n'avait pu tout emporter dans sa violence. Il devait forcément en rester des traces, coincées sous les sédiments.

Quinze heures par jour, il s'était investi dans la tâche immense de traduire les tablettes. Beaucoup n'avaient pas survécu à la remontée, malgré toute l'attention dont elles avaient été entourées. Mais certaines, faites dans un alliage de métaux et gravées à l'aide d'un instrument dont Eredan n'avait pas encore compris la nature, avaient sans aucune altération franchi plus de soixante siècles.

L'excitation était vite retombée. Les tablettes établissaient des sortes de listes dont les symboles échappaient encore à la compréhension de l'archéologue.

Léo Delange, le sumérologue français qui les avait aidés un peu plus tôt, collabora de nouveau depuis son étude parisienne. Mais lui non plus, malgré son immense érudition, ne sut quoi penser des mystérieux caractères qui recouvraient les tablettes métalliques. De simples listes ne permettaient pas de déduire le sens d'un mot par son contexte.

Sur l'ensemble de ce matériau archéologique, seules une vingtaine de tablettes relataient une succession d'événements apparemment non liés entre eux, à première lecture.

Mais une analyse plus fine permit à Eredan de comprendre que ces tablettes ne traitaient pas des mêmes populations. Certains passages parlaient des hommes extérieurs au royaume d'Aratta, d'autres des sujets d'Aratta. Mais d'autres encore mentionnaient des populations extérieures, qui n'appartenaient manifestement pas au royaume d'Aratta ni à celui des Sumériens, et qui pourtant connaissaient l'écriture, voire un degré de technicité inégalé sur la Terre de l'époque d'Ethen.

Sans doute Eredan se trouvait-il devant les premières traces des mondes de l'extérieur si chers aux yeux de Denis Craig. C'est en tout cas la conclusion à laquelle il était parvenu.

Une dernière population semblait tenir une place particulière dans le cœur d'Ethen. Mais pour la définir, la reine avait utilisé, non un seul symbole, mais une association de caractères, comme c'était souvent le cas dans ce type d'écriture.

Il s'agissait des égaux-humains-différents-frères-bleus. Eredan n'avait pas réussi à en interpréter le sens. Cette population inconnue avait un mode de vie basé sur la non-violence, fait inouï à cette époque où la loi du talion semblait être partagée par tous. À la tête de ce peuple se trouvait une reine, Anasdahala, dont Eredan ne savait s'il s'agissait d'Ethen ou d'une autre personne.

Quoi qu'il en soit, et malgré de vastes zones d'ombre, ses connaissances sur les mondes de l'extérieur, cités dans des écritures vieilles de six mille ans, progressaient. Il allait pouvoir aborder la vidéoconférence avec Denis Craig l'esprit plus léger que lors des précédentes occasions. Traduire ces tablettes avait été un travail long et fastidieux. Elles avaient été rédigées par une main experte, qui utilisait ses propres raccourcis d'écriture, voire inventait de nouveaux symboles dès que nécessaire.

Eredan regarda le cadran d'une horloge digitale. Les bâtonnets s'associaient de telle façon qu'il put lire dix-huit heures cinquante-sept. Il lui restait trois minutes à tuer.

La voix de Meryl s'éleva un peu plus haut qu'à l'accoutumée. Eredan prêta une oreille attentive quelques secondes puis arrêta. Paul se faisait encore sermonner. Manifestement, Meryl voyait d'un mauvais œil son envie de se servir une part de tourte une demi-heure avant le dîner.

Eredan sourit pour lui-même. Il n'avait pas encore rencontré l'âme sœur qui lui ferait subir de telles humiliations quotidiennes en appelant ça de l'amour. Et plus il côtoyait le couple Hiriartch, plus il goûtait sa solitude.

La porte du container de réunions s'ouvrit dans son dos.

— Attendez-vous de la visite ? lui demanda Ross Guynemer, le responsable de la sécurité des fouilles.

— Non, pourquoi ?

— Un véhicule vient d'entrer dans notre périmètre.

— Paul et Meryl sont peut-être au courant de quelque chose, hasarda Eredan.

— J'en viens.

— Le scanner n'a pas fonctionné ? demanda Eredan, qui essayait de s'intéresser aux préoccupations de Guynemer.

— Ils ne sont pas encore passés devant, mais c'est une affaire de minutes. J'aurai leurs numéros d'Implant dans peu de temps. C'était au cas où.

Guynemer referma la porte. Eredan l'entendit hurler des ordres à ses hommes, puis le calme revint.

Le logo de la Craig Corporation se matérialisa sur l'écran de vidéoconférence. Eredan retint son souffle sans s'en apercevoir. Denis Craig l'intimidait.

Il monta la lumière dans la pièce, vérifia sa place sur l'écran témoin et attendit.

Dix-neuf heures venait de s'afficher lorsque le buste de Denis Craig apparut.

Un instant, Eredan crut voir un support de perfusion derrière son nouveau patron, mais la faible lumière qui éclairait l'arrière-plan s'éteignit, voilant de ténèbres toute autre partie que son visage. La connexion fut parasitée une demi-seconde, signe que le brouilleur fonctionnait correctement, puis l'image se stabilisa.

— Bonjour, Eredan, dit aussitôt Craig. Ou peut-être bonsoir. Quelle heure est-il chez vous ?

— Bonjour, monsieur Craig. Il est dix-neuf heures. Nous sommes entre chien et loup.

— Alors, ne perdons pas de temps.

Une ombre passa dans l'image de Craig.

— Excusez-moi un instant, Eredan.

Craig pencha la tête sur le côté. Quelqu'un lui parlait, mais Eredan ne pouvait pas entendre.

— On me fait savoir que vous allez avoir des visiteurs inattendus, reprit-il sans perdre de temps. Accueillez-les avec la plus grande chaleur. Ce sont des amis de la Fondation.

— Cela va de soi. Que viennent-ils faire, si vous me permettez cette question ?

— Retrouver une vieille connaissance, déclara Craig sans vraiment répondre. Et de votre côté, avez-vous du nouveau ?

— Je progresse dans les traductions, il demeure de grandes incertitudes mais c'est juste une question de travail. Les tablettes en métal dont je vous ai déjà parlé sont les plus intéressantes. Et je suis à présent certain qu'elles font état des relations entre la reine d'Aratta et ce qu'elle appelle les « mondes de l'extérieur ».

— Excellent ! se réjouit Craig. Dites-moi, Eredan, que diriez-vous de venir poursuivre vos recherches ici, aux États-Unis ? Après tout, vous n'avez plus de raisons de rester près des fouilles. Vous avez déjà tout ce dont vous avez besoin. Si les plongeurs trouvent quelque chose de nouveau, ce sera aussi rapide de le livrer ici que là où vous êtes.

Eredan observa un très court instant de silence avant de répondre :

— Je dis que ce serait une chance pour moi !

— Alors, je donne des consignes à Straub. Et nous profiterons de votre venue pour rapatrier Mlle Misushi et M. n'Kabo.

— Pardon ?

— Vos visiteurs. J'aimerais aussi les avoir près de moi. Je vous expliquerai le moment venu. À très bientôt.

Le logo de la Craig Corporation remplaça le visage de Craig avant qu'Eredan puisse saluer son interlocuteur.

Quelques instants plus tard, Eredan ressortait du container. Le soleil venait de disparaître derrière un horizon surmonté d'un cerne de montagnes. Le désert retournait vers l'anonymat de la nuit.

L'archéologue fut bientôt rejoint par les agents de sécurité, qui patrouillaient d'ordinaire autour des huit sites de vestiges.

Guynemer les organisa selon un plan visiblement préparé de longue date, puis il revint se tenir près de l'archéologue, au moment où une paire de phares apparaissait sur le bord opposé du désert.

— Je ne comprends sans doute pas tout, hésita l'archéologue. À qui avons-nous affaire ? Amis ou ennemis ?

— Ne vous occupez pas de ça, monsieur Stavitch, répliqua Guynemer. Consignes de Philip Straub !

Le véhicule pénétra naturellement à l'intérieur du campement. Ce n'est que lorsque ses occupants eurent posé les pieds sur le sol que les hommes de Guynemer sortirent de l'obscurité. Il n'y eut pas de manifestations de violence. Guynemer se contenta, selon ses consignes, de proposer un marché à Kinuyo et Acil. Un marché qu'ils ne pouvaient ni ne voulaient refuser. Par l'intermédiaire de cet agent de sécurité, Denis Craig leur offrait la possibilité de retrouver leurs compagnons.

Le lendemain à la première heure, un hélicoptère les déposa à l'aéroport de Bagdad, d'où ils s'embarquèrent dans un jet à destination de Washington.

## 12

Dès son arrivée entre les murs de la Fondation Prométhée, la sphère fut placée dans une salle blindée, une sorte de coffre-fort géant fabriqué pour l'occasion.

Des scientifiques s'y relayaient deux par deux, vingt-quatre heures sur vingt-quatre, sans discontinuer. La plupart venaient de laboratoires militaires, placés sous le secret défense et dirigés par les cadres de la Fondation.

Tout l'appareillage d'étude de la matière existant fut mis à contribution pour percer le fonctionnement de la sphère. Sans succès.

Elle fit également un court voyage en Europe pour être étudiée au cœur du plus grand cyclotron existant. Mais là aussi, ce fut un échec. La sphère du Vatican, comme celle découverte quelques semaines plus tôt sous la mer Noire, n'était accessible par aucune technologie humaine. Sa matière absorbait, sans subir la moindre altération, toute l'énergie utilisée pour l'étudier sans rien renvoyer.

En quelque sorte, elle réagissait comme si elle ne voulait pas se laisser étudier.

Dix jours après son arrivée, Denis Craig décida d'organiser une réunion regroupant les quelques personnes connaissant le véritable enjeu des recherches.

La veille de ce jour, Conrad Forester, un physicien britannique du corps scientifique de la Royal Air Force, trouva la mort dans des circonstances énigmatiques.

La pièce où se trouvait Forester se remplit d'eau en

quelques secondes. Laissé seul un court instant par son collègue, il ne parvint pas à atteindre le sas de sortie. Le niveau d'eau monta si vite que le malheureux ne put que surnager. Il trouva une poche d'air dans un recoin du plafond où il réussit à tenir quelques minutes. Mais il se fatigua et finit par avaler autant d'eau que d'air et se noya.

De l'autre côté du bunker, plusieurs hommes assistèrent impuissants à l'agonie de Forester. Ils tentèrent d'ouvrir le sas, mais la pression de l'eau empêcha la porte de fonctionner. L'ordinateur qui contrôlait le dispositif refusa de mettre en péril l'objet dont il assurait la sécurité.

Dans les priorités des logiciels qui le gouvernaient, la vie d'un homme pesait peu. Une réaction devant un danger aquatique n'avait sans doute pas été configurée. Le bunker ne disposait d'aucun robinet, d'aucune arrivée d'eau d'aucune sorte. Ce qui avait noyé Forester provenait donc obligatoirement de la sphère.

Analysée, l'eau n'apporta aucun indice probant. $H_2O$. Sans aucune présence d'autre chose. C'était une eau absolument pure, sans traces de minéraux, de métaux lourds, de pollution. Pure. Ce qui en soi était une information d'importance

La rumeur d'une conscience de la sphère commença alors à courir parmi le personnel. C'était la première fois qu'un scientifique s'était trouvé seul avec elle. La sphère, autrement appelée l'Aratta, fut dès lors dénommée la « chose » par le personnel.

Denis Craig entama la réunion sur un ton véhément, presque menaçant. La non-application manifeste des consignes de sécurité l'irritait au plus haut point.

— Forester devait quitter la Fondation aujourd'hui, déclara Straub. Il devait retourner en Angleterre.

— Et je peux en connaître la raison ?

— Il venait d'apprendre le décès de sa mère.

— Bon Dieu de merde ! jura Craig. Les gens ne sont-ils pas censés n'entretenir aucun lien avec l'extérieur ?

De l'autre côté de la table, de Salva fronça les sourcils mais ne dit rien. Son patron à lui n'était pas ménagé par les membres de la Fondation. Il l'apprenait depuis son arrivée.

— L'information émanait de son quartier général. Je me suis contenté de transmettre.

Craig ferma les yeux. Il contenait difficilement la fureur qui montait en lui.

— On ne peut pas cacher à un fils la perte de sa mère, souffla Federico. Ce ne serait pas…

Il sembla hésiter sur le terme approprié.

— Humain, trancha-t-il.

— Bien sûr, finit par accepter Craig. On ne peut pas. Qui était ce Forester ? Je veux dire, avait-il quelque chose de particulier ?

— C'était un homme plutôt solitaire, lâcha Stacey. La mort de sa mère l'avait durement touché. Il était désespéré. Pourquoi ?

— Parce qu'il faut bien trouver une raison. Une pièce fermée hermétiquement ne se remplit pas d'eau toute seule !

— Tu penses à la sphère…

— Et toi, Stacey ? Tu penses à quelque chose ?

Craig s'obligea à se calmer un peu.

— Pardonne-moi, Stacey. Je ne sais pas ce que ça vaut, mais il faut interdire l'accès à la sphère à tous les maniaco-dépressifs de la Fondation. Si l'Aratta tue tout ce qui souffre…

Craig songea à lui-même, hésita à se confier et se ravisa.

Il fit un tour des visages avant de poursuivre :

— Faites-moi un topo des derniers jours.

Wilma Stanford, la spécialiste des réseaux hydriques, se lança la première.

— J'ai terminé le repérage des sources les plus proches des points marqués sur la sphère. Il y a en tout trois cent quarante-trois points d'émergence sur l'Aratta. Compte tenu de la relative imprécision de ces points, je les ai mis en rapport avec près de huit cents sources terrestres connues. Certaines sources ont pu disparaître avec le temps, d'autres ont pu bouger, c'est impossible de le savoir car il nous manque une information d'importance. Quand cette cartographie du réseau hydrique de la Terre a-t-elle été faite ? Si cela date d'un peu plus de six mille ans, j'évalue le taux d'erreur possible à cinquante pour cent. Si c'est plus ancien encore, la marge d'erreur se multiplie de façon arithmétique. Voyez-vous, le mouvement de l'eau dans la croûte terrestre est en perpétuel changement. C'est dans la nature même de l'eau.

— Ces huit cents sources se trouvent réparties sur l'ensemble du globe ?

— Oui, mais pas de manière homogène. L'Asie, l'Europe et l'Afrique en sont plus pourvues que l'Amérique. Et la sphère néglige pratiquement complètement l'Océanie.

— Quel continent en porte le plus ? demanda Stacey.

— L'Afrique ! répondit aussitôt Wilma, sans même regarder ses notes. Viennent ensuite l'Asie, puis l'Europe. Pourquoi ?

— Ça me fait penser à la migration de l'humanité depuis ses origines. Du plus ancien vers le plus récent.

— C'est vrai, acquiesça Wilma. Je n'y avais pas pensé.

— Et du côté de la sphère, les interrompit Craig. Avons-nous progressé ?

Percy Keyne, l'homme qui chapeautait les équipes d'ingénieurs, fut obligé de répondre lui-même. Il était le seul, parmi le personnel scientifique présent, habilité à participer à cette réunion.

— Comme vous le savez, monsieur Craig, nous nous sommes attelés toute la semaine à prélever un morceau de la sphère.

— Attelés ? Ça commence plutôt mal.

— Pour le moment, répondit Keyne, embarrassé.

— Et vous avez cassé vos jouets, c'est ça ?

— Tous, jusqu'au dernier ! Cette matière est plus dure que tous nos alliages. Elle ne se laisse pas non plus étudier, j'avoue que je donne ma langue au chat.

— Nous parvenons à un brillant constat d'incompétence ! assena Craig, dont le visage rougissait de colère contenue.

— Voyons, Denis, intervint Stacey. Nous sommes en face d'un artefact qui échappe à nos moyens d'investigation. Nous ne pouvons pas être à ce point réactifs ! Il va falloir être patients, inventer de nouveaux outils, peut-être.

— Je n'ai pas ce temps dont tu parles, Stacey ! vociféra Craig. Et je me contrefous de…

Craig n'acheva pas sa phrase. Une quinte de toux l'en empêcha. Il posa ses mains sur la table, puis s'y affala.

— Denis ! rugit Stacey. Que… !

Un filet de sang venait d'apparaître au coin des lèvres de Craig.

— Allez chercher Van Kriegs, réussit-il à articuler avant de perdre connaissance.

La clinique de la Fondation se trouvait dans le même bâtiment que la salle de réunion. Van Kriegs fut sur place une minute plus tard, accompagné de deux infirmiers. Ils déposèrent Denis Craig sur un brancard et l'emportèrent dans une salle de réanimation.

Un long silence s'installa entre les protagonistes restés dans la pièce.

— On fait quoi maintenant ? s'interrogea Wilma à voix haute.

— On continue la réunion, répondit Stacey en regardant chacun, tour à tour. C'est ce que voudrait Denis.

— Sans aucun doute, renchérit Straub en refermant la porte. M. Craig est entre de bonnes mains. Quand il reprendra conscience, il nous demandera si nous avons progressé.

— Nous ne parvenons à rien, mais ce n'est peut-être pas nous le problème, proposa Wilma.

Tous les regards convergèrent vers la jeune femme.

— Je travaille sur le tracé de l'Aratta depuis des semaines. Et je pense qu'elle doit se trouver en situation pour fonctionner, si ce mot est correct. Je ne sais rien de son fonctionnement, ni même si elle a une quelconque activité, mais je crois qu'après avoir constaté notre impuissance à en percer les mystères, il nous reste la solution de la placer en situation…

Wilma attendit une réaction de l'assistance.

— Poursuivez, Wilma, l'encouragea Stacey. Allez au bout de votre idée.

— L'endroit où la première sphère a disparu dans le désert turc se trouve à proximité d'un des points d'émergence. Nous avons déjà émis cette hypothèse. Ici, ce n'est pas le cas. Pourquoi ne pas transporter le labo sur l'un de ces points ?

— Ça mérite d'être essayé, convint Stacey.

— Mais la sortir d'ici va poser un sérieux problème de sécurité, opposa Philip Straub.

— Vous y êtes bien arrivé pour la faire transporter depuis l'Europe.

— Ça demande réflexion, mais rien n'est impossible, bien sûr. Où se trouvent ces sources ?

Wilma jeta un regard sur ses documents.

— Ça dépend de l'endroit…

— Commençons par les États-Unis.

— Eh bien, il y a toutes les configurations possibles. Beaucoup se trouvent dans des villes, ce qui d'un point de vue historique s'explique très bien. Mais il y en a en dehors des villes aussi…

— En ville, l'interrompit Straub. Où exactement ?

— Eh bien… Sous l'emplacement d'églises, pour beaucoup. Sous des bâtiments bien sûr.

— Comment l'expliquez-vous ? demanda Straub.

— Les églises ont souvent été bâties sur l'emplacement de sources, déclara Stacey. C'est ainsi. Une sorte d'habitude héritée de l'Histoire européenne.

— Je comprends mal le rapport, avoua Straub.

— Eh bien, historiquement, le christianisme en Europe s'est posé sur une religion plus ancienne. C'est bien évidemment applicable aux lieux de culte. Ce paganisme vouait une adoration aux sources, à l'eau et, généralement, les édifices se trouvaient à proximité d'une source. Pour éradiquer leurs adversaires, les chrétiens ont tout bonnement construit leurs églises sur l'emplacement même de l'ancienne croyance. Voilà pourquoi on trouve souvent des sources sous les églises. D'ailleurs c'est exactement ce que représente l'image de saint Georges tuant un dragon. Saint Georges incarne le christianisme et le dragon représente le paganisme. La Vérité qui tue la vouivre. N'aviez-vous pas entendu parler de cet aspect des choses ?

— Je n'en demandais pas tant, souffla Straub dès qu'il le put. Avec vous, c'est le cours magistral à chaque question.

— C'est malgré tout un peu résumé, déclara Federico. On peut difficilement réduire la chrétienté à la dimension de remplaçante.

— Non ! s'interposa Straub. Je ne vous laisserai pas perdre mon temps dans des discussions qui n'en finissent pas. Denis Craig demandera du concret et j'ai bien l'intention de lui en montrer.

La porte s'ouvrit en grand sur le passage de Denis Craig. Il était assis dans un fauteuil roulant, qu'il mouvait lui-même à la force de ses bras. Son teint avait repris les couleurs de la vie.

— Vous faites bien de vous méfier, Straub. Ces deux-là me font l'effet du parfait duo ! Wilma, vous listez les points de la sphère sur le sol américain et vous les donnez à Straub. Je veux la localisation précise, avec le type de bâtiment qui se trouve au-dessus, le nom de son propriétaire, de ses locataires, leurs activités, leur curriculum vitae, etc. Faites-vous aider par le service des archives. Il y a là-bas quelques désœuvrés qui seront ravis de pouvoir se rendre utiles.

» Vous, Straub, avec cette liste en main, vous choisissez les lieux les plus appropriés pour monter des surveillances discrètes. Stacey, aide-le au mieux. On ne va pas précipiter les choses. Avant de porter l'Aratta dans la gueule du loup, il est plus prudent de mesurer la taille de ses dents.

» Federico, mettez-vous en relation avec votre ancien employeur. Essayez d'obtenir des documents sur les cathares, je veux dire, des documents d'époque ! Vos prédécesseurs n'ont sans doute pas tout détruit. Ils ont obligatoirement conservé certaines pièces, qui peuvent à présent servir. Les assassins aiment souvent collectionner quelques menus objets de leurs victimes.

» Straub, vous allez engager des agents de sécurité à tour de bras. Je veux des cadors ! Triés sur le volet et muets comme des carpes !

— Entendu, monsieur Craig, obtempéra Straub. Vous désirez autre chose ?

— Oui, une ! Vous allez retrouver Gail Strinker et Five. Et vous me les ramènerez ici. De gré ou de force !

— Alors, ce sera de force, j'en ai peur.

Craig donna des ordres encore quelques minutes. On aurait dit un général avant une bataille. Lorsqu'il eut terminé, chacun comprit qu'il devait s'exécuter sans délai. La salle de réunion se vida.

— Content de te voir sur pied, Denis, dit Stacey en se retournant vers son patron. Tu nous as fait une peur bleue !

— Ferme la porte, tu veux.

Stacey recula d'un pas dans la pièce et poussa doucement la porte.

— Van Kriegs m'a administré un cocktail à sa façon. Je ne passerais pas un contrôle antidopage.

— Qu'y a-t-il ? demanda Stacey, conscient qu'il allait obtenir la réponse à la question qu'il n'avait pas su poser quelques jours plus tôt.

— Cancer ! dit Denis Craig, laconique.

— Merde ! Je suis désolé, Denis.

— Tout le monde l'est. Et moi le premier.

— Mais..., hésita Stacey. Van Kriegs ne peut rien faire ? Je veux dire... Il existe des thérapies très efficaces.

— Il faut croire que je me suis offert un cancer sans rémission, un cancer de suicidaire ! Tu comprends maintenant pourquoi je suis pressé à ce point. Je veux savoir avant de partir. Faites-moi ce cadeau !

— On va y arriver, Denis, dit Stacey, mal à l'aise dans cette position de confident. Je te le promets !

# 13

Le professeur Adrien Ramp fit entrer Finlay et Baudenuit dans une salle qui tenait plus de la bibliothèque que du bureau. Des rayonnages couverts de livres couraient tout autour de la pièce et les rares portions de murs laissées libres disparaissaient sous des tableaux et des diplômes encadrés.

Au centre de la pièce, deux canapés se faisaient face, séparés par une table basse, elle aussi en partie cachée sous des piles de livres et de documents.

— Messieurs, installez-vous, les invita Ramp. Vous me pardonnerez ce désordre, je n'ai pas eu le temps de ranger. Je n'ai d'ailleurs jamais le temps de ranger.

— Nous sommes déjà très heureux que vous ayez pu nous recevoir si vite, professeur Ramp, déclara Baudenuit. Ne vous inquiétez pas pour le reste.

Les deux policiers s'assirent côte à côte sur l'un des canapés.

— Bien, soupira Ramp en se laissant choir à son tour. Le corps européen s'intéresse aux cathares. Je dois vous avouer que votre appel d'hier m'a mis l'eau à la bouche.

— Nous imaginons sans mal ce que notre requête peut avoir de troublant, acquiesça Baudenuit.

— Troublant ? Le mot est un peu faible. Qu'une enquête de police vienne flirter avec un groupement humain disparu depuis huit siècles, c'est un peu plus que troublant. Mais, avant que je ne commence, répondez d'abord à une question. Que savez-vous, vous-mêmes, des cathares ?

Finlay et Baudenuit se regardèrent. Ni l'un ni l'autre ne savaient comment commencer.

— Allez-y, insista Ramp. Même si vous avez le sentiment de raconter un tissu d'idées reçues. Ce n'est pas grave, et cela pourra même nous servir plus tard.

Baudenuit se racla la gorge et se lança :

— Je ne sais pas trop si je ne confonds pas les cathares avec les templiers, commença-t-il. Et pour le peu que j'en sais, les cathares ont été une menace pour la chrétienté au Moyen Âge. Une dérive sectaire ou quelque chose dans ce goût-là.

— Je vois, commenta Ramp. Et vous, monsieur Finlay ?

— Pas mieux. J'ai en tête des fantasmes, je crois. Rien d'étayé, rien d'argumenté.

— Le massacre des albigeois, ça me revient, déclara Baudenuit. Mais je ne me rappelle pas d'une date, ou même d'un nom. Difficile d'appeler ça des souvenirs historiques.

— Bien, dit Adrien Ramp en lissant l'accoudoir de son fauteuil de la paume. Les dates et l'Histoire… Mais l'Histoire, ça n'est pas ça, messieurs. Ou, devrais-je dire, ça ne peut pas se résumer à ça ! Une date, c'est le point paroxystique d'une période, ou au contraire son point de rupture. Permettez-moi cette digression, je vous parlerai des cathares juste après.

Ramp se leva et alla caresser les livres d'une grande bibliothèque.

— L'Histoire ! marmonna-t-il pour lui-même. L'Histoire !

Il se tourna vers ses visiteurs.

— Comment dirai-je la chose ? Voyez-vous, parmi ces centaines d'ouvrages, certains se contredisent à un point tel qu'il est impossible de résumer l'Histoire à de simples livres. Tout n'est qu'affaire de point de vue. L'Histoire, ça n'est donc ni des dates ni même des livres. Alors, qu'est-ce que c'est ?

» Je vais vous donner un exemple. 18 juin 1815, la bataille de Waterloo. L'humiliante défaite pour les uns, l'écrasante victoire pour les autres. Et déjà, on sent que l'Histoire ne s'apprend pas de la même façon de part et d'autre de la Manche.

» Qu'est-ce que cette date ? Un jour compris entre le 17 et le 19 juin de la même année. Que s'est-il passé dans le monde ce 18 juin 1815 ? Et en quoi Waterloo a-t-elle influé sur nos vies à nous, plus de deux cents ans plus tard ? Regarder l'Histoire, être historien, c'est ça ! Insérer ces fameuses dates dans un contexte, qui est finalement beaucoup plus important que la date elle-même. À qui a servi la défaite des armées napoléoniennes ? Posez-vous la question ! À quoi, ou à qui, a servi la victoire de la coalition ? C'est la seule question qui vaille, d'ailleurs.

» Remontons plus loin un moment, et vous allez voir le lien avec ce qui vous amène. Le professeur de fac n'est pas juste en train de faire son show. Le 27 juillet 1214 a lieu la bataille de Bouvines. Elle oppose quelques milliers de chevaliers en armure dans le nord de la France. Vous avez tous les deux entendu parler de cette bataille, bien sûr. Pourtant, cela s'est passé il y a plus de huit cents ans !

» Et comment la connaissons-nous ? Grâce aux historiens, encore une fois. Et ceux que je nomme ainsi n'ont la plupart du temps pas eu l'impression d'effectuer ce travail. Ils ont relaté les grands événements de leur époque, pour leur propre compte, pour remplir des cahiers comptables, par le biais de lettres destinées à des proches, des supérieurs, des seigneurs, etc. Ces documents existent encore pour certains, d'autres ont été détruits, mais avaient auparavant été constatés par d'autres auteurs. Vous voyez, parfois, la source elle-même n'existe plus et il faut faire confiance, relative confiance, à des copistes, à des témoins.

» C'est déjà un palier de franchi dans le travail d'effacement du temps. Ces copistes étaient-ils, ou n'étaient-ils pas, animés d'une intention de manipulation des faits historiques ?

» Qui nous dit que ce qu'ils ont écrit est vrai ? Et pour en revenir à la bataille de Bouvines, huit siècles plus tard, comment s'assurer de la réalité de ces écrits, et donc de ces faits ?

» Par la fouille systématique de tout ce qui a tourné autour, de tout ce qui a été écrit dessus de près ou de loin, et finalement par les fouilles archéologiques. Mais quoi qu'il arrive, quelles que soient les preuves que l'on pourra trouver sur tel ou tel événement de l'Histoire, il faudra toujours garder à l'esprit que l'Histoire est un faisceau d'indices concordants. Non, je devrais dire la chose différemment : l'Histoire n'est qu'un faisceau d'indices concordants.

» De tout temps, les monarques ont fait réécrire l'Histoire, au gré de leurs envies, de leurs hontes ou de leurs ennemis, ceux dont ils ont voulu effacer jusqu'à la mémoire. Ces techniques n'ont pas commencé avec Staline, loin de là ! Alors, gardons-nous bien des certitudes trop rapidement acquises ! Et gardons-nous bien des certitudes tout court. N'oublions pas que ce que nous pouvons lire a peut-être été intentionnellement falsifié, édulcoré ou purement inventé.

» Aujourd'hui, l'image – la télévision depuis un siècle, la photographie depuis deux – tend à nous imposer des certitudes parce qu'on peut la voir. Mais c'est pourtant exactement le même principe qu'avec l'écrit. Ce n'est pas parce que c'est écrit que c'est vrai. Ce n'est pas non plus parce que nous voyons des images que ces images sont les témoins fidèles d'événements authentiques.

— C'est diablement difficile de se faire une opinion

dans un tel flou, intervint Baudenuit. Et dans nos métiers, c'est parce que l'on voit un acte, ou sa conséquence, qu'il existe. Pas de place pour vos concepts, que je comprends pourtant très bien.

— C'est aussi un peu la porte ouverte aux révisionnistes, votre façon de voir l'Histoire, plaça Finlay.

— Oui et non. Oui parce que ça jette effectivement le flou sur l'ensemble des événements de notre passé. Et non, parce que ça nous prévient justement contre les dérives possibles. Il faut être et rester vigilants sur chaque acte, chaque détail de l'Histoire, si l'on veut approcher une réalité. Et encore, je me permets d'insister sur ce point, il ne s'agira jamais que d'une facette de la réalité, et non de la Réalité après laquelle courent les naïfs.

» Et pour pousser encore un peu plus loin mon analyse du fait historique, qu'en est-il de ce qui s'est passé avant l'invention de l'écriture ? La préhistoire existe pourtant bel et bien. C'est même elle qui a conduit l'humanité à vivre l'Histoire, n'est-ce pas ? Nous n'en avons plus aucune trace, mis à part ce que des fouilles archéologiques ont pu découvrir dans la terre.

» Mais venons-en à ce qui vous amène. Vous n'avez sans doute pas toute la journée devant vous. Les cathares !

» Je vais vous en parler d'un point de vue strictement historique et philosophique, n'est-ce pas ? Sur la question purement religieuse, il ne m'appartient pas de trancher. D'autres l'ont fait avant moi, et mal fait, comme vous allez le constater.

» Bien, d'abord, il faut préciser les termes. Qu'est-ce que l'hérésie cathare ?

» Et d'abord, le sens des mots. Ils viennent tous les deux du grec ancien. Hérésie, *hairesis*, signifie « choix » et cathare, *katharos*, signifie « pur ». L'hérésie cathare veut-elle dire le choix de la pureté ? Il n'y a qu'un pas, que je franchis allégrement. Car c'est exactement ce dont il s'agit. Les cathares sont des chrétiens qui ont décidé de revenir à la parole du Christ. Plus exactement, à la parole des Évangiles, et précisément celui de saint Jean. Le retour à la source la plus proche de la parole du Christ.

» Voici les choses posées.

» Et vous observerez au passage qu'hérétique signifie «avoir choisi», et non ce que l'usage populaire en a fait. On peut donc parler d'hérétiques cathares sans leur porter outrage. De toute façon, vu le temps écoulé…

» Que proposaient les cathares, en quoi étaient-ils différents des autres chrétiens ? Je pose mon plan intentionnellement. Comme je le fais avec mes élèves, de cette façon vous comprendrez vite et je ne me perdrai pas trop en digressions intempestives.

» Donc, qu'était cette doctrine cathare qui a tant séduit les peuples d'Europe à partir du milieu du X^e^ siècle et qui a bien failli nuire à l'autorité vaticane ? Et qui aurait peut-être même pu renverser ce pouvoir !

» La justice et la justesse ! Quelque chose dans ce goût-là.

» Comment se fait-il que Dieu, dans son infinie bonté déclarée, permette que le mal existe ? N'est-ce pas là une bonne question ? Tout professeur de catéchisme la connaît et est bien embarrassé pour y répondre de façon persuasive. C'est une question sans doute naïve pour les adultes que nous sommes, au siècle où nous vivons. Mais les choses n'ont bien sûr pas toujours été ainsi. Les Européens du Moyen Âge étaient bien plus exposés à la maladie, à la douleur, à la mort au quotidien que nous ne le serons jamais.

» Bien, voyons la position de l'Église catholique sur la question. Pour Rome, Dieu a créé toutes choses. L'univers, la terre, l'homme, tout quoi. Mais l'homme, qui à son origine est né libre, a choisi la voie du Mal en nous imposant le péché originel. En clair, c'est la faute d'Adam si on se trouve dans un monde aussi cruel. Et ce Mal, incarné par Satan, est le produit d'une trahison. Satan, l'ange préféré de Dieu, lui a tourné le dos pour se lancer dans le commerce à son propre compte. Et ce nigaud d'Adam a choisi Satan. Plus séduisant, plus attractif, tout ce genre de miroir aux alouettes contre lequel on peut difficilement lutter.

» Pour les cathares, Dieu est le créateur de toutes les choses célestes et éternelles. Satan en fait partie, il est l'un des anges de lumière.

» Satan porte plusieurs noms, et notamment celui de Lucifer. Et savez-vous ce que signifie Lucifer ?

— Nous vous écoutons, réussit à placer Baudenuit. Essayez de ne pas faire trop long. Votre exposé est passionnant, mais nous n'avons malheureusement pas beaucoup de temps.

— Pardonnez-moi, admit Adrien Ramp. Je m'emballe toujours. Où en étais-je ?

— Au sens du mot Lucifer, lui rappela Finlay, qui ne semblait pas partager le même avis que Baudenuit.

— Absolument. Lucifer ! Le Porteur de lumière, c'est-à-dire celui qui détient la vérité, non ? En bref, Satan, ou Lucifer, se révolte contre Dieu, son créateur, et perd la partie. Pour le punir, Dieu le fait entrer dans le temps. D'éternel, Satan devient temporel ; il est le premier être à le devenir. À cette époque de genèse incomplète, en dehors du royaume de Dieu, seul le temps existe.

» Dieu accorde à Satan de s'occuper d'organiser ce monde temporel, de le créer de toutes pièces, puisqu'il n'existe pas encore, en dehors du temps. Et, de sa part, il y a donc décision délibérée de nous livrer au Mal, nuance. Grande, énorme nuance ! Puisque Dieu est omniscient…

» Et qu'est-ce que le monde temporel ? Le nôtre, celui de la matière, que Satan engendre lui-même, avec accord du patron. Il crée l'homme aussi, par conséquent.

— Attendez un instant, intervint Finlay. Voulez-vous dire que l'homme était considéré par les cathares comme une créature du diable ?

— Je le dis et je le répète. Mais attendez, vous allez comprendre pourquoi. Ces gens n'étaient pas furieux au point de vouloir se flageller au sang pour expier leur sulfureuse ascendance. Oh que non ! L'homme est une créature du Mal, et d'un point de vue moral, on peut l'attester au quotidien. Je suis sûr que dans vos métiers, vous côtoyez moins que la crème de l'humanité. Vous ne me direz pas le contraire ?

— Nous essayons d'endiguer certaines formes du mal, répondit Finlay. Mais je les crois plus volontiers filles de nos sociétés que du diable. C'est là une question de point de vue.

— Dont je me défendrai bien de vous blâmer, poursuivit Ramp. L'homme, donc, est une créature du Mal. Mais c'est une créature du Mal qui a le pouvoir de s'élever au-dessus de sa condition. Comment ? Par la gnose, la connaissance !

» Rendez-vous compte de ce que je vous dis. Entre le Xe et le XIIe siècle, ici, en France, mais aussi un peu partout en Europe, des hommes et des femmes du peuple, des chrétiens non catholiques, des cathares, cherchent à s'élever au-dessus de leur condition en accédant à la connaissance, la sagesse, et pourquoi ? Pour toucher la Vérité ! Parce que c'est là le fondement de la doctrine cathare, c'est par l'esprit que l'homme parviendra à la Lumière.

» La créature du Mal pourra devenir le fils de Dieu ! Vous imaginez la tête qu'ont faite les papes pendant deux siècles ?

» Parce que les cathares n'en sont pas restés là. Les parfaits, en quelque sorte leurs prêtres, n'étaient pas à la charge de la société féodale. Ils travaillaient, comme les pasteurs qui viendront bien plus tard. Les femmes pouvaient devenir des parfaits, aussi facilement que les hommes. Vous voyez le modernisme de ces gens ! Même aujourd'hui, les femmes n'ont pas les mêmes chances que les hommes sur l'échiquier du pouvoir. Et encore moins sur celui du pouvoir religieux.

» Ah ! Une autre différence très importante. Les cathares ne reconnaissaient pas le fils de Dieu dans le Christ. Pour eux, c'était un ange, qu'ils appelaient un « éon », envoyé par Dieu pour révéler aux hommes que le Dieu qu'ils adorent n'est autre que le Mal. Donc pas de mystère de la Trinité non plus.

» Ils ne voulaient pas non plus de la croix romaine comme symbole, argumentant qu'elle était une représentation du royaume du diable, puisque symbole de la souffrance de Jésus.

— On dirait vraiment une secte moderne, commenta Baudenuit. Vous savez, celles qui finissent dans un bain de sang.

— Cela peut y faire penser, mais chez les cathares, pas de gourou, pas de pape, pas de cardinaux. Seulement des parfaits qui donnent l'exemple, et le peuple. C'est tout. Ces gens-là étaient simples et avaient des aspirations nobles. Se cultiver, devenir meilleurs, approcher de la Vérité pour revenir vers Dieu. Mais le Vatican n'a pas vu cette hérésie d'un bon œil.

— Ce que vous venez de décrire me semble être presque exactement ce qui fait défaut à la religion catholique depuis une cinquantaine d'années.

— Qu'est-ce à dire ?

— Eh bien, qu'il s'agit plus d'une philosophie que d'une religion. Un peu comme le bouddhisme.

— C'est aller vite en besogne, contrecarra Adrien Ramp. Mais je comprends ce que vous voulez dire. La doctrine cathare était plus motivante que son aînée catholique. Vous ai-je dit que les cathares croyaient à la réincarnation ?

— Pas encore.

— Eh bien, ils y croyaient. Et, à mon sens, leur croix symbolise la roue éternelle aussi. La réincarnation s'y trouve sans aucun doute.

— Vous avez dit que les cathares ne reconnaissaient pas la croix, intervint Baudenuit. Mais, et la croix cathare, alors, ce n'est pas une croix ?

— Si, mais pas la même. Ils ne reconnaissaient pas le crucifix en tant que symbole de leur communauté. La croix cathare est une croix à quatre branches égales, inscrite dans un disque solaire. C'est un symbole céleste. Alors que la croix catholique n'est ni plus ni moins que l'instrument sur lequel le Christ est mort.

» Quatre pour les éléments terrestres sans doute. Quatre dans un cercle. La terre dans l'univers céleste. C'est elle qui symbolisait leur volonté de retour vers les dimensions où réside Dieu.

» Bien, maintenant le contexte, car les mouvements philosophiques et religieux sont, eux aussi, en harmonie ou en réaction avec leur environnement. Je n'en ai pas pour longtemps, vous allez voir.

» L'hérésie cathare s'est répandue comme une traînée de poudre dans toute l'Europe. Pourquoi ?

» Le catholicisme du Moyen Âge a bâti des monastères, des églises, des cathédrales, plus somptueux les uns que les autres. Le clergé vit dans un confort de vie inégalé, pas même par les rois parfois. Et le peuple, lui, crève de faim par cycles.

» Alors, quand des gens sans fortune battent la campagne pour répandre la doctrine cathare, le peuple applaudit et s'engage. Certaines régions sont plus favorables que d'autres, d'autres opposent des réticences importantes à toute nouveauté. Mais, bon gré mal gré, les cathares progressent vite. Plus vite que les chrétiens ne le firent mille ans plus tôt.

» Le Vatican a fait plusieurs tentatives d'intimidation avant de se lancer dans une chasse aux sorcières, mais quand les armées du Christ s'y sont mises, il n'a rapidement plus fait bon être cathare en terre catholique.

— Que s'est-il passé ? demanda Finlay.

— Ils ont été brûlés par milliers ! Rendez-vous compte ! Par milliers. Des milliers de femmes et d'hommes ont péri, alors que l'Inquisition leur promettait la vie sauve s'ils abjuraient leur foi. Ces gens-là avaient la même conviction que les premiers chrétiens dans les arènes de la Rome antique. Ce qui explique un peu pourquoi le Vatican en a eu aussi peur. Je ne parle pas de foi en disant cela, mais il y a des centaines d'années que le Vatican est surtout le centre d'un commerce et d'un cercle d'influence politique temporel.

» On se souvient du massacre des albigeois, mais il y en a eu bien d'autres. L'Inquisition a même été mise au point pour lutter contre l'hérésie cathare. Rome a employé tous les moyens en sa possession. Et les moyens, ça a été les armées royales de France, de Navarre et d'ailleurs.

» On ne s'acharne pas ainsi pour une simple querelle de point de vue. Les cathares faisaient peur à l'Église pour d'autres raisons. Mais là, je crains que nous n'en sachions jamais rien, car il ne reste pour ainsi dire aucun écrit des cathares. Tout a été rasé, pillé, brûlé. Une philosophie a été purement et simplement rayée de la carte des idées. Ce qui, à mes yeux en tout cas, est un crime inextinguible !

Adrien Ramp laissa planer un long silence. Il pratiquait ce genre de mise en scène avec ses élèves et en tirait un grand plaisir. La maîtrise de ce type d'exercice résidait dans l'appréciation de ce silence, au dixième de seconde près. Il fallait redémarrer au moment où l'auditoire reprendrait possession de sa parole.

— Bien, reprit-il à l'instant même où Finlay allait ouvrir la bouche. Maintenant que vous savez tout cela, nous allons nous livrer à un petit exercice. Si vous le voulez bien. C'est juste une petite vérification de ce que je vous disais au début de notre conversation, à propos de la fluctuation de la vérité historique. Monsieur Baudenuit, prenez ce dictionnaire et cherchez-y le sens du mot cathare.

— Volontiers, acquiesça Rufus en s'emparant du dictionnaire. Laissez-moi une seconde… Voilà. Cathare. « Du grec *katharos*… secte manichéenne du Moyen Âge répandue surtout dans la région d'Albi et préconisant une absolue pureté de mœurs. Ils s'appelaient les "parfaits" ».

— C'est tout ? demanda Finlay.

— C'est tout.

— Vous voyez ! s'exclama Adrien Ramp. Ça n'a pas grand-chose à voir avec ce que je viens de vous raconter, n'est-ce pas ? Secte manichéenne du Moyen Âge. Ce qui signifierait une simple prolongation de la philosophie de Mani. Ah ! Vous constatez aussi qu'il n'est pas question de christianisme dans cette définition. Seulement de secte. Et qu'était le christianisme à ses débuts ? Une secte, vous m'enlevez les mots de la bouche ! Dans la région d'Albi, vous entendez ça ! Dans la région d'Albi ! En les réduisant à cette implantation locale, ce dictionnaire transforme les cathares en un mouvement négligeable, pratiquement une rébellion de paysans contre un seigneur.

» Vous vous souvenez de ce que je vous disais au début de notre conversation, à propos de ce que vous saviez vous-mêmes sur les cathares ? Eh bien, vous avez appris dans les manuels d'histoire, qui présentent cette hérésie sous le même angle que ce dictionnaire.

» Enfin, bref. Ce dictionnaire ne peut pourtant pas être suspecté de révisionnisme. Mais Rome a si bien travaillé qu'il ne reste plus des cathares que cette définition racornie, anecdotique et mensongère. Paix à leurs sépultures et passons à la suite.

» Quel est donc le rapport entre votre enquête et les cathares ?

— La croix solaire, répondit aussitôt Baudenuit en exhibant une photographie de tatouage devant les yeux de Ramp. Nous avons plusieurs individus qui portent cette croix et qui ne l'avaient pas avant d'avoir été enlevés et assassinés.

— Je vois, dit Ramp. Alors ce ne sont sans doute pas les cathares, mais des personnes qui se servent de leur symbole.

— Sans aucun doute, monsieur Ramp. Mais nous avions besoin d'en savoir plus sur les cathares malgré tout. On n'utilise pas un symbole sans raison.

— Bien sûr. Qui pourrait aujourd'hui se servir d'un tel symbole ? Quelqu'un qui aurait un compte à régler avec les catholiques peut-être…

— Nous y avons pensé, précisa Finlay. Mais cela fait un trop vaste éventail de coupables possibles. Nous nous sommes demandé si les symboles cathares n'avaient pas été réutilisés après la période de l'Inquisition.

— Pas à ma connaissance ; en tout cas pas de façon marquée. Il faudrait que je fasse des recherches. Après tout, certains historiens ont peut-être déjà effectué ce travail.

— Ça nous aiderait beaucoup, l'encouragea Finlay. Si vous avez le temps, bien sûr.

— Aucun problème, affirma Ramp. Participer à une enquête policière est même assez excitant.

— Une question encore, ajouta Baudenuit. Les affaires dont je vous ai parlé ne sont pas contemporaines les unes des autres. La première date de la semaine dernière, deux autres se sont passées en 2012, une autre en 1994, et si l'on en croit nos archives, un corps aurait été retrouvé en 1796, porteur lui aussi du même tatouage en forme de croix solaire. De notre côté, tout ce que nous pouvons en déduire, c'est qu'il s'est écoulé un délai de dix-huit ans entre aujourd'hui, 2012 et 1994, et que ce même intervalle revient dans cette affaire mentionnée en 1796.

— Fichtre ! C'est plus qu'un complot, si tout est lié.

— C'est justement ce que nous aimerions savoir, bien que cette hypothèse soit hautement improbable.

— Et vous voudriez savoir si ce que vous me dites me parle plus qu'à vous, c'est bien ça ?

— En clair, oui, affirma Baudenuit en glissant une main dans la poche intérieure de sa veste. Excusez-moi, je vous prie.

Il sortit un téléphone et le porta à son oreille.

— Je t'écoute, Krabsich. Depuis quand ? OK, on arrive. Et oui, bien sûr que tu laisses entrer la fille dans la chambre de son père. Tu as de ces questions, toi !

Il raccrocha et se leva aussitôt, pour mettre un terme rapide à la conversation.

— Nous allons devoir vous laisser, monsieur Ramp. Merci pour vos précieux renseignements.

— N'allez pas répandre autour de vous ce que nous nous sommes dit. On ne brûle plus les hérétiques, mais on peut encore les excommunier. Passez me voir demain en fin d'après-midi. D'ici là, j'aurai téléphoné à deux ou trois collègues et j'en aurai sans doute plus à vous dire. Qu'en pensez-vous ?

— Que ce sera avec plaisir.

— À la bonne heure, s'exclama Ramp. Alors, à demain, ici même.

Les trois hommes se serrèrent la main, puis Baudenuit et Finlay prirent congé.

— Que se passe-t-il ? demanda Finlay aussitôt qu'ils furent sortis du bureau.

— Palmer a repris contact avec la réalité.

— Qu'a-t-il dit ?

— Rien encore. Il a demandé à voir sa fille.

En entrant, Cecilia vit tout de suite dans le regard de son père qu'il avait recouvré ses esprits. En revanche, son visage trahissait une profonde souffrance. Elle traversa la chambre en courant presque et s'assit au bord du lit.

— Tu n'as pas pu t'empêcher de revenir sain et sauf, plaisanta-t-elle. Et où étais-tu passé d'abord ?

George Palmer leva la main lentement, signe que sa fille connaissait depuis son enfance. Il était temps qu'elle se taise.

— Approche-toi, murmura-t-il.

Palmer parlait très bas. Il semblait épuisé. Une grimace de douleur déformait ses traits.

— Promets-moi d'abord que tu ne répéteras à personne ce que je vais te dire.

Cecilia hocha la tête.

— Non, insista son père. Promets-le-moi !

— C'est promis, dit Cecilia à regret.

Elle savait qu'elle ne briserait pas un serment fait à son père, surtout si, comme tout le laissait croire, il allait mourir.

Palmer ferma les yeux un instant, puis les rouvrit.

— Je... je suis allé en enfer, ma chérie... et je suis revenu. Ne fais confiance à personne. S'ils apprennent que je t'ai parlé, ils voudront te tuer. Fais attention à toi. Ils... ils sont là et tu ne pourras pas savoir qui. Méfie-toi de tous. Même des femmes. Elles aussi appartiennent à ce monde. Il n'y a pas...

Le mot s'éteignit dans la gorge de Palmer.

— Papa ? supplia Cecilia. Explique-moi, papa ! Qu'est-ce qu'ils t'ont fait ?

Elle se redressa pour regarder le visage de son père. Ses pupilles commençaient à se dilater.

— Papa, accroche-toi. Dis-moi... qui t'a enlevé ? Qui ?

Palmer ouvrit la bouche sans qu'aucun son en sorte. Cecilia colla son oreille contre les lèvres de son père.

— Les poissons..., entendit-elle sans en être certaine.

Cecilia regarda son père de nouveau.

— Qu'est-ce que tu as dit ? Je n'ai pas…

Elle n'acheva pas sa phrase. L'électrocardiogramme venait d'annoncer la fin de l'activité cardiaque.

— Papa ?… balbutia Cecilia. Tu n'as pas le droit de me faire ça…

Deux membres du personnel hospitalier entrèrent dans la chambre.

— Poussez-vous, mademoiselle, dit l'un d'eux. Sortez de la chambre, s'il vous plaît.

Mais Cecilia ne réagit pas et demeura au milieu de la chambre, immobile.

Elle sentit à peine une paire de mains serrer ses épaules. C'étaient celles de l'inspecteur Baudenuit.

— Venez, Cecilia, il faut les laisser faire leur travail.

Il la fit asseoir dans une salle d'attente voisine de la chambre.

Dix minutes plus tard, les urgentistes acceptèrent leur échec. George Palmer était mort.

Cecilia s'absenta quelques instants pour téléphoner à sa mère, puis elle revint s'asseoir auprès des deux policiers.

— Cecilia, nous avons besoin de vous poser une question, dit Finlay sur un ton très doux.

Cecilia accepta d'un signe de tête.

— Votre père vous a parlé avant de mourir. Que vous a-t-il dit ?

— Rien, mentit la jeune femme. Je n'ai pas compris. Il était toujours très chaotique. Je suis désolée.

Ni Finlay ni Baudenuit ne voulurent insister. Le moment ne s'y prêtait pas. À sa demande, Cecilia fut raccompagnée jusqu'à son hôtel.

— Il a pourtant parlé, rumina Baudenuit alors que la jeune femme disparaissait dans la voiture banalisée. On le sait, le gardien en faction les a vus par la fenêtre.

— C'est en effet très curieux, acquiesça Finlay. Pourquoi ne veut-elle pas collaborer avec nous ? Et qu'a-t-il pu lui dire d'aussi secret ? Ou d'aussi terrible !

— La chambre était sous écoute. Espérons que Palmer aura parlé assez fort.

# 14

Denis Craig tendit une main dans l'obscurité. Il attrapa un mouchoir et se redressa. Le mouvement alluma automatiquement sa lampe de chevet. Il ferma les yeux, une douleur fulgurante le plia en deux.

Une peur panique s'empara de sa raison. Il roula son corps en boule, comme un enfant, comme l'enfant qu'il avait été. Et la voix de Julian Stark traversa son crâne, sans qu'il en comprenne tout de suite les mots.

« Entendez-vous ce que je dis, monsieur Craig ? lui avait dit Stark un jour. Le moment venu, il vous viendra l'envie de donner ! Votre empire contre un jour de plus. Pour grappiller quelques heures pitoyables, goûter un peu plus au plus extraordinairement simple des plaisirs : celui de respirer. »

Craig se souvenait parfaitement de ce moment. Il se trouvait alors dans la position de maître du jeu. Il vivait alors pleinement et se pensait encore quasiment immortel.

La roue avait tourné. Pour Stark d'abord. Et à présent pour lui.

Lorsqu'il réussit à rouvrir les paupières, il essuya le sang qui maculait son épaule, ses mains et le bas de son visage.

La femme de ménage s'occuperait des draps et de l'oreiller.

Sur le mur, les aiguilles fluorescentes indiquaient trois heures quinze. Sa nuit était terminée.

Il essaya de se lever, mais ses jambes le supportaient difficilement.

Il fut tenté d'appeler l'infirmière, qui dormait dans la pièce voisine, mais il renonça. Il n'avait aucune envie de se montrer dans cet état. Il avala trois comprimés et délaissa l'anxiolytique. L'image d'un objet venait de s'imposer à son esprit. L'Aratta !

Il s'habilla en vitesse et quitta sa chambre.

Dehors, la pluie avait cessé. L'air sentait un mélange de terre humide et d'essence de pins.

Craig longea le bâtiment administratif et se présenta devant le poste de sécurité du bunker.

Le garde en faction regardait un vieux film du début des années 2000 et mangeait sans appétit des gâteaux apéritifs.

— Salut, Trevor, lança Denis Craig en se forçant à sourire. Ça sent l'ennui par ici.

— Bonsoir, monsieur Craig, répondit le garde en se redressant. Faut dire qu'il ne se passe pas grand-chose. Je peux vous être utile ?

— Ouvrez-moi les sas jusqu'à la salle de recherche et ce sera parfait.

Trevor entra l'ordre dans un ordinateur et regarda son patron disparaître dans le couloir.

Craig avança jusqu'à la salle où se trouvait la sphère. Il composa un code sur un clavier mural, annula les alarmes et attendit que la double porte blindée se déverrouille.

— Vous pouvez aller vous recoucher ! dit-il aux deux scientifiques en poste.

— Vous ne devriez pas rester seul avec elle, tenta d'opposer l'un d'eux en désignant la sphère du menton. Forester n'a pas…

— Libre à moi de jouer ma vie si ça me chante, le coupa Craig. Faites ce que je vous demande.

Les deux hommes n'insistèrent pas. Craig demeura seul.

Il prit la sphère à deux mains et la déposa dans la valise de transport. Puis il sortit à son tour.

— Monsieur Craig, essaya Trevor d'une voix incertaine. Je ne peux pas vous laisser faire ça.

— Alors, vous allez m'accompagner, rétorqua Craig. Après tout, c'est elle que vous protégez. Si elle ne se trouve plus dans ce bâtiment, vous n'avez plus de raisons de vous y trouver non plus.

Trevor sembla hésiter. Son travail ne consistait pas à prendre des décisions qui sortaient du cadre de ses consignes.

— Dépêchez-vous, Trevor, je m'en vais.

— Je peux savoir où vous comptez aller ?

— Pas loin. Mais il faudra tout de même prendre un véhicule.

Trevor rattrapa Denis Craig à l'extérieur du bâtiment. Il marcha un pas en arrière, la main posée sur la crosse de son revolver.

— Je n'aime pas ça, monsieur Craig. Mais alors pas du tout.

— J'en prends l'entière responsabilité sur mes épaules, ça vous va ?

— Ce n'est pas ce que je veux dire, bredouilla Trevor.

— Alors, ne dites plus rien et prenez le volant.

— C'est vous le patron !

Ils montèrent dans une Jeep et quittèrent l'enceinte de la Fondation Prométhée.

— Il y a un point de résurgence à quelques kilomètres d'ici, indiqua Craig. C'est là que nous allons.

Trevor acquiesça sans comprendre. Il n'avait aucune idée de leur destination.

Craig s'en aperçut.

— Prenez à gauche sur la piste et laissez rouler.

— Puisque vous le dites.

À l'endroit indiqué, le véhicule tout-terrain pénétra dans la forêt. Il roula plusieurs centaines de mètres jusqu'au bas de la colline et remonta la vallée en suivant le cours de la Red River.

Dix minutes plus tard, ils arrivèrent au confluent de la rivière avec un ruisseau qui prenait sa source un peu plus haut sur la pente.

— Arrêtez-vous ici, indiqua Craig. Éteignez les phares et venez avec moi.

Trevor s'exécuta sans plus demander d'explications.

Les deux hommes sortirent de la voiture. Craig essaya de soulever la valise contenant la sphère mais il dut y renoncer. Il ressentait une épouvantable douleur dans le crâne qui le privait d'une grande partie de ses moyens.

— Aidez-moi, Trevor, je vous prie, demanda Craig. Je suis… je ne me sens pas très bien.

— Nous devrions rentrer, monsieur Craig.

— Plus maintenant ! Suivez-moi.

Ils commencèrent à gravir la pente et furent bientôt obligés de marcher dans le ruisseau. La végétation très épaisse ne permettait pas de le longer.

La courte ascension fut une épreuve pour Denis Craig. Trevor l'épaula sur les derniers mètres.

— Là, ce sera parfait, murmura Craig dans un souffle. Déposez la valise à côté de moi.

Craig se laissa tomber dans l'eau qui sourdait de la terre. Il fut bientôt trempé jusqu'à la ceinture par une eau qui avoisinait cinq degrés. Le froid apaisait sa migraine.

— Sortez votre arme et tenez-vous prêt ! dit-il encore au garde.

— Prêt à quoi ? s'inquiéta Trevor en scrutant la nuit épaisse du sous-bois.

— Je ne sais pas, Trevor. Peut-être à me réciter un dernier *Pater Noster*.

Trevor ne sut quoi penser de la réponse de Craig. Il recula de quelques pas, s'adossa contre le terrain pentu et se tint aux aguets.

Craig sortit la sphère et la maintint fermement sur ses cuisses, la laissant intentionnellement entrer en contact avec l'eau de la source.

*Je veux savoir…*, pensa-t-il en se concentrant. *Éloigner la douleur… je veux vivre !*

Le contact de la sphère se fit moins lourd. Craig pensa que ses membres refroidis perdaient leur sensibilité.

Puis il eut l'impression que l'objet pénétrait sa chair, qu'il se ramollissait peu à peu.

*Ilis ? Laisse-moi te retrouver !*

Craig demeura ainsi prostré dans la nuit pendant près d'une heure. Il ne nota plus de changement dans la matière de l'Aratta, mais sa migraine disparut bientôt. Totalement. Alors qu'elle ne l'avait pas vraiment quitté depuis plusieurs jours.

Ses forces revinrent en même temps. Il éprouva dans son corps un regain de vigueur musculaire qu'il pensait perdue à jamais.

Ce contact était bon. Sa poitrine se soulevait sans frémissements. Il reprenait goût à la vie.

Il aurait voulu rester là éternellement, mais des bruits de véhicules, puis des voix d'homme, lui annoncèrent qu'on l'avait retrouvé.

La silhouette de Philip Straub apparut devant lui, immédiatement suivie par d'autres, nombreuses et silencieuses.

— Wilma Stanford a raison, déclara Craig sans autre explication sur sa conduite. Il faut expérimenter l'Aratta sur site. Pas ici, ce ne serait pas pratique. À partir de demain, on choisira ensemble, et je conduirai les recherches !

Philip Straub observa Craig. Quelque chose d'indicible venait de changer dans sa façon d'être.

Dans la nuit environnante, il ne pouvait pas en voir grand-chose, mais il capta dans son regard une étincelle qu'il n'y avait plus vue depuis longtemps.

## 15

En entrant dans son bureau, Rufus Baudenuit trouva son collègue britannique assoupi sur le divan. Il tenait encore ouverts sur ses genoux les rapports d'enquête qui l'avaient tenu éveillé une grande partie de la nuit.

Rufus posa sur la table deux cafés fumants et tira les rideaux.

— Réveillez-vous, Harold ! dit doucement Rufus. À défaut de *pancakes*, j'ai un bon café du meilleur distributeur du service.

Finlay ouvrit les yeux et parut désorienté un court instant. Il bredouilla quelques mots, puis recouvra ses esprits.

— J'ai dû m'endormir, s'excusa-t-il.

— Ça ne fait pas l'ombre d'un doute, mon cher, plaisanta Baudenuit. Et vous ne ramènerez pas Palmer à la vie en vous tuant au travail !

— Bien sûr, convint Finlay. Vous avez du nouveau ?

— J'ai les enregistrements de la clinique.

— Parfait. Ça dit quoi ?

— Je n'ai pas eu l'audace de les écouter sans vous.

Finlay fit une moue interrogative.

Rufus passa derrière son bureau et introduisit le CD dans son ordinateur.

— C'est parti, précisa-t-il à Finlay, qui venait de se brûler avec le café.

Les deux hommes penchèrent la tête vers les haut-parleurs. Ils entendirent d'abord une voix synthétique préciser la date, l'heure, les lieux et les protagonistes.

Puis un murmure s'éleva dans la pièce, amplifié et recomposé par le logiciel :

« Approche-toi. Promets-moi d'abord que tu ne répéteras à personne ce que je vais te dire. »

Il y eut un silence, puis Palmer reprit :

« Non. Promets-le-moi ! »

La voix de Cecilia Palmer s'éleva, beaucoup plus distincte que celle de son père :

« C'est promis. »

Un nouveau silence s'installa. On entendait les respirations du père et de sa fille, entrecoupées par les sons du matériel médical.

« Je... je suis allé en enfer, ma chérie... et je suis revenu.

» Ne fais confiance à personne. S'ils apprennent que je t'ai parlé, ils voudront te tuer.

» Fais attention à toi. Ils... ils sont là et tu ne pourras pas savoir qui. Méfie-toi de tous. Même des femmes. Elles aussi appartiennent à ce monde. Il n'y a pas... »

À cet instant, le cœur de Palmer dut s'emballer. Une alarme sonna dans une pièce voisine.

« Papa ? Explique-moi, papa ! Qu'est-ce qu'ils t'ont fait ?

» Papa, accroche-toi. Dis-moi... qui t'a enlevé ? Qui ? »

L'enregistrement retransmit des bruits de gargouillements étouffés. Palmer agonisait.

« Les poissons... »

Cecilia Palmer hurla. Puis des voix d'infirmiers saturèrent les enceintes et l'enregistrement s'arrêta.

— C'est tout, déclara Baudenuit en regardant son écran. Ils ne se sont rien dit de plus.

Finlay hocha la tête. Son visage ne trahissait aucune intention.

— On peut le repasser ?

— C'est parti, acquiesça Baudenuit.

Ils procédèrent à une seconde écoute, puis restèrent silencieux.

Finlay se leva et se posta devant la fenêtre. Le bureau de Baudenuit donnait sur une cour remplie de carcasses de voitures.

— Il délirait sans doute, dit-il soudain.

— Je ne crois pas, opposa Baudenuit. Sa voix est claire, au contraire. C'était même son dernier moment de lucidité.

— Qu'est-ce que c'est que cette histoire de poissons ?

— Donnez-moi une minute. Peut-être que…

Baudenuit pianota un instant sur son clavier et attendit.

— J'ai une pisciculture dans la vallée où a été retrouvé Palmer.

— C'est un peu tiré par les cheveux, non ?

— Ça a le mérite d'exister en tout cas, et c'est en même temps notre seul point de départ.

— Je suppose que cet endroit a été visité par des enquêteurs, non ?

— Enquête de proximité habituelle. Mais nous allons y retourner. C'est à… trois heures de route environ.

— Avant d'y aller, j'aimerais avoir une conversation avec Cecilia Palmer. Peut-être a-t-elle compris plus de choses que nous.

— C'est possible. Nous avons de toute façon rendez-vous avec le professeur Ramp en fin d'après-midi. Les poissons attendront jusqu'à demain.

Krabsich, l'un des équipiers de Baudenuit, passa la tête dans la pièce.

— Rufus ? Le patron te demande.

Baudenuit s'excusa et s'éclipsa du bureau.

Il revint un quart d'heure plus tard, un air sombre sur le visage.

— Un problème ? s'enquit Finlay.

— Je ne sais pas encore, répondit Baudenuit. Le fichier central a craché de nouvelles pistes. Une extrapolation à partir des fichiers de personnes disparues sur l'ensemble du territoire européen a mis en lumière une sorte de pic. Ça revient par périodes de dix-huit ans, à peu de chose près.

— Je ne vous suis pas très bien.

— En recoupant les listings des véritables disparitions non élucidées, on constate une augmentation importante à l'approche des dates des trois affaires qui nous intéressent.

— De quel ordre ?

— Plusieurs milliers ! On ne peut pas encore le savoir pour 2030, mais en ce qui concerne 1994, il s'agit de dix-huit mille personnes portées disparues par leurs proches, et en 2012, vingt et un mille ! Sur le seul territoire européen. Imaginez ce que les résultats vont donner sur le monde !

Finlay hocha la tête plusieurs fois avant de répondre.

— Pour ces périodes, je peux facilement imaginer que ça soit passé inaperçu. Les gens avaient le droit de rompre les ponts sans laisser d'adresse. Mais plus maintenant. Les Implants ne disparaissent pas !

— Je sais. Mon patron est en train de remuer tous les services. On ne devrait pas tarder à connaître les résultats des disparitions d'Implants.

— Vingt mille Implants dans la nature, c'est inenvisageable, gronda Finlay.

— C'est pourtant ce qui s'est passé avec Palmer. La plainte pour disparition a été automatique.

— Passons voir Cecilia. Elle ne peut plus garder le silence.

— Ouais, dit Baudenuit en enfilant son manteau. Ce n'est pas le moment de traîner ici. Et je ne suis pas persuadé que mon patron me laissera longtemps vous prêter main-forte. Il va sans doute y avoir une recomposition des équipes. Alors, filons !

L'hôtel dans lequel était descendue Cecilia Palmer se trouvait à deux pas du commissariat central. Baudenuit et Finlay n'eurent qu'à traverser la place des Quinconces.

Leurs Implants furent scannés dans le sas d'entrée. Quoi qu'il fasse, Baudenuit ne pourrait pas échapper à son supérieur. Si ce dernier le cherchait, il saurait immédiatement où il se trouvait.

Le réceptionniste essaya sans succès de joindre Cecilia dans sa chambre. Pourtant, la signature de son Implant apparaissait sur l'ordinateur central.

Sur présentation de sa carte, Rufus Baudenuit se fit confier un passe cellulaire. Quelque chose n'allait pas.

Les deux policiers sentirent une forte odeur de sang en poussant la porte. Ils dégainèrent en même temps leur arme de service, mais trop tard pour porter secours à Cecilia Palmer.

La jeune femme était étendue sur le lit, entièrement nue et le corps tailladé de coups de couteau. Sur les murs, ses agresseurs avaient dessiné plusieurs croix solaires grossières. Le sang utilisé pour cette mise en scène macabre commençait à s'oxyder. Ce détail n'apparut que plus tard aux deux policiers, lorsque, une fois la stupeur passée, leur professionnalisme eut repris le dessus.

Ils comptèrent alors sept croix solaires, dessinées avec la chevelure de la victime, qui avait été coupée, sans doute après sa mort, pour servir de pinceau.

— Nous ne lui poserons plus aucune question, lâcha Finlay pour rompre un silence de plus en plus pesant.

Baudenuit n'eut pas la retenue de son collègue. Il écrasa un poing contre le mur.

— Merde ! ragea-t-il ensuite. C'était une fille bien.

— Oui, et c'est terminé pour elle. Il va falloir surveiller nos arrières, Rufus. Ceux qui ont fait ça doivent savoir que, nous aussi, nous avons écouté ce que Palmer a dit à sa fille.

— Il n'a pourtant rien révélé de capital.

— Allez savoir. Nous nous compliquons peut-être la vie. Palmer a peut-être dit quelque chose d'évident que nous n'avons pas su entendre.

— Mmh… sans doute.

Baudenuit alerta le commissariat central. Il demanda une équipe de la police scientifique puis s'assit sur le lit, juste à côté du corps de Cecilia. Il fut tenté de recouvrir sa nudité d'un drap, mais il ne le fit pas. Il s'en chargerait lui-même plus tard, lorsque les prélèvements d'empreintes, de fluides et toutes les analyses utiles auraient été effectués.

Finlay fit de même juste après. Il ne servait à rien de tenter de courir après les assassins. La raideur du cadavre et l'oxydation du sang montraient que le crime remontait à quelques heures déjà.

Lorsque l'équipe scientifique arriva, Finlay et Baudenuit décidèrent de partir sur-le-champ pour le campus universitaire. Ils obtinrent de la réception de l'hôtel une liste des Implants ayant séjourné entre les murs durant les dernières vingt-quatre heures, puis quittèrent les lieux.

Finlay envoya une demande de recherche sur les numéros d'Implants et la réponse tomba avant même qu'ils arrivent à l'université. Trois plaintes pour détournement d'identifiant venaient d'être enregistrées par l'ordinateur central. Et ces trois mêmes numéros avaient passé la nuit précédente dans la chambre voisine de celle de Cecilia.

Les photographies de deux hommes et d'une femme, prises dans le sas de l'hôtel, s'affichèrent sur l'écran de la voiture banalisée de Rufus.

Ils tenaient les visages des meurtriers. Sans doute.

Quelques minutes plus tard, alors qu'ils s'apprêtaient à quitter le véhicule, un opérateur du centre de gestion des identifiants leur apprit que les trois Implants venaient d'être scannés en Bavière. La police allemande devait se charger d'appréhender leurs porteurs. Si les choses se déroulaient normalement, l'enquête prendrait une tournure nouvelle.

Ils traversèrent un campus désert. Les vacances de la Toussaint avaient commencé la veille. Aussi gagnèrent-ils le bureau d'Adrien Ramp plus rapidement que lors de leur première visite. Ils n'eurent pas à se faufiler dans la masse des étudiants.

Ils trouvèrent la porte entrouverte et le bureau vide.

Ils s'installèrent dans les fauteuils et attendirent. Chacun réfléchissait aux conséquences de la mort de Cecilia Palmer. Et surtout aux causes.

Un quart d'heure passa.

Baudenuit se leva et parcourut les rayonnages du regard. Sa curiosité l'entraîna jusqu'au bureau de Ramp, sur lequel régnait un savant désordre.

Une note surmontait une pile de papiers. Baudenuit ne put s'empêcher de la lire. L'indiscrétion faisait partie de son métier.

Ramp avait noté quelques mots à la main. Leurs deux noms tout d'abord, Finlay et Baudenuit, tracés d'une belle écriture, puis cette courte note, soulignée deux fois : 18 ans / SAROS ?

— Harold ? interrogea Rufus. Vous savez ce qu'est un ou une saros ?

Finlay leva les yeux d'une documentation sur les cathares qui traînait sur la table basse.

— Un Français me demande le sens d'un mot dans sa langue, c'est bien ça ? C'est me prêter beaucoup trop de crédit sur ma maîtrise de la langue de Molière. Non, je n'ai jamais entendu ce mot.

— Le dico est toujours sur la table, non ?

— Il n'a pas bougé. Notre professeur n'est pas un grand adepte de l'ordre.

— Y jetteriez-vous un œil ?

Pendant que Finlay feuilletait le dictionnaire, Baudenuit s'installa devant l'ordinateur de Ramp. Une page Web s'afficha. Comme il l'avait proposé, Ramp avait fait des recherches pour leur enquête. Il y avait plusieurs réponses, sur les croix solaires, sur les cathares, sur les périodes de dix-huit ans. L'une d'elles attendait une réponse d'un internaute. La page se trouvait sur un intranet scientifique que Baudenuit ne connaissait pas. Il l'ouvrit et se trouva propulsé sur le serveur de la Fondation Prométhée. L'interlocuteur, un archéologue signant de son propre nom, Stacey Revel, relançait Ramp sur sa recherche. Il semblait attendre des précisions pour lui répondre. Baudenuit nota les noms et imprima toutes les réponses.

— J'ai votre saros ! annonça Finlay.

— J'ai, moi aussi, quelques petites choses, répondit Baudenuit. Mais je vous écoute.

— Saros, lut Finlay. Nom masculin. Voilà qui répond à une partie de votre question. On dit un saros. Mot latin… Période de six mille cinq cent quatre-vingt-cinq jours, dix-huit ans et dix ou onze jours, déjà connue sous les Chaldéens, permettant de prédire le retour des éclipses.

— Mouais, émit Baudenuit, pas très convaincu. Il n'y a pas d'autres définitions ?

— Non, c'est tout. Vous ne semblez pas très enthousiaste. Pour ma part, je vois là un élément qui pourrait entrer dans l'idée d'une secte, non ?

— Comment ça ?

— Eh bien, les éclipses, le Soleil, la Lune, tout ceci est assez utilisé par les sectes. J'ignore si les cathares s'y intéressaient, mais une secte pourrait mêler plusieurs philosophies pour faire sa propre sauce. Et ce saros y trouverait...

Il fut interrompu par l'irruption d'une femme dans le bureau. Grande, fine, d'une carrure athlétique, elle devait avoir une trentaine d'années. Elle les regarda étrangement, prononça quelques mots dans une langue qu'ils ne reconnurent pas et détala à toutes jambes.

Les policiers partagèrent une fraction de seconde un air stupéfait, puis se ruèrent à la poursuite de la jeune femme.

Ils la virent disparaître au fond du bâtiment, sur la droite. Elle avait déjà une belle avance sur eux. Parvenus au bout du couloir, ils poussèrent une porte qui donnait sur l'extérieur. Aucune trace de la fuyarde.

Ils décidèrent de se séparer et firent le tour du bâtiment, chacun de son côté. Mais lorsqu'ils se rejoignirent, aucun des deux n'avait aperçu quiconque.

— La quarantaine n'a pas que du bon, commenta Baudenuit, furieux.

— Retournons chercher Ramp. Ça ne sent pas bon cette histoire.

Ils trouvèrent le professeur après une demi-heure de recherche. Il gisait, roulé en boule, dans un placard de l'étage supérieur. Le malheureux avait été tué à l'aide d'une pointe, que son agresseur avait enfoncée à la base du cervelet. Une mort immédiate, sans doute sans douleur, et surtout sans bruit.

— Il a été tué pendant que nous l'attendions tranquillement dans son bureau, ragea Finlay.

— Possible. Et cette femme venait effacer ça, je suppose !

Baudenuit sortit de sa poche les feuilles qu'il venait d'imprimer et les exhiba sous les yeux de son collègue.

— Sale temps, gronda-t-il. Avec cette affaire en plus, on peut être certains que je ne vais pas vous épauler longtemps.

# 16

Une seconde nuit de travail au commissariat central apporta une foison d'informations.

Les porteurs des Implants suspectés dans l'assassinat de Cecilia Palmer avaient été appréhendés par la police allemande vers deux heures du matin. Deux d'entre eux étaient simplement rentrés à leur domicile, dans le centre de la ville de Pforzheim. Le troisième, un industriel autrichien, s'était embarqué pour Tokyo. Il serait accueilli en milieu de matinée par les douaniers japonais.

Aucun des trois ne correspondait aux clichés pris dans le sas de l'hôtel bordelais. Et l'extrapolation effectuée par un logiciel de reconnaissance faciale interdisait toute possibilité de travestissement.

Une procédure judiciaire pour usurpation d'identifiant avait aussitôt été déclenchée, mais Baudenuit et Finlay savaient d'expérience le peu de résultat qu'ils pouvaient en attendre. Étant donné le professionnalisme dont faisaient preuve les assassins de Cecilia et de son père…

Dans la chambre de Cecilia Palmer, la police scientifique avait isolé trois types d'empreintes distincts, dont la présence avait également été révélée dans la chambre voisine.

Les meurtriers n'avaient pris aucune mesure de discrétion pour camoufler leur forfait.

Des traces de liquide séminal découvertes sur le lit laissaient penser qu'il y avait eu accouplement après le crime, juste à côté de la victime. Le cadavre de Cecilia n'avait pas été mêlé à ces ébats sordides.

Une des empreintes apparaissait aussi sur le cadavre d'Adrien Ramp. La femme de l'université avait commis deux crimes à douze heures d'intervalle.

Elle s'était entièrement maquillée avec ces cosmétiques réactifs très en vogue, avait teint ses cheveux, modifié la couleur de ses yeux, mais Baudenuit et Finlay étaient formels, il s'agissait bien de la femme scannée dans le sas de l'hôtel.

Un avis de recherche concernant ces trois individus s'affichait à présent dans les commissariats et les postes de douane du monde entier.

On pouvait se cacher quelque temps, ne pas pénétrer dans des zones d'identification, mais ce petit jeu ne pouvait pas se poursuivre éternellement. Il restait une solution aux meurtriers, la chirurgie plastique.

Le bureau de Ramp avait été passé au crible des investigateurs. Toutes ses notes faisaient l'objet d'un examen minutieux, à commencer par celles prélevées par Baudenuit.

Lorsque la paternité de la Fondation Prométhée fut connue, le commissaire divisionnaire prit personnellement cette partie de l'enquête à sa charge. On ne plaisantait pas avec les affaires de Denis Craig.

En fin de nuit, Baudenuit et Finlay s'accordèrent une heure de repos, puis ils prirent la route, direction le Pays basque. Sur place, ils seraient épaulés par une section de la brigade anticriminalité de Pau.

Au moment de prendre le volant, Baudenuit avala trois comprimés d'amphétamines microdosées et se cala sur la file de gauche de l'autoroute, toutes sirènes hurlantes.

Ils atteignirent l'entrée de la vallée d'Aspe en deux heures, après avoir traversé les frontières imaginaires du pays cathare. Là, trois fourgons de la BAC leur ouvrirent la route. Ils coupèrent les sirènes et remontèrent vers le col du Somport à une allure normale.

La pisciculture qu'ils allaient visiter faisait partie d'une propriété plus vaste, appartenant à une communauté sectaire, établie dans un ancien monastère bénédictin. Cette secte légale portait le nom des « Éclairés du Septième Monde ». Elle ne faisait l'objet d'aucune plainte et payait ses impôts régulièrement. Aux yeux de la justice, c'était une entreprise de bonne moralité.

À une dizaine de kilomètres du col, le convoi quitta la route départementale et s'engagea dans le domaine privé des Éclairés du Septième Monde. Une pluie mêlée de neige commença à tomber, voilant de gris les sommets arrondis de la vallée d'Aspe.

Les véhicules traversèrent un parc planté d'arbres séculaires, puis se présentèrent devant l'entrée fortifiée du monastère. On ne leur fit aucune difficulté pour entrer, à condition que les véhicules restent à l'extérieur de l'enceinte. Toute présence de technologie moderne y était proscrite.

Les armes des policiers, de simples mécanismes, furent acceptées. Finlay dissimula un scanner d'Implants sous sa vareuse. Son honnêteté envers un code privé avait ses limites.

Seul gradé de nationalité française, Baudenuit se présenta en tête du groupe. Il pénétra dans une cour dallée. Face à lui, un long bâtiment en pierre maçonnée, percé de petites fenêtres arrondies, lançait deux ailes plus basses qui s'achevaient par des jardinets.

Sur le côté droit, il y avait une chapelle simplement décorée. Son porche taillé en forme d'ogive indiquait une construction postérieure aux autres bâtiments. Entre ces deux bâtisses, une ruelle partait vers l'arrière du monastère, découvrant un mur d'enceinte d'un côté et une enfilade de dépendances de l'autre.

Baudenuit avança vers le milieu de la cour, où il fut accueilli par un homme qui se présenta sous l'appellation de « directeur des consciences ». Il portait un immense parapluie rouge brodé de symboles ésotériques.

— Soyez les bienvenus, dit-il aux policiers sur un ton plein d'emphase.

Baudenuit rendit la politesse et exhiba plusieurs photographies sous les yeux du directeur.

— Avez-vous déjà rencontré ces personnes ? demanda-t-il, laconique.

Le directeur s'empara des clichés. Finlay scruta attentivement le visage de leur hôte, tandis qu'il regardait les clichés de George Palmer, de Cecilia et des trois suspects.

— Deux agents sont venus me poser la même question il y a quelques jours, dit-il au bout d'un moment. Et je leur ai déjà répondu. Non, je n'ai pas vu cet homme.

Il rendit la photo de George Palmer.

— Et les autres ? poursuivit Baudenuit.

L'homme les fit de nouveau défiler devant lui, puis il les tendit à l'inspecteur.

— Désolé, non. Je ne pourrai pas vous aider.

— Pourtant, le dernier scanner dans la vallée a bien relevé la présence de l'un d'entre eux.

— La belle affaire, s'exclama le directeur. Si je devais connaître – ne serait-ce que de vue – tous ceux qui passent au pied du domaine, je n'aurais pas fini.

Il vit les muscles faciaux de Baudenuit se contracter et changea de ton.

— Non, vraiment, messieurs, j'aurais aimé vous aider, mais c'est hélas…

— Nous voulons visiter votre centre de pisciculture, si vous n'y voyez pas d'inconvénient, l'interrompit Baudenuit.

— Non, mais pourrais-je en connaître le motif ?

— Non, vous ne le pouvez pas.

— C'est-à-dire que les bassins ne sont pas en activité actuellement. Ils font l'objet d'opérations de nettoyage avant l'arrivée de l'hiver. Vous n'y trouverez personne. Mais si vous le souhaitez malgré tout…

Baudenuit scruta son vis-à-vis. Cet homme ne lui plaisait pas, d'instinct.

Il envoya six hommes de la BAC fouiller la zone des bassins.

— Quel est votre nom ? demanda-t-il au directeur.

— Voyez-vous, monsieur, ici, nous quittons nos identités administratives pour porter nos esprits vers des niveaux de réflexion supérieurs.

— Votre nom, insista Rufus.

L'homme tergiversa encore.

— Il s'appelle Gamayel Muesli, indiqua Finlay en sortant son scanner de poche. Né à Johannesburg en 1985. De père et de mère inconnus. Petite délinquance jusqu'à l'âge de vingt ans, âge auquel il s'achète une conscience en entrant dans les ordres. Défroqué cinq ans plus tard, il débarque en Europe, d'abord en Suisse, puis ici, en France, où il habite depuis 2014. Je poursuis ?

— Pas pour le moment, répondit Rufus. Nous allons discuter de tout ceci à l'intérieur. Je ne sais pas pour vous, mais chez moi, l'eau, ça mouille.

Le visage de Muesli s'était décomposé.

— J'ai des relations haut placées, menaça-t-il en désignant le scanner. Et notre règlement interdit ce genre de…

— Et nous, nous avons force de loi, rectifia Baudenuit en dévoilant la crosse de son arme qui dépassait de son holster. Auriez-vous quelque chose à nous cacher ?

— Je vois, dit simplement Muesli. Veuillez me suivre.

Il les fit entrer de mauvaise grâce dans le bâtiment principal, une halle ouverte du XIIIe siècle, soutenue par des piliers ouvragés.

— C'est ici que nous vivons, expliqua Muesli. Nous sommes revenus au confort spartiate des hommes qui ont bâti ce lieu magnifique. Pas de téléphones, pas d'ordinateurs, pas de bornes de scanner, rien. De simples couches, travailler avec ses mains et prier, bien sûr. Quitter le matériel pour se tourner vers l'esprit.

Il appuya sa dernière phrase en désignant la salle d'un mouvement circulaire du bras. Une cinquantaine de paillasses sommaires étaient alignées contre le mur du fond du bâtiment, posées à même le sol dallé. À côté de chaque lit, il y avait un broc, une serviette et un tabouret.

— Notre communauté regroupe bien des membres. Vous ne voyez là qu'une petite partie du dortoir. Mais je peux vous assurer que vous ne trouverez rien de plus dans les autres bâtiments.

— Nous nous en assurerons plus tard, commenta Baudenuit. Ce n'est pas directement ce qui nous amène.

— Où sont vos adhérents ? demanda Finlay.

— Vous voulez parler de nos Éclairés, je suppose, rectifia Muesli.

— Comme vous voulez, accepta le policier. Quels que soient leurs noms, nous aimerions les rencontrer.

— C'est malheureusement impossible, déclina Muesli. Ils sont actuellement tous réunis pour une retraite extatique.

— C'est fâcheux, commenta Baudenuit. Mais cette extase va devoir être interrompue.

— Eh bien, ma foi… Si vous êtes prêts à aller jusqu'à eux…

— Comment ça ? Où sont-ils ?

— À une petite heure de marche dans la montagne.

— Avec ce temps ?

Muesli leva les yeux au ciel.

— L'apprentissage de Dieu ne connaît pas les caprices de la météorologie, vous m'en voyez navré.

Baudenuit interrogea Finlay du regard.

— Je ne suis pas contre une petite balade sous la pluie, répondit celui-ci. Je dirai même qu'en tant que citoyen britannique, cet exercice commençait à me manquer !

— Alors, conclut Baudenuit, puisqu'il s'agit d'entretenir le moral d'un confrère momentanément expatrié, allons-y

Il se tourna vers Muesli.

— Vous nous accompagnez, bien entendu.

Une ombre d'inquiétude passa dans les yeux du directeur des consciences.

— Je vais laisser trois de mes hommes ici. Vous n'aurez à vous inquiéter de rien.

— C'est que je ne peux pas quitter cet endroit.

— Voyez-vous, monsieur Muesli, expliqua Baudenuit. J'ai pas loin de quarante mille personnes portées disparues à retrouver, plus une sale affaire sur les bras. Et je commence à penser qu'elle traîne aussi un peu sur les vôtres. À vous de me faire changer d'avis. Et vous n'en prenez pas le chemin.

— Vraiment, je regrette, mais le directeur des consciences des Éclairés du Septième Monde ne doit pas quitter la source. C'est une autre de nos règles !

— Très bien, gronda Baudenuit en ressortant du bâtiment. Nous verrons cette histoire de source plus tard. Je vais vous donner soif, moi !

Il donna aux hommes de la BAC l'ordre de fouiller les locaux et de tenir Muesli sous surveillance étroite.

— Où se tient cette retraite extatique ? hurla-t-il au directeur des consciences, qui se tenait encore près de l'entrée.

Muesli désigna la montagne qui surplombait le monastère.

— Il n'y a qu'un seul chemin. Vous le trouverez derrière la porte est.

— On y va ! marmonna Baudenuit en resserrant son col. Il nous proposerait pas un parapluie, ce con.

Finlay grimaça un sourire moqueur et s'éloigna dans la direction indiquée.

Baudenuit regarda passer son collègue. Il chantonnait *All You Need Is Love.*

— Mais il est pas vrai, celui-là ! s'exclama-t-il en lui emboîtant le pas. Je suis entouré de barges.

Baudenuit et Finlay gravirent une pente raide pendant quarante-cinq minutes. Ils arrivèrent ainsi au pied d'une bergerie, à mi-pente d'un mont partiellement recouvert de forêt. Le chemin n'allait pas plus loin. De cet endroit, ils dominaient une partie de la vallée d'Aspe.

Finlay poussa la porte de la bergerie. Une odeur de moisi traînait dans l'air. Sur le sol, une fine poussière indiquait que le lieu n'avait pas été visité depuis quelque temps.

— Il s'est foutu de notre gueule, jura Baudenuit.

Il sortit son téléphone et tenta d'appeler les hommes de la BAC. Il essaya plusieurs numéros, qui tous sonnèrent dans le vide.

— Mais ils sont complètement cons, ces Béarnais ! Ils ont vraiment laissé leurs portables dans les camionnettes !

Redescendre leur demanda moins d'une demi-heure. Ils se trouvaient à quelques centaines de mètres du monastère, caché à leur vue par un épaulement de roches écroulées, quand ils entendirent une forte explosion, à peine assourdie par la montagne. L'écho roula d'un pan à l'autre de la vallée, puis mourut, absorbé par le relief.

Finlay et Baudenuit n'entendirent pas la fin de l'écho. Ils venaient de s'élancer à toutes jambes vers la propriété, armes à la main et des reproches plein la tête.

Ils ne découvrirent l'étendue des dégâts qu'une fois le mur d'enceinte passé.

Le bâtiment central du monastère, celui à l'intérieur duquel ils s'étaient tenus moins de deux heures plus tôt, avait été soufflé par l'explosion. Il n'en restait plus qu'un pan de mur d'une dizaine de mètres de longueur, miraculeusement épargné, qui menaçait à tout instant de s'effondrer. Au milieu de ce qui avait été la salle capitulaire, un cratère de deux mètres ouvrait le sol, révélant la présence de caves voûtées.

Ralph Sergent, l'un des hommes de la BAC, courut vers Baudenuit dès qu'il le vit.

Six hommes de la section se trouvaient sous les décombres, peut-être encore en vie.

— Qu'est-ce qui s'est passé ? l'apostropha Baudenuit, incapable de se contenir plus longtemps.

Bien qu'encore sous le choc, Sergent leur expliqua comment Muesli leur avait fait faux bond.

— Il s'est barricadé derrière une porte, quinze centimètres en chêne. On a dû aller chercher le bélier. Ça donnait sur des souterrains. Moi, je suis resté à l'extérieur avec quatre collègues. Les autres sont descendus.

— À six ? demanda Baudenuit.

— Oui, ça avait l'air d'être grand là-dessous. Et on ne savait pas s'il serait seul.

— Logique. Et après ?

— Ça a pété cinq minutes plus tard.

— Vous étiez en liaison HF ?

— Oui.

— Alors, vous avez l'enregistrement dans le fourgon.

— Je… je n'y ai pas pensé, bredouilla Sergent.

Baudenuit lui flanqua une tape amicale sur l'épaule.

— Vous n'êtes pas dans votre assiette, mon vieux. C'est normal après un truc pareil. Il y a un régiment du génie basé à Tarbes. Contactez-le. Qu'ils déboulent avec des hélicos et des moyens d'extraction. Si les gars sont en vie là-dessous, il n'y a pas une minute à perdre. Et ne touchez à rien avant qu'ils arrivent ! Vous risquez de tout faire écrouler et d'y laisser votre peau par la même occasion. Voyez également du côté de l'équipement civil. Il y a sûrement du matériel de déneigement dans la vallée, des pelleteuses, etc. Allez, on se bouge !

Alors que Sergent partait s'acquitter de sa mission, Finlay et Baudenuit s'approchèrent du cratère. Finlay y descendit prudemment et colla son oreille près de l'ouverture.

— Je n'entends rien, murmura-t-il au bout d'un moment. Personne ne bouge en bas. Pas de mouvement d'air non plus.

— Les sous-sols ont forcément plusieurs sorties.

— Si c'est le cas, les accès sont bouchés, ou fermés.

Baudenuit se tourna vers les trois hommes de la BAC restés à l'extérieur avec Sergent.

— Mieux vaut les occuper, marmonna-t-il entre ses dents. Sinon, ils vont craquer tout de suite.

Il posa ses mains autour de sa bouche et s'adressa à eux.

— Allez me fouiller les autres bâtiments ! hurla-t-il. Cherchez les accès aux caves, voyez s'ils sont effondrés. Et prudence, les gars ! On a assez de victimes pour aujourd'hui.

Puis il se dirigea vers le portail d'entrée du monastère.

Finlay le retrouva dans l'un des fourgons de la BAC, penché sur l'ordinateur de bord.

Sur les six hommes descendus dans les sous-sols derrière Muesli, seuls trois portaient une caméra pectorale. Baudenuit synchronisa les enregistrements et lança la lecture.

Trois images s'affichèrent côte à côte sur l'écran.

Baudenuit et Finlay ne virent pour commencer que des dos en mouvement, éclairés par des lampes torches braquées. Les équipiers descendaient un escalier très sombre. L'image sautait au rythme des marches.

Au pied de l'escalier, le groupe s'engagea dans une salle voûtée. Il s'y trouvait plusieurs portes, toutes fermées. Les hommes se déployèrent, armes à la main, et ouvrirent les portes les unes après les autres. La première livra une pièce remplie à craquer de valises et d'effets personnels. Derrière la deuxième, ils découvrirent un poste de télécommunications ultra-moderne sous tension.

— Salopard ! jura Baudenuit. Le règlement interdit la technologie dans le monastère !

Les machines ronronnaient doucement dans les micros des hommes de la BAC.

Les membres du groupe se répartirent de nouvelles missions. Deux d'entre eux restèrent dans la salle informatique, tandis que les autres investissaient le reste des sous-sols.

La troisième porte refusa de s'ouvrir. Ils la firent sauter avec le bélier. Dans l'image témoin de l'homme de tête, Baudenuit et Finlay découvrirent une nouvelle porte, située au bout d'un long couloir faiblement éclairé. La porte se referma au moment où les hommes fracassaient la première. Muesli se trouvait derrière.

Les policiers hurlèrent de vaines injonctions et se ruèrent à la suite du fuyard.

— Ça doit se trouver sous la chapelle, commenta Baudenuit.

Finlay acquiesça sans un mot ; toute son attention était concentrée sur l'écran.

Muesli n'avait pas dû avoir le temps de se barricader. La porte s'ouvrit sans que les hommes de la BAC aient recours au bélier.

Muesli se trouvait face à eux, à l'extrémité opposée de la salle. Une margelle en pierre dépassait du sol. Muesli monta sur le rebord et se laissa tomber à l'intérieur.

Au moment où son corps allait disparaître, ils le virent brandir un boîtier. Son visage grimaçait d'une joie mauvaise.

La dernière image montrait le conduit d'un puits. À moins de deux mètres en dessous de la margelle, la surface d'une eau sombre renvoyait la lumière d'une lampe. Mais Muesli ne s'y trouvait pas.

Puis le bruit d'une explosion satura les enceintes et l'enregistrement ne diffusa plus qu'une image noire. Fin du signal.

— Qu'est-ce que ça signifie ? dit Baudenuit lentement. Où est-il passé ?

— On aurait dû entendre un « plouf », au moins !

Ils n'eurent pas le temps de s'interroger davantage. Le bruit grandissant d'hélicoptères gros-porteurs en approche les fit ressortir du fourgon.

Les militaires du génie travaillèrent sans relâche pour tenter de porter secours à d'éventuels survivants, mais ils ne ressortirent que des corps sans vie.

Dans l'amas de décombres, les enquêteurs mirent la main sur des dizaines de valises, de sacs de voyage, de housses contenant des vêtements d'homme et de femme. Certains portaient encore des étiquettes aux noms de leurs propriétaires. Les Éclairés semblaient venir de tous les pays.

Lorsque la liste fut établie, Finlay découvrit que certains noms appartenaient à sa propre liste de disparus, celle sur laquelle il enquêtait depuis des mois.

Un examen plus minutieux révéla un petit cylindre blindé contenant plus d'un millier d'Implants vierges.

Les fouilles se poursuivirent tard dans la nuit. Les enquêteurs trouvèrent du matériel informatique très endommagé. Une section de la police scientifique réussit à sauver un disque dur. Il contenait des centaines d'e-mails, d'adresses électroniques, de contacts.

Il s'agissait de sociétés, de particuliers, d'organismes, qui semblaient avoir tous un point en commun : l'eau. Embouteillage d'eaux de source, activités nautiques, centre de traitement des eaux de ville, thermalisme, centres de thalassothérapie, usines marémotrices, pisciculture, etc.

— J'aimerais comprendre, déclara Baudenuit. Est-ce que George Palmer avait un rapport quelconque avec l'eau ?

— Je ne crois pas, répondit Finlay. Ses activités étaient d'ordre industrielles et financières. Mais pourquoi pas. L'eau est un secteur rentable. Il faut que je me renseigne auprès de mon service.

Le dernier message envoyé depuis le monastère était adressé à une certaine Paula Ruiz. Il ne comportait qu'un court texte. *Destruction totale. 4 novembre. Minuit.*

D'après l'heure qui figurait sur le message, il apparaissait que Muesli l'avait expédié lui-même après s'être barricadé. C'était son dernier message, un message suffisamment important pour nécessiter une telle prise de risques et d'aussi catastrophiques conséquences.

L'identifiant de l'ordinateur de réception se trouvait en Espagne, il appartenait à cette Paula Ruiz, une archéologue enseignant à l'université de Barcelone.

Baudenuit demanda une recherche approfondie sur les agissements de cette femme.

Elle n'avait pas de casier judiciaire, jouissait d'une excellente réputation, n'appartenait à aucun mouvement sectaire et ses activités n'approchaient ni de près ni de loin les industries liées à l'eau.

Un simple détail la liait cependant aux éléments de leur enquête. Le chantier de fouilles sur lequel elle travaillait avait récemment reçu des subsides de la Fondation Prométhée.

— Je vais devoir contacter personnellement cette Fondation, déclara Finlay. Mon patron me laisse carte blanche dans cette affaire. Qu'il s'agisse de contacter Denis Craig ou le président des États-Unis.

— Ouais ! acquiesça Baudenuit. Rien que ce millier d'Implants va déclencher une procédure internationale. On ignore combien de gugusses se baladent en pleine nature avec de fausses identités sous la peau. Pourquoi, combien, où ? Et reste aussi à savoir ce que sont devenus les membres de cette secte. Je n'aime pas la tournure que ça prend. Non, vraiment pas. Il va falloir sérieusement surveiller nos arrières !

# 17

CONFIDENTIEL
De : BioSynthec / Craig Corp.
À : Docteur Archibald Van Kriegs.
Fondation Prométhée.

2 novembre 2029.

Rapport de recherches en cours sur cadavre, fluides, casque et vêtement.
Identification : FP 29/21/10 : pièces 2048/2049

Après étude des coupes du cerveau, il apparaît clairement que les neurones synthétiques composant la partie arrière du tissu sont des copies exactes de leurs pendants naturels. Ce vêtement se trouve être une sorte d'extension du système nerveux central.

Les balles, qui ont provoqué la mort, ont traversé le tissu en trois endroits, détruisant des millions de connexions. Certaines ont entamé une régénérescence spontanée, sans doute juste après le décès de l'homme. Mais ce processus s'est arrêté.

Le tissu neuronal semble tirer son énergie de son porteur. Pour le moment, aucun moyen de faire repartir le processus n'a été découvert.

Ces neurones synthétiques laissent passer un courant

électrique de moyenne intensité à une vitesse extraordinaire. Cette simple application ouvre d'énormes possibilités dans tous les domaines liés à l'électronique.

La radiographie du tissu et du casque a révélé la présence de microcontainers blindés. Douze au total. Ces containers renferment une simple solution saline. L'hypothèse la plus probable est qu'il s'agit là d'unités de stockage d'informations archivées. Une mémoire moléculaire fondée sur les liaisons oxygène/hydrogène. Ce type de stockage est en cours de développement par BioSynthec depuis une décennie. L'alliage utilisé ici peut accélérer sa mise au point définitive.

Son étude est en cours.

Les nanomédicaments isolés dans le sang sont également en phase d'étude. Ils montrent une activité continue et se dupliquent toutes les trente-six heures.

Leur structure moléculaire se recompose comme un programme évolutif. Il est à l'heure actuelle impossible de savoir si ce programme s'adapte à l'agent pathogène auquel il est confronté, ou s'il est déjà entré dans une mémoire.

La phase d'expérimentation sur l'animal va pouvoir commencer. Attendons votre accord.

Le rapport d'autopsie que vous nous avez transmis a été corroboré par de nouveaux tests pratiqués par nos soins. Il apparaît maintenant de façon évidente que cet homme a connu une longue période en apesanteur.

Autre constatation liée à la précédente : les nanomédicaments ont, semble-t-il, permis à l'organisme de ne pas s'atrophier en dehors de la gravité. Si la Fondation le permet, nous aimerions contacter le Centre européen de biologie moléculaire pour croiser certains résultats.

Dernier point : 22 % de l'ADN non exprimé chez un individu lambda est ici parfaitement actif.

Nota : Les brevets de cette neurotechnologie sont en cours d'élaboration. Même si nous n'en comprenons pour le moment qu'une infime partie, et même s'il nous est impossible de simplement la reproduire.

Il s'agit d'un fantastique bond en avant pour l'humanité, cent fois supérieur à toute évolution précédente.

Les équipes qui travaillent sur ces différents éléments ont été placées en isolement jusqu'au dépôt des brevets.

Cet individu était de loin plus parfait que quiconque. De fait, nous n'avons découvert aucune tare génétique, aucune pathologie passée ou possiblement décelable dans l'avenir.

Il nous serait très utile que vous nous disiez à présent qui était cet homme, d'où il venait, ou dans quelles circonstances il a été découvert.

Van Kriegs reposa le rapport sur son bureau. Il enleva ses lunettes et massa ses yeux du bout des doigts. Il devait prendre une décision et elle lui pesait.

Non, il ne pouvait pas dire à BioSynthec qui était cet homme, pour la simple raison qu'il l'ignorait lui-même. Sa découverte dans le désert turc, au moment précis où Ilis avait disparu, restait un mystère complet.

Il prit alors son téléphone et composa le numéro de Denis Craig, puis il se ravisa. Sa montre indiquait trois heures trente-quatre du matin.

Il hésita encore, puis finit par trancher.

Mieux valait ne pas le prévenir. Donner de l'espoir à un sursitaire était criminel. Surtout quand ce sursitaire s'appelait Craig, et qu'il était son ami de très longue date.

Il ouvrit la messagerie cryptée de la Fondation et composa ce court message :

CONFIDENTIEL

De : Docteur Archibald Van Kriegs / Fondation Prométhée.

À : BioSynthec / Craig Corp.

3 novembre 2029.

Bien reçu votre message. OK pour essais sur animaux de labo. Envoyez échantillons des nanomédicaments à la Fondation pour tests. Déclenchement d'expérimentation humaine urgente.

Félicitations pour vos résultats.

A. Van Kriegs

# 18

En ouvrant les yeux, Denis Craig découvrit le buste opulent d'une infirmière, penchée au-dessus de lui. Il respira profondément la peau de cette femme. L'odeur le rassura.

La jeune femme se redressa en lui adressant un sourire. Elle augmenta le débit du goutte-à-goutte et sortit de la salle de soins.

— Comment te sens-tu ? dit la voix de Van Kriegs dans son dos.

Craig estima ses forces une demi-seconde avant de répondre.

— Assez bien. Mieux qu'avant même. Qu'est-ce qu'il y a cette fois dans ta saleté ?

Il désigna la perfusion fichée dans son bras d'un mouvement de tête.

— Je ne suis pas un empoisonneur ! gronda Van Kriegs. J'essaie même de te tirer de là, Denis.

— Une chance sur dix. Ce n'est plus un essai. Mais dans ma situation, rien n'est à négliger, je suppose.

— Tu peux voir les choses de deux façons. Et moi, je ne veux considérer que cette chance. Et pas les neuf autres possibilités.

— Affaire de point de vue, en somme, dit Craig, plus sombre. Et les conseilleurs ne sont pas les payeurs. Surtout dans ta profession.

Van Kriegs hésita. Il était sur le point de révéler à

Craig ce qui se trouvait dans la perfusion. Après tout, oui, il lui devait bien la vérité. Ces nanomédicaments, qui coulaient à présent dans ses veines, représentaient sans doute sa seule chance d'issue favorable. Il comptait sur eux, même si aucune expérimentation n'avait été pratiquée sur des animaux, même si le cancer dont souffrait son patron était entré dans sa phase terminale. Les analyses effectuées par BioSynthec offraient des promesses fantastiques pour la médecine. Alors, pourquoi pas pour Craig ?

L'entrée de Stacey Revel l'en empêcha.

— Bonjour, messieurs ! dit-il sur un ton enjoué. Je peux profiter de ton immobilisation pour faire un point ?

— Tu vois, répondit Craig en se tournant vers Van Kriegs. Lui, il m'a déjà enterré à moitié. Dans sa tête, je suis immobile. Le mouvement, c'est la vie, n'est-ce pas ? En tout cas, moi, c'est de cette façon que je vois les choses.

— Je préfère te laisser quand tu te trouves dans ces dispositions, déclara Van Kriegs en tournant les talons.

Stacey les observa d'un air indécis.

— Vous voulez que je vous laisse ? Je peux repasser…

— Surtout pas, dit encore Van Kriegs en sortant. Il faut occuper Denis. Je me charge de son corps, mais je ne peux malheureusement rien pour son esprit. À plus tard. Je vous retrouve en salle de réunion d'ici une demi-heure.

Stacey demeura sans réaction au milieu de la pièce.

— Assieds-toi, le bouscula Craig. Je sais à quel point l'idée de la mort te laisse démuni. Alors, ne vois pas le malade qui est assis dans ce fauteuil et raconte-moi.

Stacey ne réagit pas immédiatement. Il fouilla la pièce du regard, à la recherche d'une chaise.

— Derrière le fauteuil de soins, là, lui indiqua Craig. C'est là qu'Archi s'assied pour me torturer l'esprit pendant qu'il m'assassine.

Stacey semblait de plus en plus mal à l'aise. Il dansait à présent d'un pied sur l'autre.

— Allez, fonce, Stacey, l'encouragea Craig. Je te fais payer une chose dont tu n'es pas responsable. Excuse-moi.

Stacey passa derrière le fauteuil et attrapa la chaise.

— Je ne sais pas affronter ce genre de réalités.

— Alors, ignore-les. Tu disais que tu avais du neuf ?

— Oui. Trois choses. J'ai joint Walter Vladitch.

— Je dois avoir un trou de mémoire. Qui est-ce ?

— Un paléoanthropologue anglais. L'auteur de cet article dont je t'ai parlé.

— Oui, ça me revient. Et alors ?

— J'ai eu confirmation de ce qu'il a annoncé dans la presse. L'homme autopsié a bien toutes les caractéristiques d'un néandertalien. Mais il m'en a appris davantage sur les circonstances dans lesquelles il a été découvert. Il se trouvait avec une jeune femme, assassinée elle aussi. Aucun des deux ne portait d'Implant et il semble qu'ils n'en aient jamais porté.

— Ça devient rarissime.

— En effet. Plus curieux encore. La police britannique a eu maille à partir avec plusieurs individus dont elle n'avait pas scanné la présence. Il y a eu poursuite et ces hommes ont mystérieusement disparu dans les sous-sols du bâtiment où avaient eu lieu les deux meurtres.

— Et ?

— Et l'adresse correspond à l'un des sites listés par Wilma.

— Un point de résurgence de l'Aratta ?

— Précisément !

— Qui se trouve où ?

— Dans la banlieue de Londres.

— Tu en as informé Straub ?
— Il doit nous rejoindre dans un instant.
— Parfait. Autre chose ?
— J'ai été contacté par un universitaire français, sur le site de la Fondation. Un certain Adrien Ramp. Il est remonté jusqu'à moi par les recherches que je fais via l'Intranet scientifique.
— Sur quoi, tes recherches ?
— Oh ! C'est assez vaste. J'approfondis systématiquement tout ce qui touche à l'Aratta. Notamment ce que nous a appris Federico. Les cathares, l'époque sumérienne, les événements liés aux saros, etc.
Craig acquiesça. Ce que lui racontait Stacey commençait à lui plaire.
— Ramp a été assassiné avant de pouvoir me répondre. Je suis entré en contact avec l'un de ses assistants. Ramp effectuait ces recherches pour aider des enquêteurs des polices française et britannique qui appartiennent tous les deux au corps européen.
Craig grimaça et essaya de bouger sur le fauteuil de soins.
— Ça fait mal, ta perfusion ? s'enquit Stacey.
— Non, j'ai des fourmis dans tout le corps. C'est très curieux. On dirait que la vie s'obstine à couler dans mes veines.
Craig fit craquer ses doigts plusieurs fois en observant ses mains.
— Très étrange, oui. Et la troisième chose dont tu voulais me parler ?
Philip Straub entra dans la pièce à cet instant, coupant la réponse qu'allait entamer Stacey.
— Monsieur Craig ? Je peux vous dire un mot ?
L'appareil qui diffusait la perfusion émit un bip de fin de travail. Craig enleva lui-même l'aiguille plantée dans son avant-bras, appliqua un coton préparé par l'infirmière et se leva.

— Allons-y, décida-t-il. Nous discuterons de tout ce que vous voudrez un peu plus tard. C'est l'heure d'aller jouer au Père Noël.

Straub observa son patron sans comprendre, jeta un regard vers Stacey, puis emboîta le pas à Craig, qui s'éloignait vers la salle de réunion.

Wilma Stanford, Archibald Van Kriegs et Federico de Salva alias Giangrandi s'y trouvaient déjà, en grande conversation. Eredan Stavitch, arrivé la veille en compagnie d'Acil et de Kinuyo, était également présent. Il se tenait à l'écart des autres et ne faisait qu'assister à leur débat.

Stacey et Straub s'installèrent à leurs places, tandis que Craig demeurait debout.

— Je demande votre attention à tous, déclara-t-il. Je veux couper court aux rumeurs et bruits de couloir.

Dans la salle les voix se turent.

— J'ai conscience de l'inconfort psychologique dans lequel certains d'entre vous se trouvent peut-être... Notre bon docteur est tenu par un devoir de confidentialité, aussi est-ce à moi qu'il revient de vous l'annoncer. Je souffre d'un cancer sans rémission possible. Van Kriegs me donne à un contre dix. Mais c'est un homme diplomate par nature. Nous avons un peu moins de six mois devant nous pour atteindre l'objectif fixé. L'objectif que je vous ai fixé.

» Voilà. Je ne m'étendrai pas sur la liste des organes atteints. Cela est trop édifiant et ça nuirait au moral de l'équipe. Six mois, c'est court, extrêmement court, d'autant plus que mon départ risque d'arriver plus tôt que prévu...

Wilma Stanford allait prendre la parole, mais Craig l'en empêcha d'un geste.

— Une minute encore. J'ai besoin de vos efforts à tous, de votre entière et complète motivation dans cette affaire. Vous allez investir tout votre temps dans cette aventure.

Nous allons ensemble percer les secrets de l'Aratta et atteindre ces mondes de l'extérieur dont parlent les textes anciens. Avant que je ne vous quitte de manière définitive. Et comme je vous demande beaucoup, infiniment plus que vous n'auriez été prêts à me donner, il va de soi que chacun sera récompensé à hauteur de ses efforts.

» J'ai donc décidé de faire de vous des membres à vie de cet organisme. Des rentiers si vous le voulez, ou des acteurs dynamiques de la communauté scientifique, ce sera à vous de choisir. Mais vous n'aurez plus à vous soucier de rien sur un plan matériel. Ni vous, ni vos familles pour ceux qui en ont une.

» Les papiers sont déjà établis. Stacey Revel prendra ma succession à la tête de la Fondation. Il en a l'étoffe et, je le crois, l'envie.

Il se tourna vers Stacey.

— Et de la Fondation seulement. Je ne ferai pas de toi l'un des hommes les plus puissants de ce monde, tu ne saurais pas quoi en faire !

Stacey sourit sans rien dire.

— Wilma, je connais votre attachement aux causes humanitaires. Aussi ai-je attribué une véritable fortune à une association dont vous déposerez vous-même les statuts. Libre à vous de la dilapider dans le secteur qui vous plaira. Les causes ne manquent pas. Vous disposerez de juristes et de comptables pour la faire perdurer un bon moment.

— Je ne sais pas quoi dire, répondit Wilma.

— Un milliard de dollars ! Ça remplace tous les mots qui vous manquent. Et ce sera un bon moyen de racheter mes fautes, *post mortem*. J'ai plus que contribué à l'alourdissement du stock d'armes en ce monde. Et puis, ça n'est pas aussi énorme que vous devez le penser. Un milliard de dollars, c'est le prix de quatre ou cinq sous-marins nucléaires. À peine. Mais c'est aussi de quoi recouvrir l'Afrique de puits. Il vous faudra agir avec discernement.

Ne pas vous laisser prendre dans les pièges que ne manqueront pas de vous poser tout un tas de salopards.

» Une telle somme d'argent déchaînera bien des convoitises ! Ce que vous envisagez comme un cadeau inespéré est en fait une énorme responsabilité ! Mais vous avez la tête sur les épaules, je suis certain que vous vous en sortirez.

Craig passa à Federico.

— Pour vous, Federico, je n'ai pas trouvé de moyen matériel de vous récompenser. Mais si vous voulez participer aux côtés de Wilma, vous pourrez découvrir les bienfaits possibles du Dieu dollar. Et puis, souvenez-vous de notre première conversation dans les Pyrénées, je vous ai déjà loti, à titre personnel. À vous de voir ce que vous ferez de mes largesses.

— Oh ! rétorqua Federico. Il y a longtemps que j'en connais le pouvoir. Je ne sais pas encore… j'y réfléchirai.

— À la bonne heure, se félicita Craig en se tournant vers Straub. Quant à vous, Philip, je ne vous crois pas homme à convoiter des richesses. Mais vous avez déjà largement contribué à la réalisation des projets de la Fondation. Vous avez aussi hypothéqué votre âme en exécutant mes directives. Alors, réfléchissez. Votre volonté sera la mienne, si ce jour arrive.

» Il ne reste plus que vous, Eredan. Vous venez d'arriver au sein de la Fondation, mais votre participation remonte à quelques mois à présent. Des chantiers de fouilles financés à vie, ça me semble très bien. Dans le cadre de la Fondation, ce sera encore mieux. Je propose d'y associer Paul et Meryl Hiriartch et la boucle sera bouclée !

» Voilà ! La distribution est faite. Vous aurez tout le loisir de fêter ça, mais plus tard. Maintenant, nous allons entrer dans la phase action. C'est à vous. Je m'assieds et je vous écoute. Stacey, je pense qu'Eredan a besoin d'un petit rappel. Rappel ou révélation, ce sera l'un et l'autre je suppose.

Craig exécuta ce qu'il venait de dire. Il alla s'asseoir entre Wilma et Van Kriegs.

Stacey exposa pendant près d'une heure la situation au jeune archéologue. Puis il en vint aux derniers événements, dont seul Craig connaissait la teneur. Il parla de sa conversation avec le paléoanthropologue Vladitch et son contact interrompu avec Adrien Ramp.

Lorsqu'il eut terminé son récit, il passa la parole à Wilma Stanford.

La jeune ingénieur en hydrologie se leva et actionna une télécommande. Sur l'un des murs de la salle, une carte du monde remplaça une illusion de décoration. Les tracés apparents de l'Aratta y étaient superposés et certains points de rencontre clignotaient. Il y en avait des centaines, répartis sur l'ensemble du planisphère.

— La localisation précise des points de résurgence est un véritable casse-tête. Par manque de travaux dans le passé, nous ignorons très largement le circuit hydrique souterrain de la Terre. Alors que sa connaissance devrait être une priorité mondiale. Mais bref. Je ne m'étendrai pas sur cette question.

» Dans les zones urbaines, les puits d'accès ont pour la plupart été recouverts par des habitations depuis longtemps. Leurs emplacements sont sortis de la mémoire des hommes. Certains plans de cadastre peuvent servir. Philip Straub m'a aidée dans ce domaine. Nous avons de nombreux hommes qui y travaillent un peu partout dans le monde. J'estime que nous ne connaissons pour le moment qu'un dixième des points de résurgence. Federico a obtenu un accès sans condition sur les sites qui se trouvent sous des édifices religieux – des églises catholiques pour la plupart. Nous avons carte blanche.

» La situation est infiniment plus complexe en milieu rural. Même agrandie par des moyens modernes, la carte de l'Aratta est très imprécise. Chaque point sur la sphère représente un carré avoisinant les vingt mille hectares dans la réalité. Ça revient à chercher une aiguille dans une botte de foin. Et nous ne disposons pas d'équipes en nombre suffisant pour quadriller une telle superficie, multipliée par le nombre de sites méconnus.

» Sur les trois cent quarante-trois sites répertoriés sur la sphère, nous en avons seulement quarante et un actuellement sous surveillance. L'emplacement des autres est encore à préciser.

» La logique de cette situation me semble simple. L'implantation des villes au nord du tropique du Cancer remonte à des milliers d'années. Si l'on considère que l'Aratta était connu de certains, comme Federico le laisse entendre, alors les lieux d'émergence ont été protégés ou bloqués depuis ce même temps. Alors qu'au sud de cette ligne, les villes existent depuis beaucoup moins longtemps. En tout cas, les centres urbains tels que nous les connaissons aujourd'hui n'existaient pas. Voilà pour les grandes lignes.

» Dernière chose, j'ai effectué hier une nouvelle cartographie de la sphère. Les tracés se sont modifiés !

— Comment ça, modifiés ? intervint Eredan. Vous voulez dire que la matière a changé d'aspect ?

— Certains points de résurgence ont disparu, d'autres se sont créés. Et aucun des appareils qui la maintiennent sous une surveillance permanente n'a détecté quoi que ce soit. Pas de modification dans le champ magnétique, pas de source d'énergie extérieure, ni même autogénérée. Rien.

— Et ces nouveaux points nous apprennent quelque chose ? demanda Craig.

— Je penche pour un effet de la météorologie mondiale. *El Niño* sévit particulièrement cette année. Sécheresse intense dans certaines régions du globe, pluies torrentielles ailleurs. L'état de la circulation d'eau est en perpétuel changement.

— Ça ne va pas nous aider pour la surveillance des sites, soupira Straub.

— Alors, je pense qu'il faut concentrer nos efforts sur les régions les moins touchées par le changement climatique. Malheureusement, ce sont aussi les pays les plus urbanisés.

— À savoir ?

— Le nord de l'Amérique du Nord et le nord de l'Europe.

— Pour ma part, ça me va, déclara Straub. Ce sont les pays où la surveillance de nos équipes sera la plus discrète. Vous avez terminé, Wilma ?

— Absolument, c'est à vous.

— Bien ! Monsieur Craig, je voulais vous en parler en priorité, mais vous ne m'en avez pas laissé le temps. Le site de fouilles en Espagne a été entièrement détruit par une explosion ce matin vers six heures, heure locale. Il y a eu plusieurs victimes parmi les étudiants.

— Nom de Dieu ! rugit Stacey. Est-ce que Paula Ruiz…

— Son corps n'a pas été retrouvé. Le chantier est en cours de déblaiement, mais tout laisse à penser que cette explosion est un acte criminel.

— Qu'est-ce qui vous fait penser ça ?

— Une grotte n'explose pas toute seule. Et encore moins de cette façon. D'après la description qui m'a été faite, il a fallu des centaines de kilos du meilleur explosif pour y arriver. La falaise s'est affaissée sur elle-même. Si le corps de Paula Ruiz se trouve dessous, il y restera pour l'éternité !

— Mais quel intérêt peut-on avoir à détruire ce site ? s'interrogea Stacey à voix haute. Il n'y avait là-bas rien de…

— Peut-être voulait-on faire disparaître quelque chose que vous n'aviez pas encore découvert, suggéra Straub. Si j'avais eu une pareille intention, je n'aurais pas agi autrement.

— Oui, mais quoi ? dit encore Stacey, qu'un tel acte semblait dépasser.

— On ne le saura jamais ! relança Craig. Et nous avons bien d'autres sujets de recherches. Ce site n'était qu'une péripétie. Passons à la suite. Straub, autre chose ?

— Oui, monsieur. J'ai gardé le meilleur pour la fin. J'ai reçu un appel d'un agent du FBI, qui a été contacté par la police criminelle britannique, précisément le service chargé des personnes disparues. Un certain Harold Finlay cherchait à joindre la Fondation, en passant par la voie légale. J'ai donc moi-même appelé ce policier. Finlay se trouve en France. Il enquête sur la disparition et finalement le meurtre de George Palmer.

— Oui, j'ai entendu parler de cette triste affaire. J'ai croisé Palmer à plusieurs reprises. C'était un homme excentrique, voire exubérant, mais d'une compagnie très agréable.

— Finlay m'a un peu parlé de son enquête. Cecilia Palmer, sa fille, a, elle aussi, été assassinée dans des conditions assez sordides.

— C'est-à-dire ? demanda Stacey.

— Elle a été égorgée dans sa chambre d'hôtel, et ses meurtriers ont badigeonné des croix cathares avec son sang. Les murs en étaient couverts.

Straub laissa les murmures d'exclamation retomber avant de poursuivre :

— La suite de son enquête concerne directement la Fondation. Finlay a procédé à une perquisition dans un monastère occupé par une secte, les Éclairés du Septième Monde.

Il regarda un papier qu'il avait à la main.

— Dans le sud de la France, la vallée d'Aspe, près de la frontière avec l'Espagne.

— Nous avons un point de résurgence dans ces parages, cita Wilma de tête. J'en suis absolument certaine.

— Alors, nous connaissons à présent sa localisation

exacte. Et M. Finlay pourrait répondre à bien des questions qu'il doit se poser. Le président de cet établissement s'est mystérieusement volatilisé presque sous ses yeux.

— Poursuivez, Straub, l'enjoignit Craig.

— Dans les ordinateurs de la secte, Finlay a retrouvé plusieurs fois le nom de la Fondation. Le dernier message électronique mentionnait le chantier de fouilles en Espagne, avec une précision : « Destruction totale. 4 novembre. Minuit. » Il semble que les exécutants de cet ordre n'aient dépassé le délai que de quelques heures.

Straub se tourna vers Stacey.

— Finlay enquêtait aussi sur le meurtre de cet Adrien Ramp dont vous parliez tout à l'heure.

Une sensation de vertige passa dans les têtes.

— La boucle est en train de se refermer, lâcha Craig, verbalisant ce que tout le monde pensait.

— Harold Finlay atterrira à New York demain en fin de journée, dit encore Straub. J'ai pris cette décision sans vous en aviser.

— Et vous avez parfaitement raisonné, le félicita Craig. Bien ! Avons-nous dit tout ce qu'il y avait à dire ?

Il passa les visages de l'assemblée en revue.

— Je voudrais revenir sur un point, émit Eredan, lorsque ce fut son tour. La sphère se trouve dans une pièce normale ?

— Non, dit Straub. Elle est dans un bunker blindé, accessible par un sas lui-même inviolable. Le tout est commandé depuis un ordinateur isolé dans une cage de Faraday. Pourquoi ?

— D'où provient l'air qui arrive dans cette pièce ?

— De l'extérieur de la Fondation, filtré, comme pour les autres bâtiments. J'avoue que je ne vous suis pas bien.

— Si l'Aratta est lié à l'eau, alors il faut lui couper sa source. Et en l'occurrence, cette source se trouve dans l'air qui nous environne. Environ soixante-dix pour cent, si je ne me trompe pas.

— Mais Eredan a parfaitement raison ! s'exclama Stacey. On pourrait la placer dans une chambre vide et…

— Non ! le coupa Craig sèchement. Si des visiteurs peuvent nous parvenir via l'Aratta, je veux qu'ils y arrivent sans entrave. Straub, faites en sorte que leur fuite soit interdite. S'ils entrent, je ne veux pas qu'ils puissent ressortir ! Réorganisez la sécurité de la Fondation comme une sorte de souricière, ou quelque chose dans ce goût-là. Et attention ! Vous n'aurez sans doute droit qu'à un essai.

Craig se leva et quitta la salle de réunion d'un bon pas. Il préférait laisser ses collaborateurs derrière lui le plus rapidement possible, car il s'en trouverait bien un parmi eux pour se croire obligé de se désoler sur son état de santé.

Il sortit du bâtiment administratif et traversa la Fondation d'un bout à l'autre. Il se présenta devant la porte du dernier bloc, un vieil entrepôt de petite taille qui venait d'être réhabilité. Il exhiba son badge devant un lecteur mural et poussa la porte.

— Comment vont nos pensionnaires ? demanda-t-il à un garde en faction dans le hall.

— Rien à signaler, monsieur.

— Faites-moi entrer, dit encore Craig. Et laissez-moi seul avec eux.

— Comme vous voudrez.

Le garde fit jouer une serrure manuelle. Puis il appela discrètement Straub, pendant que Denis Craig disparaissait derrière la porte.

Un couloir amena celui-ci dans un grand patio éclairé par des verrières perchées à une dizaine de mètres de hauteur. Des cascades de plantes vertes égayaient l'endroit, qui sentait encore la peinture fraîche. Au centre du patio, un carré de canapés flambant neufs se faisaient face deux à deux. Kinuyo et Acil y étaient assis.

L'arrivée de Craig stoppa leur conversation.

— Mademoiselle Misushi, monsieur n'Kabo. C'est un plaisir de vous rencontrer.

— Le plaisir n'est pas exactement partagé, s'insurgea Kinuyo. De quel droit nous avez-vous fait enlever ?

— De celui qui a toujours prévalu, mademoiselle. Le droit du plus fort. Un droit que votre famille utilise depuis des générations. Quoi que vous en pensiez, vous risquez d'être intéressés par ce que je vais vous raconter. Vous avez manqué un épisode édifiant lorsque vos amis vous ont fait faux bond à New York !

Kinuyo allait poursuivre mais Acil l'arrêta.

— Nous sommes les hôtes de M. Craig. Ce ne serait pas lui faire honneur que de ne pas l'écouter. Et de ne pas lui proposer de s'asseoir avec nous.

— Volontiers, accepta Craig. Vous ne serez pas retenus ici très longtemps. Quelque chose me dit que nous ne sommes pas loin de la solution. Quelle qu'elle soit !

» Vos amis ont été amenés par mes soins sur une plateforme pétrolière en mer Noire. Cela vous dit quelque chose ? Je sais que votre propre petite enquête vous a conduits dans cette contrée.

— En effet, répondit Acil. Nous savons au moins que cet endroit existe.

— Fort bien. Mais le hasard a voulu qu'ils parviennent à s'échapper. Nous leur avions pourtant préparé des appartements très confortables. Presque mieux que ceux dont vous jouissez depuis votre arrivée. Vous avez entendu parler d'Ilis, je suppose ?

Kinuyo acquiesça.

— Eh bien, Ilis a réussi à s'emparer de l'Aratta.

Gail Strinker et Five, qui partageaient les mêmes appartements, les rejoignirent peu de temps après l'arrivée de Craig. Les deux femmes ne firent qu'assister aux échanges, sans y participer. Elles semblaient toutes les deux vivre une communication muette dans laquelle personne ne pouvait entrer. Il fallut à Kinuyo et Acil bien des questions pour comprendre de quoi il retournait. Et Craig se plia à ce jeu jusqu'à épuisement du sujet. Leur conversation les entraîna jusqu'aux portes de la nuit.

Vous voyez, quand je vous disais que vous seriez intéressés, je ne vous mentais pas, conclut Craig avant de partir. Il n'y a plus de camps, plus de rivaux. Nous avons tous intérêt à retrouver la piste d'Ilis. Pour le bien commun et pour la multitude. Et pour les siècles des siècles, comme on dit à la fin de la messe.

En sortant des appartements, Craig trouva Archibald Van Kriegs, qui faisait les cent pas dans le couloir d'accès. Le médecin avait une expression embarrassée sur le visage.

— Il n'est jamais bon de croiser son toubib par hasard, déclara Craig. Surtout quand ce hasard n'y ressemble pas.

— On m'a dit que je te trouverai là.

— Eh bien, me voilà, rétorqua Craig. Dis donc, qu'est-ce que tu as mis dans ta potion, cette fois ? Je me sens plutôt bien.

— Justement, Denis. C'est ce que je voulais aborder avec toi.

Craig s'installa sur un canapé, face au poste de sécurité.

— Ah ! dit-il d'un air sombre. Je t'écoute.

Van Kriegs s'assit à côté de lui et parla tout bas, sur le ton de la confidence :

— Nous venons de tenter une nouvelle thérapie sur toi.

Craig l'invita à poursuivre sans un mot.

— L'homme que nous avons trouvé dans le désert

turc après la disparition d'Ilis… BioSynthec m'a fourni les premiers résultats il y a quelques jours.

— Va droit au but, Archi, l'aida Craig.

— Cet homme avait en lui des nanomédicaments qui s'adaptent d'eux-mêmes à la pathologie qu'ils rencontrent. Une sorte de pharmacie embarquée, évolutive, qui utilise des associations moléculaires extrêmement sophistiquées et, je dois dire, tout à fait innovante.

— Qu'est-ce que ta chimie va me faire ?

— Il y a eu des tests très courts sur des animaux de labo et… ils sont tous en voie de rémission.

Denis Craig soupira longuement. Il s'attendait à une catastrophe.

— En combien de temps ?

— Quelques jours. C'est fantastique ! Les nanomolécules ont stoppé le développement des tumeurs. En seulement quelques jours. Et certains cobayes présentent des diminutions radicales de leurs masses tumorales.

Craig resta sans voix, comme un condamné à mort qui apprend sa grâce.

— Les animaux ont un peu d'avance sur toi. Ça nous permettra d'adapter nos comportements.

— Je préfère ne pas m'emballer tout de suite, lâcha Craig après un moment de réflexion. Après tout, c'est toujours moi qui suis sur la sellette. Mais c'est très encourageant.

— Je suis horriblement gêné, Denis.

— Mais pourquoi donc ?

— J'ai failli te le dire, quand tu te trouvais encore sous perfusion. Et puis, Stacey est arrivé et je suis parti.

— Tu veux parler de ma promesse de dons ? C'est ça ?

— Oui, en effet. Si je t'avais parlé avant…

Craig éclata de rire.

— Mais ce que j'ai donné ce matin n'est qu'une infime partie de ce que je possède. Allons, Archi ! Ce n'est que de l'argent. Rien de plus. Tu viens m'annoncer la meilleure des nouvelles et tu t'embarrasses de quelques milliards de dollars que j'ai distribués. Rassure-toi, mon vieux. Mais ce qui est dit est dit. Nos collaborateurs auront ce que je leur ai promis.

» La vie, Archi ! Il n'y a rien de plus important que ça. La vie ! Et rien d'autre.

## 19

Baudenuit gara sa voiture le long du hall d'embarquement. Il exhiba sa carte professionnelle sous les yeux d'un agent et coupa le moteur.

— Ils ne perdent pas de temps, les contractuels, grogna-t-il. Pas de chance pour les contribuables, mais les caisses de la mairie sont à sec.

— Mêmes maux, mêmes remèdes, acquiesça Finlay. La situation est similaire à Londres.

— Quel est le nom de la personne qui vous attend à New York ? demanda-t-il à Finlay.

— Un certain Philip Straub.

— Vous voulez que je fasse une recherche sur lui ? On ne sait jamais…

— C'est inutile. Mon service s'en est déjà chargé et Londres s'est mis en rapport avec le FBI. Je ne serai pas livré à moi-même. Ne vous inquiétez pas pour moi.

— J'ai dit une chose pareille ? J'ignorais que ce côté mère poule ressortait de ma personnalité !

Finlay sourit de bon cœur.

— J'ai apprécié notre collaboration, Rufus. Vous allez me manquer dans les temps à venir.

— Sentiment partagé, rétorqua Baudenuit. Mais n'allons pas sortir les mouchoirs. Le monde est petit et les crimes innombrables. Qui sait ! Nous nous recroiserons peut-être.

— Je le pense.

— Très honnêtement, je ne sais pas trop ce que vous pouvez retirer de ce voyage. On peut difficilement envisager que le milliardaire Denis Craig soit mêlé à ces affaires.

— Eh bien, les intérêts de cette Fondation semblent se trouver quelque part en marge de l'enquête. Attaquons par ce biais, à défaut d'en connaître le centre. Rien n'est jamais complètement inutile.

Finlay jeta un regard vers l'horloge de bord.

— Il faut que j'y aille. L'embarquement ferme dans quelques minutes. Et, avec les mesures de sécurité qui courent ces temps-ci, même ma carte ne me permettra pas de passer.

— Je ne vous accompagne pas sur le quai, plaisanta Baudenuit. Je déteste les adieux.

Finlay lança vers son collègue un regard qui trahissait un vague sentiment d'incompréhension.

— Laissez tomber, Harold. C'est une vieille boutade.

— Sacrés Français ! Votre humour ! Ah ! votre humour, c'est toute une vie d'apprentissage ! Même ma mère, qui était pourtant née à Lyon, n'a pas réussi à me le transmettre. Allez savoir, c'est peut-être à cause de cette incompatibilité que nos peuples se sont fait la guerre pendant des siècles.

Il ouvrit la portière et attrapa son sac, posé sur le siège arrière. Puis il se baissa et tendit une main vers Rufus.

— Bon, je vous souhaite bonne chance, mon vieux.

— Les yeux dans le dos ! s'exclama Rufus. Et des oreilles tout autour. On se tient au courant de la suite.

Finlay considéra son collègue un instant, puis tourna le dos.

— Oh ! Harold ! l'interpella Baudenuit. Une dernière chose.

Finlay fit volte-face.

— Vous tenez à me faire rater cet avion.

— Juste une minute. Ça m'était sorti de la tête. Le labo a trouvé d'où venait la toxine qui a empoisonné Palmer.

— Et ?

— *Atropa conium maculatum.* Ce qui, je vous l'accorde, ne vous avance pas beaucoup.

— Sans doute, acquiesça Finlay en regardant sa montre.

— C'est une plante herbacée du pourtour méditerranéen. Enfin, c'était.

— Je ne vous comprends pas.

— Cette espèce a disparu au début du XX^e^ siècle. Il y a pas loin de cent vingt ans qu'on ne la trouve plus que dans des catalogues de musée.

— Alors, c'est là qu'il faut chercher, non ?

— Eh bien, non, justement pas. Les gars du labo sont formels. La toxine en question n'est présente que dans la plante vivante. Pas dans une feuille séchée depuis plus d'un siècle.

— Merde ! ragea Finlay. Tous les éléments de cette enquête paraissent improbables. Et pourtant, elle existe bel et bien.

— Vous m'ôtez les mots de la bouche.

— Bon, cette fois, je vais rater mon vol. Nous en reparlerons au téléphone. Demain au plus tard.

— Sauvez-vous, Harold, lança Baudenuit dans le dos du Britannique. Et surveillez vos arrières.

Il regarda Finlay s'éloigner, jusqu'à ce qu'il disparaisse dans le hall, puis il remit le contact et se fraya un chemin dans la circulation.

Baudenuit rentra directement chez lui. Cela faisait quatre jours qu'il n'avait pas eu une nuit complète de repos.

Par réflexe, il interrogea le scanner d'accès logé dans le mur près de sa porte d'entrée.

Il ne s'était rien passé d'anormal. Une employée de la société de nettoyage à domicile se trouvait encore à l'intérieur.

Il entra son code d'accès sur le clavier, confirma par un second code et poussa la porte.

Un bruit d'aspirateur arrivait depuis l'étage.

Il appela plusieurs fois la femme de ménage, sans succès. Le bruit de l'aspirateur couvrait sans doute sa voix, et il n'était pas rare qu'elle – ou il – travaille avec un casque sur les oreilles.

Rufus ne chercha pas à signaler sa présence plus longtemps. Il se servit un grand verre de cognac et s'installa dans le canapé. Par la baie vitrée, il avait une vue magnifique sur le vieux Bordeaux. Au loin, en partie cachée par la ville, la Garonne coulait paisiblement.

Perdu dans sa contemplation, il n'entendit pas la silhouette qui s'approchait dans son dos.

À l'étage, l'aspirateur continuait de frotter la moquette.

Il sentit seulement une aiguille s'enfoncer à la base de son cou.

La toxine le paralysa en une fraction de seconde. Sa main n'avait pas encore atteint son arme, qu'il n'avait pas pris le temps de déposer dans le coffre mural, comme il le faisait habituellement.

Il demeura tétanisé dans la position où il s'était assis, incapable de bouger un muscle, pas même ceux qui commandaient la fermeture de ses paupières.

Il attendit ainsi un long moment que la mort vienne, mais elle ne vint pas.

Bientôt, son agresseur se matérialisa, en contre-jour devant la baie vitrée. L'homme tira un fauteuil et s'assit en face de Baudenuit. Plusieurs minutes s'écoulèrent ainsi. L'homme le regardait sans rien dire.

Rufus sentit des larmes rouler sur ses joues.

Le bruit de l'aspirateur cessa. Des pas descendirent

l'escalier, cette fois sans aucune discrétion. Un deuxième homme rejoignit le premier. Rufus ne les connaissait pas.

— Tu ne vas pas mourir maintenant, camarade, lui dit le plus grand des deux. Nous avons d'autres projets pour toi. Et va savoir, ce sera peut-être toi le prochain roi rouge. Avec un peu de chance et si tu te bats bien.

Baudenuit les entendit se parler dans une langue étrangère. La même, lui sembla-t-il, que celle utilisée par cette jeune femme qui les avait surpris dans le bureau d'Adrien Ramp. Il chercha à comprendre, sans succès, puis un voile tomba sur sa conscience.

# 20

Dès son arrivée à New York, l'inspecteur Harold Finlay monta dans un hélicoptère de la Craig Corporation, sans même passer par la zone internationale de gestion des Implants. Officiellement, il n'était pas descendu de l'avion. Quarante minutes plus tard, l'appareil le déposait sur l'aire d'atterrissage de la Fondation Prométhée.

Un homme l'attendait au bord du périmètre de sécurité. Il reconnut de loin le visage de Craig, qu'il avait vu maintes fois sur des couvertures de magazine. Il l'estima plus vieux, les traits tirés, un air plus fatigué que sur le papier glacé.

Finlay sauta par la portière et se dirigea vers son hôte. Dans son dos, l'hélicoptère décolla, l'obligeant à courber la tête.

— Enchanté, monsieur Craig, je ne m'attendais pas à vous voir en personne.

— Sachez, monsieur Finlay, que cette fondation se trouve au centre de mes intérêts. Si votre enquête concerne la fondation, alors c'est moi qu'elle concerne. Nous allons devoir échanger certains de nos secrets, sinon nous ne serions pas ici.

— Avant que je ne vous livre ma part, voulez-vous m'éclairer sur la vocation de la Fondation Prométhée ?

— À la condition que tout ce que je vous dirai reste strictement confidentiel.

— Les résultats de mon travail ne sont pas livrés au public, mais j'ai beaucoup de collaborateurs avec lesquels je partage mes informations. Je ne peux donc pas m'engager sur une confidentialité totale.

— Je vais malgré tout vous demander le silence jusqu'à ce que tout soit terminé. Réfléchissez bien. Mais, dans le cas contraire, vous aurez fait le voyage pour rien.

Finlay hésita. Garder pour lui seul des informations sur des homicides n'avait pas de sens. En revanche, si la Fondation Prométhée pouvait le faire avancer, un délai raisonnable ne comptait pas. Il s'était entretenu sur le sujet avec ses supérieurs. Il disposait d'une marge de manœuvre importante et sortait pratiquement de l'enquête globale qui se montait outre-Atlantique, jusqu'à ce qu'il reprenne contact avec son service.

— Combien de temps ? questionna-t-il sans rien révéler sur son statut particulier.

— Je ne le sais pas encore, dit Craig. Le terme ne m'est pas connu. Peut-être quelques semaines, deux ou trois mois tout au plus.

— Il va falloir que j'en réfère auprès de ma hiérarchie. Cette décision ne m'appartient pas entièrement.

— C'est déjà fait, monsieur Finlay. Le département d'État à la Justice s'en est chargé. Nous n'attendons plus que votre accord.

— Alors, vous l'avez ! lâcha Finlay aussitôt.

— Je vous propose de regarder un enregistrement dans mon bureau. Vous saurez tout ce qu'il y a à savoir sur notre champ d'investigations et sur l'enquête qui vous amène. Mais après, ce sera à vous.

— Vous menez rondement vos affaires, monsieur Craig.

— Faites-moi le plaisir de m'appeler Denis, dit Craig en entraînant Finlay vers le bâtiment administratif. Nous allons passer beaucoup de temps ensemble, dorénavant. Autant ne pas nous donner du monsieur.

Ils montèrent au premier étage. Craig installa Finlay devant un écran.

— Vous en avez pour quatre heures, déclara-t-il en lançant le disque en lecture. Vous allez découvrir que votre enquête se trouve mêlée à une affaire disons... plus globale.

Finlay visionna un montage récapitulatif de tous les événements dans lesquels la Fondation était intervenue depuis la découverte d'une statue en Amazonie, vingt ans plus tôt. D'abord sceptique, il fut bientôt étonné, puis abasourdi par ce qu'il découvrait. En quelques heures, il accéda à une partie d'un mystère bien plus ancien que sa propre civilisation.

Il oublia très vite son enquête et l'absence de rapport apparent entre son travail et ce récit. Mais le lien lui revint pourtant, à quelques minutes de la fin, lorsque mention des cathares fut faite.

Craig, qui l'avait quitté presque aussitôt après le début de la vidéo, le laissa intentionnellement seul une heure entière après la fin du montage.

Digérer cette masse d'informations demandait plus de temps encore. Mais Craig connaissait les effets de l'électrochoc que venait de subir le policier. Il livrerait à son tour les moindres détails de ce qu'il savait.

— Mes collaborateurs vous attendent en salle de réunion, dit-il en entrant. Je ne vous demande pas comment vous vous sentez, cela se lit sur votre visage.

Finlay ne répondit pas. Il se sentait manipulé et très excité en même temps. Il emboîta le pas à Denis Craig et se trouva bientôt propulsé devant une petite assemblée.

Craig présenta Finlay et lui donna la parole.

— Après ce que je viens de voir, commença celui-ci, mon enquête va vous paraître d'une banalité confondante.

Des sourires apparurent sur les visages, puis des hochements de tête d'encouragement suivirent.

Finlay présenta le service pour lequel il travaillait, puis entra dans le vif du sujet.

— George Palmer a été retrouvé par des randonneurs. Il était nu, le corps entièrement peint et avait complètement perdu la raison. Détail d'importance : il portait sur le thorax un tatouage en forme de croix solaire qu'il n'avait pas avant sa disparition.

» Je me suis donc rendu en France, en compagnie de sa fille Cecilia. Palmer est mort peu de temps après, empoisonné par une toxine dont les labos de la police ont déterminé qu'elle provenait d'une plante disparue de la surface du globe depuis plus d'un siècle. Ce qui n'est pas le moindre des mystères dans cette affaire.

» Juste avant de mourir, il a eu le temps de parler à sa fille, qui n'a ensuite pas voulu nous répéter ce que lui avait dit son père. Nous avons pu prendre connaissance de cette ultime conversation par un enregistrement sonore.

» Palmer disait à sa fille qu'il sortait de l'enfer – un mot sur lequel je reste prudent – et qu'elle devait se méfier de toutes et de tous. À l'entendre, l'ennemi se trouve partout, possiblement dans chaque individu, même connu de longue date. Les derniers mots prononcés par Palmer furent : « les poissons ». Nous n'avons donné que peu de crédit à ces propos. Palmer sortait d'un délire aigu de persécution. Bref, je ne m'étendrai pas sur les détails.

» Nos fichiers nous ont montré que trois cas identiques étaient connus par le passé. Trois cas d'hommes et de femmes retrouvés nus, le corps peint, tous tatoués d'une croix solaire et qui tous sont mystérieusement morts quelques heures ou jours après avoir été retrouvés.

» Nous connaissions la passion que Palmer nourrissait pour l'ésotérisme et le mystère, nous avions également ce tatouage étrange, aussi l'enquête est-elle partie sur la piste de mouvements sectaires.

» C'est pourquoi nous avons contacté Adrien Ramp, un universitaire spécialisé dans l'histoire des religions. Nous voulions en savoir davantage sur cette croix.

» La croix solaire s'est muée, grâce à ses éclaircissements, en une croix cathare, mouvement sur lequel il s'est longuement expliqué. Nous devions retrouver Ramp le lendemain de cette première visite. Il nous avait proposé de faire des recherches pour nous.

» C'est ce même lendemain que Cecilia Palmer a été assassinée dans sa chambre d'hôtel. Ses agresseurs ont pratiqué une sorte de rituel en recouvrant les murs de croix cathares, qu'ils ont peintes avec le sang de leur victime. Ce meurtre n'était peut-être qu'une diversion destinée à nous occuper pendant que Ramp se faisait, lui aussi, assassiner. Cela s'est joué à quelques minutes. Nous nous trouvions alors dans son bureau, où nous l'attendions.

» Nous avons rencontré le nom de la Fondation Prométhée pour la première fois ce jour-là. Ce nom faisait partie des recherches que Ramp avait effectuées pour nous.

» La seconde mention de la fondation, nous l'avons découverte dans l'ordinateur d'une secte installée dans la vallée d'Aspe. Enfin, pas directement, mais vous allez comprendre.

» Un monastère a été partiellement détruit par une explosion intentionnelle. Six de nos hommes y ont trouvé la mort. Par l'enregistrement des caméras embarquées que portaient les policiers, nous avons pu assister à la disparition incompréhensible d'un homme.

» En épluchant des e-mails expédiés depuis les locaux de cette secte, nous sommes remontés jusqu'à vous, par le chantier de fouilles en Espagne dont j'ai appris le triste destin.

— Pouvez-vous préciser ce que vous voulez dire par « disparition » ? intervint Craig.

— Nos hommes le suivaient dans les sous-sols du monastère. Et ils étaient sur le point de l'appréhender lorsque cet individu a sauté dans un puits, où il a littéralement disparu.

— Est-ce qu'un phénomène de type climatique a précédé cette disparition ? questionna Stacey.

— Je ne comprends pas votre question, monsieur… ?

— Stacey ! Je vais être plus clair. Est-ce qu'au moment où cet homme a disparu, vos policiers ont ressenti comme une augmentation de l'humidité dans l'endroit où ils se tenaient ?

— L'enregistrement ne le montre pas, répondit Finlay. Et tous ces hommes sont morts dans l'explosion qui a suivi.

Il observa un instant l'assemblée tout en réfléchissant.

— Voilà, vous en savez à présent presque autant que moi sur cette affaire, conclut-il.

— Et cette histoire de poissons dont Palmer a parlé ? demanda Stacey.

— Je ne suis pas certain, expliqua Finlay. Le monastère que nous avons perquisitionné était équipé d'une pisciculture. C'est peut-être ce que voulait dire Palmer, mais je crains que nous n'en sachions jamais rien.

Finlay porta une main à sa poche et en retira une clé numérique.

— J'ai ici des éléments de l'enquête. Vous avez un lecteur quelque part ?

— Là, indiqua Straub. Dans la console.

Finlay inséra la clé et ouvrit un fichier.

— Ces documents ne doivent en théorie pas être portés à la connaissance de civils, précisa-t-il. Il va de soi que je vous demande la plus parfaite discrétion sur tout ce que je vais vous montrer.

Des photographies de George Palmer défilèrent pour commencer, des gros plans de son tatouage, de son corps peint. Puis ce fut au tour de la chambre où Cecilia Palmer avait trouvé la mort. Par décence, Finlay ne montra que celles prises après que le corps eut été recouvert d'un drap. Il fit défiler les clichés sans trop s'y attarder. Ils n'avaient qu'un intérêt assez limité pour les scientifiques.

— J'ai maintenant deux listes à vous présenter. La première est celle que nous avons établie sur les identités des membres de la secte, à partir d'effets personnels retrouvés dans les décombres du monastère. Elle ne vous intéressera sans doute pas, mais pour le corps européen auquel j'appartiens, elle est de première importance. Nous y avons trouvé des dizaines de noms de personnes disparues faisant l'objet de recherches par nos services. Voilà, c'est ici. Je vous l'imprime ?

— Bien entendu, acquiesça Straub.

— Voici maintenant ce que nous avons pu retirer d'un disque dur de la secte dont je vous ai parlé.

Il ouvrit un nouveau fichier. Des centaines de noms et d'adresses de sociétés s'affichèrent sur l'écran.

— Vous constaterez que ces sociétés ont toutes un rapport avec l'eau. Il y a quelques heures encore, je n'y voyais aucune relation claire avec mon enquête. Mais à présent…

En lisant la liste des contacts des Éclairés du Septième Monde, Wilma sentit son sang se retirer de son visage.

— Qu'avez-vous, Wilma ? lui demanda Eredan, qui venait de découvrir le teint blafard de la jeune femme.

— Je suis une émotive, bredouilla-t-elle. Ce n'est rien. Ça va passer. Mais il se trouve que je rencontre dans cette liste des adresses qui colleraient parfaitement avec la mienne.

— Vous en êtes certaine ? s'exclama Craig.

— Pas de doute, il faut les reprendre une par une mais… oui, elles correspondent. Si nous avions eu cette liste plus tôt, je me serais épargné des heures de travail.

Ils unirent leurs efforts et en une heure ils possédaient à quatre-vingt-dix pour cent les adresses ou les emplacements des points de résurgence de l'Aratta.

Philip Straub, qui s'était absenté un court instant, revint bientôt avec une information qui vint affermir leurs certitudes. L'Implant de Tara Steamway venait d'être scanné dans New York, à l'intérieur de la cathédrale Saint-Patrick, en plein cœur de Manhattan. Son numéro identifiant faisant l'objet d'une procédure judiciaire, une patrouille de police était immédiatement intervenue. Mais l'Implant s'était volatilisé de nouveau au moment où les agents pénétraient dans l'église. Et, d'après la cartographie de la sphère, le quartier de la cathédrale Saint-Patrick recelait un accès vers l'Aratta.

Craig souffla de contentement. Les événements s'enchaînaient mieux qu'il n'avait pu le souhaiter. Il fut alors temps d'achever la réunion.

— Straub, interpella Craig. On repositionne la surveillance partout où c'est nécessaire.

Il baissa la voix pour n'être entendu que du chef de la sécurité.

— Et vous recommencez une vérification d'identité pour tous les membres de la Fondation. Vous m'avez bien compris ? Tous !

— Parfaitement, monsieur Craig. Je vais utiliser plus de moyens que d'habitude.

— Parfait ! Wilma, pourriez-vous accompagner Harold Finlay vers ses nouveaux appartements ?

— Avec plaisir, acquiesça la jeune femme.

Tout le monde quitta la salle, à l'exception de Federico et Stacey.

Craig se laissa tomber dans un fauteuil.

— C'est un grand jour ! se félicita-t-il. Nous les avons enfin. Si quelqu'un sort ou pénètre dans l'Aratta à partir de ces endroits, nous le saurons rapidement. Et comment ne pas y croire, d'ailleurs ? Il n'y a plus qu'à récolter ce que nous avons semé.

Il adressa un clin d'œil à Federico.

— Federico m'a demandé de rester un instant, dit Stacey.

— Avez-vous quelque chose à nous apprendre, Federico ?

— Plutôt à vous montrer.

Il sortit une feuille sur laquelle quelques lignes avaient été griffonnées.

— Mon contact au Vatican m'a fait parvenir ces mots. Lisez-les, je vous expliquerai ensuite d'où ils proviennent.

Craig s'empara de la feuille et lut le texte à voix haute.

« L'Homme se matérialisera de nouveau.

Son être, retourné dans le cycle des mondes, en reviendra.

Lieu de la perpétuelle transmutation.

Le septième sceau se rouvrira.

L'Eau rejaillira.

L'Esprit du créateur s'incarnera.

Alors les morts s'adresseront aux vivants, les vivants aux vivants, les vivants aux morts.

Et les sept peuples de Dieu connaîtront enfin l'harmonie. »

Il releva les yeux du papier et garda le silence.

— C'est un exergue à l'Évangile de saint Jean, expliqua Federico, il serait attribué à Archalb le Nazaréen. Cette strophe n'apparaît dans aucune édition des Évangiles. Elle a été jugée non conforme à l'idée que se faisaient les catholiques, sans doute. Il ne pouvait pas exister plusieurs peuples de Dieu. Et lorsque l'hérésie cathare a commencé à se développer, il n'y avait plus de place pour le moindre doute. Pour le Vatican tout au moins.

— Et ce qui n'est pas écrit n'existe pas, en somme, commenta Denis Craig.

— Le septième sceau est pourtant mentionné dans l'Apocalypse, hasarda Stacey.

— Oui, mais tant qu'on n'en connaissait pas l'emplacement, ni la forme, ni la définition, cela ne représentait aucun danger. Pour ma part, j'ai toujours considéré ce texte comme une vue de l'esprit.

— C'est vrai qu'il est plus qu'étrange. Surnaturel !

Denis Craig se leva et prit congé. Une nouvelle séance de soins l'attendait à l'autre bout du couloir.

Restés seuls, Stacey et Federico demeurèrent silencieux un long moment.

— Je ne m'explique pas pourquoi le Vatican vous fait passer pour mort, déclara Stacey. Ni pourquoi il a fait quitter sa protection à l'Aratta. Ce n'est pas dans ses habitudes de livrer ainsi des secrets qui pourraient déstabiliser son influence.

Federico de Salva frotta ses mains fines avant de répondre :

— Je me suis posé les mêmes questions, et je ne peux vous apporter qu'une réponse personnelle. Je ne vous dis pas que j'aime ce que je vais vous dire, mais c'est ainsi que je ressens les choses.

— Vous avez toute mon attention.

— Voyez-vous, Rome a perdu quarante-cinq pour cent de ses fidèles entre le début des années 2000 et aujourd'hui. La plupart se sont tournés vers des mouvements sectaires plus attractifs, plus simples, moins entachés de suspicion, sans doute moins rigides également. Les prises de position de l'Église romaine dans la vie politique internationale n'ont pas eu que du bon. Les gens n'ont pas compris. Et, parfois, moi non plus. Le spirituel aurait dû se cantonner au seul domaine de l'esprit. Mais je peux vous affirmer qu'à une écrasante majorité, les hommes et les femmes de foi sont des êtres généreux, pour qui l'amour de l'humain a toujours été l'unique motivation.

Stacey se racla la gorge.

— Permettez-moi d'en douter, émit-il, sachant combien cette phrase pouvait être blessante. Le dernier prêtre à qui j'ai eu affaire n'était pas un exemple de probité.

— Vous voulez sans doute parler du père Fontorbe.

Stacey acquiesça d'un mouvement de tête.

— Alors, vous mettez le doigt sur le parfait contre-exemple. Le père Fontorbe était un homme de pouvoir et d'argent. Beaucoup de supérieurs de l'Église sont des hommes d'influence et c'est malheureusement par eux que se construit la vitrine officielle. Mais ils représentent une infime partie du clergé. Je suis désolé de cet état de fait, mais je n'y peux malheureusement rien.

— J'ai beaucoup repensé à la doctrine cathare depuis que vous êtes arrivé, Federico. Et je ne sais pas trop comment vous dire ça, mais…

— C'est la religion à laquelle vous auriez pu adhérer ?

— Vous m'enlevez les mots de la bouche. Oui, c'est ça ! Je crois que j'aurais pu être un bon cathare. La définition même de cette philosophie est très motivante. Se dire que nous naissons créatures du Mal et que la connaissance peut nous amener à devenir des fils de Dieu est un vrai moteur. Et les agissements des hommes en ce monde vont plutôt dans ce sens.

— Croyez-vous que cette question ne me tourmente pas ? Surtout depuis que j'ai découvert les véritables motivations de Rome. Ce ne sont pas des hommes qui étaient visés dans le massacre des cathares. C'est une idée que l'Inquisition a cherché à faire disparaître.

— Elle y a parfaitement réussi, précisa Stacey.

— Quelque chose a suffisamment effrayé la papauté pour justifier de tels moyens.

— Oui, mais quoi ? Il suffisait de s'emparer de l'Aratta et de faire disparaître cet Archalb.

— D'autres seraient sans doute venus.

— Ça n'a pas été le cas, de toute évidence.

— Qu'en savons-nous vraiment ? Peut-être sont-ils encore parmi nous sans que nous le sachions. Ce que nous venons d'apprendre par M. Finlay va dans ce sens.

— Nietzsche ne va pas tarder à avoir raison. Dieu est sur le point de mourir !

— Vous pouvez m'enlever Dieu, vous ne me retirerez pas la foi qui m'anime.

— Je ne vous suis pas, Federico. Ce que vous dites me semble contradictoire.

— Il me restera la quête de Dieu, jusqu'à la fin de mes jours.

— Même si vous appreniez qu'il n'existe pas ?

— Même dans ce cas, oui !

Stacey soupira. Cette vision du monde lui échappait.

— Êtes-vous parfaitement athée ?

— Ce n'est pas parce que des questions restent sans réponse que j'ai besoin de m'inventer un Dieu.

— Je comprends votre position, même si je ne la partage pas.

Stacey prit conscience à cet instant de l'ouverture d'esprit de son interlocuteur.

— Que faites-vous des autres dieux ?

— Je n'en vois qu'un seul et plusieurs façons de l'envisager. Pour revenir à votre question, je dirais que le Vatican, en perte de vitesse, voit un intérêt à ce que ce soient des *amis* qui se chargent de comprendre le fonctionnement de l'Aratta. Et s'il n'en sort rien de bon, alors, ce ne sera pas de sa responsabilité.

— Je vois mal Denis Craig partager avec Rome ce que nous aurons découvert.

— Peut-être pas, mais il est possible que le moment arrive où nous aurons tous besoin de nos alliés. Craig à lui seul ne peut vaincre les cohortes citées dans l'Apocalypse.

— Qui parle de vaincre ?

— Personne en effet. Personne pour le moment.

— Mais ? Je comprends qu'il y a un « mais », n'est-ce pas ?

— Relisez l'*Apocalypse* de saint Jean et vous comprendrez. Il existe des choses qui ne devraient pas être connues, des choses qui ne devraient pas être ouvertes.

— Et vous pensez que la sphère fait partie de cette liste.

— En effet, sinon les cathares seraient toujours de ce monde !

# 21

Philip Straub passa quatre jours à repositionner ses équipes de surveillance. Tout le personnel réparti dans l'hémisphère Sud fut rapatrié au nord et vint compléter certains dispositifs ou fut placé sur de nouveaux.

La division technique de la fondation fut largement mise à contribution. Chaque équipe étant pourvue en moyens de retransmission vidéo et audio, elle installa une gigantesque régie finale dans les sous-sols du bunker.

De ce poste de commande, Straub pouvait surveiller les agissements de dix-huit groupes en même temps.

Au matin du cinquième jour, Denis Craig décida qu'il était temps de passer à l'offensive. Il éplucha les rapports qu'envoyaient régulièrement les équipes de surveillance et isola plusieurs sites particulièrement intéressants. Après une dernière étude, il en choisit quatre, qui montraient une activité humaine importante.

— Nous allons investir ces quatre-là ! dit-il en donnant à Straub les rapports correspondants. Pas la peine de se disperser. Vous allez les renforcer et il ne restera plus qu'à intervenir.

— Quand ? demanda Straub.

— Ce soir, à la nuit tombée, et en même temps.

— Je partage votre choix, monsieur Craig.

— Pas d'erreur cette fois-ci, Straub. C'est sans doute notre seule chance. Tous ces gens communiquent entre eux. Nous en avons eu la preuve par Finlay.

— Vous avez ma parole !

— Je veux plus encore, critiqua Craig. Je veux la victoire. Vous disposez des moyens d'un général en bataille. Et, en face, ils ne savent même pas qu'ils sont en guerre. L'échec n'est pas envisageable.

Straub garda le silence. La fuite spectaculaire d'Ilis, quelques semaines plus tôt, lui laissait encore le goût amer d'un échec cuisant. Il n'avait pas su prévoir l'inenvisageable et c'était justement le fondement de sa mission.

Denis Craig le laissa quelques instants dans cette position détestable avant de reprendre :

— Je vous ai demandé de vérifier les identités des membres de la fondation. L'avez-vous fait ?

— Oui, monsieur. J'ai envoyé auprès de leurs familles des agents en qui j'ai une parfaite confiance.

— Qui donc ?

— De vieux amis. Des mercenaires pour la plupart. En fait, ceux qui ont participé au saccage du village d'Adamov en Amazonie.

— Et comment ont-ils procédé ? Ils ont posé des questions ?

— Non, pas du tout, répondit Straub en souriant devant la naïveté de son patron. Ils ont fouillé leurs domiciles.

— Ôtez-moi un doute, il n'y a pas eu d'exactions commises sur nos familles ?

— Rassurez-vous. Tout s'est passé dans la plus parfaite discrétion. Mais pour être sûrs à cent pour cent que vos employés sont bien ceux qu'ils prétendent être, la seule solution était de remonter dans les preuves de leur passé. Fouiner dans les albums de famille est un bon moyen.

— Et alors ?

— Il n'y a pas de brebis galeuse parmi nous. Mais si j'avais fait cette recherche plus tôt, nous aurions pu découvrir l'usurpation d'identité de Paula Ruiz.

— Elle aurait elle-même détruit son propre chantier de fouilles ?

— En effet. Je pense que son corps ne se trouve pas coincé sous la falaise. La petite Paula Ruiz est morte à l'âge de cinq ans d'une leucémie. Donc bien avant l'apparition des Implants et de la gestion globale des individus. Les fichiers d'état civil ont été trafiqués. J'ai remarqué autre chose en analysant le listing de Finlay. Tous les contacts de la secte travaillent dans des pays autres que ceux de leur naissance, de préférence aux antipodes. Et, pour ceux qui sont installés chez nous, particulièrement des pays de l'hémisphère Sud.

— Là où les registres sont les moins fiables ! commenta Craig. C'est intelligent.

— Ces gens sont pour beaucoup des orphelins, enfin, je veux dire de faux orphelins. Je regrette de n'avoir pas saisi ce raisonnement plus tôt. Nous aurions pu interroger la fausse Paula Ruiz. Et, dans ce cas, toute cette opération n'aurait peut-être pas été nécessaire.

— Je n'en suis pas si sûr. Elle n'aurait pas forcément coopéré. Sans doute pas, d'ailleurs. Et puisqu'ils ont réussi leur coup, ils doivent penser que nous ignorons leur existence. Et comme il est impossible de savoir que Finlay travaille maintenant avec nous, ils doivent encore avoir cette certitude.

— À moins qu'il n'y ait des taupes dans les services de police.

— C'est pourquoi il faut agir vite. Il nous reste une dernière personne dont nous n'avons pas parlé.

— Je n'ai pas jugé utile d'effectuer cette recherche sur vous-même.

— Moi ? s'exclama Craig. Mais je suis au-dessus de tout soupçon. Non, je voulais parler de vous.

— Je plaisantais, monsieur Craig. J'ai évidemment demandé à l'un de mes hommes d'envoyer quelqu'un qui ne me connaissait pas chez ma sœur. En voici les preuves.

Straub sortit d'un tiroir une enveloppe annotée de son patronyme. Craig l'ouvrit et fit glisser sur le pupitre de la régie une demi-douzaine de photos de Straub à différents âges.

— Vous voyez sur ces deux-là, j'avais encore mon pouce intact.

— C'est parfait !

— Un dernier point, par rapport aux listes de Finlay.

— Je vous écoute.

— Il y a parmi ces personnes des proches du pouvoir. Dans beaucoup de pays.

— Aux États-Unis aussi ?

Straub fit oui de la tête.

— Muamar Diang, un industriel rwandais. C'est l'un des gendres du vice-président.

— Je connais cet homme, accusa Craig. Je l'ai croisé plusieurs fois dans des dîners. Comment est-ce possible ? Tous ceux qui touchent la Maison Blanche de près ou de loin font l'objet d'enquêtes très approfondies !

— Diang est le self-made-man par excellence. Toute sa famille a été décimée lors de guerres tribales dans les années 1990. À partir de là, on ne peut plus remonter dans le passé de cet homme.

— Bien, conclut Craig. On lancera une chasse aux sorcières après l'assaut de ce soir. D'ici là, silence total.

Sur le retour vidéo des moniteurs, les images des quatre sites sélectionnés s'affichaient par dizaines. Straub se trouvait aux commandes, secondé par l'un de ses lieutenants. Derrière lui, Denis Craig, Stacey Revel, Harold Finlay, Eredan Stavitch et Wilma Stanford attendaient patiemment que les opérations commencent. Seul Federico n'avait pas souhaité assister à l'opération.

— Aucun drone n'a été lancé, expliqua Straub. La propriété dispose d'un radar de détection très sophistiqué.

— Comment comptez-vous procéder dans ce cas ? demanda Eredan.

— Dans maintenant cinq minutes, des ailes vont survoler ces quatre lieux. Leur signature radio est la même que celle d'une formation d'oiseaux migrateurs. Leurs itinéraires sont programmés dans leurs ordinateurs de bord. Ces aéronefs ne recevront ni n'émettront aucune onde hertzienne. Lorsqu'ils survoleront les bâtiments, ils lâcheront une bombe à guidage laser. Nous avons utilisé un satellite télé. Ainsi, le signal de guidage ressemblera à des centaines d'autres.

» Il y aura peu de dégâts. L'explosion du missile ne servira qu'à pénétrer dans les bâtiments. Mais le souffle de l'explosion nous sera très utile, car il permettra de diffuser un très puissant gaz neuroleptique. Les personnes qui se trouvent à l'intérieur seront immobilisées en une demi-seconde. Ensuite, mes hommes investiront les lieux. Le tout prendra un quart d'heure, exfiltration comprise.

— Je suis impressionné par vos techniques ! s'exclama Stacey. Et comment avez-vous déterminé ces sites en particulier ? Pourquoi eux plutôt que d'autres ?

Straub afficha sur les écrans une liste de numéros.

— Vous voyez là des identifiants d'Implants, expliqua-t-il. Dans cette seule propriété située en France, dans la région du Périgord, il se trouve soixante-dix-sept personnes, arrivées séparément ou par deux ou trois depuis quelques jours. Il s'y déroule une sorte de fête privée. Des Implants arrivent, d'autres repartent. Il y a un va-et-vient important.

— Pour le moment, ça me semble assez banal, constata Stacey.

— À une différence près, précisa Craig. Ce sont seulement des Implants qui repartent. Les voitures qui sont censées contenir leurs porteurs ne sont occupées que par un chauffeur.

Il se tourna vers Finlay.

— C'est sans doute à ce même type de camouflage que devaient servir les Implants vierges que vous avez trouvés. Straub a fait suivre ces véhicules. Les Implants repartent vers le pays d'origine de leurs porteurs.

— Comment ? questionna Finlay.

— Par le courrier, tout simplement, reprit Straub. C'est une méthode presque enfantine à laquelle nous aurions pu penser. Ils sont glissés à l'intérieur de cartes à faire suivre. Vous savez, ces chaînes d'amitié que l'on a tous reçues un jour. Soit les cartes sont réexpédiées, soit elles partent à la poubelle. Mais dans les deux cas, elles poursuivent leur voyage. Vous auriez pu courir longtemps après, avant de découvrir le leurre.

— Vous voulez dire que le courrier n'est pas scanné ? s'exclama Wilma. Je pensais au contraire que rien n'échappait à Big Brother !

— Le courrier fait l'objet de beaucoup de contrôles, mais pas celui-là, intervint de nouveau Craig. On y cherche plutôt la présence de substances dangereuses. Et Big Brother, comme vous dites, a apporté plus de bien que de mal. C'est en tout cas mon point de vue qui, je vous l'accorde, peut difficilement être jugé impartial, puisque je suis le père de l'Implant.

— Plus de soixante-dix personnes, c'est énorme ! argua Stacey. Je n'en reviens pas ! Est-ce que ces chiffres sont aussi importants sur les autres sites surveillés ?

— Plus ou moins, répondit Craig. Mais l'ensemble atteint plusieurs centaines d'individus, des deux sexes et de tous âges, avec une plus forte proportion de jeunes gens.

— Mais que peuvent devenir autant de personnes disparues ?

— Moi, si je disposais d'autant de recrues, j'en ferais bien une armée, lâcha Straub en se calant face au pupitre de commande. Maintenant, si vous le permettez, je vais vous demander le silence. Les opérations vont commencer.

Toute l'attention se concentra sur les moniteurs.

À peu près à la même seconde, les ailes décrites par Straub survolèrent les quatre sites sous surveillance. Elles larguèrent ensemble de petites ogives sombres, qui s'abattirent et percèrent les toits des bâtiments cibles.

Tout s'enchaîna très vite. En moins de cinq minutes, les équipes se trouvaient à l'intérieur, masque à gaz sur le visage et armes à la main. Il y eut peu d'échanges de tir. Seules quelques personnes, restées à l'extérieur, opposèrent une résistance féroce. Mais les hommes de Straub, très bien entraînés à ce type de combat rapproché, se révélèrent parfaitement efficaces.

On ne dénombra que trois blessés dans les rangs des assaillants.

Les corps endormis des invités ne furent pas touchés. Les équipes emportèrent uniquement les hôtes, et précisément ceux dont l'Implant n'avait pas quitté les lieux depuis quelque temps.

La fouille fut rapide, précise et complète.

Déception pour Craig, ils ne trouvèrent nulle part de sphère d'Aratta ou de preuves d'un transfert vers un ailleurs indéterminé.

Un quart d'heure à peine après être entrées, les équipes ressortaient, leur butin humain jeté sur l'épaule, et se ruaient dans les ventres ouverts d'hélicoptères-cargos qui venaient de se poser.

Les appareils prirent tous la direction de filiales de la Craig Corporation. Il y en avait partout à travers le monde.

Au total, l'opération rapporta une vingtaine de femmes et d'hommes, dont la vérification d'identité révéla une usurpation d'identifiant.

Ils furent tous déshabillés, rasés, et subirent des examens radiographiques poussés. On procéda à toutes les analyses possibles praticables sur un être vivant, recherche sur leur caryotype comprise.

Mais ces examens convergèrent tous vers un résultat identique : ces femmes et ces hommes possédaient les caractéristiques communes à l'espèce humaine.

Les chefs d'équipe procédèrent dans le même temps à des interrogatoires musclés, mais ils n'obtinrent aucune coopération de leurs victimes. Il fallut faire appel à la chimie pour délier leurs langues. Mais les mots qui furent alors prononcés ne purent être compris par personne.

Seul Finlay leur trouva une consonance familière. L'idiome pratiqué ressemblait à celui qu'avait utilisé cette jeune femme, entraperçue dans le bureau d'Adrien Ramp, et probablement sa meurtrière.

À la fin de la nuit des opérations, Craig commença à se demander s'il n'avait pas fait fausse route, malgré tous les éléments qui permettaient de lier ces individus au reste de l'affaire.

Et puis un banal second examen de leurs effets personnels relança la fièvre à peine retombée. Dans les premières heures de la nuit, on s'était contenté d'une fouille sommaire.

Dans les talons de chaussure d'une demi-douzaine d'entre eux, cette seconde recherche révéla la présence d'un cristal d'Aratta.

Craig organisa un branle-bas de combat au beau milieu de la nuit. Il voulut sur-le-champ toutes les énergies de la Fondation à pied d'œuvre.

Il commença par Stacey, en qui il voyait un bon relais de sa propre autorité.

— Je veux que tu mettes le paquet, dit-il plein d'entrain.

— On est déjà à cent vingt pour cent, expliqua Stacey en bâillant.

— Alors, je veux encore plus. Maintenant que nous avons de nouveau ces fichus cristaux, je veux que tu concentres les équipes sur les néandertaliens. Je suis persuadé qu'ils sont une clé importante. Si on comprend ce qu'ils foutaient il y a deux mille ans dans cette caverne ou comment le cadavre de Londres y est arrivé, nous y verrons plus clair. Il suffit de mettre le doigt dans un engrenage pour se faire emporter la main. Eh bien, c'est exactement ce que je veux.

— Perdre la main ?

— Gagner la partie ! Et peu m'importent les plumes que j'y laisserai.

# II
# Les chemins de l'Aratta

# 22

*Zagul : il y a quarante mille ans,*
*moins deux jours…*

La plage s'étend à perte de vue, vierge, immense. Une fine rosée d'écume est suspendue dans l'air, lentement poussée par le vent vers l'intérieur des terres. Ça sent l'iode et les algues.

Assis au bord de l'eau, Zagul observe le mouvement de la masse grondante. Les vagues se soulèvent à quelques mètres de lui, restent un moment en l'air, puis s'écrasent avec fracas pour mourir à ses pieds. Certaines se retirent vite, d'autres vont jusqu'à toucher le bout de ses orteils crasseux. Ça laisse une marque foncée sur le sable sec.

De temps en temps, il se retourne. Le bruit sourd de la mer est fort. Un prédateur pourrait s'approcher sans qu'il l'entende. Zagul sait que son comportement est dangereux, mais cet état contemplatif est tellement agréable.

Et le plaisir est son moteur essentiel.

Dans le ciel, où un soleil immense étire des ombres démesurées, la lune encore pâle est presque pleine.

Zagul la regarde, cherchant à percer le mystère de cette grosse chose blanche tachée de gris. Parfois fine, parfois ronde, parfois absente. Quelque chose d'incompréhensible, de supérieur et de magique à la fois.

Il soupire de contentement.

À quelques mètres de lui, une volée de mouettes se dispute une proie. Des cris stridents sortent de leurs gosiers affamés.

Zagul se lève. Peut-être cela se mange-t-il ?

Un grognement suffit à faire fuir les oiseaux, qui abandonnent leur butin sur le sable. C'est un crabe, un gros crabe comme Zagul les apprécie.

Le crabe vit encore et tente de rejoindre l'eau. Le poing de Zagul s'abat sur sa carapace, déjà fendue par le bec des mouettes. Cela fait un bruit mat et liquide. Il ne reste plus qu'à le décortiquer, ce que Zagul s'emploie aussitôt à faire.

La chair est juteuse, dégoulinante. Les mâchoires puissantes de l'humain écrasent lentement le squelette du crabe.

Dommage qu'il lui manque une pince.

Ce petit encas providentiel englouti, Zagul commence à s'épouiller avec méthode, tout en regardant de nouveau le mouvement des vagues.

Les puces et les tiques qu'il trouve en abondance dans les replis de sa peau rejoignent aussitôt le crabe à l'intérieur de son estomac. Rien ne doit être perdu. Manger est la mission quotidienne principale à laquelle il ne peut déroger.

Zagul se sent heureux. Il va pour tordre son cou et voir la lune à nouveau quand son regard est attiré vers le large. Il y a quelque chose d'inhabituel sur l'horizon. Un tout petit point foncé, qui grossit. En quelques secondes, le point minuscule a pris des proportions énormes. Zagul ne comprend pas ce que c'est, mais il devine d'instinct que ça peut représenter un danger.

La masse qui fonce à présent vers lui est en feu. Dans son sillage, une longue traîne de fumée s'épaissit en volutes sombres.

Zagul n'observe pas le phénomène plus longtemps.

Il prend ses jambes à son cou et fuit vers l'intérieur des terres.

Retrouver les siens, se blottir au cœur de la grotte, admirer ses peintures, rejoindre la vie…

Dans son dos, un bruit effroyable vient de retentir. La chose s'est abîmée.

Dans sa course, Zagul se retourne et, par-dessus son épaule, il voit l'invraisemblable. Un mur d'eau avance vers lui, une vague comme il n'en a jamais vu s'est levée et rugit à la manière d'un gros animal.

Une unique pensée occupe son esprit. La dune. Il faut atteindre la dune.

Mais la vague est bien plus rapide que lui. Elle l'avale alors qu'il se trouve à mi-course de son objectif. Zagul est plaqué contre le sable, dans un creux formé par la dernière marée. Au moment d'être happé par la vague, il a eu le temps de couper sa respiration, si bien qu'il dispose d'un répit de quelques dizaines de secondes.

Zagul ne pense plus. Toute son intelligence est focalisée sur l'instant. Les sensations ont disparu. Son corps n'éprouve même pas la douleur de l'écrasement, ni celle de la suffocation qui commence à venir.

Bientôt, le courant de l'eau s'inverse. Et Zagul glisse vers l'océan, inexorablement.

Rapidement, il est emporté vers le large. À présent libéré du trou de sable, son corps remonte vers la surface, sa tête émerge. Un air frais déferle dans ses poumons. Mais Zagul n'est pas en position d'en savourer le plaisir, le courant l'éloigne de la terre ferme. Il voit la dune rétrécir à mesure qu'il s'éloigne. Son dos heurte quelque chose de dur, sans doute un rocher. La douleur est fulgurante, abominable.

Zagul nage très mal, comme tous les *sapiens* de son époque. En temps ordinaire, il ne côtoie l'eau que pour ramasser des coquillages ou des cailloux. Tout juste a-t-il un jour traversé une rivière. Mais les circonstances étaient différentes. Cette rivière se trouvait sur son passage et l'a heureusement séparé d'une bande de singes qui le menaçaient.

Il fait des gestes désordonnés, s'affole. Sa bouche entrouverte cherche l'air.

Il se fatigue vite. Il parvient à peine à maintenir sa lèvre inférieure hors de l'eau.

Un dernier sursaut d'énergie, de volonté, puis l'eau entre dans ses poumons. Zagul lutte encore quelques secondes, mais c'est sans espoir. Ses yeux roulent dans leurs cavités, tant l'affolement et l'hébétude s'unissent pour le priver de ses maigres moyens.

La mort est là, en bas, tout autour, qui l'attend.

Ses jambes bougent de manière chaotique.

L'eau est froide. Les membres de Zagul s'engourdissent. Déjà, il ne sent presque plus rien. Plus il descend, plus la vitesse de sa chute vers l'abîme s'accroît.

Vingt mètres sous la surface, le corps de Zagul ne bouge plus.

Comme il demeure de l'oxygène dans le sang qui irrigue son cerveau, il voit toujours. Et ce qu'il voit est beau. Le disque solaire se déforme dans les ondulations des vagues de surface.

Un courant marin le retourne comme un fétu. La surface lointaine disparaît, remplacée par la masse sombre du fond. Et là encore, un disque l'attend. Mais celui-ci est rougeoyant. De sa surface partent des bulles d'air qui viennent glisser sur le corps inerte de Zagul.

L'eau, qui devenait de plus en plus froide, se réchauffe à présent, à mesure que la drôle de sphère s'approche.

Une dernière image traverse ses cristallins et parvient jusqu'à son cerveau. L'objet qui est tombé du ciel est aussi rond que la lune.

# 23

Irina s'était endormie. La peur, la tension, les émotions, la rude journée qu'elle venait de vivre avaient eu raison d'elle.

Lorsqu'elle se réveilla, rien dans son environnement n'avait bougé. Les Lukingias gisaient toujours sur le sol du désert, entassés pêle-mêle dans des postures impossibles.

Dehors, le vent était tombé. Irina pouvait voir le désert sur une longue distance. Au loin, un cercle de montagnes fermait l'horizon. Rien ne bougeait, pas même un oiseau dans le ciel. On aurait dit une photographie.

La scène ressemblait étrangement à l'endroit où Spencer les avait déposés. Pourtant, quelque chose clochait. Irina se souvenait d'avoir aperçu des bouquets d'arbustes desséchés. Or, il n'y en avait plus.

Un autre détail la heurta tout à coup.

Le ciel prenait un ton violet orangé, pourtant le soleil était encore loin de l'horizon. Elle s'approcha de l'ouverture et regarda sur les côtés. La même teinte se retrouvait partout. Cette altération des couleurs venait peut-être de la membrane d'eau qui la séparait de cet ailleurs inconnu. Peut-être. Irina aurait aimé rencontrer au moins une certitude.

Elle fixa son attention sur les cadavres. Là encore, quelque chose n'allait pas.

*Pas de mouches,* songea-t-elle après quelques instants de réflexion. *Il devrait y avoir des mouches.*

Elle allait devoir s'accommoder de ce genre d'impossibilités pendant quelque temps.

Irina s'assit en tailleur, à quelques centimètres de la membrane, et vida son esprit de toute pensée. Elle avait besoin de rassembler ses maigres ressources avant de se décider à faire quelque chose. D'autant plus qu'elle n'avait aucune idée sur ses possibilités d'action.

Irina demeura longtemps dans cette position. La concentration faisait partie de son apprentissage, et effectuer un acte connu, qu'elle appréciait, réussit à la tranquilliser.

Lorsque la nuit tomba sur le désert, une luminosité engendrée par l'Aratta monta doucement autour d'elle, anéantissant l'obscurité qu'elle redoutait un peu.

Son estomac commençait à lancer des signaux douloureux. Irina les court-circuita d'un simple effort mental. Ce n'était pas le moment de se laisser distraire par son corps.

Quel que soit l'angle sous lequel elle regardait sa situation, Irina n'envisageait que trois possibilités : rester sur place et mourir, traverser la membrane et mourir aussi ou déformer de nouveau sa bulle et voir où ce phénomène l'entraînerait.

Elle se leva et tourna le dos à l'ouverture.

*Je suis une fille de l'eau,* pensa-t-elle pour se donner du courage. *Je suis une Lukingia. Ici, je ne dois rien craindre.*

Elle tendit une main vers la paroi et fit un pas en avant. La matière se déforma dans la direction de son geste. Un deuxième pas prolongea le mouvement. Irina se retourna, elle voulait constater les effets de son geste.

L'ouverture avait pratiquement disparu. Il n'en restait plus qu'un disque d'une vingtaine de centimètres de diamètre, au travers duquel la nuit extérieure ne renvoyait plus qu'une noirceur d'encre.

Elle s'immobilisa. Un pas de plus et elle perdait tout contact avec le désert et les corps de ses compagnons.

*Au point où j'en suis...*

Le troisième pas en avant la coupa de son seul repère. Irina était à présent enfermée, sans savoir où elle se trouvait ni où elle pouvait aller.

Elle commença à marcher, d'abord lentement, puis de plus en plus vite. Puis elle courut, accélérant de temps à autre, changeant de direction subitement. La bulle se déformait en conséquence, précédant son intention d'une infime fraction de seconde.

*L'Aratta est connecté à mon cerveau. L'eau sait ce que je vais faire. C'est inouï...*

Même si sa formation de Lukingia l'avait préparée à rencontrer des événements extraordinaires, Irina ne pouvait s'empêcher de penser qu'elle devait forcément se trouver quelque part. Pour qu'une bulle existe, il fallait bien qu'elle ait un périmètre, et donc qu'elle soit à l'intérieur d'une matière, elle-même située quelque part.

*Donc, je dois pouvoir émerger de cette matière. Le désert en est un exemple. Si je continue, j'y arriverai.*

Irina ralentit sa course pour se contenter de marcher d'un pas rapide. Le mur d'eau qui se déplaçait à un mètre d'elle lui donnait l'impression de rester immobile. Seules les couleurs, qui ondulaient en strates superposées parallèlement à son sens de déplacement, atténuaient ce sentiment.

Elle marcha un long moment sans que rien de nouveau se passe. Bientôt, son excitation retomba, laissant une dangereuse lassitude la gagner.

Elle allait s'arrêter pour se reposer un peu quand quelque chose apparut devant elle. Elle mit un temps assez long pour découvrir de quoi il s'agissait, car la forme se déplaçait aussi. Il s'agissait d'une bulle identique à la sienne. Celle-là aussi irradiait une lumière douce. Au travers de la matière bleutée, elle distinguait deux silhouettes humanoïdes, sans pouvoir en préciser les traits.

Irina cria vers les deux inconnus. Peut-être le son traversait-il la matière. Elle tambourina sur la paroi élastique, mais cela n'eut pour effet que de la faire sauter par petits bonds en avant.

Soudain, la bulle accéléra. Irina essaya de la suivre sans succès. Elle la perdit bientôt de vue et s'arrêta, épuisée. Elle se laissa tomber et craqua, pour la deuxième fois en quelques heures à peine. En tombant sur le sol, ses larmes créaient de curieux cercles concentriques irisés.

# 24

Tout au long du passage de ses compagnons vers l'Aratta, Ilis garda la conscience de chacun. Elle se rendit compte de ce qui était en train de se passer sans pouvoir rien faire. Elle aussi devait aboutir. Et son transfert personnel était plus important que la somme de tous les autres. Il ne fallait pas qu'elle échoue.

À ses côtés, Milos était le seul à garder ses pensées tendues vers elle. Inconsciemment. Mis K.-O. par Spencer une vingtaine de minutes plus tôt, Milos rêvait d'elle. Ses obsessions sexuelles allaient peut-être le sauver.

Pour les autres, Ilis ne pouvait rien. Elle savait qu'ils devraient se débrouiller, seuls ou par petits groupes, dans un environnement souvent hostile auquel ils n'étaient pas préparés. Ilis ne pouvait plus qu'espérer leur réussite. Au pire, la mort les attendait au sortir de l'Aratta, mais Ilis était bien placée pour connaître la véritable valeur de ce regrettable dénouement.

Lorsque chaque molécule de son corps eut réintégré sa place, Ilis constata qu'à l'exception de Milos, ses autres compagnons avaient disparu. Ce qu'elle avait craint venait de se réaliser. Leur transfert dans l'Aratta s'était bien passé, mais ils étaient partis pour des destinations différentes de la sienne.

Milos manifesta les premiers signes de retour à la conscience. Il grogna, ouvrit un œil et vociféra une menace contre son agresseur.

Son bras se tendit d'un coup, projetant sa main fermée vers le visage d'Ilis, qui eut à peine le temps de l'éviter. Cela eut pour effet de la déconcentrer. La bulle dans laquelle ils se trouvaient fut projetée dans une direction qu'Ilis n'avait pas prévue. Elle s'immobilisa presque immédiatement et une ouverture en diaphragme apparut devant eux.

Ilis manqua s'énerver contre Milos. Puis elle s'apaisa. Au final, peu importait la destination. Seule sa présence dans l'Aratta comptait. Elle avait tant de lacunes à combler, tant de choses à redécouvrir, avant de pouvoir se servir de la sphère comme elle avait su le faire. Mais patience ! Son corps gravide se remplissait peu à peu d'eau. Le savoir, la connaissance, les souvenirs referaient surface en même temps.

Devant elle, la sphère semblait avoir rapetissé. En revanche, les lignes qui parcouraient sa surface en tous sens brillaient d'une lumière plus crue qu'auparavant.

Milos récupérait peu à peu ses esprits.

— C'est où ici ? demanda-t-il après s'être massé le crâne un long moment. C'est quoi ?

— L'Aratta, Milos ! C'est l'Aratta.

Milos ne sembla pas s'intéresser à la bulle plus que cela. Il jeta un coup d'œil vers l'ouverture puis retourna son attention vers son crâne endolori, qu'il massa derechef.

— Putain, mais qui m'a fait ça ?

— Un juste que tu ne reverras sans doute pas pour lui demander des comptes.

— Ça me ferait mal ! Qu'est-ce…

— Plus tard, Milos ! ordonna Ilis au jeune homme. Tu auras toutes les explications du monde, mais plus tard !

Milos ravala la phrase qui s'était déjà formée dans son esprit. Il savait de quoi Ilis était capable et ne tenait pas à la mettre en colère.

— Prépare-toi. Nous allons sortir.

Milos se leva. Il tituba quelques instants avant de recouvrer tous ses moyens, puis attendit à côté d'Ilis.

La jeune femme ramassa la sphère et fit un pas en avant, prête à franchir le sas.

— Tu vas faire quoi avec ta quincaillerie ? l'interrogea Milos.

Ilis eut un moment d'incompréhension, puis elle soupira longuement.

— Heureusement que ça ne tue pas !

— Quoi ?

— La bêtise !

Dans son dos, Milos grommela un commentaire.

— Milos ?

— Quoi encore ?

— Arrête de fixer mes reins, ça devient pénible à la fin.

Sur quoi, elle franchit l'infime barrière d'eau qui la séparait de l'extérieur.

Resté seul dans la bulle bleutée, Milos prit le temps de réfléchir. Il étudia le lieu du regard, puis du bout des doigts. Il lui était impossible d'établir un lien entre l'ancienne plate-forme pétrolière où il était retenu prisonnier et cet endroit étrange. La matière qui le composait semblait vivante. Tiède au toucher, élastique, en quelque sorte autoéclairée, ça ne ressemblait à rien de connu. Rien de précis.

Au-delà des parois, Milos devinait des mouvements ondulants qui le faisaient penser à des vues de cellules vivantes placées sous microscope électronique.

Des mouvements de fluides dans un autre fluide.

Il réalisa soudain qu'il se trouvait à l'intérieur de cette chose liquide.

*J'crois pas que j'aime trop,* pensa-t-il. *Je suis sûr que ça colle.*

Au moment de franchir le sas, il se rendit compte de la

présence du film liquide qui le fermait encore. Il y colla son nez, essaya de le respirer, sans succès. La matière n'avait aucune odeur.

— C'est de l'eau ! conclut-il. Il n'y a que la flotte qui ne sente rien comme ça.

Alors, l'esprit tranquillisé par cette déduction, il traversa le sas sans plus y réfléchir.

Il trouva à l'extérieur une température agréable. L'air sentait bon, un mélange de parfums de fleurs et d'herbe mouillée. L'endroit où il venait de poser le pied en était couvert. Des fleurs et des herbes hautes à perte de vue. Le bruissement des élytres de milliers de criquets sortait de l'épais tapis végétal.

De part et d'autre de cette prairie, le terrain s'élevait doucement, en petites collines de tailles équivalentes, elles aussi entièrement couvertes d'herbe.

Ilis s'était éloignée d'une centaine de mètres de lui.

Milos se retourna, curieux de voir à quoi ressemblait cette bulle vue de l'extérieur, et fut surpris de ne pas la trouver. Il n'y avait à la place qu'une résurgence de nappe phréatique, que Milos prit pour une simple mare.

Il ne chercha pas l'explication de cette disparition et partit à grands pas rejoindre Ilis.

La jeune femme paraissait contrariée. Elle gardait les yeux clos et la peau de son front se plissait sous l'effort de sa concentration.

— Je ressens la présence de beaucoup de gens, lui raconta-t-elle. C'est curieux. Je lis des esprits flous. C'est difficile…

— Il n'y a pourtant pas grand monde dans les parages.

— Je sais, Milos. Je n'y peux rien. Il y a un bruit psychique important, qu'on le veuille ou non.

— Moi, j'entends surtout des insectes.

— Chut…

Elle posa un doigt sur les lèvres de Milos.

— Je décèle autre chose. C'est étonnant, je vois notre monde.

— Comment ça ?

— Les pensées sont des images, Milos. Je reçois des images de notre monde.

*Elle délire,* songea Milos, aussitôt conscient qu'Ilis venait sans doute de lire sa pensée aussi.

— Non, Milos. C'est la dernière chose qui pourrait m'arriver. Il y a, quelque part autour de nous, des gens de notre monde. Je sens de la souffrance. Je ne comprends pas bien…

Milos ravala un sarcasme.

Ilis semblait mal en point. Elle se prit la tête à deux mains et chancela. Milos l'aida à rester debout.

— Tu n'as pas pu t'empêcher de penser à ça ! hurla-t-elle en se redressant.

— Mais quoi ?

Ilis ne prit pas la peine de lui répondre et préféra le laisser se rendre compte par lui-même.

Milos attendit, les sens soudain en alerte. Le crissement des criquets venait de s'arrêter net.

— Mets-toi à genoux, ordonna Ilis. Personne ne nous a encore vus, je crois.

Milos exécuta l'ordre sans rechigner. Il avait senti une véritable urgence dans ses mots.

Les herbes hautes les cachaient presque entièrement. Il ne restait plus d'eux que deux têtes à moitié émergées.

Seule la caresse du vent sur les herbes hautes bruissait encore.

Milos regarda autour de lui. Non, vraiment, il n'y avait personne, à moins que…

Sur sa droite, tout en haut de la colline, il devina un mouvement, qu'il n'identifia pas tout de suite. Puis, lorsqu'il découvrit de quoi il s'agissait, il ne voulut pas y croire. Une tribune. Voilà ce qui était en train d'avancer au sommet de la colline, une tribune. Ça n'avait aucun sens.

Milos se retourna. De l'autre côté, sur la colline de gauche, une autre tribune venait prendre position également.

S'il n'avait tout d'abord pas reconnu l'objet, c'est parce que ces gradins reproduisaient la même couleur que l'herbe, exactement.

Dès qu'elles furent en place, Milos put voir de petites silhouettes monter sur les tribunes et s'y installer.

— Je crois comprendre, déclara Ilis. C'est par ta pensée que nous sommes arrivés ici.

— Ben, t'es bien la seule. Tu as vu ce qu'il y a là-haut ?

En un temps très court, les deux tribunes furent remplies.

Un son de corne de brume s'éleva de la prairie. Il y eut un concert d'applaudissements dans les tribunes, puis le silence revint. Un silence plus épais encore qu'auparavant.

C'est juste après que Milos put comprendre de quoi Ilis voulait parler.

Il y eut tout d'abord un bruit de martèlement, très étouffé, difficile à identifier. Puis le bruit se rapprocha. Il devint plus net à mesure qu'il grandissait. Milos put y distinguer d'autres sons, métalliques ceux-là, comme si quelqu'un frappait une tôle, un couvercle de poubelle ou quelque chose de ce genre. Puis l'origine du son apparut.

Et Milos dut se rendre compte qu'il ne s'agissait pas de tôle, encore moins d'un couvercle.

Venant sur les deux versants de collines parallèles aux tribunes, des centaines de personnes convergeaient vers leur position. Ils étaient tous nus et avaient le corps entièrement peint. En vert pour la troupe de droite et rouge pour celle de gauche.

Sur un ordre bref hurlé, les hommes et les femmes se rangèrent en ligne. Cela prit un bon moment, tant ils étaient nombreux. Lorsque cela fut fait, les deux lignes face à face étaient épaisses de dizaines de rangs.

Le son de tôles frappée recommença. Milos et Ilis découvrirent qu'il s'agissait en réalité de boucliers rudimentaires, sur lesquels ce qu'il fallait bien appeler des soldats tambourinaient du fer de leurs lances ou de leurs épées.

Boum, boum, boum…

Indistinctement, ces hommes et ces femmes se galvanisaient les uns les autres.

— C'est quoi, ce merdier ? chuchota Milos.

— Tu devrais pourtant le savoir, Milos Strinker, lui répondit Ilis. C'est toi qui nous as fait arriver ici. Toi qui portes une adoration pour tous les actes guerriers.

Milos lui jeta un regard interrogateur.

— J'ai rien fait, moi !

Il y eut un nouvel ordre hurlé. D'un coup, le martèlement s'arrêta. Quelque part dans cette foule, une femme pleurait. Peut-être plusieurs.

Puis, du haut de la colline, quelqu'un tira un coup de feu assourdissant. C'était le signe du départ.

Les deux troupes chargèrent en même temps. L'espace qui les séparait ne dépassait pas trois cents mètres. Elles se rejoindraient bientôt.

— Vite ! cria Ilis en attrapant Milos par le bras. Il faut retourner vers l'eau !

Elle bondit en avant, les bras enroulés autour de la sphère, qu'elle protégeait de son corps, comme on porte un enfant.

Milos demeura un instant caché dans les herbes. Il avait envie de voir le résultat de la charge. Les lances et les épées brandies promettaient un beau carnage. Mais il prit conscience qu'il devait se trouver au point de contact. Il courut à toute vitesse rejoindre la jeune femme, qu'il trouva recroquevillée sur la sphère.

Il n'eut pas le temps de lui demander ce qu'elle faisait ainsi prostrée. L'humidité environnante venait de remonter à un taux proche de celui de l'eau. L'Aratta s'ouvrit devant eux, puis les engloba.

— C'est génial ton truc, s'émerveilla Milos. C'est quoi ?

— Laisse tomber, tu veux ! s'énerva Ilis. Tu en as assez fait comme ça.

Milos allait répondre quelque chose sur l'injustice de la jeune femme, quand une clameur monta dans son dos. Il se tourna vers l'ouverture encore béante de l'Aratta. Par le sas qui commençait à se refermer, il pouvait voir les premiers rangs s'étriper à grands cris. Femmes contre femmes, hommes contre hommes, hommes contre femmes. Il ne semblait y avoir ni règle ni bienséance dans ce carnage organisé.

Le diaphragme se referma, au désarroi de Milos, pour qui la contemplation de ce genre d'horreurs atteignait dans son esprit perverti la hauteur sublime de la délectation.

## 25

La voix d'Ilis résonnait encore dans le crâne de Franklin.

*Ne pensez qu'à moi. Je serai votre guide.*

Puis elle fut coupée net. Franklin sentit plus qu'il ne vit une nouvelle métamorphose de leur univers et il n'entendit plus rien. Toute sa force de concentration venait d'être happée par l'Aratta. Au mieux parvenait-il à sentir encore la main de Tara qui serrait la sienne chaque seconde davantage. Mais ce contact s'amoindrissait lui aussi.

Bientôt, Franklin perdit toute sensation extérieure. Ses yeux ne lui renvoyèrent plus qu'un brouillard de particules en mouvement. Et d'ailleurs, il n'aurait pu affirmer qu'il s'agissait là d'images véhiculées par ses nerfs optiques. Il se sentit écartelé, malaxé, fouillé par une force indépendante de sa volonté. Une puissance, apparemment neutre, qui l'expédiait quelque part. C'est en tout cas en ces termes qu'il se le figura. L'Aratta, ça devait bien être quelque chose. Il s'y rendait et c'est tout ce qu'il voulait savoir.

Lorsque le calme revint, Franklin ouvrit les yeux. Il s'étonna un instant de les avoir fermés. Il ne s'en souvenait pas.

Il regarda autour de lui et découvrit une bulle bleutée de trois mètres sur deux. La matière de la bulle ressemblait au lieu qu'il venait de quitter. À ses côtés, Tara n'avait pas bougé d'un centimètre. Sa main était toujours plaquée contre la sienne. Leurs doigts entremêlés étaient à ce point serrés que les jointures des phalanges blanchissaient, faute de sang.

Un bref coup d'œil alentour lui apprit qu'ils étaient seuls. Les autres avaient disparu. Franklin ne s'en inquiéta pas. Les années passées sous l'identité de Nemo avaient en partie blasé sa capacité naturelle à s'alarmer. Les événements allaient s'enchaîner. Il ne servait à rien de s'en faire avant que les choses arrivent.

Il observa un instant le profil de Tara. Elle avait changé. Vingt ans, ça marque les chairs d'une femme. Quoi qu'elle ait pu faire pour lutter contre l'insidieux agissement du temps. Les tissus s'affaissent, d'abord imperceptiblement, puis la peau devient indubitablement moins élastique. Les cheveux perdent de leur éclat, puis de leur couleur. Tara n'avait pas échappé à cette grande loi. Pourtant, le regard de Franklin n'avait pas changé. Comment aurait-il pu ?

Pendant toutes ces années, il avait au quotidien dû réprimer l'envie de lui téléphoner, de retourner la voir. Mais la décision qu'il avait prise sur la tombe de Bout de chou lui avait interdit tout contact avec ses amis. Et à présent qu'ils s'étaient retrouvés, il n'était pas question de discuter. Le moment, le lieu, les événements ne s'y prêtaient pas. Plus tard sans doute, si un après existait là où ils se rendaient.

— Où sont les autres ? demanda Tara à voix haute. On devrait tous être ensemble, non ?

— On peut dire que tu as de la conversation, toi !

Remise de sa surprise, Tara venait d'analyser la réponse de Franklin.

— Qu'est-ce que tu racontes ? Quelle conversation ?

— Laisse tomber, lâcha Franklin. On est tous les deux. Je ne sais pas où sont les autres.

Tara regarda Franklin un long moment sans dire un mot. Dans ses yeux, on pouvait lire une interrogation muette sur la santé mentale de son compagnon. La question ne franchit pas la barrière de l'oralité. Elle se leva et se mit à inspecter la bulle.

*Il me faudrait une bonne année, seul avec elle, pour lui faire comprendre que ce qui a changé n'est pas l'essentiel,* pensa Franklin.

Mais au lieu de le lui dire, il lâcha tout autre chose :

— Ça m'étonnerait pas qu'on trouve rien à manger avant longtemps. On devrait…

Tara lui lança un regard à ce point mordant qu'il n'acheva pas sa phrase et considéra même le sol devant lui pendant quelques instants.

*C'est vrai que je dois passer pour un débile. Mais je sais même pas quoi lui dire… Allez, ressaisis-toi, mon vieux Franklin.*

— Où sommes-nous ? articula Tara lentement, plus pour elle-même que pour son compagnon de voyage. Et sommes-nous quelque part…

— Bout de chou nous l'a dit il y a vingt piges. Nous sommes dans l'Aratta.

— Lui donner un nom ne m'avance pas beaucoup, grommela Tara sans même se retourner. Ce que je voudrais, c'est comprendre…

Elle se tenait le nez collé contre la membrane de la bulle. À travers la matière translucide, Tara devinait des mouvements, ou plutôt des ombres, qui dessinaient de curieux entrelacs dans la luminosité ambiante.

*De l'eau,* pensa-t-elle. *Ça ne peut pas être autre chose que de l'eau. Je suis enfermée dans une bulle d'air dont les parois sont faites d'eau…*

Elle appuya de toutes ses forces sur la matière. La paume de sa main s'y enfonça légèrement, puis une force inverse la renvoya.

*Mais où se trouve cette eau ?*

Tara décida qu'elle n'en apprendrait pas plus de cette façon. Elle retourna s'asseoir en face de Franklin.

— Pourquoi n'as-tu jamais donné signe de vie ? lui demanda-t-elle sans sommation.

Franklin tressaillit.

— Je… Je répondrai à cette question plus tard. Le moment est mal choisi.

— Au contraire, poursuivit Tara. On ne peut pas rêver d'un meilleur moment pour reprendre une discussion interrompue voilà vingt ans. Que veux-tu faire de mieux, ici ?

— Peut-être trouver le moyen d'en sortir.

— Eh bien, je ne t'en empêche pas.

— Soyons sérieux, Tara. On va pas se faire une scène de vieux adolescents.

— C'est toi qui parles d'une scène. Pas moi. J'aimerais simplement savoir en quoi tes débordements écologistes t'ont empêché de donner de tes nouvelles.

Franklin soupira.

— Tu m'imagines en train de faire le pitre dans la journée et rentrer à la maison le soir pour dîner ?

— Ça aurait pu être amusant. Et note au passage que je ne t'avais pas proposé de vivre avec moi.

Tara sourit. Avec son crâne rasé et des morceaux de tatouages qui dépassaient de ses vêtements, Franklin ressemblait plus à un camionneur qu'à l'ethnologue qu'elle avait connu et aimé. Pourtant, ces apparences trompeuses ne la bernaient pas. Franklin avait beau avoir dépassé la cinquantaine, avoir bourlingué sur tous les continents et océans du monde, ça ne l'empêchait pas d'avoir une tête d'écolier sermonné à ce moment précis.

— Disons que Nemo a été obligé de tuer Franklin, marmonna-t-il, la voix plus grave, empreinte des accents de la sincérité.

— Je ne vois pas…

Tara hurla de surprise. Ses yeux fixaient un point au-dessus de la tête de Franklin. Quelque chose approchait d'eux. Vite, très vite. Une forme oblongue vaguement lumineuse. Franklin eut à peine le temps de regarder dans la direction. Il devina les contours d'une silhouette, peut-être une femme, puis la forme s'éloigna et disparut au loin.

— C'était quoi, à ton avis ? ne put-il s'empêcher de demander. J'ai bien l'impression qu'on n'est pas les seuls à tourner en rond dans cette… chose.

Tara se releva pour essayer de deviner où la forme avait pu s'en aller.

— Je n'en sais pas plus que toi. C'est toi le spécialiste en trucs bizarres.

— Là, j'avoue que ça dépasse mes compétences. On ne sait même pas dans quoi on est. Alors, de là à savoir ce qui y circule…

— Si nous sommes arrivés jusqu'ici, c'est que nous pouvons en repartir, hasarda Tara, les mains à la recherche d'une imperfection sur la paroi.

— Si c'est une poignée que tu cherches, tu n'en auras pas besoin. Regarde !

Tara se retourna et découvrit ce dont lui parlait Franklin. Une ouverture était en train de se créer à l'extrémité de la bulle. Ça ressemblait à un diaphragme d'appareil photo, sans partie métallique ni mécanisme apparent. Seulement cette matière si proche de l'eau sans pour autant en être vraiment. L'ouverture mesura bientôt près de trois mètres de hauteur et cessa de croître. Un mince film liquide la fermait encore.

À travers cette sorte de sas, ils purent distinguer des formes végétales. La scène était très assombrie, comme masquée par une ombre portée.

Franklin s'approcha de l'issue.

— Tu voulais de l'action ? La voici qui se présente toute seule.

— Tu es sûr de vouloir sortir ?

— Tu as peut-être mieux à proposer ?

— Non, mais rien ne nous dit ce qui nous attend dehors.

— Écoute, Tara. Bout de chou ne nous aurait pas volontairement envoyés vers la mort. Tu ne crois pas ?

— D'accord. Mais les choses lui ont peut-être échappé à elle aussi.

— Alors, c'est ce que nous allons vérifier tout de suite. Reste à l'intérieur et attends ! De toute façon, j'ai envie de savoir.

Tara n'eut pas le temps de retenir Franklin. Il fit un pas en avant et traversa le film d'eau. Il s'éloigna encore d'un pas dehors et se retourna.

— Tu m'entends ?

Tara acquiesça d'un signe de tête.

— Tu comptes rester là-dedans longtemps ?

Tara se sentit tout à coup stupide. Elle franchit le sas et rejoignit Franklin.

— Voilà, c'est parti !

Dans son dos, la lumière bleutée disparut aussitôt. La bulle s'était volatilisée.

La sensation d'ombre portée qu'ils avaient eue à l'intérieur s'expliquait simplement. La bulle émergeait au fond d'une caverne naturelle où coulait une source limpide. La lumière du jour pénétrait à une dizaine de mètres de là, en partie masquée par des plantes retombantes.

Tara avança la première jusqu'au seuil de la grotte.

— Ça sent quoi ? s'interrogea-t-elle.

— La ménagerie, ma chère. Quelque chose de gros. Dans le genre ours, ça ne m'étonnerait pas.

— Pas très rassurant.

— C'est ça l'aventure, Tara. Ilis et son Aratta viennent du fond des âges. Va falloir s'attendre à faire des rencontres spéciales, voire bizarres.

— Tu es devenu con ou tu le fais exprès ?

— Gardons-en pour la suite. Si tu réponds maintenant à ce genre de questions, tu vas te lasser très vite. Il faut garder jalousement sa part de mystère. Viens, sortons d'ici. Les ours, c'est pas herbivore.

Il émergea de la cavité rocheuse le premier. Un sentier partait de l'entrée pour descendre sur une pente caillouteuse. Sur une cinquantaine de mètres, il n'y avait que de la rocaille, sèche, sans un brin de verdure. Puis une forêt de résineux élevait une muraille végétale où le regard se perdait.

Franklin voulut laisser Tara pour partir en reconnaissance, mais elle refusa.

— On est dans la même barque, mon vieux, précisa-t-elle alors qu'il insistait. Et puis, tu viens de me dire qu'il y avait un ours dans le coin et tu voudrais que je t'attende là ? Je crois que t'es vraiment devenu con, Franklin !

— Tu as terminé ?

— Je vais y réfléchir.

— Alors, réfléchis en marchant. Et en silence.

— On va où ?

— Tara ! On est arrivés quelque part. Maintenant, il nous reste à savoir où. Alors, le mieux, c'est encore de mettre un pied devant l'autre jusqu'à ce qu'on rencontre quelqu'un, ou un panneau indicateur, ou la statue de la Liberté couchée sur une plage. OK ?

— Ma foi, ça me semble justement pensé.

Franklin s'éloigna vers la lisière et disparut dans l'ombre des arbres sans plus s'occuper de Tara. Quelques secondes plus tard, elle lui emboîtait le pas.

Ils marchèrent pendant une vingtaine de minutes sans rencontrer âme qui vive. Le terrain descendait en pente douce. Le sol, recouvert d'aiguilles, se foulait sans entraves. Si bien qu'ils laissèrent la grotte à plusieurs kilomètres derrière eux avant de s'arrêter.

La forêt était composée d'une essence très proche en apparence des cèdres du Liban.

— Mais je suis certain que ça n'en est pas, avait aussitôt affirmé Franklin.

— Pourquoi ça ?

— Parce que les cèdres du Liban ont disparu depuis

belle lurette. Il n'y en a plus que dans des arboretums de luxe.

— Qu'est-ce que tu racontes ? C'est l'emblème du Liban, non ?

— Eh bien, le Liban a choisi un mauvais emblème. Le pourtour méditerranéen est devenu un désert. Il n'y a plus de cèdres du Liban. Crois-moi sur parole, c'est Nemo qui le dit.

Tara avait levé les yeux vers le ciel et était repartie en tête.

Une heure plus tard, ils faisaient à nouveau halte près d'un ruisseau.

— Il faut faire un point, déclara Tara. Marcher en aveugle, ça ne rime pas à grand-chose.

— On sait au moins qu'en rencontrant un ruisseau, on va dans le bon sens. Ruisseau, rivière, fleuve, en général, il y a des villes posées dessus. Et des mers au bout.

— Je n'en doute pas, concéda Tara. Mais ça peut prendre des jours. Imagine qu'on soit ressortis au cœur du Canada, par exemple ?

— Y a pas beaucoup de cèdres du Liban au Canada. Ça permet d'éliminer au moins ce pays.

— Je prenais cet exemple au hasard. Et puis, tu disais toi-même qu'il n'y en a plus, alors tout est permis, non ? Puisque ce ne sont pas des cèdres du Liban, alors c'est une essence de résineux qu'il est possible de rencontrer dans tout l'hémisphère Nord.

— De quelle planète parles-tu ?

— Franklin ! Ce n'est pas le moment de plaisanter. Notre situation est critique. On ne sait pas où on est. On n'a rien à manger et il traîne des ours. Alors, trouvons une solution.

— Mais je ne plaisante pas du tout. Qui te dit que nous sommes sortis de l'Aratta sur Terre ?

— Parce que…

Tara n'acheva pas sa phrase. L'idée ne lui était pas encore venue.

— C'est inenvisageable, asséna-t-elle sans argumenter plus avant.

— Qu'est-ce qui est inenvisageable ? Que nous ne soyons plus sur Terre, ou que tu n'y aies pas pensé ?

Tara réprima une montée d'adrénaline.

— Ilis nous a demandé de concentrer nos pensées sur elle, reprit-elle calmement. Je ne sais pas où ça devait nous mener, mais j'ai bien l'impression que ça n'a pas marché.

— Tu t'attendais à quoi ?

— Je ne sais pas, mais elle devrait être avec nous. Enfin, je pense.

— C'est là que ça n'a pas marché. On est bien partis dans l'Aratta. On est bien ressortis de l'Aratta, mais on s'est perdus en route. Voilà ce que je crois.

Tara réfléchit un instant, puis elle précisa :

— À moins que l'Aratta, ça ne soit ici.

— Effectivement, c'est une autre éventualité. Quoi qu'il en soit, on est tout seuls et il va falloir se sortir de là de la même façon. Donc, suis-moi !

— Dis-moi d'abord où.

Mais Franklin ne répondit pas. Il s'éloignait déjà d'un bon pas dans le sens de la pente.

Tara le rejoignit.

— Ça ne te réussit pas trop de vieillir.

— Tu parles de mes oreilles, ou de tes jambes défaillantes ?

— L'homme que j'ai connu autrefois était plus raffiné…

— Tu veux dire galant ? la coupa Franklin.

— J'aurais dû employer ce terme, en effet.

— Eh bien, figure-toi que je conchie tout ce genre de sophistications de civilisation sur le déclin.

Tara lui jeta un regard interloqué, puis elle changea de sujet :

— Où comptes-tu aller ?

— Il nous faut une clairière.

— Bien, acquiesça Tara. Et une fois que nous l'aurons trouvée, nous en ferons quoi ?

— Un bivouac.

Ils marchèrent près de deux heures avant de trouver un endroit propice à une halte prolongée. En chemin, ils purent observer une grande profusion de gibier autour d'eux. Les plus gros animaux, des cervidés, ne semblèrent pas effrayés par la présence d'humains.

Le ruisseau qu'ils suivaient se jeta dans un cours d'eau plus important. Puis la forêt se clairsema pour laisser place à une végétation de type savane.

C'est là, à la lisière de la forêt, que Franklin jeta son dévolu sur un monticule de rochers qui offrait un asile.

Il n'en avertit pas Tara et commença à ramasser du bois mort.

— Qu'est-ce que tu fais ?

— Ça ne se voit pas ? Je prépare un abri et de quoi faire du feu.

— Ne me dis pas que tu comptes rester ici !

— Et alors ? Tu as vu quelqu'un, toi ? Moi pas. Et dans ces conditions, il vaut mieux se préparer à passer la nuit ici plutôt que de se les geler dans deux heures, cinq kilomètres plus loin ! C'est d'une logique implacable. Et plutôt que de rester les bras ballants, tu ferais mieux de m'aider !

Franklin repartit ramasser des branchages en maugréant. Il revint deux minutes plus tard. Tara n'avait pas bougé. Elle regardait le tas de bois d'un air absent.

— Qu'est-ce qu'il y a, Tara ?

— Rien. Comment tu vas l'allumer, ton feu ?

— Avec ça, dit-il en exhibant ses mains devant les yeux de Tara.

— C'est un nouveau trait d'humour ?

— Je constate que tu n'as pas trop suivi les pérégrinations de mon vieux pote Nemo.

— Je suis chargée d'un journal, moi. Enfin j'étais. Alors je n'avais pas vraiment le temps.

— Tu aurais dû, Tara. Il y a des dizaines de milliers de gens très bien qui le faisaient. Plus nombreux, on aurait pu changer les choses.

— Parce que tu veux changer le monde, toi ?

— C'est moche de s'aigrir, déclara Franklin d'un air entendu.

— Coup bas pour coup bas, je te préférais plus chevelu.

— Ça repousse.

— C'est donc sans mérite. Et pour ce feu ? Tu vas faire comment ?

— J'ai passé un bon moment dans un zoo, il y a quelque temps. En cage.

— Je sais. Ça, j'en ai entendu parler.

— Comme quoi, tout n'est pas perdu pour toi.

Tara allait répondre, mais Franklin l'en empêcha.

— Figure-toi que t'as largement le temps de te les briser dans une cage. Alors, j'ai appris à faire du feu. À l'ancienne. Avec deux bâtons et un bout de planche. Tu vas voir. C'est d'une simplicité de primate, une fois que tu as compris le coup.

— Il fait encore grand jour. Tu ne penses pas qu'il serait plus important de trouver quelque chose à manger ?

— On ne mange pas quand on est mort. Donc, il faut faire du feu !

— Je ne te suis pas très bien, lâcha Tara, déstabilisée par l'attitude de Franklin.

— On verra ça plus tard. Si tu veux ramasser du bois, ne t'éloigne pas.

— Mais tu vas bientôt finir de jouer au chef scout ?

Au même instant, un rugissement lointain résonna dans l'air encore tiède. Le cri était rauque, long et puissant. Quel que soit l'animal capable d'émettre pareil son, il ne pouvait pas être de petite taille. Tara ne demanda plus rien à Franklin et le laissa préparer les différents éléments dont il avait besoin. Elle partit chercher du combustible, dans un rayon de cent mètres autour du monticule de rochers, faisant attention de toujours rester à la vue de Franklin.

Tara n'était pas peureuse, au contraire. Au cours de son existence professionnelle, elle avait dû faire appel à beaucoup de sang-froid. Bien des fois. Mais c'était une citadine, pure et dure, new-yorkaise. Affronter des animaux sauvages ne faisait pas partie de son vécu. Ce rugissement était terrifiant. Peut-être même qu'une réminiscence venue du fond des âges, génétiquement conservée dans ses neurones, allumait tous les signaux d'alarme. Celle qui annonce la mort en approche et déclenche des réflexes élémentaires de sauvegarde.

Tara oublia tout ce qu'elle venait de vivre, l'Aratta, les retrouvailles en passe d'être ratées avec Franklin, l'isolement dans un endroit inconnu. Elle commença à dégager la végétation entre deux rochers imposants couverts par un troisième, long et plat, qui leur servirait de toit.

Ils allaient y passer la nuit, peut-être plusieurs. Le confort relatif qu'elle pourrait apporter aurait une action directe sur leur moral. Ça, elle le savait sans avoir eu besoin de prendre des cours de survie en milieu hostile.

Elle retira méthodiquement toutes les pierres pointues du sol et confectionna un tapis d'herbe. Puis elle rangea le bois mort par taille.

Ce travail lui prit moins d'un quart d'heure. De temps à autre, le rugissement s'était fait entendre, et d'autres y avaient répondu.

Pendant ce temps, Franklin avait frotté bois contre bois.

Son visage était devenu rouge sous l'effort. Les veines de son crâne s'étaient gonflées, des gouttes de sueur avaient vite commencé à perler. Il avait ragé, blasphémé, juré tout ce qu'il savait, jusqu'à ce que le bois plat qu'il frottait avec une tige pointue commence à fumer, puis à rougir. Il s'était alors empressé d'y poser la boule d'herbes sèches qu'il avait préparée, puis les brindilles, puis les petites branches, les plus légères possible, puis de plus en plus lourdes. Si bien qu'un feu jaillit bientôt de la matière, inerte un instant plus tôt.

Le feu. La promesse de sécurité. L'odeur qui caractérise l'humain. Tara resta dans le sillage de fumée un bon moment, pour se remplir de cette petite victoire sur les événements.

— Je vais essayer de trouver quelque chose à manger, annonça Franklin en se relevant.

— Tu vas me demander de rester ici pour alimenter le feu, je me trompe ?

— Quelque chose dans ce goût-là. Je n'en ai pas pour longtemps. Avec le climat qui règne ici, c'est bien le diable si je ne trouve pas des fruits.

— Ne me fais pas le coup de ne pas revenir.

— Allons, tu ne vas pas me reprocher d'être parti il y a vingt ans…

— Je ne pensais pas à ça. Plutôt à ce qui se cache derrière les cris qu'on a entendus tout à l'heure.

— De ce côté-là, ne t'inquiète pas. Je ne suis pas comestible.

Tara pensa « Fanfaron ! », mais s'abstint de l'exprimer.

Franklin lui tourna le dos et se dirigea vers un bouquet d'arbres, situé à deux cents mètres du monticule de rochers.

Elle le regarda s'éloigner quelques instants, puis reporta son attention sur les flammes, qui s'élevaient à présent haut dans le ciel.

Franklin revint une demi-heure plus tard, les bras chargés de fruits qui ressemblaient à des prunes.

— Mon dernier repas commence à dater, dit-il en déposant sa récolte aux pieds de Tara. Alors, j'ai pris une petite avance. Remarque, ça servira de test. Si c'était pas comestible, je devrais commencer à en ressentir les effets, non ?

— Alors, puisque l'intention était noble, je ne t'en tiendrai pas rigueur, répondit Tara en souriant.

C'était la première fois qu'ils plaisantaient vraiment depuis qu'ils s'étaient retrouvés dans l'hélicoptère.

Tara goûta les fruits. Ils étaient charnus, parfumés et gorgés d'un liquide sucré.

— Je ne sais pas si ce sont des prunes, mais ça en a le goût, précisa-t-elle lorsqu'elle se fut rassasiée.

— Ça va mieux ?

— Tu ne vas pas me mettre ta mauvaise humeur sur le dos, non ?

— Non, rassure-toi. J'ai réfléchi en cherchant les fruits. Et il y a quelque chose qui me chagrine.

— Je t'écoute.

— C'est au sujet de ce qu'on se disait tout à l'heure. Plus de cèdres du Liban. Eh bien, les arbres là-bas, c'en est. J'étais en colère, je ne voulais pas l'admettre. Mais si ça, ce ne sont pas des cèdres du Liban, alors, je veux bien me taper une bolée d'OGM.

— Et ? Parce que tu sais, je suis ravie d'apprendre qu'il reste finalement des cèdres du Liban, mais ça ne change pas grand-chose à notre situation.

— Oh que si, ma chère ! Beaucoup plus que tu ne le crois.

— En quoi, s'il te plaît ? C'est toi le spécialiste en écologie.

— Eh bien, les cèdres du Liban couvraient tout le pourtour méditerranéen il y a environ deux mille ans. Et puis, les Romains ont commencé à les arracher pour les remplacer par des essences plus en rapport avec leur manière de penser. Ils avaient besoin de bois bien droit pour leurs rafiots et leurs jolies cités. Mine de rien, c'est un des premiers saccages écologiques connus. En quelques générations, le sol déjà très pauvre de ce coin du monde n'a plus été capable de nourrir que le maquis qui y pousse encore. Quand ce n'est pas devenu désertique. Les forêts de cèdres du Liban comme celle que nous avons traversée, il y a belle lurette qu'elles n'existent plus. Tu vois pourquoi ça me pose un problème ?

— Je ne m'attendais pas vraiment à un cours magistral.

— Ce n'est rien en comparaison de ce que je pourrais te raconter, si le lieu s'y prêtait.

— Tu en conclus quoi ?

— Je ne sais pas mais ça me tracasse. Je n'ai pas vu un seul avion dans le ciel. Tu en as vu, toi ?

Tara secoua la tête.

— Je me suis fait la même réflexion en t'attendant.

— Cette situation me fait penser à Malhorne. J'ai l'impression que nous sommes repartis en arrière.

— Comment en être sûrs ?

— La nuit va nous apporter la réponse.

Ils mangèrent les fruits jusqu'au dernier, puis ils allèrent ensemble se rafraîchir dans le lit de la rivière toute proche.

Lorsqu'ils revinrent auprès du feu, ils s'allongèrent côte à côte sur le tapis d'herbe préparé par Tara. Déjà, la luminosité baissait. Les premières étoiles commençaient à briller sur le fond de l'azur, qui s'assombrissait.

— Excuse-moi, Tara, dit Franklin sur le ton de la confidence. Je me comporte comme une brute épaisse depuis que je t'ai revue.

— Je ne l'aurais pas mieux dit.

— On recommence…

— À partir de quel moment ?

— Quand tu es entrée dans cette salle de conférences à l'université de Baltimore. Ça doit faire pas loin de vingt ans à présent.

Tara laissa échapper un soupir dans la pénombre. Mais Franklin ne réussit pas à deviner s'il s'agissait d'un sourire ou de tristesse.

— Non, remontons moins loin, proposa Franklin. Je me contenterai du moment où tu m'as pris la main, il y a quelques heures. Même si j'ai déjà l'impression que ça remonte à des années.

La main de Tara vint se glisser dans la sienne.

— Comme ça ?

Franklin ne répondit pas. Il gardait ses yeux rivés sur la voûte céleste.

— Comment as-tu su où nous étions ? demanda bientôt Tara.

— Quand ? Sur la plate-forme ?

— Oui.

— Par Irina Maïenkov.

— Qui est-ce ?

— Mon assistante. Enfin, je devrais plutôt dire l'assistante de Nemo.

— Tu vas devenir schizo avec ton Nemo.

— Je l'aimais bien. Tu sais, avec les années, on s'habitue. Et puis, c'est pas désagréable d'être utile.

— On verra ça plus tard. Donc, tu parlais de ton assistante…

— Irina ? Oui. C'est elle qui m'a appris que Bout de chou se trouvait en mer Noire. D'ailleurs, tu la connais, elle était avec nous avant que tout ça ne foire.

— Et comment cette jeune femme savait-elle pour Ilis ?

— Tu as entendu parler des Lukingias ?

— Je ne crois pas, non.

— Eh bien, jusqu'à il y a quelques jours, moi non plus.

— Attends ! Ça a un rapport avec Ilis ?

— Mais laisse-moi finir, Tara. Évidemment que ça a un rapport.

— Je ne sais pas trop avec toi. Je me méfie. Je me dis : « Et si le malotru de tout à l'heure revenait ? »

— Il n'y a aucune raison.

— Laisse-moi le loisir d'en décider seule.

— Comme tu veux. Pour en revenir aux Lukingias, il s'agit d'une sorte de secte qui remonterait aux origines de Malhorne, Ethen Ur Aratta. Cette secte existe toujours et attendait le retour d'Ethen. Ilis, quoi. Irina fait partie de cette secte.

— Je comprends, acquiesça Tara.

— Tu te rends compte, tout de même ! Ils ont attendu un paquet de temps. Autant de persévérance, ça mérite le respect.

— Sans doute, observa Tara. Sans doute. Ils devaient avoir une bonne raison pour le faire. Tu as demandé ?

— J'avoue que non. Irina m'a sévèrement scotché quand elle m'a appris qu'elle savait tout de moi, depuis la disparition de mon ancienne identité jusqu'à mon rapport avec Malhorne et le reste. Je pense que toi et les autres étiez aussi sous surveillance.

— Alors, je crois comprendre un détail qui m'a échappé sur le moment ! s'exclama Tara.

— Quoi ? Quel détail ?

— Gabriel devait faire partie de ce groupe. Les Lukingias dont tu parles. Il ne nous a pas dit les choses comme ça, mais il connaissait l'identité des assaillants sur la plate-forme.

— Ostrander ?

— Oui, Gabriel Ostrander.

— J'ai toujours senti qu'il cachait quelque chose. Voilà qui ne sera plus à chercher.

— J'ai appris à le connaître avec les années. Tu sais qu'il a travaillé avec moi à l'*Independent* ?

— Virgile Macare me tenait au courant de vos trajectoires.

— C'est vrai ! Quand j'y pense. Toutes ces années et il n'a rien dit.

— Ils sont comme ça, les juristes. Même sous la torture, il n'aurait pas parlé.

— Tout ce temps perdu, murmura Tara.

— Tu as dit quoi ?

— Rien. Ça y est, il fait nuit.

Autour d'eux, une obscurité épaisse avait envahi l'espace. Le feu qu'ils avaient trouvé si flamboyant au début ne projetait plus ses ombres que sur une vingtaine de mètres.

Franklin et Tara restèrent un long moment sans prononcer la moindre parole. Des milliers de grillons, tapis dans les herbes encore gorgées de la chaleur du jour, libéraient un concert de crissements. La nuit semblait battre d'une pulsation propre.

— Ce que je vois là est atterrant, dit soudain Franklin.

— Allons bon ! Que se passe-t-il encore ?

— Là ! désigna-t-il d'un doigt tendu.

— Hmm ?

— Eh bien, voilà qui nous indique que nous sommes sur Terre.

— Je ne sais pas ce qui te permet de l'affirmer.

— Les étoiles. Là, c'est la Grande Ourse. Celles-là forment la Petite du même nom. Celle-là, c'est Vénus.

— Tu as raison, Franklin. Ce ciel est rassurant.

— Je sais. J'aurais préféré me tromper. Mais là, avec des constellations alignées comme il faut, dans le bon sens, il n'y a pas de doute. On est bien sur Terre et dans l'hémisphère Nord.

— Je trouve cette découverte plutôt rassurante. Pas toi ?

Franklin resta silencieux un moment.

— J'aurais aimé voir à quoi ressemble une autre tentative de l'Univers. Avec un peu de chance, il y aurait eu des êtres conscients. On aurait alors pu voir si la conscience mène à autant de médiocrité que dans notre cas.

— Tu parlais d'aigreur tout à l'heure ?

— C'est du dépit, Tara. Je t'assure. On a eu tellement entre les mains et on n'a jamais su quoi en faire. C'est à s'en cogner le crâne à coups d'enclume.

— Peut-être. Mais ça ne résout pas notre problème de cèdres du Liban.

— C'est vrai. Je ne vois plus qu'une hypothèse pour expliquer leur présence, même si je la trouve improbable.

— Dis toujours.

— Eh bien, pour qu'il y ait des cèdres du Liban, il faudrait qu'on soit remontés avant l'expansion de l'Empire romain. Avant tout ce merdier, je vois pas autre chose.

— C'est pas improbable ça, opposa Tara. C'est du délire.

— Pourtant, essaie de me proposer autre chose. Et puis, voyager dans l'Aratta, tu n'as pas trouvé que c'était déjà délirant ?

— Un point pour toi.

— Alors quoi ? Tu veux qu'on se mette à marcher pendant des mois, juste pour chercher un port antique ? Ou mieux, on pourrait explorer cette planète jusqu'à la fin de nos jours et n'y croiser personne juste parce qu'il n'y a personne à rencontrer.

— Je crois surtout qu'on n'aurait pas dû s'éloigner de la grotte où nous sommes sortis de l'Aratta.

— Je ne te suis pas…

— Imagine qu'il n'y ait qu'une seule issue, et si Ilis se met à notre recherche, alors elle pensera en toute logique que nous sommes restés près de la sortie.

— Ça se tient. Mais il fallait bien savoir où on était.

— Attends avant de tirer des conclusions, Franklin. Nous ne sommes pour le moment sûrs de rien du tout.

— Crois toujours ça. Mais tu feras moins la fière, tout à l'heure, quand tu verras monter la lune dans le ciel, si on n'est pas à la maison, mais cinq ou dix mille ans trop tôt !

# 26

Stuart gardait les mains collées l'une contre l'autre, jointes au niveau de son front, fermées par la ferveur de sa prière.

Quelques minutes plus tôt, ou quelques heures peut-être, Ilis avait parlé mentalement. Stuart avait reçu le message.

Ne penser qu'à elle.

Mais il avait eu beau se concentrer, son esprit s'était tourné vers l'image mentale de Spencer. Sans doute le colonel était-il mort à présent. Cet homme avec lequel il avait réussi à sympathiser. Un homme simple et fruste qu'il n'avait pas su découvrir plus tôt.

Stuart s'était alors mis à prier pour le salut de son âme. C'est au cœur de cette prière, qu'il avait tournée vers le Christ rédempteur, que les éléments s'étaient déchaînés. Stuart n'avait pas même tenté d'en suivre l'évolution.

Lorsqu'il avait recouvré ses esprits, les autres avaient disparu. Ilis, Tara, Franklin, Gabriel et les autres. Tous volatilisés. D'un coup d'œil hagard, il avait découvert la petite bulle bleutée aveugle, éclairée par la matière même qui la composait. En d'autres temps, il se serait étonné. L'homme, le prêtre, le catholique aurait eu peur de ce lieu en dehors de la connaissance et du temps. Mais ce Stuart-là avait disparu depuis longtemps. Depuis un certain soir, vingt ans plus tôt, quand le jeune prêtre irlandais avait reçu l'appel de Malhorne.

À genoux au milieu de la bulle, Stuart se figura le Christ. À cet instant, il eut la conviction qu'il ne s'était pas trompé. Depuis que Malhorne avait croisé sa route, Stuart s'était éloigné du dogme de sa religion. Le mystère chrétien de la Trinité, ce concept qu'il fallait intégrer sans pouvoir le comprendre, cette idée révolutionnaire en même temps qu'élitiste, tout cela avait quitté son cœur, son âme, sa raison et son ressenti.

Pourtant, cela n'avait en rien amoindri sa foi. Au contraire.

Comprendre, même s'il ne s'agissait que d'une infime partie de la Vérité, était un privilège immense qui méritait bien ce sacrifice.

Stuart s'était fait une raison. Le Christ qu'on lui avait enseigné, celui dont la parole avait soulevé l'amour dans son cœur, n'existait sans doute pas. Mais il restait Jésus. L'homme. Peut-être était-il aussi fils de Dieu, même si Stuart ne savait plus très bien ce que cette association de mots signifiait vraiment.

Et surtout, il restait sa parole. Ce simple fait rendait encore plus formidable la ferveur qu'il avait suscitée pendant plus de vingt siècles.

La preuve apportée par Malhorne tuait une partie du christianisme, tout en renforçant le reste. Il n'y avait sans doute pas de bonne conduite à tenir pour gagner un ailleurs meilleur. Il n'existait peut-être même pas d'ailleurs meilleur, qu'il soit nommé paradis ou autrement. Il n'existait pas non plus de morale particulière. Tout n'était qu'affaire de choix personnels.

Mais il restait l'amour et, finalement, y avait-il quelque chose de plus important ?

Stuart avait décidé que non. L'amour était l'essence de tout.

Et puis l'âme.

Savoir de façon certaine que l'âme existait et que de l'amour naissait toute chose suffisait en soi. Un nouveau dogme était né. Une nouvelle façon d'envisager sa religion qu'il s'était sans vergogne permis de répandre autour de lui.

À présent, Stuart misait toute son énergie sur sa foi en l'Homme. Et depuis des années, ce choix ne l'avait pas trahi. Les milliers d'errants du bidonville de Zagora, qu'il avait contribué à ramener vers une vie décente, le lui avaient prouvé jour après jour.

Le mystère de la Trinité se trouvait dans l'homme, voilà ce que Stuart avait décidé.

Il restait la part du divin. Mais celle-là, Stuart en était persuadé, échappait aux Saintes Écritures. Ou alors, le message se trouvait à ce point dilué, trahi, tronqué, qu'il était devenu impossible à quiconque d'en connaître la véritable teneur.

Des facéties romaines, vaticanes, étalées sur des siècles, avaient amoindri le message du Christ, l'avaient perverti afin de ne plus être que quelques-uns à le détenir et se l'approprier. Et de le cacher.

Malhorne avait balayé ce saccage. Il avait prouvé l'improuvable, manifesté l'intangible. Et même si d'autres malfaisants avaient à leur tour anéanti le message de Malhorne, il restait encore des Stuart pour y croire.

Un seul suffisait. Et à travers le monde, il existait plus d'un Stuart. Plus d'un homme à avoir su deviner le visage de la Vérité.

Car ce qui pouvait survivre existait bel et bien. Une telle lapalissade lui avait fait monter les larmes aux yeux lorsqu'il se l'était mentalement prononcée pour la première fois.

L'âme existait. Malhorne incarnait cette vérité.

Le mouvement de fluides, qui ondulait sur les parois de la bulle, s'arrêta. Stuart ne s'en aperçut pas immédiatement. Il gardait encore les yeux fermés pour se concentrer. Par contre, la lumière du jour qui entra un peu après à grands flots pénétra ses paupières jusqu'à ses pupilles, excita ses nerfs optiques et le prévint du changement survenu.

Stuart ouvrit les yeux, ne sachant pas à quoi il devait s'attendre, mais persuadé qu'il ne pouvait rien lui arriver de mal.

Il découvrit, face à lui, une ouverture en diaphragme qui donnait sur une sorte de plaine étale. Le soleil, levant ou couchant – Stuart l'ignorait –, brillait, posé sur l'horizon.

La lumière crue l'obligea à refermer les yeux aussitôt. Quand il les rouvrit, il distingua une silhouette qui se tenait debout face à lui, à une dizaine de mètres, en partie noyée dans la lumière vive.

Stuart resta prostré un long moment devant cette apparition. Au début, la silhouette lui sembla démesurée, tant la lumière étirait sa forme. Mais, petit à petit, le soleil descendit, permettant au prêtre de mieux distinguer son vis-à-vis.

Il s'agissait d'une femme. Elle était effectivement longue, filiforme. Le soleil n'avait pas à ce point trompé ses sens. Un vêtement intimement collant la couvrait de la tête aux pieds, d'une couleur indéfinissable, changeante. Cette femme pouvait avoir une trentaine d'années. Stuart n'aurait pu l'affirmer, car son crâne entièrement rasé faisait disparaître certains de ses repères. Pas de rides, pas de traits marqués, pas de noirceur sous les yeux, rien qui puisse l'aider à jauger l'usure de la chair.

Le soleil disparut derrière l'horizon. La scène ne fut plus baignée que par une rougeur crépusculaire, qui s'éteignit bientôt.

La lumière argentée d'une lune monta alors. La jeune femme tourna le dos et s'éloigna dans la nuit.

Stuart appela sans succès. Il demeura prostré encore un moment, persuadé que sa visiteuse allait revenir.

À l'extérieur, le hululement d'un oiseau nocturne fit vibrer l'air jusque dans ses oreilles. Ce son anodin l'aida à dissiper la torpeur dans laquelle il semblait avoir sombré.

Sans réfléchir davantage, Stuart sortit de sa bulle protectrice et marcha dans la direction où l'inconnue avait disparu.

Il ne fut pas long à la retrouver.

Sous l'éclairage argenté de la nuit, la ligne d'horizon, pas même brisée par un arbre ou un rocher, paraissait courbe. Stuart fouilla du regard l'espace gigantesque qui s'étalait devant lui. Après un court temps d'acclimatation, ses pupilles dilatées lui renvoyèrent les images de quatre silhouettes. Elles se trouvaient à une cinquantaine de mètres de sa position, parfaitement immobiles, minérales.

Stuart fit un pas vers elles. Son pouls frappait ses tympans à tout rompre. La sensation ne venait pas d'une peur de l'inconnu. C'était de l'appréhension. Stuart se remémora soudain la dernière fois qu'il avait éprouvé pareil sentiment. Cela devait remonter à une quarantaine d'années. Il se souvenait même du lieu, l'arrêt de bus sur la route de Limerick, dans son Irlande natale. Comment s'appelait cette jeune fille, déjà ? Le prénom allait lui revenir. Comment aurait-il pu oublier ? Ce prénom qu'il avait murmuré au cœur de ses nuits de préadolescent, pour lui-même, dans la solitude de son secret amoureux. C'était son premier rendez-vous, son premier flirt. Le trac.

Et c'est exactement ce qu'il ressentait à présent.

Les silhouettes n'étaient plus qu'à vingt mètres. Stuart pouvait maintenant voir les reflets de la lune sur leurs curieux vêtements légèrement irisés.

Dawn ! Le prénom venait de surgir à la surface de sa mémoire. Elle s'appelait Dawn.

Plus que quelques mètres, et les silhouettes ne bougeaient toujours pas. Stuart eut une hésitation. Et s'il s'était trompé ? Si ces êtres n'étaient pas uniquement animés de bonnes intentions ? S'il s'était involontairement jeté dans un piège ?

Un vent de panique déferla dans son esprit. Stuart s'arrêta. Il fit un effort de concentration, se calma, ravala le goût de bile qui ravageait le fond de sa gorge et respira à fond, lentement.

Il n'était plus temps de faire demi-tour.

— Je m'appelle Stuart Mac Conkey, dit-il d'une voix qui tressaillait légèrement. Je viens en paix et sans haine.

Dans le silence épais, sa voix sembla rauque, indécente.

Les quatre silhouettes avancèrent vers lui au même moment, dans un mouvement unique. Elles vinrent jusqu'à pratiquement se coller contre Stuart, ce qui lui donna immédiatement un sentiment de vertige.

Les quatre visages étaient à ce point semblables qu'il eut l'impression de délirer. Puis son regard s'aiguisa. Il remarqua des différences, d'abord infimes, puis plus flagrantes. L'absence de cheveux, et pratiquement de pilosité, l'avait poussé vers cette erreur. Mais il y avait bien une parenté entre ces quatre jeunes gens. Deux par deux. Alternance garçon/fille. Stuart en déduisit qu'il s'agissait de deux fratries d'un frère et d'une sœur.

Ils n'avaient toujours pas prononcé une parole, ni même répondu à Stuart d'un signe de tête. Ils se contentaient de l'observer. Le manège, très dérangeant pour le prêtre, dura une longue, très longue minute. Les traits durs et fermés qu'ils affichèrent au début s'adoucirent peu à peu. Puis les quatre ouvrirent le cercle qu'ils formaient autour de Stuart et, d'un geste du bras, l'invitèrent à marcher à leurs côtés.

Stuart décida de ne plus parler. Manifestement, ses hôtes n'étaient pas venus échanger quoi que ce soit. Tout au moins, rien sur un plan oral. Le mieux était de les suivre.

Une centaine de mètres plus loin, Stuart découvrit un spectacle saisissant. La plaine, qu'il avait crue plate à l'infini, n'était qu'une trompeuse illusion d'optique.

Sous ses pieds, un canyon s'ouvrait sur une profondeur inconnue. Des milliers de lumières y brillaient. De petites lumières jaunes ou rouges qui scintillaient à perte de vue. D'abord éblouis par ce flamboiement, les yeux de Stuart s'habituèrent et commencèrent à distinguer les détails.

Les parois du canyon étaient percées de fenêtres, taillées en escalier, reliées les unes aux autres par des ponts d'une grande finesse.

Les quatre accompagnateurs de Stuart se rangèrent en file indienne devant et derrière le prêtre et s'engagèrent dans un escalier vertigineux.

Aussitôt, un chant s'éleva. Il sembla un instant à Stuart que ce chant provenait du canyon lui-même. Mais il découvrit, au fur et à mesure de sa descente, une foule de personnes massées devant les ouvertures pratiquées dans la roche. Elles portaient toutes le même style de vêtements, anonymes et élégants. Stuart vit des hommes et des femmes de tous âges, des enfants, des bébés.

Le chant était beau. Il s'élevait dans l'air sur des tonalités très variées. Le mélange de ces milliers de voix était incomparable.

Pourtant habitué aux chants liturgiques, Stuart ne résista pas à la pureté de celui-ci. Il ne fallut pas une minute avant que son visage ne soit baigné de larmes.

Il en perdit toute notion de distance parcourue, de temps passé, d'effort et de sentiment de vertige. À aucun moment il ne se demanda qui étaient ces êtres, si semblables aux humains et pourtant tellement différents. Il ne se demanda même pas où il était ressorti de l'Aratta. S'il s'agissait de sa terre, de son temps, ou non. Toutes ses perceptions et ses facultés de raisonnement se trouvaient accaparées par ce chant, si mélodieux qu'il en devenait envoûtant.

Environ six cents mètres sous le niveau de la plaine, ses accompagnateurs bifurquèrent vers l'intérieur de la roche. Ils empruntèrent un large tunnel richement décoré de sculptures anthropomorphes et débouchèrent sur une salle gigantesque.

Il sembla à Stuart que la population entière s'était massée là. Des dizaines de milliers de voix entonnaient le même chant, dont Stuart connaissait à présent le court phrasé sans rien y comprendre.

Une allée au milieu de la foule les mena au fond de la salle. Là, assis sur de simples cubes de pierre, deux enfants les accueillirent.

Ils ne devaient pas avoir plus de dix ans, peut-être moins. Comme les autres membres de cette communauté, ils avaient le crâne rasé et portaient le même vêtement. Aucun signe particulier ne les distinguait des autres, à l'exception d'un joyau, qu'ils portaient autour du cou. Une petite sphère en cristal transparent. Stuart avait vu le même bijou sur la plate-forme en mer Noire. Il l'aurait juré.

Il observa les cristaux un instant, puis reporta son attention sur les enfants.

L'un devait être un garçon et l'autre une fille. Stuart le supposa car la finesse de leurs traits rendait cette estimation délicate.

L'escorte de Stuart s'inclina devant les enfants avec beaucoup de cérémonie et l'un de ses membres s'adressa à eux dans une langue étrange. Stuart l'entendait pour la première fois. Comme le chant, elle était faite de syllabes chuchotées, glissantes, parmi lesquelles le prêtre ne parvenait pas à reconnaître ne serait-ce qu'un mot.

Le monologue ne dura pas longtemps. Lorsque l'homme eut terminé, l'escorte recula d'un pas, puis alla rejoindre les rangs de la foule.

Stuart s'aperçut qu'il était seul devant les enfants, libre de ses gestes.

— Je suis un voyageur de l'Aratta, articula-t-il lentement à l'adresse des jeunes enfants.

Les enfants se regardèrent. Ils avaient un œil complice qui plut aussitôt à Stuart.

Un rire cristallin sortit bientôt de leurs gorges. Un rire positif, énergique, qui persuada Stuart qu'il ne s'était pas trompé.

Les enfants descendirent alors de leurs cubes de pierre et s'approchèrent du prêtre.

L'un d'eux, sans doute le garçon, posa une main sur celle de Stuart. Il l'y laissa un long moment, tout en le dévisageant.

Le chant vibrait alors puissamment. Il atteignit un niveau paroxystique, puis s'arrêta d'un coup, laissant un écho sourd, qui fut lentement absorbé par la roche environnante.

C'est alors que dans un même mouvement, les enfants s'adressèrent à Stuart, d'une voix légère, haut perché.

Stuart ne prit conscience qu'après coup de ce qui le choqua le plus.

Ce ne fut pas d'être amené devant des espèces d'enfants rois, ce ne fut pas la découverte de cette foule étrange, ces vêtements inconnus, cette langue étonnante. Non, ce qui l'abasourdit littéralement, ce fut d'entendre ces enfants s'adresser à lui dans sa langue maternelle et lui dire :

— Vous allez bientôt avoir la réponse à vos questions, Stuart Mac Conkey.

## 27

L'ouverture venait tout juste de se refermer. Milos se jeta à l'endroit où le diaphragme avait disparu, avec la ferme intention d'en pratiquer un nouveau à mains nues, dans la matière même de l'Aratta. Mais tout ce qu'il réussit à obtenir, ce fut des petits déplacements de la bulle.

Milos n'aimait pas qu'on lui résiste, pas plus les objets que les êtres vivants. Il commença à donner des coups de pied et de poing dans la paroi. Le dernier fut si violent qu'il projeta d'un coup la bulle vers l'avant. Milos se retrouva par terre, recueilli en douceur par la matière qu'il venait de molester.

— Ouah ! C'était quoi ce truc ?

— Tu n'as pas pu t'en empêcher, jura Ilis. Spencer t'a mis K.-O. et toi, tu ne rêves que de sexe et de violence.

— Ben…, hasarda Milos en esquissant un sourire. Oui !

— Remarque, avec toi, qu'on se limite à Éros et Thanatos, j'aurais dû m'en douter.

— C'est quoi, ça ?

— Rien, laisse tomber. C'est pas le moment.

— Arrête avec tes grands airs, s'il te plaît.

— Tu as conscience de ce que nous sommes en train de jouer ici ?

— Eh bien, justement, non, répondit Milos franchement. Je dormais, on me cogne dessus, je me réveille dans ce merdier, et tu voudrais que je comprenne ? C'est ça ? Alors, non. Je comprends que dalle !

Ilis le regarda sans rien dire. Ses yeux fixes étaient vides d'expression.

— Tu n'as qu'à me le raconter, insista Milos. Je suis pas aussi con que j'en ai l'air, tu sais.

*Je ne sais pas si je peux m'embarrasser de lui,* pensa Ilis pour elle-même. *Et c'est aussi lui faire courir un risque très grand.*

— Nous sommes dans l'Aratta, précisa-t-elle. Nous sommes à la jonction des mondes.

— « Nous sommes à la jonction des mondes », imita Milos. Et eux, c'était qui ?

— Je… je ne sais plus.

— Comment ça, tu ne sais plus ? Si on est là, c'est que tu as su y venir, non ?

— Perspicace !

— Te fous pas de ma gueule, si tu veux bien. Donc, tu te souvenais de quelque chose. Alors, raconte-moi !

— Doucement, Milos.

— Et tes mondes, là, c'est où ?

— Tu poses trop de questions.

— J'obtiens pas beaucoup de réponses. Comme ça, au moins, je suis peinard. On pourra me torturer pour obtenir des aveux, je dirai rien. Commençons par une simple. Ici, c'est où ? Ou c'est quoi ?

— C'est l'Aratta, je viens de te le dire. Nous sommes hors d'atteinte de ceux de notre monde et des autres aussi. Nous sommes en absolue sécurité, ici. Pas de chance pour toi, ici, tu ne trouveras pas d'armes.

— J'ai bien l'impression qu'à côté, ils ne sont pas du même avis. Mais passons. Et cet Aratta, t'as une idée de l'endroit où c'est ? Faut bien que ça soit quelque part quand même.

— À la jonction des mondes.

— Tu récites un vieux truc, là. J'ai dans l'idée que tu n'en sais rien.

— Je ne me souviens pas bien, Milos. Je ne rentrerai pas dans les détails, mais fais-moi confiance. Rappelle-toi de ce que ta mère te disait à propos de Malhorne.

— Tu sais, elle m'en a dit pas mal à ce sujet.

— Il était la somme d'une multitude de réincarnations. Tu te souviens de ça ?

— Ouais.

— Eh bien, moi, je suis Ilis, et Malhorne, et une femme qui a vécu il y a très longtemps qui s'appelait Ethen Ur Aratta, et puis avant ça, même, il y a eu autre chose. Mais là, ma mémoire s'arrête.

— Eh bien, ma vieille, ça doit être un joli merdier là-dedans !

— Je ne te le fais pas dire, Milos. Et ça explique en partie ma défaillance. Il faut que je réapprenne pas mal de choses. Mon corps se remplit d'eau, Milos. Les enfants que je porte sont les tiens aussi. Ils vont ramener avec eux ma mémoire perdue. L'eau est le vecteur. Je vais devenir source de vie et d'histoire.

— Comment ça « les » ?

— Un garçon et une fille. Ça change quoi, pour toi ?

— Manquait plus que ça. Qu'est-ce que tu veux que je fasse de deux marmots ?

— Toi, rien ! asséna Ilis. Tu as éjaculé, c'est parfait. Contente-toi de ça.

— Tu sais que t'es inquiétante des fois !

— Tu le serais aussi si tu avais vécu des milliers d'années, des dizaines de milliers d'années.

*Complètement frappée,* pensa Milos avant d'avoir pu refréner cette idée.

— Souviens-toi de ce que je t'ai fait vivre, Milos. J'ai guéri ta mère. J'ai réussi là où toute la médecine aurait échoué. J'ai su la ramener de l'errance.

— Excuse-moi, mais ça ne prouve pas que tu n'es pas complètement frappée.

— Je vais avoir besoin que tu me montres que j'ai besoin de toi.

— Sinon ? Tu fais quoi ?

— Je te laisse ici. Ou je te renvoie d'où on vient. Craig apprécierait que je lui fasse ce petit cadeau.

— Essaye toujours, fanfaronna Milos.

Mais il se souvenait de ce qu'Ilis lui avait montré quelques jours plus tôt. Plus le temps passait et plus elle devait monter en puissance. Et il ne souhaitait pas du tout braquer la jeune femme contre lui.

— Tu vois, tu reviens à la raison, se moqua Ilis. Es-tu prêt pour un nouveau voyage ?

— On repart là-bas ?

— Là-bas ou ailleurs, ça m'est égal.

— Alors, allons au même endroit. Ça m'intéresse de savoir qui a gagné.

— C'est vraiment tout ?

— Non, j'aime bien les batailles du passé. J'ai lu des tas de bouquins là-dessus. Eh bien, dans le temps, ils savaient se battre. J'ai jamais vu qu'il y avait des femmes dans les rangs des soldats, mais j'ai pas tout lu. Alors, je peux me tromper.

— Ce que tu as vu tout à l'heure n'était pas le passé, Milos.

— Pourtant, t'as vu comme moi les armes qu'ils utilisaient, et les tenues crades qu'ils portaient ?

— Ce n'est pas une raison.

— Mais…

— Non, c'est autre chose. Le temps n'existe pas dans l'Aratta. C'est aussi simple que ça.

— C'est pas ça, les choses simples, opposa Milos. Tu prends des airs avec ces trucs compliqués. Et je suis sûr que tu n'y comprends pas plus que moi. Tu sais juste que le temps ne coule pas. Mais tu ne sais pas pourquoi. Je me trompe ?

Ilis jeta un regard amusé vers le jeune homme.

— C'est nourri à coup d'OGM et ça pense quand même ! Comme quoi, tout arrive.

Milos fut estomaqué par la réponse d'Ilis. Il ne s'attendait vraiment pas à ça.

Ilis alla se coller à quelques centimètres de l'endroit où s'était trouvée l'ouverture et ferma les yeux.

— Abstiens-toi de penser un moment, s'il te plaît !

Milos eut tout juste le temps de se demander comment on faisait pour ne penser à rien.

La bulle bougea immédiatement. Le mouvement dura une demi-seconde, puis le diaphragme s'ouvrit devant Ilis.

Milos découvrit la scène qu'ils avaient quittée quelques minutes plus tôt. C'était bien le même val encadré des mêmes collines herbues, mais la population guerrière qui s'y était tenue plus tôt n'était plus qu'un triste souvenir.

La bataille rangée s'était achevée par un massacre bilatéral. Là où une herbe grasse et odorante avait ondoyé sous la caresse du vent, il n'y avait plus que corps entassés et traces de sang qui commençaient à sécher.

Parfois, deux adversaires avaient réussi à mourir debout, appuyés l'un contre l'autre dans un simulacre de danse macabre.

Milos observa Ilis un instant. La jeune femme n'avait toujours pas rouvert les yeux. Son visage était parcouru de soubresauts nerveux. Elle paraissait vivre, ou revivre, un épisode désagréable, douloureux.

Il décida de l'interrompre, puis se reprit. C'était peut-être important pour elle. Et puis, les réactions d'Ilis pouvaient parfois se révéler dangereuses.

Il préféra ne rien faire et traversa le diaphragme.

Une odeur âcre, métallique, le saisit aussitôt. L'odeur du sang, un sang qui sourdait de centaines de corps massacrés. La source elle-même en était rougie.

Milos essaya de s'éloigner de l'eau dans laquelle il pataugeait, mais ne trouva pas de place où poser ses pieds.

Il y avait trop de corps, partout, dans tous les sens. Milos ne comprenait pas pourquoi il éprouvait un tel sentiment, mais toucher tous ces cadavres le rebutait. Cette viande humaine en train de refroidir l'écœurait. Il s'en dégageait aussi des relents de sueur, acide et musquée, surabondamment produite par le dernier sentiment qu'avaient dû connaître la plupart des victimes : la peur.

*Je suis en train de me ramollir,* pensa-t-il. *Je suis sûr que Mèti m'aurait traité de gonzesse.*

Tuer avait été l'un de ses principaux plaisirs, mais il l'avait toujours fait à distance, sans contact, sans connaître sa victime, sans pouvoir éprouver un quelconque remords.

Voir un homme s'écrouler dans le viseur d'une lunette longue portée, pour Milos, c'était comme un jeu.

D'ailleurs, s'il était devenu aussi doué, c'est parce qu'il s'était formé dès le plus jeune âge, dans sa chambre d'enfant, sur console. Le massacre par procuration, il connaissait bien.

Mais là, c'était une autre affaire.

Milos chercha un soutien du côté d'Ilis. Il se retourna, pensant voir l'ouverture par laquelle il venait de sortir de l'Aratta, et fut surpris par ce qu'il découvrit. De ce côté du diaphragme, la bulle était invisible. Ilis semblait flotter dans les airs, à un mètre au-dessus de la source.

Elle était toujours immobile, les yeux clos, dans une attitude d'attente muette, une main tendue devant elle, comme si elle était sur le point de prendre la parole.

Milos fut frappé par la ressemblance.

À l'exception de la tenue vestimentaire, Ilis le faisait penser à la statue de la Vierge que sa mère gardait dans sa chambre.

La même posture, le même visage diaphane, c'était invraisemblable.

À tel point que Milos eut un véritable doute sur la réalité d'Ilis, un court instant.

Mais le sang qui maculait ses pieds nus lui criait qu'aucun miracle n'allait se réaliser.

Tout de même, Milos préféra s'éloigner de cette vision surréaliste. Il marcha sur les corps et réussit à gagner une zone où l'herbe était encore verte.

C'est là qu'il entendit un gémissement tout proche.

Il chercha d'abord du regard et mit un long moment avant de percevoir un mouvement dans la masse quasiment inextricable de jambes, de troncs et de bras mêlés. Il fit tomber les cadavres les uns après les autres, comme on répand au sol un tas de bûches désordonné. La peinture qui recouvrait tous ces épidermes leur enlevait une partie de leur humanité. Cela facilita la tâche de Milos. Le vert et le rouge commencèrent à se mélanger, expédiant ces deux couleurs complémentaires vers un gris uniforme. Peu à peu, le tas de cadavres prit un tout autre aspect.

Milos lutta pour refouler les images issues de ses livres d'histoire. Mais le souvenir était fort, il avait marqué la fin de son enfance. C'est avec les archives de l'Holocauste qu'il avait pour la première fois entraperçu un sentiment qui avait jusqu'alors dominé son existence : la mort le fascinait. Le concept de la mort et toutes les images, tous les objets qui vont avec.

Milos secoua la tête. Il fallait chasser les parasites. D'autant plus vite qu'il venait d'entendre un son, très faible, et pourtant bien réel, juste en dessous de lui.

Il trouva un homme encore en vie, enfoui sous cinq couches de cadavres.

Sa cage thoracique se soulevait à peine, mais le moindre mouvement parmi la masse inerte hurlait sa présence.

Milos saisit la tête de l'homme à deux mains. Plus que lui porter secours, le jeune homme avait mille questions en tête. Et il entendait les satisfaire.

L'homme pouvait avoir une quarantaine d'années. C'était indubitablement un humain. En tout cas, Milos ne nota aucun détail qui aurait pu indiquer le contraire.

— Tiens le coup, vieux, prononça Milos pour se donner du courage. C'est pas le moment de crever.

Il le souleva et le porta un peu plus loin, pour le déposer dans la fraîcheur de l'herbe. L'homme entrouvrit les paupières et essaya de parler. Mais aucun son ne réussit à sortir de sa bouche desséchée. Ses yeux se révulsèrent, puis la tension qui habitait encore son cou se relâcha et sa tête partit en arrière.

— Fait chier, ragea Milos. Fallait qu'il tienne juste assez pour me faire regretter de l'avoir cherché. Merde !

Milos resta à genoux, se demandant ce qu'il allait faire.

C'est à ce moment-là que ses yeux se posèrent sur l'épaule droite du cadavre. Il y avait quelque chose dessiné sous la peinture. En le transportant, il avait dû frotter cet endroit et enlever le pigment corporel.

Il arracha une touffe d'herbe encore mouillée de rosée et se mit à frotter l'épaule. En quelques gestes, l'herbe avait enlevé suffisamment de pigment pour que le dessin soit clairement lisible.

Le tatouage révélé lui sauta au visage plus qu'il ne le découvrit. Milos sut aussitôt de quoi il s'agissait, et pour cause. De dix centimètres de côté, il représentait deux lettres stylisées : un Y dans un N. Milos connaissait bien ce logo, c'était celui des New York Yankees, l'équipe de base-ball de sa ville, dont il était supporteur depuis des années.

— C'est quoi ce merdier ? commenta-t-il en se rendant aussitôt compte de l'intérêt de sa remarque. Je suis curieux de savoir ce qu'Ilis aura à répondre à ça !

— Il faut au moins poser la question, lui dit-elle dans son dos.

Milos se retourna.

— Comment un supporteur des Yankees peut se retrouver ici ? T'as vu le carnage ? Moi, je crois pas qu'on se massacre comme ça de plein gré.

— Qu'est-ce qui pourrait te le laisser croire ?

— Rien, c'est vrai.

— Ce tatouage ne prouve pas grand-chose.

— T'as pas un vieux souvenir qui traîne sur cet endroit ?

— Non, mais ce n'est pas en restant ici que nous en apprendrons beaucoup plus.

— Tu veux aller où ?

— Voir ceux qui se sont offert ce spectacle.

— Une minute, dans ce cas.

Milos se releva, fit trois pas par-dessus plusieurs corps allongés et attrapa le fer d'une lance.

— Bonne idée, lui dit Ilis alors qu'il revenait vers elle. Comme ça, nous serons certains.

— C'est agaçant à la fin, de ne pas pouvoir réfléchir tout seul, tranquillement. Tu peux pas t'en empêcher ?

— Si, mais c'est tellement plus simple de savoir avant que tu parles.

— Mes pensées m'appartiennent, Ilis. J'ai le droit de penser ce que je veux, même le plus tordu. Ça me regarde.

— Concept intéressant !

— Fais chier !

— Si tu veux, je t'apprendrai à mettre une barrière mentale. Tes pensées ne sont pas vraiment incontournables. Et puis, ça te permettra de me reluquer sans que je le sache.

Milos ne répondit pas. Il s'agenouilla devant le cadavre de l'homme tatoué et le retourna, face contre terre. Puis il chercha du bout des doigts quelque chose dans son dos, à l'endroit où la peau est la plus épaisse.

— Je crois que oui, déclara-t-il fièrement. Oui, je l'ai.

Il garda un doigt posé sur la peau et l'entailla sur deux centimètres. Une goutte de sang apparut, puis il fit pression et une minuscule capsule sortit.

— Nous y voilà, dit-il en tenant l'objet devant ses yeux. Un joli petit Implant de la Craig Corporation !

Ils ne restèrent pas plus longtemps près du charnier. Ils grimpèrent la colline vers l'endroit où ils avaient aperçu les curieuses tribunes.

À l'endroit où elles s'étaient trouvées, des traces profondes dans le sol attestaient leur passage. Plus loin, d'autres traces montraient la direction à prendre pour rejoindre les spectateurs.

Ilis ouvrit la marche, les sens aux aguets. Au moment de partir, Milos n'avait pas pu s'empêcher de faire provision de lances, de flèches et de poignards.

Avant de redescendre la colline et de perdre de vue les restes de la bataille, il se retourna. Dans le ciel, une demi-douzaine de charognards tournoyaient lentement.

# 28

Stuart ne comprenait rien à ce qui venait de se passer. Les enfants lui avaient parlé, dans sa langue, sur un ton enjoué, presque complice. Puis son escorte l'avait de nouveau encadré et gentiment forcé à la suivre.

Ensemble, ils avaient remonté les escaliers innombrables, franchi les ponts par-dessus l'abîme et fini par atteindre la plaine où l'Aratta l'avait déposé. Quelques dizaines de minutes plus tôt. Peut-être une heure en tout. Sans doute pas davantage.

Stuart dut s'arrêter tant l'ascension avait été rude. Le souffle court, le visage cramoisi, il ne pouvait continuer plus loin pour le moment. Son escorte le soutint puis l'aida à s'asseoir sur le sol.

Il essaya de lier un contact avec les quatre jeunes gens qui ne l'avaient pas quitté depuis son arrivée. Mais ils se refusèrent à exprimer autre chose qu'un visage neutre, à la limite du sourire, sans pour autant être ouvertement sympathique.

Stuart supposa que seuls les deux enfants connaissaient sa langue et n'insista pas.

Lorsqu'il fut suffisamment reposé, il se releva, manifestant ainsi qu'il était prêt à repartir. Comme son escorte ne bougeait pas, il s'éloigna même d'un pas, mais la jeune femme la plus proche de lui l'arrêta d'un geste.

— Expliquez-moi, je vous en prie, implora Stuart. J'ai besoin de comprendre.

— *Ils savent d'où vous venez, mais ils ne savent pas parler votre langue.*

Stuart sentit ces mots fuser dans son esprit. Il fit volte-face, sans comprendre pourquoi, et découvrit devant lui les deux enfants qu'il venait de quitter.

— *Tout notre peuple connaît l'existence de l'Aratta.*

Mille questions vinrent en même temps à l'esprit de Stuart. Mille questions qui renvoyaient toutes à mille autres.

— Mais vous ? demanda-t-il simplement. Comment connaissez-vous ma langue ?

Les enfants firent ensemble un geste, invitant Stuart à poursuivre son chemin.

— Répondez-moi. Je ne peux pas repartir comme ça. J'ai besoin de savoir…

Dans la nuit épaisse qui régnait sur la plaine, Stuart devina un reflet bleuté qui miroita un court instant. Dans son dos, quelqu'un approchait avec une lumière.

Stuart put alors voir l'origine du reflet.

De ce côté du miroir, l'ouverture de l'Aratta était à peine visible. La fine membrane d'eau renvoyait quelques reflets ténus qui ne se laissaient deviner qu'à contrecœur.

Stuart se retourna vers ses hôtes.

— Je ne veux pas repartir, dit-il la voix nouée par l'émotion. Je veux…

Stuart s'arrêta. Que voulait-il au juste ?

— Je veux connaître les réponses…

Les questions étaient innombrables, mais il y en avait une qui venait de s'imposer dans l'esprit de Stuart. Une question à ce point essentielle qu'il n'osa pas la formuler.

— Nous connaissons votre désir, déclara la petite fille qui se tenait devant lui. Et nous allons vous envoyer vers vos réponses. N'ayez crainte. Mais je ne vous promets pas qu'elles vous plairont.

Le jeune garçon traversa la membrane d'eau.

Stuart découvrit alors que de son côté, l'enfant semblait flotter dans les airs. Une lumière bleutée l'entourait d'un halo surnaturel.

Stuart pensa aussitôt, sans pouvoir refouler cette idée, aux représentations chrétiennes de l'ascension du Christ. Il en fut bouleversé. Un sentiment désagréable était en train de monter dans sa poitrine. Il se sentit soudain oppressé de l'intérieur et eut des difficultés à respirer.

La main de la fillette se glissa dans la sienne. Ce contact le rassura. Il respira de nouveau normalement, mais l'appréhension ne le quitta pas tout à fait.

Stuart était sur le point de devoir renoncer à l'ensemble de sa vision du sacré.

— *Venez, Stuart,* disait mentalement le garçon. *Ne craignez rien. Ne craignez même pas Dieu…*

La fillette exerça une légère traction sur la main de Stuart. Le prêtre retourna dans l'Aratta sans même s'en apercevoir. Il avait l'esprit trop occupé par ce que venait de lui « dire » le garçon, pour s'intéresser à quoi que ce soit d'autre.

La bulle se referma très vite.

Stuart sentit, comme la première fois avec Ilis, son corps écartelé, dispersé, sa raison vaciller, sa conscience s'amoindrir. Mais cet état dura moins longtemps, lui sembla-t-il. Comme s'il s'y habituait déjà. Ou alors, c'était l'Aratta qui le connaissait mieux ? Stuart n'aurait su trancher. Il ne chercha d'ailleurs pas longtemps à le faire. Quand on ignore tant de choses, il n'y a plus qu'à se laisser guider par les événements.

Le garçon se plaça devant une paroi et ne bougea plus. La bulle, par contre, accéléra d'un coup.

Il sembla à Stuart qu'elle effectuait des virages, puis elle s'immobilisa et le diaphragme se rouvrit.

Ce qu'il voyait par l'ouverture était très sombre. Stuart ne sut pas s'il s'agissait d'un intérieur sans lumière ou d'un extérieur par une nuit sans lune. Il distinguait vaguement des formes arrondies, indéfinissables, légèrement moins noires que la noirceur environnante.

— Voici votre destination, prononça la fillette à voix haute.

Stuart ne comprit pas. Que pouvait-il y avoir dans ce lieu ?

— C'est pourtant ici que vous trouverez la réponse, reprit-elle, semblant lire les pensées du prêtre.

Stuart regarda la fillette, puis le garçon. Ils souriaient gentiment. Il n'y avait dans leur attitude aucune gêne, aucun signe négatif, aucune marque de fausseté.

Rien qui aurait pu l'alarmer.

Pourtant, Stuart avait besoin d'un repère. Tout ce qui l'entourait, tout ce qu'il avait vu depuis qu'il était ressorti de l'Aratta, l'en avait privé.

— Connaissez-vous Malhorne ? leur demanda-t-il soudain. L'avez-vous connu ?

Les enfants échangèrent un rapide regard interrogatif.

— Partez vous rendre compte par vous-même, lui proposa le garçon en guise de réponse. Adieu, nous ne pensons pas que nous nous reverrons.

Stuart fit un pas vers le noir et eut l'impression de tomber. Pourtant, un sol dur résonna d'un son mat au contact de son talon.

Il se retourna aussitôt. Le visage de la fillette fut encore visible pendant une demi-seconde, puis le diaphragme disparut.

Il ressentit une pensée forcer son esprit :

— *Va, Stuart Mac Conkey. Va et ne désespère pas.*

Ce fut le dernier contact qu'il eut avec ces deux enfants étranges.

Une odeur puissante de moisissure assaillit ses narines.

L'air chargé d'humidité semblait trop épais et ne satisfaisait pas les poumons. Il fallait exécuter des mouvements respiratoires plus courts et plus rapides. Stuart s'y accommoda en quelques minutes.

Pendant un long moment, l'obscurité fut totale. Puis les cellules photosensibles de ses yeux se recomposèrent assez pour qu'il commence à distinguer de menus détails.

Son oreille l'avait auparavant renseigné sur un point : il se trouvait dans un vaste lieu clos. Il flottait dans l'air une résonance diffuse, comme l'écho presque mort de sons anciens. Une vibration que l'on trouve dans les églises, les catacombes, les gouffres, tout espace de grandes dimensions aux parois minérales.

Stuart découvrit une faible lueur sur sa gauche. Il n'y avait pas là de quoi l'éclairer, mais elle ressemblait à la lumière du soleil et promettait un avenir plus radieux.

Il n'avait toujours pas bougé, ne sachant pas si le sol ne se déroberait pas quelque part sous ses pieds.

De nouvelles sources de lueur se mirent à parcourir ses nerfs optiques. Des lueurs bleutées, de la même couleur que la bulle qu'il venait de quitter. Il y en avait des centaines, minuscules, un peu partout sur le sol et les murs, peut-être des milliers.

Stuart s'aperçut d'un détail étonnant. Les lueurs les plus proches de lui étaient aussi les plus brillantes. Comme si leur origine réagissait à sa présence.

Il décida de s'asseoir et d'attendre. Les enfants l'avaient assuré qu'il trouverait ici les réponses à ses questions. Stuart voulait comprendre par là qu'il allait rencontrer quelqu'un, ou quelque chose.

Il allait bientôt apprendre qu'il ne s'agissait ni de l'un ni de l'autre.

Une demi-heure passa, qui lui parut un long aperçu de l'éternité.

Sur sa gauche, la lueur n'avait cessé de croître. Elle lui donnait à présent la possibilité de découvrir une partie de son univers. Mais Stuart n'avait toujours pas bougé, attendant encore il ne savait trop quoi.

Tout d'abord, il avait pu établir l'origine des lueurs minuscules. D'après ce qu'il pouvait en voir, il s'agissait de minuscules champignons qui poussaient un peu partout, du sol au plafond.

Ensuite, il avait acquis la certitude qu'il se trouvait bien dans un lieu clos, sans doute une caverne, ou une crypte.

Il n'en voyait sans doute qu'une infime parcelle, mais les sons résonnaient comme il le fallait, et la petite partie éclairée était entièrement creusée dans une pierre grise, faite de coquillages fossilisés.

La lumière avançait lentement sur le sol. L'ouverture, située à une hauteur de deux mètres environ, devait avoir été creusée dans l'axe du soleil levant. Stuart ne voulait voir là qu'une intention symbolique. Il pouvait ainsi approcher la Vérité par la lumière.

Stuart fut rassuré par cette déduction, car l'être qu'il allait bientôt rencontrer, chose dont il ne voulait pas démordre, utilisait les mêmes symboles que lui. Des symboles connus depuis Platon, si ce n'est avant.

Quelques minutes plus tôt, la faible luminosité qui précède la lumière franche avait envahi une zone sur le sol où ses yeux à présent aiguisés avaient décelé des traits en courbe.

Stuart n'y avait tout d'abord pas trop prêté attention, supposant qu'il s'agissait là de rayures naturelles. Mais depuis peu, il pensait voir le haut d'un visage.

Aussi ne quittait-il plus le sol des yeux.

Dehors, la lumière du soleil devait avoir franchi un obstacle, car les rayons avancèrent d'un bond sur le sol, libérant ainsi Stuart de son obligation de vigilance.

En quelques minutes, le tracé qu'il ne quittait pas des yeux se trouva éclairé pour moitié.

Très épuré, il représentait un homme gisant. À vue d'œil, la gravure devait être de taille humaine. Un mètre soixante-dix au plus. Stuart devina tout de suite qu'il s'agissait d'une pierre tombale.

Il y avait au pied de la gravure une date, 1247, dont le dernier chiffre avait semble-t-il été effacé puis gravé de nouveau.

Des chiffres arabes. Stuart soupira. Cela faisait du bien de lire un symbole connu.

La pierre tombale était posée de guingois dans son logement. Il fit le tour et découvrit un pieu, visiblement brisé.

Le bois, sans doute extrêmement vieux, s'effrita entre ses doigts et tomba en poussière sur le sol.

Stuart partit explorer ce qu'il pouvait de la caverne. Il plaqua une main sur un mur et commença à avancer. La lumière, qui partait vers le fond, l'aida sur une bonne distance. Puis la roche obliqua et il ne vit plus grand-chose. Il avança prudemment, testant du bout du pied la nature du sol devant lui. Il progressa ainsi sur une cinquantaine de mètres. Après quoi, la roche obliqua encore, dans une direction qui le rapprochait pas à pas de la lumière. À un moment, il décela le bruit de gouttes d'eau tombant dans un liquide. Il ne s'écarta donc pas du mur et poursuivit ses investigations.

À plusieurs reprises, ses pieds chassèrent des objets dont il ne devina pas la nature. La paroi eut des replis peu profonds et le ramena finalement à l'endroit d'où il était parti. Cette salle sans issue le plongea dans un abîme de questions.

Il y avait nécessairement une entrée. Jamais les enfants ne l'auraient promis à un emprisonnement dont l'issue ne pouvait être autre que la mort. Stuart se refusait à penser une chose pareille.

Il était certain de son jugement.

Et puisque ce n'était pas un passage latéral, il ne pouvait exister que deux autres possibilités : la minuscule ouverture dans le mur ou un trou dans le sol, dans la partie qu'il n'avait pas encore explorée. Et où il ne se risquerait pas tant qu'elle ne serait pas mieux éclairée.

Il alla se placer sous l'ouverture et tenta d'attraper le rebord inférieur. Il pouvait presque le toucher. Il y parvint en sautant, mais ses bras n'avaient pas assez de force pour le hisser. Stuart n'était plus tout jeune, et la surcharge pondérale qu'il traînait depuis des années le gênait dans son effort.

Il lui fallait une chaise.

Or il n'avait rien vu de semblable au cours de son inspection, ni rien qui aurait pu faire office de chaise.

La pierre tombale…

C'était peut-être la solution, même si ce n'était pas idéal. Stuart aurait préféré utiliser autre chose, mais il n'y avait rien. Et puis, la notion de sacré dépend aussi des circonstances.

*Autant qu'elle serve les vivants plutôt que les morts,* songea-t-il en se demandant si l'argument tenait la route.

Il y réfléchit un instant et trancha pour un oui ferme et définitif.

Il s'arc-bouta au-dessus de la pierre, chercha du bout des doigts la meilleure prise possible pour ses mains et tira lentement.

Après bien des efforts, Stuart parvint à soulever l'épaisse dalle de calcaire. Il essaya de l'accompagner pour la poser sans dommage, mais elle lui échappa à mi-parcours et se brisa en plusieurs morceaux.

— Merde, jura-t-il tout bas en jetant un regard dépité vers la fosse à présent ouverte.

La tombe recelait les restes d'un homme, enveloppé de guenilles, sans artifices apparents. Stuart le regarda longuement, puis il se signa et porta le plus gros morceau de la pierre sous la fenêtre. Il le dressa au pied du mur et posa un pied dessus. C'était encore un peu juste.

Il descendit de son perchoir, choisit une seconde pierre,

plus petite, qu'il déposa sur la première et, ainsi rehaussé, put contempler à loisir ce qui se trouvait de l'autre côté du mur.

Il en eut tout d'abord le souffle coupé. Puis le vertige le prit, si bien qu'il dut redescendre un moment avant de remonter.

Un nouvel abîme. Voilà ce qu'il y avait derrière.

La fenêtre donnait sur le vide.

Loin en contrebas, Stuart voyait une plaine aride où rien ne bougeait. Cela semblait si loin. Tout y était tellement petit. Les arbres en étaient-ils vraiment ? Ou alors l'air surchauffé se jouait-il de lui en créant une illusion, une déformation de la réalité ?

Pour s'en assurer, il suffisait de regarder en face. Une paroi rocheuse se dressait à plusieurs centaines de mètres. Peut-être plusieurs kilomètres. Stuart ne connaissait pas de falaises si hautes, mais il dut s'avouer qu'il ignorait beaucoup de choses.

Heureusement, il y avait cette date gravée sur le sol. 1247. Ce n'était pas tout neuf, mais c'était malgré tout une certitude.

Un vol d'oiseaux ressemblant à des mouettes passa alors entre les falaises. Ils tournoyèrent un moment, accomplissant des cercles de plus en plus grands qui les firent frôler sa position. Stuart n'eut plus alors de doute sur la réalité de ces falaises. Aucun phénomène physique n'abusait ses sens.

Stuart renonça à contempler plus longtemps ce spectacle déroutant et s'assit contre la fraîcheur du mur.

Il se trouvait pour l'heure dans ce qui ressemblait de plus en plus à une impasse.

L'endroit ne comportait pas de véritable issue, à moins de considérer comme telle une fenêtre ouvrant sur plusieurs centaines de mètres de vide.

Il lui restait encore une partie à explorer, et il faudrait attendre que la lumière progresse encore pour le faire, mais Stuart doutait qu'elle recèle un accès. Il ne sentait aucun mouvement d'air, malgré l'ouverture pratiquée dans le mur. Ça ne pouvait signifier qu'une chose, c'est qu'il n'y avait pas d'autres ouvertures.

Il se trouvait donc dans une grotte sans issue, bloqué semblait-il, à mi-parcours d'une falaise incroyablement haute.

Et pourtant, la présence de ce squelette et la sienne propre prouvaient bien qu'il était possible d'y parvenir.

Non, s'il était arrivé jusque dans cet endroit improbable, c'était sans doute possible parce que ces deux enfants extraordinaires l'avaient voulu, pour une raison précise.

Oui, mais laquelle ?

« Adieu, nous ne pensons pas que nous nous reverrons », avait dit le garçon.

Ces paroles commençaient à prendre un sens différent. Et si la réponse promise était la mort ? Simplement.

Stuart secoua la tête. Il ne parvenait pas à envisager un tel cynisme dans la tête de ces enfants. Il s'aperçut tout à coup que les enfants avaient compris qu'il se posait une question et il était bien en mal de la formuler pour lui-même. Qu'avait-il bien pu penser, en marge de sa conscience, que ces curieux enfants avaient su lire ?

La mort ?

Stuart en doutait. Il était même presque certain qu'il n'y avait pas songé. Depuis qu'il était parti à la recherche d'Ilis, cette idée ne l'avait pas effleuré. Même entre les mains de Straub, sur la plate-forme pétrolière, il n'avait su éprouver autre chose que de l'enthousiasme.

Ce n'était pas le moment de flancher.

*Je suis ici pour une bonne raison,* recentra-t-il. *Il n'y a pas de hasard. Ces marmots m'ont promis les réponses, la réponse… Pas d'entrée, pas de sortie, et pourtant je suis là, un type est aussi venu en 1247. Donc, pas de panique.*

*D'où je suis entré, je peux aussi sortir. Quel que soit le mode de transport.*

Même s'il éprouvait une réelle satisfaction à raisonner, Stuart était déçu. Il aurait aimé rencontrer quelqu'un, de préférence une personne éclairée.

Il comprit à cet instant qu'il allait devoir compter sur lui seul.

La première chose à faire était donc de fouiller la zone intégralement, de s'assurer de l'existence d'un accès.

La lumière du soleil entrait à présent plus franchement par l'ouverture. Un rayon traçait au-delà du tombeau un grand rectangle aux bords impeccablement dessinés. Le sol clair en renvoyait une partie vers la voûte et la paroi du fond.

Stuart se risqua au centre de la caverne, bien qu'elle fût encore très sombre. Il se fia à son oreille et à l'extrémité de ses chaussures.

Il buta au centre sur un muret de pierres maçonnées. Il s'en rendit compte du bout des doigts, car l'obscurité était grande à cet endroit. Le muret formait un cercle d'un mètre de haut environ. Dans l'esprit de Stuart, le muret prit immédiatement le statut de margelle.

C'est à cet endroit que l'odeur de moisissure était la plus forte. De cette direction, les sons revenaient amoindris, déformés. Obscurité ou pas, nos sens devinent la présence de l'eau.

Stuart fit lentement le tour de la margelle, avant de se risquer à tendre un bras vers l'intérieur du cercle de pierres. Sa main rencontra la surface d'un liquide frais. Il suça le bout d'un de ses doigts. C'était de l'eau, une eau sans goût particulier.

Découvrir cette source fut un réconfort immédiat. Stuart ne s'était pas encore posé la question en ces termes, mais il risquait de passer du temps dans cette caverne. Son embonpoint lui permettrait de tenir des jours et des jours sans manger. Peut-être même qu'un jeûne purificateur lui permettrait d'accéder à son désir de connaissances. Mais, sans eau, il n'aurait pas tenu quarante-huit heures.

Rassuré, il poursuivit la fouille de la caverne.

Quelques mètres derrière le puits, il rencontra un pan de mur dont il n'avait même pas deviné la présence. Là encore, il en fit le tour avant de chercher quoi que ce soit d'autre. Sur sa droite, Stuart retrouva un peu de lumière, si bien qu'il put s'apercevoir qu'il devait s'agir d'une sorte de pilier. Dans la partie la plus sombre, il y avait une volée de marches qui se perdaient dans l'obscurité, plus haut.

Stuart hésita, puis il s'engagea dans l'escalier.

Il n'y vit bientôt plus rien.

Une vingtaine de marches plus hautes que la normale le menèrent sur un à-plat complètement enténébré. Stuart hésita encore. Continuer devenait de plus en plus dangereux. Non qu'il craignît une menace intentionnelle. S'il s'en remettait aux maigres connaissances qu'il possédait sur ce lieu, il fallait croire qu'il avait été bâti huit siècles plus tôt par un homme apparemment seul. Sans assistance, et surtout sans entretien postérieur. Rencontrer un trou dans le sol, un éboulement, des parties de roches instables n'était pas impossible.

Stuart continua pourtant.

La réponse promise se trouvait sans doute au bout de son appréhension. C'était finalement bien peu de chose. Il suffirait de redoubler de prudence.

Les mains plaquées contre les parois d'une sorte de couloir très étroit, il avança en faisant glisser ses pieds sur le sol, le ventre secoué par la peur d'échouer.

Au bout du couloir, qui ne devait pas excéder quinze mètres, une lueur attendait Stuart. Aidé par ce secours inattendu, il pressa le pas.

Le couloir tournait sur la droite et s'ouvrait aussitôt, formant une pièce circulaire minuscule d'à peine deux mètres de diamètre.

Là aussi, une ouverture pratiquée dans le mur baignait l'endroit d'une lumière bienvenue. Mais elle devait avoir été percée à l'opposé de celle de l'étage inférieur, car un jour chiche y entrait.

Stuart découvrit immédiatement les écritures qui couvraient les murs. Il s'en approcha, le cœur battant déjà trop vite. Il tenta vainement de déchiffrer les signes. Il manquait cruellement de lumière pour y parvenir. Sans doute faudrait-il attendre que le soleil bascule vers l'horizon occidental pour que la pièce se trouve correctement éclairée. Ce n'était qu'un délai de quelques heures.

Stuart put, malgré ce désagrément momentané, constater deux choses. La langue utilisée était le latin. Et, en scrutant plus longuement, il parvint à déchiffrer un mot isolé, gravé dans des caractères plus grands, sans doute un titre. *Apocalypsis*. L'Apocalypse.

Son sang ne fit qu'un tour. Une apocalypse !

Ce mot était le seul possible, probable, souhaitable, qu'il pouvait rêver de rencontrer. Car ce mot, il le savait, avait été gravé dans son sens premier, celui qui signifie « révélation ».

Stuart quitta la pièce à regret. Il aurait tant aimé savoir tout de suite ce que les centaines de lignes à peine devinées révélaient. Mais il ne servait à rien d'user ses yeux dans la pénombre, alors que la lumière naturelle viendrait elle-même apporter son aide plus tard dans la journée.

Il rebroussa chemin et retourna près de la sépulture.

C'était l'unique commencement de réponse auquel il pouvait accéder.

Il s'agenouilla aux pieds du défunt et se signa de nouveau. Puis il inspecta les restes des yeux et du bout des doigts.

Du squelette, il ne pouvait voir que les pieds, les mains et la tête. Tout le reste était caché par une robe de bure sombre. La seconde moitié du pieu était posée en travers, sur la partie basse de la robe.

Une idée peu rassurante lui vint tout à coup. Il repensa au pieu qui empêchait la pierre tombale de rentrer dans son logement. Ça ne pouvait signifier qu'une chose, c'est que l'homme qui gisait sous ses yeux était mort seul.

Tout orientait Stuart vers cette conclusion. Et d'ailleurs, comment n'y avait-il pas songé plus tôt ? Comment cet homme seul avait-il pu se coucher dans sa propre tombe et refermer la pierre tombale qu'il avait lui-même sculptée ? Si ce n'est en la maintenant dressée avec ce pieu, alors qu'il s'allongeait sur la pierre froide pour attendre la mort.

Un long frisson parcourut l'épiderme de Stuart au-dessus de sa colonne vertébrale.

*Pauvre homme,* pensa-t-il. *On est toujours seul à ce moment-là, mais tout de même.*

Qu'avait pu prévoir cet homme ? Retirer lui-même le pieu et se condamner à l'asphyxie ? Ou alors n'y était-il pas parvenu. La mort l'avait surpris trop tôt ou, privé de ses forces, il n'avait pu déloger le pieu. Le temps, l'humidité ambiante, avait eu raison du bois. Mais combien de temps après ?

Stuart imagina la scène. Vingt ans, trente peut-être, après la mort de cet homme, le mécanisme qu'il avait lui-même mis en place s'était refermé sur ses restes. Un grand bruit dans ce silence épais. Et puis plus rien, jusqu'à ce que des siècles après, Stuart vienne profaner sa dernière demeure.

Stuart ouvrit délicatement les pans de la robe, essayant de ne rien déplacer par ce geste, mais la cordelette qui les retenait se délita aussitôt, rejoignant la poussière au fond de la sépulture.

Les battements de son cœur s'accélérèrent de nouveau. Sous la robe, en partie retenue par des lambeaux de peau durcie, il y avait un long cylindre fait de cuir et de métal argenté.

Stuart tendit une main fébrile. Il commençait à comprendre de quoi avait parlé le garçon. Il allait devoir apprendre seul. L'homme qui gisait devant lui devait être le guide muet de sa quête.

L'objet se décolla sans mal, emportant au passage un long lambeau rigide.

Stuart retira la peau, qu'il redéposa sur la cage thoracique, et examina le cylindre.

Il ressemblait à un porte-cartes militaire comme il en avait vu dans un musée étant enfant. Ça datait de la Grande Guerre, se souvenait Stuart.

Ce détail lui parut incongru.

Comme si une guerre avait un jour pu être grande.

Il tenta de faire jouer la ferrure qui tenait l'étui fermé, mais les siècles écoulés en avaient grippé le mécanisme. Stuart exerça une traction légèrement plus importante sur le cuir durci par les ans, qui se déchira tout autour du métal.

Il laissa échapper un juron, qui résonna comme un sacrilège sur les parois de la caverne, tout en s'avouant que cet accident l'arrangeait bien.

Il put ainsi ouvrir l'étui de cuir tout de suite.

À l'intérieur, il y avait un nouvel étui. Stuart le fit glisser dans sa main, ce qui libéra en même temps un pendentif coincé sous le second étui.

— Mon Dieu ! s'exclama-t-il. Qu'est-ce… ?

Il n'acheva pas sa phrase. Ce pendentif, il l'avait vu quelques heures plus tôt, entre les mains d'Ilis. C'était le même, il l'aurait juré.

Il l'avait de nouveau croisé pendant au cou des enfants. Et il le retrouvait à présent dans cette tombe.

Ilis n'avait pas dit ce que c'était exactement, mais Stuart devinait que ce joyau, quelle que soit sa nature, servait de sésame dans l'Aratta.

Il fallait bien que cet homme mort depuis si longtemps ait trouvé un moyen de venir jusque dans cet endroit inaccessible. Peu importait qu'il ignore le fonctionnement de ce cristal. La formation viendrait en temps utile.

Stuart soupira de contentement. Les enfants ne l'avaient pas trahi. Il y avait bien un moyen de sortir d'ici.

Le nouvel étui se révéla n'être qu'une peau tannée enroulée autour d'un parchemin.

En retournant le document, Stuart découvrit qu'un sceau le maintenait fermé. Il orienta le sceau vers la lumière et le reconnut aussitôt. Rome, cité du Vatican.

Stuart regretta cette découverte. Il aurait aimé rencontrer une autre autorité que celle-là.

La cire se décolla sans même abîmer l'épais parchemin.

Stuart le déplia sur le sol et le maintint ouvert en posant un caillou sur ses quatre coins.

Ce parchemin n'avait pas été consulté depuis des siècles. Stuart ressentit une forme d'émotion proche de la timidité lorsqu'il posa les yeux sur le court texte qui en occupait le centre.

Stuart apprit ainsi l'identité de l'homme de la sépulture. Il s'appelait André de Maillezais, c'était un frère cistercien.

Le parchemin, de la main même du pape Innocent IV, était une sorte de sauf-conduit. Il permettait à son porteur de parler au nom du pape, de la chrétienté ainsi que du vrai et unique Dieu.

Il était daté de l'an de grâce 1243.

Stuart dut faire appel à de lointains souvenirs du séminaire, des souvenirs ténus de connaissances dont il ne s'était pas servi depuis des décennies.

Innocent IV… oui, il restait bien quelque chose au fond de sa mémoire. Un pape stratège, comme la plupart de ses pairs. L'époque des croisades. Une rivalité importante avec l'empereur Frédéric II. Ce pape avait même fini par excommunier cet empereur, toujours pour une histoire de croisade.

C'était loin, très loin. Et ces connaissances sur l'histoire de sa religion avaient été si peu en rapport avec son quotidien de prêtre qu'il les avait oubliées dès sa sortie du séminaire. Ou presque.

La dernière partie du manuscrit s'adressait aux Cohortes, ainsi le pape appelait-il ceux vers qui il envoyait son émissaire, et le recommandait des cathares.

C'était tout.

Stuart relut le texte, vérifia qu'il avait correctement traduit.

Ça ne lui apprenait pas grand-chose.

S'il comprenait bien, le frère André de Maillezais avait été envoyé auprès d'une population dénommée Cohortes dans le but de lui faire reconnaître le vrai Dieu des chrétiens.

Somme toute, pour l'époque, la démarche n'avait rien d'extraordinaire. À un détail près.

Ces Cohortes, dont il était question, n'étaient pas à proprement parler un peuple. Stuart connaissait la référence qui y est faite dans l'Apocalypse de saint Jean. Les cohortes font partie de l'armada de la fin des temps annoncée par l'apôtre.

Le ciel s'ouvrirait et les cohortes déferleraient sur le monde…

Les cathares, Stuart connaissait une bonne partie de leur histoire tragique. Mais il ne voyait aucun rapport avec l'Aratta, Malhorne, son prédécesseur ou l'Apocalypse.

1243, c'était une époque macabre pour les cathares. Un an avant le massacre des hérétiques albigeois. Des milliers de femmes et d'hommes brûlés vifs parce qu'ils avaient fait un mauvais choix, au regard de Rome.

Ça n'avait aucun sens.

Pourtant, le manuscrit en parlait manifestement.

Les Cohortes étaient-elles ce peuple que Stuart venait de rencontrer ?

Sans doute.

Un mélange d'appréhension et d'excitation était en train de monter dans le cœur de Stuart. Outre ce parchemin énigmatique, il y avait le cristal.

Sa présence signifiait que le Vatican connaissait l'Aratta, sous ce nom ou un autre. En tout cas, Rome savait qu'il était possible de voyager vers un autre monde et y avait même envoyé un messager, mandaté par le pape.

C'était purement extraordinaire. Stuart en avait le vertige.

Cela impliquait aussi que le frère André de Maillezais avait eu la possibilité de quitter cette caverne. Il n'en avait été à aucun moment prisonnier. Et pourtant, c'est ici qu'il avait décidé de passer la fin de sa vie et finalement de mourir.

Stuart était ébranlé par ce choix. Il voulait en comprendre le sens et la portée.

Par l'ouverture située dans son dos, la lumière baissait graduellement. Il était temps de remonter dans la petite pièce circulaire. Les murs couverts de textes latins allaient sans doute lui fournir ces réponses qu'il espérait depuis si longtemps.

Il déposa le cristal au fond d'une de ses poches et se dirigea vers l'escalier.

# 29

La masse de granit s'abattit sur le bois. Cela fit un son sourd, en partie absorbé par la sève qui gonflait encore l'énorme pieu.

Gong !

Le visage de Franklin grimaça. L'énergie libérée par son travail remontait le long de son avant-bras, endolorissait le coude, se perdait en partie dans le biceps et finissait par mourir quelque part dans son épaule.

*Terminer, il faut terminer avant la nuit.*

Son corps se raidit, la masse reprit le chemin des airs avant de retomber lourdement sur le dernier pieu de la palissade.

Gong !

— J'arrête une minute, Tara, cria-t-il à la cantonade. Je crève de chaud.

Il n'obtint pas de réponse.

— Tu m'as entendu ?

— Pas besoin que tu me le dises. Dès que je ne t'entends plus souffler comme un bœuf, j'en conclus que tu tires au flanc.

— Bonne ambiance ! lâcha Franklin, faussement vexé.

Cela faisait trois jours qu'ils étaient revenus près de la grotte et qu'ils avaient ensemble entrepris la construction d'une palissade pour en fermer l'entrée. La tâche était harassante. Ils ne pouvaient compter que sur leurs mains et leurs maigres forces animales. Quant aux outils, ils se limitaient à ce qu'ils avaient pu fabriquer, en fait peu de chose.

Les paumes s'étaient donc rapidement couvertes de cloques, douloureuses, suintantes, qui avaient fini par sécher et durcir.

La nature brute rend à l'homme sa réelle valeur.

Franklin et Tara commençaient à prendre conscience de leur insignifiance. Un maillon dans la chaîne, juste un maillon. Mais un maillon aussi important que les autres finalement. Il ne servait à rien de se fustiger, de se dévaloriser. Pas plus, pas moins. Dans ce lieu où l'animalité intrinsèque à l'homme reprenait sa place, ils allaient devoir veiller au premier devoir de tout être vivant : rester en vie.

C'est pourquoi ils avaient d'un commun accord entrepris la construction d'un refuge.

Franklin partit vers le fond de la grotte pour se désaltérer.

La source qui jaillissait de la roche laissait couler un mince filet d'eau. Mais, avec le temps et la porosité de la pierre, elle avait creusé une vasque ovale d'un mètre de diamètre et profonde d'autant. Si bien que l'eau ne manquait jamais. Il attendit que la sueur sèche sur sa peau, retira ses vêtements crasseux et s'aspergea. La source était fraîche, limpide.

Le contact de cette eau lui procurait un plaisir intense, et pourtant si simple. Là encore, il réapprenait. Cette expérience le renvoyait vingt ans en arrière, lorsque les sept compagnons de Malhorne avaient débarqué dans la forêt amazonienne. Il avait fallu du temps avant que l'habitude de cet écosystème hostile ne prenne le dessus sur la peur qu'il inspirait. Du temps et de l'énergie.

Ici, dans cet endroit non précisé d'une hypothétique terre passée, la faune et la flore étaient beaucoup moins agressives. Ce qui ne voulait pas pour autant dire qu'elles ne recelaient aucun danger. Deux jours plus tôt, Franklin avait découvert l'origine des rugissements entendus le premier jour. C'étaient des lions, deux solitaires qui devaient se disputer un territoire de chasse.

Cette nouvelle avait réveillé des peurs ataviques enfouies. Sans armes, sans l'expérience du chassé, Tara et lui n'avaient que peu de chances face à un seul lion. Et Franklin ignorait si ces animaux étaient capables de s'unir quand leurs intérêts allaient dans ce sens.

Aussi avait-il redoublé d'efforts pour terminer au plus tôt leur rempart de branches tressées.

Franklin retourna au pied de la palissade.

Il restait encore un pieu à enfoncer dans le sol. Après quoi, il n'aurait plus qu'à installer des branches dans le sens horizontal.

Il commença par creuser un trou, puis y enfonça le pieu et le maintint dressé à l'aide de grosses pierres. Il remonta ensuite sur la souche qui lui servait d'escabeau et frappa le pieu à l'aide du seul outil dont il disposait.

La masse était rudimentaire mais elle fonctionnait à merveille.

Ce qui ralentissait le travail, c'était l'ouvrier. Ou plus exactement son corps.

Franklin ne le sentait plus, il le souffrait. En entier, intégralement, chaque muscle, aussi petit soit-il, semblait avoir durci, s'être minéralisé. Franklin avait même découvert qu'il existait des muscles à des endroits qu'il n'avait jamais soupçonnés. Même à l'université, le sport, ça n'avait jamais été son truc. Alors depuis, il n'était pas nécessaire d'en parler.

Son bras s'apprêtait à lever la masse de nouveau. La douleur lui tira une grimace. Franklin bloqua sa respiration, dédaigna les signaux électriques qui parvenaient jusqu'à son cerveau et se força à penser au-delà de son corps.

Ce qui le ramena à Tara.

C'est vers elle que ses pensées se tournaient neuf fois sur dix. Leur relation le préoccupait plus que tout le reste.

Franklin apprenait qu'il était possible de reprendre une histoire d'amour au point où on l'avait laissée, quel que soit le délai écoulé.

Il avait trente-six ans lorsqu'il avait quitté l'Amazonie, Tara, et les autres.

Il avait souffert un deuil qu'il ne pensait pas possible.

La mort avait été plus forte que l'amour. C'était comme ça. Franklin n'avait pas su faire autrement.

À présent, à cinquante-cinq ans, il se rendait compte que sur le plan affectif, il n'avait pas bougé. Près de vingt ans s'étaient écoulés sans qu'il évolue.

*Quel gâchis,* pensa-t-il. *Tout aurait pu être si simple. La vie n'est qu'une chienne.*

La veille au soir, ils avaient fait l'amour. Dans la nuit, au milieu des cris de la faune, dans les odeurs musquées de la grotte.

Franklin avait aimé et il pensait que Tara aussi. Ils s'étaient endormis sans un mot, enlacés, comme de vieux adolescents bientôt sexagénaires. Oui, il avait aimé. Pourtant, ils n'en avaient pas parlé depuis.

*C'est quand même curieux d'être encore pudiques à nos âges,* pensa Franklin. *Y a même pas eu à éteindre la lumière, pourtant.*

Le pieu commençait à s'enfoncer. Centimètre par centimètre, au prix d'efforts de plus en plus importants.

Franklin négligea la douleur et poursuivit. Il voulait en finir.

Il ragea contre les années perdues. Cette simple pensée lui donna la force nécessaire.

*On aurait même pu avoir des enfants ensemble. Enfin, on aurait pu essayer. Il y a bien eu Bout de chou, mais elle est partie.*

Encore quelques coups de masse et l'affaire serait terminée.

*Tous les enfants partent… C'est dans l'ordre des choses.*

*Tout de même, elle aurait pu me contacter.*

*Elle en avait la possibilité, depuis le départ même. Un tout petit signe, ça n'était pas grand-chose !*

Franklin s'aperçut qu'il avait fait pareil avec Tara. Aucun signe de vie pendant vingt ans. Il ne lui avait pas non plus laissé la possibilité de remonter jusqu'à lui. Son Implant retrouvé dans les restes calcinés d'un hôtel de passe avait clos le parcours de Franklin Adamov.

*C'est vrai que c'est assez dégueulasse !*

Franklin grogna inconsciemment.

*J'avais pas le choix, faut dire.*

Franklin sentit que le pieu ne s'enfonçait plus. Sans doute une pierre le bloquait-il. Il le secoua doucement. Le pieu ne bougea pas.

C'était terminé.

Franklin sauta de la souche et chercha Tara du regard.

Il ne la vit pas. Pourtant, il savait qu'elle ne se serait pas éloignée de la grotte sans le lui dire. Il fouilla la falaise à droite et à gauche.

*Toujours une histoire d'angle,* se dit-il, exprimant cette grande loi personnelle selon laquelle l'objet que l'on cherche est toujours caché par un obstacle situé entre l'objet et le chercheur.

*Il suffit de se décaler d'un pas ou deux.*

Il la trouva ainsi, assise contre la roche, dans un repli peu profond qui la masquait tout de même à sa vue. Elle entrelaçait patiemment de fines lianes pour tresser une corde résistante. Ses vêtements, qui tiraient de plus en plus vers un gris sale, approchaient à présent de la couleur de la pierre locale. Seuls ses gestes permettaient de la localiser.

— C'est terminé pour les pieux, lança-t-il sur un air joyeux. On n'a plus qu'à garnir de branchages et on pourra dormir tranquilles.

— Alors, viens m'aider, répondit Tara sans lever les yeux de son ouvrage. Ce sera plus simple à deux.

Elle confia l'extrémité de la corde qu'elle était en train de tresser à Franklin et poursuivit.

— Tiens-la plus haut, ça m'aidera.

Franklin s'exécuta.

Il brûlait d'envie de lui parler de la veille, mais ne savait pas comment entamer la conversation.

— Pourquoi Nemo ? l'interrogea Tara avant qu'il se décide. Quand tu as quitté le Brésil, tu savais déjà ?

— Non, ça m'est venu plus tard.

— Virgile Macare nous a dit qu'il t'avait laissé disposer d'une partie de la fortune de Malhorne.

— C'est exact.

— J'essaie de m'imaginer à ta place. Je suis seule, j'ai des centaines de millions de dollars à ma disposition, je veux peut-être me venger de Craig, je fais quoi ? En tout cas, je ne crois pas que me transformer en bouffon écolo soit la première idée qui me traversera le crâne. Alors pourquoi ?

— Je me suis égaré pendant des années avant d'arriver à Nemo, tu sais. Mais c'est difficile de t'expliquer très précisément.

— Essaye toujours.

— En côtoyant Julian Stark. Je pense que c'est là le point de départ.

— Tu peux être plus précis ?

— La Terre, je crois…

— Pardon ?

— La planète, l'eau.

— Tu veux dire que tu as vociféré sur le web pendant toutes ces années, et c'était même pas pour les gens ?

— Les gens, comme tu dis, se sont passés de moi pendant des millénaires. Y a pas vraiment de raison objective pour qu'ils ne continuent pas de la même façon, non ?

— C'est une question ? Ou tu essaies de te persuader ?

— Ni l'un ni l'autre, camarade. Les gens se passent de moi, et moi je me passe d'eux. Tu vois, on ne s'est pas gênés.

— Alors, pourquoi ?

— Je te l'ai déjà dit. Pour donner une chance à la Terre, à la vie, à l'eau.

— Les gens, c'est aussi la vie, Franklin.

— C'est pas une espèce en voie d'extinction, les gens. J'ai même tendance à penser que c'est un parasite très bien adapté à son environnement. Mais, comme la plupart des parasites, il est trop con pour s'apercevoir qu'en tuant son hôte, il va mourir aussi. Je constate que tu n'as pas souvent suivi les bulletins de Nemo.

— J'ai pensé que le ton était à prendre au second degré.

— Et tu as bien fait. Mais, dans le lot, il y avait aussi du premier, voire du zéro degré.

— Fasciste !

— Journaliste !

Le visage de Tara se fendit d'un grand sourire.

— C'est vrai qu'une part de toi est demeurée intacte.

— Et j'ai même pas d'implants capillaires, tu vois, je ne triche pas.

— Réponds quand même.

— Malhorne aimait cette planète.

— Il aimait aussi les hommes.

— C'est l'histoire de l'œuf et de la poule, Tara. Il faut bien commencer par en protéger un. Et, pour le coup, le choix n'est pas difficile. Il y en a un qui ne peut pas se passer de l'autre. Tu vois de qui je parle ?

— Assez bien, oui. Même si je ne partage pas tes conclusions.

— J'ai l'impression que l'évolution va se passer de mes conclusions, au rythme où va le massacre.

— Peut-être pas, Franklin. La vie continue.

— Tu as d'autres conneries dans ce genre ?

— Ce que je veux dire, c'est qu'elle trouvera toujours un moyen de poursuivre. Nous avec.

— Ça, c'est moins sûr. Il va falloir muter très vite si on veut s'adapter aux cancers de la peau, aux maladies des voies respiratoires, aux dégénérescences du système nerveux central pour avoir mangé de la merde pendant des décennies, etc. Et j'en passe, et des bonnes, crois-moi !

— Tu as fini ?

— Tiens, j'en avais même fait un slogan sur le site, au début.

— Quoi donc ?

— À force de manger de la merde, on va finir par en faire !

— Je te retrouve assez bien dans cette délicatesse.

— Mais, Tara, essaie de me vexer autant que tu veux, le temps des politesses est dépassé depuis une cinquantaine d'années, au bas mot. Tu peux pas te lancer dans la protection de l'environnement en te contentant de faire des ronds dans l'eau. Excusez-moi, monsieur l'enculé, mais est-ce que vous pourriez essayer de polluer un peu moins ? J'ai besoin de respirer et mes enfants aussi. Non ! Autant rien faire et encourager les salopards, même. Tiens, c'est ça. J'aurais pu utiliser la fortune de Malhorne à investir dans l'agroalimentaire, les puits pétroliers et la chimie lourde. Je n'y avais pas pensé !

— Remarque, ici, ce genre de question ne semble pas se poser.

Franklin ignora la tentative de Tara pour changer de sujet.

— Et puis, il n'y a pas que ça. Nemo m'a apporté quelque chose que je n'avais pour ainsi dire pas connu avant lui.

— Tu vas vraiment devenir schizo à force de parler comme ça.

— Au pire des cas…

Tara le coupa aussitôt. Elle savait à présent Franklin capable de s'enflammer seul.

— Et alors, qu'est-ce qu'il t'a apporté ? lui demanda-t-elle.

— Je me suis senti utile.

Tara regarda Franklin droit dans les yeux un instant.

— À moi aussi, tu étais utile, Franklin. Ça ne t'a pas effleuré ?

Franklin regarda distraitement le bout de ses chaussures.

— Tu es bien un homme !

Un long silence s'installa entre les deux amants.

— Tu sais, Tara, j'ai lutté pour ne pas te revoir.

— C'est dommage. J'aurais aimé que tu le fasses.

— Je me rends compte que moi aussi. C'est un peu tard pour regretter, je suis…

— Écoute, Franklin, le coupa Tara. Nous ne sommes pas loin de commencer à ressembler à des vieux, alors, autant te dire tout de suite que le temps des regrets est dépassé depuis belle lurette. Nous nous sommes ratés une fois. Je ne te laisserai pas recommencer. Et je ne me le permettrai pas non plus.

Franklin fut surpris par la réaction de Tara. Lui qui s'apprêtait à se confier.

— Et ne fais pas ces yeux de chien battu, poursuivit-elle. Je t'ai dit que, moi aussi, j'avais raté quelque chose. Il faut être deux pour manquer une histoire. Maintenant que je sais tresser des cordes, je vais t'en passer un bout à la cheville.

— Ne crie pas victoire trop vite, ma belle. Bientôt, tu m'imploreras de te laisser un peu tranquille. Tu regretteras notre isolement. Tu verras que deux ou trois bons copains, c'est pas de trop pour expédier ton homme en vadrouille. Et puis, il n'y a même pas un bistrot dans le coin. Où est-ce que je vais assouvir mon vice ?

— En t'occupant de moi, répliqua Tara. Tu as des années à rattraper.

Tara baissa les yeux sur la corde qu'elle était sur le point de terminer. Lorsqu'elle les releva, Franklin y vit briller un trop-plein de larmes. Il chercha les mots qui convenaient à la situation, mais il n'avait jamais été doué pour ça. Il préféra une autre tactique : changer de sujet.

— Qui a donné à Bout de chou ce prénom d'Ilis ? Bout de chou, c'était très bien.

— Pourquoi Nemo ?

Franklin observa Tara. Ses yeux ne brillaient déjà plus autant.

— Tu es impitoyable ! s'écria-t-il.

— Rédactrice en chef, très cher. Pas journaliste.

— C'est pire, je vois tout à fait à quel genre d'énergumène tu fais allusion. C'est toi qui sélectionnais les infos dignes d'être diffusées, c'est ça ?

— Si tu veux.

— C'est ça ou non ?

— En partie, Franklin. Seulement en partie.

— « Voilà ce qu'il est bon de connaître, messieurs dames », c'est comme ça qu'ils disent, non ? Ce qu'il faut savoir.

— Tu éludes, Franklin. Pourquoi Nemo ?

— Tu parles sérieusement ?

— Pourquoi, il ne faut pas ?

— Ça fait pas de latin, les rédac'chefs ?

— Ce n'est pas obligatoire.

Franklin soupira et prit un air désolé, teinté d'une note condescendante.

— Nemo, ça veut dire « personne ».

— Je me demandais si tu allais oser ! Tu me prends vraiment pour une stupidité incarnée. Fasciste et misogyne. Un mari idéal, quoi ! Je ne te demande pas ce que ça veut dire. Je veux savoir pourquoi tu as choisi Nemo.

— C'est ce que j'étais à l'époque. Plus personne. Personne sur le Net, c'était quand même mieux que « Franklin vous raconte la vraie vie », non ?

Un nouveau silence passa.

— Nous aurions tous pu penser la même chose à l'époque. Mais tu as été le seul. Tu as été le seul à renoncer, Franklin.

— Est-il vraiment nécessaire d'en reparler ? C'est fait. On ne peut plus rien y changer.

— C'est vrai, acquiesça Tara. Mais ne recommence jamais. Je ne te donnerai pas de troisième chance ! Voilà, c'est dit. Maintenant, ma corde est terminée, allons garnir la palissade.

Franklin se leva d'un bond, soulagé d'échapper ainsi à un sujet de conversation qu'il redoutait, pour y avoir joué le mauvais rôle.

Ils longèrent ensemble le pied de la falaise. Leurs mains se frôlèrent à deux reprises, puis se saisirent.

— Je me sens adolescent, confia Franklin.

— Tu veux dire amoureux ?

— Quelque chose dans ce goût-là, oui.

Tara sourit mais ne dit rien. Un sourire énigmatique et plein de promesses dont seules les femmes connaissent le secret. Franklin l'observa de côté, fut un instant décontenancé, puis sourit avec elle.

*Au diable le ridicule,* pensa-t-il sans rien en dire. *Je ne me suis jamais senti aussi léger que depuis le jour où nous nous sommes retrouvés.*

Ils marchèrent jusqu'à un grand tas de branchages qu'ils avaient ramassés les jours précédents. Ils se chargèrent de brassées de bois et partirent les déposer au pied de la palissade.

Puis ils commencèrent à entrelacer les branches encore souples entre les pieux. Une fois vers l'intérieur, la fois suivante vers l'extérieur, et ainsi de suite, comme on le fait pour tresser l'osier. Cette technique a l'avantage de donner un résultat d'une grande solidité.

— Il va falloir se décider sur ce que nous allons faire ensuite, annonça Tara tout en continuant de travailler.

— Je sais.

— Je serais plus tranquille si on pouvait s'assurer que nous sommes seuls, ou non.

— Moi aussi, Tara. Moi aussi. Mais ça risque d'être plus compliqué qu'il n'y paraît.

— On ne peut même pas se situer précisément. On ne peut pas affirmer grand-chose, en fait.

— Si, on sait que nous sommes toujours sur Terre, dans l'hémisphère Nord. Les constellations et le sens d'écoulement des eaux nous le prouvent.

— Est-ce que ça nous avance ? Imagine que nous soyons remontés avant l'apparition de l'homme.

— Alors, c'est magnifique !

— Pourquoi ?

— Parce que, dans ce cas, nous sommes les seuls, et trop vieux pour peupler le monde. La mauvaise plaisanterie s'achèvera avec nous, à condition bien sûr qu'on parte exterminer les hominidés qui dégueulassent déjà cette planète.

— C'est possible de discuter sérieusement ?

— Mais je suis sérieux, Tara !

— Ça, je n'en doute pas vraiment. Mais si on poursuit dans ma façon de voir les choses sérieusement, alors on ne saura jamais. Pas d'hommes, pas de certitude. Il n'y a pas un endroit sur terre que l'on pourrait reconnaître en étant certains à cent pour cent.

— Si, le mont Cervin. Tu sais, c'est la montagne de la Paramount.

— Oui, je vois. Et encore. Qu'est-ce qui ressemble plus à une montagne qu'une autre montagne ?

— Celle-là est très typée.

— Où est-elle ?
— Suisse alémanique, je crois.
— Le problème, c'est que, pour savoir où on va, il faudrait connaître l'endroit d'où l'on part. Ce qui n'est malheureusement pas le cas.
— OK, je te suis.
— Donc ? On décide quoi ?
— Allons nous assurer que nous sommes seuls, proposa Franklin.
— Je crois que c'est la seule idée honnête.
— Partons demain matin. Autant ne pas perdre de temps, non ?
— Je ne crois pas que nous manquions de temps ici. Mais tu as raison, partons demain. Dès qu'on aura terminé la palissade. On laissera un mot sur la porte d'entrée, au cas où Ilis passe dans le coin.
— Oui, et puis une bouteille de champagne au frais.
— Je suis sérieuse, Franklin. Pas un mot, mais un signe. Je suis persuadée que tôt ou tard, Ilis se mettra à notre recherche. Un heptagone fera parfaitement l'affaire.
— Tu ne m'as pas répondu. Pourquoi Ilis ?
— Elle s'est elle-même donné ce nom.
— Et ça veut dire quelque chose.
— Oui, c'est un mot kabyle qui signifie « la fille de ».
— La fille de, murmura Franklin en souriant. Ilis Stark, la fille de Stark. C'est bien du Malhorne, ça. Y a pas de doute.

Ils partirent le lendemain à l'aube. Chacun portait une longue tige de bambou à la pointe acérée. Dans un panier fait de lianes tressées, ils avaient entassé autant de fruits que possible. Pour l'eau, ils espéraient que la nature pourvoirait à leurs besoins. Des mois d'apprentissage auraient été nécessaires avant d'en transporter.

Il aurait d'abord fallu apprendre à capturer des animaux, à les dépecer, à tanner leur peau, à fabriquer une aiguille, à coudre le cuir, etc., avant de pouvoir disposer d'une gourde étanche.

Ni Tara ni Franklin ne voulaient s'octroyer ce délai.

Ils partirent dans le sens opposé à leur première excursion. Ils longèrent la falaise dans laquelle se trouvait leur grotte, jusqu'à ce qu'ils trouvent un accès et grimpèrent par-dessus. Là, ils découvrirent un lointain de collines, qui allaient descendant, et au-delà, semblait-il, si leurs yeux ne leur jouaient pas des tours, il y avait un océan.

C'était pour eux une excellente nouvelle. Un océan multipliait les chances de rencontrer des hommes, ou des traces humaines. Si toutefois cette terre en recelait.

Le soir du même jour, ils atteignirent le rivage sans avoir été inquiétés d'aucune façon par des fauves.

Avant toute chose, Franklin alluma un feu avec le bois qu'ils avaient ramassé dans les derniers kilomètres. Il lui fallut une demi-heure d'efforts avant qu'une fumée épaisse sorte de la balle d'herbes sèches et de brindilles qu'il avait confectionnée. Il superposa ensuite des branches, de plus en plus grosses, avant de s'intéresser à ce que faisait Tara.

Il la trouva à quelques mètres, les jambes dans les vagues jusqu'à mi-cuisses, le regard posé sur l'horizon.

— J'ai laissé une partie de mon chagrin dans un océan tel que celui-ci quand tu es parti, dit-elle sans se retourner. Je boucle quelque chose, ici.

Franklin pénétra dans l'eau derrière Tara. Elle était très fraîche. Les vagues couronnées d'écume offraient une faible résistance à sa progression.

Il avança jusqu'à se coller derrière elle, l'enlaça et posa ses mains sur son ventre.

Ils demeurèrent ainsi, sans un mot, l'esprit ouvert sur l'autre.

Peu à peu, le niveau de l'eau baissa, le courant du reflux se fit moins fort. L'océan se retirait.

— Je ne savais pas qu'on pouvait souffrir autant, murmura Franklin à l'oreille de Tara. Je ne savais même pas qu'on pouvait vraiment souffrir.

— Moi aussi, j'ai souffert lorsque nous avons tous cru à la mort de Bout de chou. Mais il fallait tenir. Nous avons tous cru devenir fous.

— Je ne sais pas, soupira Franklin. Je crois que ça dépend de ce qu'on attend de la vie. Moi, c'est la fibre qui est partie avec elle. Enfin, je l'ai pensé. J'ai quand même réussi à vivre toutes ces années.

— D'où Nemo. Tu ne jouais donc pas la comédie.

— J'avais besoin d'adrénaline, de mouvements. Ça fait illusion. Je n'étais pas dupe, mais des sens abusés pensent éprouver la réalité.

— Et ces noms de prison que tu as, tatoués sur le corps, c'est vrai ?

— N'as-tu jamais parlé de moi dans ton canard ?

— C'est arrivé. Mais l'*Independent* n'est pas un organe de propagande altermondialiste.

— Tu aurais mieux fait. Y a-t-il plus important que la situation planétaire ? Mais, pour répondre à ta question, oui, c'est vrai. J'ai passé pas mal de temps en prison, sous toutes les latitudes. Et je peux te dire qu'il vaut mieux se faire enfermer en Europe que n'importe où ailleurs dans le monde.

— Tu es vraiment cinglé !

— Fallait au moins ça pour supporter les abrutis de… enfin, tu sais, la population carcérale, comme ils disent dans les salons. Des deux côtés des barreaux.

— Attention, tu vas être politiquement incorrect.

— Concept inexistant, ma chère. En matière de parlé correct, il n'y a que le blanc. Et puis ici, plus de politique, plus de correction, plus d'humains. Si on fait gaffe, on pourra même se priver de morale. C'est pas magnifique, ça ?

— À ta place, Franklin, je me méfierais.

— Pourquoi ?

— Tu as sans doute apporté tout ce qu'il faut avec toi. Morale, politique, règles et *tutti quanti*. Il n'y a bien que les voisins pour lesquels tu dois avoir raison. Observe-nous. Tu fais le feu et, moi, je tresse les paniers. Ça ne s'appelle pas des règles tacites ? Et encore, nous ne sommes là que depuis quatre jours. Tu verras, dans six mois !

Franklin sourit. Tara avait sans doute raison. Les règles ne peuvent pas être évitées, les habitudes non plus.

— Il y a pourtant une petite fille qui est morte, ce jour-là, reprit-elle sur un ton grave. Et c'était un morceau de Bout de chou.

— Je sais. C'est cruel, mais je trouve ça moins important. Presque pas grave. Il y a des dizaines de milliers de marmots qui meurent chaque jour. On n'en porte pas le deuil.

— On ne saute pas non plus de joie.

— Non, mais on arrive quand même à crever de maladies cardiovasculaires liées à la surnutrition. Tu vois que ça ne nous empêche pas de manger, et encore moins de nous resservir.

— Arrête, Franklin ! Je te parle sérieusement.

— Justement, c'est pour ça que je détourne la conversation.

— Terroriste !

— Moraliste !

— Sûrement pas.

— Parole.

— Denis Craig a élevé six clones de Bout de chou.

Franklin cessa de sourire.

— Comment ?

— Ce n'étaient pas réellement des clones, d'ailleurs. C'était Bout de chou. Ça s'est passé avant que l'œuf fécondé ne soit réintroduit dans le ventre de la mère. La morula a été séparée plusieurs fois.

— Shannon…

— Qui est-ce ?

— La mère de Bout de chou. La mère naturelle. L'ovule venait d'elle.

— Les clones ont grandi dans des centres fermés. Et quand Ilis est arrivée parmi elles, les expériences ont commencé.

— Quel genre ?

— Ilis a développé des capacités bien plus grandes que celles de Malhorne. Ce que tu as pu voir chez Julian Stark est devenu un jeu d'enfant pour elle. Et, si j'en crois les rapports qui me sont parvenus, ça s'est passé dès son plus jeune âge.

— On l'a su aussi avec Bout de chou. Elle avait déjà une forme de conscience d'elle-même surprenante. Sans parler de ses capacités psychiques.

— Plusieurs clones sont morts à la suite des expérimentations.

— Salopard !

— Mais il en est resté au moins un. Je l'ai rencontrée à New York, il n'y a pas très longtemps. Elle s'appelle Five.

— Comme le chiffre ?

— Elles étaient toutes rasées et tatouées d'un numéro. C'était la seule façon de les différencier. J'ai pu le constater avec Ilis, lorsqu'elles étaient côte à côte.

— Ça doit faire drôle.

— Plus que ça, même.

— Tu dis qu'il en reste une. Où sont les autres ? Sur six, il devrait bien en rester plus que ça, non ?

— Une a été tuée quand Ilis s'est évadée du centre. Une est morte, étouffée par Ilis. La première, on l'a tous prise pour Bout de chou. Et les deux autres, je ne sais plus. Et ça n'a finalement pas grande importance. Elles ont toutes été sacrifiées à l'appétit de pouvoir d'un seul homme.

— Denis Craig !

— Toujours lui.

— Les scrupules ne l'ont jamais embarrassé. C'est l'une des premières choses qu'il m'a dites, quand j'ai commencé à travailler pour la Fondation : peu importent les moyens, pourvu que vous y arriviez. À l'époque, j'ai pensé qu'il s'agissait simplement d'argent. Mais je suis sûr, aujourd'hui, qu'il englobait tout le reste.

Franklin se retourna, en proie à une idée subite : le feu.

Les flammes avaient disparu et, dans la pénombre qui s'épaississait, seules quelques braises rougeoyaient encore.

— Merde ! Le feu ! s'écria-t-il en courant vers le sable sec. On terminera cette conversation plus tard.

Le lendemain, ils partirent à l'aube vers le nord. Ils marchèrent jusqu'au soir, respectant toutes les deux heures une halte nécessaire.

Tout au long de la journée, Franklin et Tara gardèrent leurs sens en alerte. Un avion de ligne dans le ciel, un déchet d'origine humaine échoué sur la plage, une trace d'hydrocarbure sur le sable, il y avait bien des moyens de découvrir s'ils étaient sortis de l'Aratta à leur époque ou loin dans le passé.

Ils n'avaient aucune possibilité de connaître précisément l'endroit où ils se trouvaient, pas même le nom de l'océan, ou de la mer, qu'ils longeaient. La plage était belle, mais vierge de toute marque. À plusieurs reprises, ils durent faire un détour, pour contourner un banc d'otaries, ou d'une espèce mammifère qui y ressemblait beaucoup.

L'eau était très salée, ce qui fit dire à Franklin qu'il s'agissait sans doute de l'océan Atlantique, même s'il n'était vraiment sûr de rien.

Tara, de son côté, trouvait qu'une telle plage ressemblait à la côte des Malabars, malgré l'absence d'essences tropicales. Mais elle admit très vite qu'elle y avait séjourné à plusieurs reprises. Et que ce simple fait l'influençait sans doute.

Ils ne virent aucun lion de la journée, malgré l'appréhension qu'ils nourrissaient depuis leur départ de la grotte.

Lorsque le soleil fut proche de l'horizon, ils décidèrent de ne pas continuer plus loin. Ils avaient la réponse qu'ils cherchaient. Cette Terre ne connaissait pas l'homme dit moderne, c'est-à-dire celui qui pollue.

Savoir si des humains moins évolués vivaient quelque part ne les intéressait pas.

Ils s'installèrent sur un îlot accessible à marée basse et se préparèrent à passer une nuit tranquille.

Franklin alluma un feu. Il commençait à en maîtriser la technique ancestrale.

Ils se blottirent l'un contre l'autre, en attendant que la braise prenne de l'importance. Lorsqu'elle fut suffisante, ils firent cuire les coquillages qu'ils avaient glanés durant les deux dernières heures.

La cuisson fut très rapide et la chair se révéla délicate et fine. Ça ressemblait à de grosses coques.

Après quoi, repus de leurs derniers fruits, ils profitèrent d'un coucher de soleil incomparable.

— Si ces coquillages ne sont pas comestibles, on mourra ensemble. C'est déjà ça.

— Je me passerais assez bien de ce genre de visions romantiques, critiqua Franklin.

— Détrompe-toi sur mon intention. Je me dis simplement que je n'aimerais pas vraiment te survivre ici. Ailleurs, je ne dis pas, mais ici, je me retrouverais trop seule.

— C'est étonnant, commenta Franklin, j'ai constaté que plus un air est pollué, plus ses couchers de soleil sont colorés. Or celui-ci est bariolé comme il faut, non ? On dirait du Technicolor.

— Ou alors, nous nous sommes déshabitués. Les vraies couleurs de la vie sont peut-être celles-là.

Le soleil bascula derrière l'horizon. Pendant un court moment, les nuages posés juste au-dessus s'embrasèrent et se confondirent avec le feu. Tara et Franklin contemplèrent cette débauche de couleurs en silence, goûtant jusqu'à l'écœurement ce simple spectacle naturel donné pour eux seuls. Puis la clarté baissa d'un coup et les ténèbres s'installèrent.

Ce fut Tara qui rompit le silence.

— On retourne à la grotte, demain ? Ou tu vois mieux à faire ?

— De toute façon, c'était perdu d'avance, mais ça a fait une belle balade quand même.

— Explique-toi. Qu'est-ce qui était perdu d'avance ?

— Tu sais où on trouve encore des lions sur Terre ? Je veux dire, sur notre Terre à nous, celle qu'on a massacrée jusqu'à l'écœurement ?

— Tu vas me l'apprendre sans doute.

— Dans les zoos, Tara. Dans les zoos. Ou dans certaines réserves africaines où ils sont entretenus à coups de millions de dollars pour amuser la galerie. Là aussi, Nemo a fait un tour. Ça vaut le déplacement, c'est édifiant. Autant de péquins gras du bide qui dépensent des fortunes pour voir des lions manger sans appétit des quartiers de viande qu'on leur jette du haut de Jeep électriques. C'est à se pisser dessus. Crois-moi !

— Dis-le-moi franchement, Franklin.

— Quoi donc ?

— Tu veux que je t'appelle Nemo, une bonne fois pour toutes ? J'ai l'impression que ça te manque tellement. Si ça peut te faire plaisir…

Franklin hésita à répondre. Tara en profita aussitôt.

— Tu peux toujours courir, mon vieux. J'ai passé

l'âge des surnoms de cour d'école. Et toi aussi, si tu veux savoir.

Franklin écarquilla les yeux d'incompréhension.

*Pourquoi diable faut-il qu'une femme veuille toujours endosser le rôle de la mère ?*

Il hésita à verbaliser cette pensée, puis il jugea préférable de n'en rien faire. Il se leva et descendit jusqu'au rivage pour se rincer les mains.

# 30

Stuart regardait la lumière monter sur la paroi. Centimètre par centimètre, l'ombre se laissait grappiller le terrain qu'elle reprendrait plus tard. Des lettres gravées dans la pierre jaillissaient de l'oubli. Des lettres, des mots, des phrases entières, structurées, cohérentes.

Il suffisait d'attendre.

Cela faisait un quart d'heure à présent qu'il attendait.

Le bas du texte gravé par le frère André était baigné d'une clarté jaune orangé.

À l'extérieur, le soleil de ce monde prenait des couleurs très terrestres. À moins qu'il ne s'agisse de la Terre, comme finalement rien ne permettait à Stuart d'en douter vraiment.

Le prêtre luttait pour ne pas commencer par le bas. Il voulait connaître le témoignage dans l'ordre. C'était le moindre des respects qu'il devait à son auteur.

Et quel étrange auteur…

Stuart ne parvenait pas à croire qu'il pouvait s'être retrouvé là par hasard. Il ignorait où se trouvaient ses compagnons, mais il était certain que cet endroit lui était destiné depuis le départ. Ou tout au moins que lui seul parmi tous pouvait parvenir jusque-là.

Le hasard !

Huit siècles plus tôt, un moine cistercien, mandaté par le pape de son temps, avait voyagé dans l'Aratta.

Et il en était revenu pour graver un texte, et puis mourir.

L'Apocalypse selon André de Maillezais.

Stuart n'avait jamais entendu parler de cette nouvelle révélation. Et pour cause, voilà huit siècles qu'elle attendait sa venue.

*Pourquoi moi ?* songea Stuart. *Ça aurait pu revenir à quelqu'un d'autre. Quelqu'un qui l'aurait mérité, de sa peine. Pourquoi pas ? Le mérite… Le mérite et la vertu étaient de bonnes choses. Il ne faut pas tout jeter.*

Il distinguait à présent dix blocs de texte, soigneusement délimités par un fin pourtour, arrondi sur sa partie supérieure. Ça ressemblait aux représentations habituelles des tables de la loi.

*Pour un catholique du XIII^e^ siècle, c'est normal. Il reproduit ce qu'il a vu.*

Stuart sentait une vague acide remonter à l'intérieur de son œsophage. Il ne réussissait pas à admettre que cette sensation était une simple conséquence de la peur panique qu'il tentait de contrôler.

Sa vision du monde allait sans doute basculer.

Son monde était en train de basculer.

Irrémédiablement.

Et il n'avait ni le cœur ni la possibilité de l'éviter.

Il lutta contre l'envie de remettre cette lecture au lendemain, repoussa tant bien que mal tous les prétextes possibles pour y parvenir, et finit par se lever.

Il avança dans la lumière, pas à pas, d'une démarche lente et timide. Il ferma les yeux un instant lorsque, à un mètre de la paroi, il embrassait encore l'ensemble du texte d'un seul regard.

Il hésita à lire de cet endroit. Les lettres étaient petites, presque trop, mais il aurait ainsi pu sauter d'un paragraphe vers un autre, au cas où l'insupportable se serait présenté.

Il récita un Notre-Père. Il le fit sans un bruit, du bout des lèvres, et ne s'en aperçut pas aussitôt.

Il inspira une dernière fois et enfin se lança. Il colla son visage à quelques centimètres du mur et commença à traduire les phrases latines.

« *Apocalypsis*. La révélation.

Par la volonté de Sa Sainteté notre pape Innocent IV, moi, serviteur de Notre-Seigneur Jésus, le très humble frère André de Maillezais, suis parti en compagnie de six compagnons de mon ordre porter l'étendard de notre très Sainte-Trinité au-devant des Cohortes.

Moi, frère André de Maillezais.

J'ai abandonné mon nom, j'ai quitté ma famille, j'ai renoncé à tout bien en ce monde.

J'ai fait cela pour que la gloire du Christ illumine les hommes.

Et j'ai fait cela pour rien.

Je n'ensemencerai pas le futur humain de mon expérience. Ma connaissance s'arrêtera avec moi.

Je ne veux pas aller plus loin.

Je sais à présent que les textes ont menti.

Je sais que les promesses sont des leurres.

Pas de paradis, pas d'enfer.

Il n'existe pas de meilleur monde offert aux hommes vertueux.

C'est ici et maintenant qu'il faut jouir de la vie.

Car l'enfer peut s'ouvrir aux hommes.

Cet enfer, que j'ai vu, d'où je viens et où je ne retournerai pas.

Cet enfer dont les Cohortes m'ont dit qu'il n'était pas le seul.

Personne ne lira jamais ce texte. Je le grave ici pour moi-même, pour que ma réflexion soit mûre, pour que ma mort ait un sens.

Il faut aussi qu'une tombe ait une histoire. Même si cette histoire ne sera à jamais que mon linceul et ma désolation.

Je suis l'envoyé de Rome.

J'étais l'envoyé de Rome.

Je ne retournerai jamais là-bas.

Mon ambassade ne terminera pas sa tâche. Je ne rentrerai pas.

Les troubles qu'a connus Rome autour de mon départ seront vite étouffés.

Mon existence elle-même deviendra bien vite une fable, puis sera oubliée.

Je n'apporterai pas aux hommes l'objet de leur destruction.

Il faut que le message de Notre-Seigneur Jésus perdure.

Il faut que tout ce pour quoi j'ai vécu continue d'exister.

Je ne serai pas celui par qui le chaos arrive.

Si le Christ n'est pas, ses soldats eux sont bien réels. J'ai appartenu aux rangs de cette fratrie que j'ai aimée plus que tout.

Elle ne doit pas disparaître.

Les hommes ne sont pas assez grands. Le moment n'est pas venu. Il est encore trop tôt.

Par ma faute, ceux qui se prétendent purs vont être anéantis.

C'est la seule solution.

Ils seront des milliers à payer le prix de notre imperfection.

J'ai commencé par creuser ma tombe.

J'y ai gravé l'année de ma mort, selon une origine que je ne reconnais plus.

Jamais Rome ne saura.

Le XXI décembre de l'an de grâce 1243, notre équipage a ouvert la sphère, selon les indications du maître des Purs, celui qui se fait appeler Archalb le Nazaréen.

Le solstice rend le voyage plus sûr.

Nous sommes entrés dans la matière du monde, l'étendard de Dieu porté haut et la certitude que nous faisions ce qu'il fallait pour le bien de notre très sainte mère l'Église.

Le monde de la première Cohorte nous a ouvert ses portes. Nous y avons trouvé des hommes comme nous. En apparence. Mais aucun d'entre nous ne peut douter qu'il s'agit là d'une fourberie de leur part.

Le frère Jean est demeuré parmi ceux-là.

Mission lui a été confiée de se familiariser avec leur langage afin de bientôt commencer son évangélisation.

Mes cinq autres compagnons ont tous rejoint leur poste aux portes des cinq autres Cohortes.

Par la volonté de notre pape, Sa Sainteté Innocent IV, le pénible rôle de porter l'étendard de Notre-Seigneur Jésus à la septième Cohorte m'est échu.

J'y suis allé malgré les réticences des Purs.

Notre très Saint-Père a insisté.

L'Évangile doit être porté dans toutes les directions.

La lumière du Christ doit être connue de tous.

C'est le septième sceau cité par saint Jean.

Mais Jean, le béni parmi les bénis, n'a pas su tout voir.

Il nous a mis en garde de ne pas ouvrir cette porte.

Il ne savait pas, ou ne pouvait pas savoir.

La septième Cohorte est déjà parmi nous.

Notre vigilance a déjà failli.

Une population de démons sanguinaires est tapie derrière le septième sceau de Dieu.

Ils exercent sur nos populations une prédation régulière.

L'enfer peut à tout moment se déverser sur nous, sans que nous puissions rien faire pour l'en empêcher.

Ils excellent dans l'art païen de la guerre.

Et nous utilisent pour s'améliorer eux-mêmes.

Ils m'ont gardé près d'eux, le temps nécessaire. Pour que je puisse les estimer à leur juste valeur.

Il n'y aura pas de seconde chance.

Ils ne doivent pas savoir d'où je viens.

C'est pourquoi je suis reparti vers d'autres Cohortes.

Je suis arrivé près du frère Benoît.

Et, là aussi, je n'ai su lire que la désolation.

La cohorte dont il avait la charge l'a enseigné.

Lui a montré.

Lui a prouvé.

Ce que ni mon cœur ni le sien n'ont voulu croire.

Le Seigneur est une émanation des Cohortes.

La Bête a le visage des anciens Dieux.

Frère Benoît n'a pas voulu repartir avec moi.

Moi qui suis le seul à posséder la clé du retour.

Je suis resté longtemps dans la matière du monde, avant d'arriver dans cette grotte sans entrée.

La matière du monde m'y a déposé. Je recherchais la solitude et ne puis être davantage comblé qu'ici.

La solitude de l'âme, de la parole et du cœur que je garderai jusqu'à la fin.

Et pour les siècles des siècles.

Ainsi soit-il. »

Stuart acheva sa lecture, dont la fin avait été rendue pénible par une lumière faiblissante.

En levant les yeux vers le plafond, il se rendit compte que la lumière remontait, abandonnant les textes à l'ombre.

Dehors, le soleil était sans doute sur le point de basculer derrière l'horizon.

Stuart se laissa tomber sur le sol. Il n'arrivait pas encore à digérer ce qu'il venait de lire. C'était trop frais. Une grande quantité d'informations n'avait pas encore franchi la barrière de la raison et stagnait au niveau du simple ressenti.

Il devait tout d'abord se calmer.

Il s'adossa au mur frais, face aux textes latins, et soupira.

Inspirer, puis expirer. Longuement, plusieurs fois. Jusqu'à ce qu'un sentiment de vertige commence à le prendre.

Ses mains tremblaient.

Cette lecture l'avait épuisé. L'effort de traduction n'y était pour rien. C'est l'excitation qui l'avait immédiatement gagné et contre laquelle il avait dû lutter qui était responsable de cet état.

*Je suis si fatigué,* pensa Stuart. *Et j'ai besoin de tant de forces.*

Il suffisait d'avoir quelques connaissances de l'Apocalypse de saint Jean pour commencer à comprendre ces lignes.

Ajouté à cela ce que Stuart connaissait de l'Aratta, et le sens intégral n'était pas loin.

— Il ne faut pas que je me trompe, marmonna-t-il plusieurs fois. Il ne faut pas que je me trompe…

En 1243, le frère André de Maillezais, accompagné par six moines cisterciens, pénétrait dans l'Aratta à destination d'autres mondes.

*C'est ça,* pensa Stuart. *Il ne dit pas comment le Vatican est entré en possession de la sphère, mais il en parle. Pas de doute. Elle a dû leur parvenir par cet Archalb le Nazaréen. Vu qu'il savait se servir de l'Aratta. Question : qui est cet ostrogoth ? Archalb le Nazaréen… jamais entendu parlé.*

Raison de leur voyage : l'évangélisation des nouveaux mondes.

*Là encore, l'idée coïncide avec l'esprit de l'époque.*

En rapprochant le parchemin du texte gravé, Stuart pensa découvrir qui avait apporté la sphère au Vatican : les cathares.

*Les cathares, les purs, c'est ça. Les parfaits. Katharos…*

*Question : comment les cathares sont-ils, eux-mêmes, entrés en possession de la sphère d'Ethen Ur Aratta ? Ou alors, ça veut dire… Mais oui ! D'où viennent les cathares ?*

*Réponse : je n'en sais rien. Et je ne peux pas directement arriver à la conclusion que les cathares viennent de l'Aratta. Ce ne serait pas scientifique.*

*Ou alors, il y a eu plusieurs sphères. Ce qui signifierait qu'Ethen n'était pas la seule à en connaître l'existence.*

*Les cathares, donc !*

Stuart dut faire appel à de très anciens souvenirs.

Les cathares, oui, ça évoquait bien quelque chose. Mais c'était loin, tellement loin.

Un mouvement chrétien, une hérésie qui avait gagné une grande partie de l'Europe médiévale. Stuart savait ce qu'avaient été ces cathares. Mais c'est au sujet des dates que ses certitudes s'évanouissaient.

Pourtant, le manuscrit dans la tombe en parlait aussi. Il ne pouvait pas y figurer deux fois ce mot sans qu'il ait une grande importance.

Le massacre des albigeois ! Stuart tenait une date. Elle venait de jaillir dans son esprit. 1244. Des milliers de malheureux hérétiques livrés aux bûchers.

Et 1244, c'était idéal. Un an après le départ du frère André et de ses compagnons.

*Il le dit lui-même !*

Stuart retourna au pied de la roche à la recherche des phrases qui y faisaient allusion. Il s'aida du bout d'un doigt, qu'il fit lentement glisser du haut vers le bas, et trouva.

— Là, dit-il à voix haute. « Par ma faute, ceux qui se prétendent purs vont être anéantis. C'est la seule solution. Ils seront des milliers à payer le prix de notre imperfection. » Des milliers, c'est ça ! Le massacre des albigeois a signé la fin du mouvement cathare.

Le texte du frère André devenait limpide.

À quelques détails près.

Il subsistait entre les deux prêtres certaines différences de vocabulaire, mais qu'importe. Le tout était de connaître les équivalences.

Ce que le frère André de Maillezais appelait « la matière du monde », Stuart le connaissait sous le vocable d'« Aratta ».

Par contre, la notion précise de « cohorte » échappait à Stuart. Il en connaissait le sens, dans l'Apocalypse selon saint Jean. Les cohortes y figuraient les armées de l'enfer.

Il semblait que pour le frère André, cette appellation soit plus vague. Stuart ne parvenait pas à définir s'il était question de population, de race, ou, comme saint Jean le définissait lui-même, des légions de l'enfer.

Mais, en tout état de cause et malgré les incertitudes

qui subsistaient encore, Stuart était persuadé que le frère André et lui-même avaient vécu la même expérience dans l'Aratta. À huit siècles d'écart.

Cette constatation le laissa tout d'abord de marbre. Puis elle glissa lentement dans sa conscience et descendit au-delà, vers un niveau de compréhension où l'instinct prime sur le reste. Sur tout le reste.

La colère commença alors à gagner sa raison. Une colère entière, pleine, sans appel ni possibilité de merci. Une colère de sanguin, telle qu'il en avait connu à Zagora, dans son bidonville. Loin de cet endroit en dehors du monde. La colère de l'injustice manifeste, de l'obscurantisme et de la bêtise récurrente de l'humain face à ses chances de salut.

Il se leva et martela le mur gravé de ses énormes poings.

— Nous n'avons donc pas été les premiers ! hurla Stuart. Il y a eu une autre tentative de contact. Et elle a échoué. Vatican ! Vaticane ! Intrigues vaticanes ! Toujours la même chose, depuis des centaines d'années !

Le son de sa voix se répercuta sur les parois de la cellule circulaire, puis s'échappa vers le niveau inférieur où il mourut, happé par les différents matériaux, roche, eau et ossements.

C'est en se retournant qu'il découvrit le dernier témoignage du frère André. Il se trouvait sur le mur opposé au texte principal. Sept lignes en latin, presque anodines, perdues dans la courbure de la roche.

« La vérité est dans la matière du monde.
Le septième sceau n'a été qu'entrouvert.
Le Seigneur vient des Cohortes.
Il est venu apporter la lumière aux hommes.
Le Seigneur est reparti vers les Cohortes.

À l'endroit où se trouve aussi la Bête.
La Bête tant redoutée dont le souffle initie. »

Cela lui fit l'effet d'un coup de poing. Il le relut plusieurs fois, avant de s'accorder une seconde de répit. Il s'appuya contre la roche. Il avait besoin d'air frais, d'air pur, de vent.

La Bête ! Bien sûr. Comment n'y avait-il pas pensé ? Mais cette bête-là, à travers cette petite phrase, ne semblait pas avoir effrayé le frère André tant que cela. Stuart voulait comprendre autre chose. « Le souffle qui initie », ce n'était pas là l'image qu'il pouvait se faire de la peur.

Alors, qu'avait voulu dire le moine ? Qui redoutait cette Bête ? Pas lui, clairement.

Le manque de limpidité s'expliquait sans doute par l'époque à laquelle les textes avaient été gravés.

Qui pouvait avoir eu intérêt à ce que la Vérité ne soit pas révélée au grand jour ? Et qui pouvait avoir eu peur de cette Vérité ?

1247.

Qui avait pu être ce frère André pour avoir été choisi parmi tous ?

Qu'avait-il en tête en pénétrant dans l'Aratta ?

Une terre plate, point de départ d'un univers anthropocentrique, une vérité une et unique, celle des Évangiles, de la Bible et surtout du Vatican. Un homme dont l'espérance de vie ne devait pas excéder quarante-cinq ans.

Stuart décida de redescendre dans la grande salle.

La nuit ne tarderait plus, il devait se préparer au plus vite un endroit où dormir, s'il ne voulait pas errer dans les profondes ténèbres de la grotte. Stuart se souvenait des lumières bleutées, mais il se trouvait dans une totale incertitude quant à leur retour.

Mieux valait ne pas traîner.

La marque du soleil avait quitté les textes. Elle se perdait à présent dans un repli situé dans le plafond de la salle. Détail auquel il n'avait pas prêté attention jusque-là, le mur situé sous ce repli portait des encoches de quelques centimètres de profondeur. Des encoches qui ressemblaient à des échelons très sommaires.

Il se hissa sur la pointe des pieds pour tenter d'apercevoir ce que le repli pouvait cacher, mais cela ne suffisait pas.

La curiosité fut la plus forte. Stuart voulait savoir. Au pire, il dormirait là, à même le sol, si toutefois le sommeil réussissait à emporter sa conscience.

Il posa ses mains et ses pieds dans les encoches et monta jusqu'au repli. Là, un boyau horizontal partait dans la profondeur de la roche, sur une distance inconnue.

À cette heure du jour, le boyau se trouvait justement inondé de lumière. C'était comme si tous les éléments se liguaient pour lui indiquer le chemin. Stuart interpréta positivement cette convergence de bonnes volontés naturelles. Il s'enfonça à l'intérieur du boyau, à quatre pattes, la tête baissée pour ne pas se cogner.

# 31

De l'endroit où ils se trouvaient, Ilis et Milos avaient une vue idéale sur les remparts d'une citadelle aux allures sinistres. Elle était bâtie dans une pierre noire, légèrement luisante, la même que celle qu'on pouvait trouver dans la campagne environnante.

À la mi-journée, ils avaient réussi à rattraper la population qu'ils recherchaient. Ils avaient trouvé une curieuse procession faite de chaises à porteurs et, leur sembla-t-il, de domestiques. Ils étaient restés à distance, toujours cachés à la vue d'éventuels guetteurs, et s'étaient contentés de suivre.

Deux heures plus tard, la procession s'était divisée, précisément au niveau d'une patte-d'oie, chose qu'Ilis et Milos ne surent qu'après.

Cette bifurcation, située sur une éminence, leur avait permis de comprendre où allaient tous ces gens. À partir de ce croisement, le chemin devenu double descendait de part et d'autre d'une colline, vers une plaine qui s'étalait à perte de vue. Et là, piquées dans une brume de chaleur, il y avait deux colonies humaines d'importance. À cette distance, Ilis et Milos n'avaient pas réussi à préciser s'il s'agissait de gros villages ou de petites villes.

Mais les heures qui suivirent le leur indiquèrent.

Ilis avait choisi de suivre la demi-procession de droite, celle qui traînait, enfermé dans une cage, le dernier survivant de la bataille. Un homme au corps entièrement peint en vert, sur lequel il y avait beaucoup de traces rouges, sans doute le sang de ses adversaires. Cette cage, montée sur un chariot, était tirée par quatre bœufs.

— Je veux savoir pourquoi celui-là, avait dit Ilis. Pourquoi le garder en vie, et pour en faire quoi.

Ces quelques paroles mises à part, Ilis était restée retranchée dans un mutisme qui ne lui ressemblait pas. Malgré toutes les tentatives de Milos pour l'en sortir.

Et des questions, Milos en avait. À commencer par la présence d'Implants sur les cadavres.

Mais elle n'avait plus desserré les dents. Son esprit s'était tourné vers une cible exclusive et y était demeuré. Une cible qui n'incluait pas Milos. Il s'était alors contenté de suivre le mouvement, se disant qu'il n'existe rien d'éternel, le regard rivé sur la sphère qu'Ilis portait dans un filet ramassé sur le champ de bataille.

Tard dans l'après-midi, la longue colonne était arrivée en vue d'une citadelle, où elle s'était bientôt engouffrée. Ilis et Milos l'avaient quittée juste avant. Ils étaient entrés sous le couvert d'un bois qui dominait la ville.

Le chariot qui portait la cage de l'homme au corps peint en vert s'était extirpé de la colonne pour gagner une bâtisse située à l'écart de la citadelle. Là, une herse s'était refermée derrière le chariot et sa troupe d'hommes en armes.

Il ne s'était plus rien passé de notable depuis. Des gens convergeaient de temps à autre vers l'entrée principale, par groupes de trois ou quatre personnes, rarement plus. Ils rentraient des champs qui entouraient la citadelle, sans doute de leur travail.

Le soleil allait bientôt se coucher.

Milos bougea, pour la centième fois depuis une heure. Il soupira et finit par reculer derrière les buissons, laissant Ilis surveiller la porte principale.

— J'en ai plein le cul de rester là à rien faire, marmonna-t-il.

— *Reviens ici,* lui envoya Ilis mentalement. *Je ne bougerai pas le petit doigt si tu te fais repérer.*

— Et alors ?

— *Alors tu passeras un sale moment, et tu mourras.*

Milos haussa les épaules sans rien dire.

— *Tu as vu ce qu'ils font de la vie des autres ? Tu crois que ta jolie petite gueule peut te sauver de leurs appétits ? Va frapper à leur porte, dans ce cas !*

Milos ragea en silence, puis il revint s'allonger près d'Ilis. Elle avait sans doute raison, comme d'habitude.

Les buissons sous lesquels ils avaient trouvé refuge longeaient un chemin pavé qui descendait tout droit vers la porte principale de la citadelle, à cinq cents mètres de là.

— On n'a qu'à y aller, proposa Milos. Comme ça, tu sauras tout ce qu'il y a à savoir sur ces branquignols.

— Pas le temps.

— Comment ça pas le temps ? Mais on n'a que ça à foutre, justement.

— Je n'ai pas le temps de mourir, Milos. Toi non plus d'ailleurs.

— Mais t'es une vraie malade !

— Ça te soulage de l'avoir dit ?

— Mais !....

Il n'acheva pas sa phrase. Ilis le désarmait, lui qui avait acquis dans le Quartier la solide réputation d'avoir une belle repartie, il devait bien avouer que la jeune femme arrivait à le désarçonner facilement. Très rapidement.

*Facile aussi, quand tu sais ce que les gens pensent !*

— Il va falloir t'y faire, Milos. Ou apprendre à te protéger.

Allons-y dans ce cas. J'en ai marre que tu saches tout en permanence. C'est gonflant.

— Plus tard. Je ne veux pas me déconcentrer. Rappelle-toi ce qui nous est arrivé la dernière fois, à New York.

— Fais chier !

— Tu te répètes, Milos.

Le jeune homme encaissa la raillerie sans broncher.

— Si je comprends bien, confia-t-il après un temps de réflexion. Ils ont forcé environ deux mille hommes et femmes à se massacrer. Et ils n'en ont gardé qu'un seul. Le dernier survivant.

— J'en ai bien l'impression, murmura Ilis.

— Dis-moi, Ilis ! murmura Milos à l'oreille de la jeune femme.

— Mmmh ? Quoi ?

— T'as pas envie des fois ?

Ilis tourna son visage vers son compagnon.

— Pardon ? Je comprends bien ce que tu es en train de penser ? Tu me proposes la botte, alors que nous sommes dans une situation extrêmement délicate. C'est bien ça ?

— Comme tu y vas ! Extrêmement délicate. Faut rien exagérer, quand même.

— Va dans le fourré à côté et fais-toi du bien tout seul.

— Je m'emmerde !

— Vas-y, tu as raison, ça va t'occuper. Mais pars plus loin que ça, finalement. Je n'ai pas envie de subir tes fantasmes lubriques pendant que tu te soulageras.

Milos se renfrogna, vexé. Il s'allongea de tout son long et laissa errer son regard sur les toits de la citadelle.

— Comment ça se fait que tu te souviennes pas ? demanda-t-il au bout d'un long moment.

— Je l'ignore. Le pont s'est brisé avec Malhorne. Lui ne se souvenait de rien. De rien du tout. Moi, c'est différent. J'ai des flashes, comme ceux que je t'ai montrés.

Mais je manque de matière. Et je n'arrive pas à établir de lien entre tous ces souvenirs.

— C'est difficile à envisager, Ilis. Moi, quand je ne me souviens pas de quelque chose, je ne m'en souviens pas du tout. Toi, on dirait que tu as des moitiés de souvenirs, ou moins que ça même.

— Je ne sais pas très bien de quoi tu parles. Peut-être l'ai-je su. J'ai dû être normale, un jour, il y a longtemps.

— Et c'était quand, ça ?

— La première fois, avant que je meure. Je ne sais pas exactement à quand ça remonte. Des milliers d'années en tout cas.

— T'es vraiment cinglée !

— Et toi très enraciné dans tes certitudes.

— T'as pas tort, avoua Milos en souriant. Ma mère serait contente de t'entendre, je crois. Quand j'étais gosse, elle me disait que je ne croyais en rien et que si je continuais comme ça, je finirais mal. Ben, voilà où j'en suis. Allongé sous des buissons avec une cinglée qui lit dans ma tête et qui me parle de réincarnation.

— Je sais que tu me crois, Milos. Tu ne peux pas vraiment me mentir.

— Ouais ! Eh bien, pour ce que ça m'a servi d'être honnête. Je préfère pas rester comme ça. Faut pas être trop honnête, ou alors il faut accepter de vite passer pour un con.

Ilis regarda Milos. Ses yeux pétillaient de malice.

— Te fous pas de ma gueule en plus, jura Milos.

— Je t'aime bien, Milos.

— Ça veut dire que j'ai une chance, ça ?

— À toi de voir.

Milos attrapa un brin d'herbe qui chatouillait l'une de ses narines et le glissa entre ses dents.

— À ta place, je ne ferais pas ça.

— Pourquoi donc, m'man ?

— À ta guise. Mais ne perds pas de vue que nous avons quitté notre monde et que nos organismes n'ont pas été habitués à ingérer ce qui pousse par ici.

— Il va falloir être à la diète combien de temps ? Je te préviens, j'ai déjà faim. Et puis, c'est pas un brin d'herbe qui viendra à bout de Milos Strinker. Crois-moi !

— Comme tu veux.

— J'ajouterai que pour un autre monde, celui-ci ressemble quand même sacrément au nôtre, mis à part peut-être les gugusses qui sévissent dans le coin. Enfin, à mon monde, parce que, toi, je ne sais pas trop d'où tu viens, finalement. T'as vu les plantes, les oiseaux, qu'on a croisés toute la journée. Regarde ces buissons ! Ils ont pas une tête catholique, ces buissons ? Et pour les gugusses, rien ne me prouve pour le moment qu'on n'a pas affaire à une bande de dégénérés qui se payent une belle boucherie façon Moyen Âge. T'as peut-être des souvenirs qui remontent à Mathusalem, mais côté présent, t'es pas au top. Si on était restés plus longtemps dans le Quartier, je t'aurais montré tout ce que le pognon peut acheter.

Ilis tourna la tête vers Milos, une expression d'incrédulité sur le visage.

— T'en dis quoi ?

— Rien, se contenta-t-elle de répondre. Curieux que tu connaisses Mathusalem.

— Tu sais, reprit Milos sur un ton plus véhément. Je suis prêt à gober pleins de trucs pas clairs, et je dois même dire que je suis content d'être là, ça change du Quartier. Mais, quand même, il faut que tu me dises une chose, l'Aratta, c'est quoi ?

— C'est la matière qui relie les mondes, Milos.

— OK, tout ce que tu veux, mais c'est quoi, je veux dire, exactement ?

— Tu as entendu parler de la matière noire ?

Milos secoua la tête.

— Matière sombre ? Masse manquante ?

— Non, c'est quoi ?

— Ce qui obsède les astrophysiciens.

— Explique. Tu t'en tireras pas avec ça.

— C'est une simple hypothèse de ma part.

— Donne-la, je te dirai ensuite si tu continues ton délire ou pas.

— L'Univers visible constitue une infime partie de la masse nécessaire pour fonctionner en tant que système. Dix pour cent, pour être exacte. Les scientifiques appellent les quatre-vingt-dix pour cent restants, « masse noire » ou « sombre ». Ou « masse manquante ». Moi, je propose l'Aratta en guise d'explication. Ça te convient, ou me ranges-tu définitivement dans la case des désaxés ?

Milos proposa une moue dubitative, puis haussa les sourcils. Soudain, il tourna les yeux vers le chemin, qui commençait à disparaître dans la pénombre. Une lumière approchait.

— Voilà du monde ! chuchota-t-il.

— Je le sais depuis deux ou trois minutes, répondit Ilis tout bas.

— Tu fais chier !

— Silence ! Ils sont là.

Une demi-douzaine d'hommes passèrent en courant tout près d'eux. Ils portaient des cuirasses impressionnantes et un armement composé de masses et d'épées.

L'un d'eux sortit de la colonne et s'arrêta juste au-dessus de l'endroit où ils se trouvaient.

— *Ne bouge pas !* ordonna mentalement Ilis. *Je pourrais m'occuper de celui-là, pourquoi pas des six, mais je ne peux rien contre une ville entière.*

Le soldat posa ses armes sur le sol et commença à retirer sa ceinture. Puis il fouilla à l'intérieur de ses vêtements. Il mit longtemps avant de réussir à dénicher son sexe. Il dut pour ce faire soulever plusieurs épaisseurs de tissus et une fine cotte de mailles.

Mais quand il y parvint, il libéra un torrent d'urine

chaude sur la tête de Milos, qui ne put que placer ses mains sur ses cheveux en guise de protection.

L'homme soufflait très fort. Il avait autour de la bouche une pellicule de salive séchée qui témoignait de l'effort qu'il venait d'accomplir. Quand il eut terminé, il émit une petite plainte, se rhabilla et repartit en petites foulées rejoindre sa troupe.

Milos n'attendit pas que le groupe armé ait disparu. Il sortit des buissons, dégoulinant d'urine.

— Ah, putain, le con ! Ça pue ! hurla-t-il en essayant sans succès de s'essuyer le visage. C'est dégueulasse, merde !

— Milos ! Reviens ! lui ordonna Ilis.

— Va te faire foutre ! Tu veux qu'il me chie dessus la prochaine fois ? Rampe dans la merde si ça te chante, moi, je me planque plus.

Ilis sortit à son tour des buissons. Milos sut ses intentions dès qu'il croisa son regard. Il tenta de s'enfuir mais la jeune femme était déjà sur lui. Elle l'attrapa à la gorge, lui fit traverser le chemin et le plaqua contre le tronc d'un arbre. Il essaya de lui demander d'arrêter, mais aucun son ne sortit de sa gorge comprimée. La scène se passa en silence, alors que sa violence était incontestable.

— *Écoute-moi bien, Milos ! Je ne courrai pas deux fois le risque d'être arrêtée par ta faute. Si tu manques une seule fois de nous faire repérer par ta bêtise, je te tuerai. Tu m'as comprise ?*

Milos réussit à agiter la tête de haut en bas.

— *Je ne peux pas me payer le luxe de mourir, ici et maintenant. J'attends cet instant depuis un temps que tu ne peux même pas envisager, alors tu vas faire exactement ce que je te dis et quand je te le dis. C'est clair ?*

La main d'Ilis relâcha sa pression. Un peu d'air réussit à passer dans la gorge de Milos, dont le visage virait au violet.

— *Dernière chose, Milos. Ne me propose plus jamais la botte. Si j'ai envie de sexe, c'est moi qui viendrai à toi. Maintenant, suis-moi !*

Elle le lâcha simplement et Milos s'écroula sur le sol à quatre pattes. Il porta la main à sa gorge. Un long filet de salive se mit à pendre au coin de sa bouche. L'air entrait en sifflant jusqu'à ses poumons.

Lorsqu'il put enfin se relever, Ilis avait disparu. Seule une branche qui bougeait encore lui indiqua par où elle s'en était allée. Mais il ne bougea pas tout de suite, il ne le pouvait pas encore. Son corps refusait de se mettre en mouvement, et son orgueil plus encore. Être ainsi malmené par une femme ne faisait pas partie de sa réalité. Il fallait digérer cette nouvelle information, et ce n'était pas facile. D'autant plus qu'Ilis lui plaisait en même temps qu'elle l'effrayait.

Milos mit une heure à ravaler son amour-propre. Sa gorge le faisait toujours souffrir. La chair, elle, demandait du temps.

Il se leva pourtant et s'enfonça dans les bois sur les traces de la jeune femme. Au début, il trouva quelques indices de son passage, mais bien vite, il dut se rendre à l'évidence. Ilis avait disparu.

Continuer reviendrait à se perdre et appeler était impensable.

Milos commençait à envisager sa position comme une impasse.

Il allait rebrousser chemin, retourner vers la voie pavée qu'il venait de quitter, quand la voix d'Ilis fit irruption entre ses oreilles.

— *Tu fais un boucan du diable mais tu ne sais pas écouter, Milos, encore moins ressentir. Tu n'es pas loin de moi, mais tu ne risques pas de me trouver si je ne t'aide pas un peu.*

— Rien ne t'y oblige, murmura Milos.

— *Pense. Ne parle pas. Commence au moins à apprendre ça. Je ne te demande pas de le faire en permanence. Contente-toi de garder le silence quand c'est nécessaire.*

— *Pourquoi t'as fait ça ?* pensa-t-il.

Il y eut un silence, puis la connexion se fit à nouveau.

— *Pour que tu comprennes l'importance que j'ai prise pour toi,* entendit-il résonner dans sa tête. *Je ne suis pas seulement celle qui peut te tuer, je suis aussi celle qui peut te ramener chez toi. Si tu me perds, tu te perds. Et si tu deviens un problème pour moi, je te laisse. J'ai vu mourir tant de gens, Milos. Et je suis bien placée pour savoir que cela n'a pas tellement d'importance.*

Milos marmonna entre ses dents quelques insultes de son cru et se tailla un chemin à travers une végétation de plus en plus épaisse.

Il trouva Ilis dans une clairière minuscule, blottie au creux d'un vallon. Aucun chemin n'y aboutissait, rien ne permettait d'en connaître l'existence. Un endroit parfait pour se cacher des hommes.

Il sentit en arrivant une odeur forte, musquée.

— Il va falloir t'habituer à la compagnie des sangliers, lui dit Ilis tout bas.

— C'est ça qui pue comme ça !

— Ils en ont autant pour ta propre odeur, Milos.

— Pour ce que j'en ai à faire. Tu sais, l'opinion des sangliers, ça a jamais été vraiment mon truc.

— Il va falloir t'y mettre dans ce cas.

Ilis montra un trou dans la végétation, au niveau du sol. Milos ne vit tout d'abord rien, la luminosité ambiante était de plus en plus faible. Mais quelque chose bougea dans la pénombre et le jeune homme reconnut une fourrure sombre, puis l'éclat de deux yeux rapprochés. Un gros museau terminé par un groin noir apparut, puis une tête entière. Les narines frémirent dans l'air. Milos entendit l'animal grogner et recula d'un pas, laissant Ilis entre lui et la bête.

— Mais c'est con un cochon, dit Milos. Et puis c'est dangereux !

— C'est vrai, convint Ilis. C'est dangereux, si tu ne le respectes pas. Par contre, j'ai connu beaucoup d'humains beaucoup plus crétins qu'un cochon. C'est à toi de voir.

— Eh bien, justement, puisqu'on en parle…

— Laisse-la s'approcher et te sentir. Et fais-lui comprendre que tu n'es pas son ennemi.

— Mais j'ai jamais fait ça !

— Quoi donc ? Te laisser renifler par une laie ou montrer à quelqu'un que tu es son ami ?

— Ilis, tu es tout sauf drôle, tu le sais, ça ?

— Laisse-toi faire. Après, si tu t'es montré persuasif, elle te laissera tranquille.

Milos recula encore d'un pas et buta sur la végétation qui dressait un rempart dans son dos. Il n'avait plus de marge de manœuvre.

Il se baissa et tendit une main vers la laie, qui avançait vers lui sans hésiter.

L'animal écrasa son groin sur le dos de la main de Milos et renifla bruyamment. Puis elle posa sa tête contre sa cuisse et appuya, de plus en plus fort. Milos lutta puis capitula, ce qui l'obligea à s'enfoncer dans les broussailles. La laie arrêta là sa démonstration et retourna dans son trou.

— Elle t'a montré qu'elle est la plus forte, expliqua Ilis.

— Drôle de manière de faire connaissance, non ? Et maintenant, on est des potes, c'est ça ?

— Pas loin. Mais fais attention quand même. Elle a des petits.

Milos le vérifia quelques minutes plus tard. Il venait de s'asseoir sur un tronc mort, quand une ribambelle de marcassins s'égailla dans la clairière. Ils commencèrent par accourir auprès d'Ilis, puis l'un d'eux découvrit la présence du jeune homme. Il lui fonça dessus, sans s'inquiéter des présentations, et se glissa sous le bras de Milos. Le jeune homme ne put qu'accueillir ce débordement d'affection. Il ne commença à se soucier de ce que faisait la laie que lorsqu'il fut submergé par les autres marcassins. Il devait y en avoir une dizaine en tout, et chacun voulait connaître la caresse de Milos.

Le jeune homme essaya d'en attraper autant que possible dans ses bras et tomba à la renverse. Prenant cette attitude pour un jeu, les marcassins se ruèrent de nouveau sur lui. Mais il n'était pas très sûr de faire ce qu'il fallait.

— Ilis, aide-moi.

— Joue avec eux, proposa Ilis. N'as-tu jamais été enfant ?

— Oui, mais la grosse, là, elle est d'accord ?

— Elle te le dira elle-même, Milos. Essaie, tu verras.

Milos considéra alors les marcassins comme de jeunes chiots et s'amusa avec eux. La laie fit irruption dans la clairière et se posta devant lui, à moins de deux mètres. Elle observa sa délicatesse, ses gestes puis, sans doute satisfaite, elle repartit fouiner la terre sous le tapis de feuilles.

Milos joua un moment avec les marcassins, puis il se lassa et s'installa un coin confortable, tout près d'Ilis.

— Je me pose une question, dit-il après un moment.

— Une seule ?

— Pour commencer, oui.

— Je t'écoute.

— Pourquoi ils n'ont pas des chevaux, ces branques ? C'est quand même curieux, ça. Ils courent comme des cons avec tout leur attirail sur le dos. Où ils ont mis leurs canassons ?

— Pourquoi des chevaux en particulier ?

— T'as vu leur dégaine ! Ils ont pas vraiment l'air d'avoir inventé la bagnole, non ?

— C'est vrai.

— Et c'est tout ce que ça te fait ?

— Apparemment. Ton histoire de chevaux est loin d'être essentielle.

— Si tu réponds à cette question, peut-être que t'en sauras plus sur le reste, justement. Imagine, on est revenus au Moyen Âge, ou un truc du style. Y a des tas de types qui se massacrent à poil et le corps peint. Pourquoi pas ? Après tout, c'est pas parce que je connais pas quelque chose que ça n'existe pas. T'aurais pu le dire toi-même, ça ! Et puis ? J'en reviens à ma question, qu'est-ce qu'ils ont fait de leurs canassons ? Ils cavalent à travers la campagne, équipés comme de la cavalerie lourde, et ça te mâche pas plus que ça ?

— Ne compare pas avec ce que tu connais, Milos.

— Et pourquoi ça ?

— Parce que tu ne connais rien ici. On n'est plus sur Terre, mon grand.

— Tu recommences pas avec ça, hein ? Tu m'avais lâché la grappe depuis quelque temps, alors continue, OK ?

Ilis fit comme si elle n'avait pas entendu et poursuivit :

— Rentre-toi bien ça dans le crâne. Ici, il va falloir se méfier de tout et de tous. Ici, il va falloir tout apprendre, ne pas se fier à des apparences qui peuvent nous tromper.

— Ça, je l'ai bien compris, la coupa Milos. Mais c'est pas de ça que je parle.

— À la bonne heure. Et c'est de quoi alors ?

— Tu me poses des questions à présent ? T'as pas déjà scanné ma cervelle pour savoir ce que je pense ?

— Non.

— Et je peux savoir pourquoi ?

— Pour te rendre un peu de ta dignité. Mais je peux facilement inverser la tendance, tu sais.

— Pas la peine. C'est très bien comme ça. C'est reposant.

— Ta question, c'était quoi ?

— Je suppose qu'on ne va pas rester ici indéfiniment. Alors, on fait quoi ?

— On attend que la nuit s'installe et on part à l'aventure.

— La nuit est déjà là, Ilis. Tu veux qu'on attende quoi de plus ? J'ai la dalle.

— Pas encore. J'attends un visiteur et ce n'est pas encore son heure. Quant à ton estomac, il va falloir te faire une raison, au moins jusqu'à demain.

— Merde, ragea Milos. Je dors pas si j'ai pas mangé, moi ! Et je suis grognon quand je dors pas, j'y peux rien, c'est comme ça. Au fait, qu'est-ce que ça bouffe tes cochons ?

Ilis ne répondit pas. Elle paraissait absente, assise immobile sous la lumière argentée de la lune.

— Oh, putain ! Elle me refait le coup de la Madone. J'suis vraiment verni, se lamenta Milos. Complètement à la masse.

Il alla s'asseoir à quelques mètres de là, le plus loin possible d'Ilis et des sangliers, et se roula en boule sur le tapis de feuilles.

Il s'endormit en quelques minutes.

— Milos, réveille-toi.

Le jeune homme grogna dans son sommeil, mais ne bougea pas.

— Milos, répéta Ilis en le secouant plus fort.

Il consentit à ouvrir un œil, puis s'appuya sur les coudes.

— Quoi ?

— Je vais avoir besoin de toi.

— Je croyais que tu savais tout faire, rétorqua Milos en tentant de se rallonger.

Ilis l'en empêcha.

— Personne ne le peut.

— Et qu'est-ce que tu veux que je fasse ?

— Je vais devoir me concentrer, ça va prendre un petit moment et je ne pourrai pas en même temps surveiller les environs. Je peux compter sur toi pour nous protéger en cas d'attaque ?

— Bon, ça ne me pose pas de problème.

— Il ne faudra pas non plus que ça t'en pose tout à l'heure, Milos. Tu es certain d'y arriver ?

— Mais tu veux que je te défende contre qui ? T'as vu où on est ?

— Cet endroit n'est pas aussi sûr que tu le penses.

— Tu en sais quoi, de toute façon ? Je croyais que tu ne te souvenais pas…

— Je n'ai pas dit le contraire. Mais je ne veux prendre aucun risque. Si tu n'étais pas là, je procéderais autrement.

— T'inquiète, j'suis un grand garçon. Et puis, il y a ton troupeau de gorets pour m'aider en cas de coup dur.

— C'est vrai. Ils peuvent être de redoutables adversaires.

— Aucun doute là-dessus, acquiesça Milos.

Puis il demanda, sur un ton moqueur :

— Ton visiteur est arrivé ?

— Mais tu ne crois pas si bien dire.

Milos se retourna. Il fouilla la nuit du regard et n'y trouva personne.

— Je t'ai déjà dit qu'il fallait ici te défaire de tes repères habituels.

— Je vois rien.

— Et c'est une visiteuse.

Milos se tourna de nouveau, mais il n'y avait personne.

Ilis tendit un bras en l'air. Milos entendit un bruissement feutré, puis une forme claire descendit du ciel et se matérialisa sur le poing de la jeune femme. Une chouette.

— Bah, putain ! commenta Milos. On n'est pas sortis de l'auberge.

— Les apparences sont toujours trompeuses. Il ne peut pas en être autrement.

— T'en as pas marre de parler comme un livre ?

— Admets que je suis bien plus qu'un livre, non ?

— Et après ? Tu fais quoi avec ton oiseau ?

— Une petite excursion. Et si j'ai le temps, je te montrerai aussi. Tu es prêt ?

— Prêt à quoi ? Ouais, je suis prêt. Fais ce que tu as à faire et passons à la suite.

Ilis s'adossa contre un arbre et s'installa confortablement. Puis elle amena la tête de la chouette devant son visage. Elle commença par lui caresser le plumage, puis murmura des mots que Milos n'entendit pas.

Ce manège dura quelques minutes, puis Ilis projeta la chouette vers le ciel et demeura immobile, les yeux clos et le corps tétanisé.

L'oiseau s'envola sans un bruit dans la nuit, emportant avec lui la vigilance de la jeune femme.

— Vole et va vers les hommes ! dit celle-ci tout bas.

Il n'y eut ensuite plus aucune parole prononcée. Milos tenta de comprendre à quoi Ilis pouvait bien être en train de jouer, mais, faute de référence en la matière, il ne put que faire des suppositions. Il toucha juste à côté de la vérité en imaginant qu'Ilis voulait observer les habitants de la citadelle en gardant un lien télépathique avec la chouette. Ilis avait en fait une exigence plus grande qu'une simple observation.

Il le comprit peu après, lorsque la pensée de la jeune femme fit de nouveau irruption dans sa cervelle pour lui proposer de participer au voyage, de manière passive.

Milos accepta, sans trop savoir de quoi il retournait réellement. Il sentit une lumière rémanente s'installer dans son esprit. Ilis lui intima de se décontracter et de recevoir ce qu'elle allait lui transmettre, sans opposer de résistance.

— *Ferme les yeux. Les sangliers te préviendront si nécessaire.*

Milos se laissa glisser vers l'état qu'Ilis lui demandait. Il en avait déjà fait l'expérience et l'idée de recommencer lui plaisait. Une excitation bienvenue le gagna.

Le halo devint lumière, puis de la lumière sortirent des formes, qui composèrent bientôt des images.

Milos, à travers les yeux de la chouette, survolait une citadelle, à plusieurs centaines de mètres au-dessus des toits. La sensation de vertige qui lui serra immédiatement l'estomac libéra une décharge d'adrénaline dans son sang. Cette excitation des sens, Milos la désirait. Il s'en reput sans peur, persuadé qu'il ne courait aucun risque.

L'oiseau plana longtemps au-dessus de la ville plongée dans la nuit. Toute la campagne environnante indiquait qu'il n'y avait pas de villages, ni même de fermes isolées. Dans la citadelle, de petites lumières brillaient çà et là, parmi une masse compacte de toits, luisant sous la lumière de la lune.

Son ouïe très perçante décela de nombreuses voix. En bas, des femmes et des hommes par centaines semblaient banqueter. Il y avait une fête, sans doute donnée en l'honneur du vainqueur de la bataille.

L'oiseau piqua dans cette direction. Le sol se rapprocha à une vitesse vertigineuse.

Dans la clairière, Milos pensa l'accident inévitable et protégea son visage de ses mains croisées.

— *Elle fait ça comme tu marches,* lui adressa Ilis. *Laisse-la agir sans t'inquiéter et profite.*

La chouette ouvrit grand ses ailes et vira à quelques dizaines de centimètres au-dessus d'un sol dallé. Le rapace poursuivit son vol dans une ruelle, bifurqua au jugé plusieurs fois et arriva sur une place dégagée où se trouvait la bâtisse éclairée.

Il s'agissait en fait d'une sorte de halle ouverte aux quatre vents. Il s'y tenait bien un banquet où tous les habitants semblaient être réunis. L'endroit devait contenir deux à trois mille personnes, toutes générations confondues.

Les piliers de soutènement de la halle étaient décorés d'une statuaire guerrière, presque dégoulinante, tant elle figurait des mises à mort sanguinaires.

L'art des sculpteurs était indéniable. Les combattants de pierre, s'ils n'avaient eu des proportions gigantesques, auraient pu donner l'impression qu'ils allaient bouger. La musculature était fine, les traits précis, la pose imitait le parfaitement vivant.

La chouette entra sous la halle et alla se percher dans les hauteurs de la bâtisse.

Sous elle, il y avait des tables couvertes de victuailles et de vaisselles mais aussi des convives. L'endroit donnait lieu à la plus invraisemblable orgie qui soit.

Au centre des tables, une fontaine déversait un flot ininterrompu d'un liquide brun-rouge qui ressemblait fort à du vin. C'était l'endroit de convergence de la plupart des mouvements. Des verres énormes, des chopes, des bouteilles aux formes biscornues se remplissaient puis partaient rejoindre au fond des gosiers leurs promesses d'ivresse.

Il y avait un autre centre d'intérêt, juste à côté de cette fontaine, une sorte de fosse peu profonde, comme un bassin, mais qui, au lieu de contenir de l'eau, était remplie de corps en mouvement, nus, ondulant au rythme de centaines de déhanchements. Une fosse de fornication. Des individus des deux sexes en sortaient, visiblement fatigués mais comblés, d'autres y descendaient. Pour les mâles, leur sexe déjà raide prouvait la vaillance qu'ils allaient donner à la collectivité.

*C'est énorme un merdier pareil,* pensa Milos, sans se rendre compte qu'Ilis profitait de ses commentaires. *Un mégalupanar ! Jamais vu ça.*

Contre toute attente, la jeune femme lui répondit :

— *On appelait ça une bacchanale avant, mais va pour un merdier, ça colle aussi.*

La chouette se détourna de ce spectacle, qui ne l'intéressait pas, pour concentrer son acuité visuelle sur un détail. Elle s'envola, et descendit se poser sur un candélabre. Sous une table, un mulot grignotait des miettes tombées.

— *Reste encore un peu,* envoya Ilis sous forme d'intention. *Nous avons presque fini. Il y a d'autres mulots, plus faciles à attraper.*

L'oiseau se tint sur le candélabre, attendant d'Ilis qu'elle lui envoie une demande.

— *Là ! Devant. L'homme très grand, celui qui porte une barbe.*

L'oiseau ne comprit pas les mots mais l'intention d'Ilis, qui venait de se matérialiser sous la forme de l'image de l'homme en question.

— *Regarde, Milos.*

*» Lui, c'est un soldat. Pour le moment, il est de repos, ou quelque chose dans ce goût-là. Et il ne pense qu'à son travail. Je ne comprends pas bien de quoi il s'agit.*

— *Tu peux lire ce qu'il pense ?* demanda Milos.

— *En partie, seulement en partie. Je ne peux que recueillir ses pensées en images. Et, en ce moment, il pense à son quotidien. C'est quelqu'un d'important dans sa communauté et il a des problèmes. Je ne sais pas lesquels mais il n'est pas content.*

*» Peut-être puis-je comprendre un peu leur langage. Ethen connaissait ce monde, elle voyageait dans l'Aratta comme*

*nous sommes en train de le faire. Peut-être qu'en écoutant… Non, ça ne me dit rien. Pourtant, je connais beaucoup de langues. Je dois me concentrer sur les images.*

*» C'est un passeur. C'est ce que je devine. Oui, c'est ça, pour les siens, il appartient à la caste des passeurs. Des passeurs de quoi ? J'aimerais le savoir. Je peux peut-être essayer de pénétrer sa psyché.*

*» Non, il a changé d'avis. Cette fille a eu raison de son zèle. Il va sans doute la culbuter quelque part. Oui, regarde, il se lève. Les animaux sont tous les mêmes. Et ils savent y faire, dès qu'il s'agit de se reproduire.*

*» Une obsession pour une autre.*

*» Regarde-les, Milos. Ça va te plaire. Ils boivent, ils mangent, ils baisent. Tout ce que tu aimes. Tu te plairais bien ici. Tu peux rester si tu veux.*

*» J'ai vu où ce passeur travaille. C'est dans cette grande bâtisse à l'extérieur de la citadelle. C'est là que je veux aller. Reviens, l'oiseau.*

*» Vole, l'oiseau. Va jusque dans la tour.*

La chouette quitta le candélabre et se lança hors de la halle. Elle virevolta à deux mètres au-dessus du sol puis prit de la hauteur. La citadelle devint bientôt toute petite. L'oiseau vira de bord, dépassa le périmètre de la ville et s'approcha d'une grande tour carrée. Milos et Ilis purent en voir toutes les faces au cours de la descente.

Au pied de l'édifice, une porte monumentale était gardée par deux soldats en armes. Ils ne semblaient pas faire montre d'une grande vigilance, car leur garde était davantage liée à l'apparat qu'à une défense active.

L'un fumait et l'autre somnolait, le haut du corps appuyé à un muret de pierre.

La chouette frôla le soldat endormi et reprit de l'altitude.

Ilis voulait voir autre chose.

L'oiseau monta en accomplissant de grands cercles autour du bâtiment.

— *Il n'y a pas une fenêtre, pas une ouverture, rien. Je veux entrer là-dedans.*

Le toit non plus n'offrait pas d'entrée, à l'exception d'un conduit de cheminée.

— *Reviens, l'oiseau,* envoya Ilis dans la nuit. *Tu ne peux pas entrer.*

La chouette s'éloigna de l'édifice à tire-d'aile. Sans doute n'appréciait-elle pas vraiment de se trouver aussi près de la citadelle.

Milos retrouva sa liberté de mouvement avant que l'oiseau ne soit revenu. Il découvrit devant lui le visage d'Ilis. Même sous l'éclairage ténu de la lune, il pouvait voir les cernes grisâtres qui soulignaient les yeux de la jeune femme.

Manipuler la psyché d'autrui, même celle d'un oiseau, semblait être un exercice fatigant.

La chouette se posa sur la branche basse d'un arbre, tout près d'Ilis. La jeune femme bougea les mains avant de rouvrir ses paupières. Elle semblait revenir de loin. La peau de son visage paraissait plus diaphane que d'ordinaire, comme si elle s'était amincie. Ses narines dilatées trahissaient une fragilité inhabituelle. Elle tendit une main vers la chouette, alla jusqu'à en frôler le plumage et se retint de la toucher.

— Merci, l'oiseau, dit-elle d'une voix très douce. Va où tu veux. Mais méfie-toi toujours des hommes.

— Tu parles aux oiseaux ? se moqua Milos. Tu sais qu'on en fait enfermer pour moins que ça ? Ma mère, par exemple. Eh bien, elle ne parlait même pas aux oiseaux, c'est te dire.

— Tu parles bien à ton sexe !

Milos la regarda, l'air stupéfait.

— Où est-ce que t'es allée pêcher un truc pareil ?

— Dans ta tête, Milos. Dans ta tête. Il n'y a pas grand-chose que tu puisses me cacher. Tu devrais le savoir.

Milos se sentit rougir de honte. Il ne pouvait pas nier que la chose lui était déjà arrivée, dans l'intimité, seul, pour lui-même. Jamais il n'en avait parlé à quiconque, et jamais il n'avait envisagé qu'il le ferait un jour. Il ne le faisait plus très souvent, mais cela arrivait encore, parfois.

— Tu as voulu te moquer de moi, Milos. À charge de revanche, mais ça te sera difficile. Et puis, arrête de t'en faire, ça arrive à tous les hommes de faire ça. Je sais de quoi je parle. N'oublie pas que j'en ai été un, moi aussi. On est tous les mêmes, aussi obsédés les uns que les autres, alors ce n'est pas grave. Le danger, c'est l'originalité. Allez, viens. Partons.

Sans s'en rendre compte, Milos baissa la tête vers son entrejambe. Puis il haussa les épaules et emboîta le pas à Ilis.

Ils marchèrent en silence dans la forêt, en suivant la pente naturelle du terrain. La nuit à présent avancée laissait descendre une humidité glacée.

La marche les réchauffa et réveilla les sens de Milos, jusqu'aux plus inavoués. Devant lui, Ilis se déplaçait sans un bruit, évitant la moindre brindille pour ne pas donner l'alerte à des guetteurs possibles. Son corps en mouvement commença à produire une transpiration naturelle, qui vint insidieusement titiller les narines de Milos.

Le jeune homme ne s'en aperçut pas tout de suite. Le sournois agissement de sa libido le prit par surprise.

Ilis, de son côté, perçut les premières pulsions sexuelles de Milos. Elle s'arrêta net, se retourna et l'attrapa par l'entrejambe, qu'elle serra sans ménagement.

— Il fut un temps où Malhorne était aussi obsédé que tu l'es à présent. Il lui a fallu beaucoup de vies pour évoluer. Les hommes ne sont pas très dégrossis du côté de leurs testicules.

— C'est-à-dire que…, balbutia Milos. Ça fait longtemps et…

— Dans le Quartier, ton pote Méti t'approvisionnait dès que tu en avais besoin. C'est ça ?

— En gros, oui.

— Et c'était fréquent, je suppose. Tous les jours peut-être. Il va falloir apprendre à envisager une femme autrement, Milos. Un homme n'est pas un prédateur. Enfin, disons que ce n'est pas une fatalité.

— J'ai bien l'impression que la prochaine femme que je pourrais envisager, comme tu le dis, n'est pas près de pointer le bout de son nez.

— Une période d'abstinence ne peut pas nuire, dit-elle en relâchant sa prise.

— Oublie-moi, tu veux !

Milos bouscula Ilis pour passer devant elle et s'enfonça dans les broussailles.

Elle l'entendit rouspéter mentalement et ne put s'empêcher de sourire.

Milos arriva le premier au pied d'un talus qui longeait la tour et s'allongea sur la terre humide. Il poussa devant lui les lances qu'il avait prises sur le champ de bataille et se mit à ramper vers le sommet de la butte.

Près du sommet, il ralentit sa progression et osa un regard par-dessus les touffes d'herbe.

— *Ils sont toujours là, les deux gugusses. Ilis, tu m'écoutes ? Je dis…*

Milos n'acheva pas son message. Ilis le dépassa, sans chercher à se cacher une seule seconde, attrapa l'une des lances et prit pied sur la route. Les gardiens n'étaient qu'à une cinquantaine de mètres d'elle.

Dans la nuit, ils ne pouvaient sans doute pas encore la voir. Eux, par contre, se découpaient clairement sur le mur éclairé par une lampe à huile.

Ilis ne s'arrêta pas pour attendre Milos et avança droit vers les deux hommes.

Milos ne chercha pas à comprendre. Il se leva et courut rejoindre la jeune femme. Derrière elle, il se sentit immédiatement plus en sécurité que seul, allongé dans l'herbe humide.

Le garde de droite dormait toujours. Celui de gauche fumait une sorte de pipe au fourneau surdimensionné et ce passe-temps accaparait visiblement toute son attention, car il ne vit que l'ombre d'Ilis.

L'homme s'adressa à eux dans une langue aux intonations liquides.

— *Il glousse ?* envoya Milos vers Ilis.

— Non, il parle, répondit la jeune femme à voix haute. Et il ne parlera plus, fais-moi confiance.

Elle enfonça d'une main tout le fer de la lance dans la gorge du malheureux. La trachée entièrement sectionnée, il ne put même pas émettre le moindre son. Il porta ses mains vers sa gorge ruisselante et ne put que s'affaisser sur le sol pavé pour se sentir mourir. Ilis lui retira l'arme qu'il portait attachée à la ceinture, une longue lame recourbée qui s'apparentait autant à l'épée qu'au cimeterre.

Le meurtre, commis de sang-froid, n'avait fait que très peu de bruit. Mais suffisamment pour déranger le second garde dans son sommeil. Il chercha à se réfugier dans le bâtiment par la double porte béante, mais seul son corps y pénétra. Sa tête, elle, tomba sur le pavé, désolidarisée du tronc par le cimeterre qu'Ilis venait d'essayer.

Milos regarda le corps étêté sans réagir. Jamais il ne s'était imaginé qu'un cou puisse contenir tant de choses, ni qu'un cœur continue de battre aussi longtemps.

Il avait fait des cartons sur des inconnus, à trois cents mètres de distance. Parfois, dans sa lunette, il avait vu des parties se détacher du corps. Certains calibres étaient ravageurs. Mais là, ces épaules qui ne portaient rien, c'était presque grotesque.

Ilis passa à côté de lui, frôla son épaule d'une main et s'enfonça dans le bâtiment sans plus s'en occuper.

Près d'une minute s'écoula avant qu'il ne réagisse enfin. Il abandonna presque à regret la contemplation du sang et s'élança à la suite de la jeune femme.

Il la trouva vingt mètres plus loin, hésitant entre deux directions.

— Pourquoi t'as fait ça ? demanda Milos. Ça fait des plombes que tu me les brises pour que je ne nous fasse pas repérer et, toi, tu flingues le premier autochtone qui passe.

— On n'a pas le temps de prendre des pincettes, Milos. Pour le moment, les gardiens sont seuls, ici. Tous les autres se trouvent là-bas, à ripailler tout leur saoul. S'il n'y a rien à voir, on repart tout de suite. Et si on peut apprendre quelque chose de cet endroit, on n'aura pas perdu notre temps. OK ?

— Comment tu sais qu'il n'y a personne d'autre ?

Milos comprit au regard que lui adressa Ilis. L'explication semblait tellement évidente.

— Je peux entendre une pensée à des kilomètres à la ronde, précisa-t-elle pourtant. Et plus le temps passe, plus j'entends loin.

— Bon, on va où ?

— Par là, suis-moi et plus un mot. Ça résonne salement ici.

Ils s'enfoncèrent dans les sous-sols de la bâtisse par un escalier monumental.

Tout, dans cette architecture, semblait avoir été prévu pour accueillir une troupe nombreuse. Depuis le couloir d'entrée jusqu'à cet escalier. Six hommes auraient pu y marcher de front, sans se toucher. Et pourtant, ils n'y rencontrèrent personne. Ils descendirent de plus en plus profondément, inspectant au passage chaque niveau avec plus de rapidité qu'ils ne l'auraient voulu.

Peu à peu, Ilis et Milos se rendirent compte que la

construction principale n'était pas la citadelle qu'ils venaient de survoler, mais cette bâtisse dont une infime partie seulement émergeait.

Et tout ce qu'ils découvrirent dans ces premiers niveaux ne leur apprit rien. Il s'agissait de pièces de vie, de réserves, de salles d'entraînement, d'entrepôts, de dortoirs, etc. Précisément ce à quoi ils pouvaient s'attendre dans ce qu'il convenait de nommer une caserne.

Milos chercha à persuader Ilis qu'il serait plus prudent de ressortir, argumentant que le banquet donné dans la citadelle ne durerait pas éternellement, mais il ne parvint pas à capter son attention.

Ilis cherchait l'eau.

Au sixième sous-sol, elle s'arrêta.

— Tu vas me dire…, attaqua Milos, qui commençait à en avoir assez de courir sans but apparent.

— Silence !

— Dis-moi pourquoi, insista Milos. On n'a vu personne.

— Voir non, mais entendre…

Ilis concentra ses perceptions sur un écho ténu dont elle ne faisait que sentir la présence. Il n'y avait pas de mots, pas d'images, seulement la conscience d'être.

— C'est très étrange, expliqua-t-elle à Milos. J'entends quelqu'un mais c'est trop monolithique. Comme s'il vivait enfermé dans la seconde présente.

— Tu sais où ?

— Devant je crois, droit devant.

Milos s'engagea le premier dans un couloir sombre, éclairé de loin en loin par des lampes à huile dont la combustion sentait fort un mélange de chair brûlée et de savon. Des dizaines de portes donnaient sur ce couloir. Certaines, ouvertes, laissaient apercevoir des vestiaires. En tout cas est-ce ainsi que Milos interpréta ces vêtements dépareillés qui pendaient aux murs.

— Regarde, Ilis, dit-il en stoppant net sur le seuil d'une de ces pièces. Il y a…

Milos entra dans le vestiaire. Sur une chaise, il y avait une paire de chaussures en cuir. Milos les prit, les regarda, incrédule. À l'intérieur, il y avait une étiquette cousue.

— Des Church ! Je connais ça. Mon père en avait. Et ma mère n'a jamais voulu les jeter.

Il se tourna vers Ilis pour les lui montrer.

— C'est ça ton Aratta ? Regarde, on est à la maison, ma grande. Des Church, à mon avis, il ne s'en fabrique pas dans tout l'Univers quand même ! Je sais pas chez quelle bande de cinglés on se trouve, mais on est bien chez nous. Enfin chez moi. Parce que toi…

— Ce n'est pas ce que tu penses. Continuons.

Ilis s'éloigna sans plus attendre.

Milos quitta la pièce à regret. Il venait de remarquer par terre un tas de vêtements qui auraient très bien convenu dans les rues de New York et beaucoup d'objets ressemblaient fort à ceux que pouvait produire sa civilisation.

Il vit Ilis au bout du couloir, arc-boutée contre une porte épaisse.

Il marcha lentement, persuadé que la jeune femme ne s'en sortirait pas seule, et fut obligé une fois de plus de réviser son jugement.

La porte, faite dans un bois plein, entièrement ferré à l'extérieur, mesurait quinze centimètres d'épaisseur. Elle céda pourtant, alors que le jeune homme arrivait pour prêter main-forte à sa compagne.

— Ça, c'est un coffre-fort, dit Milos en caressant en expert la tranche de la porte. Et j'm'y connais en coffres-forts.

Ilis ne l'avait pas attendu. Elle s'éloignait déjà dans une salle gigantesque et pourtant aussi vide que toute cette invraisemblable architecture souterraine, à l'exception d'une cage en métal posée au milieu.

À l'opposé de la porte qu'ils venaient d'ouvrir, une rampe montait du sol jusqu'à un étrange cadre de pierre de trois mètres de côté. Ce cadre dépassait du mur d'une cinquantaine de centimètres et ne paraissait avoir aucune fonction autre que décorative.

— C'est quoi ce chantier ? demanda Milos.

— J'ai peur de te répondre. Ne l'as-tu pas déjà deviné ?

— Deviné quoi ? Mais reste, merde !

Ilis se dirigea sans répondre vers la cage. Une forme humaine y gisait, le corps entièrement peint en vert.

— Veux-tu saluer le vainqueur ? cria-t-elle à Milos.

Elle actionna les ferrures qui fermaient la cage et pénétra à l'intérieur.

L'homme gisait immobile. Son esprit errait à la frontière de la conscience, trop affaibli pour parvenir à émerger sans un stimulus extérieur.

Ilis pressa son épaule et tâta la peau de son dos. En quelques secondes, elle trouva ce qu'elle cherchait. L'homme possédait un Implant.

L'homme gémit mais n'ouvrit pas les paupières.

— Il va mourir, dit-elle à Milos. Il ne reviendra pas. Son esprit a déjà capitulé. Assure-toi que personne ne vient. Je t'expliquerai après.

Contrairement à son habitude, Milos ne demanda pas d'explications. Il ramassa l'épée recourbée d'Ilis et alla se poster derrière la seule issue de la pièce.

Ilis se pencha au-dessus du moribond. L'homme avait un type asiatique indéniable. Le visage long, des yeux étirés, une musculature longue et fine, une pilosité presque inexistante à l'exception d'une chevelure épaisse.

Elle perçut enfin quelque chose dans la psyché du malheureux. Son esprit tentait un dernier effort pour revenir vers la surface de la conscience.

Ilis lui adressa une image d'elle-même, telle qu'elle aurait dû être si les hommes de Craig ne l'avaient pas régulièrement rasée et privée de nourriture.

Le visage de l'homme ébaucha un sourire, qui disparut aussitôt dans le masque de la souffrance. Sa conscience revenait, le souvenir des blessures reçues aussi.

— *Je vais mourir,* envoya-t-il vers la présence qu'il sentait au-dessus de lui. *Je m'appelle…*

Ilis perdit le signal mental. Elle fit un effort intrusif plus grand encore et finit par le retrouver.

— *Je m'appelle Rufus Baudenuit et… et vous ?*

Ilis se présenta.

— *Nous connaissons-nous ? J'ai l'impression que oui. Tant mieux, je ne voulais pas finir tout seul. Ne restez pas ici, ils vont revenir et vous ne pourrez rien. Prévenez…*

La conscience de l'homme vacilla. Sa cage thoracique ne se soulevait déjà plus. Mais Ilis savait qu'il restait encore quelques instants de vie.

— *Prévenir qui ?* demanda-t-elle sans un mot.

Elle jeta son esprit dans celui du mourant, sans savoir si elle courait ou non un risque au moment de sa mort.

La vie de Baudenuit commençait déjà à se transformer. Tout ce qu'il avait été, y compris la tragédie présente, partait vers un autre état. Ilis réussit à ralentir cette fuite inexorable, un instant seulement.

— *Craig…*

Baudenuit était mort. Ilis n'obtint plus rien. Toute vie électrique avait disparu de son organisme. Elle retira son esprit de la chair morte avec un léger dégoût.

*Qu'est-ce que Craig vient faire ici ? Pourquoi l'Aratta serait-elle peuplée d'hommes ?*

Elle se promit de répondre à cette question avant longtemps et se retourna vers Milos.

— Il faut partir, dit-elle au jeune homme, qui avait fini par refermer et barrer la porte.

— J'ai l'impression que nous avons un peu trop tardé… Quelqu'un arrive.

Des coups retentirent de l'autre côté, puis des voix aux intonations liquides commencèrent à hurler. Plongée dans la psyché mourante de Baudenuit, Ilis ne les avait pas entendus approcher.

— Sale temps, observa Milos. On est coincés ici et ils ne vont pas tarder à être des dizaines derrière la porte.

— Non, Milos. Il y a une autre issue.

— Je crois que tu n'as pas tout compris, Ilis. Regarde autour de toi et dis-moi par où on va sortir.

— Alors, suis-moi, incrédule !

Elle ramassa en hâte le filet contenant la sphère et s'élança sur la rampe.

Milos la suivit sans réfléchir, assez satisfait que la jeune femme ait une solution.

Ilis s'arrêta devant le cadre sculpté et chercha à sortir la sphère du filet, quand elle remarqua des reflets bleutés à l'intérieur du carré de pierre.

— Viens par ici, murmura-t-elle à l'oreille de Milos. Vite !

Elle l'entraîna sur le côté et se cacha entre le mur et le cadre.

Des hommes apparurent aussitôt. Milos devait se souvenir longtemps de ce moment car son cerveau ne voulut rien comprendre jusqu'à ce qu'Ilis le lui explique. Il vit des hommes et des femmes sortir par dizaines du centre du cadre. Ils y apparaissaient tout seuls, comme une sorte de génération spontanée, et partaient rejoindre les autres vers le centre de la salle. Bientôt, ce furent des personnes enchaînées qui sortirent de nulle part. Leur démarche titubante laissait penser qu'elles avaient été droguées ou qu'elles connaissaient toutes ensemble une immense fatigue.

Au bout d'un moment, la salle fut remplie. Il devait y avoir des centaines de personnes, dont une majorité était enchaînée.

Le flot des arrivants s'interrompit. Les reflets bleutés qui matérialisaient l'ouverture de l'Aratta disparurent.

Ilis en profita pour la rouvrir pour son propre compte et tira Milos hors de leur cachette.

Le dernier homme arrivé sentit monter une humidité inhabituelle dans son dos. Il se retourna et donna l'alarme.

Milos et Ilis entendirent un tonnerre de hurlements monter dans la salle. Puis le calme revint. Dans leur dos, l'Aratta venait de se refermer.

# 32

Le boyau partait en ligne droite sur une dizaine de mètres, après quoi, un coude le privait de lumière. Stuart hésita à poursuivre.

Que pouvait-il y avoir de plus ?

La perspective d'une issue lui redonna espoir, même s'il essayait de le tempérer, tant cette idée lui paraissait improbable.

Il recommença à avancer prudemment, contorsionnant comme un ver son corps bedonnant. Après l'éclat direct du soleil sur la pierre claire, cette obscurité le désarmait. Il laissa ses yeux se réhabituer et découvrit que, là encore, on lui avait préparé le chemin.

De nouveau, les champignons phosphorescents balisaient son trajet.

*Puisque je n'ai pas le choix,* pensa-t-il. *On ne refuse pas une invitation préparée depuis si longtemps.*

La galerie tourna de nouveau quelques mètres plus loin, de telle façon que la lumière disparut dans le dos de Stuart.

*L'obscurité est en attente de la lumière. Il suffit de les imaginer pour que les choses arrivent.*

Il repartit de plus belle, dans un passage dont les parois se rétrécissaient et dans lequel il devenait de plus en plus difficile de faire demi-tour.

Dans l'obscurité, ses mains rencontrèrent des objets qui tintèrent en s'entrechoquant. Le son résonna comme du métal.

Stuart les palpa en aveugle. C'étaient des tiges longues, légèrement recourbées à leurs extrémités et tranchantes.

*Des outils, sans doute,* pensa le prêtre. *Il a bien fallu des outils pour creuser et graver.*

Sa main gauche se referma sur les artefacts. Le contact froid lui procura un peu de réconfort. Dans sa position précaire et solitaire, ces objets le reliaient au monde des hommes. Il les rangea dans sa poche et poursuivit sa progression.

Le boyau s'ouvrit tout à coup sur un à-plat mousseux.

Stuart sentit sans le voir qu'il n'y avait plus rien au-dessus de sa tête. Juste une colonne d'air. Il se releva, un bras tendu vers le haut pour parer à une erreur de jugement. Il ne rencontra aucun obstacle.

Il y avait même un mouvement aérien, qui apportait des senteurs nouvelles, humides.

Stuart leva les yeux et découvrit, loin au-dessus de lui, un minuscule ovale de clarté. Il vit aussi des centaines de marches monter en colimaçon autour d'un puits d'air, qui montait vers la lumière.

La lumière.

Stuart aurait donné beaucoup pour s'en repaître les yeux à cet instant.

Il négligea le danger qu'il courait. Il s'engagea dans l'escalier en spirale.

Les marches offraient tout juste la place pour poser les pieds côte à côte. Stuart prit rapidement de la hauteur et commença à douter du bien-fondé de son entreprise.

Heureusement, l'excavation était très étroite. En cas de déséquilibre, il pourrait toujours se rattraper sur la paroi opposée. Il pensait pouvoir le faire, tout en espérant ne pas en avoir besoin.

Il se mit à compter les marches.

*Les impossibilités sont dans l'esprit, pas dans l'objet. Ne regarde pas en bas, ne regarde pas en bas !*

Cent cinquante-trois marches plus haut, sa main atteignait une sorte de parapet.

Stuart jeta un regard en contrebas. Sous ses pieds, le puits n'était plus que ténèbres.

Il se hissa hors du vide et resta quelques instants couché sur le ventre, pour reprendre son souffle.

Son haleine soulevait une poussière blanche qui recouvrait le sol. On aurait dit un sable très fin. Il regarda les objets qu'il avait pris dans le boyau. Il s'agissait de deux outils rudimentaires, comme de très gros clous.

Stuart leva enfin les yeux.

Il vit le ciel, un ciel où roulaient de gros nuages menaçants, épais, aux volutes impressionnantes, dont certains, exposés à la lumière orangée du soleil couchant, auraient pu servir de modèle aux peintres de la Renaissance.

Stuart les jugea magnifiques. Ce ciel seyait à la perfection aux heures qu'il venait de vivre.

Il respira profondément. Ses poumons se remplissaient d'un air plus léger, plus pur que jamais jusqu'alors.

Pourtant, une douzaine d'heures seulement s'étaient écoulées depuis qu'il était sorti de l'Aratta.

Il se releva et parcourut du regard son nouvel environnement. Autour de lui, une maigre végétation de type maquis sortait d'un sol calcaire où la terre nourricière ne semblait pas avoir élu domicile.

Des arbustes rabougris s'élevaient çà et là et culminaient à une hauteur avoisinant deux fois la taille d'un homme, pas davantage.

Curieusement, au milieu de cette végétation misérable, un bel arbre d'une quinzaine de mètres étendait une frondaison d'un vert tendre. Stuart marcha jusqu'à lui. Il comprit en s'approchant comment il avait fait pour se développer. L'arbre avait poussé dans une petite dépression où de l'humus s'était amassé. Suffisamment pour assurer sa croissance.

Stuart trouva dans cet arbre une bonne occasion de se situer. Il ne savait toujours pas où l'Aratta l'avait expédié. Il observa l'arbre, ses feuilles, son écorce, et en déduisit qu'il avait une forme parfaitement connue.

Stuart trancha pour un chêne. Et s'il ne se trouvait pas sur Terre, cet arbre devrait se nommer ainsi, car il en possédait toutes les caractéristiques.

Il s'en détourna et commença à arpenter le maquis. Il lui fallait répondre à une deuxième question : dans quel type de relief les grottes avaient-elles été percées ? À partir de là, il pourrait estimer sa marge de manœuvre future.

Il partit dans la direction du soleil et atteignit un précipice en peu de temps. La roche s'arrêtait net, sans demi-pente, et tombait de façon vertigineuse vers un fond qui se perdait peu à peu dans l'obscurité grandissante. De ce côté, Stuart reconnut l'horizon qu'il avait pu apercevoir de la grotte. Elle devait donc se situer juste en dessous, quarante ou cinquante mètres plus bas.

Il longea alors le vide, laissant le soleil sur sa droite, à la recherche d'un sentier, d'un ruisseau, de quelque chose qu'il pourrait suivre dès le lendemain.

Mais un quart d'heure plus tard, il retrouva le soleil sur sa droite. Il était donc en train de revenir à son point de départ. Les grottes étaient percées dans un piton rocheux, sans accès.

Stuart pensa à la Grèce. Il existait dans ce pays des paysages similaires à celui qu'il pouvait encore apercevoir autour de lui. Il existait même des monastères bâtis sur de tels monolithes. Il chercha un instant le nom de la province en question, puis décida qu'il ne l'avait sans doute jamais su et que ça n'avait pas la moindre importance.

La nuit tomba d'un coup.

Occupé à explorer son nouvel univers, Stuart n'avait pas eu le temps de réfléchir. Mais il venait de se rendre compte qu'il ne pourrait pas redescendre jusqu'aux grottes du frère André. Pas ce soir en tout cas. Pas dans cette obscurité parfaite. Le faire reviendrait à se jeter vers une mort probable.

Stuart soupira. Puisque la Providence l'avait mené là, c'est qu'elle avait pour lui d'autres desseins.

Il dormirait sous ce chêne. Peu importe le gîte, finalement, quand on a trouvé la piste de la Vérité. Une bonne nuit au grand air lui ferait le plus grand bien.

Stuart se fit un semblant de matelas de l'humus et s'allongea.

Il s'aperçut qu'un objet dans la poche de son pantalon le gênait. Il fouilla d'une main et en sortit le pendentif qu'il avait trouvé dans la tombe du frère André.

Stuart éleva le cristal devant ses yeux. S'il se souvenait correctement des paroles de Stacey Revel, il ne s'agissait en aucun cas de cristal, mais d'eau en état de surfusion permanente. Stuart n'avait pas réellement compris ce que signifiait cet état de surfusion, mais il en savait suffisamment pour faire la différence avec un cristal.

Cet objet semblait tellement anodin. Et pourtant, c'est grâce à lui, ou à un cristal identique, qu'Ilis avait ouvert l'Aratta. Et si le chemin était possible pour un, il l'était pour tous les autres. Une condition restait à remplir, apprendre à s'en servir.

Stuart connaissait la nature profondément humaine d'Ilis, malgré certaines capacités hors normes qui lui conféraient une aura monstrueuse. Différente, certes, mais humaine. C'est en tout cas ainsi qu'il se plaisait à l'envisager.

Et ce qu'un autre homme avait appris à faire, lui devrait aussi pouvoir s'en acquitter.

Stuart douta un instant de son raisonnement, mais un autre élément plaidait en sa faveur : le frère André, avec les connaissances du XIIIe siècle, y était parvenu. Sans doute quelqu'un parmi les cathares lui avait enseigné le fonctionnement du cristal. Sans doute, et cela conférait au moine franciscain une avance non négligeable sur lui. Mais Stuart disposait pour sa part d'un esprit développé aux XX^e^ et XXI^e^ siècles. Il pourrait ainsi rattraper son retard, par la force du raisonnement, la déduction et une absence quasi complète d'obscurantisme.

Cela suffit à le rassurer. Il passa la chaîne qui maintenait le pendentif autour de son cou et se prépara à dormir.

Stuart négligea les signaux que lui envoyait son estomac vide. Devant une impossibilité, il ne sert à rien de s'entêter. Il mangerait plus tard, dès que l'occasion se présenterait. Il regretta que cet arbre fût un chêne. Une autre essence aurait pu lui fournir de quoi se sustenter.

Il s'allongea sur un épais tapis de feuilles sèches. À travers les branches épaisses de l'arbre, il pouvait voir de lourds nuages rouler.

Au-delà, loin de cette scène, quelques étoiles brillaient.

Il se tourna sur le côté, posa la tête sur son bras replié et ferma les paupières.

La nuit est la meilleure des conseillères. Il aviserait le lendemain.

De grosses gouttes d'eau l'extirpèrent de la torpeur où il commençait tout juste à sombrer. Il s'adossa au tronc du chêne et chercha ses esprits un instant.

Les événements de la journée passée ne furent pas longs à revenir. Les grottes, l'Apocalypse, le frère André, l'escalier, le piton rocheux sur lequel il se trouvait coincé.

Stuart vit tomber la foudre à quelques mètres de lui. Cela fit un bruit gigantesque, comme si une bombe avait explosé. L'arbre, conducteur involontaire de l'arc électrique, s'embrasa d'un coup, illuminant la scène d'un éclairage orangé.

Un vent violent coucha les arbustes, puis les ballotta comme de simples herbes.

Il ne pleuvait pas vraiment. L'eau, portée par le vent, giflait son visage. Stuart chercha à se protéger, mais il ne disposait d'aucun écran pour le faire.

Le prêtre pensa un instant qu'il devrait quitter la couverture très relative du chêne, mais il n'eut pas le temps d'agir. Un nouvel éclair venait de jaillir. Dans son dos, cette fois. Dans la matière même de l'arbre auquel il se tenait toujours adossé. Cela dura une fraction de seconde.

Le corps de Stuart servit autant que le bois à conduire les centaines de milliers de volts de l'éclair. Ses vêtements furent réduits en cendres, sans qu'il y ait eu des flammes.

Stuart n'eut pas même le temps de crier. Le son, qui s'était formé sur ses cordes vocales, ne parvint pas à sortir. Son larynx s'était tétanisé, durci, comme le reste de son corps.

Lorsque le phénomène cessa, la tension qui maintenait le corps de Stuart contre l'arbre disparut en même temps. Il s'effondra sur le côté, comme un pantin. Sa joue s'enfonça dans l'humus gorgé d'eau.

L'incendie qui avait gagné l'arbre s'éteignit rapidement. Le vent cessa et les nuages se vidèrent au-dessus du piton rocheux jusqu'à l'aube.

Au petit matin, Stuart ouvrit les paupières. Devant son visage, qui n'avait pas bougé d'un millimètre au cours de la nuit, une procession de fourmis effectuait des allers et retours. Stuart ne comprit pas que l'objet de leurs efforts était sa propre chair.

Stuart ne comprenait plus rien. Son esprit se trouvait dans une contrée de sauvegarde, un lieu où la douleur ne pouvait pas l'atteindre.

Un long moment passa sans qu'il fasse le moindre mouvement. Stuart ne clignait même pas des paupières, ses cristallins ne s'humidifiaient pas.

Puis il se redressa soudain. Il se leva même et s'éloigna du tronc calciné du chêne.

Il marcha jusqu'au bord de la falaise et demeura inerte, le buste penché au-dessus du vide.

Un morceau de tissu enveloppait encore ses hanches et cachait son sexe. Mais le morceau commença à s'effriter à la première enjambée et tomba bientôt.

Il se retourna, effectuant un demi-tour très rapide, et manqua basculer en arrière.

Ses yeux fixaient un point invisible, quelque part sans doute à l'intérieur de lui-même.

Puis il retourna se figer devant l'arbre.

Stuart portait de nombreuses traces de brûlures profondes sur le corps.

La chaîne du pendentif avait fondu et s'était incrustée dans sa peau, offrant à la petite sphère un écrin de chair en partie cuite.

Toute la journée, il demeura ainsi, hébété, prostré devant l'arbre.

Il garda un regard absolument fixe.

Le tronc du chêne avait été ouvert en deux parties, qui s'évasaient en Y au sommet. Les branches, elles, avaient disparu, avaient brûlé ou étaient parties, emportées par le vent.

L'éclair avait dû sectionner une partie des racines, car le tronc s'était incliné vers le sol. L'eau, en se retirant de la terre, avait dû l'empêcher de tomber complètement.

Vers la mi-journée, alors que le soleil achevait de creuser les lésions de sa peau, Stuart grogna un son sourd.

Une idée venait de germer dans sa cervelle choquée. Une idée qui avait mis des heures à se former.

Il en fallut bien d'autres avant que cette idée ne génère un mouvement dans ses muscles douloureux.

Mais une heure avant la fin du jour, Stuart se remit à bouger.

Il se jeta sur l'arbre calciné et arracha à la main toutes les petites branches qui restaient. Ce travail lui prit peu de temps, tant la fougue avait remplacé dans son corps l'apathie de la journée écoulée.

Il trouva sur le sol deux flèches de métal résultant de la fusion des outils. À l'aide d'une pierre, il les redressa et les aiguisa. Puis il en enfonça une dans chaque bras de l'Y formé par le tronc. Il frappa dessus longuement, jusqu'à ce qu'elles disparaissent dans le bois. Il gratta alors autour des pointes qui venaient de ressortir de l'autre côté sur une dizaine de centimètres. Il s'appliqua à les redresser encore, vérifia qu'elles étaient bien droites et qu'elles ne bougeaient pas.

Après quoi, il lâcha ses outils de fortune et s'appuya contre le tronc. Il étendit un bras, pour vérifier que la pointe se trouvait à la hauteur de sa main. Comme il manquait quelques centimètres, il modifia sa position d'autant.

Cette fois, il était exactement au bon endroit.

Il plaqua son dos sur le tronc calciné.

Il envoya sa main sur la pointe, de toutes ses forces, paume ouverte vers le ciel.

Il ne cria pas, ne sembla pas souffrir, ne grimaça même pas lorsque la pointe en métal s'enfonça dans la chair de sa main.

Il recommença de l'autre côté. Une seule fois suffit. Il ne pouvait plus bouger.

Stuart ouvrit alors grand les yeux. Dans le ciel, les premières étoiles venaient d'apparaître. Au-dessus de lui, il y avait la Grande Ourse, mais Stuart n'était pas en mesure de la reconnaître.

Ses lèvres remuèrent, sans qu'aucun son sorte. Mais si quelqu'un s'était trouvé là, il n'aurait eu aucune peine à lire le nom de Dieu.

# 33

— Tu verras un jour, mon enfant.

Cette femme. Celle dont je t'ai parlé.

Cette femme dont mon père m'a parlé.

Et avant lui, le père de mon père.

Et son père avant ça.

Celle que nous espérons.

Du plus loin que nous puissions regarder tous ensemble.

Elle se présentera à toi. Je l'espère.

Fassent les eaux du monde que cela se passe de ton temps.

Et tu la reconnaîtras.

Tu ne sauras pas comment mais, sans l'avoir jamais vue, tu te rappelleras d'elle.

Et elle de toi.

Alors, tu l'accueilleras comme la mère des hommes.

Ce jour béni, tu seras enfin en paix.

Et les tiens aussi avec toi.

Car sera revenu le temps de la connaissance et de l'harmonie.

Et avec elles rejaillira l'esprit de l'Aratta.

Ainsi chanteront les hérauts de notre reine.

Jusqu'à ce que son retour emporte leurs prières dans le sable et le vent.

Irina rouvrit les paupières.

Réciter la prière du Saros lui faisait du bien, même si elle n'en comprenait pas très exactement toutes les paroles.

La bulle d'eau se déforma vers l'avant, devint oblongue, puis se stabilisa. Autour d'elle, les bruits de mouvements de fluides devenaient habituels, presque rassurants.

Par la nouvelle ouverture qui venait d'apparaître devant elle, Irina pouvait voir un paysage de montagne. Mais cette fois, il ne s'agissait pas d'un désert. La pente douce était couverte d'herbes hautes qui ondulaient dans un vent léger. Un torrent sinuait sur sa droite et partait vers la vallée dont elle devinait l'existence.

Elle entendit soudain un son de cloche, le premier bruit extérieur depuis elle ne savait trop combien de temps.

Elle chercha à comprendre d'où provenait ce bruit et l'ouverture bougea en conséquence. Un troupeau de vaches paissait non loin d'elle. Au cou de la plus massive, une grosse cloche se balançait au rythme de la mastication du bovin.

Cling ! Cling ! Cling !

Derrière la vache, Irina aperçut un clocher, qui dépassait juste assez pour montrer une girouette en forme d'agneau.

*La Terre ?*

Irina ignorait où se trouvait l'Aratta, et ce à quoi elle donnait accès.

*Les mondes du dehors,* disaient les textes anciens.

Cette notion était vague et matière à fantasmes. Jamais elle ne s'était permis de trancher sur le sens de cette expression. Jamais elle n'avait essayé d'interpréter l'enseignement de son père.

Parce qu'elle appartenait à leur groupe, Irina connaissait bien l'histoire des Lukingias et celle quasi mythique d'Ethen Ur Aratta. Alexis Maïenkov aurait aimé connaître ce jour, même s'il aurait sans doute été aussi désemparé qu'Irina pouvait l'être.

Depuis qu'elle s'était retrouvée seule dans sa bulle d'eau, Irina avait beaucoup pensé à son père.

Les Lukingias ne portaient pas le deuil, même si c'était parfois difficile. La mémoire des hommes ne mourait pas. Aratta l'avait dit. Irina le croyait aussi, par sa culture, mais aussi par envie.

À présent, elle voulait en voir la démonstration.

Pour l'heure, Irina avait un tel besoin des vivants…

L'ouverture abandonna la zone où paissait le troupeau et s'orienta sur la droite. Deux jeunes garçons étaient agenouillés dans l'herbe et tenaient leurs mains jointes à hauteur de leur poitrine. Ils priaient en regardant dans sa direction. L'un d'eux exécuta un signe de croix.

*C'est bien la Terre,* songea Irina. *Ma Terre ! La probabilité qu'une espèce de type humain existe ailleurs est faible. Mais si tel est le cas, la possibilité qu'elle fasse aussi des signes de croix est nulle. C'est bien la Terre.*

Elle tendit une main vers les enfants.

Une peur muette se lisait à présent sur leurs traits.

Irina se demanda sous quelle apparence ces enfants la voyaient.

*À en croire leur comportement, je dois ressembler à la Vierge. Ou quelque chose dans ce genre.*

Elle fut tentée de sortir de l'Aratta, mais le souvenir de ses compagnons morts l'en dissuada. L'un d'eux avait essayé de retourner dans la bulle, mais il n'y était pas arrivé.

Il valait mieux tenter autre chose. Irina refusait l'idée de se retrouver la dernière des siens, quelque part sur Terre, et surtout, en un temps non déterminé.

Les gamins étaient vêtus pauvrement. Ils ne portaient ni montre, ni quoi que ce soit qui lui aurait permis de se situer dans le temps.

*Je dois apprendre ! Pour survivre, il faut que je comprenne.*

Elle eut une idée et décida de l'appliquer aussitôt. Elle marcha vers la paroi opposée à l'ouverture et appliqua une pression des deux mains.

La bulle se déforma dans le sens de la poussée. Irina attendit que l'ouverture se ferme et arrêta son geste. Elle voulait se trouver à portée immédiate du paysage de montagne. Si la chose était possible.

Elle attendit un long moment, comptant mentalement dix fois soixante secondes. Puis elle fit machine arrière. La bulle s'ouvrit sur un paysage de montagne coloré d'orange et de rouge. Les vaches avaient disparu et les enfants s'étaient transformés en foule. Une centaine de personnes attendaient. Irina aperçut les enfants, qui lançaient de grands gestes dans sa direction. Un homme en soutane sombre leur répondait, dans une langue qu'Irina ne connaissait pas.

Il y eut une rumeur parmi les gens, puis tous tombèrent à genoux, curé en première ligne.

Pour Irina, il ne s'était écoulé qu'une dizaine de minutes, alors que de l'autre côté de la membrane qui fermait l'ouverture, plusieurs heures, pourquoi pas plusieurs jours, avaient passé.

La jeune femme jubilait. Elle tenait sa première certitude. L'Aratta modifiait bien le temps. Ou alors, il n'existait pas de temps dans ce lieu. Peu importait la véritable explication à vrai dire. Une chose comptait, elle commençait à reprendre la maîtrise de sa destinée.

Dans son univers aquatique, il n'y avait pas de sentiment de peur. Mais depuis combien de temps s'y trouvait-elle ? Depuis combien de temps ses compagnons étaient-ils morts ?

Irina l'ignorait. Tout ce qu'elle pouvait remarquer, c'est qu'elle n'éprouvait ni faim ni soif. Seulement de la fatigue. Sans doute quelques heures à peine la séparaient-elles du moment où Ilis les avait fait entrer au cœur de l'incompréhensible.

Irina repensa au clocher aperçu quelques instants plus tôt. Après tout, était-ce bien un clocher ? N'importe quelle civilisation aboutissait en général aux mêmes types de constructions que les autres.

Aussitôt, l'ouverture s'inclina dans la direction du clocher.

*Suffirait-il de penser à quelque chose pour que cette chose se manifeste ?*

Irina hésitait. C'était tellement insensé.

*Pour savoir…*

Elle abandonna le clocher et se concentra sur ce qu'elle avait envie de faire, puis sur les personnes qu'elle avait envie de retrouver. Elle passa en revue ceux qui étaient descendus de l'hélicoptère.

*Les Lukingias ?*

Tous morts.

*Nemo ?*

Irina doutait qu'il puisse lui apporter la moindre explication. Et son verbiage la contrarierait sans doute.

*Ilis ?*

La jeune femme supposait sans pouvoir argumenter que la réincarnation d'Ethen viendrait à elle, si tel était son désir. Patience donc.

*Stuart ? Oui, le prêtre !*

C'était sans doute la meilleure des idées. Elle devait retrouver le prêtre. Irina ne le connaissait pas vraiment. Pas personnellement. Depuis des années, elle avait étudié les profils de tous les anciens compagnons de Bout de chou. Elle savait que Stuart était un homme droit, volontaire, qui jamais ne baissait les bras.

Qu'allait-elle faire de plus avec lui ? Irina ne chercha pas à réfléchir plus avant. Il fallait à présent agir. Ou alors elle deviendrait folle, errant à jamais dans les méandres de l'Aratta, qui ne semblait pas réellement posséder de carte, ni de début, ni de fin.

*Si je n'essaie pas, je ne saurai jamais.*

Elle retourna s'asseoir au centre de la bulle, fit quelques instants le vide dans son esprit, puis concentra ses pensées sur l'image mentale de Stuart.

La bulle se déforma, ce qui ferma l'ouverture en un clin d'œil. Irina entendit un bref instant les cris désespérés des enfants et de la foule. Puis elle eut une sensation de mouvement, quelque chose de très doux qui ne s'était pas produit jusqu'alors. L'effet dura une poignée de secondes. La bulle reprit son apparence hémisphérique. Devant elle, le mur d'eau immobile dressait un rempart bleuté.

*Ça n'a pas l'air de fonctionner, mon idée. Je suis une douce rêveuse. À moins que…*

Irina se retourna. L'ouverture se trouvait dans son dos, mais elle ne comprit tout d'abord pas ce qui se trouvait au-delà.

La scène était très sombre. Irina s'approcha de l'ouverture et écarquilla les yeux. Aussitôt, une lumière plus vive monta dans la bulle, jetant sur l'extérieur un éclairage bienvenu.

*Je suis connectée à l'Aratta. Il faut que je me mette cette idée dans le crâne une bonne fois pour toutes !*

Irina découvrit alors l'intérieur d'une caverne aux parois couvertes de minuscules champignons phosphorescents. Elle ne s'attarda pourtant pas sur ce spectacle inattendu. Si l'Aratta l'avait déposée dans cette grotte, ça ne pouvait signifier qu'une chose. Le prêtre s'y trouvait.

Une inconnue la retenait encore. Rien ne lui indiquait si l'air à l'extérieur de la bulle était respirable. Et ces curieux champignons pouvaient très bien se passer d'oxygène.

Elle détailla ce qu'elle voyait. Devant elle, une fosse creusée dans le sol calcaire contenait des ossements, sans doute humains, Irina n'en était pas certaine.

Elle pensait aussi voir les marques d'un piétinement dans la poussière. Mais là encore, elle n'aurait pu l'affirmer. La maigre lumière qui entrait par une sorte de lucarne taillée dans le roc, associée à la pellicule d'eau qui teintait légèrement la scène, rendait difficile toute lecture efficace. Mais tous ces indices additionnés la confortaient dans l'idée qu'elle pouvait sortir sans risque. Quelqu'un avait marché dans cette grotte. Et peu importait finalement qu'on l'ait fait quelques jours, quelques semaines ou quelques années plus tôt. Voire quelques décennies.

Irina prit une profonde inspiration et décida de franchir le sas. Tout de suite. Sans réfléchir plus loin. Elle fit un pas en avant et se laissa tomber sur le sol.

*Ne pas mourir pour rien,* pensa-t-elle en ouvrant la bouche pour respirer. *Que ça ait un sens !*

Elle fut soulagée de constater que ses poumons se remplissaient, même si la satisfaction de respirer n'y était pas. Une odeur de pourriture végétale associée à une forte humidité en interdisait le plaisir. Mais l'air était néanmoins respirable. Et respirer, c'était essentiel. Le plaisir de le faire viendrait après.

Elle se retourna pour voir à quoi ressemblait l'Aratta de l'extérieur, mais il ne restait rien. La bulle, l'ouverture, le film d'eau, tout avait disparu.

Irina accusa le coup. Si elle s'était trompée, alors elle risquait de rester seule un bon moment. Et elle ne possédait aucune information sur l'endroit dans lequel elle se trouvait.

Grâce à l'enseignement qu'elle avait reçu de son père, Irina savait que l'Aratta ouvrait sur les mondes de l'extérieur. Mais la formule ne lui avait jamais été précisée. Elle ignorait tout de ces mondes, qui les habitait, si quelqu'un les habitait, etc. De sorte qu'elle pouvait très bien s'attendre à passer seule les années qui lui restaient à vivre.

Elle éluda ces pensées parasites et se consacra à l'instant présent.

Trouver Stuart Mac Conkey.

Elle prononça son nom. Plusieurs fois. D'abord doucement, avec une sorte de respect craintif pour ce lieu qui résonnait beaucoup, puis de plus en plus fort.

En retour de ses appels, elle n'obtint qu'un écho de sa voix.

Elle marcha jusqu'à la tombe, constata l'origine des ossements et poursuivit ses recherches. Elle était en quête d'un homme vivant. Les morts n'avaient pour le moment aucune espèce d'importance.

Elle trouva l'escalier tout de suite, le grimpa et se retrouva à son tour dans la pièce circulaire où l'apocalypse selon le frère André attendait le visiteur. Mais Irina était bien incapable d'en comprendre le sens. L'apprentissage du latin n'avait pas fait partie de sa formation de Lukingia. Et ce n'était de toute façon pas son but. Elle y reviendrait, avec le prêtre, quand elle l'aurait retrouvé.

Elle redescendit dans la grotte principale et en refit un tour complet. Sans doute avait-elle manqué quelque chose lors de sa première inspection. Mais elle eut beau en fouiller soigneusement chaque recoin, elle ne découvrit rien de plus.

*Et si l'Aratta m'avait déposée ici sans que Stuart y soit ?* se demanda-t-elle en doutant aussitôt de sa question. *Non, ça n'aurait aucun sens. Ou alors je me suis trompée.*

Irina décida que non. Elle devait faire confiance à son éducation. Ilis, l'héritière d'Ethen Ur Aratta, l'avait expédiée dans l'Aratta avec un rôle à jouer. À elle de le trouver, en commençant par suivre son instinct. Elle avait voulu trouver le prêtre irlandais. Il fallait maintenant aller au bout. Quelque chose lui avait donc échappé, à un moment ou à un autre.

*Et puisque ça ne semble pas être ici, c'est donc dans la salle du haut.*

Irina remonta à toute vitesse et prit le temps cette fois-ci de détailler la pièce.

Elle découvrit en premier les entailles dans le mur. Elle les suivit du regard, jusqu'au repli dans la roche. Puis elle grimpa jusqu'au boyau, se faufila prestement à l'intérieur et se retrouva bientôt au pied de l'escalier en colimaçon.

— Eh bien, pour un vieil Irlandais bedonnant, pas mal ! plaisanta Irina à voix haute. J'en connais beaucoup qui ne seraient jamais arrivés jusque-là.

Elle s'engagea sur les marches, encore humides de l'orage de la veille, et monta avec précaution. Au-dessus d'elle, l'ovale du ciel grandit peu à peu, révélant un bleu de plus en plus profond à mesure qu'elle s'en approchait.

En posant ses pieds sur le sol ferme, Irina éprouva une profonde satisfaction. Elle était arrivée quelque part.

L'horizon dégagé qui s'offrait à son regard donnait une impression de début du monde, une sensation légère qui pétillait presque.

Il faisait chaud, presque trop. Mais une brise légère calmait la sensation de cuisson du soleil. C'était agréable.

Irina se retourna pour découvrir le panorama dans son dos. Son regard fut aussitôt attiré vers une zone noircie par un feu récent. Elle était déjà en train d'accomplir le premier pas dans cette direction quand elle vit l'impensable et arrêta net son mouvement.

Irina venait de trouver Stuart.

Il se trouvait allongé sur le tronc calciné d'un arbre partiellement couché, les bras en croix, le corps dénudé.

La nudité du prêtre était une vision indécente. Irina n'aurait pas su dire pourquoi. Elle resta interdite dans la contemplation morbide de ce corps immobile. Son regard s'attardait sur le sexe du prêtre, dont l'extrémité disparaissait entre ses cuisses serrées.

Elle était sur le point de le rayer de la liste des vivants quand la tête de Stuart bougea légèrement. Le mouvement fut presque imperceptible – Irina se trouvait à une vingtaine de mètres de lui – mais suffisant.

Elle courut le retrouver et fut un moment abattue devant l'ampleur de ses blessures. Elle découvrit alors qu'il était véritablement crucifié. De loin, elle avait cru qu'il s'agissait simplement d'une position.

Mais non. Dans ses mains étaient fichés des clous métalliques, comme le Christ qu'il servait depuis des années.

L'image d'un papillon empalé sur une épingle s'imposa à l'esprit d'Irina. Elle ne réussit à la chasser qu'après un gros effort de concentration. D'une certaine façon, dans sa tête, la situation recelait une part de grotesque.

L'épiderme de Stuart était rougi à l'extrême. En certains endroits, des cloques saillaient sur la peau et certaines avaient éclaté, laissant un liquide transparent s'écouler.

Il portait autour du cou un cristal fixé à une chaîne, un cristal qu'elle reconnaissait parfaitement.

La chaîne avait pratiquement disparu dans des boursouflures de la peau. Irina ne comprenait pas ce qui avait pu infliger de tels dommages. La vision du prêtre lui enlevait une partie de ses capacités de déduction.

Irina s'accorda quelques secondes pour assimiler ce que ses yeux lui montraient.

Elle établit alors un pont entre les blessures de Stuart et ce tronc d'arbre calciné. Elle se souvint en même temps des marches mouillées et de l'eau qui stagnait au fond du puits. Il avait dû y avoir un orage. Orage, eau, piton rocheux et grand arbre, tous les éléments se trouvaient réunis.

Ajoutées à cela la peau de roux du prêtre irlandais et la chaleur du soleil qui avait dû brûler toute la journée et le tour était joué.

Elle réussit ainsi à reconstituer l'essentiel du puzzle, mais la crucifixion restait un mystère.

Les réponses, elle les obtiendrait plus tard, si Stuart survivait à ses blessures. Et pour cela, il fallait agir vite.

*Retourner dans l'Aratta, c'est la seule solution.*

Elle palpa le pouls de Stuart, le trouva très faible, très irrégulier. Le prêtre était mourant.

Irina réfléchit à toute vitesse.

*Si j'ai raison, si le temps n'existe pas dans l'Aratta, alors Stuart ne peut pas y mourir. Pas tant qu'il se trouvera à l'intérieur.*

Elle eut des difficultés à déloger les clous des mains. Les chairs s'étaient resserrées autour du métal et le sang, en coagulant, avait fait fonction de colle. Et bouger les membres endoloris la rebutait. Mais il fallait agir, maintenant, sans quoi Stuart mourrait.

Elle allait le charger sur son dos quand l'idée de s'emparer du cristal lui vint. Incrusté dans la peau du thorax, il risquait à tout moment de tomber et de disparaître à jamais. Irina savait qu'il était la clé d'accès à l'Aratta.

Le perdre signifiait se perdre, Stuart et elle-même.

Elle tira sur la petite sphère transparente plusieurs fois avant qu'elle se décolle. Cela fit un son désagréable, croustillant.

Irina ne s'y attarda pas. Elle attrapa Stuart par les poignets, le redressa, vint se glisser sous lui et le hissa sur son dos.

*Jamais je ne réussirai,* songea-t-elle. *Il est trop lourd !*

Mais elle y parvint. Stuart était plus léger qu'il ne le paraissait.

En quelques enjambées, elle gagna la base du puits.

De là, le colimaçon semblait ne jamais finir. Il se perdait dans la pénombre, sans doute à quelques mètres du sol.

Irina ne se démonta pas. Elle déposa Stuart par terre, au bord du puits, et se laissa glisser à l'intérieur. Elle descendit quelques degrés, de telle sorte que les bras du prêtre se trouvèrent au niveau de son épaule. Elle le fit alors glisser au-dessus d'elle, lentement, pour que le poids du corps inanimé ne la déstabilise pas. Lorsqu'elle eut trouvé son nouveau centre de gravité, elle commença à descendre, marche par marche, très lentement, mais sans s'arrêter, une épaule plaquée contre le mur pour s'appuyer.

Irina réussit ainsi à atteindre le fond du puits en une dizaine de minutes. Elle déposa Stuart et s'effondra à son tour. Il lui fallait reprendre des forces avant de poursuivre.

Elle ne se laissa pourtant que très peu de temps. Stuart respirait encore, mais son pouls était de plus en plus faible.

À présent, la tâche était beaucoup moins difficile. Il suffisait de tirer le corps de Stuart dans le boyau, puis de lui faire descendre l'escalier, avant d'arriver à l'endroit où l'Aratta l'avait déposée.

Ce qu'elle fit, non sans peine.

Parvenue devant la résurgence d'eau qui devait marquer le point d'ouverture de l'Aratta, Irina déposa Stuart à côté d'elle. Elle sortit la sphère de sa poche et l'éleva à hauteur de ses yeux.

— Je suis fille de l'eau, déclara-t-elle, un peu intimidée par sa propre audace. Je suis un serviteur de l'Aratta.

Elle sentit plus qu'elle ne vit une forte humidité se concentrer dans l'air. Puis un film d'eau se matérialisa devant elle, un peu au-dessus de la résurgence. Et ce fut tout. Dans la pénombre de la grotte, elle pensa voir une très légère lueur venant du film, mais elle n'aurait pu l'affirmer. À l'intérieur de la sphère, qu'elle tenait toujours devant ses yeux comme une protection, il y eut un bref scintillement.

Comme elle ne constatait plus rien, Irina en déduisit que l'Aratta devait être ouverte. Elle prit Stuart par les bras et le tira vers l'ouverture supposée.

*Pourvu que ça nous laisse passer !*

La membrane n'opposa aucune résistance et se referma sur leur passage. Plus rien ne pouvait les menacer.

Irina retrouva la bulle avec un sentiment de joie qu'elle ne soupçonnait pas.

Elle déposa Stuart sur le sol élastique et chercha une solution.

*Voyons, où puis-je trouver la meilleure assistance médicale ? Peut-être à…*

Irina n'acheva pas sa pensée. La bulle venait de repartir. La jeune femme tenta de deviner sa destination, mais elle en fut incapable. Elle n'avait pas encore eu de réelle intention. Ou, si c'était le cas, elle ne s'en était pas rendu compte.

La translation de la bulle fut aussi courte que la précédente. L'ouverture se matérialisa sur sa droite, dévoilant le pied d'une cascade vertigineuse entourée d'une végétation luxuriante. Irina resserra son poing sur le cristal. Puis elle sortit de la bulle pour effectuer un repérage.

Les eaux chutaient d'une centaine de mètres de haut, dans un vacarme assourdissant. Ignorant si l'ouverture allait persister, Irina laissa un bras à l'intérieur de la membrane.

Il y avait une plage de sable fin juste à côté d'elle. Un endroit idéal pour y étendre Stuart. Pourtant, elle hésita à le faire. Le prêtre nécessitait une aide médicale de toute urgence, et l'endroit ne semblait pas même habité. Elle ne comprenait pas pourquoi l'Aratta les avait menés là. Mais elle décida de lui faire confiance. Les décisions de l'Aratta ne pouvaient pas être injustifiées.

Elle retraversa la membrane et fit sortir le prêtre, toujours sans connaissance.

Elle l'installa aussi confortablement que possible sur la bande de sable sec. Puis elle inspecta les alentours.

*Mais pour y attendre qui ? Il n'y a pas âme qui vive dans les parages…*

C'est du ciel que lui vint la réponse.

Un minuscule point sombre grossissait à vue d'œil, sans provoquer le moindre bruit.

Le son vint ensuite, quand la forme ne fut plus qu'à quelques dizaines de mètres d'Irina et de Stuart. En l'entendant, malgré le vacarme produit par les cataractes proches, Irina pensa à un réacteur de fusée.

L'objet se posa sur la berge et s'ouvrit en plusieurs endroits.

Trois silhouettes en jaillirent. Humanoïdes, sans aucun doute, mais de quelle provenance ? Irina n'en avait pas la moindre idée. Elles portaient des combinaisons intégrales noires et des casques à la forme curieuse, très évasés sur l'arrière.

Irina ne se posa d'ailleurs pas vraiment la question. Son avenir immédiat, ainsi que celui de Stuart, occupait toutes ses pensées.

L'une des silhouettes s'approcha d'eux, se pencha au-dessus du corps du prêtre. Il y eut un bref échange de paroles entre les inconnus. L'idiome utilisé avait des sonorités étranges parfois assimilables au russe, langue maternelle d'Irina.

Celle-ci n'eut pas le temps de réagir. Elle sentit une légère piqûre sur le pavillon de son oreille, puis ses pensées vacillèrent.

## 34

Franklin observait la clairière à travers un épais rempart de fougères et de ronces. Devant lui, à quelques mètres, un jeune chevreuil venait de s'arrêter. L'animal leva le museau dans le vent. Ses membres tremblaient curieusement. Franklin distinguait parfaitement ses narines qui se dilataient.

*Pourvu que le vent ne tourne pas…*

Il posa doucement une main sur le bout de bois qui maintenait son dispositif en place. Il suivit la corde du regard. Tout semblait aller au mieux. La corde, coincée par la courte branche qu'il tenait, reliait un contrepoids d'une centaine de kilos à un filet tendu au sol au centre de la clairière. Juste sur les traces de passage du gibier. La corde elle-même transitait par deux branches élevées, ce qui permettait au chasseur, par le principe de démultiplication, de la maintenir avec un simple bâton.

Franklin avait vu ce genre de piège dans des centaines de films. Ça avait l'air si simple, en apparence. Mais sa réalisation avait demandé des journées de réflexion, de travail et d'échecs avant d'arriver à ce summum de la rusticité de l'esprit.

Le chevreuil avança de deux pas et s'arrêta, les sens en alerte.

Quelque chose ne devait pas être comme il en avait l'habitude.

Les sabots de ses pattes avant se trouvaient juste au-dessus de la première ligne de mailles du filet.

*Allez, sois gentil, deux pas de plus. Juste deux petits pas. C'est pas demander le bout du monde, ça ! Deux petits pas, crétin de mammifère !*

Plus tôt dans la matinée, un couple de chevreuils était passé par cette clairière. Mais ils avaient évité le filet, pourtant caché sous un tapis d'aiguilles et de sable. Comme s'ils l'avaient vu, alors que rien pour l'œil de Franklin ne permettait d'en déceler la présence.

Franklin se demanda par quel prodige ils y étaient arrivés et ne trouva pas. Il fallait se mettre dans la peau du chevreuil. Ce qu'il ne parvenait pas à faire, malgré tous ses efforts dans ce sens.

Il essaya cette tactique en marchant dans la clairière à quatre pattes, puis les genoux pliés, de telle sorte que ses yeux devaient approximativement se trouver à hauteur de chevreuil. Mais, même ainsi, il n'arrivait pas à deviner le filet camouflé. Sans doute l'animal voyait-il autrement.

Franklin avait ajouté quelques brindilles par-ci, des aiguilles par-là, puis il était retourné se cacher au milieu des fougères.

Et depuis, il attendait.

Les animaux sauvages ont des habitudes précises. Franklin se rendait compte à quel point il les ignorait. Pendant des années, il s'était promu leader d'un mouvement écologiste, mais il n'avait pas su approcher le monde naturel. Il le découvrait là, sur cette terre dépeuplée, alors qu'il aurait tant eu besoin de ces connaissances.

Il lui fallait tout réapprendre seul, ou presque.

Comme par exemple les habitudes de déplacement des herbivores. Sa patiente veille lui indiquait que ça ne devait pas être le matin.

*Je ne suis qu'un écolo de pacotille,* pensa-t-il en pestant. *Un bouffon !*

Il finit par sourire, le nez dans les fougères.

Bien sûr que non, il n'était pas un bouffon. Mais il est tellement plus simple, tout amoureux de la nature qu'il fût, d'aller s'approvisionner dans un supermarché quand il s'en trouve un dans les parages.

Le chevreuil abandonna sa position de veille et avança de nouveau, tout doucement. C'était le moment. Franklin tira sur le bout de bois, ce qui libéra instantanément la corde. Le contrepoids descendit d'un coup. Les quatre angles du filet se relevèrent simultanément, emprisonnant le chevreuil.

Le filet à présent lesté monta encore de deux mètres, puis s'arrêta. Le contrepoids venait de toucher le sol.

Franklin jaillit de sa cachette en poussant un cri de victoire. Il avait à la main une longue lance très effilée, faite dans une tige de bambou.

Il vint se placer sous le filet. Le chevreuil y était roulé en boule, saucissonné par les mailles.

Franklin le regarda d'un air déjà désolé.

Pour que cette chasse ait un sens, il allait devoir tuer cet animal.

Son regard descendit vers la pointe de sa lance.

Franklin était en train de réaliser ce qu'il allait devoir faire. Et ça ne lui convenait pas.

S'il avait eu une arme à feu, tout aurait été sans doute plus facile. Infiniment plus facile.

Tuer à distance est une chose. La balle est une sorte de procuration. Mais tuer en enfonçant une lame, sentir la chaleur d'un corps, éprouver sur sa peau le contact d'un liquide gluant, en est une autre.

— J'y arriverai jamais, se lamenta Franklin.

Pourtant, à moins de relâcher cet animal, il allait devoir se transformer en exécuteur, quoi qu'il lui en coûte.

Il entendait encore la voix de Tara lui dire :

— Tu fais un bel écolo, avec tes appétits de viandard !

Et il lui avait répondu :

— L'écologie, ma chère, c'est un art de nanti ! Tu manges des carottes et de la salade quand tu as le choix. Où t'as vu des carottes dans le coin ?

L'argument tenait la route. En tout cas théoriquement.

De plus, le régime exclusivement frugivore qu'ils s'imposaient depuis quelque temps était trop carencé en protéines pour qu'ils le suivent encore bien longtemps sans s'infliger de sérieux dommages.

Mais la théorie vous quitte quand il s'agit de saigner à mort un animal d'une quarantaine de kilos dont le regard affolé vous supplie de n'en rien faire.

Franklin décida d'agir vite. Chaque minute qui passait laissait approcher le salut du chevreuil.

Il fallait procéder par priorités.

Ce qui le rebutait le plus, c'était d'entendre crier l'animal. Ça, il ne le supporterait pas.

Il regarda autour de lui, à la recherche d'une solution.

Là-bas, au pied d'un grand cèdre, il y avait ce qu'il cherchait.

Il alla ramasser une branche morte de belle section et retourna sous le chevreuil, muni cette fois, non plus d'une lance, mais d'une masse.

Il recula de deux pas, prit son élan et abattit le bois en plein sur la nuque de l'animal.

Cela fit un bruit horriblement désagréable.

Franklin s'obligea à l'oublier tout de suite et recommença, une fois, deux fois, trois fois, jusqu'à ce qu'il soit certain d'être arrivé au bout de sa tâche.

Il prit alors le temps d'observer sa victime.

Le chevreuil gardait l'œil ouvert, mais l'expression de panique qu'il y avait lue auparavant ne s'y trouvait plus. La pupille extrêmement dilatée et l'absence de mouvement l'assurèrent du succès de son entreprise. Le chevreuil était mort.

Franklin démonta le piège, chargea l'animal sur ses épaules et retourna à la grotte fortifiée, qu'il appelait dorénavant « la maison ».

Il chercha Tara des yeux avant de l'appeler, mais elle ne lui répondit pas. Habitué aux silences de son amie, Franklin ne poursuivit pas plus loin. Il avait une tâche difficile à accomplir : dépecer le chevreuil. Et il ne disposait pour le faire d'aucun couteau ni d'un quelconque objet coupant. Seuls des morceaux de bambou taillés et des éclats de pierre l'aideraient.

Mais surtout, plus handicapant encore, il ne l'avait jamais fait.

Il décida d'endosser le rôle du boucher à l'écart de la grotte ou de sa partie fortifiée. Ça éviterait de répandre partout du sang, des tripes, des excréments, tout ce qui pouvait sortir d'un cadavre et dont il ne voulait pas garder la trace dans leur univers immédiat. Il remplit ses poches avec les ustensiles qu'il avait fabriqués et chargea l'animal sur son dos.

Il s'éloigna ainsi d'une centaine de mètres le long de la falaise, jusqu'à un rocher plat qui pourrait aisément servir de table à découper.

Il allongea la bête morte sur le monolithe et l'observa longuement.

Par quoi fallait-il commencer ? Vider les tripes ou dépecer ?

Voilà des questions qu'il ne s'était jamais posées. Tout au long de son existence, Franklin avait mangé comme la plupart des Occidentaux : de la viande prédécoupée, présentée sous film plastique alimentaire, prête à être cuisinée.

Il ne s'était pas préparé à vivre cette expérience unique qu'il partageait avec Tara.

Il avait bien préparé quelques poissons, mais ça n'avait rien eu à voir avec l'animal qui gisait devant lui. Et puis, pour ces poissons, il disposait de couteaux particulièrement efficaces et de gants de protection.

Il décida de commencer par dépecer.

Prendre sa décision demanda une vingtaine de secondes de tergiversations muettes.

Il lui fallut une heure pour la réaliser.

Lorsqu'il eut terminé, le monolithe couvert de sang ressemblait à une table sacrificielle. Il alla se débarrasser de la tête et du bout des pattes dans une ravine située non loin.

Son vêtement aussi était imbibé du sang du chevreuil, ainsi que ses mains et une partie de son visage, qu'il avait dû frotter sans s'en apercevoir. Franklin ressemblait à un boucher sanguinaire. L'inverse de ce qu'il pensait être au fond de lui.

Il allait s'attaquer à la découpe de l'animal lorsqu'il entendit des cris en provenance de la grotte.

Tara l'appelait.

Franklin ne réussit pas à trancher sur le sens de ces appels. Le cherchait-elle ou se trouvait-elle en danger ?

Il délaissa le chevreuil et se mit à courir vers la palissade.

Il monta l'échelle d'accès à toute vitesse et se trouva nez à nez avec Tara.

À en croire l'expression d'horreur qui passa sur son visage, Tara venait de vivre un événement gravissime.

— Quoi ? Qu'est-ce qu'il y a ? hurla Franklin devant le mutisme de son amie.

— Mais toi ? Qu'est-ce qui t'est arrivé ?

Franklin ne comprit pas aussitôt la méprise de Tara. Le sang qui couvrait son visage laissait supposer bien des choses.

— Mais non, ce n'est rien, expliqua-t-il en tendant un bras en direction de l'endroit où il avait laissé le chevreuil. C'est rien. Je m'entraîne.

Tara eut une nouvelle expression, d'incompréhension cette fois.

— J'ai attrapé un chevreuil, précisa-t-il alors. Pourquoi tu m'appelais comme ça ?

— L'eau ! répondit Tara, très excitée. C'est l'eau, Franklin ! L'eau est revenue !

— Eh bien ? Quoi l'eau ? Quelle eau, Tara ? Explique !

— Mais l'eau, quoi ! Enfin, tu ne comprends rien. L'Aratta est en train de se rouvrir.

Franklin demeura stupéfait, sans réaction. Puis, sans un mot, il passa par-dessus la palissade et se rua dans la grotte.

Après la franche lumière du jour, il eut du mal à distinguer quelque chose à l'intérieur. Mais sa perception visuelle s'affina très vite.

Tara le rejoignit, alors qu'il commençait à deviner un reflet qui flottait à un mètre du sol, juste au-dessus de la source.

— Viens ! ordonna-t-il à Tara.

— Mais, qu'est-ce que…

— On ne sait pas qui va sortir. Ça peut aussi bien être hostile qu'amical.

Ils n'échangèrent plus un mot. Tara avait compris.

Ils s'emparèrent chacun d'une des armes sommaires qu'ils avaient fabriquées et allèrent se poster derrière la palissade.

— Jamais je n'aurais pensé avoir à me protéger de ce côté-ci, confia Franklin à Tara.

— Moi non plus. Et jamais je n'avais imaginé que l'ouverture de l'Aratta pouvait présenter un danger.

## 35

Les cris de la salle venaient à peine de disparaître qu'une autre bulle s'était formée derrière eux. Puis une autre, et encore une autre. Ilis et Milos se tenaient au centre de la leur, les yeux rivés sur les parois.

— Je ne crois pas qu'ils puissent nous rattraper, informa-t-elle Milos. Par contre, ils cherchent sans doute à savoir où nous allons. Et, là où nous ressortirons de l'Aratta, nous deviendrons vulnérables.

— Alors, sème-les !

Ilis regarda Milos comme s'il venait de proférer la plus grande imbécillité qui soit.

— Bah, quoi ? Il ne faut pas qu'ils voient où on va, non ? Alors sème-les, c'est bien ce que je dis.

— Assieds-toi contre mon dos et dis-moi si tu les vois.

Milos s'exécuta. Il se posa en tailleur sur la matière bleutée et scruta la paroi en face de lui.

Au lieu d'accélérer, leur bulle sembla au contraire ralentir, puis s'immobiliser. Une petite lumière grandit peu à peu devant Milos. En se rapprochant, la lumière précisa ses contours, devint une autre bulle de voyage, remplie de silhouettes anonymes. Elle vint se coller contre celle d'Ilis et de Milos. À travers la matière translucide de l'Aratta, le jeune homme découvrit les visages déformés de leurs poursuivants. Il pouvait en distinguer les traits, assez précisément, et jusqu'à la couleur de leurs yeux.

L'un d'eux pointa une arme vers eux. La lame recourbée déforma la paroi sans réussir à la crever, mais il sembla un instant à Milos qu'il allait se faire transpercer.

— Tchao la compagnie, dit Ilis sur le ton de la plaisanterie.

L'avant de la bulle s'allongea. Puis il y eut un déplacement soudain, extrêmement rapide. Les autres disparurent en un instant et ne réapparurent plus.

La bulle s'arrêta quelques secondes plus tard. De tous côtés, les parois donnaient sur une matière bleutée striée de formes lumineuses. Il sembla à Milos que la substance de l'Aratta avait perdu de sa luminosité, qu'elle était devenue plus épaisse, plus opaque. Il nota ce détail et l'oublia bien vite, faute de pouvoir se l'expliquer.

Ilis se concentra. Elle voulait que Milos comprenne ce qu'était l'Aratta, pour qu'il puisse à son tour l'expliquer à d'autres, le moment venu. Et ce moment arriverait sans doute plus vite qu'il ne l'envisageait.

De son côté, elle n'était pas pressée à ce point. Le retour de sa mémoire était inéluctable. Elle le savait.

Pourtant, à ce moment précis, elle allait accélérer les choses.

Ilis sentit son esprit se connecter intimement à une présence qui l'entourait. Il n'y eut pas de mots, pas même d'images. Mais elle ressentit une profonde sérénité.

L'Aratta l'appelait.

La bulle se déforma de nouveau. L'accélération se prolongea un long moment, sans qu'ils en ressentent pourtant les effets. Seules les formes mouvantes sur les parois attestaient son existence. Puis leur univers se stabilisa.

— C'est long, dit la voix de Milos, encore assis dans le dos d'Ilis. On va où ?

— Au cœur de l'Aratta.

— Tu te souviens à présent ?

— Non, mais elle me l'a dit.

— Qui ça ?

— L'Aratta.

Milos commençait à douter d'Ilis. Qu'une matière, aussi déroutante fût-elle, réagisse à des stimuli extérieurs, passait encore. Mais qu'elle pense ! C'en était plus qu'il ne pouvait admettre.

Ilis perçut ses doutes et en prit ombrage.

— Comment arrives-tu à te satisfaire de cette bulle qui évolue dans un milieu totalement inconnu et en même temps supposer qu'il est impossible que ce milieu communique avec moi ? C'est un casse-tête, Milos. Un vrai casse-tête.

Le jeune homme quitta le centre de la bulle et vint s'asseoir face à Ilis, le dos contre la paroi.

— Qui sont les hommes que nous avons vus sortir ? Et d'abord, c'était où ?

— Si c'est ce que tu veux savoir, nous n'étions plus sur Terre.

— C'est ça ! Et la paire de Church ? Et tout ce qu'il y avait dans ces espèces de vestiaires ? C'était quoi ?

— Sais-tu de qui m'a parlé l'homme dans la cage ?

— Non. Il était mort.

— Il l'est maintenant. Mais ce n'était pas le cas quand nous l'avons trouvé.

— Admettons. Et qu'est-ce qu'il a dit ?

— De Denis Craig. Voilà de qui il m'a parlé !

— Une preuve de plus qu'il s'agit bien de gens comme nous.

Ilis rougit. La colère sourdait dans sa tête. Elle se tut un instant, laissa redescendre ses pulsions à un niveau contrôlable et poursuivit :

— Puisque tu ne veux rien comprendre, je vais te dire le fond de ma pensée. Je crois que les habitants de cette planète exercent une sorte de prédation sur la nôtre. Et qu'ils utilisent des femmes et des hommes qu'ils enlèvent pour satisfaire un appétit particulièrement bestial pour la guerre et tout ce qui tourne autour. Voilà ce que je pense !

— Je ne vois pas très bien ce qui te permet de raconter ça.

— Premièrement, j'ai un peu plus d'expérience que toi en ce qui concerne l'Aratta. Et sur tout le reste aussi, d'ailleurs. Et deuxièmement, mes yeux me servent visiblement plus que les tiens. Toi, tu penses avec tes tripes et tes couilles, et tu ne te sers pas du reste.

— On y revient…

— Une minute… Explique-moi, l'Aratta, pour toi, c'est quoi ?

— Tu veux parler de ce qui nous entoure, là ?

Ilis acquiesça sans un mot.

— Eh bien, je ne sais pas trop à vrai dire. De la flotte, je crois bien.

— Tu ne doutes pas de son existence ?

— J'aurais du mal à le faire, répondit Milos en regardant autour de lui.

— Et pourtant, c'est assez incroyable, non ?

— Peut-être, mais c'est là. Je ne peux rien y changer. Toi non plus, d'ailleurs.

— J'ai compris ! s'écria Ilis. Tu es un saint Thomas. L'évidence est dans les sens. C'est ça ! Mais ce qui a paru nécessaire pour une humanité aveuglée par l'ignorance ne devrait plus l'être pour un homme de ton temps. Milos ! Ce n'est pas parce que l'Aratta est partout autour de toi, que tu peux la voir, qu'elle existe pour autant. *A contrario,* ce n'est pas parce que tu ne vois pas quelque chose que cette chose n'existe pas. Parce que ces gens nous ressemblaient, alors ils sont comme nous ?

— Je ne te suis pas très bien.

— Cela a-t-il jamais été le cas ?

— C'est une question ou tu penses à voix haute ?

— Nous arrivons. Tu vas obtenir les réponses à la plupart de tes questions.

Les mouvements sur la membrane ralentirent, la paroi avant de la bulle se comprima légèrement, puis retrouva sa forme habituelle.

Cette fois-ci, il n'y eut pas d'ouverture, pas de sas protecteur. La bulle en rejoignit une autre, beaucoup plus grande, et fut absorbée. Milos et Ilis se retrouvèrent en un instant dans un lieu inenvisageable, sorte de sphère transparente au milieu de l'espace.

Milos crut tomber et dut apprendre à marcher sur une matière quasiment transparente. Sous ses pieds, il voyait des étoiles. Sur les côtés, il voyait des étoiles. Et au-dessus de sa tête aussi. Il y avait bien une matière qui le protégeait du vide, mais elle ne se voyait pratiquement pas. À certains endroits, les parois devaient s'incurver et elles accrochaient quelques pâles reflets qui donnaient une idée de distance, de proportions.

Juste en dessous de lui, une petite lumière bleutée se déplaçait. Milos pensa qu'il devait s'agir de leurs poursuivants, puis son attention fut accaparée par un nouveau spectacle.

Le dôme qui le surplombait commençait à s'opacifier. La matière bougeait, se ratatinait. Autour des deux visiteurs, cette matière était en train de s'agglutiner, de s'organiser en une forme curieuse qui prit bientôt l'apparence d'un siège.

— L'Aratta nous invite à prendre place, indiqua Ilis. Il ne serait pas correct de la faire attendre.

Elle s'installa aussitôt. Milos hésita, puis refusa tout net.

Le sol se déroba alors sous ses pieds, l'obligeant à tomber directement sur le siège. La matière l'accueillit, puis l'engloba complètement.

Milos éprouva un tel sentiment de peur qu'il ne réussit pas à contrôler sa vessie. Mais il ne s'en rendit pas vraiment compte. Toute sa cervelle était happée par ce qui se passait autour de lui.

Il ne se rendit même pas compte que l'Aratta s'était glissée jusque dans les profondeurs de ses poumons et qu'il n'avait plus besoin d'eux pour respirer. Tout le temps que dura cette expérience éprouvante, il continua de soulever son diaphragme.

Des sortes de tubes énormes, gigantesques même, sortaient des murs devenus gélatineux et partaient dans tous les sens. Et aussi loin que Milos regardait dans ces tubes, il ne voyait que l'illusion d'une vitesse vertigineuse. Il ne tournait pas vraiment la tête. Dès qu'il avait envie de regarder dans une direction, c'est la matière qui le faisait tourner pour présenter sa tête dans le bon sens. Milos se souvenait avoir ressenti quelque chose de similaire dans une fête foraine, des années plus tôt. Mais, d'après la brochure affichée sur la cahute du propriétaire, le manège possédait toutes les sécurités nécessaires.

Là, il s'agissait de tout autre chose.

Bientôt, les tubes s'organisèrent pour se présenter devant lui en ligne.

Milos comprit alors ce qu'Ilis avait voulu dire en parlant de réponses à ses questions.

Si énigme il y avait, elle prenait là toute sa puissance en même temps qu'une possible explication globale germait.

Dans les ronds formés par les sept tubes, il y avait sept petites Terres, accompagnées de sept Lunes.

— *Voici la réponse,* lui adressa Ilis.

Milos en eut le souffle coupé.

Il essaya de parler mais aucun son ne sortit de sa bouche, remplie de cette matière sans nom. Il recommença mais n'eut pas plus de succès

— *Je vois surtout sept planètes identiques*, pensa-t-il à l'intention d'Ilis.

— *Regarde-les bien, dans ce cas,* continua Ilis.

Milos s'appliqua. Après quelques secondes d'observation, il décela une première différence.

— *Elles ne tournent pas à la même vitesse*, déclara-t-il.

— *Ce qui implique ?*

— *… que le temps ne s'écoule pas de la même façon !*

Ilis sourit. Milos était un garçon intelligent.

— *Bravo, élève Strinker,* envoya-t-elle. *Et si le temps y est différent, alors ça ne peut pas être le même endroit, non ? Mais continue, tu vas voir, ce n'est pas la seule différence.*

Ilis, qui redécouvrait cet endroit en même temps que Milos, déduisit autre chose. L'Aratta ne paraissait s'ouvrir que sur la Terre, ou plutôt sur les Terres. Et nulle part ailleurs dans l'Univers. Ce détail la tracassa.

— *Elles n'ont pas l'air d'avoir le même âge,* observa Milos, l'extirpant de ses pensées.

— *Que veux-tu dire ?*

— *Qu'elles n'ont pas la même tête. Comme si certaines étaient plus vieilles que d'autres.*

— *Si le temps est différent sur chacune, c'est assez logique, non ?*

— *Ouais ! Et après ? Qu'est-ce qu'on a de plus maintenant ?* observa Milos.

Ilis soupira.

— *Tu ferais mieux de laisser s'exprimer ton enthousiasme plutôt que de tout réprimer tout le temps.*

Milos encaissa le commentaire d'Ilis. Il avait hérité ce manque de spontanéité d'une vie mouvementée dès son plus jeune âge. Savoir qu'un coup dur se profile sans doute ne permet pas d'exploser de joie à la première occasion. Milos était ainsi, mais il détestait qu'on le lui dise, sans avoir jamais cherché à en comprendre la raison.

— *On dirait qu'il y en a une de morte. Celle-là, à droite, la première. Elle n'est pas bleue. Pas comme il faut.*

— *Exact,* acquiesça Ilis. *Il va falloir aller vérifier ça. C'est l'une des pièces manquantes du puzzle. La pièce essentielle, je crois.*

Ilis ébaucha un mouvement pour se relever. Aussitôt, la matière se retira devant elle.

— Arrêtons. Tu n'en verras pas plus. Si ça ne te convainc pas, rien ne le pourra.

Milos recouvra l'usage de son corps à son tour.

Au-dessus d'eux, le dôme retrouva sa transparence, les tubes disparurent lentement. Un long moment, ils gardèrent une légère consistance, comme un glaçon sur le point de disparaître dans un verre d'eau.

— Sept Terres. C'était ça ton explication ?

— Je comprends par là que ça ne t'a pas suffi.

— Eh bien, je suis pas sûr.

— Et pour l'Aratta, tu dis quelque chose ?

— Je te l'ai dit. J'aime bien l'idée. C'est énorme, même. Je ne comprends absolument pas ce que c'est, mais je suis heureux que ça existe. C'est la première fois qu'une chose pas dangereuse me plaît.

— Ça pourrait le devenir, tu sais.

— Quoique, vu la trogne des types qu'on a croisés, ça l'est même peut-être déjà, faut croire. Même si je suis pas certain que ton Aratta en soit responsable. Mais pour tes sept Terres, désolé. J'suis pas trop preneur. C'est compliqué comme solution.

— Réfléchis autant que tu veux. Moi, je dois quitter cet endroit.

— Tu comptes faire quoi ?

— La question est : qu'est-ce que l'Aratta me laissera faire ?

Ilis s'accroupit devant la sphère. Elle la retira du filet qui l'entourait encore et approcha ses mains, jointes comme si elle allait recueillir de l'eau.

— Tu fais quoi, là ? lui demanda Milos.

Ilis ne répondit pas. Son esprit était tourné vers la sphère, dans une demande muette.

Bientôt, les contours d'une petite sphère se dessinèrent au centre de ses paumes ouvertes. Puis l'intérieur de l'objet prit de la consistance. Ilis le saisit entre deux doigts. Dans sa main à présent vide, il ne restait pour vestige de sa création que quelques gouttes d'eau qui tombèrent sur le sol transparent, où elles disparurent aussitôt.

— Prends ça, Milos, dit-elle en tendant l'objet. Maintenant, c'est la prunelle de tes yeux. Tu n'as jamais rien possédé d'aussi précieux que cet objet. Si tu le perds, tu te perds.

Milos s'en empara et l'observa avec attention, avant de retourner son regard sur la jeune femme.

— Ceci est la clé de passage. Elle t'ouvrira l'Aratta, sitôt que tu te trouveras à proximité d'un accès. Il n'y en a pas à l'infini. Tu l'apprendras. Tu n'as qu'à demander pour que l'Aratta t'y emmène. Tu veux aller quelque part, tu n'as qu'à y penser. Tu veux voir quelqu'un, tu n'as qu'à y penser aussi. Tu vois, c'est très facile. Mais attention. Fais en sorte que tes pensées soient simples et claires. Sinon, tu risques de te retrouver ailleurs. Et ce n'est pas certain que tu t'en rendes compte aussitôt. Tu as compris ?

— Assez bien, oui. Mais pourquoi est-ce que tu me racontes ça ?

— Je ne peux pas te garder auprès de moi, Milos.

— Comment ça, tu ne peux pas me garder ?

— Tu as très bien entendu. Nous allons nous séparer, maintenant.

— Je ne suis pas un paquet qu'on prend et qu'on jette après, tu sais. Il va falloir me donner une bonne raison pour m'écarter comme ça.

— Fais-en ce que tu veux. Moi, je dois partir. Et dans l'endroit où je vais, je ne t'emmènerai pas.

Milos serra les poings et ravala sa hargne.

— L'Aratta ne t'appartient pas, Ilis ! Tu connais son existence depuis longtemps, mais ça ne fait pas de toi sa proprio.

— J'aurais préféré que tu comprennes. Pour tout te dire…

— Tu n'écoutes pas, Ilis. Je suis en train de te dire que tu n'es pas celle que tu crois. Tu as vécu plus longtemps que moi, tu es un phénomène de foire, mais je ne vois pas en quoi ça te donne des droits sur le reste du monde. Tu ne peux pas te garder un truc comme ça pour toi toute seule. Où t'as vu jouer ça ?

— Je le fais pourtant.

— Qu'est-ce qui te retient ? Tu as peur que j'y laisse ma peau ? Tu cherches à me protéger ?

— Je ne le sais même pas. J'ai surtout besoin de temps. Et d'un temps que je consacrerai exclusivement à moi, à ce que j'étais, et à ce que je vais devenir.

— Comme tout le monde, quoi.

— De façon décuplée, Milos. Oui, plus que ça même. Infiniment plus.

— Je vois.

— Non, Milos. Tu ne vois pas. Ethen Ur Aratta a été la mère d'un peuple, du temps des Sumériens. Eh bien, il n'y a pas que cela. Elle a été, nous avons été, la mère d'un autre peuple, sur une autre Terre. Et je dois y retourner.

— Depuis quand le sais-tu ?

— L'Aratta me l'a montré. Tout à l'heure, quand nous étions en elle.

Ilis fit un pas vers l'endroit où ils étaient arrivés. Puis elle se ravisa.

— Veux-tu que je te laisse sur notre Terre ? demanda-t-elle à Milos, qui n'avait pas bougé.

— J'suis un grand garçon. Et si c'est pas encore fait, alors je vais le devenir.

— Sans regret ?

Il sortit de sa poche la sphère irisée et la tendit vers Ilis.

— Je ne crains rien, j'ai la clé, tu l'as dit toi-même. Allez, va là où le vent te mène avant que je change d'avis.

Ilis éleva la sphère devant elle. La paroi du dôme s'incurva aussitôt, créant une bulle devant leurs yeux. Ilis y fit un pas. La bulle se referma derrière elle.

— Que la simplicité soit ton guide, Milos, dit-elle, la voix légèrement absorbée par l'épaisseur de la matière.

Milos fit au revoir d'une main, qu'il agita bêtement, comme sur un quai de gare. Puis la silhouette de la jeune femme disparut en un éclair. À sa place, il ne restait plus que la noirceur de l'espace, percée çà et là d'étoiles lointaines.

— Garce ! lança-t-il dans le vide. Ça faisait longtemps que je n'avais pas bien aimé quelqu'un. Pour ce que j'y gagne…

## 36

Milos ressassa quelque temps une rancœur sans nom. On ne le laissait pas tomber, pas lui. Pas comme ça. Et pourtant, Ilis venait de le faire sans l'ombre d'un remords.

— Bon débarras, dit-il à voix haute pour mieux se persuader. Cette fille est cinglée, de toute façon.

Il se mit à faire les cent pas, marchant au-dessus d'un spectacle sans pareil auquel il ne prêtait plus vraiment attention.

Régulièrement, il extirpait avec une certaine fébrilité la petite sphère transparente de sa poche et l'observait. Cet objet s'était matérialisé dans la main d'Ilis, apparemment sans aucune aide extérieure. Milos craignait qu'il ne reparte suivant le même procédé, qui lui échappait totalement et dont, au final, il se moquait aussi.

Le sort de cette clé, comme Ilis l'avait nommée, le concernait. Il ne voulait pas se retrouver coincé dans l'Aratta, sans plus aucun moyen pour en sortir. Il pensa de nouveau à la jeune femme et recommença à s'exciter.

— Je vais devenir barge, marmonna-t-il. Cette gonzesse va me flinguer les neurones. Je dois trouver quelque chose.

Il jugea utile d'arrêter de tourner sans but et s'assit par terre, puis s'allongea carrément.

Il reçut la voûte céleste comme s'il la découvrait. Le dôme qui le séparait de l'espace n'agissait pas comme une atmosphère. La lumière de milliards d'étoiles, dont certaines étaient mortes depuis des milliers d'années, lui parvenait sans avoir été atténuée. Elle était plus brillante, plus étincelante.

Ce spectacle ne s'adressait pas à la partie raisonnable de son cerveau, mais à celle qui fabrique l'imaginaire. C'est ensuite qu'intervint l'esprit.

En scrutant la voûte, son œil quitta le territoire de l'émerveillement pour s'aguerrir. Peu à peu, Milos devina un ordre derrière le chaos apparent. Il semblait qu'un principe d'homogénéité gouvernait l'Univers.

Milos pensa alors qu'il était l'un des hommes les plus chanceux que l'humanité ait comptés.

Il en observa le ciel avec plus de plaisir. Il s'en gargarisa, se goinfra d'images, essaya de les fixer au mieux dans son atlas mental. Pour les repasser plus tard, un jour où le besoin de merveilleux se ferait sentir.

*« Tu ferais mieux de laisser s'exprimer ton enthousiasme plutôt que de tout réprimer tout le temps. »*

Ce commentaire proféré par Ilis un peu plus tôt ressurgit sans qu'il y prenne garde.

Devant la beauté de la voûte céleste, le cœur de Milos se mit à battre plus fort. L'enthousiasme venait, et il ne faisait rien pour l'empêcher de s'épanouir.

Bientôt, les étoiles se diluèrent dans un millimètre cube de liquide lacrymal excédentaire.

Une larme descendit sur sa joue, incurva sa course vers la naissance de l'oreille, suivit le cartilage jusqu'au lobe et tomba sur la matière transparente. Au point de contact, il y eut comme un frémissement. La matière absorba le liquide salé, laissant pour seule trace une légère irisation de la taille d'un ongle.

Milos se frotta les yeux. La première larme avait été la plus improbable. Maintenant qu'elle s'était extirpée de ce corps qui ne s'en croyait pas capable, ses jumelles se ruaient par dizaines.

Milos éclata de rire. Il se laissa aller totalement au simple plaisir d'être.

Quand ses yeux furent de nouveau secs, il se plongea encore et encore dans la contemplation de l'Univers.

Il se souvenait à présent de certaines informations ingurgitées à l'orphelinat.

« Mille milliards de galaxies. »

Le prof avait dit que c'était un chiffre donné *à la louche*, pour indiquer un ordre de grandeur, pour perdre de vue une comptabilité humaine et accéder, au moins de manière conceptuelle, à des dimensions cosmiques.

*Mille milliards de galaxies comme la Voie lactée, qui contient elle-même mille milliards d'étoiles comme notre Soleil.*

La phrase apprise par cœur tournait dans la tête de Milos.

La place de l'homme dans l'Univers. Un être si fragile et si important.

Milos éprouvait, à des siècles d'écart, la même fébrilité que les découvreurs du Nouveau Monde et des autres territoires ignorés.

Il pensa à Gail, sa mère, à ce qu'elle lui racontait sur Malhorne. Il avait côtoyé l'un de ces marins intrépides.

Comment s'appelait-il, celui-là ?

Le nom jaillit de ses souvenirs.

Pablo Cabral.

Enfant, il avait aimé cet épisode. Par la suite, Gail lui avait acheté des livres sur les grands voyageurs. Milos s'était passionné. Cela avait duré un mois, et puis, faute de nouveauté, il s'en était retourné vers ses jeux de guerre interactifs.

Pablo Cabral, à la proue de son navire, avait dû connaître l'état d'excitation de l'instant crucial que vivait Milos.

Mille milliards de galaxies…

Il se demanda s'il n'avait pas été prédestiné à connaître Ilis, à voyager dans ce qu'elle appelait l'« Aratta ».

Penser une chose pareille était très déstabilisant, car elle impliquait une imbrication des destins de génération en génération. Lui, Milos Strinker, aurait-il pu rencontrer Ilis, si sa mère Gail n'avait pas été une adoratrice de Malhorne ?

Gail aurait-elle renié son Église catholique romaine si son mari n'était pas mort prématurément ?

Pour rencontrer Ilis, Milos devait fatalement connaître l'ultraviolence de l'orphelinat d'État et incarner ce que son monde l'avait conditionné à devenir : un délinquant. Dans tout autre cas, comment se serait-il trouvé dans les égouts de New York, à l'endroit où il avait senti comme un appel ?

*Faut que j'arrête ou je vais devenir complètement cintré,* songea-t-il. *Et pour ça, il faut que je bouge d'ici.*

Il se demanda alors si tous les humains ne devraient pas connaître un tel destin.

*Il faut que je rejoigne quelqu'un…*

Milos réfléchit aux personnes qu'il aimait et ne trouva pas grand monde. Il pensa bien sûr à sa mère, à Five, qui devaient encore être ensemble. Mais ça ne le satisfaisait pas. Il irait les voir plus tard. D'abord, il voulait partager ce qu'il venait de voir. Il lui fallait un ami. Quelqu'un qui puisse comprendre, s'enflammer, s'enthousiasmer.

Milos n'en avait pas.

À défaut, quelqu'un qu'il respecte.

Milos n'avait pas de héros. Pas vraiment. Tout au long de sa courte existence, il n'avait éprouvé de respect, ou de crainte, que pour la violence. Pour la violence à l'état brut et pour ceux qui la génèrent.

À l'orphelinat d'État où il avait grandi, il n'avait guère eu le choix. La violence personnelle, intentionnelle, était l'unique réponse à la haine collective.

Mais depuis qu'il avait rencontré Ilis, quelque chose de nouveau s'était présenté à lui. La fascination qu'il éprouvait pour sa propre colère s'était atténuée.

Un nom s'imposa dans son esprit. Celui de la seule personne au monde pour laquelle il ait eu du respect, Nemo.

Comment n'y avait-il pas songé plus tôt ? Lui saurait quoi penser de tout ça, de l'Aratta, d'Ilis, de Malhorne, d'Ethen, des autres mondes, des autres hommes. Il lui raconterait tout. Et, ensemble, ils sauraient quoi faire.

Sa décision prise, il ne fallait pas traîner, s'il ne voulait pas tout remettre en question.

Il se leva et rejoignit l'endroit où Ilis avait disparu.

Par terre, il y avait ce grand cimeterre qu'Ilis avait subtilisé sur le cadavre du garde.

Milos le ramassa. On ne sait jamais à quoi s'attendre, et mieux vaut être préparé au pire.

Il sortit la petite sphère de sa poche, la regarda un instant, puis chercha le résultat devant lui.

Il ne se passa rien.

*J'ai dû manquer une étape,* pensa-t-il.

Milos se remémora ce qu'Ilis lui avait dit sur le fonctionnement de l'Aratta. Il suffisait de penser à un endroit, ou à quelqu'un, pour le rejoindre.

« Que la simplicité soit ton guide. »

Il recommença.

Il projeta mentalement l'image de Nemo et attendit.

L'intérieur d'une bulle se matérialisa devant lui. Elle prit naissance dans la matière du dôme lui-même.

*Les bulles sont des excroissances de cet endroit,* nota Milos en se promettant d'y repenser plus tard. *Peut-être que tout commence ici, ou que tout y arrive, ce qui veut sans doute dire la même chose.*

Il entra dans la bulle, éprouva avec satisfaction le sentiment de se retrouver en terrain connu. En se tournant vers le dôme, il eut la surprise de constater qu'il s'en éloignait déjà. Il y eut une accélération fulgurante, à laquelle il commençait à s'habituer, puis son *véhicule* s'immobilisa. Entre le départ et l'arrivée, il ne s'était pas écoulé dix secondes.

Par l'ouverture, qui apparut aussitôt, Milos reconnut l'intérieur d'une grotte sombre. Il mit un pied dehors, puis sortit complètement, prêt à repartir dans l'Aratta à la moindre alerte.

Mais elle ne vint pas.

Milos inspecta la grotte, les mains serrées autour de la garde du sabre, qu'il tendait devant lui le plus loin possible. Il remarqua des traces de feu, puis aperçut des bambous taillés en pointe.

*Merde, où est-ce que j'ai atterri ? Je vois mal Nemo dans un taudis pareil…*

Il avança de deux pas encore.

*À moins qu'il ne se prépare un show façon indigène. Ça lui ressemblerait, finalement.*

L'entrée de la grotte n'était qu'à quelques mètres. Milos pouvait voir la lumière du jour au travers d'une épaisse végétation retombante, qui créait une sorte de rideau naturel. Il gagna la sortie et passa lentement la tête entre deux lianes.

*Ils sont où, les gugusses ?*

Une palissade en demi-cercle, faite de branches entrelacées, lui masquait la vue.

*Je peux aussi bien être dans un zoo que dans un jardin, ou au fin fond du Brésil…*

Une liane tendue entre deux pieux servait de fil à linge. Et ce qui y séchait n'était pas très propre pour autant.

*C'est quoi, ce merdier ?*

Milos s'approcha du linge. Il s'empara de ce qui avait dû être une combinaison et chercha une étiquette.

Il la trouva et lut avec difficulté : « *Made in China.* »

— Je vois le genre, dit-il à voix haute. C'est bon, les gars, vous pouvez sortir !

Il n'obtint pas de réponse. Il scruta alors plus attentivement la palissade, à la recherche d'éventuels trous.

C'est à ce moment-là qu'il aperçut deux paires d'yeux qui le regardaient à travers les branchages. La première ne lui apprit rien. La seconde, en revanche, lui fit pousser un long soupir de satisfaction. L'Aratta l'avait mené à bon port. Ces yeux-là, il les aurait reconnus entre mille. Cent fois, il les avait observés sur Internet, cherchant à en percer l'intention réelle. Entre la folie, l'idiotie et le fou rire. Voilà ce qu'inspirait ce regard.

— Salut, Nemo, clama Milos. Je suis un terreux, et bien content d'être arrivé.

Une tête rasée apparut bientôt au-dessus de la barricade.

— Comment tu nous as trouvés, petit ?

Le visage de Milos se fendit d'un grand sourire enfantin.

— Rien de plus simple. J'ai pensé à vous. L'Aratta m'a déposé ici !

# 37

Ilis attendait de connaître sa destination avec un peu d'appréhension. Cette fois, elle n'avait cherché à atteindre ni un lieu précis ni une personne en particulier. Elle n'avait formulé qu'un désir abstrait.

*Je veux me souvenir…*

La bulle s'était déformée, alors qu'elle n'y croyait pas vraiment, puis s'était lancée à travers la matière bleutée de l'Aratta.

Depuis une dizaine de minutes, la translation s'opérait bien mais, semblait-il, à une vitesse extrêmement lente par rapport aux précédents voyages.

Ilis ressentit des mouvements rapides et contrariés autour d'elle. La bulle semblait devoir se frayer un chemin à travers un dédale dont elle ne connaissait encore rien.

Puis le mouvement s'arrêta. Le diaphragme s'ouvrit en grand devant elle. Ilis allait savoir.

Elle avança jusqu'au bord de la bulle, la sphère devant elle, portée à bout de bras, comme pour se protéger d'un possible danger.

Sous elle, des tonnes d'eau se déversaient dans une rivière souterraine. Ilis vit une écume blanc nacré éclabousser des parois de pierre lissées par l'action de l'eau. Un tunnel partait dans une direction inconnue.

L'endroit était sombre, inamical. Une lueur sépulcrale semblait émaner des murs eux-mêmes. Et pourtant, c'était bien là que l'Aratta venait de la déposer.

Ilis chercha comment descendre. Elle se trouvait sur un étroit surplomb rocheux, à trois ou quatre mètres de hauteur et dont elle ne distinguait aucun prolongement. Plonger ne l'effrayait pas. Par contre, elle se demandait si elle pourrait jamais repartir, si l'ouverture de l'Aratta ne se pratiquait pas qu'à cette hauteur.

Elle hésita une seconde, puis décida que seule la confiance en l'Aratta devait la guider. Puisqu'elle se trouvait dans ce lieu étrange, c'est que quelque chose l'y attendait.

Elle s'élança dans le vide, les bras fermement enroulés autour de la sphère, et se retrouva dans une eau glacée. Un courant puissant l'emporta aussitôt. Ilis perdit toute possibilité de voir. Toute son énergie était accaparée par sa survie immédiate à fleur d'eau.

Cela dura un bref moment. Le courant mourut en quelques dizaines de mètres. Ilis découvrit un lac souterrain qui semblait très grand. Là encore, elle n'aurait pu dire d'où provenait la source de lumière, mais elle était pourtant bien réelle. Il s'agissait plutôt d'un halo, mais il suffisait pour avoir une idée du lieu. Le fantasme d'une mer souterraine l'effleura un instant, puis son épaule rencontra une matière dure.

Ilis s'y agrippa. Ses pieds touchèrent à leur tour quelque chose. Elle comprit qu'il s'agissait d'un escalier et s'y engagea. Avant toute autre chose, elle voulait sortir de l'eau.

Une volée de marches la mena sur une plate-forme carrée d'une dizaine de mètres de côté. Ilis étudia son nouvel univers avec tous ses sens disponibles.

Elle perçut une présence psychique devant elle, assez loin encore, mais qui se rapprochait indéniablement. Quoi qu'elle décide à présent de faire, on venait à sa rencontre.

Le sol de cette plate-forme était d'une planéité impeccable. Pas une aspérité, pas une trace d'usure, rien. Ilis s'y déplaça sans un bruit et s'engagea dans un corridor taillé dans la roche. Une lumière monta peu à peu alors qu'elle progressait et devint presque éblouissante lorsqu'elle pénétra dans une salle immense.

Ilis fut obligée de s'arrêter pour laisser à ses yeux le temps de corriger cette forte variation de luminosité. La présence psychique se rapprochait toujours, sans qu'elle comprenne encore de qui il pouvait s'agir. Elle nota pourtant une différence avec son sentiment précédent. Ce n'était pas une, mais plusieurs présences. Et elle était aussi à peu près certaine que ce n'était pas humain.

Lorsqu'elle put enfin découvrir en détail la salle qu'elle avait pressentie, Ilis eut une impression de déjà-vu.

Elle n'osa pas le verbaliser ainsi, mais elle éprouva le sentiment d'être de retour chez elle, chose qu'elle n'avait pas connue depuis un temps très lointain.

Elle refréna une montée de larmes et tenta de poursuivre ses recherches, mais elle fut stoppée par un assaut psychique extérieur.

Elle sentit un tourbillon de joie primaire, de contentement animal entier, sincère, sans parasites ni concessions.

Elle se tourna en tous sens pour apercevoir enfin ses mystérieux hôtes mais ne fit qu'entendre des sons de martèlement montant vers elle.

Ilis ne réussit pas à lutter davantage contre la marée psychique qui se déversait en elle et dut même s'asseoir pour ne pas tomber.

Elle fut assaillie de visions, dont elle comprit presque immédiatement qu'il s'agissait de souvenirs. De ses propres souvenirs.

Quelqu'un, ou quelque chose, qu'elle n'avait même pas vu, l'avait reconnue pour ce qu'elle avait été. Ethen Ur Aratta, la reine d'un empire dont elle portait encore la trace. Et lui adressait sa propre image passée en guise d'accueil. Ilis reçut ces visions comme des images immédiates, qu'elle vivait pour la première fois, et non véritablement comme des souvenirs qu'elle devait revivre. Elle laissa affluer ces moments de vie passée avec une joie pleine, entière, débordante.

Ilis vit le royaume d'Aratta. Elle se vit elle-même au sommet d'une ziggourat immense. Elle vit une fosse remplie d'eau, d'une eau dont elle savait qu'elle provenait des ventres des parturientes du royaume.

Au fond du bassin, une sphère, identique à celle qu'elle tenait entre ses mains, étincelait d'or et de lumière.

La vision s'inclina de quelques degrés, et sur la surface de l'eau devenue miroir, ses traits se confondaient avec ceux d'Ethen.

Elle sentit aussi la personnalité de Malhorne descendre en elle, pour s'y mêler intimement, et non plus seulement opposer sa masculinité.

Elle se vit naître, sous l'identité d'Ethen, pour la première fois. Car il avait bien fallu que tout commence. Elle vit une humanité bestiale, fragile, tenace.

Elle revécut la première mort d'Ethen, qui n'en portait pas encore le nom.

Puis il y eut le choc de la renaissance, de la découverte du retour parmi ceux qu'elle connaissait encore. Comme Malhorne, elle n'en crut pas la réalité, pensa avec les bribes de langage de ce temps qu'elle avait dû rêver, ou que le continent des morts n'était rien d'autre qu'une nouvelle forme de vie. Elle pensa, elle aussi, que tout le monde connaissait ce passage, et en cela elle n'avait pas tort, mais que tout le monde connaissait aussi ce retour.

Et puis, le moment du deuxième choc arriva, lui aussi. Il était inévitable. Comme la première fois. En revivant ses propres souvenirs enfouis, Ilis ne pouvait qu'éprouver les mêmes traumatismes qu'Ethen en son temps. À une différence près : Ilis était en train de les vivre en accéléré, sur quelques heures seulement.

Ethen découvrit qu'elle était la seule à revenir, et que cela faisait d'elle un message vivant, une preuve pour tout ce qui vit, en même temps qu'un fardeau pour elle-même.

Ethen partit alors loin des siens. Elle erra à la surface de la Terre pendant des milliers d'années. Sa soif de comprendre, de connaître, était infiniment plus grande que celle de Malhorne. Pour beaucoup de raisons inhérentes à la personnalité même de ces deux individus, mais aussi parce que la Terre à cette époque était moins peuplée, les rencontres moins fréquentes, la pensée moins avancée, les certitudes, bonnes ou mauvaises, moins nombreuses.

Les souvenirs se succédaient, nombreux, couvraient des périodes parfois éloignées les unes des autres, mais tous se présentaient dans le sens normal, descendaient le cours du temps, se dirigeaient vers Malhorne.

Ilis vit apparaître un personnage, qu'elle ne reconnut pas encore, et dont elle ressentit pourtant l'extrême importance.

Cela se passa dans la région où le royaume d'Aratta serait construit, peut-être dix mille ans avant l'ère d'Ilis.

C'était un lieu d'une luxuriance végétale qui n'eut plus jamais son pareil à la surface de la terre. Ethen l'ignorait à l'époque, mais Ilis le savait. Ce lieu était un bassin de plusieurs centaines de milliers de kilomètres carrés situé sous le niveau de la mer. Il jouissait d'un climat extrêmement doux et d'une pluviométrie idéale. C'était une région où l'activité sismique était importante. À quelques centaines de kilomètres vers le sud, il y avait un grand épaulement rocheux, comme une barrière naturelle, prolongé de hauts plateaux.

Ce qu'Ethen ne savait pas, c'est que ces hauts plateaux étaient eux-mêmes recouverts par de l'eau, par une mer, celle qui devint Méditerranée dans la bouche d'Homère. Et que l'épaulement rocheux, après un effondrement titanesque, allait s'appeler le détroit du Bosphore.

La rencontre fut le troisième grand choc dans l'histoire déjà longue d'Ethen. Elle venait de prendre possession de sa terre, elle avait enlevé un enfant mâle à une tribu lointaine. Elle avait décidé de créer son propre clan, pour façonner les esprits de ses membres, comme elle avait su élever le sien.

C'est à ce moment-là, alors qu'Ethen était sur le point de commencer son Grand Œuvre, que la rencontre se fit.

L'homme qui se présenta à elle la cherchait depuis longtemps, très longtemps. Depuis sa première naissance.

Ethen ne put croire ses paroles. Pour elle, seul son esprit revenait.

L'homme lui apprit qu'elle était bien la seule sur sa Terre, mais qu'il en existait d'autres, ailleurs, et qu'il allait le lui montrer.

Ce choc, aussi grand fût-il, n'est rien par rapport au suivant. Car Ethen découvrit l'existence de l'Aratta et des autres mondes.

Il lui fut impossible de le comprendre ainsi. Pas au début. Ces simples mots, c'est Ilis qui les formulait. Ethen, elle, eut besoin de décennies d'apprentissage, de plusieurs vies, pour le faire.

Et quand elle y parvint, ce fut pour le seul bénéfice de son peuple, qu'elle put alors créer, façonner de la plus belle façon, en lui apportant le meilleur des autres mondes.

Tous ces souvenirs furent relatés sur les tablettes d'argile mises au jour en Turquie par l'équipe de Paul et Meryl Hiriartch, mais Ilis n'en connaissait pas l'existence.

Ainsi naquit le royaume d'Aratta.

Et c'est de la même façon qu'il disparut aussi. Par le biais de l'Aratta.

Ilis apprit par qui le mal était arrivé, mais pas comment.

Elle sut le nom de ce roi sumérien, mort par excès de vénalité, Irinadar.

Irinadar d'Uruk.

Cet homme qu'Ethen avait aimé, à qui elle avait ouvert son cœur, sa confiance et l'Aratta. Par-delà les millénaires, Ilis pouvait encore voir son visage, caresser le grain de sa peau, sentir son odeur.

Elle ressentit la détresse d'une femme. Ethen avait aimé un homme, un seul, et un de trop.

Ilis comprit aussi sa folle décision. Elle avait emporté un humain mâle dans l'Aratta, lui avait fait découvrir d'autres mondes, d'autres richesses, d'autres femmes.

Seuls le chaos et la destruction avaient pu s'ensuivre.

Elle voulut apprendre ce qui était arrivé, mais celui ou ceux qui lui adressaient ces images mentales ne devaient pas le savoir eux-mêmes.

Ilis comprit la conséquence presque infinie de son échec personnel. Si Ethen n'avait pas failli, alors le monde en aurait été changé, profondément. Elle et ses Lukingias auraient porté en avant la féminité, lui auraient donné sa place réelle, celle qu'elle aurait dû connaître depuis si longtemps, l'égale de celle de l'homme.

Au moins l'égale.

Repasser en quelques heures des milliers d'années de souvenirs laissait un sentiment très fort, une certitude quasi physique. L'homme, le mâle, n'était pas fait pour gouverner. Il avait bien des talents, mais pas celui-là.

Les femelles n'étaient pas parfaites, loin de là. Mais elles étaient plus lucides en bien des choses, elles connaissaient la valeur de la vie, par un principe marqué dans leurs chairs le jour de leur premier enfantement. Et surtout, la testostérone, l'hormone de la guerre, ne coulait pas dans leurs veines.

Ilis attendit que le flot d'images continue, mais il n'en arrivait plus. Elle ouvrit donc les yeux. Sans doute ses hôtes se trouveraient devant elle.

Elle eut un tout petit instant de surprise, puis ses souvenirs lui indiquèrent qu'il n'y avait là rien d'extraordinaire.

Une dizaine de cochons noirs étaient assis sur leur arrière-train, en arc de cercle devant elle. Ils étaient tous de très petite taille et leur couleur tirait vers le gris. Leurs petits yeux pétillaient de vivacité et d'excitation.

Elle tendit une main et tous se précipitèrent vers elle, comme des chiens auraient pu le faire.

Ilis se laissa gagner par leur affection sans opposer la moindre résistance.

Un mot, sorti de sa mémoire récupérée, jaillit dans son esprit : Arkéanis. C'est ainsi qu'Ethen les aurait nommés. Ce qu'Ilis traduisit immédiatement par un néologisme : biomnésie, les mémoires vivantes.

Ils étaient la mémoire restante d'Ethen. Une mémoire qu'ils s'étaient transmise de génération en génération, pendant près de six mille ans.

Et de tous les prodiges qu'elle avait rencontrés dans les derniers jours, sans doute celui-ci était-il le plus grand.

Ilis pensa à son pécari et fut heureuse.

Elle se demanda quelques instants comment ces animaux avaient pu survivre dans un endroit pareil, mais n'insista pas longtemps. S'ils étaient là, c'est que la vie y était possible.

Des mots entrèrent en elle. Des mots étranges, dits dans une langue morte depuis des milliers d'années, et qu'elle reconnut pourtant instantanément.

*L'Aratta est la reine.*
*L'Aratta est le passage.*
*L'Aratta est l'eau.*
*L'Aratta est la mémoire des hommes.*
*L'Aratta est la totalité de ce qui fut, de ce qui est et de ce qui sera.*

*L'homme est la révélation.*

*L'humain est le matériau.*

*La terre est la richesse.*

*L'eau est le siège du savoir.*

*Dans l'Aratta cohabitent d'autres possibles.*

*L'Aratta est cela. L'un et la multitude. Le visible et l'invisible.*

*En élevant vos cœurs et vos esprits, vous pourrez l'apprendre.*

*Des voyageurs viendront des mondes de l'extérieur.*

*Ils libéreront sur la terre des humains le sens de l'heptagone.*

*Ils permettront aux hommes du visible de voir les êtres de l'invisible.*

*Le monde, les mondes de l'extérieur et le Kur. Tous réunis dans l'Aratta.*

*Je suis un lien. Mais je ne suis pas l'unique.*

*D'autres viendront, qui ne pourront être entendus que par vous seuls, et qui vous parleront de ce qu'a entrepris votre reine dans un des mondes de l'extérieur.*

*Ils vous parleront de vos frères séparés.*

*Ils vous livreront le nom d'Anasdahala, la reine aux deux visages.*

*Anasdahala et Ethen unies dans un même corps.*

Ilis éclata en sanglots.

Une forme d'humanité était en train de la quitter. En même temps, quelque chose de supérieur descendait en elle.

Maintenant, elle savait. Elle savait bien des choses, sans doute pas la totalité encore, mais le reste viendrait.

Elle pleura longuement, à chaudes et lourdes larmes, sur son propre sort et sur celui, plus grand et plus malheureux encore, de l'humanité tout entière.

Elle savait.

Et cette connaissance n'était pas enviable.

Une chose importante restait à découvrir : Anasdahala. Ce nom résonnait dans son crâne avec la force d'un ouragan.

Anasdahala.

Ces mots, qui venaient de remonter à la surface de sa conscience, elle les avait enseignés aux Lukingias, des milliers d'années plus tôt. Pour qu'ils puissent encore espérer, croire en l'homme et en l'avenir, malgré son départ.

Anasdahala.

Qui était-ce ? Ilis comprenait sans vouloir s'y résoudre qu'il devait s'agir d'une sorte de pseudonyme qu'Ethen aurait utilisé. Ailleurs, sur un autre monde, avec ces « frères séparés » dont son souvenir parlait. Et qu'elle avait donc, si Ilis comprenait bien les mots, établi les bases d'une communauté humaine sur une autre Terre. Une communauté qui était, elle aussi, devenue orpheline six mille ans plus tôt.

Il fallait qu'elle soit certaine. Le doute ne lui était pas permis. Et pour en avoir le cœur net, Ilis allait devoir rejoindre cette Terre, pour retrouver ces *frères séparés.*

Il suffisait de se présenter devant l'Aratta avec le nom d'Anasdahala en tête. L'Aratta comprendrait son vœu. L'Aratta semblait comprendre tant de choses, aussi intimes soient-elles, comme si sa matière accédait aux plus profonds recoins de la psyché de ses visiteurs.

Lorsque Ilis réussit à sécher ses larmes, elle décida de repartir dans l'Aratta sur-le-champ. À présent, ce qu'elle avait à faire était énorme, gigantesque même. Et elle n'était pas certaine d'y arriver.

Mais ne rien faire était pire que tout.

Mieux valait un second échec que le néant.

Le retour d'Anasdahala dans sa mémoire viendrait. Elle en était certaine. Et rien ne servait de se torturer à le forcer. C'est le conseil que lui dictait son expérience.

Et c'est ce qu'elle allait faire. Attendre en agissant.

Juste avant de partir, elle fit un bref tour de la salle. Elle en avait à présent un souvenir très précis. Une fosse en occupait le centre. Aujourd'hui vide, elle avait servi de bassin d'agrément, et accessoirement de baignoire aux cochons. Les parois, sculptées dans des bois précieux, avaient complètement disparu. Il nc traînait plus à leur ancien emplacement qu'une pourriture verdâtre. Le long de la roche, les établis en marbre n'avaient pas bougé. Chaque objet se trouvait à la place où elle l'avait laissé lors de sa précédente visite, six mille ans plus tôt. Certains n'étaient plus que poussière, mais d'autres avaient résisté au temps. Elle en reconnut la plupart. Ils venaient des autres mondes et Ethen n'avait pas cru bon de les faire connaître à son peuple. Trop dangereux, ou sans intérêt. Ou encore, elle n'en avait pas eu le temps.

Au bout d'un long établi, plusieurs cristaux de voyage reposaient sur une matière ouatée, aux pâles reflets nacrés. Ilis s'empara de l'un d'eux. Il était accroché à une longue chaîne argentée. Elle éprouva la solidité de la chaîne, puis la passa autour de son cou.

Un parfum de nostalgie endeuillait cet endroit. Ilis ne voulut pas poursuivre plus loin sa visite empreinte de douleur.

Par la matriarche des cochons noirs, elle apprit qu'il existait une sorte de chemin de halage qui menait jusqu'à l'endroit où l'Aratta s'ouvrait.

Elle s'y engagea, salua mentalement ses hôtes, promit de revenir très vite et disparut dans l'obscurité.

Elle marcha jusqu'à l'endroit où l'Aratta s'ouvrait et déposa la sphère sur le sol. Là, elle s'agenouilla devant l'objet inerte et tendit les mains, jointes en coupe.

Sa prière fut de courte durée. Ilis sentit une fraîcheur humidifier ses paumes, puis un poids léger vint peser dans ses mains ouvertes.

Lorsqu'elle referma les poings, l'un d'eux recelait un cristal sphérique de trois centimètres de diamètre.

Elle se releva alors, laissa la sphère derrière elle et ouvrit l'Aratta, où elle disparut en formulant mentalement son ancienne identité : Anasdahala.

## 38

— Vous êtes bien Nemo ?

Milos venait de demander ça d'une façon presque timide.

Franklin ne lui répondit pas immédiatement. Il le contempla du haut de la palissade, un grand sourire radieux sur le visage, puis il tourna la tête vers Tara.

— Viens, Tara, on a un fan.

Après quoi, il passa par-dessus la palissade et sauta vers l'entrée de la grotte.

— Et toi, tu es Milos Strinker, n'est-ce pas ?

Milos fut très étonné d'entendre son nom dans la bouche de Franklin.

— On se connaît d'où ?

— Toi, ça ne fait aucun doute, tu m'as regardé faire le zouave pendant des années. Tu t'es cautérisé le nombril avec mes âneries. Je me trompe ?

— Non, je dirais que c'est bien vu.

— Quant à moi, cette dame, que tu verras quand elle aura réussi à revenir parmi nous, m'a appris ton existence il n'y a pas bien longtemps.

Franklin colla ses mains ouvertes en porte-voix autour de sa bouche.

— Eh, oh ! Tara ? Ça se passe bien ?

— Je vous attends ici. J'ai passé l'âge des acrobaties gratuites.

— Je sais que tu as tiré Bout de chou des mains de Craig.

— Qui ça ?

— Oui, évidemment, en convint Franklin pour lui-même. On ne peut pas tous répondre au même programme. Ilis, c'est comme ça que tu dois l'appeler.

— Ilis. Eh bien, parlons-en. Elle vient de me laisser tomber comme une merde. Je ne serais pas…

Franklin l'arrêta d'un geste.

— Allons rejoindre cette dame. Ça ne serait pas correct de rester ici. Viens, camarade. Tu nous expliqueras tout ça.

Ils rejoignirent Tara, Franklin en tête, et s'installèrent au pied de la palissade. Franklin fit des présentations inutiles.

— C'est moi qui déboule de nulle part et j'ai l'impression que c'est vous qui avez des choses à m'apprendre. Non ?

— Sans doute, répondit Tara. Mais dis-nous d'abord une chose. Où est Ilis ?

— Pas la moindre idée.

— Vous vous êtes quittés il y a longtemps ?

— Pas vraiment. Deux ou trois heures peut-être. Difficile à dire.

— Pour quelle raison ?

— Difficile aussi. Elle m'a laissé sur place et s'est barrée.

— Comment ça ? Tu veux dire qu'elle t'a laissé seul ?

— Comme une merde.

— Curieux, non ? s'interrogea Tara en regardant si Franklin réagissait.

— Ça, il me l'a déjà dit, déclara Franklin. Vous vous êtes fâchés ?

— Non.

— Pas loquace, le bonhomme. Elle ne t'a pas dit où elle allait ?

— Dans un endroit où elle ne pouvait pas m'emmener. Je lui ai d'ailleurs répondu qu'on ne m'emmenait nulle part.

— J'aurais pas dit mieux, l'encouragea Franklin.

— Elle m'a quand même laissé ça, ajouta Milos en exhibant sa petite sphère.

— Nous en avons vu de semblables sur la plate-forme, commenta Tara.

— C'est la clé de l'Aratta, c'est comme ça qu'Ilis l'appelle. Et je dois dire que ça y ressemble beaucoup.

— Et tu sais t'en servir ?

— C'est un bien grand mot. Disons que j'ai réussi à arriver quelque part.

— Alors, fous-moi ça en l'air, brailla Franklin. Et barricadons la grotte. Tu vas voir, si on laisse faire, on aura bientôt des promoteurs sur le dos, des *tours operators* en pagaille, on vendra des voyages dans l'Aratta à tous les cinglés de la planète, il suffira d'avoir un bon paquet de blé et…

— C'est fini ? le coupa Tara.

— Oh, c'est marrant, l'encouragea au contraire Milos.

— C'est pas parce que Milos ne te connaît que sous ton identité d'emprunt que tu dois te croire obligé de remettre ça. Alors, stop !

Franklin éclata de rire.

— Tu vois, Tara. Ça revient vite, parvint-il à dire après avoir calmé son hilarité. Excuse-moi, Milos. Mais ça m'a fait du bien.

— Ça m'a plu aussi, assura le jeune homme.

— Et mon avis, tout le monde s'en moque !

— Allez, Tara, reprenons. N'empêche, tu m'enlèveras pas de la tête qu'il va falloir penser à installer un système de défense à l'intérieur de la grotte. À ton avis, qui est en possession d'une petite bille comme celle-là ?

— Vu le nombre de nos visiteurs, pas grand monde.

— Sommes-nous certains que les choses resteront en l'état ?

— Tu peux être certain de quelque chose, toi ?

Franklin adressa un clin d'œil à Milos.

— Sacrée Tara ! Toujours le mot pour rire.

— On plaisantera juste après cette conversation, si ça ne vous dérange pas trop. Et nous sommes loin de l'avoir terminée.

Elle se tourna vers Milos.

— Sais-tu ce qui s'est passé dans le désert, quand nous étions tous ensemble ?

— Il était pas trop d'attaque à ce moment-là, intervint Franklin.

— C'est vrai. J'avais oublié Spencer.

— Pas moi.

— Où êtes-vous arrivés, Ilis et toi ?

— Chez les barges, commença Milos.

Puis il se reprit :

— Bien sûr, ça ne va pas vous dire grand-chose.

— En effet…

— Écoutez, il vaudrait mieux que je commence par la fin, comme ça vous comprendrez plus vite. Mais, pour le système de défense, c'est pas con.

— Si tu veux, mais on a tout notre temps ici.

— Vous n'avez pas quelque chose à grignoter, parce que je crève de faim, moi. J'ai eu que dalle depuis un bon bout de temps.

— Mais nous manquons à tous nos devoirs, Tara. Il nous reste quoi ?

— Des fruits, qu'est-ce que tu veux qu'on ait ?

— Va pour des fruits,

— J'y vais, déclara Franklin en se levant. Ce soir, il y aura du chevreuil, mais je n'ai pas encore terminé de le préparer. Je reviens.

Franklin franchit de nouveau la palissade.

— Pas trop secoué par tout ça ? demanda Tara à Milos.

Le jeune homme hocha la tête lentement, puis il sourit.

— Ma vie n'a jamais eu plus de sens qu'aujourd'hui.

Tara répondit à son sourire.

— Est-ce que vous deux, enfin, je veux dire, avec Nemo…

— Drôle de question, mais oui, si on veut. On ne forme pas un couple exemplaire, mais ici, il n'y a pas de référence. Alors, ça ne fait rien.

— Comment ça ?

— C'est vrai, tu ne sais pas encore où tu es. Ici, il n'y a personne. Nous avons fait une grande balade il y a quelques jours. On a trouvé la mer, juste derrière ces collines. Et on n'a vu personne. Absolument personne.

— Ça prouve pas grand-chose…

— Comprends-moi, Milos. J'ai eu les mêmes réticences, au début. Il n'y a pas un endroit sur Terre où l'on ne découvre pas une trace de l'activité humaine au bout de quelques heures. Et un rivage est encore plus exposé qu'une forêt, par exemple. Eh bien, nous n'avons rien trouvé. Pas un déchet, pas une trace d'hydrocarbure, rien. Et il y a mieux. Depuis neuf jours, nous n'avons pas vu un avion dans le ciel. Et la nuit, pas de satellites non plus. Et là, il n'y a pas longtemps à réfléchir avant de s'incliner. Il n'y a pas d'hommes sur cette planète. Franklin pense que l'Aratta nous a renvoyés dans le passé.

— C'est comme ça que s'appelle Nemo ?

— Parfaitement, répondit-il lui-même par-dessus la palissade. Pas trop déçu ?

— Un nom, c'est qu'un nom. Moi, je m'appelle bien Milos parce que mon père s'appelait comme ça.

— S'appelait ?

— Il est mort avant ma naissance. Ma mère s'est fait inséminer après.

— Pas terrible pour s'épanouir dans l'existence, commenta Franklin.

— C'est ce que j'ai dit aux juges, déclara Milos avec un sourire dans les yeux. Mais ils ont jamais trop voulu m'écouter. Et en plus, le sperme de mon père, ils l'ont prélevé sur son cadavre. Vous voyez le trafic !

— Un beau merdier ! apprécia Franklin en donnant à Milos une demi-douzaine de fruits très mûrs. Tu as dû verser une rente à ton psy, non ?

— Non. J'ai été placé en orphelinat. Et là-bas, le psy, il valait mieux qu'il sorte pas trop de son bureau.

— Tu dois avoir un amour débordant pour l'humanité.

— Je crois que c'est pour ça que j'aimais bien tes infos.

Milos enfourna deux gros agrumes coup sur coup.

— Respire, petit. On te les volera pas.

— Je mange vite depuis l'orphelinat, dit-il quand il put articuler. C'est une habitude de survie.

— Laisse-le finir, Franklin. Comme tu le disais si bien, nous avons le temps.

— Mais j'ai rien dit.

— Une petite question, glissa Milos.

— Vas-y.

— Je peux t'appeler Nemo, je préfère ?

— Permission accordée ! À moins que ça ne nuise à ma relation avec ma partenaire.

— Je n'ai aucune prérogative sur ton identité, Franklin. Fais comme tu veux, mais après, ne viens pas me trouver pour t'aider à soigner ta schizophrénie.

— OK, lâcha Milos, le dernier agrume à peine avalé. Donc, je vous disais qu'il fallait que je commence par la fin. Et vu ce que m'a dit Tara pendant que tu es allé chercher les fruits, j'ai plus de doutes.

Franklin lança un regard interrogateur vers Tara, mais Milos poursuivit :

— On n'est pas sur Terre, déclara-t-il. Et en même temps, on est sur Terre.

— C'est vrai que si tu avais commencé dans le bon ordre des choses, on s'y serait perdus, confia Franklin.

On n'y comprend rien. Qu'est-ce que ça veut dire ton histoire ?

— Ilis m'a emmené dans un endroit qu'elle a appelé « le cœur de l'Aratta ». C'est… comment dire ? Je suis pas très doué pour ça. Faudrait que vous le voyiez, plutôt.

— Le rapport avec la Terre ?

— Justement. Là-bas, il y en a sept. Pas sept fois la même, mais sept Terres.

— Tu veux dire que vous êtes allés dans l'espace ? demanda Franklin, qui commençait à douter des propos de Milos.

— Non, on n'a pas quitté l'Aratta. Ça a même été très rapide. Au début, j'ai cru que c'était la même Terre, et puis j'ai compris que non.

— Quelles étaient les différences ?

— Oh, pas grand-chose. La couleur, d'abord. La Terre, je l'ai vue des milliers de fois. J'en avais même une photo dans ma piaule à l'orphelinat. J'y suis donc habitué.

— Nous le sommes tous, l'assura Tara. Tu parlais de couleur. Qu'y avait-il de plus, ou de moins ?

— C'était surtout plus terne. Ce que je veux dire, c'est qu'il y en avait qui n'avaient pas la bonne couleur, voilà.

— Donc, je résume, répéta Franklin. Vous êtes allés dans un endroit où on peut voir sept Terres. C'est bien ça ?

Milos acquiesça d'un mouvement de tête.

— Mais pourquoi cela expliquerait-il qu'il s'agisse de sept Terres et non de sept fois la Terre ? Qu'est-ce qui t'a persuadé comme tu sembles l'être ?

— J'allais vous le dire, s'énerva Milos. C'est le mouvement. Elles ne tournaient pas à la même vitesse.

Franklin se prit le menton d'une main. Il caressa quelques instants la barbe qui commençait à recouvrir le bas de son visage.

— Tara, tu avais raison, alors, marmonna-t-il à travers ses doigts.

— Nous ne sommes pas repartis dans le passé. C'est à ça que tu penses ?

— Exactement. Si Milos ne s'est pas trompé…

— Ça fait combien de temps que vous êtes ici ? s'écria ce dernier.

— Euh… ça doit pas faire loin d'une semaine. Non ?

— Exactement neuf jours, Franklin, lui répondit Tara. Neuf jours et maintenant quelques heures. Pourquoi ?

— Eh bien, je ne suis pas certain à cent pour cent, mais pour ma part, entre le moment où je me suis réveillé et maintenant, j'en compte trois. Ilis me l'a dit mais je n'ai pas voulu la croire. D'après elle, le temps n'existe pas dans l'Aratta. Et comme on y est restés pas mal, ça expliquerait le décalage. Mais on est aussi restés un bon moment chez les barges. Du coup, puisque le temps ne s'écoule pas de la même façon sur les sept planètes…

— Ça me semble un peu tiré par les cheveux, commenta Franklin.

— Mais venez ! s'écria Milos. Il n'y a qu'à y retourner, si vous ne me croyez pas.

— Ce n'est pas ce que j'ai supposé, Milos, le reprit Franklin. Admets que tu peux te tromper, non ?

— OK, ça serait pas la première fois. Mais j'ai vu ce que j'ai vu.

— Est-ce qu'Ilis en a dit quelque chose ?

— Je crois qu'elle découvrait autant que moi. Elle n'a pas été très bavarde, et puis ensuite, elle s'est tirée.

— Tu disais que vous étiez arrivés chez des barges, tout à l'heure. Tu voulais parler de quoi ?

— Oh, ça ! Je sais pas trop comment dire. Ilis m'a donné sa version, mais…

— Elle a dit quoi ?

— Que des types débarquaient d'autres Terres pour se servir chez nous.

— Comment ça, se servir ?

— Enlever des gus pour faire des guerres, en gros. Si vous voulez voir ce que ça donne, allez-y vous-mêmes.

— Mais qu'est-ce que tu veux qu'on aille faire là-bas ? Nous sommes très bien ici.

— Je n'ai peut-être pas tout vu, ici, se moqua Milos. Mais à moins qu'il y ait une baraque avec un plumard caché plus haut, j'ai quand même l'impression que vous avez besoin de quelques éléments de confort.

— Ce n'est pas tout à fait faux, avoua Tara.

— Voilà ! lâcha Franklin, une main posée sur le cœur. Il suffit d'un troisième larron pour que tout parte en couilles. C'est écrit depuis au moins deux mille ans. Vous êtes d'une banalité consternante, mes cailles.

— Il recommence, prévint Milos.

— Je sais. C'est le moment de battre en retraite. Dis donc, Franklin, tu ne nous as pas parlé d'un chevreuil pour dîner ?

Le lendemain à la première heure, ils se retrouvèrent tous les trois devant la source, au fond de la grotte.

— Vous avez réfléchi à un endroit où vous voulez retourner ?

— Ce n'est pas tellement l'endroit, Milos, répondit Tara. Demandons-nous plutôt de quoi nous avons besoin. On verra pour l'endroit après.

— Eh bien, puisqu'on en parle, commença Franklin. Des fusils, des capteurs photosensibles, des batteries, quelques lampes, des couteaux, quelques haches de bonne facture, du tissu imperméable, des vêtements de rechange, un miroir, des aliments lyophilisés, des ustensiles de cuisine, euh…

— Une paire de jumelles, ajouta Tara. Et des bidons pour stocker l'eau.

— Très bien, ça. Une paire de jumelles, donc. Ah oui,

essentiel, des rasoirs et de la mousse à raser. Voilà, je crois que j'ai tout.

— Il va falloir une benne, s'alarma Milos. Je sais pas si on pourra prendre tout ça d'un coup.

— Je plaisantais, Milos, tenta Franklin. On n'aura qu'à le faire en plusieurs fois.

— OK. On y va ?

— On y va.

— Quelqu'un veut essayer ?

Franklin tendit la main vers celle de Milos. Il y saisit la sphère et la garda dans son poing serré.

— Bon, on va où ?

— Attends, l'arrêta Tara. Rappelle-toi la première fois. Nous avons été séparés. Et pourtant, c'était Ilis aux commandes.

— Si je te suis bien, commença Franklin. Comment dire…

— Eh bien, quoi ? Continue, l'encouragea Tara.

— La sphère t'emmène là où tu veux, comme un billet d'avion, en gros. Tu demandes une destination et ça t'y emmène.

— Je suppose, commenta Milos. Je ne sais pas si c'est l'Aratta ou le cristal. Peu importe. Et puis ?

— Dans ce cas, on devrait pouvoir retrouver Ilis sans problème, non ?

— Peut-être bien. Mais je ne suis pas sûr qu'elle le souhaite. Sinon, elle ne m'aurait pas lâché comme une vieille merde.

— Mais c'était peut-être précisément dans le but que tu nous trouves, Milos. Ilis, je ne la connais pour ainsi dire pas. Mais j'ai bien connu Malhorne, et ça serait assez dans son genre.

— Et alors ? C'est pas pour autant qu'elle veut qu'on lui colle aux basques.

— Assez discuté, les coupa Tara. Franklin, tu ne perds pas cette bille. On se dit qu'on va à New York, d'accord ?

New York, ou dans les environs. Nous ignorons si on peut accéder à n'importe quel endroit de la Terre. Ce qu'il faut avant tout c'est rester ensemble. Allez, on y va !

— Minute, dit Milos. On va se faire repérer en deux secondes à New York. Moi, j'ai plus d'Implant depuis belle lurette. Mais vous ? Les scanners vont vous choper illico. On va avoir les flics au cul dans les cinq minutes.

— Merde, ragea Franklin. C'est vrai. J'avais oublié les Implants. Je n'en ai pas non plus, mais toi, Tara, t'es pas du genre…

— J'étais une personne respectable avant que tu ne croises de nouveau ma route.

— Parce que, pour toi, porter un Implant, c'est être respectable ?

— Écoutez, on fait un essai et on voit. Maintenant que tu as parlé de vêtements de rechange, tu ne me les enlèveras plus de la tête.

— Ah, les femmes et la mode, soupira Franklin. Bon, New York ?

Milos et Tara acquiescèrent.

Chacun prit la main de son voisin et s'efforça de penser à New York.

Ils sentirent le taux d'humidité monter en flèche, puis la fine pellicule d'eau apparut au-dessus de la source.

— Tout va bien, les rassura Milos. C'est comme ça que ça doit être.

— On l'a déjà fait une fois, Milos. C'était, comment dire, plus démonstratif.

— J'ai l'impression que c'est de plus en plus facile, leur confia Milos. Je sais pas trop ce que ça veut dire, d'ailleurs.

Franklin serra la main de Tara plus fort.

— Toi, je ne te perdrai pas deux fois, lui dit-il en franchissant l'ouverture.

Lorsqu'ils furent tous entrés, le sas se referma derrière eux. Ils s'assirent au centre de la bulle bleutée, les mains toujours en contact. Leur véhicule bougea quelques secondes, puis s'immobilisa.

Franklin fut le premier à se relever. Il se dirigea aussitôt vers l'ouverture, qui n'était pas encore complète, et observa l'extérieur.

— Merde, on est abonnés aux grottes !

Tara fit un pas en avant et sortit la tête de l'Aratta.

— Ce n'est pas une grotte, Franklin. Viens voir, c'est une construction en pierre.

Franklin extirpa une partie de son corps par le même procédé.

— OK, ça a l'air calme. Milos, tu en penses quoi ?

Il se retourna vers l'intérieur de la bulle. Mais Milos venait de sauter à l'extérieur. Il atterrit un mètre plus bas sur un sol dur.

— New York, c'est New York, dit-il sur un ton presque blasé. C'est jamais calme, mais c'est chez moi. Vous venez ?

Ils mirent tous les trois le pied sur le sol dallé. Derrière eux, les reflets aquatiques disparurent aussitôt.

— Bon ! J'espère que nous sommes au bon endroit, déclara Franklin en baissant le son de sa voix, tant le lieu renvoyait un écho important.

— En tout cas, nous voilà sur la bonne planète, regarde !

Tara indiquait une plaque ancienne vissée sur un mur, à un mètre du sol. Bien que poussiéreuse, la plaque indiquait de façon très lisible : Cathédrale Saint-Patrick.

— À moins que notre alphabet soit utilisé dans le reste de l'Univers, oui, ça ne fait aucun doute. Nous sommes donc en plein cœur de Manhattan.

— C'est pas terrible pour trouver une quincaillerie, commenta Milos. Faudra passer par mon Quartier.

Il partit aussitôt en suivant les indications lumineuses de sortie qui, de loin en loin, jetaient une lumière ténue sur les sous-sols. Franklin et Tara lui emboîtèrent le pas, sentant sans se le dire que pour cette occasion, Milos prenait naturellement l'ascendant sur leur petit groupe.

Ils se trouvèrent bientôt devant un escalier, puis butèrent sur une porte, évidemment fermée. Milos mit à contribution tous ses talents et la força en un rien de temps, sans faire trop de bruit.

Ils pénétrèrent dans un couloir couvert de vieilles dalles. Des boiseries portaient une peinture surannée, grise, blafarde. Cela sentait un mélange de poussière, de café brûlé et de cire fondue. De hautes fenêtres grillagées laissaient voir l'éclairage public et des façades de buildings de la Cinquième Avenue.

— On doit être dans l'évêché, murmura Franklin.

— Sans doute, acquiesça Tara. Et le hic, c'est qu'il fait nuit dehors.

— Attends, s'interrogea soudain Franklin. Milos, est-ce qu'il y avait une source, un point d'eau à chaque endroit où tu es ressorti de l'Aratta ?

Milos réfléchit une seconde.

— Je crois, oui.

— Ça nous fait une récurrence. Il y a un point d'eau ici, il y en a un aussi dans notre grotte, et si tu nous affirmes qu'il y en avait là où Ilis et toi êtes sortis, alors, il ne faut pas être devin pour affirmer que l'eau est le vecteur de l'Aratta !

— Sans doute, en convint Tara. Mais nous ne savons pas quels points d'eau sont concernés. On ne peut donc pas essayer n'importe où. En tout cas, pas maintenant, pas dans l'urgence.

— C'est vrai. Et c'est bien fâcheux.

— Laissez-moi y aller, proposa Milos. J'ai l'habitude de l'illégalité. Le plus dur sera de rejoindre mon Quartier. Mais une fois que ce sera fait, je pourrai revenir avec des Implants d'emprunt. Et on pourra aller faire du shopping comme on veut. Ça marche ?

— Non, trancha Franklin. Trop dangereux. Il faut que je trouve un téléphone. On va se faire livrer.

— Tu es sûr que tu vas bien ? lui demanda Tara. Tu veux te faire livrer par qui ?

— J'ai des amis à New York, ma chère.

Au bout du couloir, ils trouvèrent une salle d'attente, un comptoir, et un téléphone posé dessus. Franklin s'en empara et commença à composer un numéro.

— Attends, Nemo, l'arrêta Milos. Tu veux appeler qui ?

— Virgile Macare.

— Je le connais.

— Comment ça, tu le connais ?

— Je t'expliquerai plus tard. Et qu'est-ce que tu veux faire avec lui ?

— Lui passer notre petite commande.

— Et nous, pendant qu'il va faire les courses, ce qui ne sera pas avant demain d'ailleurs, on l'attend tranquillement ici ?

— Non, bien sûr, concéda Franklin en raccrochant le téléphone. Mais quoi, alors ?

— Elle est sécurisée la ligne sur laquelle tu veux l'appeler ?

— J'en suis presque sûr.

— Alors, vas-y et vérifie ça. Pendant ce temps, avec Tara, on va chercher un endroit où lui donner rendez-vous.

Franklin composa un numéro et attendit.

Une voix répondit bientôt. À ses intonations un peu lentes, Franklin sut qu'il venait de réveiller son interlocuteur.

— Est-ce que cette ligne est sécurisée ? demanda-t-il sans se présenter. Bon. Je n'ai pas le temps de t'expliquer, Virgile. On se verra sans doute bientôt. Tu as de quoi noter ? Alors, écris.

Il énonça une longue liste de fournitures variées, puis ajouta :

— Fais comme si tu devais préparer un safari dans un coin où tu serais seul et en danger. En gros, c'est ce dont nous avons besoin. Quoi ? Non, on ne viendra pas le chercher nous-mêmes, impossible.

Franklin se tourna vers Milos et Tara.

— Vous avez trouvé un endroit ?

— Oui, répondit Tara. Passe-le-moi.

Franklin donna le téléphone et attendit.

— Bonjour, Virgile, c'est Tara Steamway. Oui, moi aussi. Alors, vous allez appeler de ma part ce numéro. Vous y joindrez Mika, c'est un vieil ami, j'ai toute confiance en lui. Expédiez-lui ce que vous a demandé Franklin. Nous nous débrouillerons ensuite pour le récupérer.

Franklin reprit le téléphone.

— Désolé, mon vieux, ce n'est pas encore cette fois qu'on se croisera. Juste une petite chose, quel jour sommes-nous ? Non, je n'ai pas encore rejoint l'asile. On a juste été un peu déconnectés de la réalité. Oui ? OK, à bientôt Virgile.

Franklin raccrocha et se tourna vers ses amis.

— Vous savez quel jour on est ? On est le 13 octobre. Et si ma mémoire est bonne, c'est le 19 septembre que je vous ai libérés sur la plate-forme en mer Noire. Ça fait vingt-quatre jours. Vous vous rendez compte de…

Ils entendirent une sirène hurler tout près. Puis des portières claquèrent dans la rue voisine.

— Voilà le comité d'accueil, leur annonça Milos. Selon le délit qui te concerne, Tara, enfin, surtout ton Implant, on a entre deux et dix minutes pour agir. Je suis assez d'avis de retourner gentiment dans les sous-sols. Et je donnerais cher pour voir les trognes que les flics vont tirer quand ils verront disparaître ton Implant de leurs scanners.

Deux jours plus tard, ils repartirent ensemble dans l'Aratta, cherchant à approcher au plus près d'une propriété de famille que possédait Tara dans le nord des Appalaches. Ils furent déposés en plein cœur d'une vallée d'altitude, dans une minuscule chapelle de montagne entretenue par les vieux du coin et les rares touristes qui randonnaient par là. Dans une zone désertée par les hommes où aucune borne de scanner n'avait été installée.

Le plus long fut de rallier un téléphone, mais dès que ce fut fait, ils n'eurent plus qu'à attendre l'arrivée de Mika.

Celui-ci passa la moitié de la journée sur les routes et n'arriva qu'en fin d'après-midi.

Ils répartirent sans attendre leurs charges dans les sacs à dos qui figuraient sur la liste établie par Franklin. Puis ils prirent le chemin du retour.

Tara promit à Mika de revenir au plus vite, mais elle ne voulut pas lui expliquer ce qui se passait, pensant, sans doute à juste titre, que moins son ami en saurait, moins il courrait de danger.

# 39

Irina garda les yeux fermés, feignant le sommeil.

Elle attendait de son environnement sonore qu'il la renseigne sur l'endroit où elle se trouvait. Peut-être devrait-elle réagir dans l'urgence au moment où elle signalerait son éveil. Mais elle n'entendait absolument rien, exception faite de ce minuscule bourdonnement qui ne semblait pas devoir cesser.

Puisque les sons ne lui apprenaient rien, Irina concentra son attention sur son corps.

Elle reposait sur une matière chaude, souple, élastique, qui ne sentait rien.

Un tissu la couvrait de la base du cou jusqu'aux pieds, un drap peut-être, quelque chose de très léger, mais elle ne parvenait pas à identifier quoi exactement. Le contact était tellement ténu. Pourtant elle n'avait pas froid.

Sous ce drap supposé, elle ne portait plus aucun vêtement. On les lui avait retirés pendant son sommeil. Irina détesta l'idée que des mains inconnues l'aient touchée. Pour faire quoi, d'ailleurs ?

Une fouille peut-être…

Répondre à cette question le plus rapidement possible serait le mieux. Avoir été privée de ses vêtements signifiait qu'elle ne possédait plus le cristal.

Irina ouvrit donc les yeux.

Elle pensa tout d'abord qu'un objet gris métallisé devait se trouver à quelques centimètres devant son visage. Tout était de cette couleur, quasiment uniformément. Seuls quelques reflets cuivrés donnaient un sentiment de dimensions.

Elle bougea une main devant ses yeux et comprit ce dont elle souffrait. Tout était flou, y compris sa main. Sans doute un effet secondaire de la piqûre.

Depuis combien de temps se trouvait-elle là ?

Elle passa sa langue sur ses lèvres et les trouva normalement humides. Aucun signe de déshydratation, elle allait bien. Elle n'avait pas faim, n'éprouvait aucune envie d'uriner. Tous les signes qui marquent la fuite du temps indiquaient la même chose : cela ne devait pas faire longtemps qu'elle se trouvait là.

Elle se força à patienter avant de tenter de se lever et en profita pour faire le point.

Elle estimait à deux jours son départ du désert turc. La mort de ses frères lukingias, l'errance dans l'Aratta, les différents endroits qu'elle avait entrevus, et enfin le prêtre. Deux jours, au maximum.

Deux jours au cours desquels elle n'avait ni bu ni mangé.

Et elle n'éprouvait aucune envie de le faire.

Irina savait que quelque chose n'allait pas dans ses comptes. Ne pas manger pendant deux jours, passe encore. Mais ne pas boire… On y survit, mais la souffrance est terrible.

Elle avait dormi, alors qu'elle n'avait pas encore découvert la mobilité de l'Aratta. Elle avait dormi plusieurs fois.

Irina décida qu'elle comprendrait plus tard, si possible. Sa vision était en train de redevenir normale. Il fallait s'occuper de l'instant présent, qui recelait lui aussi sa part d'inconnu.

Elle se trouvait allongée sur une sorte de couchette sombre. Aucun drap ne recouvrait son corps. Pourtant, elle ressentait toujours un contact sur sa peau.

*Étrange*, rumina-t-elle. *Passons à la suite.*

Elle fit pivoter son corps sur la couchette, puis bascula ses jambes dans le vide.

Lorsqu'elle posa les pieds sur le sol pour se lever, Irina éprouva un trouble de l'équilibre. Très léger, mais pourtant bien présent et durable.

À présent, elle voyait parfaitement. La pièce n'était pas grande. Trois mètres sur quatre, au plus. Et elle était entièrement faite de métal gris. Pourtant, son contact était chaud, sensation contraire à celle qu'elle laissait présager.

Irina s'éloigna de la couchette de deux pas et entendit un bruit feutré dans son dos. Elle eut juste le temps de voir la couchette disparaître dans le mur. Une plaque de métal vint se refermer, masquant l'emplacement de la trappe qui se trouvait derrière. Irina en chercha des yeux le pourtour mais ne décela aucune trace.

Un nouveau bruit la fit pivoter sur elle-même. Cette fois, c'est une porte qui venait de coulisser dans son dos. Et dans l'encadrement se tenait un homme imposant. Il portait la même combinaison sombre que celle des trois hommes casqués venus les chercher, Stuart et elle.

L'homme entra.

Elle décida de ne rien faire avant que son interlocuteur se manifeste. Comme son père le lui avait enseigné, dans l'adversité, il est toujours préférable d'attendre.

« Attends, apprends, comprends et décide. » Ce principe remontait à la genèse de son peuple.

Irina se fiait donc pour le moment à sa culture. Elle ne ressentait aucun signe d'agressivité et se laissa faire. Sa nudité ne la gênait pas.

De toute façon, elle n'avait aucun moyen de s'opposer à la volonté de ses hôtes, quels que soient leurs objectifs.

L'homme ne dit pas un mot. Il se contenta d'adresser un regard à Irina, puis il tendit le dos de sa main vers le visage de la jeune femme.

Il portait autour du majeur ce qu'Irina prit tout d'abord pour une bague surmontée d'une gemme. Elle comprit son erreur lorsqu'un faisceau de lumière extrêmement fin et large d'une cinquantaine de centimètres jaillit de la gemme.

L'homme projeta le faisceau vers Irina et le fit descendre le long de son corps, tout en observant quelque chose à l'intérieur de sa paume.

Irina en déduisit qu'il devait s'agir d'une sorte de scanner. Elle se laissa ausculter sans bouger. Si cet homme s'intéressait à sa santé, il ne devait pas lui vouloir de mal. En tout cas, pas dans l'immédiat.

Des contre-exemples lui vinrent à l'esprit, mais elle se garda de les approfondir et les chassa aussitôt. Elle devait rester lucide.

*Les mondes de l'extérieur,* pensa-t-elle pour recentrer ses pensées. *Ça y est, je marche dans la légende d'Aratta.*

Le faisceau de lumière se coupa tout seul et l'homme fit un signe de tête vers Irina. Puis il posa une main sur un mur, à un endroit apparemment anodin, où il exerça une légère pression.

Un caisson coulissa sans un bruit. À l'intérieur, il y avait plusieurs piles de vêtements, tous de couleur orange. Il en choisit un et le tendit à Irina, puis il ressortit de la pièce.

Irina demeura immobile quelques instants. Elle ne s'attendait pas à ce qu'il reparte ainsi.

— Hé ! cria-t-elle contre la porte close. Ne partez pas ! Je veux…

Irina s'interrompit. Que voulait-elle au juste ?

Trop de choses pour qu'elle les demande à travers une porte.

Elle déplia le vêtement.

Il s'agissait d'une combinaison.

Irina chercha une marque, une étiquette, quelque chose qui l'aiderait à identifier ses hôtes. Mais elle ne trouva rien, à l'exception d'un sigle, brodé avec du fil blanc sur la poitrine. Elle l'observa de près. Les lignes représentaient sans doute quelque chose, mais Irina dut admettre qu'elle ne l'avait jamais vu et que la forme ne lui inspirait rien de particulier.

Elle n'apprendrait rien par ce biais.

Elle enfila la combinaison et entreprit d'inspecter sa chambre. Puisqu'il suffisait apparemment de pousser sur les murs, elle devrait bien y arriver.

Elle trouva ainsi plusieurs caissons dans les parois de la pièce. Tous contenaient des vêtements, ou des boîtes, elles aussi métalliques, dont elle ne devina pas la destination. Elle les manipula pourtant longuement, scrutant chacune sous tous les angles possibles. Certaines devaient être vides, mais d'autres recelaient des objets, à en croire le bruit qu'elles émettaient.

Irina les abandonna, faute d'en avoir trouvé le mécanisme d'ouverture. Elle y reviendrait plus tard.

Elle chercha encore un peu, mais soit il n'y avait plus rien à trouver, soit elle ne s'y prenait pas bien.

Elle cala son dos contre un mur et se laissa glisser jusqu'au sol.

C'est en laissant vagabonder ses yeux au hasard des formes irisées qui se dessinaient sur les parois qu'elle comprit ce qui manquait dans cette pièce. Il n'y avait aucune source d'éclairage. Et pourtant, elle y voyait parfaitement.

Elle s'en voulut de n'avoir pas remarqué cela plus tôt.

Elle se releva et inspecta de nouveau sa chambre.

Après un quart d'heure de fouilles minutieuses, Irina n'avait toujours rien découvert : la lumière émanait de la matière même des murs de la chambre.

Faute de nouvel élément, elle admit l'inexplicable et patienta.

Le glissement feutré de la porte l'extirpa de ses pensées.

Une femme et un homme venaient d'entrer. Ils échangèrent quelques mots dans une langue étrange. Puis la femme s'approcha d'Irina et lui posa une main sur l'épaule.

Elle dit encore quelque chose qu'Irina ne comprit pas. Aucun son de cette langue ne lui était familier. Pourtant, dans la communauté des Lukingias, il y avait beaucoup de nationalités. Avec les années, Irina s'était familiarisée avec certains idiomes et son oreille de plus en plus experte savait reconnaître de quelle partie du monde tel ou tel pouvait venir. Mais là, en cet instant précis où elle avait tant besoin de repères, son expérience ne lui était d'aucun secours.

En revanche, la pression exercée par la main de la femme sur son épaule était claire. On lui demandait de sortir de la chambre.

Irina s'exécuta sans rechigner.

Irina marcha dans un couloir fait du même métal que sa chambre. Il baignait lui aussi dans une clarté sans source et s'étendait à perte de vue. Irina pensa aussitôt à une illusion d'optique mais ne put le vérifier. Devant elle, l'homme tourna dans un deuxième couloir, plus large que le précédent. Plusieurs personnes les croisèrent. Tous jetèrent vers la jeune femme des regards curieux, sans menace ni inquiétude. Irina remarqua trois couleurs de combinaisons. Cela faisait un premier élément à partir duquel bâtir une compréhension plus élargie. Trois couleurs, plus celle de la sienne, qu'elle était apparemment seule à porter.

*La couleur des prisonniers sans doute,* songea-t-elle. *Et plutôt visible.*

L'homme de tête s'arrêta devant une porte, dont il activa l'ouverture manuellement.

Irina entra et découvrit une salle remplie de caissons et de personnel. En la traversant, elle eut le temps de comprendre la fonction de ces machines. Dans la plupart, il y avait des animaux, des nouveau-nés, de toutes sortes d'espèces.

*Des couveuses !*

Sur sa droite, les couveuses renfermaient des mammifères et sur sa gauche, d'autres classes du vivant. Irina vit des oiseaux, des reptiles et aussi des insectes.

Le spectacle était impressionnant.

Et cela lui procura un nouvel enseignement : tous ces animaux étaient d'origine terrestre. Elle n'avait donc pas quitté son monde.

Elle était sur le point de sortir de la pièce quand son regard tomba sur un incubateur. Le container renfermait un chiot, un labrador.

*Mais pourquoi utiliser des couveuses pour des chiens ?... Ça n'a pas de sens. Les chiens ne sont pas des espèces à protéger que je sache...*

Elle n'eut pas le loisir de s'interroger plus avant. La nouvelle salle dans laquelle elle venait de pénétrer était occupée par une douzaine de nouvelles machines. Plus grandes et plus volumineuses. Il n'y avait là que peu de gens. Une seule machine semblait en fonctionnement.

L'escorte d'Irina lui laissa la possibilité de s'en approcher. Elle le fit à pas lents, ne sachant pas si elle le devait et l'échine parcourue par un étrange pressentiment.

Lorsqu'elle se trouva au-dessus du cylindre de verre, son sang se retira de son visage, puis elle devint cramoisie.

Stuart y était étendu, les paupières closes, un masque lui enfermant la bouche et le nez. Son corps baignait dans un liquide ambré.

Irina se pencha jusqu'à pratiquement coller les yeux sur la paroi transparente. Stuart présentait toujours des lésions importantes, mais elles paraissaient moins graves que dans son souvenir.

*Alors, ce ne sont pas des couveuses, mais des appareils*

*de soins… Ou alors ici, c'est pour soigner et à côté pour aider à naître. Oui, ça doit être ça.*

*Et puisque Stuart est soigné, alors…*

Une voix s'éleva sur la droite d'Irina. Son escorte y répondit, tourna les talons et quitta la salle.

Irina vit alors une femme aux cheveux blancs marcher vers elle. Elle pouvait avoir entre soixante et quatre-vingts ans. Son visage portait beaucoup de rides mais il irradiait en même temps une aura positive qui rendait difficile toute estimation.

Elle s'arrêta devant Irina, à moins d'un mètre, et observa un silence que la jeune femme trouva horriblement long. Puis elle dit quelques mots, prit la main d'Irina et y déposa le cristal.

Irina le regarda. Il paraissait moins brillant. Elle releva les yeux et vint glisser son regard dans celui de la femme.

— Où sommes-nous ? demanda-t-elle. Qui êtes-vous ?

La femme ne sourcilla pas.

Irina essaya dans plusieurs langues, sans succès.

Elle se dirigea vers le container dans lequel Stuart se trouvait et chercha par gestes à obtenir des informations sur la santé du prêtre.

La femme s'éloigna dans la direction opposée, jusqu'à une cloison faite dans cette drôle de matière où le regard ne s'accrochait pas.

Là, elle manipula un cadran incrusté dans le mur. Il y eut un déclenchement d'alarme, qu'elle stoppa immédiatement, toujours avec le même cadran. Irina la regarda sans comprendre, mais son hôtesse lui montra le mur de la main.

— Aratta ! dit-elle avec un accent très prononcé.

Et la cloison descendit lentement.

Irina ne vit tout d'abord qu'une masse noire, puis elle comprit.

— Oh, merde !… lâcha-t-elle sans s'en rendre compte.

Une partie du mur venait de coulisser, dévoilant une grande paroi transparente.

Irina eut l'impression de se faire happer par le spectacle qui l'attendait au-delà de la vitre.

C'était la Terre, une Terre énorme qui remplissait la majeure partie de la baie.

Irina demeura sans réaction. Puis son cerveau reprit le dessus. Elle commença à regarder, et non plus seulement à voir.

C'est alors qu'elle eut des doutes. S'agissait-il bien de sa Terre ?

Le tracé des continents qu'elle connaissait parfaitement, s'y trouvait bien. Mais quelque chose manquait.

Ce quelque chose, Irina ne le découvrit pas immédiatement. Il lui fallut quelques secondes d'adaptation. Difficile de prendre du recul sur un objet que l'on a vu des milliers de fois sans y faire vraiment attention.

Pourtant, lorsqu'elle mit le doigt dessus, cette différence devint évidente. C'était la couleur. La Terre n'avait pas la couleur qu'il fallait. Plus jaune, plus fade que dans ses souvenirs. La planète appelée « bleue » par ses habitants ne l'était plus vraiment.

# 40

Franklin se retourna vers la palissade. Sous l'éclairage d'une lune pratiquement pleine, il pouvait voir Tara, qui dormait à poings fermés. De l'autre côté de l'enclos, la couche de Milos était vide. Franklin supposa que le jeune homme avait préféré laisser les deux amants dormir sans compagnie. Comme la nuit précédente.

L'attention était délicate. Franklin appréciait.

Il ne connaissait Milos que depuis trois jours, depuis son arrivée sur leur Terre, comme il se plaisait à l'appeler, et déjà, il éprouvait pour ce jeune homme une affection pleine et entière.

Cela tenait sans doute au caractère de Milos, lui aussi entier. Avec lui, il n'y avait pas de demi-mesure possible. Soit on l'aimait, soit on le détestait.

Tara bougea dans son sommeil. Elle tendit un bras vers l'endroit où Franklin aurait dû se trouver.

Il l'entendit rire doucement, puis elle prononça le mot « Nemo ».

*Cette femme est aussi folle que moi,* pensa Franklin.

Il s'engouffra alors dans la grotte, alluma l'une des torches livrées par Virgile Macare et se tint au pied de la source.

Il tendit la sphère devant lui et commença à se recueillir.

L'Aratta s'ouvrit aussitôt.

Franklin constata que son ouverture produisait de

moins en moins d'humidité, comme s'ils se rodaient tous à cet exercice. Ou alors était-ce l'Aratta qui n'avait pas été utilisé depuis très longtemps ? Franklin l'ignorait.

Il entra à l'intérieur de la bulle et se mit à genoux au centre, dans une position qui lui semblait être la meilleure représentation de l'humilité.

*Aratta ! Je veux savoir ce que tu es. Je me laisse guider vers toi. Je suis sans haine, seulement un homme qui veut comprendre.*

Il avait pesé auparavant chacun de ses mots et se contenta de les répéter mentalement, jusqu'à ce qu'il ressente un début de mouvement.

Tout comme Ilis, qui à peu près en même temps était sur le point de retrouver une grande partie de sa mémoire, Franklin sentait qu'il allait découvrir quelque chose d'important.

La connaissance, cette soif d'apprendre, qui lui avait permis de tenir pendant toutes ces années d'errance, à présent achevées.

La connaissance, celle qui n'avait pour seul but que d'amener vers une compréhension plus grande du monde.

L'œuvre de l'humain.

Franklin ferma les yeux et attendit, le cœur et l'esprit apaisés.

Lorsqu'il les rouvrit, il se vit flotter à quelques mètres au-dessus d'un sol d'apparence mouvante. La scène était bien trop sombre pour qu'il puisse déjà ne serait-ce qu'interpréter ce qui se trouvait sous lui.

*Faut que je me rapproche. Et que l'Aratta m'aide à y voir plus clair.*

La bulle descendit vers le sol. En même temps, la luminosité ambiante baissa, puis disparut.

Franklin se trouva ainsi plongé dans l'obscurité. Une noirceur entière qui lui inspira immédiatement des visions cauchemardesques.

Il sentit son pouls accélérer et sa respiration se fit en même temps plus courte et saccadée. La peur commençait à le gagner.

*Je ne crains rien, je ne crains rien,* se répéta-t-il pour se convaincre.

Quelque chose passa sous la bulle. Franklin fit un bond de côté, lorsqu'il sentit cette présence. La chose passa une seconde fois

*Qu'est-ce ça veut me faire comprendre ? Que l'Aratta peut être dangereux ? Qu'il ne faut pas jouer avec ? Que… que… quoi ?*

Une lueur commença à monter des profondeurs obscures.

Franklin devina bientôt les contours de longs tubes remuants, comme au gré d'un courant ou d'une volonté commune.

Par les ondulations qu'elles imprimaient à leur structure, Franklin comprit qu'il s'agissait d'êtres vivants dotés d'une musculature, et non de simples végétaux bercés par un courant.

Franklin glissait vers ces êtres tubulaires, seulement protégé par une minuscule pellicule d'eau.

Il prit soudain conscience qu'il se trouvait dans un environnement aquatique. La vision présente ressemblait fort à une fosse océanique.

La bulle accéléra, sans refermer le diaphragme. Franklin commença par observer son parcours, cherchant à percer sa signification, puis il ne put qu'admirer. Ses yeux envoyaient vers son cerveau trop de nouveautés pour qu'il ait le temps de les disséquer.

Cela commença par un long et lent survol d'une plaine abyssale. Là où il n'aurait pas dû y avoir de lumière, Franklin pouvait pourtant voir. Une luminosité à forte dominante bleutée donnait à la scène des ombres nettes, marquées comme par un soleil zénithal.

Franklin découvrit un canyon d'une profondeur inconnue. La bulle y descendit. Les parois se rapprochaient de plus en plus, créant une illusion de vitesse. Puis il entra dans une sorte de tunnel, qui partait perpendiculairement à l'axe de la roche, s'enfouissait de plus en plus loin dans un univers minéral.

Puis ce fut la lumière, franche, crue, éblouissante. Franklin remontait un plateau continental. Une forêt de coraux apparut bientôt. Il y avait des milliers de poissons, de toutes les tailles, de toutes les couleurs possibles.

Le point de vue imposé à Franklin bascula et le fit sursauter.

Un énorme requin nageait vers lui, la gueule béant sur plusieurs rangées de dents démesurées.

Le point de vue changea encore de cap. Franklin vit monter vers lui un sol sableux. Il découvrit alors le lit d'un fleuve. Il le comprit lorsqu'il aperçut d'innombrables saumons qui remontaient un courant tumultueux.

Il accéléra, dépassa les poissons, franchit une cascade et aboutit dans les eaux calmes d'un lac d'altitude.

Au fond de ce lac, une rivière souterraine achevait son périple par une bouche de deux mètres de large, ouverte dans une roche granitique aux reflets cristallins.

La bulle s'y engagea. La lumière diminua très vite, puis ce fut le noir complet.

Au bout d'un moment, Franklin devina devant lui un minuscule point lumineux. Un point qui grossit peu à peu, jusqu'à remplir le diaphragme en totalité.

Franklin s'arrêta de respirer, car ce point lumineux représentait à présent un iris. Il était strié de membranes très fines où d'innombrables couleurs se reflétaient les unes dans les autres.

La bulle avança d'un bond et traversa la paroi de l'iris. Puis elle se retourna.

Franklin découvrit alors son propre visage, puis son

corps en entier. Il se tenait à genoux au pied de la source, immobile, dans une position d'attente. Entre ses mains ouvertes, la petite sphère brillait d'une lumière étrange. La bulle fonça vers elle.

Franklin se retrouva tel qu'il venait de se voir. La matière de l'Aratta avait disparu, d'un seul coup, sans qu'il en franchisse le sas.

Il s'aperçut alors qu'il tremblait légèrement.

*Et alors quoi ?* pensa-t-il. *L'Aratta et l'eau, c'est la même chose ? C'est ça ? Je ne vois pas là vraiment de quoi sauter au plafond…*

Franklin se releva, appuyant une main contre le mur pour s'aider.

*Mais t'es plus con que nature ! C'est pas possible une niaiserie pareille. Où t'as vu que les évidences n'étaient pas enthousiasmantes ? Duchnoc !*

*L'Aratta, l'eau et le vivant. Ou alors l'eau qui se trouve dans le vivant. Oui, ce doit être ça !*

Une idée s'imposa dans son esprit et Franklin fut certain qu'elle n'était pas née dans son cerveau, mais qu'elle y avait été imposée.

*Tout se recycle. Tout. Toute chose transmute.*

Franklin eut une peur bleue. La seule pensée que l'Aratta puisse communiquer avec lui était terrifiante. Puis il se calma. C'était sans doute impossible. Le message venait d'ailleurs, de quelqu'un d'autre.

— Bout de chou ? osa-t-il oraliser après quelques secondes d'hésitation. C'est toi ?

— Non, c'est moi, dit une voix dans son dos.

Franklin se retourna. Son cœur battait trop fort.

— Milos ?

— Je t'attendais, Nemo.

Il découvrit le jeune homme, assis par terre dans un coin de la grotte.

— Je vois ça, dit Franklin en essayant de garder de la constance. Tu es là depuis longtemps ?

— Je n'ai pas bougé. J'ai dormi ici cette nuit.

— Et… Que s'est-il passé ?

— T'es bizarre, dis donc. Qu'est-ce que tu veux qu'il se soit passé ? Tu m'as réveillé, c'est tout.

Franklin passa sous silence ce qu'il venait de vivre, ne sachant trop s'il n'avait pas été victime d'autosuggestion.

— Désolé pour le réveil prématuré. Rendors-toi.

— Non. J'ai décidé d'utiliser la sphère.

— Bon. C'est ton droit. Tu veux en parler ?

— Oh, ça n'a rien de tordu. Je veux aller chercher Gail. C'est ma mère. Et puis Five aussi. Five, c'est la jumelle d'Ilis.

— Je sais tout ça. Tara me l'a raconté. Tu lui en as parlé ?

— Non.

— Tu crains quoi ?

— Rien, j'ai pas envie. C'est tout. Et puis, elle dort encore.

— Tiens, prends-la, dit Franklin en tendant sa main ouverte vers Milos. Et reviens vite, je vais préparer deux couchages de plus.

— Merci.

Milos s'empara de la sphère et partit aussitôt vers le fond de la grotte.

Franklin le regarda, jusqu'à ce que son dos disparaisse dans l'Aratta.

— Je ne m'y ferai jamais, à ce truc, dit-il à voix haute. On dirait un de ces films idiots dont Hollywood a le secret.

*Il suffit d'y penser bien fort ! Alors voilà, j'y pense, du plus fort que je peux.*

*Gail et Five, où êtes-vous ? Ma petite maman…*

Milos ferma les yeux et se concentra sur cette seule

pensée : arriver au plus près de l'endroit, où qu'il soit, où se trouvaient sa mère et le clone d'Ilis. Il attendit un moment qui lui parut très long, dans la pénombre, les oreilles aux aguets.

Il n'y eut pas un bruit, il ne ressentit pas un mouvement, mais il sut après une demi-minute qu'il était certainement arrivé à bon port.

En ouvrant les yeux, il constata que la nuit régnait encore sur sa destination. Soit il avait fait un demi-tour de son monde d'origine, soit il avait bien atteint une autre planète.

Il ne chercha pas plus loin et sortit de l'Aratta. Ses pieds s'enfoncèrent dans une eau claire et fraîche qui courait sur un lit de petits cailloux blancs. Autour de lui, de grands arbres projetaient une frondaison épaisse à vingt mètres de hauteur.

*La chance est avec moi. La zone ne doit pas être quadrillée par les scanners.*

Milos sortit du lit de la rivière et se tailla un chemin à travers des buissons épais.

Il parvint ainsi rapidement jusqu'à une aire plus dégagée et fit un tour complet du panorama accessible. À un jet de pierre sur sa droite, il remarqua les arêtes angulaires d'une construction. Il s'en approcha doucement et constata qu'il s'agissait d'un pont.

*J'aurais dû suivre l'eau,* pensa-t-il. *L'eau mène aux hommes.*

Il sortit de la forêt et prit pied sur une route goudronnée.

*Je suis à la maison. Il n'y a bien que nous pour répandre une telle merde sur la Terre.*

Il la longea, restant à couvert à une quinzaine de mètres à l'intérieur des bois. Il arriva ainsi jusqu'à un carrefour avec une route secondaire, qui remontait vers le sommet d'une colline. De l'endroit où il se trouvait, il pouvait apercevoir le pourtour d'une construction récente. La route principale descendait vers une plaine.

Il choisit de rejoindre les bâtiments sur la colline. Ils n'étaient pas loin. S'il n'y trouvait pas Gail et Five, il n'aurait perdu que peu de temps.

Il repartit se cacher sous les arbres et grimpa. Parvenu au sommet, il buta de nouveau, cette fois sur une haute clôture métallique couronnée de barbelés. À travers le grillage, il distinguait des baraquements de type militaire. L'endroit lui évoquait un vague souvenir, mais trop ténu encore pour qu'il puisse y accrocher un nom ou une association d'idées.

Il suivit donc la clôture, du côté de la route, qu'il apercevait à quelques dizaines de mètres. Deux minutes plus tard, il découvrit un poste de garde équipé d'une barrière électrique. Il se déplaça encore, de telle sorte qu'il puisse voir sans être vu.

Les souvenirs prirent corps en même temps.

Devant lui, à dix mètres à peine, il pouvait lire le nom de cet endroit, deux mots en lettres dorées scellées dans un mur de briques : Fondation Prométhée. Ces mots, Milos les connaissait. Eux aussi faisaient partie de l'héritage maternel. Gail, vingt ans plus tôt, les avait inscrits en rouge sur sa liste noire des personnes ou sociétés hostiles à Malhorne. Comment aurait-il pu oublier ?

*Si je suis sorti ici, c'est donc que Gail est là,* raisonna Milos. *Et si elle se trouve ici, c'est qu'on l'a forcée à y être.*

Dans le poste de surveillance, deux gardiens discutaient. Milos entendait parfaitement leurs voix. Ils parlaient d'horaires de travail, de dates de vacances posées auprès d'un certain Straub. Puis l'un d'eux déclara une envie pressante. Il sortit du poste, traversa la route et partit se soulager dans les broussailles.

Milos ignorait les consignes reçues par ces hommes.

« On laisse entrer tout le monde. Mais personne ne ressort. »

C'est pourquoi il passa aussi facilement le poste de

sécurité, persuadé d'être plus fort que ces deux hommes pour lesquels il nourrissait un mépris souverain.

Il se glissa ensuite dans la nuit, rasa plusieurs baraquements, à la recherche d'un endroit où Gail et Five pourraient se trouver séquestrées, et finit par en trouver un qui semblait tenir lieu d'habitation.

# III
# La reine aux deux visages

# 41

*Zagul : il y a quarante mille ans, moins un jour...*

Zagul ouvre un œil. Il n'y a rien, ou plutôt si, du blanc, rien que du blanc, sans ombre ni relief. Il bouge une main, puis deux, se redresse sur son postérieur, tourne la tête. Le résultat est uniformément le même. Il est entouré de blanc.

Un tel lieu n'existe pas dans l'univers de Zagul. Une même couleur, une pareille monotonie ne peut pas être. Tout simplement.

Il frotte ses yeux puis les rouvre, écarquille ses paupières, essaie de distinguer un détail. Rien. Tout est blanc.

Quel est son dernier souvenir ?

L'eau.

Maintenant, il se souvient. L'eau est entrée dans sa bouche, a inondé ses poumons. Il ne parvenait plus à respirer. Il a eu peur, très peur même. Et puis l'impression s'est apaisée. Une lassitude infinie l'a gagné. Et il n'a plus voulu qu'une chose, que cela dure.

Rien à voir avec cette blancheur.

Zagul ne connaît pas cet endroit blanc. Il se lève, teste le fonctionnement de ses jambes. Il n'a pas mal. Pourtant, il se souvient de cette douleur sans nom qu'il a ressentie alors qu'il se noyait.

Et maintenant, elle a disparu.

Zagul cesse d'y penser. Il veut maintenant sortir de ce blanc. Cette douleur disparue n'a plus de raison de l'inquiéter.

Zagul se sent bien, très bien même. Mieux que depuis des temps fort reculés dans sa mémoire.

Zagul ignore son âge. Il ne connaît ni date, ni calendrier, ni même la notion de mois ou d'année. Tout juste a-t-il constaté l'alternance des saisons, mais faute de connaître les nombres, il n'a pas pu en établir le compte. En revanche, il sait qu'il n'est plus tout jeune, et ce sentiment de bien-être physique est une aubaine, dont il se réjouit.

Alors, il éprouve son corps redevenu étonnamment souple et vigoureux. Zagul bondit en l'air, dans ce blanc immaculé où la notion de distance se perd, où elle est anéantie par l'absence d'obstacle et de perspective.

Ce petit jeu se poursuit quelques minutes, jusqu'à ce que Zagul se souvienne qu'il voulait sortir de ce blanc.

Il observe autour de lui et ne voit aucune issue. Ce blanc n'a pas de limites, pas de début et pas de fin. Zagul fait un pas en avant, puis un autre. Mais c'est comme s'il n'avait pas bougé. Il s'est déplacé, il le sait, il a fait deux pas. Et pourtant, rien n'a changé. Il n'a visuellement pas ressenti de déplacement.

Il essaie de comprendre ce qui lui arrive, mais il n'a aucun repère ni expérience pour y parvenir. Alors il décide de s'amuser avec ce blanc, à l'intérieur duquel il ne ressent aucun sentiment de danger.

Zagul aime jouer. Le jeu apprend, le jeu distrait.

C'est un humain qui, bien qu'adulte, sait encore jouer.

Il commence à marcher d'un pas rapide, puis à courir. Son univers blanc semble se déplacer en même temps que lui. C'est en tout cas ce qu'il éprouve. Dans sa cervelle, Zagul est certain d'être plus fort que ce blanc, plus rusé. Il essaie de s'arrêter net, puis de repartir, changeant de direction sans cesse. Et sans succès. Le blanc accélère, ralentit ou tourne en même temps que lui.

Alors Zagul s'immobilise, puis s'assied sur le blanc. Après tout, il finira bien par se passer quelque chose. Il se passe toujours quelque chose. Même au fond de la grotte de son clan, rien ne demeure toujours. La lumière croît ou décroît, les sons bruissent ou cessent, l'eau ruisselle plus ou moins abondamment de la voûte. Partout, tout le temps, il se passe quelque chose. Zagul le sait.

Alors, il attend.

Faute de repères, un temps inestimable a passé. Et Zagul attend toujours. Il s'est allongé sur le dos. La position assise lui faisait mal au derrière.

Maintenant, il s'ennuie. Il s'ennuie tant qu'il ferme les yeux pour se forcer à dormir. Dormir, c'est bien. Il sera toujours temps ensuite de voir si le blanc est parti.

Zagul s'endort en quelques minutes. La peur, la noyade, le blanc, tout cela l'a épuisé.

Aussitôt ses rêves l'emportent vers ce qu'il a de plus cher : ses peintures. Zagul se voit en train de broyer ses pigments, de les lier avec de la graisse de cerf, d'en enduire les parois, dont le calcaire lissé par le ruissellement des eaux de pluie se prête si bien à recevoir son art.

Il revoit son bestiaire, tous ces animaux qui le nourrissent et dont il prépare la chasse par ces représentations rupestres.

Dans son sommeil, Zagul bouge beaucoup. Et bientôt, sa main rencontre un objet. Le contact d'une matière le réveille. Quitter ce rêve lui déplaît, car le blanc est toujours là. Mais à côté de sa main droite, il y a un grand morceau d'écorce et une peau de bête roulée, des objets qu'il a l'habitude d'utiliser pour appliquer sa peinture.

La même écorce et la même peau que dans son rêve.

Dans l'écorce, des pigments de plusieurs couleurs attendent son bon vouloir.

Zagul est inquiet. Si ces objets sont là, c'est que quelqu'un est venu les déposer. Il commence à fouiller le blanc du regard, les narines dilatées pour mieux sentir, jusqu'à ce qu'il se retourne et découvre une paroi de roche posée sur le blanc. La paroi mesure une dizaine de mètres de longueur sur quatre de hauteur. Ses extrémités se perdent dans le blanc.

Zagul grogne après la masse de calcaire. Les choses n'apparaissent pas comme ça. Surtout quand elles ont ces proportions. Il grogne en reculant, assez peu convaincu par sa démonstration d'agressivité. Mais là encore, un phénomène optique se produit. Zagul a beau reculer, la roche ne s'éloigne pas. Il cesse alors de reculer, capitulant devant ces impossibilités pourtant manifestes, et attend, les sens de nouveau en alerte. Puis il s'enhardit et s'en approche, le dos courbé, prêt à bondir, dans un sens ou dans un autre.

D'un geste mal assuré, le bout de ses doigts effleure la paroi. Elle est bien dure, comme elle doit l'être. Il pousse plus fort, puis y met les deux mains.

La roche ne bouge pas, pas plus que le blanc n'a changé d'apparence. Il peut même en faire le tour, ce qui, dans son esprit, n'a pas de sens. Il n'y a jamais réfléchi, mais c'est aussitôt une certitude : il n'y a pas d'arrière à la roche. Il est impossible d'en faire le tour.

Zagul revient à l'avant de la paroi. De cette façon, si l'arrière disparaît à sa vue, il n'existe plus.

Au bout d'un moment, ses sens mis en alerte se calment. Comme il ne se passe toujours rien, il reprend peu à peu possession du lieu. Bientôt, sa main part à la rencontre des pigments, les touche, les malaxe. Le matériau habituel lui apporte du réconfort. Zagul se rassure.

Sa main, enduite d'un pigment vert foncé, se plaque contre la roche, y reste collée quelques secondes avant de se retirer. À la place, il y a une main peinte, sa main, dont il lisse du doigt les contours imparfaits.

Zagul s'approche pour l'admirer. Il peut y voir les lignes de sa paume.

Zagul entreprend ensuite de peindre les animaux qu'il connaît. De façon intuitive, l'idée qu'ils pourraient se matérialiser s'il les représente a jailli dans son cerveau. Des antilopes pour commencer, plusieurs, avec des petits. Les antilopes ne sont jamais seules. Et pour bien faire, il faut que sa peinture soit proche de la réalité. Puis c'est au tour des bisons, des girafes, des paresseux, des buffles, et ainsi de suite.

Zagul ne peint aucun prédateur. On ne sait jamais, ils pourraient eux aussi venir.

Ses gestes deviennent frénétiques. Jamais il n'a peint avec une telle dextérité. Habituellement, il prend beaucoup de temps avant de concrétiser ce qu'il projette mentalement. Mais cette fois-ci ne ressemble en rien aux circonstances habituelles. Pour la première fois de sa courte existence, Zagul éprouve dans son être profond la transe du créateur. Et cela le galvanise au-delà de ses espérances. Les peintures s'enchaînent dans des postures figées qui ressemblent assez à la vie. Zagul sent de profonds frissons parcourir sa peau. Il ne s'en est pas aperçu, mais son sexe s'est raidi en même temps. Tout son être est à présent tendu vers l'acte de créer.

Cela dure longtemps. Curieusement, les pigments ne s'épuisent pas. Ils semblent au contraire se régénérer d'eux-mêmes au cœur de l'écorce palette.

Lorsque Zagul atteint l'extrémité de la paroi, cela fait près de trois heures qu'il peint. Il achève sa frise par un humain, qu'il s'applique particulièrement à rendre aussi précis que possible.

Son œuvre est achevée.

Zagul recule pour embrasser l'ensemble d'un regard. C'est beau, très beau.

En s'asseyant sur le blanc, Zagul constate qu'il est épuisé. Il s'allonge, les yeux tournés vers la fresque, et finit par s'endormir.

Un sentiment d'attente inquiète le réveille des heures plus tard. L'air vibre. Il peut sentir des pulsations frapper sa peau. Le contact est électrisant, désagréable. Il ne le sait pas encore mais ses cheveux se dressent sur son crâne, ainsi que le reste de sa pilosité sur son corps.

Une forme se dessine dans le blanc. Une forme aux contours flous et mobiles. Puis une sorte de mise au point s'effectue. Zagul devine des bords ovoïdes, d'un blanc plus brillant que le reste.

Zagul reste étendu, tétanisé, incapable du moindre geste.

Peu à peu, la brillance s'accentue. La forme devient miroir. Un miroir dans lequel Zagul se voit pour la première fois de sa vie et il se prend pour un autre. Et cet autre, il ne l'a jamais rencontré, il ne fait pas partie du clan.

Dans sa connaissance des relations entre les humains, tout ce qui n'appartient pas au clan doit être considéré comme dangereux. Zagul retrouve l'usage de ses membres. Il bondit sur son reflet, ses mains griffues lancées en avant.

Son corps traverse une matière gélatineuse et retombe quelques mètres plus loin.

Zagul se retourne aussitôt, prêt à charger de nouveau. La créature a disparu, la forme aussi.

Il fouille le blanc du regard. La forme est en train de réapparaître devant lui. Mais cette fois, elle se transforme. Elle s'étire, s'aplatit sur le dessus, puis des ramifications commencent à pousser depuis sa base. Comme des fils, ou des tentacules.

Zagul a déjà vu cet animal, c'est une méduse. Il ne s'y est jamais intéressé car cela ne se mange pas, et le contact de certaines est douloureux.

Les filaments s'étirent maintenant sur plusieurs mètres et continuent de pousser. En peu de temps, ils ont tissé une sorte de cocon autour de Zagul, qui s'en aperçoit trop tard pour battre en retraite.

Une nouvelle forme se dessine dans le corps principal de la méduse, une forme rouge et noir, qui bouge.

La peur s'empare de la raison de Zagul, une peur acide, qui ravage son estomac d'un flot de bile.

D'un coup, l'ensemble des filaments se met à vibrer. Cela fait un drôle de bruit, comme un bourdonnement. On dirait que mille essaims approchent de ses oreilles.

Les filaments se sont resserrés autour de lui. À présent, ils l'attirent vers la forme colorée qui, peu à peu, se concrétise. Un corps long, pourvu de quatre membres puissants, recouvert d'une peau qui ressemble à celle des serpents, luisante, faite d'écailles rouge sombre, est en train d'apparaître.

Une queue démesurée, dont l'extrémité se recourbe en une sorte de dard.

Une tête étrange, dotée d'un museau épais, étiré vers l'avant, surmonté d'une boîte crânienne haute, osseuse.

Et des yeux… au centre desquels on dirait que deux diamants s'approprient toute la lumière du monde.

La bouche est large, les lèvres charnues, les dents effrayantes, fines, aiguisées.

Zagul superpose à la créature l'image de certains lézards qu'il attrape parfois pour les dévorer, quand il est assez vif, ou assez patient.

Ça y ressemble. Un peu. Mais c'est en même temps très différent.

Zagul est à présent comme emmailloté dans les filaments. Il ne peut plus bouger.

Son corps entre en contact, puis traverse la matière gélatineuse de la méduse.

La tête de la créature est à quelques centimètres de son visage. La gueule est énorme. Zagul comprend qu'elle pourrait l'engloutir d'un coup, en entier.

Zagul n'a qu'une idée en tête. Il doit se soumettre à cet animal, dont il ressent l'extraordinaire supériorité.

Ses lèvres s'arrondissent, ses cordes vocales commencent à vibrer. Et un son finit par sortir de sa gorge serrée, d'abord avec difficulté, puis plus aisément.

Cela donne un son très proche de celui émis par les vibrations des filaments.

« Yumm. »

Un son qui semble plaire à la créature.

# 42

Ilis demeura un long moment devant la fine pellicule d'eau. À travers le sas pratiquement transparent, elle devinait une salle immense, plongée dans une pénombre épaisse. Des ouvertures sur le monde extérieur avaient été pratiquées à une dizaine de mètres de haut dans un mur épais.

Dehors, l'aube se levait, révélant la présence d'un grillage très solide. Ilis passa une main au travers de l'eau. L'air dans la pièce était frais.

Elle hésita à sortir puis décida qu'elle allait attendre encore un peu. Le retour de ses souvenirs l'épuisait, d'autant plus que le travail ne semblait pas terminé. Des bribes de ce qu'elle avait été lui parvenaient encore. L'ordonnancement de milliers d'années de vie ne se faisait pas tout seul. Et quelque chose d'encore ignoré se cachait derrière tout cela, une inconnue énorme et vitale pour la compréhension du reste.

Ilis devinait intuitivement qu'elle ne connaîtrait pas de repos tant qu'elle n'aurait pas découvert de quoi il s'agissait.

Elle s'installa sur le sol élastique de l'Aratta et attendit.

De fait, rien ne la pressait, et elle ressentait sourdement qu'un danger se tapissait peut-être dans l'ombre environnante.

Tout était trop calme, trop parfait.

Pourtant, une civilisation humaine s'était épanouie ici, une civilisation dont elle avait sans doute été la créatrice, comme celle d'Aratta. Il devait y avoir encore quelqu'un. Une population humaine ne disparaît pas comme ça.

Elle sonda les environs psychiques. Des pensées traînaient loin d'elle. Si loin qu'elle n'en distinguait que l'écho, infime et pourtant bien réel. Des humains vivaient encore quelque part sur cette planète. Mais personne n'était là pour l'accueillir. Après six mille ans d'absence, c'était normal. Le souvenir de son existence s'était peut-être éteint, ou alors il n'en restait plus qu'un vague mythe, une légende, un conte pour enfants.

La fatigue eut raison d'elle au bout de quelques minutes. Elle se laissa aller et s'endormit assise, les jambes croisées devant elle, la tête avachie entre les épaules.

Ilis se réveilla peu après, l'esprit occupé par un sentiment d'urgence absolue. Un rêve, ou le retour d'un souvenir précis, venait de déclencher une avalanche d'images très nettes de ce monde.

Et ce qu'elle revisitait en pensée la bouleversa.

Cette civilisation, dont elle avait favorisé l'épanouissement, comptait non pas une, mais deux races humaines. L'équivalent des *Homo sapiens*, et une autre, très proche des hommes connus sous le vocable de « néandertaliens ». La reconnaissance de ce nouveau pan de son histoire la frappa comme une illumination. Car, avec elle, ce furent des milliers d'instants-souvenirs qui déferlèrent dans sa mémoire.

Elle revit cette espèce au faciès ingrat pour qui elle nourrissait tant d'espoir et d'amour. Une espèce infiniment douce et amicale, dénuée de tout sentiment guerrier.

Ilis ne parvenait pas à se rappeler si les humains de cette Terre provenaient de la sienne, où s'ils s'y trouvaient déjà lorsqu'elle avait appris à se déplacer dans l'Aratta. Le point essentiel qui lui manquait devait tourner autour de cette question.

Faute d'éléments nouveaux, elle se décida à quitter l'espace protecteur de sa bulle. Elle n'arriverait à rien en restant éternellement cloîtrée dans l'Aratta. Et si son existence avait été oubliée, elle ne risquait rien.

Le soleil, déjà haut dans le ciel, pénétra dans la salle par les ouvertures grillagées. Ses rayons entrèrent en contact avec une matière qu'Ilis n'avait pas vue dans la pénombre. Ils traversèrent cette substance et explosèrent en milliers de rais colorés, éparpillés en tous sens.

Ilis demeura un instant en arrêt devant la beauté de ce spectacle. Puis elle fit un pas dans la salle, prête à retourner sur-le-champ dans la bulle.

L'air semblait sain, et il n'y avait toujours pas le moindre signe d'une présence quelconque.

Elle s'approcha du mur et découvrit l'origine de cette féerie de couleurs éclatantes. De longues parois en verre teinté dessinaient des fresques historiques tout autour de la salle. Ilis ne s'attarda que devant celles qui jouissaient de cet ensoleillement révélateur.

Elles représentaient l'union des deux races humaines : *Sapiens* et néandertaliens marchant côte à côte vers l'ère d'harmonie qu'Ethen avait si ardemment souhaitée. Ilis y vit la reine antique, telle qu'elle s'en souvenait, telle qu'elle l'avait montrée à Milos dans cette villa près de New York.

Comment avait-elle pu oublier jusqu'à leur existence même, alors que des bribes de souvenirs d'Aratta l'avaient habitée depuis sa dernière renaissance ? Ilis l'ignorait, et ne perdit pas de temps à tenter d'y répondre. Sans doute le passage vers ce lieu avait-il déclenché un processus complexe. Ses souvenirs l'attendaient ici, stockés dans les eaux de ce monde, prêts à ressurgir dès son retour.

Le souvenir d'Anasdahala commençait à prendre de l'ampleur.

Ainsi avait-elle été connue et nommée par les humains de cette Terre. Par les deux races qui s'y étaient côtoyées.

Anasdahala, la reine aux deux visages.

Ilis sentit des larmes couler le long de ses joues. Ce nom sonnait comme l'écho lointain d'un espoir envolé. Ethen avait tant œuvré pour que ce miracle soit possible, pour que chacun reçoive la place qui lui était due. Mais elle comprenait, sans pouvoir le rationaliser, qu'un malheur, plus grand encore que celui arrivé à la civilisation d'Aratta, s'était déroulé ici même, quelques milliers d'années plus tôt.

Elle commença à effectuer un tour de la salle, les yeux rivés sur les plaques en verre, pour y déchiffrer l'Histoire qu'elle avait elle-même initiée.

Elle cherchait la confirmation de son pressentiment.

*Que s'est-il passé après mon départ ? Que sont devenus les néandertaliens ?*

Car elle n'avait aucun doute sur l'identité du camp vainqueur. Les *sapiens*, espèce à laquelle elle appartenait, avaient infiniment plus de chances, par leur tempérament agressif, que les néandertaliens.

Perdue dans son examen, Ilis ne se rendit pas immédiatement compte des mouvements qui s'organisaient dans son dos. Ce n'est qu'en cherchant l'emplacement de la source, où s'ouvrait l'Aratta, qu'un bruit d'objet traîné sur le sol éveilla sa vigilance.

Elle se retourna et distingua plusieurs silhouettes humanoïdes. L'une d'elles braqua un long objet tubulaire dans sa direction. Ilis sauta sur le côté, juste à temps pour voir un morceau de matière molle s'écraser sur un pilier de la salle. La matière pénétra la pierre en émettant une légère fumée bleuâtre. D'autres projectiles fusèrent dans sa direction. Ilis en évita certains mais ne fut pas assez preste pour sortir indemne du tir nourri dont elle faisait l'objet. L'une des petites boules bleutées l'atteignit à la cuisse. Elle sentit une douleur fulgurante traverser sa jambe, qui s'immobilisa aussitôt.

L'entrée de l'Aratta ne se trouvait qu'à une dizaine de mètres devant elle. Elle s'élança à cloche-pied, les mâchoires serrées pour contrer la douleur.

Par ses agresseurs, Ilis eut des images de villes gigantesques et curieusement ordonnées. De hauts remparts vertigineux les protégeaient toutes d'un mal qu'elle n'identifia pas. Elle vit aussi les néandertaliens. Ils existaient encore, mais leurs conditions de survie étaient abominables. Si elle comprenait clairement les pensées non conscientes qui lui parvenaient en masse, ils étaient à présent considérés comme des animaux et leur chair nourrissait les *sapiens*. C'était même un mets très couru.

Derrière elle, une demi-douzaine de ses agresseurs s'étaient lancés à sa poursuite.

Ilis s'écroula sur la poussière du dallage. Elle continua de progresser à quatre pattes et finit par se retourner.

*Affronte-les, ma fille ! Tu vaux plus qu'un millier d'entre eux.*

Le premier de ses poursuivants n'était plus qu'à deux mètres d'elle. Il s'arrêta à son tour et la visa de son arme. Ilis concentra sa psyché sur l'objet et libéra une énergie non contrôlée dans cette direction. L'homme ne put le retenir, tant la force qu'il tentait de contrer le dépassait. Il recula jusqu'au mur du fond, littéralement soulevé par l'arme transformée en missile. Il renversa au passage plusieurs de ses compagnons, ce qui permit à Ilis de se relever et d'atteindre la margelle où s'écoulait la source.

*Ouvre-toi,* supplia-t-elle en sautant vers le mur où le sas devait apparaître.

Un nouveau projectile la toucha dans le bas du dos.

Cette fois, la douleur fut immense. Ilis sut à cet instant qu'elle n'aurait pas de seconde chance. Si l'Aratta ne s'ouvrait pas tout de suite, alors elle mourrait sur cette Terre et devrait attendre des années avant de s'y réincarner. Elle vécut cet instant au ralenti, la conscience décuplée par la douleur.

La pellicule d'eau se matérialisa au moment où son crâne allait percuter le mur. Elle termina sa trajectoire dans la bulle et roula sur le sol.

Deux de ses poursuivants tentèrent de l'y rejoindre et se heurtèrent à une matière aussi dure que du béton.

En se retournant, Ilis constata que l'Aratta ne se refermait pas, mais qu'elle y était protégée. Elle inspecta ses blessures. La matière bleutée était en train de disparaître, à l'exception d'une partie, qui suivait le tracé de ses veines. Et la douleur, elle aussi, s'estompait peu à peu. Ilis en déduisit que les projectiles cherchaient seulement à l'immobiliser et se désintéressa de son corps.

Elle considéra alors les hommes qui venaient de l'agresser. Ils portaient tous une lunette pleine devant les yeux. Cette civilisation possédait donc une technologie évoluée. Mais elle ne décela pas en eux s'ils l'attendaient, elle, ou s'ils avaient pour mission d'intercepter toute personne arrivant dans cette salle.

En revanche, tout ce qui sortait de l'Aratta était ici indésirable. Car si ces hommes ne connaissaient pas son existence, ceux qui leur donnaient des ordres ne pouvaient pas ignorer la fonction de ce lieu. Elle devait retourner au cœur de l'Aratta chercher d'autres accès à ce monde.

Six mille ans de notre temps terrestre s'étaient écoulés depuis sa dernière visite. Et sur cette Terre-là, les humains s'étaient passés de son concours. Il restait à découvrir qui se trouvait à l'origine de cette hostilité. Et pourquoi.

Elle tourna le dos à ses agresseurs, avança d'un pas vers le fond de la bulle et posa une main sur la paroi.

Sa dernière pensée pour ce monde fut d'y revenir très vite. Et ce qu'elle envisageait d'y faire n'allait sans doute pas plaire à ses habitants.

## 43

Tapi derrière d'épais buissons, Milos demeurait immobile.

Face à lui, une demi-douzaine de bâtiments formaient de sombres masses dans la nuit. Il essaya de rassembler ses souvenirs d'enfant, de matérialiser ces vues aériennes de la Fondation Prométhée que sa mère punaisait sur le tableau de sa liste noire.

Milos chercha en vain. Le souvenir était trop ténu, trop lointain. Il se rappelait pourtant un détail : la Fondation avait été une base militaire, et devait toujours répondre aux critères d'alignement de ce type de constructions.

Du reste, ce qu'il pouvait en voir convenait assez.

Il était sur le point de changer de position quand un véhicule passa devant lui. À l'intérieur, il vit deux hommes au visage fermé, vêtus de treillis noirs. La Jeep franchit le poste de contrôle et disparut bientôt sur la route.

Lorsqu'il retourna son attention sur les bâtiments, il constata que plusieurs lumières y étaient apparues. Il distingua des silhouettes derrière les fenêtres.

Un sentiment d'alerte parcourut son échine. Milos comprit qu'il était entré trop facilement dans la base. Sans doute son intrusion faisait-elle partie des plans de ses ennemis.

Il pensa un instant faire machine arrière, puis se ravisa.

Tout indiquait la présence de Gail et de Five. Après tout, il était venu pour elles. Et il n'aurait sans doute pas de seconde chance.

Il décida de passer à l'action, tout de suite.

Sans un bruit, il sortit du couvert des buissons et retourna jusqu'au poste de contrôle. Il entra dans la cabine sans attendre. Il fallait agir vite, très vite. Réagir dans l'instant était ce qu'il maîtrisait le mieux.

Il trouva deux gardiens face à lui. Tous les deux tenaient à la main leur arme de service.

Sur l'un des écrans de contrôle, Milos se voyait très distinctement. Sur un autre, une caméra à intensification de lumière verdissait les buissons qu'il venait de quitter. Son arrivée était attendue, préparée, peut-être même souhaitée.

Milos serra les dents. Il s'était lui-même jeté dans la gueule du loup.

*Je ne suis utile que vivant !* songea-t-il tout à coup. *Et si je ne me trompe pas, je reste le maître des débats.*

Milos ne raisonna pas plus. Il se jeta sur le vigile le plus proche, attrapa dans le mouvement un pot à crayons massif, qu'il écrasa sur la tempe du malheureux. Puis il rebondit sur le second, les doigts animés d'une intention létale. Milos venait en un instant de recouvrer des années de réflexes de survie par l'agression.

L'homme ne tira pas, mais chercha à se défaire des mains robustes qui serraient sa gorge. Les deux lutteurs chutèrent lourdement sur le sol. Milos pesa de tout son poids sur la poitrine de son adversaire, appuyant son visage contre sa veste pour protéger ses yeux des mains avides qui battaient l'air de façon désordonnée. Lorsque le corps du gardien ne bougea presque plus, Milos relâcha sa prise. Il se contenta de constater la persistance du pouls et attendit, le regard braqué sur les moniteurs de surveillance.

Il vit ainsi des renforts sortir de plusieurs bâtiments pour converger vers le poste de contrôle.

Près de lui, le gardien bougea enfin. Milos l'attrapa par les oreilles et tira dessus violemment. L'homme hurla de douleur.

— Où sont-elles ? rugit Milos. Où se trouvent Gail et Five ?

L'homme n'était pas encore en mesure de répondre. Sa gorge le faisait horriblement souffrir.

Milos se redressa d'un bond. Les renforts n'étaient plus qu'à une trentaine de mètres de lui.

Il jaillit par la fenêtre ouverte et se trouva isolé du groupe d'arrivants par la barrière de sécurité. Il les toisa un instant puis se jeta dans le bois, de l'autre côté de la route.

Il dévala la pente d'une traite et ne s'arrêta qu'au pied d'une petite rivière. Là, il prit le temps d'écouter la nuit. Son cœur battait puissamment contre ses tempes, mais il n'y avait rien d'autre. Personne ne le suivait.

Pourtant, c'était contre toute logique…

Milos se calma en quelques instants et se mit à réfléchir. La conséquence de sa fuite si simple jaillit immédiatement. On l'attendait. Sans doute en de nombreux endroits du sous-bois, et pourquoi pas là, près de la rivière.

Il se demanda si Craig connaissait l'Aratta et ses points d'émergence. Mais il dut bien admettre qu'il ne pouvait pas répondre à cette question.

Il franchit la rivière et commença à remonter le versant opposé.

Milos venait de décider de sa ligne de conduite. Il allait se terrer pendant quelques heures, au pire quelques jours. Mais, tout d'abord, il fallait s'éloigner de la Fondation Prométhée.

Il marcha près d'une heure, se cachant souvent, à l'affût du moindre bruit. Lorsqu'il s'arrêta, il se trouvait sans le savoir sur le promontoire rocheux d'où Tara avait épié les agissements de la Fondation des années plus tôt, alors qu'elle était à la recherche de Franklin Adamov.

Loin en contrebas, il pouvait embrasser tous les locaux de la Fondation d'un seul regard. De vives lumières extérieures baignaient les installations dans la nuit environnante. Des véhicules allaient et venaient dans et en dehors du périmètre éclairé. On le cherchait. À présent, Milos en était certain.

Il changea d'avis, se releva et repartit sur le sentier de montagne.

Il ne s'arrêta qu'au petit jour. Il avait laissé le col dans son dos une heure après avoir repris sa marche. À présent, il devait se trouver à une quinzaine de kilomètres de là, dans une vallée de basse altitude où il avait croisé deux villages, qu'il avait évités avec soin.

Exténué par sa fuite, certain d'être plus facilement repérable à la lumière du jour, Milos chercha un endroit où se cacher.

Il visa sur sa droite de gros éboulis où des rochers énormes s'entassaient en formant des poches de vide.

Il se réfugia sous un repli de la roche.

L'aube commençait à poindre.

Un léger vrombissement l'alerta bientôt. Il fouilla le ciel du regard, puis sortit la tête de sa cachette.

Quatre hommes se tenaient à quelques mètres de lui, disposés de telle façon qu'ils lui interdisaient toute fuite. Les armes à air comprimé qu'ils braquaient tous dans sa direction ne trompèrent pas le jeune homme. Il n'allait pas mourir. En tout cas pas maintenant. Ses adversaires le voulaient en vie. Milos avait eu raison depuis le début, mais cela ne le consola pas.

Le bourdonnement ténu se rapprocha.

Milos en comprit soudain l'origine. Elle se trouvait sous son nez, à cinquante centimètres du sol, et semblait le narguer.

*Putains de drones !* songea-t-il, l'esprit vaincu.

Il se leva et chargea l'homme le plus proche. Cette dernière action n'avait aucun sens, il le savait. Mais il refusait de se livrer sans résister. Pas lui. Quand on a grandi dans le Quartier, on ne fait pas ce genre de choses.

Quatre fléchettes jaillirent simultanément de leurs logements. Milos eut un regard perdu vers le sentier, puis ses yeux vacillèrent et il s'écroula.

## 44

Ilis retourna au cœur de l'Aratta. Elle avait tenté à plusieurs reprises d'accéder à cette Terre où les néandertaliens connaissaient la pire des conditions.

Sans succès.

L'Aratta s'ouvrait invariablement dans la même salle où l'attendait un comité d'accueil, à présent lourdement armé. À travers l'ouverture, elle avait pu sonder les esprits de ses ennemis et savait le sort qu'ils lui réservaient. Comme elle l'avait deviné, ils ne voulaient pas la tuer. Seulement la congeler à tout jamais, presque morte mais pas tout à fait, de telle sorte que son âme, liée à un corps prisonnier de glaces éternelles, ne pourrait pas se réincarner.

Pour unc raison qu'elle ignorait encore, quelqu'un, au sommet de la hiérarchie de ce monde, avait juré sa perte.

Assise devant les sept Terres, Ilis chercha à établir un contact mental avec l'Aratta. Mais elle n'obtint que le silence en réponse. Elle poursuivit ses efforts, essayant différentes manières de s'adresser à cette matière dont elle ignorait presque tout. Sur ce point particulier, elle ne disposait d'aucun souvenir. Ilis supposa qu'ils n'existaient tout simplement pas. Ni Ethen-Anasdahala ni ce Zagul, dont elle ne savait presque rien, ne devaient avoir compris ce qu'était l'Aratta. Les connaissances de leur temps ne leur avaient sans doute pas permis de le faire.

*Eux. Peut-être pas. Mais et les autres ?*

Cette question venait sourdre à la surface de son esprit. Y répondre signifiait aboutir. Ilis en avait pleinement conscience.

Au bout d'un moment, ses yeux devinèrent de fines lignes autour des planètes. Certaines en comptaient des centaines, et d'autres – quatre au total – n'en possédaient qu'une. Ces lignes partaient du cœur de l'Aratta et allaient s'accrocher à la surface des mondes.

*Les accès de l'Aratta*, supposa Ilis. *Et l'une de ces Terres est la bonne. Mais comment savoir laquelle ?*

Elle força son attention sur la première. Il manquait des couleurs à cette planète. Sa surface était trop terne, même le bleu des océans se trouvait délavé, grisé, par un processus délétère inconnu.

Elle força sa concentration sur le long câble. La ligne unique se tordit comme un ver, sans pour autant se détacher de la Terre où elle était accrochée.

Un sentiment entra en Ilis avec violence. Une certitude sans retour qui la paralysa un long moment.

*Cette terre est morte !*

Un flot acide ravagea son œsophage, transformant son tube digestif en un puits de douleur. Ilis se recroquevilla et vomit un liquide verdâtre fait de bile presque pure. Les miasmes nauséabonds tombèrent sur le sol bleuté, où ils furent instantanément absorbés.

Ilis s'accorda un temps de repos. Son corps lui faisait mal, à l'intérieur comme à l'extérieur. La puissance de son ressenti ne pouvait pas venir d'elle seule. Que cette Terre soit morte ne lui importait pas à ce point. Non, cela devait provenir de l'Aratta, avec laquelle elle se trouvait intimement connectée.

Pour dévier son attention, elle palpa le bas de son dos, à l'endroit où elle avait reçu un projectile quelque temps plus tôt. Elle n'y décela aucune lésion. Une douleur la lançait toujours, mais elle s'était atténuée.

Lorsqu'elle se jugea suffisamment claire d'esprit, elle se concentra de nouveau, plusieurs fois, cherchant à se rapprocher de cette Terre morte.

Elle n'obtint aucun résultat.

Elle changea alors de planète. La première était peut-être verrouillée par un artifice qu'elle ne maîtrisait pas. Et elle ne pouvait de toute façon rien attendre d'une Terre où la vie avait disparu. Les néandertaliens ne s'y trouvaient plus, s'ils y avaient jamais vécu.

Plutôt que de chercher de manière empirique, Ilis tendit son esprit vers l'eau, poussant chacune de ses molécules à se mêler à l'Aratta. L'eau de son corps faisait partie des eaux du monde. La réponse se trouvait sans doute là. Elle devait unir sa pensée et son corps à l'Univers, aux univers qui s'étalaient sous ses yeux. Totalement.

Cette pensée, cette volonté qui grandissaient en elle, cette certitude de pouvoir ne faire qu'un avec le grand tout furent un instant parasitées par des signaux de panique. Même elle, qui pouvait pourtant s'attendre à l'inconcevable, dut faire un très gros effort pour accéder à l'extraordinaire.

Ilis réussit à balayer ces émissions négatives avec fermeté et se laissa gagner par sa propre force d'âme. Elle assista alors à une stratification de sa personnalité, une forme de schizophrénie consciente, qui alla en s'accentuant. Ethen et Malhorne commençaient à se dissocier de la toute jeune Ilis pour tendre leurs expériences vers un but partagé.

Ilis ressentit et accepta sa jeunesse, ses vingt ans apparents, et joignit leur fraîcheur aux innombrables années de ses prédécesseurs. Malhorne, le cadet de ses ancêtres, en comptait plus de cinq cents. Ethen près de dix mille. Quant à Zagul, son commencement semblait se perdre quelque part dans la préhistoire.

C'était vertigineux. Ilis se laissa tomber dans cette accumulation de vies, de jours, de morts et de renaissances. En remontant ainsi le temps, elle se dirigeait vers la jeunesse de l'humanité, vers ces temps héroïques où le champ des possibles était encore total.

Ilis sentit la matière qui l'entourait se raffermir. Une pression, d'abord infime, qui s'accentua, de plus en plus violemment, imprimant une force identique sur la moindre parcelle de sa peau.

Ilis se laissa gagner par cette étrange sensation, même lorsque la matière de l'Aratta pénétra son sexe, remontant aux plus lointaines ramifications de son intimité.

Bientôt, elle éprouva des pulsations, longues et espacées, dont le rythme s'accélérait peu à peu. Des images, dont elle sut immédiatement qu'elles ne provenaient pas de ses souvenirs enfouis, commencèrent à fondre en elle. Elle devint alors le simple réceptacle d'une volonté extérieure. L'Aratta témoignait pour elle. Simplement. Il suffisait juste de s'ouvrir assez pour la recevoir.

En s'accélérant encore, le rythme des pulsations et des images devint un torrent irrépressible. Des siècles de temps réel défilaient en l'espace d'une seconde. Et Ilis en gardait pourtant le souvenir précis.

Le rythme s'emballa. Ilis pensa malgré elle aux ailes d'un colibri. Le parallèle collait bien à ce qu'elle ressentait. Son corps entier ne parvenait plus à isoler les pulsations, tant elles étaient devenues rapides et laissaient la sensation d'un contact permanent.

Avant de n'être plus qu'esprit pur, Ilis fut submergée par une dernière sensation physique. Une vague de plaisir immense monta de son bas-ventre et irradia son corps. Cela dura longtemps. Puis son animalité la quitta et il ne resta plus qu'un état de conscience libéré de la matière.

Alors, tout devint simple, limpide. Il ne lui était plus nécessaire de comprendre l'Aratta, elle était sur le point de devenir l'Aratta.

Au moment précis où la pression allait devenir douloureuse, Ilis sentit un craquement qui provenait de partout en même temps. Elle en entendit même le bruit. Cela la fit penser à de la neige écrasée sous le pas d'un randonneur.

Un son dont elle conserva un souvenir légèrement désagréable lorsqu'elle en comprit l'origine.

L'Aratta venait de pénétrer son épiderme et gagnait ses chairs, s'enracinait en elle, profondément, jusqu'à ce qu'il ne reste plus qu'un minuscule endroit laissé intact. Elle parvint à baisser les yeux vers cet endroit situé au centre de son plexus et découvrit que son corps n'était plus opaque. Elle pouvait voir ses muscles translucides, ses veines, ses os, les fluides qui coulaient en elle. Elle pouvait voir les mouvements ondulatoires de ses intestins, les sauts de son cœur mis à rude épreuve, les alvéoles de ses poumons se gonfler puis se ratatiner avant de recommencer. Encore et encore.

La dématérialisation de son corps franchit ensuite une nouvelle étape. Il ne resta bientôt plus d'elle qu'une enveloppe presque transparente dans laquelle n'était plus visible que la circulation de son sang. Puis le sang perdit lui aussi de son opacité. Tout ce qu'elle put voir d'elle-même fut alors réduit à une circulation d'eau dans une enveloppe faite de la même matière. Une matière traversée par une lumière bleutée, irréelle.

*Naïm !* songea Ilis. *Le symbole parfait. Celui des eaux du monde. Les eaux des mondes. Je suis le trait d'union.*

Elle était devenue un être fait de lumière et d'eau. Seule demeurait visible la petite sphère de la taille d'une tête d'épingle qui tournait lentement au niveau de son plexus.

Une minuscule sphère de matière opaque dans laquelle elle devait se trouver concentrée, comprimée, simplifiée.

Ilis constata que cet endroit où elle existait encore sous sa forme matérielle rétrécissait à vue d'œil. Tous ses atomes tendaient vers un point, vers un anéantissement, vers le zéro.

Une pensée fut sur le point d'émerger dans sa conscience, mais elle n'en connut jamais la teneur.

La sphère éclata alors, se répandant dans toutes les directions de l'espace à une vitesse inimaginable. Ilis crut qu'elle enflait pour atteindre la taille de l'Univers, mais elle comprit vite son erreur. Il ne s'agissait pas d'un, mais de sept Univers, parallèles et intimement imbriqués les uns dans les autres, liés par une substance invisible qu'elle appelait « l'Aratta ».

*La matière prétendue sombre est d'une transparence impensable,* pensa-t-elle sans s'en rendre compte.

Des milliards de milliards de milliards de galaxies brillaient pour ses seuls yeux. Elle réalisa qu'une infinie diversité de formes de vie, d'intelligence, de conscience bruissait en elle, dans l'Aratta. Et que seules les planètes Terres étaient reliées les unes aux autres. Elle subodora qu'il pouvait exister d'autres accès, pour d'autres espèces, mais qu'il lui était impossible de s'en approcher.

L'humanité avait reçu le don de l'Aratta pour elle-même. Mais c'était un don restrictif. En cas d'échec, il lui était interdit d'aller contaminer celles qui auraient eu le talent, l'intelligence ou la chance de s'épanouir dans la bonne direction.

Ilis jugea cette impossibilité salvatrice. Pour ce qu'elle savait de l'humanité à laquelle elle appartenait…

Elle se reput longuement de ce spectacle inouï, puis elle décida qu'il était temps de se consacrer à ce qui l'avait amenée au centre de l'Aratta.

*Anasdahala,* pensa-t-elle avec force.

Son être retrouva immédiatement son enveloppe charnelle. Chaque atome de son corps réintégra la place qu'il avait occupée plus tôt.

Devant elle, l'une des Terres occupa tout l'espace.

Ilis la scruta quelques instants. Cette planète différait sensiblement de la sienne par ses couleurs. Il sembla à la jeune femme qu'à l'exception d'une bande située au-dessus du tropique du Cancer, tout n'était que déserts et désolation, un camaïeu de gris, de rouges et de jaunes.

— Anasdahala, répéta-t-elle à voix haute.

Trois lignes bleutées jaillirent du cœur de l'Aratta et percutèrent cette Terre. L'une entra en contact avec la surface du nord des États-Unis, la deuxième dans le sud de l'Europe et la dernière dans la partie orientale de la Sibérie.

Il devait subsister trois colonies de néandertaliens sur cette Terre où elle s'était rendue quelques heures plus tôt.

Avant de quitter le centre de l'Aratta, Ilis voulut vérifier une dernière chose. Elle concentra ses pensées sur sa Terre d'origine et l'étudia attentivement.

Une multitude de lignes bleutées y étaient connectées. Certaines partaient du cœur et accédaient directement à la Terre, d'autres se perdaient dans des nœuds de lignes où Ilis ne pouvait suivre leur parcours.

Elle ne prit pas le temps de compter les points d'émergence de l'Aratta, mais elle sut instantanément qu'il existait trois cent quarante-trois accès possibles.

Ce fut comme une évidence.

Naïm, le symbole hébreu de l'eau, sept fois sept fois sept.

Trois cent quarante-trois, le nombre parfait.

Ilis devina que les anciens l'avaient appris à l'époque babylonienne, quand des Lukingias arpentaient encore ce sol pour diffuser les connaissances de la civilisation disparue d'Aratta.

Elle demanda alors à la matière éternelle de la laisser repartir.

L'Aratta se retira lentement d'elle, comme à regret.

Ilis retrouva aussitôt l'usage de son corps, étira ses

muscles, fit craquer ses articulations. Elle éprouvait un sentiment de bonheur apaisé mêlé d'une pointe de colère. Ceux qui avaient réduit les néandertaliens en esclavage allaient payer pour leurs abominations.

Elle quitta le dôme bleuté, qui s'opacifiait peu à peu, puis elle pénétra dans une bulle de transfert, murmura son nom, Anasdahala, et disparut dans les profondeurs insondables d'un des sept Univers.

# 45

Lorsque Milos émergea du sommeil artificiel, il eut le bref sentiment de s'en être tiré. Dans le rêve qu'il venait de faire, il chutait lentement, le corps miraculeusement épargné par les rochers saillants qui encombraient la pente. Mais les sangles qui mordaient ses chairs le ramenèrent vers une réalité tout autre. Sa chute n'avait été que virtuelle. Et les fléchettes anesthésiantes de ses poursuivants avaient atteint leur cible.

Très doucement, il remua chacun de ses membres. Tous répondaient aux ordres de son cerveau, et tous indiquaient une même immobilisation.

— Tes paupières closes n'abusent pas les machines, dit une voix sourde derrière lui. Et tu devras tôt ou tard les ouvrir.

— Qu'est-ce que tu me veux, tocard ? répondit aussitôt Milos en découvrant une salle blanche remplie d'appareils de type médical. Et d'abord, t'es où ? Montre-toi, je parle pas avec les fiotes.

Il s'inspecta d'un coup d'œil rapide. Il se trouvait sanglé sur un fauteuil qui lui rappelait étrangement celui du dispensaire où Gail le menait enfant. Il eut par flashes la vision de ce dentiste plein de bonne volonté mais maladroit, ou inexpérimenté, pour lequel il avait longtemps nourri une haine sans nom.

Sur son torse nu, Milos découvrit de fines aiguilles,

reliées par des fils à une console. Elles semblaient profondément plantées dans son épiderme.

*Ça va être ma fête,* pensa-t-il sans l'exprimer. *J'suis sûrement pas là pour une séance d'acupuncture.*

— T'as peur d'un lascar qui ne peut même pas bouger ? provoqua Milos.

Une silhouette apparut dans son champ de vision.

— Je m'appelle Philip Straub et je suis responsable de ton bien-être pour les jours à venir.

Milos le dévisagea. L'homme lui déplut immédiatement. Il le considéra de la tête aux pieds, remarqua son pouce manquant, puis le fixa du regard.

— Bon ! On fait quoi maintenant ?

Straub désigna une télécommande.

— Ce boîtier, expliqua-t-il, le visage habité d'un sourire mauvais, déclenche un appareil relié à toi intimement. Si le cœur m'en dit, ou si tu ne te montres pas coopératif, ou si tu me parles mal, comme tu viens de le faire, alors j'appuierai sur ce petit bouton-là. Tu sentiras aussitôt comme une impossibilité à effectuer ce qui ne requiert même pas un neurone de ta part en temps ordinaire.

Milos répondit au sourire de Straub par une moue dubitative. Puis il sourit franchement.

— T'as fait quoi de ton doigt ? ricana-t-il. Tu te l'es carré dans l'oignon ?

Straub cessa de sourire.

— Puisque tu insistes, je suis ton obligé. À toi de voir ce que tu veux vraiment.

Il appuya sur le boîtier et s'installa dans un fauteuil, face à Milos.

De son côté, le jeune homme ressentit une gêne immédiate. Cela ne provoqua aucune douleur, mais son diaphragme, immobilisé par une impulsion électrique extérieure, cessa de se soulever. Un sentiment de panique déferla aussitôt en lui, privant sa raison de toute faculté.

Il ouvrit la bouche en grand et commença à gigoter sur le fauteuil.

Straub ne le quitta pas des yeux. Des yeux qui semblaient de plus en plus gourmands à mesure que Milos perdait ses moyens.

Lorsque les muscles de son cou, rougis par l'effort, la douleur et le manque d'oxygène conjugués, commencèrent à se tétaniser, Straub appuya de nouveau sur la télécommande. Le diaphragme de sa victime retrouva immédiatement sa fonction, laissant le jeune homme haletant.

— C'était un court aperçu de ce qui t'attend, reprit Straub. J'espère que ça t'a plu, parce qu'à moi, oui. Même si j'ai trouvé l'expérience un peu trop courte à mon goût.

— Un délice, réussit à placer Milos entre deux inspirations saccadées.

— J'ai un vieux compte à régler avec toi, poursuivit Straub. Je te le dis pour que tu comprennes bien à quel point te voir souffrir va me combler. Quand tu as pénétré dans le bâtiment où se trouvait Ilis, c'est ma crédibilité que tu as mise à mal. Tu te souviens de ça ? New York, il y a quelques semaines ?

Tu devrais te recycler mon pote ! Ta sécurité, c'est un vrai gruyère. Même le plus débile des gangstas y serait arrivé. Et des tarés, dans mon Quartier, il y en a des sérieux !

— J'apprécie, se contenta de rétorquer Straub, un doigt toujours posé sur l'appareil.

— Fais donc ça. J'm'en branle !

— Un vrai petit produit de l'Amérique triomphante. Quarante-cinq mots de vocabulaire usuel et une paire de couilles à la place de la cervelle. On va bien s'amuser tous les deux. Fais-moi confiance !

— Détache-moi et tu verras comme j'apprends facilement les règles de ton jeu de merde.

— Non, j'ai mieux. Je te détacherai plus tard, quand tu m'imploreras de t'achever.

Il appuya de nouveau sur le bouton de contrôle.

Milos eut juste le temps d'inspirer une grande bouffée d'air, conscient malgré tout que cela ne ferait que retarder la douleur.

— Si tu es sportif, la première minute se passera sans mal, expliqua Straub. C'est ensuite que ça va se compliquer. Mais ne t'inquiète pas, je n'irai pas jusqu'à provoquer des lésions neurologiques irréversibles. La deuxième minute va te sembler démesurément longue. Et dans un premier temps, je ne poursuivrai pas plus loin.

Milos essayait de remplir ses poumons sans l'aide des muscles qui y pourvoyaient habituellement. Il sentit qu'un peu d'air s'y glissait, mais pas assez pour contenter ses besoins. Il suffoqua bientôt, laissant libre cours à un sentiment de panique grandissant.

*Il faut que je laisse couler. Il ne me tuera pas. Il n'y a aucun intérêt. Je n'ai plus d'air mais je ne mourrai pas… mourrai pas…*

— Une minute ! apprécia Straub. C'est bien, tu n'as pas l'air trop mal. C'est le moment de te montrer quelque chose. Tiens bon, ça va te plaire.

Il tendit une main vers le mur et frôla un panneau de commande tactile.

Le miroir perdit peu à peu ses pouvoirs réfléchissants. À travers la transparence du verre, Milos découvrit le visage de Gail, collé contre la paroi, les traits déformés par une douleur muette. Ses poings serrés tambourinaient sans même la faire trembler contre la matière réactive. Recroquevillée dans un coin de la pièce, Five cachait sa tête entre ses jambes, le corps secoué par des sanglots.

— Ta mère semble apprécier le spectacle ! émit Straub sans l'once d'une émotion dans la voix.

Milos se cabra sur le fauteuil. Ses bras tentaient vainement de déchirer les sangles.

— Une minute trente secondes. Pas mal pour un débutant. Tu verras, tu vas t'habituer. Tu vas devenir un champion d'apnée. Grâce à moi !

Straub laissa filer la trotteuse de sa montre jusqu'à épuisement de la seconde minute. Puis il arrêta la machine.

Milos mit un long moment à reprendre son souffle. Un filet de salive s'échappait de sa bouche et dégouttait sur son torse.

— Fais en sorte que ces sangles tiennent, Straub, dit-il dès qu'il en fut capable.

— Mais j'y veille, mon jeune ami. J'y veille.

— Il y a toujours un moment où la vigilance des connards baisse. Et ce jour-là, je ne te laisserai pas une chance de t'en tirer.

Straub regarda le boîtier électronique et sembla hésiter. Puis il se ravisa et quitta la pièce.

Il revint bientôt, ouvrant la porte sur le passage de Denis Craig.

Craig s'installa sans un mot dans le fauteuil occupé par Straub quelques instants plus tôt et fixa Milos du regard.

— Je ne suis pas amateur de tortures, Strinker, dit Craig calmement. Je dirai même que je tiens ce genre de pratiques en sainte horreur. Mais tu es un jeune homme fougueux et déviant. Un petit dur. Et Philip Straub m'a convaincu de le laisser œuvrer pour t'amener vers l'endroit où je souhaite aller.

— Il faudrait me poser une question pour que j'y réponde, c'est mieux en général. Enfin, c'est comme ça que ça se passe d'habitude. Et pour le moment, ton lascar ne l'a pas fait.

— En effet, apprécia Craig.

Il glissa une main dans la poche de sa veste et en retira le cristal de Milos. Puis il le tint, calé entre le pouce et l'index, à hauteur des yeux du jeune homme.

— Tu es collectionneur ? tenta Milos.

— L'un des plus grands, tu n'as pas idée. Et ce n'est pas précisément ce qui m'amène.

— Alors ?

— Nous avons trouvé sur toi cette petite babiole, dit Craig lentement. Nous savons ce que c'est, nous savons ce qu'elle permet de faire, mais nous ne savons pas nous en servir. Et je compte sur toi pour m'éclairer. Puisque tu as réussi à revenir ici seul, ça signifie que tu en connais le principe. Sans doute sans le comprendre, mais je ne te demande pas une explication technique du fonctionnement de l'Aratta. Je veux simplement que tu m'y emmènes. Tu vois, ce n'est pas le bout du monde en somme. Décide-toi vite !

Milos considéra qu'il était temps d'adopter une attitude nouvelle. Ses fanfaronnades ne feraient qu'agacer ses tortionnaires.

Il releva les yeux et les plongea dans ceux de Denis Craig.

— Non, dit-il simplement, sur un ton qu'il voulut aussi ferme que possible.

— Tant pis, se plaignit Craig. C'est toi qui décides de ton avenir. Je vais te laisser entre les mains expertes de Straub. Je n'apprécie pas la violence, même si je la commande. Mais réfléchis ! Après toi, d'autres personnes pourraient faire les frais de ta décision.

## 46

La foule compacte avançait lentement au centre d'une artère extérieure, formée par la jonction d'une multitude de dômes. Le silence volontaire de cette marche protestataire donnait une allure solennelle au défilé. Il y avait là des milliers de femmes et d'hommes anonymes, tous vêtus de combinaisons qui les couvraient des pieds à la tête. Se protéger des rayons néfastes du soleil, qui filait alors vers le zénith, était ici une nécessité absolue.

En tête du défilé, une unique bannière flottait dans le vent léger. Elle représentait un visage presque humain, une face à l'air un peu débile dotée d'arcades sourcilières proéminentes, de maxillaires imposants, d'un front court et bas, d'une mâchoire munie de longues canines.

Sous cette effigie, on pouvait lire une phrase, courte et sans équivoque, seule protestation affichée de ce mouvement populaire : « Non à l'élevage, non à l'abattage des Staulms. »

Ils étaient tous venus pour la même raison. Tenter de s'opposer à l'élevage intensif des Staulms, cette espèce en apparence si proche de la leur, si ressemblante et pourtant tellement éloignée.

C'est en tout cas ainsi que s'apprenaient les choses dans les centres de mise en conformité de la Cité, et de toutes les cités de la Terre. Les Staulms étaient des animaux comme les autres. Ils avaient plus de valeur morts que vivants, puisque destinés à constituer les mets de choix des grandes occasions.

Perdus au milieu de la foule nombreuse, deux jeunes adultes emboîtaient le pas à leurs convictions. Ils marchaient en se tenant la main, les doigts serrés pour ne pas se perdre. Sans doute aussi leur amour naissant leur commandait-il de s'infliger une légère douleur pour se sentir vivre plus intensément.

Le jeune homme, Yurgan, venait des dômes des hauts, de la partie la plus opulente de la Cité. Il y avait passé sans presque en sortir les vingt-deux premières années de sa jeune existence.

Mélite, sa compagne, une grande et fine jeune femme de vingt-quatre ans, avait dû jouer des coudes dès son plus jeune âge dans les sombres dômes des bas, où la Cité recrutait sa main-d'œuvre la moins qualifiée.

Ils s'étaient rencontrés quelques semaines plus tôt, dans un de ces lieux de convivialité fréquentés par les jeunes gens de toutes extractions. Le seul endroit de cette société, fondée sur un système de castes, où cette jonction était possible, souhaitée même par le pouvoir en place, qui fournissait là un possible exutoire aux doux rêves de sa jeunesse avant de la ramener dans le droit chemin.

Un endroit comme il s'en trouvait des centaines sur la Terre.

La foule avança sur quelques mètres, puis elle bifurqua sur une artère montante. Dans la perspective, la verrière du dôme central brillait au faîte de la Cité, bâtie en forme de colline artificielle. Le rythme de la marche fut ralenti par la pente. Des milliers de cœurs se mirent à battre plus vite.

Yurgan tira Mélite par la manche de sa combinaison. Il venait d'apercevoir les premières lignes des agents de sécurité aux ordres du pouvoir et savait ce qu'ils pouvaient attendre de leur présence. La manifestation allait être sévèrement réprimée.

À travers le filtre anti-UV de ses lunettes, Mélite répondit aux gestes de Yurgan par un froncement de sourcils d'incompréhension.

Yurgan se contenta de lui adresser un mouvement de tête en direction des troupes qui se préparaient à donncr l'assaut.

Mélite comprit aussitôt l'inquiétude de son compagnon. Elle regarda autour d'elle et se rendit compte que chaque accès à l'artère principale où se déroulait la marche silencieuse était occupé par la troupe.

Elle chercha une solution au-dessus de sa tête. Là aussi, sur les coursives extérieures des dômes, des formes noires évoluaient rapidement. Loin dans le ciel, un soleil blafard perçait chichement un air saturé de soufre, de gaz carbonique et de vapeurs brûlées.

Elle posa une main sur l'épaule de son plus proche voisin et l'informa du danger qu'ils couraient tous.

L'information passa de bouche en bouche, rapidement, se répandit comme une vague circulaire à travers la foule, jusqu'aux premiers rangs des manifestants.

L'unique bannière autorisée par la loi des cités fédérées vacilla sur son support.

La nouvelle de la répression imminente venait d'arriver aux oreilles de son porteur. Au hasard des mouvements de la toile, le visage du Staulm grimaça un sourire féroce.

Les premiers rangs s'immobilisèrent, arrêtant la progression des suivants. La foule se compacta en une masse à plusieurs milliers de têtes, aux corps amalgamés intimement.

— On est coincés, jura Yurgan. Ces enfoirés nous ont attendus au pire endroit du quartier. Ils sont en position de force.

— Non, Yurgan, rétorqua Mélite. Il nous reste les sous-sols.

Yurgan regarda la jeune femme comme si elle venait de proférer une insanité.

— Tu es jeune dans le mouvement. Ce n'est pas la première fois que cette situation arrive. Je m'en suis toujours sortie indemne. Pour ces salopards, qu'il y en ait qui s'échappent doit faire partie de leurs règles, je suppose.

Yurgan se détendit un peu. Il admirait beaucoup Mélite. Elle avait grandi dans les mauvais quartiers de la Cité et avait quand même réussi à acquérir, ou à conserver, une belle force d'âme. Alors que lui n'avait guère de mérite. Né dans un milieu opulent, il n'avait su que profiter de la vie comme d'un état de fait. Et jusqu'à ce qu'il rencontre la jeune femme, il l'avait même fait sans se rendre compte qu'il jouissait là d'un privilège rare.

Parmi tous ces gens, avec qui il venait protester contre l'abattage des Staulms, il était sans doute le seul à avoir vécu un séjour dans les îles de l'hémisphère Sud. Sa famille avait des appartements dans les hauts de la Cité. Il disposait personnellement d'une terrasse arborée, protégée du rayonnement solaire, d'un quota d'eau qui contenterait une famille entière des gens des bas, d'un libre accès aux stocks alimentaires, d'une option annuelle de transfert vers d'autres cités de la fédération, sur tous les continents encore habités de la planète. Tout cela depuis sa naissance, comme un fait établi, quelque chose de normal, puisque seule référence à ses yeux de nanti.

Mais depuis sa rencontre avec Mélite, le monde avait basculé. Et Yurgan ignorait toujours dans quelle direction sa vie allait être entraînée. Fils unique du vice-consul, il pensait encore avoir le choix, même si toute sa culture lui montrait qu'il n'en avait pas plus que Mélite. Le système des castes est ainsi fait. On ne peut pas inverser le cours des lignes directrices induites par la naissance.

Le retour à la réalité fut brutal. Des projectiles fusèrent sur la foule immobile, sortant Yurgan de ses pensées.

Il y eut un brusque mouvement de masse. Tous cherchaient à redescendre la pente vers les dômes inférieurs, vers les quartiers de la Cité dont la plupart étaient issus. Là, ils trouveraient le moyen de s'en sortir. Mais ici, à mi-chemin entre les extrêmes, dans ces artères démesurées qui servaient avant tout de pièges à vent, les troupes de régulation auraient aisément le dessus.

Les projectiles à la forme oblongue rebondirent plusieurs fois sur les dalles en matériau composite. Puis ils s'immobilisèrent, mus par un mécanisme invisible.

Les manifestants tentèrent de rester le plus loin possible de ces armes qu'ils connaissaient trop bien. Mais la technologie utilisée par les escadrons du régime ne leur laissait aucune chance. Ou presque.

Mélite entraîna Yurgan vers les grilles d'aération des niveaux inférieurs. Les grandes gueules béantes s'ouvraient sur des puits profonds qui partaient sous les dômes. Tout en bas, ils se coudaient vers le centre de la Cité où attendaient de gigantesques turbines qui servaient à alimenter les dômes en énergie.

Faute de vent, ce système était pour l'heure inactif. Mais des tempêtes secouaient régulièrement la région, balayant les miasmes industriels avec des pointes qui dépassaient souvent les trois cents kilomètres à l'heure.

L'air qui sortait de la bouche d'aération paraissait vicié et, de fait, la proportion de gaz nocifs y était plus importante qu'à l'extérieur. Mais c'était leur seule issue. À moins qu'ils n'acceptent de se laisser emmener vers les camps de travail forcé.

Mélite tira de sa poche une pince démultipliée et fit sauter les sécurités des grilles de protection.

Yurgan la regarda faire, admiratif devant sa dextérité.

— Il y a trois cents mètres à la verticale, expliqua-t-elle en achevant de couper le dernier crochet qui retenait la porte de maintenance. Fais gaffe, les échelons sont glissants. Si tu tombes…

— Je ne tomberai pas, opposa Yurgan, un peu vexé.

— Alors, viens !

Mélite fit pivoter la porte grillagée et se hissa jusqu'à une passerelle courte qui donnait sur le puits. Elle y attendit Yurgan puis, constatant qu'il n'arrivait pas, elle passa la tête à l'extérieur.

Le jeune homme était accaparé par le spectacle de la rue. Les projectiles lancés par les troupes de sécurité venaient de s'ouvrir. L'abattage systématique des opposants allait pouvoir commencer.

De légères explosions retentirent un peu partout. La partie intérieure des projectiles s'éleva à deux mètres du sol, puis des centaines de fléchettes jaillirent en même temps, dans toutes les directions.

À la hauteur des têtes. Là où le tissu des combinaisons était le plus fin.

— Dépêche-toi, cria Mélite.

Yurgan s'arracha à sa contemplation, non sans mal. Des scènes identiques, il en avait vu des dizaines, par écran interposé, en tant que spectateur presque indifférent. Mais là, c'était autre chose. Il pouvait ressentir la peur des manifestants, comme une onde d'énergie qui se propageait partout autour de lui. Et il devait bien se l'avouer, assister en direct à une telle pagaille d'un côté, à une telle maîtrise de la situation de l'autre avait quelque chose de fascinant. Les troupes attendaient, en rangs serrés, dans un ordre parfait, dans une immobilité qui conférait au surnaturel.

Il rejoignit Mélite alors que les premières fléchettes perforaient les combinaisons intégrales de centaines de jeunes gens, qui tombaient instantanément dans un sommeil catatonique, n'attendant plus que les bennes de ramassage.

Les plus débrouillards les rejoignirent bientôt et dévalèrent les échelons métalliques à leur suite.

Sous leurs pieds, des lumières espacées matérialisaient la chute vertigineuse qu'ils risquaient à tout moment. Le puits, à son orifice externe, mesurait une cinquantaine de mètres et allait peu à peu en se rétrécissant. Il était fait d'une matière lisse, parfaitement profilée pour que le vent du dehors n'y ralentisse pas, et sa forme en entonnoir accentuait même sa vitesse.

Les fuyards entendirent des voix d'hommes au-dessus de leurs têtes. Les troupes ne tarderaient plus à tenter de les intercepter.

Ils forcèrent leur allure, au risque de rater un échelon.

Ils se trouvaient à une quarantaine de mètres de leur point de départ quand ils sentirent une masse d'air déferler dans le puits. Une tempête approchait.

— On sort au premier accès d'entretien, cria Mélite pour couvrir le ronflement du vent.

— C'est loin ? demanda Yurgan, qui comprenait que sa participation à la manifestation ressemblait de moins en moins à un jeu.

Il n'obtint pas de réponse. Mélite venait d'accélérer sa vitesse de descente et n'avait probablement pas entendu la question du jeune homme.

Le vent devint rapidement violent. Les orifices de captation secondaires, situés de loin en loin à l'intérieur de la paroi, hurlaient sous la pression de l'air.

Mélite atteignit en tête une passerelle. Elle dut s'y accrocher de toutes ses forces, lorsqu'elle passa son corps par-dessus une balustrade basse. L'effort lui arracha un cri, qui descendit avec le vent vers les turbines, sans doute déjà en train de gronder.

Yurgan la rejoignit quelques instants plus tard. Il faillit basculer dans le vide en quittant l'échelle murale. Mélite le rattrapa, au péril de son propre équilibre. Au même moment, le corps hurlant d'un manifestant passa à quelques centimètres d'eux, manquant de les faire dégringoler dans le vide. Puis un autre rejoignit son malheureux compagnon dans les entrailles de la Cité.

Mélite et Yurgan réussirent à gagner un court boyau qui donnait sur une porte de sécurité. Ils unirent leurs efforts pour actionner le système d'ouverture.

Ils se réfugièrent ainsi à l'intérieur de l'infrastructure des dômes, sans se préoccuper du sort des autres fuyards survivants. S'ils parvenaient jusqu'à la porte, il serait toujours temps de les aider. Mais il leur fallait tout d'abord penser à se prémunir contre le vent.

— On n'a pas été suivis ? demanda Yurgan.

— Aucune chance, rétorqua Mélite. Les troupes d'assaut n'ont pas un tel besoin de nous. Pas au point de risquer leur vie au-dessus des broyeurs. Et puis, elles ont dû attraper pas mal de main-d'œuvre, là-haut.

— Mélite ?

— Oui.

— Tu crois que c'est comment les camps de travail ?

— On parlera de ça une autre fois, si tu veux bien.

— Ça aurait pu être une expérience intéressante pour moi. Je me demande…

— Quoi ? Si tu n'aurais pas préféré te laisser attraper ?

— Quelque chose dans ce goût, oui.

— Tais-toi, Yurgan ! lui intima la jeune femme.

— Quoi ? Ne me dis pas que…

— Si, justement. J'y suis allée. Par deux fois déjà. Et je n'ai aucune envie d'y retourner.

— Pardonne-moi, Mélite. Je ne savais pas. Je me sens dans la peau d'un abruti.

Mélite vint se coller contre Yurgan.

— Un abruti, peut-être, mais un bel abruti.

— Arrête, ce n'est pas l'endroit.

— Je sais, justement.

Yurgan regarda autour de lui. Un couloir interminable partait tout droit dans l'épaisseur des dômes. De loin en loin, il pouvait apercevoir des croix qui matérialisaient sur le sol l'emplacement de carrefours.

À partir de l'endroit où ils se tenaient, il était possible de se rendre sans sortir à proximité de n'importe quel dôme de la Cité.

— Bon, et ces camps, tu me racontes ?

— Oh, ce n'est pas si terrible que ça, finit-elle par expliquer, ce sont les cadences de travail qui sont dures. Mais sinon, on est dehors toute la journée, quand il n'y a pas de vent. Ou dans les serres d'élevage. Ça change pas mal d'ici.

— Alors ? Quoi ?

— Ce qui n'est pas tolérable, c'est de savoir qu'on bosse pour que dalle, et surtout, que ça sert à entretenir un système qui nous exploite et contre lequel on ne peut rien.

— Tu recommences avec tes discours activistes.

Mélite se campa devant Yurgan et plongea son regard dans le sien.

— Ce qui n'est pas tolérable du tout, gronda-t-elle, c'est de comprendre que ton travail sert à établir des gens comme toi dans leur position indéfendable. C'est pour ça que je milite contre l'abattage des Staulms.

— Je ne vois pas bien le rapport, rétorqua Yurgan en soutenant le regard de la jeune femme. Je ne vois pas où j'interviens dans ton histoire.

— Oublie ton nombril, Yurgan ! Je ne parle pas de toi en particulier, mais des tiens. Et en ce qui concerne les Staulms…

Mélite hésita à poursuivre.

— Tu en as déjà vu un de près ? demanda-t-elle après un moment d'hésitation.

— Pas vivant. Pas en dehors de mon assiette.

— Ce n'est pas drôle. Moi, j'en ai vu un, dans un des

centres d'élevage où je suis allée. Eh bien, je peux te dire que ce ne sont pas des animaux. Je veux dire… ils sont comme nous, Yurgan ! Tu comprends ce que je veux dire ? Les Staulms ont autant d'humanité dans le regard que toi ou moi.

— Tu n'exagères pas un peu, là ?

— Qu'est-ce que tu faisais à la manif, si tu n'as aucun argument pour les défendre ?

Yurgan regarda le bout de ses pieds, puis il releva la tête.

— Être avec toi, je crois.

— C'est tout ?

— Oui, à peu près.

— J'aurais mieux fait de te laisser là-haut. Comme ça, tu aurais pu voir par toi-même à quoi ressemblent ces centres de travail forcé. Mais je ne suis pas certaine qu'un type de ta caste puisse tenir le coup là-bas.

— Je ne sais pas. Je ne crois pas que j'y serais resté longtemps, de toute façon. Mon père serait intervenu dans l'heure, quand les listings de la manifestation seraient arrivés au dôme central.

— C'est bien ce que je dis. C'est un système de merde.

— Tous les systèmes sont dégueulasses, lâcha Yurgan, se rendant aussitôt compte qu'il tendait la joue pour se faire gifler.

La réaction fut immédiate.

— De la part d'un fils de consul, il y a de quoi se marrer, le piqua Mélite. Et puis, le système existe depuis presque toujours. Alors, à quoi veux-tu le comparer ?

Yurgan garda le silence. Il occupait par sa naissance une position enviée dans une organisation huilée, millénaire, inattaquable.

— Tu ne crois pas qu'on devrait s'en aller ? demanda-t-il, pour se sortir d'une situation à laquelle il ne pouvait rien.

— Les autres ont dû être emportés par la tempête,

répondit Mélite sans une ombre de tristesse dans la voix. Mais il fallait leur donner au moins une chance d'atteindre la porte. Ça doit souffler à deux cents derrière. Personne ne peut résister à un vent pareil. Viens.

— On va où ?

— Qu'est-ce que tu penses d'aller chez toi ? Si on nous recherche, ça sera dans les dômes ouvriers. Pas chez toi, dans ton club pour riches en mal de sensations fortes.

— Amusant !

— Peut-être pas, mais réaliste. Allez, viens.

Mélite s'élança dans le couloir. Elle ne se retourna pas une fois pour vérifier si Yurgan la suivait bien. Elle n'en avait pas besoin. Yurgan se perdrait sans elle, et puis, le sentiment qu'il nourrissait à son égard était profond, puissant. Elle s'en était rendu compte depuis peu. Rien ne dissuaderait Yurgan de se caler sur la longueur de ses foulées.

Environ une heure plus tard, ils émergèrent du ventre de la Cité dans un quartier protégé du rayonnement solaire par de hautes verrières teintées. Ils se trouvaient à moins de cinq cents mètres de l'entrée du dôme où résidaient Yurgan et toute sa famille.

Ils gagnèrent rapidement l'accès principal, sous les regards intrigués des habitants des hauts.

Le sas s'ouvrit et les bloqua aussitôt.

La voix du réseau central émit un commentaire laconique.

— Cet individu est en dehors de sa zone.

— Elle est mon invitée, rétorqua Yurgan.

— Numéro d'attribution, ordonna la machine.

Yurgan indiqua ce que lui demandait le cerbère désincarné.

— Je suis obligé d'aviser l'ensemble des résidents de la présence de cet individu hors caste.

— Avise ! Avise. Fais donc ça. Et ouvre cette putain de porte !

L'interface afficha le symbole de la Cité et débloqua le sas d'entrée.

Yurgan entraîna Mélite dans le couloir qui traversait l'épaisseur de l'infrastructure du dôme. Ils émergèrent cinquante mètres plus loin sous une coupole gigantesque. Là, des fontaines, de hautes cascades, alimentaient des jardins en terrasses. Des centaines de perruches, nichées dans des plantations de toutes tailles, faisaient vibrer l'air de leurs cris aigus. Une rampe partait du sol et s'élevait lentement au-dessus de la végétation, tournant contre la paroi convexe du dôme pour desservir les étages d'habitation.

— J'avais entendu dire qu'il existait des endroits pareils, admira la jeune fille. Mais je pensais qu'il s'agissait de racontars.

— Tu auras tout le temps d'admirer tout ce que tu veux depuis ma piaule, mais pour le moment, vu notre état de crasse et le rapport qui a déjà dû arriver chez les résidents, il vaudrait mieux ne pas traîner ici.

Yurgan saisit la main de Mélite et l'arracha au spectacle dont elle ne se lassait manifestement pas.

Ils montèrent sur la rampe et gagnèrent en quelques minutes le septième niveau d'habitation, situé à mi-hauteur de la voûte.

Ils trouvèrent en entrant une demande d'accès sur l'écran de communication.

— Tu vois ce que je te disais, marmonna Yurgan. Ma mère est déjà prête pour écouter mes explications sur le rapport de l'interface.

Yurgan accepta la communication et se tint immobile devant l'écran.

Le visage de sa mère apparut aussitôt. La femme pouvait avoir entre quarante et cinquante ans, mais ses traits trop lisses indiquaient qu'elle avait sans doute eu recours à une falsification de son âge par des procédés autorisés.

— Écoutez, mère, dit Yurgan avant que celle-ci ait le temps de le sermonner. J'ai effectivement introduit une amie dans le dôme. C'est une citoyenne de classe ouvrière. Je sais que la chose vous déplaît sans doute, mais le code ne l'interdit pas. Le rapport de l'interface vous est parvenu. Tout va donc pour le mieux, n'est-ce pas ?

La mère de Yurgan détailla son fils de la tête aux pieds. Puis elle chercha Mélite du regard, mais la jeune femme était intentionnellement restée hors de vue.

— Vous êtes dans un pauvre état, mon ami.

— Eh bien, justement, répliqua Yurgan en tendant la main vers le commutateur mural. Il est grand temps de vous faire honneur en allant me décrasser. À ce soir, mère. Je serai présent comme promis au dîner d'investiture.

Le visage disparut avant le son. Ils entendirent un début de protestation mais n'en connurent jamais la teneur.

Yurgan se tourna alors vers Mélite.

— Vous n'avez pas l'air de vous aimer beaucoup, lâcha la jeune femme.

— Pourquoi dis-tu ça ?

— Tu ne souris jamais à ta mère ?

— Tu poses de drôles de questions, Mélite. Pourquoi veux-tu que je lui sourie alors qu'elle vient me surveiller ?

— Je sais pas. T'as qu'à lui dire la vérité.

— Quoi ? Lui raconter ce que j'ai fait aujourd'hui ?

— Bah ? Où est le mal ?

Yurgan secoua la tête.

— Tu sais un tas de choses, Mélite. Mais il y a des domaines que tu sembles ignorer totalement.

— Alors, je t'écoute.

— Eh bien, par exemple, un fils de vice-consul n'est pas censé manifester contre l'abattage des Staulms.

— Je comprends pour le vice-consul, mais pour son fils, je ne vois pas très bien.

— C'est justement ce que je te disais, tu ne sais pas tout.

— Éclaire-moi, dans ce cas.

— Je…

Yurgan ne trouvait pas les mots qui convenaient. Il réfléchit un instant, puis il dut admettre qu'il n'avait aucun argument. C'était comme ça, sans raison objective. Vu la place qu'il occupait, et allait occuper, dans la hiérarchie de la société, il n'aurait pas dû se trouver parmi les manifestants.

— Et toi, tu t'entends bien avec ta mère ? demanda-t-il pour changer de sujet.

— Ma mère était ouvrière au dôme six cent soixante et onze.

— Celui qui s'est écroulé ?

— Ouais…

— Je suis désolé. Je ne savais pas.

— Moi non plus, je ne savais pas. Enfin… je ne le sais pas depuis très longtemps. J'ai reçu des papiers officiels qui m'ont annoncé la nouvelle il y a quelques mois.

— Comment ça ? Cet accident a eu lieu il y a…

— Quatre ans, je sais. Mais la vie en dessous ne se passe pas comme ici. Toi aussi, tu sembles ignorer pas mal de choses sur la vie des dômes des bas.

Yurgan paraissait sincèrement désolé.

— Allez, le prends pas mal, l'asticota Mélite. Si un jour tu deviens vice-consul, tu pourras essayer de changer ce qui ne te convient pas.

— Je ne suis pas sûr que la marge de manœuvre soit aussi large que tu l'imagines…

— Si tu baisses déjà les bras, alors t'es foutu !

— Pas complètement, dit-il en passant ses bras autour de la taille de la jeune femme. Car je t'ai trouvée, toi.

Mélite fit quelques minauderies.

— Tu veux faire quoi ? reprit Yurgan, sous le charme.

— Prendre une douche et faire l'amour.

Lorsque Yurgan se réveilla, il trouva le lit vide. Mais la place laissée libre à ses côtés était encore tiède de la chaleur de Mélite.

Il se leva et la chercha dans l'appartement. Puis il gagna la terrasse couverte et l'y découvrit. Elle était encore nue et se tenait devant la baie principale de la véranda, les yeux manifestement perdus dans le lointain.

Dehors, le vent soufflait avec violence, emportant loin de la Cité les poussières accumulées depuis la dernière tempête.

Plus loin, les dômes s'étendaient à perte de vue. Chacun regroupait entre quatre et six mille individus des deux sexes.

— Tu peux rester toute la nuit, si tu veux, murmura Yurgan à l'oreille de la jeune femme.

— J'ai reçu un message et je dois partir.

Une ombre passa sur le visage de Yurgan. Il tenta de ne rien montrer du sentiment de jalousie qui le gagnait mais ne parvint pas à refréner une pointe d'agressivité dans son ton.

— Tu vas où ?

— Doucement, Yurgan. Tu n'as pas à te méfier de moi. Ce sont de vieux copains qui ont décidé de faire une petite visite dans un centre d'élevage de Staulms.

— Tu vas y aller ?

— Oui, c'est évident.

— Alors, j'en suis aussi.

— Tu n'as pas un dîner d'investiture ce soir ?

— Au diable ! Mon cousin a réussi son concours d'entrée. Il va partir bientôt pour une cité australe. Je ne manquerai pas grand-chose. Rien que je ne connaisse déjà.

— C'est comme tu veux.

Ils demeurèrent silencieux un long moment devant la paroi de verre teinté qui dominait la Cité. De l'endroit où vivait Yurgan, on pouvait voir quatorze niveaux de dômes inférieurs s'imbriquer les uns dans les autres. Ça ressemblait à une grappe de raisin coupée en son milieu et posée sur une surface plane.

Le soleil rasait à présent l'horizon. Lorsqu'il passa sous la couche de nuages bas qui traînaient en permanence dans cette région surpeuplée, ses rayons traversèrent en oblique de fortes concentrations de gaz délétères. Cela provoqua un chatoiement de couleurs délavées, dans une dominante d'orange et de rouges.

— C'est magnifique, non ?

— Sans doute, répondit Mélite d'une voix sombre. Sans doute. C'est coloré, ça, c'est certain. Mais de là à dire que c'est beau… C'est ce qui nous assassine chaque jour un peu plus.

# 47

Pendant plusieurs jours consécutifs, Milos supporta la torture psychologique et physique patiemment distillée par Straub. Sous les yeux de sa mère et de Five.

Contrairement à ce que pensait son tortionnaire, la présence des deux femmes fut une grande aide pour Milos, qui refusait de craquer devant elles. De toute façon, il n'aurait pas eu grand-chose à raconter. Il ignorait presque tout de l'Aratta.

Straub s'en doutait, mais il poursuivit ses sombres agissements le temps qu'il s'était fixé. Il devait amener Milos à la limite de la rupture, s'il voulait en tirer quelque chose après.

Il ne cacha pas le grand plaisir qu'il retirait de ses actes, ce qui faisait partie de son jeu.

Denis Craig passait de temps à autre. Il n'aimait pas les méthodes de Straub, mais il en connaissait les résultats. Aussi le laissa-t-il œuvrer sans émettre la moindre réserve. Il en discuta longuement avec Harold Finlay et frère Federico. Eux ne goûtaient pas ces méthodes barbares. Mais Craig leur expliqua leur utilité, dans une situation où il n'existait pas d'autre solution.

Milos baissa peu à peu la garde. Il eut un air de plus en plus hébété, absent.

Straub décida alors d'arrêter la première phase et de le laisser se reposer un peu.

Vingt-quatre heures suffiraient à voir son moral remonter.

Le chef de la sécurité mit ce temps à profit pour exécuter une demande de Denis Craig. La vingtaine de femmes et d'hommes faits prisonniers par ses équipes sur les points d'émergence de l'Aratta furent transférés de la Fondation vers une base de l'armée US, située en plein désert de l'Arizona. L'absence d'eau dans leur périmètre rassurait Craig.

Straub effectua point par point la demande de Craig, finalement soulagé de se défaire de ces gens dont il n'avait pas soutiré le moindre renseignement et qui menaçaient probablement la sécurité dont il avait la charge.

Cette courte période passée, Milos fut amené devant la sphère. Dans la logique des hommes de la Fondation, cet objet était un possible réservoir de cristaux. C'était là l'une de leurs hypothèses, parmi d'autres, plus ou moins farfelues.

Quoi qu'il en soit, ils devaient tester leurs théories avec Milos, seul voyageur dans l'Aratta dont ils disposaient.

Le matin même où ce test devait être effectué, Archibald Van Kriegs demanda à Denis Craig de le retrouver dans son cabinet de travail.

Craig arriva un peu en avance, visiblement pressé d'en finir avec son médecin, et lui demanda de but en blanc ce qu'il pouvait y avoir de si urgent qui lui fasse rater l'expérimentation en cours.

Van Kriegs avait une mine soucieuse.

— Assieds-toi, Denis. Ça vaudrait mieux.

Craig comprit tout de suite de quoi il pouvait être question. Il se laissa tomber dans un fauteuil.

— C'est reparti ? demanda-t-il sans détour.

— Oui, c'est ça, c'est reparti.

— Comment… je veux dire, pourquoi ?

— Il semble que les nanomédicaments que j'ai essayés sur tes cellules cancéreuses se soient désactivés après un temps d'efficacité. Je n'en comprends pas la raison. Mais ce qui est certain, c'est qu'il nous en faut d'autres, des nouveaux.

— Fait chier, murmura Craig. Fait chier !

— Pardon ?

— Rien. Nous sommes si près du but ! Combien de temps me reste-t-il ?

— Le développement anarchique a repris de plus belle. On dirait que ce cancer attendait son heure et prenait des forces.

— Combien ? insista Craig.

— Je ne peux pas te répondre, Denis. C'est trop incertain. Très peu en tout cas. Trop peu.

— Merci, Archi, acheva Craig en se levant.

Il tourna aussitôt les talons et quitta le cabinet, emprunta une enfilade de couloirs qui le menèrent jusqu'au bunker où se trouvait Milos.

Avant d'entrer, il rajusta son costume et afficha ce sourire qui ne le quittait pas. Puis il commanda l'ouverture de la porte.

Milos ne comprit pas assez vite ce que Craig attendait de lui. Sans quoi, il aurait essayé d'entrer en communication avec la sphère, pour lui *demander* de ne rien faire, mais il était trop fatigué pour raisonner correctement.

Après quelques secondes, un cristal apparut entre les mains de Milos. Craig le prit et exigea qu'il en commande un autre.

Milos refusa net. Il regarda Five du coin de l'œil, en se demandant ce qu'elle pouvait bien faire là.

Craig répéta son ordre sans emportement, conservant cette attitude flegmatique qu'il chérissait entre toutes.

Mais Milos, buté, ne se dédit pas.

Straub sortit son arme de point et visa la tête de Five.

— Tu ne le feras pas ! ricana Milos. Elle n'en vaut pas le coup, et tu le sais très bien.

Straub, sans quitter Milos des yeux, appuya sur la détente. La balle de neuf millimètres pénétra dans la tête de Five en plein milieu du front. La jeune femme n'eut pas même le temps de souffrir.

Milos hurla de rage et se jeta sur Straub, qui écrasa le canon de son arme contre l'œil du jeune homme.

— As-tu écouté ce que M. Craig t'a demandé ? Commandes-en un autre !

— Espèce de fils de pute ! vociféra Milos. Ça te sert à quoi maintenant ?

Straub garda le silence. Il se contenta de remplacer la balle manquante dans le chargeur de son pistolet.

— Au tour de ta mère à présent, dit-il enfin. Nous allons bientôt connaître tes limites, Milos Strinker.

Craig, qui avait assisté à toute la scène, intervint alors. Son visage blême indiquait que le meurtre de Five n'était pas prévu au programme.

— Non, ça suffit ! dit-il, avec une pointe d'agressivité dans la voix. Vous ne tuerez plus personne. Occupez-vous personnellement du corps de Five, Straub. Ça vous permettra peut-être de réfléchir avant d'agir la prochaine fois.

Craig ne quitta pas Straub des yeux, jusqu'à ce qu'il sorte, tenant le corps de Five à bout de bras. Puis il abattit son poing sur une table.

— Tu es à bout d'arguments, Denis Craig.

Craig se contenta d'agiter la main vers Milos. Ce n'était pas le moment.

— Tu ne tueras pas Gail, reprit pourtant le jeune homme. Tu sais que si tu le fais, rien ne pourra me forcer à t'obéir.

Craig se redressa et affronta Milos du regard.

— Pas plus que maintenant, rétorqua-t-il. Tu ne collaboreras que si nous touchons à ce que tu as de plus cher.

— Et c'est quoi, à ton avis, ce que j'ai de plus cher ?

— Ta parole donnée et la confiance que tes amis ont placée en toi. Voilà en quoi tu crois. C'est d'un romantisme exquis.

Milos encaissa en essayant de n'en rien montrer. Craig voyait juste, alors qu'il aurait été lui-même difficilement capable d'énoncer ce qu'il venait d'entendre.

— Aurais-je mal jaugé ?

— Faut voir, mentit Milos. J'ai plus d'amis depuis que le Quartier a été mis à sac. Alors, je vois pas où vous allez en trouver.

— Bien pensé, jeune homme, le félicita Craig. Il te reste ta mère, effectivement, et Ilis aussi, mais elle est hors d'atteinte.

— Alors ?

— La contrainte. Le retour à la torture. La…

— Qu'est-ce que tu veux aller faire dans l'Aratta ? le coupa Milos.

— Je veux voir par mes propres yeux.

— Quoi exactement ?

Craig prit une chaise et s'installa devant Milos.

— Écoute-moi un instant, mon garçon, commença-t-il d'une voix qu'il voulut rassurante. Tu me connais, au moins de réputation. Tu sais que je suis à la tête d'un empire colossal, non, gigantesque.

— Je te suis pas très bien, là, le coupa Milos. Tu veux qu'on prenne un thé et qu'on papote ?

— Laisse-moi terminer et tu vas comprendre. Je suis l'un des hommes les plus riches de cette planète… et pourtant, je vais crever, Milos. Je vais crever dans quelques semaines, ou dans quelques jours peut-être. Alors, tout ce que je te demande, c'est de me laisser entrer dans l'Aratta. Pour voir. Pour jouir de quelque chose que je ne peux pas me payer. Même si je possédais tout l'or du monde.

— Et les autres ?

— Quels autres ?

— Cet enculé de Straub que tu paies pour la sale besogne. Les gardiens, la milice, les autres, quoi !

Craig sourit tristement.

— Il n'y aura personne d'autre que toi et moi. Je me fous pas mal du reste. Je veux voir par moi-même, avant de crever.

— Et c'est tout ?

— Oui, c'est tout.

— Toi tout seul ! Rien que toi et moi !

— Tu as ma parole.

Milos réfléchit quelques instants. Un début d'idée commençait à germer dans son esprit. Une idée qu'il jugea de plus en plus brillante, à mesure qu'elle prenait de la force.

— C'est d'accord, dit-il enfin. Je t'emmène.

# 48

Dans le container en partie transparent, Stuart dormait toujours, le corps immergé dans ce liquide qui ne lui flétrissait même pas la peau.

Irina arracha son regard de l'écran qui occupait un pan entier de la salle. Si elle s'était laissée absorber dans la contemplation d'une constellation un long moment, cette vision la lassait à présent. On s'habitue à tout, même aux plus extraordinaires spectacles qui soient.

Elle observa Stuart, lui trouva le beau visage d'un homme qui avait dû souffrir. Elle se rendit compte à cet instant qu'elle ne le connaissait pour ainsi dire pas. Tout ce qu'elle en savait, c'est de Gabriel Ostrander qu'elle le tenait. Ostrander et Stuart Mac Conkey s'étaient appréciés. À présent qu'elle se trouvait si près du prêtre, alors même qu'il lui était impossible de communiquer avec lui, Irina comprenait intuitivement pourquoi.

Cet homme devait être bon.

Des heures plus tôt, peut-être des jours, tant la fuite du temps était impalpable en l'absence de l'alternance du jour et de la nuit, un homme lui avait apporté un objet, qu'il avait déposé devant elle. Puis il était reparti sans un mot, abandonnant Irina à sa perplexité.

La jeune femme avait d'abord dû en comprendre le mécanisme d'ouverture. Consciente qu'elle se trouvait sans doute sous surveillance, comme un animal de laboratoire, elle avait essayé de ne pas s'énerver devant son incompétence, puis simplement de ne pas le montrer.

Au bout de plusieurs minutes, qui lui parurent une éternité, elle avait réussi à ouvrir l'artefact, découvrant un écran souple et une sorte de clavier.

Dans une partie amovible de ce qu'elle apparenta à un ordinateur local, Irina trouva une centaine de fiches couvertes de symboles, dont elle ignorait jusqu'à la provenance.

Mais parmi celles-ci, elle avait fini par en isoler certaines. Il y avait un alphabet cyrillique, des cryptogrammes chinois, un alphabet grec et un dernier, qu'elle sortit du lot, qui ressemblait de très près à celui qu'elle utilisait communément.

Un compartiment très fin était automatiquement sorti de la partie la plus épaisse de l'ordinateur. Irina y avait déposé la fiche, puis elle avait attendu.

L'alphabet s'était affiché sur l'écran souple.

Ensuite, pendant les heures qui avaient suivi, elle avait scrupuleusement effectué ce que la machine lui demandait.

Des dessins étaient apparus, qu'Irina avait nommés, utilisant tous les synonymes qu'elle connaissait.

L'opération s'était répétée longtemps. Les dessins, au départ simples représentations d'objets usuels, de plantes ou d'animaux, avaient peu à peu évolué vers des concepts de plus en plus ardus.

Lorsque la curieuse machine réactive avait enfin achevé son évaluation, Irina avait sombré dans le sommeil, épuisée par ce travail en apparence si simple.

En se réveillant, elle avait découvert un plateau-repas sur une table. Il y avait là plusieurs variétés de fruits, un œuf à la coque et un grand verre d'eau claire. Irina dévora tout. Son dernier repas remontait à trop longtemps. Elle rêva d'un café corsé, au pire d'un thé. Mais ses hôtes ne semblaient pas connaître ces produits.

Après s'être sustentée, elle se plongea dans la contemplation d'un mur écran qui venait d'apparaître devant elle. Elle voyait des images d'amas stellaires qui défilaient lentement. Le spectacle était très beau. Elle regarda, se gava, s'écœura presque de nébuleuses, de noirceurs profondes, de dentelle formée par des millions d'étoiles, de matière inerte en suspension, de collisions titanesques, de soleils naissants ou moribonds.

Puis elle s'habitua. Son regard erra entre le container où reposait Stuart et l'écran. Irina avait beaucoup d'informations à digérer et, semblait-il, le temps nécessaire pour le faire.

La salle aveugle dans laquelle elle se trouvait n'avait pas d'intérêt pour l'œil. Il n'y avait pas d'angle véritable. Les parois étaient faites dans cette matière semi-brillante qu'elle avait vue partout depuis son réveil, dans cette chambre minuscule où elle avait recouvré ses esprits.

Le sol était plus terne. Et très élastique sous le pied. Il régnait une température constante, idéale pour la physiologie humaine.

Irina pouvait deviner trois pourtours rectangulaires de la taille d'un homme dans les parois de la pièce.

Elle eut beau s'en approcher, chercher dans les murs un système d'ouverture, elle ne réussit pas à comprendre le simple geste d'ouvrir une porte. Elle arpenta alors la pièce, faisant fonctionner ses muscles presque inutiles.

Elle se rassit enfin et attendit qu'il se passe quelque chose.

Cela ne tarda pas.

L'homme qu'elle avait vu des heures plus tôt revint la voir. Il portait sous le bras un objet similaire à celui sur lequel elle s'était échinée des heures durant.

Il s'installa face à elle, lui sourit, puis lui fit signe de regarder son écran.

Un texte s'inscrivit aussitôt sur la matière souple.

« Le corps de ton ami est réparé. C'est sa psyché qui a besoin de repos. »

Irina n'en revint pas. Ainsi, ce qu'elle avait pris pour une étude comportementale ne visait qu'à entrer en contact avec elle.

Elle toucha les lettres virtuelles du bout d'un doigt.

« Merci. »

L'homme sembla apprécier la réponse d'Irina. Il entra un nouveau message :

« Où as-tu eu le cristal ? »

Irina réfléchit une seconde. La réponse à cette question n'était pas simple. Elle jugea préférable d'affiner le sujet en posant une question à son tour.

« Que savez-vous de l'Aratta ? »

L'homme tiqua en lisant la réponse.

« Aratta ? »

Irina utilisa une image approximative.

« La matière de passage, de voyage, de transfert. »

L'homme acquiesça d'un mouvement de tête. Puis il poursuivit.

« Tes questions recevront leurs réponses plus tard. D'où vient le cristal ? »

Irina répondit. Elle devait d'abord se livrer, si elle voulait obtenir la confiance de son interlocuteur.

« Je suis membre d'un ordre très ancien sur ma planète. Nous nous appelons les Lukingias et sommes au service d'un humain particulier, une femme qui se nomme Ethen Ur Aratta. Cette femme, disparue il y a des milliers d'années, est revenue parmi nous. Je tiens ce cristal de ses mains. »

Irina mentait en partie, mais son raccourci était infiniment plus simple que l'explication réelle.

« Cet humain particulier dont tu parles, qu'a-t-il de particulier ? »

« Il meurt et revient à sa mémoire sous une nouvelle apparence. Il est la continuité de la mémoire des Hommes. »

« Que faisais-tu dans l'Aratta ? Ou que cherchais-tu à faire ? »

« Mes compagnons et moi avons dû fuir pour protéger nos vies. Stuart a été blessé. J'ai cherché du secours, nous sommes arrivés là où vous nous avez trouvés. »

Dans le dos d'Irina, un sas glissa en émettant un bruit d'air sous pression. La jeune femme se retourna. La femme âgée qui l'avait accueillie des heures, ou des jours plus tôt entra dans la pièce. L'homme se leva et la salua avec un grand respect. Ils parlèrent quelques instants dans leur langue aux consonances étranges. Puis la femme désigna Irina, dit encore quelques mots à l'homme et ressortit.

L'homme se rassit devant son écran. Il affichait un air satisfait.

« As-tu des questions ? »

Irina en avait des centaines en tête. Elle en choisit une parmi toutes, qui ouvrirait un début de compréhension sur sa situation.

« Comment connaissez-vous mon écriture ? »

« Nous avons régulièrement visité votre Terre. »

« Pour faire quoi ? »

« Plus tard. »

« Pourquoi ces images de constellations ? »

« C'est la région de la constellation mère que nous traversons en ce moment. »

Irina crut à une erreur de traduction de la machine. Elle reformula sa question.

« Où sommes-nous ? »

« À bord d'un vaisseau. Nous allons réveiller Sil. Vous allez le rencontrer, toi et ton ami. »

Irina répondit par une moue d'incompréhension totale. L'homme lui sourit et entra un long texte dans la machine.

« Nous connaissons l'existence de ce que tu nommes l'Aratta depuis des temps très anciens. Nous avons, nous aussi, un humain perpétuel parmi nous. Il s'appelle Zagul, mais il s'est fait aussi connaître sous d'autres noms. Sil, Archalb, Veranil. Sur notre Terre. Et beaucoup plus sur les autres Terres.

Sil a guidé notre humanité pendant des milliers d'années. Mais nous avons été obligés de le neutraliser. Il y a longtemps.

En résumé, il s'est permis à plusieurs reprises de visiter l'Aratta à des fins personnelles, essayant de créer des courants de pensées expérimentaux sur les Terres jumelles.

Il est venu sur la vôtre, à trois reprises au moins à notre connaissance.

Ses intentions n'étaient pas nécessairement mauvaises, mais le Conseil humain a décidé qu'il n'était pas bon de laisser faire les choses.

Sil a été banni sur une petite planète déserte, aux confins de la constellation mère. Son périmètre n'est accessible que sur dérogation exceptionnelle. C'est là que nous nous rendons. »

L'homme arrêta de toucher son écran et attendit une réaction d'Irina.

« Pourquoi allons-nous le rencontrer ? »

« Le Conseil a prévu la situation présente de longue date. Votre humain perpétuel est revenu. Nous avons constaté des mouvements importants dans l'Aratta. Il est temps de placer Sil devant ses responsabilités. De le laisser agir s'il en est capable, ou de le faire à sa place. Mais nous ne nous réservons pas le droit de décider pour la multitude. »

Irina réfléchissait à toute vitesse. Ce qu'elle découvrait avait des conséquences incalculables. Ethen Ur Aratta n'était pas la seule humaine à revenir. L'humanité n'était pas seule. La Terre n'était pas unique. Cela faisait beaucoup en une fois. Elle avait besoin de temps pour absorber autant de nouvelles extraordinaires et déstabilisantes.

L'homme s'en rendit compte. Il inséra un minuscule stylet dans l'ordinateur et quitta la pièce.

Irina ne comprit pas aussitôt. Son esprit se trouvait trop accaparé par ce qu'elle venait de lire. Mais dès qu'elle reporta son attention sur l'écran, elle vit qu'un texte l'y attendait. Elle commença à le lire, d'abord peu concentrée puis, en s'apercevant de quoi il traitait, elle se laissa entièrement absorber.

Irina découvrit l'Histoire de cette humanité, telle que l'homme la lui livrait.

Elle ressemblait à la sienne dans bien des domaines. Il semblait que l'humain possédât intrinsèquement ses propres dérives. La Terre avait été dévastée, du fait exclusif des Hommes. La vie dans tous ses états avait été menacée d'extinction.

Ces humains s'étaient alors tournés vers le ciel pour y chercher une nouvelle planète d'accueil. Mais ils avaient voulu réparer leurs erreurs. Une technologie formidablement avancée le leur avait permis.

Depuis plusieurs milliers d'années, la Terre était devenue un sanctuaire interdit, sous le contrôle permanent de stations orbitales habitées.

Patiemment, inlassablement, ces hommes avaient reconstitué des spécimens de la faune et de la flore terrestres, qu'ils avaient ensuite réimplantés.

Sur Terre, la vie reprenait peu à peu ses droits, sa diversité, son exceptionnel foisonnement d'adaptabilité. Et la présence des humains y était strictement régulée. Seuls des scientifiques y avaient accès.

Irina lut de longues heures tout ce que l'homme lui avait fourni. Puis elle retourna son attention sur l'écran mural. Cette fois, avec une intention différente. C'était une chose de voir des hommes marcher dans l'espace, habiter des stations spatiales scientifiques, imaginer qu'un jour, l'humanité partirait à la conquête des étoiles. C'en était une autre de regarder le défilement d'une constellation, en sachant qu'il s'agissait de la réalité extérieure.

Elle essaya de la reconnaître.

La constellation mère.

Même pour ces hommes, depuis longtemps habitués à voyager dans l'espace infini, il fallait une bonne raison pour nommer ainsi une constellation. Attribuer à un amas de milliards d'étoiles cet épithète affectueux ne pouvait signifier qu'une chose, cette constellation était celle où se trouvait leur Terre.

Ce qu'Irina voyait défiler devant ses yeux était donc la Voie lactée.

# 49

Passé les derniers dômes, Mélite et Yurgan durent franchir plusieurs postes de contrôle. On les observa avec curiosité, on nota leurs identités, on les mit en garde de partir pour une pareille aventure à l'avenir incertain, mais on les laissa quitter la Cité. Et de fait, aucune loi ne disait de manière formelle que c'était prohibé. Aucune loi n'interdisait d'agir sottement. C'était une évidence connue de tous sur laquelle la caste des dirigeants n'avait pas jugé utile de légiférer.

Pourtant, une ouvrière en compagnie d'un futur dirigeant, ça avait de quoi étonner. Surtout si, comme ces jeunes gens le prétendaient, ils partaient pour la journée en promenade en dehors des dômes.

Aucune tempête n'était prévue pour les prochaines douze heures. Mais à plus long terme, il était impossible d'établir un quelconque bulletin fiable. Le climat de la Terre était devenu fou depuis si longtemps que ses brusques coups de colère étaient considérés comme une norme, injuste mais inévitable.

Des théories, parfois contradictoires, avaient été proposées pour expliquer cette dégradation.

On avait évoqué le nom de Dieu, ou des dieux, selon la religion du scientifique coupable de la théorie.

On avait parlé de changement d'axe de la Terre, d'éloignement de la Lune, de tempêtes solaires millénaires, de tout, et de n'importe quoi.

On avait parlé, théorisé, agoni les dirigeants.

On avait accusé tout et tous, de préférence les causes les plus éloignées de la vérité. Jusqu'à ce qu'une prise de conscience émerge dans le cénacle scientifique. Seul l'homme était responsable de ce saccage.

Mais le cours de l'Histoire était lancé sur des rails solides.

Entre la prise de conscience individuelle et la décision politique d'agir, il s'était écoulé un laps de temps important. Un temps irrémédiablement perdu.

La Terre, gavée de gaz de combustion des énergies fossiles, avait longuement stocké les excès des humains, jusqu'à l'écœurement. Le climat s'était modifié, d'abord légèrement, si doucement que personne ne s'en était aperçu. Et puis, brutalement, les hommes avaient constaté des à-coups dévastateurs. Au prix de pertes humaines innombrables, de destins individuels, familiaux et collectifs tragiques, il avait bien fallu se rendre à l'évidence. La Terre ne pouvait plus encaisser sans rendre coup pour coup. Le mouvement, qui avait commencé insidieusement des siècles plus tôt, ne pouvait plus s'arrêter. Il était trop tard pour stopper la machine. Tout juste les humains pouvaient-ils revenir sur leurs erreurs, leurs égarements catastrophiques pour tous, toutes espèces confondues. L'écosystème global payait pour la déraison d'un seul de ses composants.

Ces conclusions remontaient à près de quinze siècles.

Ce qui n'avait pas été appréhendé pendant des millénaires avait dû être forcé, au niveau planétaire, au prix pour les Hommes d'une incroyable contrainte.

C'est là que le système des castes avait été mis au point, permettant de geler l'évolution des sociétés, interdisant le libre-échange qui prévalait jusqu'alors, stoppant l'accroissement de la population par des lois strictes de régulation des naissances.

Aussi les populations terrestres avaient-elles diminué,

dans d'énormes proportions, des flux migratoires s'étaient organisés peu à peu, vidant les anciennes agglomérations incapables de supporter les contraintes nouvelles du climat, au profit des grandes cités à dômes, pensées pour encaisser, et même utiliser, la force montante des tempêtes.

Des concentrations de dômes quasiment identiques à la Cité étaient sorties de terre par centaines, partout où c'était possible. Dans chaque région qui disposait alors des superficies arables nécessaires à la survie de ses habitants. Et puis, les conditions climatiques avaient continué de se dégrader, isolant certaines cités au milieu de déserts croissant rapidement. Le nombre de ces agglomérations avait ainsi diminué peu à peu, passant de plusieurs centaines à quelques dizaines seulement, réduisant du même coup la taille de l'humanité à environ quarante millions d'individus. Toutes se trouvaient dans l'hémisphère Nord, le Sud n'étant plus qu'un vaste désert, à l'exception de quelques régions minuscules, abandonnées par les hommes pour laisser une chance de survie à l'écosystème qui s'acharnait à s'y enraciner.

Au cours de cette longue période, depuis la réforme de l'humanité, soixante-dix pour cent des espèces animales et soixante pour cent des espèces végétales avaient disparu.

Les humains, nouvellement informés de cette hécatombe, n'avaient pu que stocker les cadavres de leurs erreurs dans de gigantesques hangars frigorifiques, en attendant de trouver mieux. Mais tant que la planète ne se serait pas un minimum calmée, il ne servait à rien de vouloir réintroduire une seule espèce. Cent millions de tonnes de corps gelés, durcis, raides, attendaient dans la nuit glacée avec l'espoir de contribuer à faire renaître un jour des milliards d'années d'évolution génétique, de diversité biologique, de merveilles d'intelligence et de patiente adaptation naturelle.

Le coup de grâce était venu de l'hémisphère Nord. Il se trouvait sur cette partie de la Terre une gigantesque superficie de sols gelés en permanence, où s'étendaient, avant le changement climatique, de grandes forêts entrecoupées de toundras. Avec le réchauffement global, ces sols avaient connu des périodes de dégel dramatiques. D'épaisses couches de matières organiques, stockées là pendant des dizaines de milliers d'années, s'étaient d'un coup mises à pourrir, libérant des centaines de milliards de tonnes de gaz carbonique. Le climat s'était réchauffé de plus en plus vite, accélérant la modification des précipitations, l'inversion des vents, l'augmentation des tempêtes, etc.

Les Hommes avaient su se prémunir contre le danger de leur extinction, mais ils ne pouvaient plus dès lors qu'en supporter les conséquences, confinés dans des cités concentrationnaires.

Plus personne, à l'exception des personnels des camps de travaux forcés, ne voulait en sortir, hormis quelques originaux qui, à l'exemple de Yurgan et Mélite, goûtaient le plaisir dangereux de balades en extérieur.

La vie individuelle, les différentes ethnies qui composaient l'humanité, le patrimoine génétique étaient devenus des trésors qu'il fallait précieusement conserver. Le mixage ethnique était favorisé par un arsenal de petits privilèges. On ne cherchait plus l'âme sœur, mais la couleur de peau la plus rare, le métissage parfait.

L'humanité s'était terrée de son propre chef, incapable d'inverser le cours des dérèglements qu'elle avait elle-même amorcés, victime de siècles d'insouciance.

Cette humanité, qui s'était gargarisée des millénaires durant de sa prépondérance sur toute autre espèce, s'était aperçue bien trop tard qu'elle faisait partie d'un tout.

Elle survivrait, sur ce point il n'y avait pas de doute,

mais dans des conditions misérables en regard de l'écrin magnifique dont elle avait cru hériter.

Mélite marchait en tête, en silence, d'une foulée légère et athlétique. Elle appréciait chaque pas depuis qu'ils étaient sortis des dômes.

En dehors de ses deux séjours dans des camps de travaux forcés, c'était la première fois qu'elle marchait ainsi, libre de ses mouvements sous le ciel, les yeux rivés sur un horizon qu'elle dévorait par manque d'habitude.

Yurgan la suivait deux mètres en arrière. Il appréciait surtout la silhouette de la jeune femme. Même en partie dissimulé sous la combinaison de nuit, son long corps semblait avoir été dessiné pour le plaisir de ses yeux. Et il s'en repaissait depuis une bonne heure, l'esprit accaparé par l'importance que Mélite avait prise dans sa vie, par les impossibilités qu'ils allaient un jour rencontrer.

Yurgan le savait. Un membre de sa caste ne pouvait pas prétendre partager sa vie avec une ouvrière. L'Ordre de régulation ne l'autoriserait pas. Tout juste pouvait-il jouir quelque temps d'une passade amoureuse, mais tôt ou tard, et sans doute plus tôt qu'il ne l'imaginait, il serait contraint de reprendre sa place.

Mélite et lui n'en avaient jamais parlé ensemble. Tous les deux connaissaient la loi, la règle, le système des castes, inchangé depuis près de mille cinq cents ans.

Ils connaissaient la nature de l'impasse dans laquelle ils s'étaient engagés. Cela ne servirait à rien de se promettre l'impossible.

Ils le savaient, intimement, secrètement. Et leur silence sur leurs projets d'avenir racontait plus de choses que les plus longs discours.

Dans les courbes si féminines de la silhouette de Mélite, dans chacun des pas qui les éloignaient de la

Cité, Yurgan entrevoyait pourtant un début de solution. Une solution improbable, risquée, où la mort rôdait sans doute, mais qui avait l'avantage certain d'exister malgré tout. Et s'ils ne rentraient pas dans leur dôme respectif ? Si au bout de leur voyage ne se trouvait aucun retour ?

Yurgan y avait pensé avant même de partir de son appartement confortable. C'est pourquoi il s'était chargé plus que de raison en matériels divers, en aliments légers et en vieux plans, qu'il collectionnait depuis sa prime enfance.

Le soir venu, lorsqu'il faudrait se protéger des températures glaciales, il s'ouvrirait de son projet à sa compagne. Elle avait moins à perdre que lui. Peut-être accepterait-elle de quitter le peu qu'elle possédait en ce monde. Yurgan n'en était pas certain. Il ne pouvait qu'espérer.

Autour d'eux, une grande plaine désertique défilait lentement, au rythme de leur marche. À perte de vue, tout n'était que désolation minérale. Pas un arbre, pratiquement pas une plante. Et les seules qui poussaient encore sur ce sol pierreux ne pouvaient se distinguer de la roche qu'à quelques mètres de distance. Des lichens, des touffes d'herbes dégénérées. Mais pas une fleur, pas un arbuste, rien d'agréable pour l'œil.

Des vents violents avaient de longue date érodé les sols, couché les arbres, emporté la terre, le sable, les graines, arasé la matière nécessaire à la vie jusqu'à la roche mère. Par endroits, on pouvait encore voir des étendues d'humus, mais il était à ce point durci, compacté par l'action du vent et le ruissellement des eaux de pluie, qu'il aurait été impossible d'y faire germer la moindre graine. Et si un homme, épris de défis, ou déraisonnable au point de vouloir demeurer en ces contrées inhospitalières, s'était acharné à planter cette graine, il aurait dû bâtir autour une serre blindée, capable de résister aux vents dévastateurs qui balayaient régulièrement cette région du monde.

Il aurait aussi dû creuser un puits très profond pour atteindre les nappes d'eau fossile, ce qui était strictement réglementé et sévèrement puni.

La vie animale s'était réduite à sa plus simple expression. Quelques variétés de rongeurs s'entêtaient encore à faire ce pour quoi ils avaient été conçus. Naître, se reproduire et mourir. Mais que pouvaient-ils manger de consistant pour y parvenir ? Sans doute des insectes. Mais ceux-ci passaient la totalité du jour cachés sous les pierres, vraisemblablement conscients du danger que représentait le rayonnement solaire.

Mélite ralentit son allure. Le terrain descendait doucement vers une rivière lointaine qui serpentait dans une vallée aride.

Elle s'arrêta bientôt et se retourna vers la Cité. Les dômes semblaient de cet endroit posés les uns sur les autres. L'éloignement et les gaz de combustion écrasaient la perspective. La Cité commençait à ressembler à une grande colline parsemée de protubérances hémisphériques.

— Je ne l'ai jamais vue comme ça, apprécia-t-elle. C'est marrant, mais ça me fait un drôle d'effet de la voir aussi petite. J'ai l'impression de devenir fragile loin d'elle.

— Ce n'est pas qu'une impression, répondit Yurgan en se retournant à son tour. Si une tempête se levait maintenant, nous n'aurions pas beaucoup de chances de nous en sortir.

— C'est comme si c'était la dernière fois que je la voyais, poursuivit-elle sans prêter attention à la mise en garde de Yurgan.

Le jeune homme la fixa un instant, faillit s'ouvrir de son projet, puis reporta son regard vers les dômes.

— Pourquoi dis-tu ça ?

— Parce que c'est ce que tu as en tête, non ? La seule solution pour que nous restions unis sans contrainte, c'est de ne pas rentrer. Plus jamais.

Yurgan hocha la tête plusieurs fois et garda le silence.

— Je crois même que nous n'avons pas le choix, Yurgan. La sécurité des dômes connaît notre escapade. Tes parents doivent, eux aussi, déjà le savoir. Et si nous rentrons, il est très possible que nous soyons séparés à jamais.

— Je sais, lâcha Yurgan. J'ai emporté de quoi tenir jusqu'à ce que nous trouvions une solution.

— J'ai vu. Ton sac paraît lourd. Et tu respires trop fort, pour quelques kilomètres sur le plat. Tu ne peux pas me cacher grand-chose, tu sais.

— Je n'essaie même pas.

— Et maintenant encore moins qu'avant. Viens, puisque nous sommes d'accord, il vaut mieux nous éloigner au plus vite.

Elle repartit sans attendre de réponse, allongeant sa foulée sans effort dans le sens de la pente.

— Je t'aime, Mélite, prononça Yurgan dans son dos.

La jeune femme continua de marcher sans rien dire. Yurgan pensa qu'elle n'avait peut-être pas entendu.

— Moi aussi, je t'aime, Yurgan. Taisons-nous à présent. Gardons notre énergie.

Ils gagnèrent la rive orientale de la rivière et poursuivirent leur chemin le long des eaux calmes.

De temps à autre, ils croisaient les vestiges de villes anciennes, celles d'avant le durcissement sans retour du climat.

Des communautés composées de nostalgiques ou de parias s'y étaient établies dans le passé. Mais, à présent, il ne devait plus rester personne entre les murs branlants de ces agglomérations fantomatiques.

Ils marchèrent ainsi jusqu'à la fin du jour.

Ils aperçurent la station de pompage qu'ils cherchaient à atteindre plusieurs kilomètres avant d'y arriver. À cette distance, la buse de succion ressemblait à un point posé sur l'horizon. Mais à mesure qu'ils s'en approchaient, ils comprirent la démesure de cette installation, dont les canalisations partaient en direction de la Cité avant de s'enfoncer sous terre pour échapper au froid et au vent.

La rivière s'arrêtait là. Toute son eau avait été happée par les pompes gigantesques. Un mince filet coulait encore en aval, sur quelques centaines de mètres. Puis il disparaissait dans le sol, ne laissant plus après lui qu'un lit sec et stérile.

Ils trouvèrent les compagnons de Mélite derrière la station. Les trois jeunes gens avaient réussi à ouvrir un accès menant aux infrastructures et s'y tenaient cachés à la vue d'une possible patrouille de surveillance.

Ils ne tiquèrent pas en découvrant la présence de Yurgan. Son rang dans la société ne se voyait pas sur ses habits de marche.

Avec la nuit, la chaleur extérieure descendit rapidement. La différence de température entre le sol et l'air créait chaque soir des vents violents qui atteignaient en moyenne cent à cent cinquante kilomètres à l'heure.

Ils gagnèrent difficilement un abri naturel qu'ils avaient eu le temps de repérer. Les derniers hectomètres furent pénibles. Ils durent lutter contre un mur de poussière de plus en plus compact.

Ils parvinrent malgré tout dans la petite grotte, nichée à mi-pente d'une colline dominant la rivière.

Mélite et Yurgan se laissèrent tomber lourdement sur la terre sèche. Leurs corps fourbus quémandaient un repos prolongé.

Ils s'aperçurent très vite d'une chose qui les fascina tous les deux. Au fond de la grotte, un mince filet d'eau sortait du mur et se répandait dans une vasque naturelle creusée dans la roche par le ruissellement.

Ils l'observèrent longuement en silence, ressentant sans un mot qu'ils vivaient là un moment important.

De toute leur jeune vie, ils n'avaient jamais vu une source.

## 50

— Anasdahala, murmura Ilis, dès que la bulle se fut refermée. Mène-moi vers le peuple de l'eau.

La bulle évolua lentement dans l'Aratta, très différemment de ce qu'Ilis avait commencé à prendre pour une habitude. La jeune femme pensa que les chemins nouvellement recréés demandaient une plus grande quantité d'énergie pour être revisités. Si toutefois l'Aratta nécessitait une quelconque énergie pour fonctionner.

Une minute entière passa. Une minute lentement égrenée dans le seul esprit d'Ilis, puisque le temps ne semblait pas exister dans ce lieu en dehors de toute connaissance.

Pour la première fois, elle entendit des sons liquides autour d'elle. Mais elle ne fut pas certaine de comprendre de quelle manière ils l'atteignaient. Était-ce par ses oreilles, était-ce par son cerveau, ou sa peau ? Elle ne réussit pas à le savoir.

Les sons s'atténuèrent très vite, puis disparurent au moment où l'ouverture se matérialisait devant elle.

De nouveau, l'Aratta se connectait à un abri naturel.

Ilis ne sortit pas tout de suite. L'expérience de la salle antique lui avait enseigné la prudence. Elle tendit ses perceptions vers l'extérieur et écouta.

Il n'y avait rien, aucune pensée humaine, ou d'une autre origine.

Elle sortit alors de sa bulle protectrice et posa les pieds sur le sol poussiéreux d'une grotte exiguë. Sur le tapis de scories qui jonchaient la surface minérale, Ilis vit immédiatement des traces de piétinements. En s'y attardant un peu plus, elle put même voir la trace de fessiers. Et indubitablement, il s'agissait de derrières humains.

Plusieurs personnes avaient séjourné là, récemment.

Elle écouta les sons provenant de l'extérieur. Seul le murmure du vent se faisait entendre. Il n'y avait aucun bruit de vie. Pas un cri d'oiseau, pas même le crissement d'un insecte. Rien.

Rien d'autre qu'un bruit ronronnant qui lui parvenait, très assourdi, très diffus. Sans doute remontait-il le vent et s'y atténuait-il lentement. Ilis ne sut pas de quelle machine il pouvait provenir, mais elle devina qu'il s'agissait de quelque chose de gros.

Ilis se risqua jusqu'à l'entrée de la grotte. Elle découvrit l'univers qui l'attendait au-dehors et comprit l'absence de manifestation de la vie. Une rivière parvenait jusqu'à une structure immense, où elle disparaissait presque entièrement. Au-delà, tout n'était que désert.

*Les hommes ont bien travaillé,* songea-t-elle. *Il n'y a plus rien. Presque plus rien. La vie a payé pour nous. La terre est un grand cercueil. Voilà ce qui attend ceux de mon sang.*

Elle concentra alors son attention sur son environnement psychique. Après quelques secondes, elle repéra plusieurs sources de pensées distinctes, très lointaines apparemment. Elle pouvait même voir, par leurs yeux, la désolation qui s'étendait à perte de vue sur une enfilade de collines dévastées. Elle voyait le dos de marcheurs s'inverser sur les cristallins. Tous portaient des combinaisons intégrales qui ne laissaient pas un centimètre carré de peau apparent, et même leurs yeux se trouvaient protégés derrière des filtres fortement teintés.

*Mêmes causes, mêmes conséquences. Ceux-là aussi se sont offert leur couche d'ozone…*

Un groupe de jeunes gens marchait à des kilomètres de là. Ilis ne comprenait pas les mots qu'ils formaient à la surface de leurs consciences, avant de les prononcer, mais elle saisissait leurs intentions. Et ces jeunes humains allaient la conduire directement vers les néandertaliens.

— *Les Staulms*, reçut-elle par l'intermédiaire de la seule femme du groupe.

*Oui, je me souviens de ce mot. Les Staulms, ainsi appelle-t-on les autres humains sur cette Terre.*

Avant de quitter l'abri de la grotte, elle vérifia qu'il n'existait pas un système de sécurité automatisé, dont elle n'aurait pas pu déceler la présence. Puis elle quitta la fraîcheur de la grotte et s'offrit aux rayons du soleil, consciente du danger auquel elle s'exposait.

*Il va falloir faire vite ou attendre la nuit.*

Elle réfléchit une seconde avant de s'élancer dans la direction d'où lui provenaient les pensées. Attendre la nuit revenait à se priver de ses guides involontaires.

Ilis courut ainsi plusieurs heures. Ses muscles, pas habitués, répondaient à l'effort imposé par des signaux de douleur de plus en plus violents. Elle se contenta pendant tout ce temps de bloquer l'information et de poursuivre. Elle ne voulait pas rater aujourd'hui l'important rendez-vous différé depuis des milliers d'années.

Elle courut d'une foulée aussi légère que possible, cherchant à protéger la vie qui s'épanouissait en elle. Elle avait besoin de se remplir d'eau. Elle le savait. Perdre l'œuf différerait le retour de la connaissance. Et elle ne pouvait, ne voulait pas se permettre de perdre encore un temps précieux.

Bientôt, le terrain s'éleva vers des collines serrées les unes contre les autres. De vieux chemins pavés, vestiges d'une vie agricole très ancienne, serpentaient sur des versants escarpés, où demeurait une vie végétale rabougrie et atrophiée par le rayonnement solaire et les vents.

Ilis buta sur le fond d'une vallée et entama la remontée vers un col.

Sa course se ralentit, sa respiration se fit rapide. Son corps criait grâce, mais la jeune femme ne s'accorda aucune pause. Elle accéléra même la cadence de ses foulées, toute sa volonté était tendue vers les cinq cerveaux qui évoluaient lentement au-dessus d'elle, sur un plateau aride de grande superficie.

Lorsqu'elle y parvint à son tour, elle s'arrêta enfin, à l'ombre de rochers oblongs fichés dans le sol à la verticale. La vie nichée au cœur de ses entrailles risquait de ne pas survivre à ce qu'elle lui infligeait par nécessité.

Ilis demeura dans la fraîcheur relative des blocs de pierre granitique une bonne heure. Sa gorge, gonflée par le manque d'eau, faisait siffler l'air à chaque inspiration.

Elle suivit mentalement le parcours du groupe qu'elle cherchait à rejoindre. Les jeunes gens venaient d'atteindre leur objectif et discutaient de la manière de procéder. Elle assista à leur conversation d'un bout à l'autre. Elle ne comprit pas tous les détails, mais elle sut facilement ce qu'il lui resterait à faire lorsqu'elle y serait.

Elle s'accorda alors une sieste méritée, attendue par son corps plus que par son cerveau. Elle dormit une demi-heure, une part importante de son esprit laissée éveillée, comme elle avait appris à le faire depuis sa plus tendre enfance. Comme Malhorne et Ethen le lui avaient enseigné.

Puis elle se remit en route. Le chemin ne serait plus

très long. Elle allait enfin retrouver cette branche de l'humanité qu'elle avait abandonnée malgré elle depuis si longtemps. Et qui avait payé cet abandon le prix fort. Par sa faute.

# 51

La grotte les abrita tout au long de la nuit. Parfois, le vent obliquait vers l'entrée et faisait pénétrer des tourbillons compacts d'une poussière si fine qu'elle traversait les combinaisons, jusqu'à la peau.

À l'extérieur, la tourmente hurlait tant qu'ils ne purent fermer l'œil ni se parler, si ce n'est par signes. Mélite et Yurgan se reposèrent comme ils le purent, leurs corps intimement serrés l'un contre l'autre. Ils se murmurèrent longtemps des paroles à l'oreille et personne en dehors d'eux n'en connut jamais la teneur. Puis ils finirent par s'endormir, plus d'épuisement que de saine fatigue.

Les premières lueurs de l'aube les trouvèrent ainsi. Il avait fallu attendre le matin pour que l'air réchauffé avoisine la température du sol et se calme enfin.

Leurs trois compagnons étaient déjà levés et s'apprêtaient pour le départ.

Tous les cinq se mirent en route sans un mot, affectés par leur manque de sommeil. Ils longèrent un temps le lit de la rivière, puis celui-ci disparut, comblé par les matières charriées par les vents.

Lorsqu'ils parvinrent aux premiers vestiges d'une ancienne ville d'importance, ils quittèrent la direction du sud pour prendre celle de l'est. Là, des escarpements apparurent devant eux. Leur objectif se trouvait derrière, sur le versant oriental de cette chaîne de montagnes presque aussi vieille que le monde, ramenée par des centaines de millions d'années de ruissellement au rang de vulgaires collines.

Les langues se délièrent en chemin. Les trois jeunes gens venaient des dômes extérieurs à la Cité. Un endroit où s'entassaient par dizaines de milliers les citoyens corvéables à volonté, la caste de base, le fond de la société, presque son fondement.

L'aîné du trio, le meneur du groupe, s'appelait Eplone. Venait ensuite son frère cadet, Grasil. Et enfin Rampal, une forte carrure, taillé comme un bœuf, et aussi puissant que cet animal, qu'il n'avait jamais vu et ne verrait sans doute jamais.

Ils marchèrent en file indienne des kilomètres durant, jusqu'à ce que Yurgan s'approche d'eux et tente de lier connaissance. Il s'adressa à Eplone, conscient de devoir respecter l'ordre hiérarchique pour ne pas blesser ces hommes rudes et peu dressés.

Yurgan tenta d'en savoir un peu plus sur la suite des opérations, mais il se heurta à un mur. Eplone semblait peu désireux de s'ouvrir à un étranger.

— T'es de quel dôme, Yurgan ? demanda-t-il après un temps de réflexion. Je t'ai jamais vu.

Yurgan essaya d'éluder. La conversation risquait de mal débuter s'il ne changeait pas rapidement de sujet. Mais Eplone en revint à sa question par deux fois, obligeant Yurgan à répondre enfin.

— Dix-sept, marmonna le jeune homme, laconique.

— Dix-sept ? De quel niveau ? Six ? Dix-sept ? Huit ? Dix-sept ?

— Non, lâcha finalement Yurgan. Je viens des hauts. Dôme Dix-sept, niveau Zéro.

Eplone s'arrêta net et stoppa Yurgan de la main.

— T'es domestique ?

— Non, je suis natif des hauts.

— Écoutez, les autres ! harangua Eplone. On a du beau monde parmi nous !

Rampal et Grésil les rejoignirent aussitôt.

— Notre ami Yurgan vient du niveau Zéro !

— Bah, merde ! aboya Rampal. Mais qu'est-ce tu fous là alors ?

— Vivre dans les hauts n'empêche pas d'avoir des idées à soi, mentit Yurgan. Je ne suis pas très différent de vous.

— J'sais pas, moi. Je te connais pas, et toi non plus. Comment tu peux dire qu'on n'est pas très différents ?

Yurgan fut embarrassé. Ce qu'il venait de dire relevait plus de la pure vue de l'esprit que de la réalité objective. Les vies qu'ils avaient menées n'avaient que peu de chose en commun. Lui le savait. Il connaissait les conditions d'existence des gens de l'extérieur. Eux, par contre, ne pouvaient que fantasmer la sienne.

— Le vice-consul, c'est mon père ! dit-il pour achever de noircir son portrait aux yeux des autres.

— Bah, putain ! siffla Eplone. T'es une huile, alors.

— Puisque tu le dis.

— Facile de jouer les blasés quand on est nés le cul sur le sommet. Qu'est-ce que tu fais ici ? Bonne question, Rampal.

— C'est mon homme, intervint Mélite. Alors, foutez-lui la paix, vous voulez bien. Lui et moi, on vous laissera après avoir visité les centres d'élevage. On ne rentre pas vers la Cité.

— Comment ça, vous rentrez pas ? interrogea Eplone. Vous comptez faire quoi ? Vous installer avec des Staulms ?

— T'es pas drôle, Eplone.

— Oublie, Mélite, intervint Grasil, resté silencieux jusque-là. T'es une fille bien. Eplone doit pas aimer l'idée que tu partes au bout du monde.

— Personne me pisse autour, se défendit Mélite.

— T'as fini ?

— Pas sûr.

— Mais si, t'as fini. Et je disais ça pour une bonne raison, Mélite. On n'est pas venus comme tu le crois juste pour voir comment se portent les Staulms.

— Qu'est-ce que tu veux dire ?

— On est là pour foutre le bordel. Si c'est possible. On va les libérer. Et les autres bestioles avec, si on peut.

— Mais tu as idée de ce que ça va donner ?

— Ouais, lâcha Eplone, un grand sourire sur le visage. Le bordel intégral.

— Ça va les avancer à quoi ?

— Qui donc ?

— Les Staulms ! Ça va les avancer à quoi d'être dehors ? Tu sais bien qu'ils sont nus de la tête aux pieds. Qu'est-ce qu'ils vont faire quand le soleil se lèvera ?

— Ça, c'est leur problème, répondit Eplone. Mais je crois qu'à leur place, je préférerais mourir cuit par le soleil, mais libre, plutôt que d'attendre enfermé le couteau du boucher.

— T'es vraiment un sale con, rugit Mélite. Et je vais te dire autre chose, tu…

— J'en suis ! la coupa Yurgan.

— Pardon ? s'entendit dire la jeune femme. Tu as dit quoi ?

— Que j'en suis. Eplone a raison. Si on peut libérer les Staulms, il faut le faire. C'est en plus le seul moyen pour attirer l'attention de la population sur leurs conditions d'existence.

— J'en crois pas mes oreilles,

— De toute façon, on est partis pour, conclut Eplone. Et si t'es pas d'accord, t'es pas obligée de venir.

Mélite ne répondit pas. Elle venait de s'éloigner de quelques pas.

Eplone regarda son dos et sourit d'un contentement radieux.

— Mais, au fait, dit-il en se tournant vers Yurgan.

T'as toujours pas répondu à la question du début. Qu'est-ce que tu fous ici ?

— J'accompagne Mélite.

— C'est tout ?

— Exact. Rien de plus.

— Ben, dis donc, faut que t'en pinces sérieusement pour elle.

Yurgan sentit son visage rougir.

— On ne peut rien te cacher, à toi.

— Pas souvent, en tout cas.

Eplone se tourna sur le côté, pour quitter une position visiblement inconfortable.

— Si je comprends bien, reprit-il au bout d'un moment, tu fuis la Cité par amour.

— C'est ça, répondit Yurgan en glissant son regard vers Mélite. C'est même exactement ça.

Eplone sourit de plus belle. Sa bouche s'ouvrit largement, dégageant une dentition partielle, conséquence d'une mauvaise alimentation dès le plus jeune âge.

— Tu m'impressionnes, pour un fils de vice-consul. Tu sais ce que tu quittes, mais tu dois pas avoir idée de ce qui t'attend. Toi non plus, d'ailleurs, Mélite.

— On se débrouillera, répondit-elle aussitôt à dix mètres de distance. Il reste des territoires viables. Il suffira de les rejoindre.

— Si tu le crois. Mais il y a plus de chances qu'on retrouve vos carcasses séchées au soleil et décharnées par le vent à deux cents kilomètres d'ici.

Il n'en dit pas plus, reprit la tête de la colonne et s'éloigna.

À la mi-journée, après avoir passé un col de faible altitude, ils arrivèrent en vue de leur objectif. La surface d'une verrière gigantesque miroitait sous le soleil. Elle couvrait entièrement une vallée formée par les pentes de cinq collines, qui s'ouvrait vers le sud par le lit d'une rivière. Du côté opposé à l'endroit où ils se tenaient, ils apercevaient une route de montagne qui sinuait vers les hauteurs, sans doute en direction de la Cité. Pour le moment, aucun véhicule n'y circulait.

Cette vallée, ainsi que toutes celles qui se trouvaient comme elle orientées perpendiculairement au sens des vents dominants, bénéficiait d'une douceur relative. Ils avaient pu le constater en approchant. Une végétation basse, faite de hautes herbes malingres et d'arbustes, y survivait encore. Dans cette partie du vieux massif montagneux, les vents soufflaient la nuit avec moins de vigueur. Les précipitations y étaient plus généreuses aussi. Si bien qu'un semblant de vie s'y accrochait encore.

Mélite et Eplone étaient déjà venus dans ce centre, qui utilisait comme source de main-d'œuvre les forçats de la Cité. Ils en connaissaient les moindres recoins, en tout cas en ce qui concernait les étages de travail.

Ils savaient que, passé la verrière, ils atteindraient le niveau des cultures hors-sol, qui bénéficiaient d'un ensoleillement naturel tout au long de la journée. Puis il faudrait descendre dans l'infrastructure du centre.

Le plan était établi. Il n'y avait plus qu'à le suivre. Mais il fallait attendre la tombée du jour. L'heure où les panneaux amovibles s'ouvriraient pour laisser s'échapper l'excédent de la condensation dégagée par les plantes, les animaux et les hommes.

Ils cherchèrent donc un abri aussi confortable que possible et y demeurèrent le reste de la journée, cachés de probables systèmes de surveillance dont ils imaginaient l'existence.

Le soleil rasait les sommets à l'ouest quand ils entendirent se déverrouiller les systèmes d'aération. Ils quittèrent aussitôt leur position et s'y précipitèrent. Rampal sortit de son grand sac un épais rouleau de corde et en noua une extrémité sur l'un des vérins de maintien de l'ouverture. Puis il laissa tomber le rouleau dans le vide, remit son sac sur son dos et disparut dans le trou béant.

— Il bosse aux puits de ventilation de la Cité, expliqua Eplone. Alors, jouer au monte-en-l'air, il fait ça tous les jours. Bon, à toi, maintenant. Le fils du consul va nous montrer ce qu'il sait faire.

Yurgan ne se dégonfla pas. Il saisit la corde, tendue sous le poids de Rampal, tourna le dos à la nuit et commença à descendre. Son propre sac le gênait dans ses gestes, mais il aurait préféré tomber plutôt que d'émettre la moindre plainte.

Une trentaine de mètres en contrebas, il toucha le sol, au milieu d'une incroyable densité de végétation. Cela lui rappela de très vieux documents qu'il avait vus et revus des centaines de fois. Des images, des photographies d'écosystèmes qu'on appelait autrefois des « forêts ».

Les autres les rejoignirent rapidement. On sentait chez ces jeunes gens un goût important pour le risque. À naître dans les dômes des bas, on acquérait ce type de comportement par la force des choses.

Lorsqu'ils furent tous regroupés, Eplone et Mélite prirent la tête de la troupe.

Ils guidèrent leurs compagnons vers les sas de connexion des différents étages et s'y engagèrent ensemble. Durant la journée, ils avaient eu largement le temps d'expliquer comment les locaux allaient se présenter et même de dessiner des plans dans la poussière. Il ne fallait pas faire de bruit, ne pas se séparer, sous aucun prétexte, ni agir différemment de ce qui était initialement prévu.

Les niveaux deux, trois et quatre étaient occupés par les travailleurs de force. Ils les ignorèrent donc et passèrent aux suivants.

Lorsqu'ils pénétrèrent dans le niveau cinq, ils furent

saisis par une effroyable odeur musquée, faite de déjections animales, de suint et de transpiration.

Eplone, en tête jusqu'alors, longea un couloir sur lequel s'ouvraient des dizaines de portes basses. Le long du mur, une rigole récoltait les urines des animaux entassés derrière les cloisons. Il montait une plainte continue, à rendre malheureux le plus endurci des hommes. Une plainte faite de centaines de cris, de ronflements, de bruits d'accouplements, qui se renvoyait de loin en loin, rebondissait sur les parois, enfermée, prisonnière de ce confinement sordide où seule la mort par égorgement attendait dans la nuit éternelle.

Arrivé à un croisement, Eplone hésita sur la direction à suivre.

— C'est par là, indiqua Mélite à voix basse. Je suis venue plus récemment que toi ici. Ils ont changé les stalles de place. De toute façon, c'est pas compliqué. T'as qu'à sentir. Là, ce sont les cochons. Y a qu'eux qui puent comme ça.

— Ouais, sans doute, acquiesça Eplone à contrecœur. La dernière fois, j'ai été envoyé dans le centre de tri des déchets. Tu dois avoir raison.

Mélite ignora la mauvaise foi d'Eplone et prit la tête de l'expédition.

— Y a qu'à ouvrir une porte. Ça sera plus simple pour te convaincre.

Elle débloqua le premier système de fermeture sur sa droite, dévoilant un local enténébré. En entrant, elle fut assaillie par une vibration muette dans laquelle elle lut une peur sans nom. Elle commuta un interrupteur et libéra la pièce de l'obscurité.

— C'est pas vrai ! s'exclama Yurgan en entrant, visiblement accablé par ce qu'il découvrait.

Il y avait là une vingtaine de créatures humanoïdes, allongées sur des paillasses sordides. La plupart dormaient encore, mais la peur des rares parmi eux à être encore éveillés gagna rapidement le reste du groupe. En règle générale, lorsque la porte s'ouvrait la nuit, c'était pour en envoyer certains vers les niveaux de mise à mort.

Ce fut Mélite qui se chargea de calmer les Staulms. Lors de son expérience de travail forcé, elle avait constaté que les créatures obéissaient facilement, si on s'adressait à elles sur un ton calme. L'agressivité, au contraire, les jetait dans une attitude de panique incontrôlable, et parfois d'attaque, pour les plus grands mâles.

Elle parla une ou deux minutes, cherchant à être claire dans ses intentions, car si les Staulms en comprenaient intuitivement la direction, elle ignorait s'ils accédaient au sens de ses mots.

Qu'elle les considère comme des cousins des humains n'en faisait pas des Hommes pour autant. Les Staulms ne semblaient même pas savoir communiquer entre eux. C'est en tout cas ce que les études faites sur cette population stipulaient. Et c'est aussi ce qu'elle avait, elle-même, constaté en travaillant près d'eux. Les Staulms étaient bien des cousins des humains, comme les singes, depuis longtemps disparus, l'avaient été aussi. Mais ils n'étaient pas des créatures douées de raison. Et s'ils communiquaient entre eux, ils le faisaient de manière muette, ou par un autre procédé que Mélite n'avait pas su voir.

Le calme revint peu à peu dans le local surpeuplé. Mélite réussit bientôt à faire sortir deux femelles. Puis les autres, aidés et encouragés par Eplone et Yurgan, suivirent.

Ils passèrent aux portes suivantes, les ouvrirent et recommencèrent le même manège. Le couloir mesurait à peu près la longueur de la verrière, un peu plus de mille mètres en ligne droite. À ce rythme, il faudrait des heures pour ouvrir les pièces, calmer les occupants et les faire sortir.

Mais ils furent obligés de réviser leur jugement, ou leurs *a priori*, sur les Staulms. Les deux premières femelles à être sorties se chargèrent elles-mêmes de convaincre leurs congénères, de local en local. Bientôt, d'autres Staulms les imitèrent. Des centaines de cellules s'ouvrirent, des milliers de Staulms envahirent la galerie, dans un silence presque palpable, tant il contrastait avec la surpopulation du lieu. Puis un mouvement s'amorça d'un seul coup. Les Staulms marchèrent d'un même pas vers les sas de connexion et descendirent jusqu'au niveau de la structure qui s'ouvrait vers l'extérieur, par une gigantesque porte coulissante. L'un des rares endroits à être gardés de jour comme de nuit par la caste des soldats.

La marée muette des Staulms déferla dans les postes de sécurité, dans le hall de chargement des carcasses et dans les ateliers de découpe et de conditionnement des viandes.

Il y eut une vive opposition du service de sécurité. Un grand nombre de Staulm perdirent la vie, mais une écrasante proportion de fuyards parvint à gagner l'air libre. Le centre d'élevage n'avait pas été pensé pour s'opposer à une fuite massive. Personne dans la Cité n'avait intérêt à libérer son garde-manger.

Dehors, le vent venait de se lever. Il soufflait à faible vitesse. Le ciel, très ennuagé, n'avait que peu laissé s'échapper la chaleur emmagasinée tout au long de la journée.

Une fois n'est pas coutume, la chance était ce soir-là du côté des opprimés.

# 52

— Voilà, monsieur Craig. Il est prêt à vous suivre comme un toutou.

— Parfait ! apprécia Craig. Alors, Milos, toujours partant pour une petite balade ?

— Le flicage était pas prévu au programme.

— Haut les cœurs, Milos. Disons que dans ma situation, un minimum de précaution est nécessaire.

— Ça gratte ! se plaignit Milos. Putain ce que ça gratte !

— Tu vas t'y faire. Et puis, le toubib t'a donné des antihistaminiques, non ?

— Fait chier, lâcha encore le jeune homme. Peux pas me gratter dans le dos.

— Allons-y ! Puisque tu n'y peux rien, autant agir tout de suite. Ça te changera les idées.

Milos essaya vainement d'atteindre le milieu de son dos. Van Kriegs venait de poser sous sa peau un Implant et une minuscule capsule contenant un produit toxique. Ce qui le démangeait vraiment, c'étaient les fines électrodes qui couraient jusqu'à l'Implant, où elles s'alimentaient en énergie et activaient ainsi le dispositif.

Milos fut poussé dans une Jeep, où l'attendait Denis Craig. Ils quittèrent l'enceinte de la Fondation en direction du point de connexion de l'Aratta.

— Tu disposes d'un rayon de cent mètres, pas plus. Au-delà, tu signes ton arrêt de mort. Ça te laissera la possibilité d'aller pisser sans t'exhiber. Straub voulait un rayon beaucoup plus restreint, mais je déteste voir un homme pisser. Remarque, une fille, c'est assez ridicule aussi.

Milos plissa les paupières. Il ne savait pas vraiment quoi penser de Craig. Il se demanda si sa maladie n'était pas en train de lui détruire le cerveau.

Lorsqu'ils furent arrivés devant la source, on lui tendit un sac à dos puis, à la demande de Craig, tout le monde recula à distance respectable.

Milos prit le cristal que lui remit Craig.

— À toi de jouer, maintenant.

— Tu veux aller où ?

— Je ne connais pas, comment veux-tu que je te réponde ? Je veux voir un truc qui sorte de l'ordinaire.

Milos sourit. Craig voulait de l'extraordinaire ? Il allait en avoir pour son argent.

Il éleva le cristal à hauteur de ses yeux et concentra ses pensées sur le cœur de l'Aratta, cet endroit en dehors de la réalité, des dimensions habituelles, et sans doute aussi du temps, qu'Ilis lui avait montré.

La fine pellicule d'eau apparut comme il s'y attendait, à cinquante centimètres au-dessus du sol.

— On y va ?

— Où ça ?

Milos attrapa Craig par le bras et le tira en avant avec lui.

— Ici ! Dans l'Aratta !

Postés en contrebas, les hommes de la Fondation les virent enjamber la source et disparaître.

Stacey Revel eut un pincement au cœur. Il aurait tant aimé connaître cette expérience, lui aussi. Il remonta dans une voiture et quitta le lieu. Cette chance viendrait. Mais plus tard, quand son patron aurait fini de s'amuser.

— C'est fantastique, murmura Craig en découvrant la bulle. Fantastique !

Il ne sut que répéter ce mot pendant un long moment. De temps à autre, Milos l'entendait prononcer des variantes, mais l'intention restait la même. Craig s'émerveillait, comme un gosse aurait pu le faire.

— Et là, tu n'as rien vu. Prépare-toi à rencontrer un truc qui va te secouer les tripes et le reste.

Milos se forçait à prendre un air blasé, mais il devait bien s'avouer qu'il brûlait lui aussi de revoir cet endroit extraordinaire, même s'il n'aurait pas le talent d'Ilis pour se lancer à travers l'Univers.

Il projeta l'image du cœur de l'Aratta et ferma les yeux.

Quand il les rouvrit, la bulle s'ouvrait déjà sur sa destination.

Craig sortit sans un mot. Milos le traîna au centre du vaste espace, dont la matière bleutée ne laissait pas encore entrevoir les Univers qui se trouvaient au-delà. Il le fit asseoir, comme Ilis l'avait fait pour lui, et chercha à entrer en contact avec l'Aratta.

Il ne reçut aucune réponse de la matière étrange, mais sa couleur s'estompa peu à peu, dévoilant les sept images de la Terre.

Craig resta bouche bée. Il n'existait pas de mots pour verbaliser ce qui était en train de se passer dans sa tête.

Milos le regarda. À cet instant, Craig ressemblait vraiment à un enfant. Un enfant dangereux, mais un enfant tout de même.

Milos laissa Craig s'émerveiller et partit s'isoler près de la bulle de transfert, dont il pouvait voir la forme à travers la matière translucide de l'Aratta.

Il hésita un instant. Sans doute la notion de distance n'existait-elle pas dans cet endroit hors norme. Peut-être pouvait-il s'embarquer seul dans la bulle, sans que l'Implant de Craig le détecte. Peut-être était-il possible d'abandonner Craig là, perdu à jamais dans sa contemplation extatique.

Milos ignorait trop de choses pour courir le risque de se tromper.

Il préféra s'en tenir à la première idée qui lui était venue et attendit.

Puis, lorsqu'il estima avoir accordé à Craig un temps suffisant, il retourna le chercher et le ramena dans la bulle.

— C'est moi qui régale, expliqua-t-il après avoir projeté sa destination. Il y a d'autres endroits comme celui-ci à voir. Tu feras ton choix après.

# 53

Stuart entra dans la salle de vie sans un mot, sans même un regard pour Irina, qui attendait pourtant sa guérison depuis longtemps.

La peau de son visage, sans doute blanchie par le traitement qu'il avait reçu pendant les jours précédents, paraissait avoir perdu de sa plasticité, tant son expression était figée.

Stuart avança jusqu'à une sorte de grand sofa où il se laissa tomber. Des larmes s'échappèrent de ses yeux. Irina crut un moment qu'il tentait de les retenir, puis elle changea d'opinion.

Elle le laissa s'épancher le temps nécessaire. Elle pensa qu'une poignée de minutes suffirait, mais elle se trompait de beaucoup. Stuart pleura près d'une heure.

Lorsqu'il cessa enfin, il demeura assis, raide, tétanisé, devant le spectacle somptueux de la Voie lactée. Son esprit errait à la surface de l'écran vers des contrées connues de lui seul.

Les bras immenses, enroulés en spirale, défilaient lentement. La trajectoire du vaisseau frôlait parfois un soleil, ou une planète, presque à les toucher. La sensation de vitesse était vertigineuse.

Irina pensa qu'il était temps d'entrer en contact avec lui. Elle lui adressa la parole. D'abord pour lui souhaiter un prompt rétablissement puis, devant son silence persistant, pour lui raconter ce qu'elle avait elle-même appris de leurs hôtes.

Elle exposa par le menu tout ce qu'elle avait lu sur l'humanité entre les mains de laquelle ils se trouvaient. Le saccage de sa planète, la conquête de l'espace, la tentative de repeupler la Terre, l'homologue d'Ethen, qui s'appelait Sil, etc. Elle essaya de ne rien omettre et se contenta d'observer la réaction du prêtre.

Elle ne vint pas.

Depuis une dizaine de minutes, Stuart n'avait pas bougé, pas même cligné les paupières. Tout ce qu'il avait su dire, après avoir longuement écouté Irina, s'était borné à un long soupir, suivi par une déclaration obscure :

— Homme de peu de foi ! Stuart Mac Conkey, tu es un mécréant, un indécrottable mécréant.

Puis il s'était levé pour se planter face à la constellation mère.

De temps à autre, il effleurait du bout d'un doigt la cicatrice qu'il gardait de sa crucifixion, des stigmates légers, atténués par le liquide réparateur dans lequel son corps avait baigné des jours entiers, mais qui n'avaient pas pu être effacés.

Irina le regardait sans mot dire, attendant que le prêtre se manifeste de lui-même. Mais la réaction tardait à venir.

— C'est donc tout ce que ça vous fait ? lâcha-t-elle enfin. Je vous raconte que nous sommes embarqués dans un vaisseau spatial, en train de voyager à travers la Voie lactée, aux mains d'une humanité parallèle à la nôtre et, vous, vous restez en arrêt ! C'est tout ce que ça vous fait !

Il marmonna des mots qu'Irina ne comprit pas. Puis il se tourna vers elle, la fixa un instant et répéta :

— Ces hommes-là semblent avoir appris de leurs erreurs. Il reste alors peut-être un peu d'espoir pour nous.

Irina plissa les paupières. Elle cherchait à interpréter convenablement le sens d'un mot : « nous ».

— Je ne crois pas qu'on nous veuille du mal, hasarda-t-elle.

Stuart tiqua.

— Non, bien sûr. Dans le cas contraire, nous ne serions pas là pour en discuter. Je veux dire, nous… notre humanité… Oublie, ça ne fait rien, ce que je voulais dire…

Il revint s'asseoir près de la jeune femme et tenta d'afficher une expression amicale.

— On sait ce qui va se passer maintenant ?

— Oui, l'homme me l'a dit. Nous partons rencontrer Sil.

— Un autre Malhorne !… Qu'est-ce qu'on va bien pouvoir faire d'un autre Malhorne ?

— Quelqu'un qui a connu Ethen Ur Aratta, précisa Irina. Pour moi, c'est un privilège immense.

— Méfie-toi de tes joies, ma fille, la prévint Stuart. Sil risque de ne pas être à la hauteur de tes attentes.

Irina baissa les yeux. Sans doute le prêtre avait-il raison, mais elle ne se sentait pas l'envie de se résoudre à cette idée. Pas encore du moins. Pas tant qu'elle n'y serait pas contrainte. Quelles que soient les déceptions qui pouvaient l'attendre, rencontrer un *Malhorne*, comme disait Stuart, ne pourrait pas être banal.

— Allons-y les yeux fermés, ajouta-t-elle. On se fera une idée ensuite.

*C'est ça ! Je ne suis pas près de fermer les yeux sur qui que ce soit,* pensa Stuart sans broncher.

— Et puis, quoi ? poursuivit Irina. Nous sommes en train de participer à la plus grande révélation que l'humanité ait jamais connue !

Stuart émit un grognement critique.

— Ça me rappelle de vieux souvenirs.

— L'histoire ne se répète pas, Stuart. Ou plutôt, pas

aux mêmes endroits. Pas deux fois de suite en si peu de temps. Pas de la même façon.

— Pourquoi ?

— Nous n'allons pas à la rencontre de cet homme pour le plaisir de nos hôtes, expliqua Irina. Il va être *réveillé* pour décider de l'avenir.

— Depuis combien de temps est-il mort, ce Sil ?

— D'après ce que j'ai pu comprendre des différences d'écoulement du temps entre ici et chez nous, ça devrait faire dans les sept ou huit cents ans, je crois.

— Huit cents ans ! répéta Stuart, perplexe. Il doit être devenu complètement fada à ce compte-là. Ça va être un vrai régal. Et après avoir rencontré cet illustre, qu'est-ce qui est prévu ?

— Ça, je l'ignore.

— Eh bien, c'est sans doute le plus intéressant de tout ce qui nous attend, maugréa Stuart.

Irina secoua la tête. Le prêtre ne semblait pas se rendre compte de l'importance de la situation.

— Si je comprends bien, il a été privé d'un possible corps de réincarnation sur une planète désertique ? C'est bien ça ?

— Sans doute. C'est d'une logique pure, si l'on veut se débarrasser de quelqu'un dans son style.

— Décidément, critiqua-t-il. Je ne me ferai jamais à l'esprit des hommes. Y a pas un animal qui ferait un truc pareil !

— Tu aurais dû rester dans ta caverne, maugréa Irina. Ou plutôt, j'aurais dû t'y laisser…

— Tu m'as dit tout à l'heure que ce Sil s'est fait appeler autrement, la coupa Stuart. C'est bien d'Archalb que tu as parlé ?

Irina acquiesça d'un signe de tête.

— Il a dit autre chose ?

— Oui, il a parlé de Veranil aussi. Pourquoi ? Tu connais cet Archalb ?

— Archalb le Nazaréen. J'ai lu ce nom sur les murs de la grotte où tu m'as trouvé.

— Ça disait quoi ?

— Que cet Archalb s'est présenté à la chrétienté, au XIIe siècle, et qu'il venait du monde des Cohortes.

— De l'Aratta ? C'est ça ?

— Oui, de l'Aratta. C'est de cette façon que le Vatican a envoyé des émissaires sur les autres Terres.

— Je comprends, dit Irina. Tu vois, quand je te disais que nous allions faire une rencontre importante. Elle l'est autant pour toi que pour moi. Et tu vas voir…

Irina s'interrompit. Une idée venait de naître en elle. Une idée qu'elle prêta immédiatement à Stuart.

— Tu as un autre nom en tête ? Je me trompe ?

Stuart grogna.

— Réponds-moi.

— Je ne vois pas de quoi tu parles.

— Comme ton Christ, par exemple ? Tu es en train de te demander si Jésus ne serait pas venu d'une autre humanité, s'il n'était pas l'un des Réincarnés ! C'est à ça que tu veux…

Ils n'eurent pas le loisir d'achever leur conversation. L'homme qui avait interrogé Irina vint les chercher. Ils l'accompagnèrent jusqu'à une sorte de vestiaire immense, où on les équipa entièrement. Le vêtement dont on les *enroba* était fait dans une matière épaisse, extrêmement souple, au contact presque visqueux. Sa couleur externe, assez indéfinissable, paraissait se modifier en permanence. Ils en reçurent plusieurs couches, chacune différente des autres par sa texture, son épaisseur ou sa plasticité. La matière épousa d'elle-même la forme de leurs corps, pourtant très différents l'un de l'autre.

— Peux pas bouger, bougonna Stuart lorsque l'opération fut terminée. C'est plus lourd qu'un âne mort ce merdier !

— Attends, Stuart, attends. Patience et longueur de temps…

— Bla, bla, bla…, se moqua Stuart. On dirait vraiment que…

Mais il s'arrêta net.

Quelque chose les souleva à une dizaine de mètres au-dessus du sol. Ils furent rangés dans des compartiments individuels, où ils attendirent de connaître leur sort.

La réponse vint bientôt.

Ils eurent une sensation de mouvements autour d'eux, des secousses parcoururent leur environnement, puis le vaisseau se stabilisa. Ils sentirent qu'une membrane, directement issue de leurs vêtements, enveloppait leurs visages. Cette sorte de peau de remplacement était transparente et n'empêchait curieusement pas la respiration.

Une plate-forme descendit alors lentement sous leurs pieds et ils se retrouvèrent à l'extérieur, devant un spectacle inattendu, merveilleux et glaçant.

Une ligne d'horizon était posée à trois cent soixante degrés autour d'eux. Une ligne plus convexe que celle de la Terre, à laquelle leurs regards étaient habitués sans qu'ils se soient jamais posé de question. Cette planète devait être minuscule.

Le sol, fait de glace immaculée, brillait d'une blancheur aveuglante, légèrement colorée de rose.

Le vaisseau flottait à quelques mètres au-dessus de leurs têtes, sans aucun contact visible avec le sol. Ils purent en deviner la forme et la même image s'imposa à leurs esprits. Celle d'une méduse. Un dôme immense les dominait à une hauteur insensée. Ils ne pouvaient en voir que le bord, gris métallisé et parfaitement courbe. En dessous, des structures en lignes descendaient presque à les toucher. Stuart pensa à des vues aériennes de certaines concentrations de buildings.

Dans son souvenir, ces tours inversées, vues au travers d'un objectif déformant, représentaient l'orgueil humain dans ce qu'il avait de plus vain.

Dans le ciel, décalés de quelques degrés les uns par rapport aux autres, trois soleils brillaient dans l'air givré. Des cristaux de glace minuscules reflétaient leurs rayons obliques, irisant l'éther de teintes nacrées.

Hormis les ombres portées du vaisseau, ce qu'ils apercevaient de cette planète était d'une parfaite monotonie. Il n'y avait rien d'autre que cette étendue glacée, à perte de vue.

Trois silhouettes apparurent dans leurs dos.

Ils se retournèrent et purent reconnaître le visage de leur interlocuteur habituel, enveloppé lui aussi dans cette matière transparente qui les protégeait du froid intense. Les deux autres hommes leur étaient inconnus. À côté d'eux se trouvait un long container monté sur des chenilles. Ils se portèrent à la hauteur de Stuart. La chenillette les suivit automatiquement, à deux pas en arrière.

L'un de leurs accompagnateurs tendit un bras sur leur gauche.

Stuart et Irina regardèrent ensemble dans la direction indiquée. Ils ne virent rien. Rien d'autre que cette platitude glacée où le regard n'accrochait rien.

Puis la glace fut soulevée par une formidable explosion. D'énormes blocs fusèrent très haut dans le ciel, avant de retomber lentement vers le sol.

Il était impossible de déterminer la distance. Aucun repère visuel ne le permettait et l'air, peu dense et rempli de particules de glace, faussait sans doute la perspective. La notion d'éloignement arriva avec le souffle de l'explosion. Il mit vingt secondes à leur parvenir et les couvrit d'une pellicule de givre, presque aussitôt chassée par la chaleur de leurs combinaisons.

L'escorte de Stuart et d'Irina s'ébranla alors d'un même pas en direction du cratère.

Stuart mit quelques secondes à réagir. Il pensait ne pas pouvoir marcher, affublé d'un tel fardeau sur le corps. Mais le premier pas fut aussi aisé qu'en d'autres lieux, peut-être même plus.

— Non, finalement, c'est intelligemment pensé, se félicita Stuart en testant sa capacité à se mouvoir.

— Nous devons subir une gravité moindre, supposa Irina. Voilà pourquoi nous avons été chargés comme des… comment as-tu dit tout à l'heure ?

— Comme des ânes, répéta Stuart. Des baudets, quoi !

— C'est ça, des animaux de bât, en gros. Eh bien, c'est un peu comme ça que je me sens quand je regarde les trois hommes qui nous accompagnent.

— Je ne vois vraiment pas pourquoi.

Irina secoua la tête et accéléra ses foulées, laissant Stuart perplexe.

Ils arrivèrent bientôt au pied du cratère laissé par l'explosion. Le dénivelé était important, mais à la place d'un trou de glace brisée, Irina et Stuart furent surpris de trouver autre chose. Un matériau sombre enveloppait l'intérieur, comme une immense coupe incrustée dans la matière. Au centre du renflement, il y avait un orifice fermé.

Ils descendirent et se retrouvèrent au pied de l'ouverture. Le diaphragme en rosace s'ouvrit tout seul, laissant un puits rond et sombre où l'on devinait le début d'un plan incliné qui partait en tournant vers les profondeurs.

Les hommes firent avancer la chenillette, l'aidèrent à franchir le bord haut du sas et disparurent à sa suite sur la rampe. Irina les suivit sans se poser de questions. Stuart hésita, puis se lança à son tour.

La rampe tourna longtemps. De minuscules diodes rouges marquaient l'arête des murs, de part et d'autre. Stuart essaya de compter les tours, estimant au nombre de ses pas le moment où il passait en dessous de l'ouverture.

Mais il perdit le compte, et toute notion de profondeur avec, au quinzième tour estimé. Il descendit alors, presque en aveugle, aidé par le bruit des pas de ses prédécesseurs.

Après un temps qui parut très long aux deux visiteurs, le sol devint plat, et les sons ne leur furent plus renvoyés par des parois trop proches. Une lumière diffuse émana alors des murs, rendant ses proportions à une vaste salle au sol légèrement convexe.

Ils marchèrent sans un mot jusqu'à son centre. Stuart et Irina découvrirent peu à peu le pourtour d'un cercle dessiné dans le sol, sans en comprendre la nature. Ce n'est qu'une fois parvenus au bord de la forme géométrique qu'ils réalisèrent. Il y avait un corps à l'intérieur, prisonnier d'une matière qui pouvait être de la glace. Le corps de cet homme, entièrement dénudé, portait sur le thorax une croix cathare tatouée dans un rouge vif.

La vision était irréelle, dérangeante, fascinante.

— Sil ! désigna leur interlocuteur, toujours avec cet accent liquide. Archalb.

## 54

« La ligne d'horizon a toujours semblé si loin, si inaccessible, que j'ai passé ma vie à la regarder, sans bouger, sans essayer de l'atteindre. Je suis né contemplatif et finalement, je le resterai. On ne change pas d'état comme ça.

Rencontrer Malhorne aurait pu être cet élément déclencheur qui m'a toujours fait défaut. Pourtant, au contraire, son exemple m'a conforté dans mon immobilité. Lui a traversé la vie, la mort, les peuples, les cultures et les religions. Et qu'a-t-il atteint véritablement ? Il a été homme, profondément homme, sous toutes les latitudes, sa peau a pris toutes les teintes du camaïeu de l'espèce.

Comment espérer toucher en une seule existence ce qu'il n'a apparemment fait qu'effleurer en plus de vingt ?

Combien d'Œdipe a-t-il pu connaître ? Comment a-t-il pu se sortir d'une telle accumulation de névroses ?

Je me suis souvent posé la question. Moi qui ai eu tant de mal à me défaire des dégâts causés par une seule mère. Sous le couvert d'un amour sans limites, cette brave femme n'a pas compris qu'elle étouffait l'être surdoué que j'aurais pu devenir, comme tous les enfants. Comme toutes les mères, et aucune pierre n'est assez douce pour qu'on la lui jette.

Je n'ai su que regarder les autres se mouvoir, pour

les comprendre, pour me comprendre. L'ethnologie est arrivée dans ma vie comme une évidence.

Agir, ce n'est pas forcément bouger. Et, dans mon cas, agir revient à penser, me concentrer sur le monde, celui que j'envisage, ce qui n'a sans doute aucun rapport avec la réalité.

Et Nemo n'a été qu'une conséquence, une adaptation aux événements subis. Rien de plus. Mais j'ai aimé incarner ce personnage. Il avait un sens, ce que ma vie n'avait pas su trouver auparavant.

Peut-être n'a-t-il pas dit son dernier mot. Il lui reste encore, quelque part devant mes pas, un chapitre à écrire dans l'Histoire du monde.

Même si je ne vois pas très bien ce qui pourrait me faire quitter ce havre de quiétude, où, Tara et moi, nous épanouissons l'un pour l'autre.

À moins qu'Ilis ne vienne en personne, et qu'elle ait besoin de notre aide.

Mais comment pourrait-elle avoir besoin de nous ?

Pourquoi Malhorne n'est-il pas resté ? Lui aurait su quoi faire. Mais il ignorait jusqu'à l'existence de l'Aratta. Il n'en avait qu'une connaissance intuitive. Il avait découvert au cours de ses vies que l'eau était un lien. Mais il n'avait pu comprendre ce qu'elle liait.

Le trait d'union des mondes.

Malhorne s'est trompé.

Moi qui l'ai cru des années pratiquement omniscient.

Il n'a été que l'interface confuse d'un secret bien plus grand encore. Si je revois Ilis, c'est à Malhorne que j'aimerais parler. Si la chose est possible.

Pourquoi s'est-il réincarné en femme ? J'aurais aimé qu'Ilis me l'explique, mais nous ne nous sommes même pas parlé. Le temps a manqué et j'ignore si nos chemins se croiseront de nouveau.

Ici, la vie est telle que je l'ai souvent rêvée. Personne.

Pas d'hommes à l'esprit conquérant. Pas de volonté de réduire la nature en esclavage, de la formater, l'éduquer, la salir.

Un monde sans hommes. Un monde parfait.

Bien sûr, nous sommes là, Tara et moi. Mais cette minuscule présence humaine s'arrêtera avec nous. Tara est ménopausée. Il n'y aura pas de petits Adamov sur cette Terre.

Nous avons déjà si peur d'une simple rage de dents ou d'un accident. Alors, un accouchement…

Ici, démunies de tout, jusqu'à la connaissance minimale de la médecine, nos vies ont pris un tour bien fragile. Comme un glaçon posé sous un soleil ardent.

À quoi servent une journaliste et un ethnologue dans de telles conditions ?

Nous nous sommes aperçus que nos métiers étaient des privilèges de sociétés complexes et technologiquement avancées.

Dans la jungle, une journaliste et un ethnologue, ça ne sert à rien.

La jungle se suffit à elle-même. Elle n'a pas besoin de nous.

Un seul faux pas et la mort viendra nous cueillir.

Tout juste avons-nous apporté un état de conscience sur ce monde. Mais c'est un point sur lequel je n'ai pas de certitudes. Sommes-nous les seuls à posséder cette conscience qui nous a fait croire si longtemps que nous étions le sel de la Terre ? Et avec laquelle nous nous sommes autorisés à pervertir tout ce que nous avons touché ?

Nous pouvons constater, observer, sentir ce monde en train de vivre, tourner, s'épanouir. Oui, ça, nous le faisons. Mais il règne un tel état de vigilance sourde autour de nous qu'il est difficile de s'y croire seuls. Les premiers humains ont dû connaître ce sentiment. Ce Zagul dont Bout de chou avait *parlé* en était peut-être un. J'aime le penser.

Nous avons résumé la Terre à un biotope gigantesque. Aujourd'hui, j'envisage cette planète différemment. Et si cette couverture grouillante de vie connaissait un état de conscience propre ? Différent du nôtre sans doute, mais bien réel.

Que serions-nous dans ce cas ? Partie intégrante du biotope ou parasite négligeable ?

Nos agissements sur la Terre l'ont bien endommagée, mais ne la tueront pas. Les espèces ont disparu par milliers, de la plus petite à la plus grande. Aucune n'était plus importante qu'une autre. Nous nous sommes privés du merveilleux, longtemps sans nous en apercevoir, sans nous rendre vraiment compte que nous amputions nos chances de survie.

Ici, j'ai croisé des espèces que je n'ai vues dans aucun manuel.

Un loup nous a même adoptés, Tara et moi. Un grand mâle, un solitaire.

De temps en temps, nous partageons le gibier que je ramène de la chasse. Il s'en repaît prudemment, à distance respectable.

Je ne l'ai jamais touché, et je ne le toucherai jamais. Ce loup magnifique ne deviendra pas un chien.

Milos est parti depuis des jours et n'a pas reparu. Je ne sais pas ce que son absence peut signifier, mais je n'en attends rien de bon. À la place de Craig, j'aurais réuni au même endroit tous ceux qui concernent de près ou de loin l'entourage d'Ilis. Comme une sorte d'appât.

La mère de Milos fait bien entendu partie de cette liste de personnes.

Il a emporté le cristal avec lui, nous interdisant tout contact avec l'humanité, toute possibilité de retour.

Mais, même si nous l'avions encore, nous ne l'aurions pas utilisé, à moins d'un pépin de santé, bien sûr.

Tara et moi, nous nous aimons enfin. Sans chichis,

sans fioritures, sans simagrées. Juste elle et moi. Et nous n'avons même pas besoin d'opposer notre amour au monde entier, comme on dit. Le monde s'en fout pas mal. Notre monde en tout cas.

Il était temps. Nous avions perdu tant d'années.

Elle est devenue ma moitié d'orange, cette expression que j'avais toujours jugée ridicule. Je le lui ai dit, une fois. Et dorénavant, je garderai pour moi ce genre de visions adolescentes de l'amour. Elle s'est aussitôt mise en quête d'un presse-agrumes pour couper court à mon romantisme transi... »

Une ombre se glissa sur les feuilles couvertes de lignes. Franklin redressa la tête. Tara se tenait au-dessus de lui, un sourire moqueur accroché au coin des lèvres.

— Je ne t'ai pas entendue approcher, dit-il en repliant ses papiers.

— Je teste mes techniques de chasse, mais je ne suis pas certaine que tu sois un gibier très attentif. Tu écris quoi ?

— Oh ! Rien d'intéressant, mentit Franklin. Une sorte de jour à jour façon Robinson.

— Je peux voir ?

— Ça n'a rien de palpitant, Tara, je t'assure...

— Tu parles de tes oranges, là-dedans ?

Franklin soupira et fourra les feuilles dans sa poche.

— Viens, lui dit-il en l'attrapant par la taille. Je vais tellement t'éreinter que tu oublieras vite tes envies de voyeurisme.

— C'est plutôt toi qui succombes à ta production d'endorphines, mon cher. Les mâles, le plaisir et le sommeil sont indissociables...

— Allons vérifier tout de suite que ton postulat est faux !

— Romantisme et vie grégaire ne font pas bon ménage, se moqua-t-elle. Mais j'accepte volontiers, malgré tes manières rustiques. Allons dans ta hutte procéder à un accouplement en bonne et due forme.

## 55

— Sil ! désigna l'interlocuteur privilégié de Stuart et d'Irina, toujours avec cet accent liquide. Archalb.

Ses assesseurs ouvrirent alors le container auto-tracté, révélant un autre corps, presque parfaitement identique à celui qui se trouvait sous la glace. Il ne lui manquait qu'un détail, il n'avait pas de croix tatouée sur le thorax.

Ce corps baignait dans un liquide laiteux, sans doute identique à celui qui avait permis à Stuart de réparer ses blessures.

La prison de glace se mit ensuite à fondre, très rapidement, et le cadavre remonta lentement vers la surface.

— Qu'est-ce que c'est que ce chantier ? murmura Stuart à l'oreille d'Irina.

Mais la jeune femme ne répondit pas. Son attention se trouvait entièrement accaparée par la situation.

Du container montaient des sons aigus, entrecoupés.

Puis les bruits cessèrent. Des trappes s'ouvrirent en dessous et le liquide se déversa sur le sol. Le corps reçut un choc électrique qui le secoua de la tête aux pieds. La couleur de sa peau prit aussitôt une teinte rosée. Sa pilosité, hérissée par le passage de l'énergie, se coucha dans le bon sens et la poitrine de l'homme commença à se soulever régulièrement.

— Nous assistons à une réincarnation en direct, déclara Irina, visiblement bouleversée. La mémoire de

Sil devait être prisonnière de la glace. Elle va passer dans son clone !

— Ne me dis pas que… ? commença Stuart.

Mais il n'acheva pas sa question. Bien qu'apparemment farfelue, la suggestion d'Irina était pourtant la seule possible. Stuart s'en rendait compte. Sil avait été banni, ou exécuté, sur cette planète déserte. Que son âme erre depuis huit siècles à sa surface, ou qu'elle soit prisonnière de l'eau, ne changeait rien à ce qui était en train de se passer. Il allait se réincarner dans le corps transporté à l'intérieur du container. Son propre corps cloné.

Le cadavre immergé toucha la surface. Il demeura immobile un instant. Ses yeux vitreux fixaient un point au-dessus de leurs têtes.

Stuart pensa à certains morts qu'il avait croisés dans son bidonville sud-américain. Des dépouilles sans famille, que la puanteur permettait de retrouver des jours plus tard. Les ventres gonflés par les gaz de putréfaction se tendaient horriblement et les yeux, en train de se dessécher, avaient cette même absence de reflets. Les souvenirs se superposèrent avec l'image de Sil. Stuart essaya de détourner son regard mais il n'y parvint pas.

Comme mu par une volonté de pudeur *post mortem*, le corps de Sil se retourna sur le ventre, offrant une silhouette anonyme moins effrayante à ses visiteurs.

Pendant quelques minutes interminables, il ne se passa rien. Le corps dans le container vivait, mais il ne semblait pas être encore doté de raison.

Puis il ouvrit les paupières.

Stuart et Irina eurent ensemble un mouvement de recul. Même s'ils avaient pu s'attendre à une manifestation de cet ordre, la vie n'apparaît pas comme ça. C'était contre nature.

Sil se redressa alors, essaya de dire quelque chose et

ne réussit qu'à expectorer le liquide qui gênait sa respiration. Il vomit un mélange de glaires, de salive et d'eau, puis se mit à grelotter.

Les trois hommes le couvrirent aussitôt d'un épais tissu, de la même matière que celle dont ils étaient tous pourvus, puis ils le laissèrent recouvrer ses esprits.

Dans la salle, la température était largement en dessous de zéro.

Sil observa les visages de ses vis-à-vis un long moment, avant d'éclater de rire, d'un rire joyeux et communicatif.

L'être nouveau-né s'exprima dans la langue de ces humains d'ailleurs. La conversation dura près d'une heure. Stuart et Irina ne purent qu'y assister, sans rien comprendre de l'échange. Le ton était cordial. Aucune animosité, aucune pointe d'agressivité ne fut perceptible. En tout cas les témoins étrangers n'en saisirent pas les couleurs.

Les trois hommes chargés de réveiller Sil parlèrent peu. Ils écoutèrent et observèrent essentiellement, une crainte respectueuse sur le visage.

Quand ils eurent terminé, Sil se tourna vers Stuart et Irina. Il s'approcha d'eux et les scruta minutieusement. L'un et l'autre eurent la détestable sensation d'être inspectés au plus profond de leur âme. Ce manège dura un long moment.

Sil s'attarda plus particulièrement sur la psyché de Stuart. Il toucha les paumes du prêtre, effleura les stigmates en murmurant des mots pour lui-même puis se dirigea vers la rampe, escorté par deux de leurs hôtes.

La rencontre se passa aussi simplement que ça. Ni Stuart ni Irina ne furent capables de prononcer la moindre parole.

Les six humains prirent le chemin de l'air libre et regagnèrent la protection tiède du vaisseau.

Le gigantesque astronef s'arracha à l'attraction de la planète glacée et s'élança dans l'espace infini.

Stuart et Irina se retrouvèrent face à Sil, avec lequel ils allaient partager les prochaines heures.

Stuart ne pouvait s'empêcher de voir en cet homme la réincarnation de celui à qui il avait voué sa vie, en des temps reculés et en dehors de sa connaissance actuelle. Cette idée lui plaisait autant qu'elle le dérangeait. Il n'aurait su trancher. Sil tuait Dieu en même temps qu'il incarnait l'humain. Pour un homme tel que Stuart, penser une chose pareille l'amenait vers une position en équilibre précaire. Tôt ou tard, il devrait faire un choix : conserver ou rejeter sa foi, son système de valeurs, sa morale, étiolée à force de côtoyer la misère.

Irina, pour sa part, restait admirative. Sil avait été un contemporain d'Ethen Ur Aratta. Et même si elle en ignorait jusqu'à l'existence quelques jours plus tôt, elle reconnaissait en lui la trace indubitable de sa croyance ancestrale.

Il s'était réincarné devant ses yeux. Elle avait assisté à une manifestation extraordinaire dans laquelle son ordre avait cru pendant des millénaires, sans en avoir la moindre preuve. Irina pourrait témoigner. Pour ses prédécesseurs, pour son père, pour ses héritiers. Une grande fierté teintée d'humilité emplissait à présent son cœur. La fierté d'avoir eu la chance que ces événements s'accomplissent de son temps.

Elle pensa à Gabriel Ostrander, aux autres de ses compagnons, tous morts sur une Terre irrespirable et dont elle aurait de toute évidence dû partager le sort.

L'homologue de Malhorne s'installa en face d'eux et grimaça un sourire. Il avait des cheveux mi-longs, d'un noir intense, et les traits d'un homme d'une trentaine d'années. Sa peau, trop blanche de n'avoir jamais connu la lumière du soleil, se teindrait d'une légère couleur ambrée dans les jours à venir.

Son sourire se fit de plus en plus franc, découvrant des dents immaculées, qui n'avaient jamais servi.

Il se pencha vers Stuart et lui tendit une main amicale.

— *Cogito ergo sum*, dit-il, sans se départir de ce sourire gourmand.

Puis ce sourire évolua vers un éclat de rire immense. Sur le visage de Sil, on pouvait lire une joie presque enfantine.

# 56

Milos et Denis Craig sortirent de la bulle ensemble. Ils posèrent les pieds sur un sol pierreux, recouvert d'une fine poussière blanchâtre. Le bruit de leurs pas, qui leur revenait par un phénomène d'écho, leur indiqua qu'ils se trouvaient dans un endroit couvert. Sans doute clos. Une légère odeur de moisissure traînait dans l'air.

À l'extérieur de leur nouvel univers, un vent soufflait avec violence. Ils en entendaient le sifflement aigu.

Leurs yeux s'habituèrent à la pénombre avant que Milos trouve dans son sac à dos la torche fournie par la Fondation.

Craig inspecta les lieux, une expression dubitative sur le visage.

— C'est ça ton endroit exceptionnel ?

— Mmmh !…

— Pas d'entourloupe ! le prévint Craig. N'oublie pas ton collier de chien.

— Y a pas de risque, répondit Milos. Mais j'aimerais pas qu'on traîne trop longtemps dans le coin. Il manquerait plus que tes métastases me pètent à la gueule.

— Charmant, soupira Craig. Rassure-toi, Strinker, mon toubib m'a donné un petit sursis. Allons voir un peu de quoi il retourne dehors.

— Ça a l'air d'être par là, dit Milos en indiquant la direction d'où venait le bruit du vent.

— Où sommes-nous ?

— Aucune idée, rétorqua Milos sans se démonter. Je ne navigue pas dans l'Aratta depuis si longtemps. Et je trouve que je m'en tire déjà pas si mal que ça !

— C'est égal. Les voyages forment la jeunesse.

Milos le regarda d'un œil rond, ne sachant pas trop si Craig se moquait ou non. Il haussa les épaules et chercha à sortir de l'abri.

Une ouverture basse laissait pénétrer une aube pâle. Il s'arrêta à deux mètres en retrait, stoppé par le vent.

— C'est pas de la rigolade cette tempête, commenta-t-il en se retournant vers Craig, qui venait de s'asseoir.

— Eh bien, il va nous falloir patienter quelque temps ou repartir vers un ailleurs inconnu.

— Que vas-tu faire de ma mère ?

— Que veux-tu que j'en fasse ? Je vais la laisser rentrer chez elle.

— Qu'est-ce qui peut me le prouver ?

— Rien, bonhomme, marmonna Craig en posant doucement son dos contre la paroi rocheuse de la grotte. Rien. On n'est pas dans une cour d'école. Tu viens d'arriver dans le monde des grands, Milos. C'est dur, mais c'est comme ça.

— Dis-toi bien que je pourrais te tuer tout de suite, arracher ton Implant et partir où je veux.

— Non, mon cher Milos. Tu ne le pourrais pas. Ta vie est rivée à la mienne. Tu es mon sujet, jusqu'à ce que je décide de changer les choses. Mon Implant s'arrêtera d'émettre le jour de ma mort. J'ai fait modifier certains paramètres qui prémunissent mon groupe contre une usurpation de numéro identifiant. Désolé, tu fais les frais des exigences de mes actionnaires. Et, ma foi, je trouve enfin une utilité à leur paranoïa.

Milos ravala une injure et s'entêta à sortir, pour se changer les idées.

Il demeura quelques secondes seulement à l'extérieur et revint, quasiment en aveugle, les yeux partiellement remplis de poussière et les cheveux en bataille.

— C'est des coups à s'envoler, dehors. On va attendre que ça se calme. Jamais vu un vent pareil !

— Tu n'es pas encore très âgé non plus. Va savoir, il existe sans doute pire.

— Et, pour ma mère, j'ai d'autres projets.

— Tu feras ce que tu veux, mais tu me laisseras ton cristal.

— Justement, non.

— Comment ça, non ? Tu comptes emmener ta mère dans ce genre d'endroit ?

— Il y en a d'autres.

— Je vois.

Craig réfléchit un court instant, puis reprit :

— OK. Tu partiras avec elle et ton cristal. Mais tu m'en sortiras d'autres de la sphère. C'est entendu ?

— Ça marche.

— Parfait.

— Et le Black et la Japonaise avec.

— Tu pousses, Milos. Qu'est-ce que tu veux faire exactement ? T'acheter une conduite en sauvant la Terre entière ?

— J'ai dans l'idée qu'Ilis serait contente de les savoir à l'abri.

— Un bon Samaritain, voyez-vous ça !

— C'est marrant, je m'imaginais pas qu'un richard comme toi puisse être sympa.

— J'apprécie le compliment, Milos, grimaça Craig.

— Alors ? Pour les deux autres ?

— Pourquoi pas, soupira Craig. Après tout, ce n'est pas Ilis qui m'intéressait, mais l'Aratta. Maintenant que c'est fait, je n'ai plus besoin de monnaie d'échange.

Dès après l'apparition du soleil, le vent tomba en quelques minutes, laissant une sensation de tempête rêvée dans l'esprit de Milos.

Les deux hommes sortirent de la grotte, avec toute la prudence nécessaire à leur méconnaissance du lieu.

Ils aperçurent sur leur gauche une construction très haute, d'où provenait un ronronnement de turbines.

— Ça ne ressemble à rien de connu, commenta Craig. Approchons-nous pour voir ce que c'est.

Ils marchèrent d'un même pas vers l'usine d'aspiration des eaux et se retrouvèrent devant une porte basse, qui n'était pas fermée.

Milos mit la main sur la porte, mais Craig le retint.

— Inutile d'aller plus loin. Regarde ce qui est inscrit sur le métal.

Milos leva les yeux vers l'endroit que lui indiquait Craig. Il découvrit des symboles étranges, alignés comme une écriture, et qui échappaient totalement à sa compréhension.

— Merde, jura-t-il. Là, c'est sûr qu'on n'y est pas.

— Tu as une sacrée conversation pour un garçon de ton âge.

— Fais pas chier !

— Tu vois ! C'est bien ce que je disais.

— Bon, on fait quoi maintenant ? C'est sans doute risqué pour un vieux de traîner dans les parages.

— Tu sais, Milos, je fréquente un tas d'emmerdeurs par obligations professionnelles.

— Comme quoi, le pognon ne préserve pas de tout !

— Finement raisonné !

— Tu voulais en venir où, au fait ?

— Au fait que je t'aime bien. Je n'aurais jamais pensé éprouver un jour de l'affection pour une petite racaille dans ton genre.

— Échange de compliments. J'apprécie aussi, singea

Milos. Mais dans mon Quartier, on appelle ça des « gangstas ». La racaille, c'est… comment dire ? C'est d'un autre siècle ! Un peu comme toi, en gros…

— Le vieux est bien obligé d'avoir des références anciennes. Bien, n'épiloguons pas sur cet édifiant sujet et mettons-nous en quête d'informations.

Ils firent le tour de l'énorme construction. De l'autre côté, une rivière disparaissait totalement dans la structure, où elle était aspirée. Le bruit assourdissant de turbines en action le leur apprit, sans qu'ils aient besoin de s'en assurer. Sur leur gauche, deux canalisations partaient à ras de terre sur un terrain légèrement en pente. Ils pouvaient les suivre du regard sur plusieurs centaines de mètres, puis elles disparaissaient, absorbées par la déclivité.

— Là où il y a de l'eau, y a des hommes, asséna Milos sur un ton vaguement sentencieux.

— Mais dis donc, Strinker ! Tu n'as pas qu'une paire de couilles, dirait-on. Ça pense là-dedans ! Et joliment avec ça.

— Fous-toi de ma gueule encore longtemps et tu verras.

— Je ne verrai pas grand-chose, à mon avis.

— Sauf que si je crève ici, tu vas te retrouver dans une sacrée merde. Et t'auras pas ton armée de connards pour t'aider. OK ? Maintenant, on y va. Y a un tuyau qui se barre par là. Il n'y a qu'à le suivre.

— Proposition correcte, acquiesça Craig. De là-haut, nous en verrons peut-être un peu plus. Mais on va y aller doucement. Je n'ai plus vingt ans.

— Je sais pas trop, se rétracta soudain Milos. C'est risqué. Enfin, je veux dire…

— Le gangsta est légèrement chochotte ? Tant pis, j'irai seul. Prépare-toi à mourir ici.

— Fais chier !

Ils remontèrent le terrain en suivant les énormes

buses d'adduction. Aucune végétation n'y poussait. Le sol s'écroulait par mottes, qui roulaient jusqu'au bas de la pente.

Une heure plus tard, ils atteignirent le sommet d'une colline qui dominait la rivière. De l'autre côté, un plateau désertique s'étendait à perte de vue. Leurs regards portaient loin, très loin même. Mais ils ne distinguèrent aucune construction, aucun signe d'implantation humaine.

— Mieux vaut se tirer d'ici, proposa Milos. J'ai dû faire une plantade dans l'Aratta.

Craig l'observa, les yeux plissés de soupçons à peine voilés.

— J'ignore quel était ton projet, mais je suis certain que tu en avais un.

— Je vois pas. Non, franchement, là, je vois pas.

— Oublions. Pour une fois, je suis d'accord. Retournons dans la grotte.

Descendre la colline fut beaucoup plus pénible que son ascension. Le sol, fragilisé par leurs traces, tendait dangereusement à glisser par plaques entières, qui risquaient à chaque instant de les entraîner avec elles.

— Ce soleil cuit un peu trop à mon goût, se plaignit Craig lorsqu'ils rejoignirent l'ombre des canalisations.

— Vu la trogne de ce qui pousse dans le coin, il doit même faire plus que cuire. Mais tu t'en fous, t'es déjà presque mort, non ?

— Toi aussi, petit con. Et peut-être même plus vite que…

Craig n'acheva pas sa phrase. Deux ailes volantes passaient dans le ciel, à une centaine de mètres au-dessus de leurs têtes. Elles avaient l'une et l'autre une forme étirée, légèrement aplatie en leur centre, et ne faisaient pratiquement aucun bruit.

— Ça non plus, c'est pas de chez nous, lâcha Milos, stupéfait et admiratif à la fois.

Ils suivirent la lente évolution des appareils, jusqu'à ce que leurs yeux incrédules assistent à l'apparition, quelques centaines de mètres devant eux, de milliers de créatures totalement nues qui couraient dans leur direction.

## 57

Ilis vit monter vers elle une marée de formes grouillantes, enveloppées de ténèbres. Juste avant, elle avait entendu une sirène hurler dans le vent, signe que le groupe de jeunes gens qu'elle suivait avait bien investi le centre d'élevage.

Elle eut un bref aperçu de la scène quelques instants plus tard, au hasard des mouvements de nuages devant la lune. La foule qui remontait le long de la verrière était importante. Plusieurs centaines de Staulms peinaient le long de la pente, peut-être des milliers. Ils étaient tous nus et sales. Leurs corps, habitués à ne se déplacer que sur de très courtes distances, s'essoufflaient déjà.

L'air portait en avant les remugles de cette masse puante. Mais ce qui submergea Ilis fut le déferlement de pensées paniquées qui l'assaillirent, bien avant qu'elle ne distingue nettement les fuyards. La clameur psychique était presque intolérable.

Ilis chancela sous l'onde de choc. Ses jambes la supportaient difficilement, si bien qu'elle dut s'asseoir.

Lorsque la foule arriva près d'elle, elle se trouvait encore dans cette position, légèrement à l'écart du sentier ancestral pratiquement disparu.

Elle demeura ainsi de longues minutes, presque prostrée tant cette douleur muette était violente. Ce n'était pas le moment de se manifester.

La foule passa devant elle et presque personne ne remarqua sa présence. Il n'y eut qu'une enfant, une jeune Staulm de quatre ou cinq ans, qui l'isola dans la grisaille des pierres omniprésentes. Elle était juchée sur le dos d'un mâle robuste, sans doute son père, et n'avait d'autre loisir que celui de contempler cet extérieur improbable qu'elle découvrait entièrement.

Ilis lut dans ses pensées un sentiment de doute. Était-il habituel que des *sapiens* traînent ainsi dans la nuit, assis au milieu de nulle part ?

La fillette passa vite devant elle et disparut dans la nuit avec le reste de sa communauté.

Ilis réussit alors à se remettre debout. Elle leva des barrières mentales de protection, pour que pareille mésaventure ne lui arrive pas à nouveau, puis elle rejoignit les derniers rangs des Staulms, dont elle voyait les fessiers et les cuisses monter et descendre dans la nuit.

Le vent se mit à souffler plus fort. Un bref regard vers le ciel en montra la raison. Les nuages s'évanouissaient peu à peu. La température ne tarderait plus à tomber, ce qui laisserait le champ libre au déploiement d'une nouvelle tempête nocturne. Il fallait forcer l'allure.

Mélite et Eplone se portèrent en tête de la foule et firent accélérer les premiers rangs des Staulms. Le reste suivrait. Ils gagnèrent ainsi rapidement un col qui ouvrait sur une vallée encaissée, partiellement protégée en raison de son orientation.

La descente se fit au pas de course. Déjà, le vent atteignait une vitesse difficile à contrer. L'effort ne pourrait pas être maintenu très longtemps. Malgré leur évident manque d'entraînement, les Staulms jetèrent toutes leurs forces dans cette fuite. Une fuite qui représentait leur unique chance de salut, pas même rêvée une heure plus tôt.

Mélite, Yurgan et Eplone restèrent un instant à l'écart, où ils furent rejoints par Rampal et Grasil. Tous assistèrent alors à un lent rapprochement des Staulms. Ils convergeaient les uns vers les autres sans un mot, d'un même mouvement, vers un point central, sans se bousculer, sans les désagréments habituels qu'une foule désorientée peut connaître.

— Ils se parlent ! osa dire Mélite. Ils se parlent sans prononcer un mot. Ils se parlent et ils se comprennent, sinon, pourquoi nous auraient-ils suivis ?

Les rangées extérieures des Staulms s'enlacèrent d'un même geste. Ils se serraient pour se tenir chaud, ou pour entrer dans une sorte de conciliabule muet dont ils étaient les seuls témoins.

Pendant que les Staulms se réunissaient en naissain, Ilis concentra ses pensées sur le groupe de *sapiens*, qui venaient de se réunir pour décider ensemble de la conduite à tenir. Elle jaugea les uns et les autres, puis décida d'utiliser la jeune femme pour conduire le troupeau humain vers la grotte, seul passage vers l'Aratta à des centaines de kilomètres à la ronde.

— Y a pas trente-six solutions, était en train de gronder Eplone. On doit rester planqués dans ces collines. Elles s'étendent loin vers le sud. Plus on mettra de distance pendant la nuit, et plus on aura de chances de ne pas être rattrapés. À ce qu'il paraît, y a même un ancien dôme par là.

— Nous ne sommes pas loin de deux mille, opposa Yurgan. Je ne vois pas bien comment tu comptes cacher deux mille individus dans des collines dénudées !

— T'as sans doute mieux ?

— Dès que la nouvelle arrivera à la Cité, le dôme directoire enverra les patrouilles volantes à nos trousses. Et ça, c'est certain !

— Mais, bordel, bien sûr ! rugit Eplone. T'as qu'à prévenir ton père. Il viendra en personne nous filer de l'approvisionnement et des frusques de rechange.

— Amusant, répondit Yurgan. Pas très constructif,

mais amusant. Et tu me diras maintenant comment tu comptes affronter les cols avec la tempête qui vient de se lever.

— On doit rejoindre la grotte, suggéra Mélite, coupant court à la joute des deux hommes.

— Hein ? T'as dit quoi ? l'apostropha Eplone.

— La grotte où nous avons passé la nuit ! C'est là qu'il faut qu'on aille.

— Pourquoi la grotte ? On tient à vingt au plus là-dedans. Et c'est trop près de la station de pompage. On va se faire repérer en un rien de temps.

— Fais-moi confiance, Eplone. Je sais ce que je dis. Il faut qu'on aille tous à la grotte. C'est notre seule chance !

— T'es complètement barrée, ma vieille. Fais ce que tu veux, nous, on se casse par les collines. Là, au moins, on ne nous cherchera pas. Donne-moi un argument pour que je te suive. Un seul !

— Je n'en ai pas, répondit Mélite calmement. Nous devons simplement rejoindre la grotte. J'ai cette absolue certitude. C'est tout.

— Alors, tu veux partir à la mort parce que t'as des certitudes, toi ! Eh bien, fais ce que tu veux. Mon frangin, Rampal et moi, on vous laisse ici et on se casse par les collines.

Eplone se tourna vers Yurgan.

— Quant à toi, je sais pas ce que tu lui as fait, mais ça lui réussit pas de frayer avec les huiles. Elle a des certitudes à présent !

Ilis poussa ses investigations à distance dans la psyché de Yurgan. Le jeune homme offrait des possibilités différentes des autres. Elle décela même en lui une ambiguïté sur laquelle elle pouvait jouer. Elle mit la volonté de Yurgan au diapason de celle de Mélite.

— La grotte, dit-il sans comprendre d'où lui venait l'idée. C'est là-bas que nous devons retourner.

Satisfaite de ses manipulations, Ilis se détourna des

cinq *sapiens* et marcha vers les rangs serrés des néandertaliens.

Arrivée à distance de contact des premiers, elle tendit une main vers un large dos musclé et un peu trop engraissé.

En le faisant, elle tendit sa conscience vers le grand mâle qu'elle venait de toucher, et dont les congénères formaient l'essentiel des rangs extérieurs de la foule.

— *Anasdahala,* émit-elle sans un mot.

Elle formula cette pensée doucement, essayant de ne pas agresser la créature qui ne manquerait pas de se fermer en découvrant la race d'Ilis.

— *Anasdahala,* répéta-t-elle.

Alors qu'elle n'attendait rien en réponse, Ilis entendit à l'intérieur de son crâne une réplique toute faite, comme un message de politesse prédéterminé que l'on répond à une salutation du même acabit :

— *Anasdahala sinihihé lastram.*

Elle n'en sut rien sur le moment, mais cette réponse signifiait : reçois la paix d'Anasdahala.

Le Staulm se retourna alors et dévisagea Ilis. Elle vit sur ses traits un tel sentiment de crainte quasi religieuse qu'elle regretta tout d'abord sa pensée. Puis elle entendit le mâle communiquer à ses proches ce qu'il venait de voir, toujours sans un mot.

Deux, puis dix, puis cent, puis deux mille visages se tournèrent vers elle. Le silence presque parfait de la foule devint palpable. Tous attendaient un mouvement de la part de la jeune femme.

Ilis fit alors un pas vers le centre de la foule, qui s'écarta pour la laisser pénétrer ses rangs. Arrivée au milieu, elle se retrouva entourée d'enfants, parmi lesquels elle reconnut la petite fille aperçue plus tôt, alors que celle-ci se trouvait sur le dos de son père.

Ilis entendit des milliers de voix murmurer son nom : Anasdahala.

Elle comprit alors que les Staulms se souvenaient d'elle, de son existence, de ce qu'elle avait représenté pour les aïeux de leur race. Ce dont elle ne se doutait pas encore, c'est le rôle que jouait à ce moment précis le cristal qui pendait à son cou.

La foule des Staulms s'agenouilla devant elle, dévoilant sa présence aux cinq *sapiens*, toujours occupés à délibérer sur leurs faits et gestes à venir.

Mélite fut la première à se rendre compte de la présence d'Ilis, seule silhouette à se dresser dans la nuit au milieu d'une population inclinée.

— C'est qui celle-là ? fut-elle seulement capable de dire.

Ilis n'entendit pas la remarque de Mélite. Toute son attention était accaparée par la situation, dans laquelle elle jugeait détestable un point important. Les Staulms, avec le temps, avec le travail de sape des *sapiens*, avaient oublié sa véritable nature. Ils la prenaient pour une émanation divine des rares souvenirs dont ils disposaient.

Ilis le comprit immédiatement et elle sut aussi qu'elle devait agir tout de suite. Elle ramassa une pierre coupante et s'entailla l'avant-bras. Un filet de son sang descendit vers sa main, qu'elle éleva droit au-dessus de sa tête.

Le sang, dans toutes les civilisations, est la marque du vivant. Les dieux ne saignent pas.

Il y eut un mouvement de stupeur général. Les Staulms dans leur ensemble ne comprirent pas ce que leurs yeux leur montraient. Puis une pensée s'éleva parmi la multitude. Une pensée qui hurlait le retour d'Anasdahala, le retour des âges anciens, où le peuple de l'eau allait retrouver sa place dans l'ordre des mondes, où les humains allaient reprendre leurs droits.

Peu à peu, les créatures agenouillées se relevèrent. Chacune voulut toucher le corps d'Ilis. La jeune femme passa lentement entre les rangs dans un mouvement circulaire, pour satisfaire chacun, puis elle s'en extirpa. Elle instilla dans la pensée de tous l'image de la grotte qu'ils devraient atteindre, puis elle rejoignit Yurgan et Mélite.

Leurs compagnons s'en étaient allés. Eplone n'avait pas été convaincu par Mélite. Et le sort des Staulms ne lui importait pas tant que ça.

Ilis resta debout, immobile, devant eux. Son bras saignait de moins en moins. Elle leur adressa l'image mentale qu'elle avait adressée aux Staulms, puis elle alla s'isoler pour se reposer un peu.

Ni Mélite ni Yurgan ne parvinrent à trancher sur la provenance de la jeune femme, ni sur le rôle qu'elle allait jouer dans la suite des événements. Elle portait à leurs yeux des habits exotiques qui ne pouvaient provenir de la Cité et une crainte quasi religieuse commençait à grandir dans leurs esprits.

Sans réponse, ni espoir d'explications dans les prochaines heures, ils se mirent à reparler de cette étrange certitude qu'ils avaient eue ensemble sur leur destination du lendemain. Et quand bien même ils ne pouvaient pas comprendre comment elle leur était venue, ils s'entendirent pour la respecter entièrement, quoi qu'il puisse en coûter.

Aussitôt le soleil levé, le vent se calma un peu, puis tomba complètement. La troupe se mit en route, toujours dans un silence impressionnant. Elle suivit le parcours sinueux de la vallée, qui l'éloignait quelque peu de son objectif, mais offrait un constant abri naturel contre le vent, susceptible de refaire rage à tout instant.

Dans le milieu de la matinée, Mélite, marchant toujours en tête, aperçut la forme caractéristique de la station de pompage. Elle prévint Yurgan, qui se retourna vers la jeune femme étrange, dont les foulées s'allongeaient à quelques mètres derrière lui. Il ne savait toujours pas ce qu'elle faisait avec eux, mais il commençait à s'habituer à sa présence.

Tous se mirent à courir. De la troupe des Staulms ne s'élevait qu'un son continu de respirations rapides et de cuisses frottées les unes contre les autres au rythme de la course.

La station de pompage grossit peu à peu sur la ligne d'horizon.

Derrière, un désert s'étalait à perte de vue.

Ils se trouvaient à moins d'un kilomètre de leur objectif quand apparurent dans le ciel les contours menaçant de deux ailes volantes. Les services de sécurité de la Cité intervenaient enfin.

Mélite, hors d'haleine, parvint à hurler aux Staulms l'ordre de ne pas rester groupés, sans savoir s'ils la comprendraient. Puis elle montra l'exemple en s'écartant de ses plus proches voisins.

Les ailes passèrent au-dessus d'eux et larguèrent une multitude de petites formes oblongues à l'air inoffensif.

Un nombre égal de néandertaliens accoururent aux points d'impact et se couchèrent sur les objets tombés du ciel.

Il y eut une centaine de victimes, mais l'hécatombe souhaitée par les pilotes fut un temps écartée. Les ailes firent demi-tour au-dessus des collines et revinrent à la charge.

Milos et Denis Craig retournèrent à l'intérieur de la grotte bien avant l'arrivée des premiers Staulms. La situation leur échappait, de ses tenants jusqu'aux plus élémentaires de ses aboutissants. Le seul élément qui aurait pu les aider à y voir plus clair n'était pas encore visible, trop courte silhouette mal définie, trop lointaine encore. Mais s'ils étaient restés dehors quelques secondes de plus, ils auraient pu distinguer Ilis remontant les rangs des créatures dénudées pour se porter en avant de la foule.

Ilis se lança dans une course effrénée. Son corps ne tiendrait plus longtemps, malgré la force de sa volonté. Le point de rupture viendrait bientôt. Elle dépassa les premiers Staulms et accéléra encore. Il était impératif qu'elle parvienne la première dans la grotte pour y ouvrir l'Aratta. Si elle échouait, les Staulms s'engouffreraient dans l'espace exigu et bloqueraient toute possibilité d'accès vers leur salut.

Malgré le brouhaha psychique qui l'environnait, elle perçut la présence de deux personnes devant elle. La peur d'avoir été piégée, ou suivie par elle ne savait trop qui, la tracassa un court instant, puis elle comprit qui était là. La raison lui échappait encore. Le temps lui manquait pour investir l'esprit de Milos.

— *Ouvre l'Aratta !* envoya-t-elle sans ménagement vers la psyché du jeune homme.

Au fond de la grotte, Milos eut un geste de recul. L'intrusion de la pensée d'Ilis dans son crâne le rassura autant qu'elle le fit sursauter.

— Un problème ? demanda Craig.

Milos respira profondément et laissa l'adrénaline le gagner. Toute sa pilosité s'était dressée d'un coup. Il commençait à apprécier l'instant.

— Rien, mais j'ai l'impression qu'on va avoir des invités, dit-il, soudain très maître de lui-même.

Il sortit le cristal de sa poche et le tendit vers l'orifice de sortie de la source.

La fine paroi d'eau se matérialisa devant son bras tendu.

— J'aime quand les choses sont comme elles doivent être, murmura-t-il pour lui-même.

Ilis s'engouffra dans la grotte au même instant.

— Pas le temps de discuter ! cria-t-elle. Entrez et collez-vous au fond de la bulle.

Craig la regarda, stupéfait. Il ne parvenait pas à décider s'il était heureux ou contrarié.

— Allez !

Comme les deux hommes ne bougeaient toujours pas, elle passa une main à travers la membrane de l'Aratta et, de l'autre, poussa Craig, puis Milos, à l'intérieur. Cet effort lui arracha un cri de douleur. Son corps, surchargé en toxines qu'il n'évacuait plus, était à la limite de la tétanie.

Les premiers Staulms pénétrèrent dans la grotte et restèrent interdits.

Ilis leur montra que tout allait bien et leur adressa mentalement les images de ce qu'ils devaient faire. Comme ils ne bougeaient toujours pas, elle cria vers l'ouverture :

— Milos ! Tends une main vers l'extérieur ! Vite !

Le Staulm le plus proche de la source vit alors une main sortir de la pellicule d'eau. Il regarda Ilis, qui lui fit un signe de tête affirmatif.

Le Staulm sourit, dévoilant quatre canines démesurées, puis il attrapa la main et disparut dans l'Aratta. Il suffisait qu'un premier accepte pour amorcer le mouvement. Les autres suivirent.

Derrière, la foule arrivait en masse, poussant les premiers. Si bien que la plupart des néandertaliens ne comprirent même pas ce qui leur arrivait. Des dizaines, puis des centaines d'êtres à bout de souffle, couverts de sueur et de poussière, passèrent sans sourciller vers un autre univers. Mélite et Yurgan furent eux aussi embarqués dans la masse.

Ilis les regarda passer. Elle lut dans leurs yeux un effroi teinté d'espoir et d'excitation. Ils n'eurent pas même la possibilité de s'extraire du groupe dans lequel ils se trouvaient coincés.

Dehors, il y eut des bruits d'explosions. Puis la lumière disparut d'un coup. L'entrée de la grotte venait de s'effondrer. Sans doute restait-il des Staulms à l'extérieur, mais ils étaient à présent hors d'atteinte et de secours.

Ilis laissa entrer les derniers fuyards dans la bulle et s'y glissa à son tour.

L'Aratta se referma derrière elle. Plus rien ne pouvait les atteindre.

La bulle bleutée s'était adaptée au nombre de ses hôtes et mesurait à présent mille fois sa taille habituelle.

Ilis matérialisa mentalement l'image de la Fondation Prométhée, seul endroit qu'elle imagina pouvoir accueillir une aussi importante population en grand besoin de soins, de vêtements et de réconfort.

Quelques secondes plus tard, l'Aratta s'ouvrait dans le nord des États-Unis, à mi-pente d'une colline boisée, sur un sol détrempé par l'eau d'une source.

Craig s'extirpa le premier, pour manifester aux hommes de la Fondation que tout allait bien.

Il laissa sortir les Staulms, demeurant en compagnie de Milos à proximité de la source.

— C'est pour ça qu'on s'est retrouvés sur ce monde, lança-t-il à Milos pendant que le flot se déversait. Tu voulais me mettre entre les mains d'Ilis. Je me trompe ?

— Pas loin, répondit le jeune homme. Je me suis dit qu'elle saurait quoi faire.

— Finement pensé ! répondit Craig. Tu vois que tu n'es pas aussi obtus que tu veux le faire croire. Mais c'est un peu raté, non ? J'ai bien l'impression qu'Ilis a besoin de moi. J'ignore qui sont ces… êtres, mais ils doivent compter pour elle. Sans doute bien plus que toi !

Milos eut un air navré : Craig devait avoir raison.

Il tendit une main vers lui.

— C'est toujours d'accord pour Gail ?

— On va voir ça, répondit Craig. Il y aura peut-être mieux à faire que de jouer à la nounou.

Mélite et Yurgan furent les derniers à se présenter devant le sas de sortie. Ils se tenaient au bord de l'ouverture et ne savaient que faire.

Ilis s'approcha d'eux et les rassura par des manifestations amicales.

Puis elle posa ses mains sur leurs épaules et sortit avec eux.

Dehors, les Staulms commençaient à descendre la colline jusqu'à la route forestière. L'air était frais et la plupart grelottaient, sans doute plus de fatigue que de froid.

Ilis observa les jeunes humains natifs de la Terre dévastée qu'ils venaient de quitter précipitamment. Elle les dévisagea longuement, palpant chaque recoin de leur psyché. Puis elle désigna Yurgan du doigt.

— Toi ! dit-elle sur un ton sans appel.

Yurgan, fils de vice-consul, promis à un avenir auquel il n'aurait en toute logique pas dû échapper, emboîta le pas à Ilis, comme un pantin dépourvu de volonté. Mélite essaya de le retenir, mais les mains puissantes d'un grand Staulm resté près elle l'en empêchèrent.

Elle regarda leurs dos disparaître, impuissante et jalouse.

Ilis entraîna Yurgan à l'écart. Elle lui ordonna de s'asseoir, le dos contre le tronc rugueux d'un arbre. Yurgan s'exécuta sans broncher. Une peur mêlée d'un sentiment de respect total emprisonnait sa raison.

— *Montre-moi l'histoire des Staulms,* pensa-t-elle en fouillant la cervelle du jeune homme. *Les Staulms. Je veux comprendre.*

Yurgan, par sa position dans la société à laquelle il appartenait, parce qu'il connaîtrait un jour la charge de diriger un peuple, avait depuis l'enfance été instruit, formé, dressé dans ce seul but. Il en savait infiniment plus sur l'histoire des Hommes, toutes espèces confondues, que Mélite et ses amis réunis.

Il connaissait les réponses, certaines des réponses, aux pourquoi, aux comment, qui faisaient réagir Mélite. Et son conditionnement avait réussi à lui faire considérer comme un tabou toute allusion à ce domaine par des non-initiés. Il pouvait cacher l'entière vérité à Mélite, sans même se rendre compte qu'il lui mentait par omission. Mais il ne pouvait rien face à l'intrusion d'Ilis dans son esprit.

Il livra tout, en bloc, presque soulagé de le faire, curieusement satisfait de transgresser un interdit. Sur sa planète, un tel acte aurait été puni de mort.

Il montra à Ilis, par le moyen de centaines d'images mémorisées de longue date, comment les *sapiens* et les Staulms s'étaient affrontés, combattus, près de deux mille neuf cents ans plus tôt. Et comment cet affrontement s'était transformé en carnage.

Les Staulms et les *sapiens*, ces deux branches de l'espèce humaine, avaient cohabité des millénaires durant, tout au long d'une ère qu'Ethen Ur Aratta avait voulue faite d'harmonie.

Le temps sur cette Terre s'était écoulé plus lentement que sur la Terre d'Ilis. Depuis la dévastation du royaume d'Aratta, il s'était écoulé environ trois mille années standard, trois mille révolutions autour du Soleil.

Les Staulms vaincus furent parqués, les adultes mâles exterminés, les femelles conservées pour le seul enfantement puis assassinées à leur tour. Une génération d'enfants resta. Seul souvenir d'une espèce peu encline aux inventions techniques, mais d'un extrême raffinement dans son mode de communication et sa propension naturelle à la spiritualité.

Ces enfants grandirent tout seuls, privés des racines de leur civilisation, incapables de s'unir, inconscients d'une grande part du savoir-faire spécifique à leur race.

De génération en génération, ces Staulms retournés à la condition de vie animale, parqués, engraissés, contribuèrent à l'alimentation des *sapiens*. Les vainqueurs consommèrent leurs prises de guerre à satiété.

Sur cette Terre aussi, un Réincarné malgré lui, à l'image d'Ethen, puis de Malhorne et d'Ilis, existait depuis des temps reculés. Ethen l'avait connu. Ils s'étaient unis à plusieurs reprises, dans des corps différents.

Ce Réincarné s'appelait Ilié. Dans sa langue, ce nom signifiait « celui qui revient ».

Ilié se trouvait à l'origine du génocide des Staulms.

Il effaça jusqu'au souvenir de cette intelligence amie de la mémoire des *sapiens*, fit réécrire les manuels, transforma une défaite en abomination sans nom. Les Staulms, leur qualité d'humains ne furent bientôt plus qu'un mythe dans les esprits des générations suivantes, puis un vague écho qui se perdit dans le vent. En trois mille ans, il ne resta plus rien de leur dignité passée.

Et, si certains habitants des dômes manifestaient parfois contre l'élevage des Staulms, c'était parce que cette espèce animale avait de grandes ressemblances avec les Hommes. Pour ces cœurs sensibles, manger son vague cousin à l'air si débile était un peu difficile. Pour des jeunes gens comme Eplone, il s'agissait aussi d'un prétexte pour exprimer quelque chose, n'importe quoi, pourvu qu'il puisse le faire dans cette société figée.

Yurgan savait tout ça et n'envisageait pas de le changer, le jour où à son tour, succédant à son père au poste de vice-consul, il entrerait de plein droit dans le système immuable des castes.

Ilis retira son esprit de celui du jeune homme. Elle avait besoin de faire une pause. Yurgan retrouva l'usage de son corps et le contrôle de son cerveau.

Il lui adressa la parole dans sa langue et n'obtint aucune réponse. Ilis se contenta de tendre la main vers lui, paume dirigée vers le visage du jeune homme, pour lui intimer le silence.

Yurgan se tut. Il scruta le visage d'Ilis et devina une profonde douleur sourdant sous ses traits. Il n'en comprit pas la raison. Il avait assisté impuissant à l'examen de ses connaissances sur les Staulms, mais il ne voyait pas là un motif valable pour expliquer un pareil tourment. Dans sa logique, les Staulms étaient des animaux. Il n'y avait rien à redire à leur exploitation. La survie de son monde fonctionnait sur ce type de principes.

Ilis se défit bientôt de la douleur parasite et retourna son attention sur Yurgan. Leurs regards se rencontrèrent. Ilis lut un résidu de peur dans les yeux du jeune homme. Elle s'obligea à lui sourire, essayant de le tranquilliser un peu, puis elle força de nouveau son esprit.

Maintenant qu'elle connaissait le sort des Staulms, elle voulait savoir pourquoi une telle haine s'était développée chez les *sapiens*. Mais elle eut beau chercher la réponse, Yurgan l'ignorait. Ilié se trouvait à l'origine du sentiment belliqueux des *sapiens* à l'encontre de l'autre race humaine, mais le jeune homme n'avait jamais rien lu sur ce sujet. Ni rien entendu, pas même une rumeur. Et peut-être que personne n'en avait jamais rien su vraiment.

Tout en sondant la psyché du jeune homme, Ilis se familiarisa rapidement avec sa langue. Sa connaissance de centaines d'idiomes, par l'expérience acquise d'Ethen et de Malhorne pendant des milliers d'années, l'aida à assimiler des bases en un temps record.

Elle s'adressa alors à Yurgan par des paroles pensées directement, se servant du cerveau de son vis-à-vis comme d'un dictionnaire vivant.

— *Où est Ilié ?*

Le jeune homme lui montra l'endroit le plus protégé

de sa Terre, une forteresse enfouie, gardée par l'élite de la caste des soldats. Au centre de la construction souterraine, il y avait une salle blindée, occupée par le fleuron de la technologie humaine. Sous le verre d'un sarcophage rempli d'un liquide transparent à dominante bleue, il y avait un corps amputé, plus un tronc qu'un homme à part entière. Sa peau ridée ressemblait à de la chair putréfiée.

— Ilié, articula lentement Yurgan.

Ilis se reput longuement de la vision. Ilié payait son forfait depuis des centaines d'années, même si ce n'était pas pour la bonne raison. Et savoir qu'il allait continuer de le faire, prisonnier conscient, immobilisé dans ce corps maintenu en vie, pendant une période infinie, lui fit monter une joie sauvage dans le cœur.

— *Combien y a-t-il de centres d'élevage de Staulms ?* envoya-t-elle vers l'esprit de Yurgan.

— Trois, dit-il à voix haute. Un sur chaque continent encore habité.

— Je vais avoir besoin de toi. Je t'accorde de vivre avec Mélite, sur la Terre de ton choix, si tu m'aides à retrouver tous les Staulms.

Yurgan ne comprit pas la notion de « Terre de son choix », mais il accepta tout de suite. Vivre avec Mélite était son seul projet. Et il subodorait que, dans un avenir proche, il vaudrait mieux se trouver du côté de cette jeune femme gracieuse chez qui il pressentait une férocité sans limites et une capacité réelle à atteindre ses objectifs, aussi grands soient-ils.

Ilis raccompagna Yurgan auprès de Mélite. Puis elle s'approcha de Craig et de Milos.

— Je me suis trompée, Denis, dit-elle sur un ton amical. Finalement, il est possible que tu saches tout avant de mourir. Mais c'est à toi de choisir ton camp.

Craig eut un sourire un peu forcé.

— Je vais bientôt mourir, Ilis. Alors, il n'est plus vraiment de camp que je puisse choisir.

— Je sais ce que c'est, Denis. Souviens-toi. Je suis passée par là des milliers de fois.

— Moi, je ne reviendrai pas.

— Qu'est-ce qui te le prouve ?

— Ne joue pas avec ça, opposa-t-il sur un ton affecté. Ça n'est pas très joli.

— Difficile d'endosser l'habit du repenti quand on a passé sa vie à profiter des autres outrageusement. Mais, rassure-toi, cet habit finira par t'aller à merveille.

— Qu'attends-tu de moi ? demanda-t-il.

— Occupe-toi de ces humains. Qu'ils te soient plus chers que la prunelle de tes yeux. Ce sont les derniers de leur race.

— Les retrouver était depuis quelque temps la mission principale de la Fondation. Ça prouve que j'avais raison. Une fois de plus. Et après ?

— Je reviendrai les chercher.

— Où pars-tu ?

— Vers un rendez-vous depuis très longtemps différé. La décision quant à ce qui va se passer bientôt ne m'appartient pas entièrement. Je dois aller retrouver de vieux amis, de très vieux amis. Ensuite, je viendrai te voir. Prépare-toi pour la bataille, Denis. Prépare ce pour quoi tu as toujours vécu et attends mon retour.

Craig réfléchit une demi-seconde, puis acquiesça.

— Ça me va. Mais contre quoi dois-je me préparer ?

— Je ne le sais pas encore exactement, mais cette Terre risque d'être menacée.

— Bon ! Tu peux me faire confiance.

— Je sais, acquiesça Ilis. Tu as peu de qualités, mais celle-ci, tu la possèdes en effet.

— Laisse-moi t'accompagner, intervint Milos.

— Non. Occupe-toi de ta mère. Et prends ta place dans le dispositif de Denis. Ça risque de te plaire, il y aura des armes de guerre. Beaucoup d'armes.

— Je ne me sens plus autant attiré par tout ça, tu sais.

— Tout change, Milos. Toi aussi dirait-on.

— Fallait bien que ça m'arrive un jour, répondit le jeune homme, assez fier du compliment.

— Je dois vous laisser à présent, conclut Ilis. Je reviendrai bientôt. Il est possible que je ne sois pas seule. Denis, fais surveiller tous les accès de l'Aratta. Je sais que tu en possèdes une liste complète. Assure-toi qu'ils sont tous défendus par des hommes en armes. Et ne te fie qu'aux gens dont tu es sûr. Les humains qui t'entourent ne sont pas tous d'ici.

— On en a déjà attrapé quelques-uns.

— À propos, j'ai croisé une personne qui te connaît. Une personne insoupçonnée dans un lieu encore plus insoupçonné. Rufus Baudenuit. Il est mort en prononçant ton nom. Qui est-ce ?

— Baudenuit, répéta Craig, hésitant à poursuivre.

— Tu penses, je sais. Trop tard pour les cachotteries, Denis. D'ailleurs, je ne vois pas très bien ce que tu avais intérêt à me dissimuler.

— Un vieux réflexe, sans doute.

— Veille à le perdre, alors. Comment ce policier français s'est-il retrouvé à combattre sur cette Terre ? Tu ne le sais pas.

Craig secoua la tête, sans trop comprendre les dernières paroles d'Ilis.

Elle rouvrit alors l'accès à l'Aratta et disparut aussitôt, laissant à Craig et Milos la charge de s'occuper des Staulms.

Ilis pensa à Franklin et Tara, sans le vouloir vraiment. La bulle se déforma aussitôt et accéda en un instant à la Terre sur laquelle ses amis se trouvaient. Elle vit le diaphragme s'ouvrir sur une caverne aménagée et hésita.

*D'autres projets m'attendent,* pensa-t-elle. *Je reviendrai bientôt.*

Elle projeta l'image des sept Terres et désigna la deuxième à partir de la droite. Là se trouvait le rendez-vous auquel elle devait se rendre. Là, elle trouverait l'aide dont elle avait besoin.

La bulle repartit, plus lentement cette fois. Ilis en comprit bientôt la raison. Une autre bulle de transfert attendait derrière la sienne. Ilis s'approcha de la paroi et vit le visage de Stuart, qui la regardait, étonné et heureux. Elle vit sur ses traits une image transformée du prêtre qu'elle avait connu. Il semblait avoir vieilli très vite, mais cette apparente métamorphose était compensée par une aura de sérénité.

Derrière lui se trouvaient Irina Maïenkov et un homme qu'elle ne connaissait pas. Elle tenta de sonder son esprit à travers la membrane semi-transparente mais n'y parvint pas.

Stuart posa une main sur la paroi de l'Aratta. Ilis fit de même. Leurs paumes se touchèrent, seulement séparées l'une de l'autre par une infime pellicule de matière. Cela dura quelques secondes, puis la bulle d'Ilis fut projetée vers sa destination.

## 58

Dès qu'ils étaient remontés dans le vaisseau, Stuart et Irina avaient regagné « leur lieu de vie ». Lieu qu'ils considéraient davantage comme une sorte de résidence surveillée, puisque dans l'impossibilité manifeste de le quitter.

Ils discutèrent longuement de ce qu'ils venaient de vivre ensemble. Assister en direct à la réincarnation d'un être humain n'est pas une expérience anodine, même si l'un et l'autre, pour des raisons différentes, savaient la chose possible.

Après plusieurs heures de conversation animée, ils finirent par se taire. Trop d'éléments manquaient pour qu'ils puissent avoir une opinion tranchée sur ce Sil qui les intriguait tant. Ils s'installèrent chacun dans un coin de la salle pour tenter de faire le point, décidant qu'en son absence, ils ne progresseraient plus.

Irina cherchait à relier l'existence de Sil avec sa connaissance de l'histoire de l'Aratta. Par l'ultime témoignage d'Ethen aux Lukingias, elle savait qu'il existait d'autres Réincarnés, d'autres guides dans les mondes de l'extérieur. Mais savoir cela ne signifiait pas le comprendre. Ces mondes de l'extérieur lui étaient restés étrangers jusqu'à peu. Ethen n'avait jamais décrit ce qu'ils étaient précisément. À présent, Irina envisageait un début de réponse. L'Aratta donnait accès à d'autres Terres, d'autres humanités. Le grand secret était là. Mais il ouvrait sur un autre, plus grand peut-être encore : comment ces Réincarnés avaient-ils eu connaissance de l'Aratta ? Par quel moyen étaient-ils entrés en possession des cristaux, des sphères de voyage ? Par quel moyen, ou par qui ? Et surtout, comment ces êtres d'exception avaient-ils été choisis pour vivre, ou subir, ce destin hors norme ?

Répondre à cette interrogation permettrait de répondre à toutes les autres. Mais Irina s'avouait bien incapable d'accéder à ne serait-ce qu'un début d'explication.

Stuart, de son côté, tentait de faire table rase de tout ce qu'il avait pensé savoir, pour repartir sur la base de ses récentes découvertes. Et pour un homme d'Église, même aussi peu conformiste que le prêtre pouvait l'être, ce n'était pas chose facile.

Il venait de vivre en quelques jours des événements qui auraient dû demander chacun une décennie de patiente remise en ordre. D'abord foudroyé, totalement halluciné, puis autocrucifié, seule la démence aurait normalement dû se trouver au bout de son chemin. La démence ou la mort. Mais l'intervention d'Irina, puis la technologie suprêmement avancée de ses hôtes lui avaient épargné cette errance psychologique. Le liquide dans lequel il s'était rapidement remis physiquement n'avait pas accédé à sa psyché. Il gardait du traumatisme le souvenir d'un état où une lucidité parfaite se mêlait étrangement au chaos. Un amalgame difficile à comprendre, à cerner ou à simplement ranger dans un endroit de son cerveau qu'il n'ouvrirait plus.

Il essaya malgré tout de raisonner cette impensable contradiction, calmement, utilisant l'infinie patience dont il se savait capable.

— Qui étaient ces cathares ? demanda Irina, rompant ainsi un interminable silence.

— Quoi ?

— Je n'en sais pas grand-chose. Qui étaient-ils ? Ou qu'ont-ils fait ?

Stuart se tourna vers Irina. Il paraissait gagné par une grande lassitude.

— C'est bien le moment ? répondit-il sur un ton presque plaintif.

— Il n'y a pas plus parfait moment, au contraire.

— Des hérétiques ! asséna Stuart.

Puis il reporta son attention vers les images de la Voie lactée, qui défilaient à présent dans le sens inverse du voyage aller.

— Tu ne vois rien de mieux à me dire ?

— C'était un courant déviant du catholicisme, entre le Xᵉ et le XIIIᵉ siècle. Mais je ne crois pas que ça soit le plus important dans cette histoire.

Irina fut piquée par la réponse fermée du prêtre. Elle se leva et le rejoignit, fermement décidée à lui tirer les vers du nez.

— Écoute-moi un instant, Stuart Mac Conkey, déclara-t-elle en s'asseyant à ses côtés. Plus j'en saurai et mieux je pourrai comprendre. Les Lukingias ont des connaissances qui ne se trouvent pas dans les livres. Je possède ces connaissances, moi aussi, par conséquent.

— D'accord, finit par accepter Stuart. Je comprends que tu ne me laisseras pas tranquille. Les cathares étaient des chrétiens, leur nom signifie les « purs ». Entends par là qu'ils voulaient vivre au plus près de la parole de Jésus. Leur courant a fait de l'ombre au pouvoir romain, qui s'en est débarrassé de façon radicale.

— Dans le sang ?

— Tu m'ôtes les mots de la bouche. Ce fut une véritable boucherie.

— Qu'est-ce que Sil a à voir là-dedans ?

— Ce que tu m'en as raconté. Ni plus ni moins. Irina, cet homme a visité les Terres pour jouer au prophète. Il l'a fait plusieurs fois à travers les siècles. Et tu l'as vu ? Je suis à peu près certain qu'il est prêt à recommencer.

— Ça n'est pas le plus grand mal qu'on puisse commettre…

— Un mal ? Mais bien sûr qu'il ne faut pas le laisser faire. Il est grand temps de foutre la paix aux Hommes. Si demain, nous parvenons à nous passer de Dieu, alors peut-être y aura-t-il enfin de l'espoir !

Irina regarda le prêtre avec des yeux stupéfaits.

— C'est toi qui dis ça ?

— C'est moi ! réitéra Stuart. Et je le redis, puisque ça semble nécessaire. Les Hommes ne se prendront en main qu'une fois dégagés de leur aveuglement !

Irina eut un petit rire ironique.

— Ils ne sont pas prêts pour ça, Stuart. Et ce n'est pas demain la veille qu'ils le seront.

Stuart allait placer une réplique acerbe quand une porte s'ouvrit.

Un homme entra, vérifia ce qu'ils étaient en train de faire, puis il fit un pas sur le côté pour laisser passer Sil. L'homme l'accompagna sur quelques mètres, le fit asseoir devant l'une des machines de communication et invita Irina et Stuart à le rejoindre.

Lorsqu'ils furent installés en face de lui, Sil les observa attentivement, puis il commença à écrire.

« J'ai besoin de retrouver Ethen. Où est-elle ? »

Stuart ignora la question et en posa une autre.

« Tu es Archalb le Nazaréen ? »

Sil grimaça.

Irina allait écrire à son tour, mais Stuart l'en empêcha.

— Je veux d'abord avoir certaines réponses, lui expliqua-t-il. Dans le cas où il collabore, ce sera l'affaire de quelques instants.

— Tu en fais une affaire personnelle, protesta la jeune femme.

— Pas toi peut-être ?

Irina estima que le prêtre n'avait pas tort et le laissa œuvrer.

Stuart entra de nouveau sa question, qui s'afficha aussitôt sur l'écran de leurs vis-à-vis.

« As-tu fréquenté notre Terre sous le nom d'Archalb le Nazaréen ? »

Sil frappa sur le clavier, une seule fois.

« Oui. »

« Pourquoi ? »

« Vous donner une chance de vous améliorer. »

Stuart lança un regard venimeux à son interlocuteur. L'ombre menaçante quitta aussitôt son visage. Il ne servait à rien de nourrir une rancœur, plus rien ne pouvait être changé.

« As-tu eu d'autres appellations ? »

« Oui. »

« Lesquelles ? Et quand ? »

« Tu n'aimerais pas la réponse. »

« Vas-y toujours. »

« Plus tard. À vous de m'éclairer. Je suis indisponible depuis très longtemps et j'ai besoin de voir Ethen. Où est-elle ? »

Irina s'empara de la machine et répondit à la place de Stuart, qui semblait perdu dans une trop lointaine réflexion.

« Ethen n'est plus. Elle s'appelle Ilis à présent. »

« Je connais ce genre de désagréments. Où est-elle ? »

« Quelque part dans l'Aratta. »

— Parfait, dit Sil à voix haute. Bonne chose !

Il prononça ces mots avec un très fort accent, mais le sourire qui les suivit montrait à quel point il était fier de manifester un si rapide apprentissage.

Irina eut l'air étonné, puis elle retourna son attention sur l'écran, et écrivit :

« Combien y a-t-il de Réincarnés ? Combien êtes-vous ? »

Sil fronça les sourcils, puis déclara :

— Sept, et puis six. Cinq maintenant.

Irina arrêta d'écrire pour parler directement :

— Comment peux-tu apprendre si vite ?

— J'ai connu le saxon et je lis ta pensée. Et...

Il acheva sa réponse sur l'écran.

« Il me manque encore beaucoup de mots. Mais depuis que nous sommes arrivés ici, j'ai eu le temps de réviser. »

Stuart, Irina et Sil discutèrent beaucoup. Au début, ce fut surtout par l'intermédiaire de la machine, puis de plus en plus fréquemment oralement.

Sil voulait savoir où l'humanité d'Ethen était arrivée, quelles avaient été les principales évolutions des huit derniers siècles.

Il fut surpris d'apprendre la persistance des religions, de lire sur son écran que les hommes s'entre-tuaient encore au nom de Dieu.

Stuart le lui reprocha. Il connaissait le rôle qu'Archalb le Nazaréen avait joué au Moyen Âge. Il savait que cet Archalb et Sil étaient un seul et même personnage. Et il trouvait un peu culotté de feindre la surprise après avoir joué l'apprenti prophète pour son seul plaisir. Sil n'en disconvint pas. Il resta un long moment sans réagir, les pensées tournées vers des souvenirs lointains.

Il fit un *mea culpa* qui sembla sincère et proposa de répondre à son tour aux questions qu'ils avaient en tête.

— Qu'est-il arrivé à Ethen Ur Aratta ? Pourquoi n'est-elle jamais venue aux rendez-vous du Saros ?

Sil fronça les sourcils. Il sembla hésiter, puis se lança.

— Difficile question, commença-t-il. Aratta... Que nous est-il arrivé à tous ? Ça conviendrait mieux ainsi. Quel était le projet de Yum, lorsqu'il nous a transmis les sphères d'accès ? Voilà la question ! Mais Aratta...

Ethen Aratta… Rien, je crois. Que veux-tu qu'il lui soit arrivé ? Elle est morte et revenue. Comme toujours. Et elle vous a oubliés. Je ne vois pas d'autre solution. Nous ne pouvons pas disparaître.

— Ce que tu dis n'a pas de sens, hésita Irina.

— Pose-toi la question à toi-même. Que peut-elle avoir fait pendant tout ce temps ? C'est long cinq mille ans.

Irina paraissait perdue. Elle refusait d'admettre que leur guide éternelle ait pu les trahir.

— Elle est peut-être restée sur d'autres Terres ! proposa-t-elle, plus sûre d'elle-même.

— Et vous a oubliés. Ou alors votre sort ne l'intéressait plus. Ce qui revient à peu près au même, non ? J'ai passé du temps dans l'Aratta. Et je ne l'ai plus croisée non plus. Pourtant, on se voyait souvent, avant.

Plus Sil parlait, plus Irina s'irritait. Elle avait le sentiment qu'il lui cachait la vérité, pour une raison qui lui échappait totalement.

— Qui est ce Yum dont tu parles ? demanda-t-elle enfin.

— Ah ! se contenta de répondre Sil, dans un premier temps. Vous ne connaissez pas cette histoire.

Il réfléchit un instant, puis décida de ne pas interférer dans le rôle qu'aurait dû, ou que devrait tôt ou tard, prendre son homologue.

— Ilis vous l'enseignera elle-même. Ce n'est pas à moi qu'il appartient de vous instruire sur vos origines.

— Pourquoi ? lui demanda Stuart sur un ton vaguement agacé. Que ce soit Ilis ou un autre, ça change quoi ?

— Le désir de le faire, sans doute. L'humanité à laquelle j'appartiens n'est pas la vôtre. Ça fait aussi une grosse différence.

Stuart ravala difficilement sa colère. Il en avait assez de côtoyer des individus enveloppés de mystères et qui prenaient plaisir à les cultiver.

Sil n'était pas Ilis, ni Malhorne. Il ne le connaissait pas et n'avait aucune affection pour lui.

— Laisse se déverser tes pulsions, Stuart Mac Conkey, dit Sil en se voulant apaisant. Tu retiens depuis trop longtemps ce qui ne demande qu'à sortir.

Stuart faillit répondre par l'affirmative, mais une voix s'immisça dans sa cervelle, stoppant toute volonté de s'exprimer.

— *Oui, tu me connais. Bien sûr que tu me connais. Pas sous cette apparence, mais qu'importe. Surtout toi, Stuart. Tu connais l'une de mes vies sur le bout des doigts. Ou plutôt, tu as cru la connaître. Et puis, attends, sois patient. Ta connaissance d'Ilis, de Malhorne, d'Ethen pourrait bien t'amener à me reconnaître, moi aussi.*

Stuart frémit en entendant ces mots. Il repensa au texte gravé par le moine et dont la lecture l'avait expédié vers des contrées plus qu'obscures.

Il essaya de refréner ses pensées, mais ne sut comment faire. Tout comme Ilis, Sil devait pouvoir lire dans son esprit.

*Non, il le sait parfaitement,* se reprit Stuart. *Sinon…*

Stuart se laissa aller. Après tout, Sil connaissait toute cette histoire, et même mieux que quiconque, puisqu'il en avait été l'instigateur, l'acteur principal, et finalement la victime. Peut-être. Si la fin de cette histoire, qu'il connaissait dans ses moindres détails, était le terme qu'il pensait savoir depuis sa prime enfance.

Stuart observa son interlocuteur et fut soulagé qu'il ait été ramené à la vie dans ce corps, et non dans une image ressemblant à celle du fils du Dieu des chrétiens. Pour ce prêtre en errance, cela aurait été trop difficile. Surtout après l'épisode traumatisant qu'il venait de vivre.

Le Christ avait bel et bien existé, mais, s'il était d'une autre nature, elle n'était pas divine. Bien que différent du commun des mortels, il n'était qu'un représentant d'une autre humanité. Un simple représentant d'une autre humanité. Comme l'étaient ou l'avaient été Ilis, Malhorne ou Ethen.

Stuart se détourna vers les images de la Voie lactée et abandonna la conversation. Il la suivit sans y participer, l'esprit orienté vers ses vieux amis. Franklin, Tara, Kinuyo et Acil. Il se demanda où ils pouvaient bien se trouver au même moment. Surtout Franklin et Tara, qui avaient pris, comme lui, le chemin de l'Aratta et s'étaient sans doute, eux aussi, retrouvés isolés des autres, lancés sans le savoir vers l'obscur lieu de leurs désirs.

Il ferma bientôt les paupières et se laissa bercer par la conversation. Il s'assoupit très vite.

Le réveil fut aussi brutal que l'endormissement avait été rapide.

— Retourner sur Terre ! clamait Sil à ses côtés. Retourner dans l'Aratta ! C'est là que nous allons. Sur Terre !

— Qui l'a décidé ? le questionna Irina.

— Le conseil. Avec mon accord, bien sûr. Je ne suis pas obligé d'accepter.

— Mais accepter quoi ? dit Irina, qui s'énervait à son tour. Accepter de faire quoi ?

Le visage de Sil afficha un air faussement surpris.

— Réunir les Sept, déclara-t-il enfin. Rouvrir l'Aratta et réunir les Sept, s'ils existent encore.

Pendant l'équivalent de deux jours, Stuart, Sil et Irina furent ainsi livrés à eux-mêmes. Sil en profita pour absorber une quantité gigantesque d'informations. Tout ce qu'il put, tout ce que leurs hôtes voulurent bien lui donner, jusqu'à l'écœurement, et même au-delà. Il répondit parfois aux questions d'Irina, mais sans joie, ni bonne volonté apparente. Si bien que la jeune femme cessa peu à peu de le déranger, comprenant qu'il laissait à Ilis la charge de l'instruire.

Au cours de ces deux journées, ils n'eurent que très peu de contacts avec le personnel de bord, exception faite de leur interlocuteur désigné.

C'était le temps nécessaire pour atteindre la partie très excentrée de la constellation mère où se trouvait la Terre.

Lorsqu'ils y parvinrent, les écrans n'affichèrent plus qu'une noirceur d'encre pendant des minutes interminables. Le système solaire se trouvait dans une région de l'espace à très faible densité d'étoiles.

Stuart fut le premier à l'apercevoir. Petite boule bleutée posée dans le vide. Objet minuscule, d'une absolue fragilité apparente, dérivant dans un bain d'encre incommensurable, qui vint bientôt occuper la moitié des écrans.

Le vaisseau aborda l'une des stations orbitales chargées de surveiller la Terre et s'y arrima.

Dès que le vaisseau et la station furent connectés, deux hommes emmenèrent Sil, laissant Stuart et Irina incertains sur son avenir.

Puis on vint les trouver à leur tour.

Au moment de descendre vers les niveaux inférieurs de la station, la femme âgée, qui semblait être le plus haut gradé de l'équipage, aborda Irina. Elle déposa le cristal dans la main de la jeune femme et la referma délicatement.

— Bon retour sur Terre, dit-elle en faisant un gros effort de prononciation.

Puis elle invita d'un geste Stuart et Irina à s'engager sur une sorte de monte-charge où trois hommes, équipés des tenues sombres qu'ils avaient vues des jours plus tôt, les attendaient.

La plate-forme descendit doucement, puis accéléra progressivement, pour ralentir et s'immobiliser enfin.

Une porte circulaire glissa sur le côté, dévoilant un hangar immense où des dizaines de véhicules légers attendaient leur heure dans la pénombre. La matière sombre dont ils étaient tous faits absorbait une grande partie de la lumière ambiante, créant une confusion pour l'œil.

L'un d'eux se trouvait isolé par les faisceaux de projecteurs puissants. Ses quatre portes étaient posées sur le sol, simplement retenues par des vérins.

À l'intérieur, plusieurs silhouettes s'affairaient.

Stuart et Irina retrouvèrent Sil dans le petit module de transfert. Il portait autour du cou une bande de matière rugueuse, fine et semi-translucide.

— Ils m'ont installé cette parure pour ne pas me perdre, leur expliqua-t-il. Ils ont trop peur que je reparte je ne sais où pour porter la bonne parole.

— J'avoue que je trouve cette précaution salvatrice, commenta Stuart. Je ne sais pas si tu as pensé à mal autrefois, mais on s'est retrouvés dans un beau bordel à cause de toi. Va annoncer toi-même dans mon coin ce que je viens d'apprendre et tu verras ! Je te laisse ce plaisir. De deux choses l'une, soit on te prendra pour un barge, soit on te réduira au silence. Mais, entre nous, tu n'as qu'à retirer ce machin.

— Finement pensé, rétorqua Sil. Mais mes humains sont bien plus évolués que les vôtres. Je ne porte pas un collier. Cette chose est incrustée dans ma chair. Elle fait partie de moi. Le mieux que je puisse faire, c'est de me décapiter. Remarque, l'idée m'a traversé l'esprit. Mais plus tard, quand j'aurai atteint une Terre où l'on me réservera un meilleur sort qu'ici.

— Où comptez-vous vous rendre ? demanda Stuart en regardant Sil et Irina tour à tour. Je veux dire, à partir de l'Aratta, vous voulez faire quoi ?

— Réunir les carnations de l'Unique, déclara aussitôt Sil. À commencer par le vôtre, Ilis. Ethen m'a fait faux bond voilà bien longtemps. J'espère que celui-là sera plus disponible.

— Ilis, disponible ? s'interrogea Stuart à voix haute. Je ne suis pas sûr de bien voir l'idée.

— Pourquoi cette question, Stuart ? demanda Irina.

— Je ne sais pas.

— Où peux-tu vouloir aller à présent ? Retourner chez toi ?

— Non, bien sûr que non. Mais mes amis ont peut-être besoin de moi. Et je ne sais pas si…

Il n'acheva pas sa phrase.

Les portes du module étaient en train de se refermer. Puis un accès s'ouvrit sur l'espace et ils quittèrent la station.

Ils assistèrent alors à ce que bien des hommes et des femmes de leur temps auraient rêvé de connaître. À travers le cockpit transparent, ils virent la Terre grossir, remplir tout leur champ visuel. L'entrée dans l'atmosphère provoqua des vibrations légères, qui les obligèrent à se cramponner à leurs sièges.

La noirceur de l'espace disparut, remplacée par une transparence à dominante bleutée. Quelques étoiles persistèrent dans le ciel azuré, puis s'éteignirent. Ils descendirent jusqu'à une altitude de vingt mille mètres au-dessus d'un sol coloré de jaune et de vert pâle, strié de veines sombres qui se rejoignaient pour former un trait sinueux plus épais. Dans le bas du pare-brise, une étendue bleutée, salie d'un marron grisâtre, cernait une côte finement découpée.

— Regarde, Irina, s'exclama Stuart d'un air stupéfait.

— Quoi ?

— Ça, là, en bas, c'est…

— Un fleuve.

— Plus que ça. Bien plus que ça. C'est le bassin de l'Amazone ! Je l'ai étudié sur cartes pendant des années.

— Où est la forêt dans ce cas ?

— Partie avec la folie des hommes, maugréa Stuart.

Le vaisseau descendit en flèche et se stabilisa à quelques centaines de mètres d'altitude. Puis il partit vers le nord-est à toute vitesse, sans que ses passagers ressentent une quelconque accélération.

Une succession de vallées semi-désertiques et de montagnes défila rapidement, puis le bleu de l'océan s'installa. Le vaisseau vira sur la droite, profilant la côte africaine loin devant. Un désert de sable passa, puis un autre. Seules les teintes changeaient. Jaune, ocre, rouge sombre. Et pas la moindre goutte d'eau apparente.

L'élément vital apparut enfin, sous la forme d'une tache scintillante. Minuscule au premier regard, la tache se mit à grossir. Le cerne vert qui l'entourait montrait qu'un vestige de la forêt équatoriale avait survécu.

Le vaisseau ralentit, puis s'immobilisa au-dessus d'une région creusée de canyons. Irina reconnut la chute d'eau où l'Aratta les avait déposés, alors que Stuart oscillait dangereusement entre la vie et la mort.

Le sol s'approcha. Puis il y eut contact avec une zone dégagée de végétation.

— *Terra incognita !* s'exclama Sil. Voici venu le temps des récompenses.

Stuart lui lança un regard vide. Il se leva sans rien dire et suivit les trois membres d'équipage à l'extérieur.

Irina l'y rejoignit. Elle apprécia chacun de ses pas. Le sol était souple, meuble, agréable au contact.

— Je ne pensais pas qu'elle pouvait autant me manquer, déclara-t-elle en s'immobilisant devant le prêtre.

— De quoi parles-tu ?

— De la Terre ! Ne l'as-tu pas sentie ?

— Sans doute, hésita Stuart. Mais l'air de celle-ci ne me satisfait pas. Trop sec, je crois.

Les hommes qui les avaient accompagnés les saluèrent

et remontèrent dans leur véhicule. Les portes se refermèrent et le petit vaisseau décolla.

— Je suis surpris de voir qu'aucun d'eux ne nous accompagne, objecta Irina lorsque le bruit des réacteurs eut diminué. Ne serait-ce que pour surveiller notre hôte.

— Ils n'ont rien à craindre pour eux-mêmes, expliqua Sil. L'Aratta ne s'ouvre que sur Terre. Et ses accès ont, en bien des endroits, dû être coupés. Et puis, je suis repérable sans difficulté.

— Quelque chose m'échappe, intervint Stuart. Mais comme tu n'as rien voulu nous dire ou presque, ça doit être normal.

— Bien, le moment est venu, déclara Sil sans laisser Stuart dévoiler la nature de son questionnement.

Il tendit une main vers Irina.

— Tu permets ?

Irina comprit aussitôt ce que lui voulait Sil. Elle glissa une main dans sa poche et en retira le cristal.

— Pas d'embrouille ! dit-elle en déposant le petit objet dans la paume ouverte de Sil.

Sil se contenta d'acquiescer par un mouvement de tête.

— Vous êtes prêts ? demanda-t-il en élevant la bille transparente devant ses yeux.

Irina se plaça aussitôt à ses côtés.

Stuart hésita un court instant, puis il déclara :

— Tara et Franklin. S'il est possible de les trouver, c'est auprès d'eux que j'aimerais être.

— Pas de problème, rétorqua Sil. Il suffit d'y penser. Rien ni personne n'est inaccessible par l'Aratta.

— Tu es sûr, Stuart ? lui demanda Irina. Nous allons assister à un moment historique. Tu ne veux pas vivre ça ?

Stuart grimaça une expression proche du dégoût.

— L'Histoire, ma fille, tu n'en feras pas grand-chose.

À l'heure de ta mort, ce n'est pas à l'Histoire que tu penseras. Tu peux me faire confiance. Tes amis, par contre…

Irina ne répondit pas. Elle ne voulait pas entrer dans ce genre de conversation avec le prêtre. Elle n'avait rien à y gagner et le moment l'excitait trop pour qu'elle s'y engage.

L'Aratta s'ouvrit devant eux. Ils y entrèrent ensemble, sans peur ni appréhension d'aucune sorte.

À l'intérieur de la bulle, Irina et Stuart concentrèrent leurs pensées sur la personne de Franklin. Ils sentirent un mouvement de leur univers puis, quelques secondes après, la paroi d'eau se matérialisa de nouveau, devant le visage de Sil cette fois.

Stuart, resté en arrière dans le dos d'Irina, remarqua alors une forme qui bougeait dans la matière de l'Aratta. Il scruta la surface bleutée et distingua bientôt une silhouette humanoïde qui approchait. Il sut vite qu'il s'agissait d'une femme, puis il découvrit que c'était Ilis. Lorsque les deux bulles se touchèrent, Stuart posa sa paume sur la surface et appuya. De l'autre côté, Ilis en fit autant. Il sembla au prêtre que le contact était chaud, qu'il pouvait sentir les moindres détails de la main amie, puis Ilis disparut en une fraction de seconde.

— Tu y es, dit Sil. Va et ne désespère pas, Stuart Mac Conkey.

*Tu en fais un peu trop, là,* pensa Stuart, encore ému de l'apparition d'Ilis.

— J'ai toujours été joueur, rétorqua Sil, un grand sourire aux lèvres.

Stuart avança vers la sortie. Il s'arrêta un instant devant Irina, plongea son regard dans celui de la jeune femme et la quitta sans un mot.

Lorsqu'il se retourna vers le fond de la grotte, la bulle et ses occupants avaient déjà disparu. Une dernière pensée extérieure l'atteignit pourtant, même si cela lui paraissait impossible. Il reconnut le ton de Sil, toujours oscillant entre la gravité et la moquerie. Et cette pensée disait :

— *Ilis et moi, nous ne faisons qu'un ! Les Sept ne font qu'un, pour ceux qui restent.*

# 59

Stuart frotta ses mains. Une boule d'angoisse nouait sa gorge. Il traversa la grotte en quelques enjambées et s'arrêta avant d'en sortir complètement. Il voulait écouter, ressentir, appréhender ce qui pouvait l'attendre de l'autre côté de la roche.

Sortir de l'Aratta pouvait se révéler traumatisant.

Tout d'abord, il ne perçut rien de plus qu'un murmure naturel. Des oiseaux se renvoyaient des cris aigus. Un vent léger bruissait dans des branchages.

Puis il y eut autre chose. Il entendit distinctement une sorte de long râle, qui allait finissant sur un soupir. Le bruit se reproduisit plusieurs fois. Puis il y eut une seconde source sonore, plus rauque. Stuart comprit d'un coup. Un couple faisait l'amour, à une poignée de mètres de lui.

Stuart sourit. Si l'Aratta l'avait déposé dans cette grotte, c'est parce qu'elle se trouvait au plus près de Franklin et de Tara. Il ignorait qui soupirait de la sorte près de lui, mais il espéra qu'il s'agissait de ses deux amis.

Eux qui s'étaient ratés vingt ans plus tôt méritaient de s'être enfin trouvés.

Il attendit dans la fraîcheur de la caverne que les râles cessent, patienta encore quelques minutes et sortit en se raclant la gorge.

— Voilà du monde ! brailla-t-il en sortant au grand jour. C'est le retour du missionnaire !

Il découvrit une palissade d'une vingtaine de mètres de longueur qui protégeait un espace exigu. Sur sa droite, blottie contre la falaise, il y avait une construction de trois mètres au carré, rudimentaire, qui semblait être la seule dans son genre.

Stuart se posta devant, hésita puis se lança :

— Y a quelqu'un là-dedans ?

— Nom de Dieu, entendit-il beugler depuis l'assemblage de roseaux et de feuilles. C'est notre curé ? Tu entends ça, Tara ?

Stuart n'osa pas pénétrer sous la tonnelle de feuilles tressées qui se trouvait devant lui. Il ne tenait pas à retrouver ses amis dans la tenue d'Adam et Ève. Il attendit à l'extérieur et finit par s'asseoir sur un rondin.

— Pour un accueil, commenta-t-il. Je m'attendais à quelque chose de plus… comment dire ?… chaleureux !

Dans la cahute, il ne se passait toujours rien.

— Hé ho ! brailla-t-il. C'est comme ça qu'on reçoit les vieux amis dans ce coin ?

Tara passa la tête par l'ouverture. Ses dents brillèrent dans la lumière franche du matin.

— Stuart, s'écria-t-elle. Mais comment as-tu réussi à nous retrouver ? Milos est avec toi ?

Stuart négligea les questions et tendit ses bras vers Tara.

— Un petit câlin peut-être ?

Tara sortit complètement de la case et vint enlacer le prêtre.

— Ça fait du bien de te retrouver saine et sauve.

— À moi aussi, ça me fait du bien.

Ils restèrent serrés l'un contre l'autre. Puis Stuart se dégagea pour contempler le visage de Tara.

— Tu es radieuse ! déclara-t-il. C'est de jouer les Robinson qui te va si bien ?

— Peut-être, répondit Tara, l'air mystérieux. L'un des Robinson au moins me comble plus que je ne l'imaginais.

Franklin sortit à son tour de la case et rajusta son vêtement d'un air satisfait.

— Je peux embrasser l'Irlandais ? Ou ce geste serait mal interprété ?

— Tu ne peux pas, tu dois ! l'encouragea Stuart. On s'est à peine parlé la dernière fois.

— Tu délires, vieille carne. Ou alors, ce sont les voix de ton *boss* qui te jouent des tours. On n'a même pas eu le temps de s'adresser la parole.

— Viens par ici, plutôt que de blasphémer comme d'habitude, finit par dire Stuart en se dégageant de l'étreinte de Tara.

Franklin commença par empoigner Stuart, puis ils s'embrassèrent avec énergie.

— Vingt ans que j'attends cet instant, glissa Franklin à l'oreille de son ami.

— Vingt ans que tu aurais pu y remédier.

— La vie a l'air simple quand on est marié avec Dieu.

— Tu nous as manqué, Franklin. Je ne cherchais pas à te blesser.

— Je sais, Stuart. Je sais. J'ai eu besoin de devenir fou avant de revenir vers vous. Maintenant, c'est fait. N'en parlons plus, si tu veux bien.

Le regard de Franklin glissa vers les mains du prêtre. Ses doigts venaient de rencontrer une série de cicatrices.

— Qu'est-ce qui t'est…

— C'est une longue histoire, le coupa Stuart. Vous auriez quelque chose à grignoter ?

Stuart dévora un demi-cuissot d'une jeune biche légèrement faisandée, tuée par Franklin l'avant-veille.

Il mangea avec un plaisir évident, sans aucune convenance superflue.

Puis, quand il ne put plus avaler une bouchée de plus, il raconta tout ce qui lui était arrivé depuis leur séparation dans le désert turc. Il essaya de n'omettre aucun détail, fut obligé d'avouer son incapacité totale à expliquer son autocrucifixion, détailla la personnalité de Sil, les attentes d'Irina, son pressentiment de faits extraordinaires qui allaient bientôt se dérouler. Quand il eut terminé, il croisa les bras sur sa poitrine et attendit les réactions de ses interlocuteurs.

— C'est assez en phase avec ce que Milos a essayé de nous expliquer, commenta Tara. Nous sommes bien sur Terre, sur une Terre. Mais celle-ci n'est pas peuplée d'hommes comme les autres.

— Je ne sais pas si je l'ai cru, mais là, un honnête homme comme toi, Stuart, un compagnon de Jésus, qui plus est, je ne peux qu'accuser réception de ce que tu racontes. On nage en plein délire, mais on n'y est pas mal.

— Ça fait longtemps que ce délire a commencé, objecta Stuart. Depuis Malhorne, en fait.

— Depuis bien plus longtemps que ça, s'insurgea Franklin. La mystification date de ton Seigneur, voire de plus loin.

— Il n'y a pas corrélation entre le Christ et Malhorne. Ils ne se connaissaient pas et l'un des deux ne se doutait même pas de l'existence de l'autre. Quant à Sil, ça faisait déjà belle lurette qu'il était congelé quand Malhorne a vu le jour pour la première fois.

— Ton Christ me semble un bel intrigant, réattaqua Franklin. Tu te rends compte des répercussions d'une telle révélation ?

— Je comprends mieux l'Apocalypse de saint Jean, poursuivit Stuart sans prendre ombrage de la pique lancée par Franklin. Les sept sceaux prennent un sens nouveau. Presque limpide, si on fait abstraction de l'histoire autour de la révélation. Sept univers parallèles, sept Terres, sept humanités.

— Saint Jean aurait tout su, d'après toi ?

— Mieux que ça, Tara. J'ai longtemps pensé que les apôtres étaient peut-être des Lukingias. Ça m'a plus qu'effleuré à vrai dire. Mais à présent, je pense qu'ils étaient des compagnons de Sil. Des humains originaires de sa Terre, et non des habitants de la nôtre.

— Ça tient la route, acquiesça Franklin. Et ça expliquerait tout.

— Il reste une chose que j'ignore encore et que je n'ai pas réussi à déduire, c'est le sens du septième sceau. Qu'est-ce qu'il ne faut pas découvrir, ou ne pas ouvrir, sous peine d'apporter la destruction de notre monde, et peut-être de tous ?

— Ilis saura sans doute répondre à ta question. Pour ma part, si l'humanité disparaissait, je ne pousserais même pas un cri.

— Toujours aussi compatissant, plaisanta Stuart. J'ai regardé tes guignoleries, de temps à autre. Il y avait de bons combats. Et tu as même réussi à me divertir. Souvent.

— J'apprécie, lâcha Franklin. Tara n'a pas eu le même avis. C'est dommage. Je me suis moi-même assez amusé en le faisant. Ça valait le coup, je crois.

— Et vous ? Où êtes-vous sortis de l'Aratta ?

— Ici, répondit Tara. Et nous n'avons pas bougé, à l'exception d'une petite escapade à New York pour faire le plein de provisions.

— Vous avez appris à vous servir de l'Aratta seuls ?

— Non, Milos a débarqué un beau matin, un peu comme toi aujourd'hui. Et il quittait Ilis. C'est elle qui lui a montré comment se servir du cristal.

— À propos, tu l'as avec toi ?

— Quoi donc ?

— Un cristal, tu en as un sur toi ?

— Non, j'ai été déposé dans le coin par Irina et Sil.

Franklin fut atterré. Depuis que Milos était parti avec le seul qu'ils possédaient, ils n'avaient aucun moyen de quitter cette Terre.

— Nous sommes parfaitement bien ici, mais en cas de coup dur, ça sera difficile de faire face.

— Irina accompagne Sil. Et ils sont partis rejoindre Ilis. Je ne sais pas où, mais ils la trouveront. Je crois que les Réincarnés peuvent se rejoindre sans problème. Irina ne nous oubliera pas. Ilis non plus. Il est très possible que nous soyons tous réunis de nouveau avant la fin.

— La fin de quoi ? chercha à savoir Tara. Je suis partante pour demeurer ici et m'y faire enterrer le jour venu.

— En tout cas, pas celle du repas. Il reste de cet excellent gibier ? demanda Stuart. J'ai mangé du bizarre ces derniers jours. J'avoue ne plus avoir faim. Mais je suis un gourmand.

— Tu l'as toujours été, rétorqua Tara. Sers-toi autant que tu veux.

— Juste un bout. À propos, de quel animal s'agit-il ?

— Une sorte de biche, expliqua Franklin. Quelque chose dans ce goût-là. Je n'ai jamais été très doué pour identifier des bestioles trop cousines.

— Pour un chantre de l'écologie, tu me fais un drôle de zozo…

— J'étais bien entouré, se défendit Franklin. Et puis, dans les zoos, il y a des étiquettes qui indiquent le nom des bestioles. C'est plus simple.

— Je ne sais pas si je suis soldat d'un Christ usurpateur, mais je suis certain que toi, tu es un écolo de pacotille.

Franklin émit un rire bonhomme. Puis il conserva sur le visage un sourire plein de moquerie.

— Eh bien, quoi ? râla Stuart. Qu'est-ce que j'ai pu dire de si amusant ?

— Oh, toi, rien de tel. C'est de nous voir ensemble qui me fait drôle.

— Je ne vois pas très bien pourquoi.

— Eh bien, regarde mieux, dans ce cas, se moqua Franklin. On s'est quittés, on avait tout juste passé la trentaine. Et vois ce que nous sommes devenus. C'est le club des quinquas à présent.

# 60

Ilis franchit l'ouverture de l'Aratta dès que le sas fut assez grand pour y glisser son corps.

Elle apprécia aussitôt la quiétude du lieu. Une plaine immense s'étalait jusqu'à l'horizon. L'étendue herbeuse vibrait dans l'air surchauffé.

Une fragrance puissante courait le long d'un vent léger, enveloppant la jeune femme d'un parfum entêtant. Dans cet endroit parfaitement calme, le temps semblait suspendu.

*Je ne ressens aucun danger potentiel. Pourtant, cet endroit est idéal pour une embuscade. Aucune possibilité de fuite, rien pour se cacher ou se protéger.*

Convaincue de la sûreté du lieu, elle fit un pas en avant, puis un autre. Dans son dos, l'Aratta venait de se refermer.

Deux courtes silhouettes apparurent devant elle. Ilis ne bougea pas. Elle sonda les émissions mentales venant de leur direction, mais fut surprise de ne rien recevoir.

Comme les silhouettes approchaient, elle avança à son tour, envoyant des messages de paix.

Lorsque les silhouettes s'incarnèrent en enfants très semblables, Ilis fut prise de doutes sur sa destination.

Elle s'arrêta, attendant une réaction de leur part.

Celle-ci vint, doucement, pénétrer son crâne.

— *Bienvenue à toi, Ilis Stark, héritière de Malhorne, d'Ethen Ur Aratta, d'Anasdahala et de Zagul. Nous sommes les gardiens de l'Homme. Enac'h et Chanée, les deux visages d'une même entité.*

Ilis n'entendit qu'une voix dans son crâne, une drôle de voix cristalline qui vibrait sur plusieurs tonalités.

— *Tu peux fermer ta pensée,* émirent les psychés des enfants. *Nous avons la même origine, toi et nous. Si tu le veux, nous pouvons aussi unir nos esprits.*

Ilis accepta la proposition avec une grande simplicité. Elle n'avait rien à cacher. Pas ici, pas sur cette Terre où on l'accueillait de cette manière spontanée, espérée.

Elle s'ouvrit mentalement, pleinement, et sentit une vague positive l'envahir.

Enac'h : *Il y a longtemps, Ethen Ur Aratta…*

Chanée : *Très longtemps que tu n'es venue.*

Enac'h : *Nous avons suivi de loin les errements de tes humains. Ils ont connu certains succès.*

Chanée : *Oui, ça aurait pu être pire.*

Ilis : *J'ai oublié. J'ai oublié pourquoi.*

Chanée : *Ça aussi nous le savons. Nous t'avons cherchée, un peu. Il y a longtemps. Et puis nous avons laissé les événements se faire d'eux-mêmes.*

Ilis : *Dites-moi ce qui s'est passé.*

Enac'h : *Pourquoi tu as rompu la continuité de tes mémoires ?*

Ilis : *Commencer par la fin n'est pas une bonne solution, non ?*

Enac'h : *Tu voudrais d'abord savoir qui nous sommes exactement ?*

Ilis : *Question légitime, à mon sens.*

Chanée : *Pas de sens dans l'Aratta. Nous sommes ce que tu penses être, un peu plus en même temps, tout comme toi.*

Ilis : *Voilà une réponse qui m'éclaire.*

Chanée : *Où s'arrête la continuité de ta mémoire ?*

Ilis : *C'est un peu plus confus que ça. Je me souviens de beaucoup de choses. Ce qui est plus compliqué, c'est l'ordre. J'ai essayé de faire confiance aux hommes. Là a été mon erreur, je crois.*

Enac'h : *C'est pourtant l'unique solution. Tu ne pouvais pas porter seule l'avenir de ton monde. Partager est la seule voie.*

Ilis : *Mon monde en a payé le prix fort. Le roi Irinadar a tenté de s'emparer de l'Aratta. Pour sa gloire personnelle. La destruction de mon royaume a jeté mon cœur dans un désespoir cruel. Je n'ai plus essayé d'aider les hommes ensuite. Et j'ai oublié Anasdahala.*

Enac'h : *Malhorne a repris le flambeau.*

Ilis : *Pour ce qu'il a trouvé…*

Enac'h : *Son expérience te nourrit aujourd'hui autant que les autres.*

Chanée : *Peut-être le geste d'Irinadar a-t-il en même temps sauvé les autres mondes.*

Ilis : *Qu'a fait Irinadar ? Dites-le-moi.*

Enac'h : *Il a commis l'irréparable. Il a détruit la Terre d'origine.*

Ilis : *Mais… comment ? Cet homme n'en avait pas les moyens…*

Chanée : *L'une des humanités les possédait. Nous ne saurons jamais comment il s'y est pris. Mais une chose est certaine, Irinadar le Sumérien a eu accès à la puissance destructrice de ces hommes. Ton destin malheureux en est la preuve. Et son agissement a traversé l'Aratta. Sur toutes les Terres, la plaine où tu avais établi ton royaume a été submergée par la mer. Nous-mêmes, ici, avons perdu une colonie des nôtres.*

Ilis : *Alors, c'est un drame encore plus grand que je ne l'imaginais.*

Enac'h : *Oui et non. Nous avons depuis veillé à ce qu'aucune humanité n'accède à ce savoir. L'expérience doit enseigner l'esprit.*

Ilis : *Qui étaient ces hommes ?*

Enac'h : *Les descendants de Zagul. Ilis, qui veux-tu*

*qu'ils soient ? Mais ils étaient les premiers, les modèles d'origine, dont nous ne sommes finalement que les répliques autonomes.*

Ilis : *Je ne comprends pas.*

Chanée : *Ils sont les Humains d'origine. Ils étaient.*

Ilis : *Origine ?*

Enac'h et Chanée eurent un regard complice.

Chanée : *Qu'as-tu conservé d'avant la destruction de ton royaume ?*

Ilis hésita.

Elle se souvenait d'Ethen, de sa longue errance, de sa décision de fonder une société humaine basée sur le partage du savoir, sur la recherche d'une harmonie durable. Et, depuis peu de temps, la réminiscence d'Anasdahala lui était venue aussi. Elle savait douloureusement avoir échoué là encore. Sur sa Terre originelle, et sur une autre, où elle s'était permis d'expérimenter une seconde tentative de société humaine.

L'ensemble de ses souvenirs devaient remonter à près de dix mille ans avant l'ère chrétienne. C'est une simple estimation qu'elle pouvait établir, sans exactitude.

Derrière la naissance d'Ethen, Ilis sentait aussi les remugles d'une animalité très longue. Probablement l'expérience de Zagul se trouvait là, confinée à la limite de ses perceptions, mais elle ne parvenait toujours pas à y accéder.

Ilis : *Je sais ce qu'a fait Ethen, je sais pourquoi elle a agi ainsi, sur sa Terre, et sur une autre. Mais j'ignore d'où elle vient.*

Chanée : *Tu dois l'apprendre de ta propre chair. Ton eau te révélera ce qui te fait encore défaut. Nous avons un passé commun, Ilis. Un passé qui s'étend jusqu'aux origines de notre espèce.*

Ilis : *Pourquoi me faire encore attendre ?*

Chanée : *Il n'est pas question de nous, mais de toi. Malhorne n'aurait jamais pu accéder à cette connais-*

*sance. Les mâles sont incomplets. Mais toi, tu es sur le point de le faire. Nous pourrions te livrer notre histoire commune, mais nous ne savons pas tout. Chaque Réincarné a dû s'occuper de son monde. Et les endroits de connexion n'ont pas été si fréquents. Et puis, nos destins se sont écartés les uns des autres, inexorablement, depuis des dizaines de milliers d'années, plus ou moins selon les Terres.*

Ilis : *Expliquez-moi notre origine commune dans ce cas.*

Chanée : *Tu le sauras bientôt, Ilis. Ton eau te l'apprendra. Et l'esprit neuf de la vie que tu couves t'y aidera aussi.*

Enac'h : *Il te reste un continent entier à découvrir. Ça aussi, tu le feras par toi-même.*

Ilis : *De quoi parlez-vous ?*

Chanée lança un regard de reproche à Enac'h.

Chanée : *Tu n'aurais pas dû dire ça !*

Enac'h : *Tu ne te souvenais pas de nous, c'est ça ?*

Ilis : *Je savais qu'il existait d'autres errants. Mais pas précisément qui, ni où les trouver. J'avais confiance dans l'Aratta pour m'y conduire. Dis-moi à quoi tu faisais allusion à l'instant.*

Enac'h : *Tu le sauras bientôt.*

Chanée : *Nous ne sommes plus des errants. Il y a longtemps que notre humanité a trouvé sa voie.*

Enac'h : *Très longtemps !*

Chanée : *Nous seuls y sommes parvenus. Et c'est déjà beaucoup. Une sur sept. Et maintenant une sur cinq.*

Ilis : *Qui a échoué ?*

Enac'h : *L'humanité initiale a été détruite, comme tu le sais à présent. Et l'une des six tentatives n'a pas survécu.*

Ilis : *Une Terre sans humains.*

Enac'h : *Et c'est parfait ainsi. Il reste un monde intact où le vivant s'épanouit pour lui seul.*

Chanée et Enac'h vinrent se coller contre Ilis. La jeune femme ne comprit pas leur intention, mais elle se laissa faire.

Ils posèrent ensemble une main sur son abdomen.

Ilis ressentit une chaleur intense monter de son bas-ventre. Une chaleur qui n'avait rien à voir avec une sensation de désir.

Chanée : *Tout est parfait. Ils accéderont bientôt à ton esprit. Repose-toi à présent. Demeure en ce lieu de paix. Nous veillerons sur ton corps.*

Ilis quitta son corps du regard et observa autour d'elle. Elle se rendit compte qu'elle ne se trouvait plus dans la plaine où l'Aratta l'avait déposée. Elle était étendue sur une dalle de pierre rosée, chaude au toucher, qui formait avec les dalles voisines un heptaèdre minéral. Au centre, il y avait une simple vasque remplie d'eau pure.

Curieusement, elle n'avait aucun souvenir de s'être déplacée.

Chanée : *Cet endroit n'existe que dans nos esprits.*

Ilis : *Pourquoi cette précaution ?*

Enac'h : *Ici, nous ne sommes accessibles à personne. Aucun esprit aux mondes ne peut nous y déranger. Nos corps peuvent mourir ailleurs, mais nos esprits sont indestructibles. Comme le tien.*

Ilis se redressa sur ses coudes.

Ilis : *Où allez-vous ?*

Enac'h : *Dans notre monde réel. Nous avons des choses importantes à préparer. Les temps de l'être unique arrivent.*

Ilis regarda les enfants s'éloigner sur la pente douce, remonter sur le versant opposé, puis disparaître derrière la ligne de crête.

Un vent tiède et léger faisait onduler les hautes herbes du vallon. Dans le ciel, des stratus sillonnaient l'éther, zébrant de grandes traînées blanches l'immense étendue bleutée.

Elle s'allongea sur la dalle, ferma les paupières et s'endormit aussitôt.

Son sommeil soudain l'expédia vers des contrées oniriques dont elle allait se souvenir avec force à son réveil. Elle rêva de Zagul, le vit sortir de flots tumultueux, un air hagard sur le visage, le corps trempé et en partie recouvert d'algues sombres. Elle comprit en le voyant qu'il était le Zagul originel, celui dont tous étaient issus, elle comprise.

Cet humain fruste, court sur pattes, râblé, elle le découvrait pour la première fois, alors qu'il faisait partie intégrante de sa propre énigme, puisqu'il était une part d'elle-même.

Zagul s'arrêta sur le sable sec et se laissa tomber. Il paraissait épuisé.

Son rêve lui montra alors un phénomène qu'elle ne comprit pas. D'autres humains râblés, en tous points identiques à son ancêtre, étaient en train de s'extirper des vagues pour se laisser, eux aussi, tomber sur le sable.

Guidée par le rêve, Ilis n'essaya pas d'interpréter le sens de cette vision. Pas encore. Elle laissa les images-souvenirs se dérouler, vit les créatures s'écarter les unes des autres.

Le phénomène n'avait rien de normal. Les êtres ne marchaient pas dans des directions divergentes. La plupart restaient d'ailleurs immobiles, se guettant les uns les autres, un air mauvais ou apeuré au coin de l'œil. Ils s'éloignaient tout simplement, comme séparés par une force invisible extérieure.

Ilis les observa jusqu'au bout. Une partie semi-consciente de son cerveau cherchait à comprendre. Lorsqu'il ne resta qu'une créature, Ilis comprit qu'il s'agissait de son propre ancêtre.

Ce Zagul-là retourna auprès des siens, dans son clan, installé aux abords d'une grotte profonde enfouie dans une falaise de calcaire. Il alla jusqu'au fond, dans la partie la plus sombre où couvait un feu.

Un brandon enflammé à la main, il admira en grognant des peintures rupestres dont il était l'auteur.

Sans savoir s'il y avait une continuité temporelle dans les images qui suivirent, Ilis vit une main crasseuse appliquer des pigments sur la roche. Elle voyait à présent à travers les yeux de Zagul. Le maigre éclairage dont disposait le peintre ne lui permit tout d'abord pas de distinguer le sujet. Le point de vue prit ensuite un recul suffisant. Ilis découvrit une forme géométrique, la seule au milieu d'un bestiaire construit comme une procession.

Elle compta les angles.

Il y en avait sept.

Lorsqu'elle se réveilla, Enac'h et Chanée se tenaient à ses côtés, main dans la main. Leurs visages étaient souriants, charmants.

Enac'h et Chanée : *Nous avons envoyé des émissaires sur les autres Terres. D'ici peu, tous les Réincarnés qui existent encore seront réunis pour l'ultime décision.*

Ilis : *Nous allons ouvrir l'Aratta à la multitude ?*

Enac'h et Chanée : *Nous allons en décider tous ensemble, Ilis. Tous ensemble ! Mais c'est sans doute ce que nous allons faire. Oui, le moment doit être venu de faire se rencontrer les humanités de bonne volonté. Sinon, nous devrons récupérer le moyen de fermer l'Aratta.*

## 61

Sil fut le premier à sortir de l'Aratta sur la Terre de Chanée et d'Enac'h, bien avant que des émissaires soient envoyés vers son monde. Il fut bloqué à sa sortie par les gardiens du seul accès à cette planète et fut conduit avec Irina vers la cité creusée dans la roche. Celle-là même où Stuart avait été mené des jours plus tôt.

Il rencontra Enac'h et Chanée et s'entretint avec eux, avant qu'ils retournent auprès d'Ilis.

Les émissaires expédiés vers les Terres par les deux enfants revinrent bientôt. Ils rapportaient de leur voyage dans l'Aratta un peu d'eau de chaque monde. Ces eaux furent scellées dans des fioles, en attendant d'être mélangées.

Ils rapportaient également l'objet principal de leur mission : des informations précises sur les Réincarnés des autres Terres.

Ainsi, Enac'h et Chanée apprirent-ils le sort d'Ilié, le Réincarné de la Terre de Yurgan et Mélite. Il se trouvait pour le moment hors d'atteinte, prisonnier depuis des centaines d'années dans une machine qui le maintenait artificiellement en vie.

Ils surent aussi où se trouvait le dernier Réincarné absent encore vivant. Gursk, celui qui se faisait appeler depuis des temps presque immémoriaux le « généralissime ». Gursk le généralissime, un être sanguinaire à la tête d'une humanité qui se gargarisait du sang des combats, qu'elle organisait en exerçant une prédation humaine sur les autres mondes. Le faire venir à la réunion des Réincarnés allait être difficile, mais nécessaire. Il faudrait sans doute avoir recours à la force, ou tout au moins à une forme d'intimidation.

Quant aux deux restants, il n'était pas question de les contacter. Enac'h et Chanée le savaient depuis longtemps. L'un appartenait à une humanité qui n'avait pas survécu à ses propres erreurs, par manque d'adaptation à son écosystème. L'autre avait disparu avec tous ses congénères dans la destruction de leur Terre.

Il y eut donc une seconde vague d'émissaires envoyés sur la Terre de Gursk. Cette fois, comme l'avaient décidé les enfants, c'est une troupe en armes qui partit, diligentée comme une sorte d'ambassade, mais suffisamment importante pour imposer le respect.

Un millier d'hommes, choisis parmi les plus robustes et les mieux préparés pour ce genre d'opérations, disparurent dans l'Aratta.

Ils en revinrent le jour même, à la grande surprise de tous.

Gursk le généralissime, informé de leur requête, s'était de lui-même dirigé vers la source de l'Aratta la plus proche de son palais.

Il en sortit le premier, à la tête de la troupe qui lui servait finalement plus d'escorte que de gardiens. L'homme était énorme, surdimensionné en tous points. Un poitrail large, bombé à l'extrême, sur lequel des muscles épais faisaient bouger une pilosité très fournie. Il avait une tête de vainqueur-né, des mâchoires saillantes, carrées, comme une caricature de soldat, des cheveux bruns, bouclés naturellement, coupés en forme de boule qui bougeait au moindre de ses mouvements. Gursk portait un simple pantalon, seul morceau d'étoffe à recouvrir sa personne. Le reste était nu, jusqu'à ses pieds, qui s'achevaient par des ongles taillés en pointe et durcis intentionnellement. À son cou pendait une ribambelle de chaînes prolongées de bijoux aux formes phalliques. La seule note féminine qu'il semblait accepter se trouvait là, sous la forme d'un cristal de voyage, à moitié caché au milieu de ces formes oblongues qui s'entrechoquaient en cliquetant à chacun de ses pas.

Son premier mouvement fut de chercher ses homologues du regard. Lorsqu'il découvrit Enac'h et Chanée, il éclata d'un rire immense, plein d'une joie dont on ne savait trop si elle était mauvaise ou non. Il se dirigea vers eux et, avant qu'ils aient eu le temps de se mettre à l'abri, il frotta leurs crânes nus de ses mains en forme de battoir et les hissa sur ses bras énormes.

L'Aratta fut refermé et son accès rendu impraticable par une lourde pierre que l'on roula contre la source.

Dès lors, la réunion des Réincarnés pouvait commencer.

Le lendemain matin, aux premières lueurs de l'aube, une procession sortit de la cité dans la falaise et se dirigea vers le sud, de l'autre côté du canyon.

Enac'h et Chanée ouvraient la marche. Suivait Ilis, accompagnée d'Irina, venaient ensuite Sil et, enfin, Gursk, dont la tête émergeait de la foule d'au moins une trentaine de centimètres.

Ils marchèrent la matinée entière, se dirigeant vers une colline isolée dont le sommet tronqué laissait penser qu'il s'agissait d'un volcan éteint.

À l'exception des borborygmes émis par Gursk et de ses cris lancés de loin en loin sur un ton guttural, la procession se déplaça en silence.

De temps à autre, Irina envoyait une pensée vers Ilis, à laquelle la jeune femme répondait ou non sur le même mode.

Ils gravirent la colline par un sentier en pente douce qui serpentait, et qui les mena au bord d'un cratère peu profond. Au centre de la dépression, il y avait une structure géométrique en forme d'heptaèdre, composée de sept monolithes triangulaires articulés autour d'une vasque ronde.

Ilis reconnut l'endroit imaginaire où Enac'h et Chanée l'avaient emmenée la veille. La plaine s'était muée en cratère, mais les monolithes étaient bien les mêmes.

— Ce point est le plus élevé de cette région, lui expliqua Chanée. Et il n'y a pas d'eau ni de source souterraine. Il a été choisi il y a des milliers d'années pour cette caractéristique.

Seuls les Réincarnés furent autorisés à y descendre.

Irina demeura au bord du cratère, se mêlant à la foule nombreuse, qui commençait à s'asseoir sur l'herbe épaisse du pourtour. Elle fit de même et observa la scène avec avidité.

Les Réincarnés vidèrent chacun l'eau qui provenait de leur monde dans la vasque centrale. Puis ils s'allongèrent sur les monolithes, leurs têtes orientées vers le centre, les yeux fixés sur le ciel.

Irina attendit. Il ne se passa rien.

Une heure s'écoula, puis deux. Elle comprit rapidement qu'elle n'apprendrait rien de la réunion. Tout devait s'échanger par les voies de l'esprit.

Lorsque la nuit survint, des bougies s'allumèrent un peu partout. Et il n'y avait toujours pas eu le moindre mot prononcé. Même la foule, pourtant nombreuse, ne faisait aucun bruit ni ne paraissait manifester le moindre signe de fatigue ou de lassitude.

La nuit s'installa. Une nuit parsemée d'étoiles qu'Irina estima plus nombreuses que sur sa Terre. Peut-être la pureté de l'air expliquait-elle le phénomène.

Elle s'endormit d'un coup. Il devait être trois heures

après minuit. Et il lui sembla qu'elle fut la seule à se laisser aller ainsi.

Une main la secoua avec douceur. Irina se réveilla en sursaut. Il faisait grand jour et la réunion venait de s'achever.

Les Réincarnés avaient déjà pris le chemin du retour.

Irina pesta contre elle-même. Manquer une partie de cet événement, même s'il n'y avait *a priori* rien de plus à voir que des corps allongés immobiles sur des stèles en pierre, était à son sens impardonnable.

Elle rejoignit la foule en mouvement et essaya de retrouver Ilis. La jeune femme réussit à rattraper les premiers rangs de la procession, mais il lui fut impossible de remonter plus loin. On l'en empêcha gentiment, mais avec fermeté. Elle se contenta alors de marcher au plus près de la tête de la procession, regardant avec regret le dos des Réincarnés qui avançaient devant elle.

Lorsqu'ils arrivèrent en vue du canyon, Sil quitta ses homologues et vint marcher à côté d'Irina.

— Je n'ai pas beaucoup de temps, Irina, lui dit-il directement. Nous allons bientôt nous séparer. Nous avons tous une tâche à accomplir sur nos mondes. Que veux-tu savoir ?

— Que vous êtes-vous raconté ? tenta la jeune femme.

— Ça prendrait des jours et des jours. Mais je peux te résumer la chose, si ça te convient.

Irina hocha la tête.

— Nous ne sommes pas au complet, et c'est pour cette raison que nous repartons. Il y aura une seconde réunion comme celle-ci. Plus tard. Peut-être dans longtemps, à ton échelle du temps.

» Il existe sept mondes, Lukingia, sept univers. Sept Terres pour sept humanités. Il y a près de quarante mille années terrestres que tout cela a commencé.

» L'une de ces humanités ne s'est pas développée.

Mauvais choix, mauvaise adaptation, autant pour les *Homo sapiens* que pour les néandertaliens. Peut-être un autre superprédateur nous y a-t-il remplacés. Qu'importe… elle n'a pas survécu.

» Une autre s'est fait sauter le caisson, du fait d'un des tiens. Tu dois te souvenir de cette vieille histoire de la fin du royaume d'Aratta. J'ai vu dans ton esprit que tu la connais. Tes compagnons ont payé le prix fort lorsqu'ils s'y sont risqués.

» La troisième humanité, c'est la tienne, Irina. Beau travail.

» La quatrième, disons que c'est la mienne. Joli carnage, mais les hommes ont décidé de se racheter. On verra bien.

» La cinquième est dirigée d'une main de fer par Gursk. Je ne comprends pas comment je peux partager mon âme avec un porc pareil ! Eux se sont tournés vers la passion de la guerre. Quelque chose dans ce goût-là. Ils vous enlèvent par milliers, vous et sans doute aussi des humains d'autres Terres. Pour leur bon plaisir. Leur société est scellée par ces conflits en miniature qu'ils organisent régulièrement. Du sang pour apaiser les foules. Des barbares sans cervelle.

» La sixième, tu la connais. C'est ici. Ces humains ont trouvé la voie, semble-t-il. Tous développent des facultés spirituelles que tu pourrais juger extraordinaires. C'est bien, mais ils ne sont pas nombreux, par choix. Dans l'adversité qui peut venir, ils ne seront pas de taille.

» La dernière a massacré sa Terre et enfermé son Réincarné. Ils vivent protégés dans des cités sinistres. Et quand je dis qu'ils vivent, c'est un bien grand mot. Ils survivent, plutôt.

» Voilà. Tu voulais savoir. À présent, tu sais. Mais ne préférais-tu pas ton ignorance passée ?

Sil observa Irina. Elle semblait encaisser sans broncher la masse d'informations qu'il venait de lui livrer.

Pourtant, signe d'une intense activité émotionnelle, le bord de ses narines palpitait doucement.

— Pourquoi ouvrir l'Aratta à la multitude ? parvint-elle à articuler après un long moment de réflexion.

— Pour que tous aient une chance, rétorqua Sil posément. Cela a failli se faire, il y a très longtemps. Et le rendez-vous a été manqué.

La foule commença à descendre dans les profondeurs du canyon. Seuls les Réincarnés et la Lukingia prirent le chemin qui menait à l'Aratta.

La roue qui bloquait l'accès à la source fut enlevée et l'Aratta rouvert.

Sil disparut le premier. Puis ce fut au tour de Gursk, qui jeta un dernier regard gourmand sur les hanches d'Irina.

Enac'h et Chanée accompagnèrent Ilis et Irina jusqu'au pied de la source.

— Nous attendrons le temps nécessaire, dirent-ils d'une même voix.

— Méfiez-vous de Gursk, prévint Ilis. Il n'est pas fiable.

— Pas plus que tous les siens. Nous devrons tous nous méfier de Gursk. Partez maintenant.

Ilis présenta son cristal devant la source. Aussitôt, la fine membrane d'eau brilla dans la lumière du soleil.

Les deux jeunes femmes pénétrèrent dans la bulle d'un même pas et en gagnèrent le fond sans même se concerter.

— Où allons-nous ? questionna Irina.

Ilis matérialisa l'image de Franklin dans son esprit. La bulle se déforma légèrement, puis retrouva sa forme originelle.

Devant elles, l'Aratta s'ouvrait à nouveau, sur l'intérieur sombre d'une grotte.

— Nous disposons d'encore un peu de temps, déclara Ilis à Irina, qui l'implorait du regard de l'informer. Nous ne sommes pas tous réunis et nous venons de décider que les sept devaient donner leur accord à l'ouverture de l'Aratta.

— Mais… comment ? demanda Irina. Si l'humanité a disparu sur deux Terres, comment espérez-vous recueillir leur avis ?

— Les eaux du monde détiennent la réponse, Irina. Tout Lukingia connaît cette idée, non ?

— Mais ça signifie quoi ?

— Silence à présent. Nous arrivons.

# 62

— Reste ici ! ordonna Ilis à Irina. Je veux voir Franklin, seule.

Irina eut un regard désolé, mais elle obtempéra sans protester.

Ilis sortit de la grotte à pas lents. Elle observa attentivement les alentours, s'assura qu'il n'y avait personne et escalada la palissade.

Sur cette Terre, le soleil se levait à peine.

Dans son dos, Ilis entendit la grosse voix de Stuart. L'irlandais venait de découvrir Irina et l'accueillait à sa façon.

Elle pénétra sous la frondaison basse et échappa ainsi à la vue.

Franklin se trouvait à quelques centaines de mètres dans l'épaisseur de la forêt.

Ses pensées claquaient dans le crâne d'Ilis.

— *Tu vas t'y coller, bordel ! J'ai les crocs, moi.*

» *Un mètre ! C'est quoi un foutu bon Dieu de mètre dans ta chienne de vie de cervidé ?*

Ilis marcha dans la direction des émissions de pensées, puis s'arrêta.

Un chevreuil venait de tourner la tête dans sa direction. Il y eut une seconde trouble où Ilis perçut la vague de panique qui envahissait la maigre cervelle de l'animal. La réaction de survie s'ensuivit presque aussitôt. Le cerveau du chevreuil envoya un ordre de production d'hormones et les pattes s'agitèrent fébrilement. Le chevreuil détala sans demander son reste.

Ilis vit alors une tête hirsute sortir de derrière un fourré. Elle était encadrée de verdure astucieusement ajustée, de telle sorte que du visage humain il ne restait plus qu'une paire d'yeux et des lèvres charnues.

Ilis fit un pas en avant, remuant au passage un tas de feuilles séchées.

Au centre de la composition végétale, la bouche s'ouvrit toute grande.

— Mais quel est le con?…

Franklin s'arrêta net.

L'apparition d'Ilis dans son champ visuel apportait en même temps réponse et interrogation.

— Malhorne veut te parler, Franklin, se contenta de dire la jeune femme.

Franklin resta bouche bée quelques secondes, puis il bégaya des bruits incompréhensibles.

— Comment ça, me parler ? parvint-il enfin à articuler.

Ilis ne lui répondit pas. Elle ferma les yeux, sembla se concentrer un long moment, puis les rouvrit.

Sur son visage, rien n'avait changé, et lorsqu'elle parla, sa voix était elle aussi toujours la même. Mais le discours qui sortit de la bouche de la jeune femme réussit à convaincre Franklin en quelques secondes.

— Franklin Adamov ! s'écria-t-elle. Franklin ! Nemo pour les intimes, si j'ai bien compris.

» Je te présente toutes mes excuses pour la mésaventure que je t'ai fait vivre. Ou peut-être était-ce une aventure, finalement. Mais c'est à toi de me le préciser. Ilis n'a jamais regardé tes bulletins sur le Net, mais Milos m'en a communiqué certains passages. Sans s'en rendre compte, évidemment. Il pense beaucoup à toi, ce petit. Enfin, à Nemo, pour être exact.

Franklin dut avoir malgré tout un air consterné, car Malhorne ajouta aussitôt :

— Pas mal du tout, ces bulletins. Tu vois, avoir croisé mon chemin aura été utile. Tu as évolué dans le bon sens. Tu recelais bien plus en toi que tu ne voulais le croire. Et ça, je te l'avais dit.

— La nécessité m'a contraint…

— Pollope ! C'est toi, et personne d'autre, qui as su choisir.

— Comment…

— Ilis ne peut pas être femme et homme en même temps, répondit Malhorne en devinant la question de Franklin. Je fais partie d'elle, mais une part de mon identité masculine a été conservée. Je vis en elle, en quelque sorte. C'est assez difficile à expliquer, à vrai dire. Je me souviens du premier Malhorne, il n'aurait pas pu comprendre.

— Il était un peu moins dégrossi que moi, plaça Franklin sur le ton de l'humour.

— Tu parles ! C'était même un vrai saligaud !

— Nous aurions pu nous en sortir autrement.

— Non, je ne crois pas. Je devais mourir. Et si je ne t'en ai pas parlé, c'est parce que tu m'en aurais empêché. Tu aurais essayé.

— C'est vrai, confessa Franklin. Il restait du temps avant que Craig mette ses plans à exécution.

— Sans doute, mais je ne pouvais pas permettre qu'il y parvienne.

» Je ne savais pas pour le sexe de l'enfant. Shannon était de toute façon la seule porteuse dont la grossesse était suffisamment avancée pour que l'enfant puisse être viable sans assistance médicale.

» Au pire, j'aurais pu revenir dans un autre petit corps, ailleurs, en dehors de la Fondation Prométhée, dans un bled perdu des Appalaches, ou plus loin encore.

» J'ignore comment la chose a été possible. Je suis toujours revenu dans le corps d'un garçon. Ilis ne sait pas non plus. Ethen encore moins.

— Est-ce que Zagul ?…

— On ne sait pas grand-chose de lui. Pas encore. On dirait bien que la continuité des mémoires s'interrompt avec le changement de sexe. Pourquoi ? Aucune idée. Mais la grossesse d'Ilis va nous apporter les pièces manquantes. Et l'Aratta pourvoira au reste.

» Aujourd'hui, la vie qui grandit en Ilis doit avoir près de cinq semaines, si mon compte est correct. Je la sens de plus en plus. Je les sens de plus en plus. Et je ne sais pas encore ce qu'ils sont. Filles ou garçons. Leur système nerveux central n'émet encore aucune onde suffisamment forte. Imagine un peu, Franklin ! Je suis le premier homme à connaître ça. La grossesse, l'épanouissement de la chair gravide.

— Berk ! Tu me fous la chair de poule. J'ai pas envie de connaître un truc pareil.

— Tranquillise-toi, ça ne t'arrivera pas.

— Tu m'as manqué, Malhorne. Dieu que tu m'as manqué !

— Merci, Franklin. J'aurais moi aussi goûté plus longtemps ta compagnie. Mais tout n'est pas fini. Quand toute cette histoire d'Aratta sera terminée, nous pourrons passer de bons moments ensemble.

— Comment… comment vis-tu ? Je veux dire, dans quelle situation te trouves-tu ? J'avoue que ça m'échappe.

— Le repos ! Voilà ce que je connais à présent, Franklin. Le repos.

» Tu n'as pas idée de ce que c'est. Tu n'as pas connu mon itinéraire. Je te l'ai raconté, mais ça n'a pu être qu'un aperçu ratatiné de la réalité.

— Merde ! lâcha Franklin. Je nage en plein délire.

— Absolument pas, contra Malhorne. Ou alors, c'est le cas depuis toujours.

— Est-ce que… Tu es sans doute venu faire quelque chose de précis ?

— Je ne peux rien te cacher. En effet, je suis venu te parler, pour que tu agisses, toi aussi. Les temps à venir vont être décisifs.

— Bien. Je t'écoute, dans ce cas.

Franklin enleva les feuilles qui masquaient en partie son visage et s'installa sur le sol, le dos adossé au tronc d'un arbre.

Ilis-Malhorne en fit autant. Ils se retrouvèrent ainsi, comme deux vieux amis en confiance, leurs corps séparés par quelques centimètres d'air.

— Je ne suis pas le seul, Franklin, commença Malhorne. Je veux dire, plus exactement, qu'Ilis n'est pas la seule Réincarnée. Il y en a d'autres. Il y en avait sept au total. Sept témoins de l'essence humaine sur sept Terres, dans sept Univers siamois.

» Je n'ai pas imaginé seul l'heptagone. Et les statues n'ont été qu'une fioriture de mon temps. L'heptagone m'a été inspiré par la connaissance inscrite dans l'eau du monde. L'Aratta a toujours été là, sous-jacente à notre réalité matérielle. Et je n'ai pas su en trouver le chemin. Te rends-tu compte ? Cinq cents ans passés à arpenter la Terre en tous sens, à la recherche de ce qui se trouvait finalement sous mes yeux, dans mon corps, partout autour de moi et nulle part en même temps. Quel aveuglement ! Quel entêtement à ne pas me laisser guider par les signes !

» J'en ai écouté certains, mais ils étaient trop ténus. J'ai par exemple compris que ma capacité à entrevoir l'esprit de mes contemporains était en relation avec l'eau. Mais je n'ai pas su comprendre quel continent de pensée m'était alors accessible. Et par-dessus tout, je n'ai pas su voir le chemin de l'Aratta.

» Pourtant, je n'avais même pas besoin de retrouver un cristal. L'Aratta m'aurait reconnu, j'en suis persuadé.

Le lien unique aurait su lire dans mon âme errante le souvenir perdu d'Ethen et de Zagul.

» Tout est là, sous nos pieds, dans l'air que nous respirons, dans l'eau qui compose nos cellules, dans les océans, les lacs, les rivières, l'eau de la pluie. La connaissance totale s'y trouve inscrite à jamais. Même la Terre initiale, celle qui fut détruite par la soif de pouvoir d'un seul homme, possède encore la mémoire de ceux qui y ont vécu. J'ignore sous quelle forme. Je ne sais si son eau est encore accessible, si elle est gelée ou liquide. Mais la mémoire de ses habitants y est conservée, intacte.

» Si Ilis parvient à y accéder, peut-être connaîtrons-nous toute la vérité sur la plus grande désolation de notre Histoire.

» Je me suis trompé magistralement, Franklin. Je ne suis en aucune façon le trait d'union des mondes. Je ne suis qu'un témoignage, un outil, qui aurait dû être offert à la multitude et qui n'a su que faillir.

» Le trait d'union, le lien de tout n'est pas vivant. L'Aratta est une forme différente de l'énergie que nous connaissons ici-bas. Ou de l'eau, je ne sais pas. La réponse à cette interrogation ne m'intéresse pas vraiment.

» Et tout ce qui a existé, tout ce qui existe et la promesse de tout ce qui existera s'y trouvent inscrits.

La voix d'Ilis, qui modulait les intonations de Malhorne, se tut un instant. Franklin essayait d'intégrer ce qu'il venait d'entendre, mais la compréhension ne semblait pas venir.

— Souviens-toi de ce que Pablo Cabral m'a dit un jour, Franklin. « Il suffit qu'un esprit éclairé décide de trouver une terre inconnue à l'avant de son navire pour que cette Terre apparaisse sur la ligne de l'horizon. »

» Eh bien, c'est ici exactement la même chose.

» Laisse tes *a priori* se désagréger. L'âme des Hommes n'existe pas sous la forme qu'on a voulu lui donner.

» Il n'y a pas de paradis, pas d'ailleurs inaccessible, pas de fin définitive.

» Entends bien, Franklin. Et crois enfin !

» Les enfants m'ont parlé d'un continent entier à découvrir. De quoi ont-ils bien pu parler ? Qu'est-ce qu'Enac'h et Chanée ont voulu me souffler ?

— Je ne te suis pas très bien, intervint Franklin. Si tu n'es pas plus précis, je vais sortir de cette conversation avec le sentiment d'être un parfait abruti. Qui sont ces enfants, au juste ?

— Bien sûr, lâcha Malhorne en faisant un geste de lassitude de la main. Oublie-les. Savoir qui ils sont n'a pas d'importance pour toi. Pas encore tout au moins. Mais ce qu'ils m'ont raconté, par contre…

» Il existe un continent à découvrir. Le sous-entendu est clair pour moi. Même si je peux me tromper, encore et encore.

— Dis toujours, je te dirai ce que j'en pense.

— Qu'est-ce qu'un homme qui revient d'entre les morts peut avoir à découvrir ? De quel continent peut-il bien s'agir ?

— Je vois, acquiesça Franklin. L'endroit où aboutissent les âmes. C'est ça ?

— Je le crois en tout cas. À moi, cet endroit a toujours été refusé. J'ai dû revenir, sempiternellement, tout comme Ethen et, je le pense, aussi Zagul.

» Depuis combien de temps ? Quarante mille ans. Imagine le fardeau, Franklin ! Quarante mille ans de vies cumulées. C'est plus qu'une punition, non ?

» Alors il doit exister une récompense. Les âmes, les mémoires des Hommes se transforment à la fin de leurs enveloppes charnelles. Et elles vont quelque part. J'en suis une preuve vivante.

— Oui, mais où ? C'est la question, non ?

— Je ne peux rien affirmer. Ilis le saura bientôt.

» Mais je crois que la mémoire des humains disparus se trouve enregistrée dans l'eau de la Terre ! Tout tourne autour de cet élément, même toi, tu n'as pas réussi à y échapper.

» Et nous y avons accès. Sans doute tous autant que nous sommes.

» Nous nous en servons sans même nous en apercevoir. Depuis la nuit des temps humains.

— Comment ? l'interrompit Franklin. Je n'ai jamais fait une chose pareille.

— Si, justement, mais tu ne t'en es pas rendu compte. Comme les autres. Comme moi aussi. La notion d'inconscient collectif explique en partie cette chose invraisemblable. Nous nous nourrissons de nos aînés sans nous en apercevoir. Ne t'es-tu jamais demandé d'où venait cette idée saugrenue d'inconscient collectif ? Par quel miracle les Occidentaux si cartésiens peuvent-ils agréer de pareilles sottises ?

— Mais quelle est…

— Écoute-moi, Franklin, le coupa Malhorne. Je suis en fait venu te parler d'autre chose. Mais tu méritais bien que je t'éclaire un peu.

— Tu me laisses sans voix, rétorqua Franklin. Je pensais avoir déjà du boulot pour intégrer ce que tu viens de me dire. Qu'est-ce que tu peux avoir de plus à m'apprendre ? C'est déjà pas mal !

— Je… comment dire…, hasarda Malhorne en cherchant des mots simples pour s'expliquer. Il n'y a pas eu d'interruption… Je revois mes vies, je les ressens au creux de mon être. J'ai attendu, j'ai cherché le sens de mon existence. Et je n'ai rien trouvé. Tout juste ai-je su pressentir quelques détails infimes.

» Je ressens Ethen Ur Aratta. Elle aussi cherchait quelque chose. Son origine. Elle ne la connaissait pas. Je viens de l'entrevoir. Ilis vient de l'entrevoir.

» Quarante mille ans ! Il a fallu quarante mille ans pour y arriver.

» Un seul d'entre nous possédait cette clé. Et il s'en est allé avec son humanité par la faute d'Irinadar. Par la faute d'Ethen. Par ma faute.

» Je me suis souvent demandé d'où venait Ethen, quelle était son origine, si elle avait ou non remplacé quelqu'un, comme Ilis l'a fait avec moi. Comme je l'ai fait pour Ethen. Mais elle ne le savait pas. Ça non plus. Pendant des milliers d'années, elle a sillonné le monde à la recherche d'une ethnie plus capable que les autres. Elle l'a trouvée en haute Mésopotamie, là où elle a créé le royaume d'Aratta.

» Elle a aussi rencontré des hommes dignes ailleurs, sur une autre Terre, où elle a fondé, sous le nom d'Anasdahala, une seconde civilisation mêlant deux races humaines : les *sapiens*, les Staulms… Car il existe encore des représentants de cette branche de l'humanité. Rends-toi compte ! L'une des Terres compte encore des hommes de Neandertal. C'est extraordinaire.

» Nous sommes des apprentis sorciers, des laborantins, des créateurs de chaos. Nous, les Sept. Du temps où nous étions sept. Nous avons été aussi inconscients que les Hommes que nous prétendions gouverner.

» L'Homme est au centre de son propre échec. L'humain porte sa destruction au cœur de sa nature. Comment un animal doué de raison peut-il tant se commettre devant la face de la Création ?

» Sept possibilités et une seule réussite.

» Mais je suis bien certain que l'humanité de Chanée et d'Enac'h doit elle aussi posséder ses travers.

» Ethen, après la destruction du royaume d'Aratta, a erré à la surface de la Terre avant de se venger des descendants d'Irinadar, l'homme à l'origine de son malheur. Elle a organisé méthodiquement, froidement, la déportation et le génocide de son peuple. Puis, cent fois elle est revenue, et cent fois elle s'est donné la mort, le ventre à peine libéré de l'orphelin qu'elle venait d'éjecter, à l'instant même où, par un curieux phénomène de vases communicants, ces quelques kilos de chair expulsés lui rendaient ses souvenirs. Ethen a connu un état de désarroi qui m'a jadis habité, au temps de ma première réincarnation. Mais pour elle, cette errance a duré des milliers d'années. Elle a suivi la migration des hommes, a franchi le détroit de Béring, a longé la côte Atlantique, puis celle du Pacifique, avant de s'y noyer, pour revenir dans la chair de l'autre côté du monde.

» Sa folie lui a fait manquer bien des rendez-vous. Elle aurait pu connaître les prophètes, si elle avait seulement su leur existence. Elle aurait pu rencontrer tant d'humains dignes de notre espèce, qui l'auraient peut-être ramenée vers des contrées psychiques plus cohérentes.

» Plus encore que moi, elle s'est interdit d'agir et d'aider les siens. C'est un grand malheur, un grand gâchis pour la multitude qui a suivi.

Malhorne arrêta de parler. Ilis secoua la tête, puis le laissa reprendre :

— Je vais avoir besoin de ton aide, Franklin. Nous allons tous avoir besoin les uns des autres. Avec les Réincarnés des autres mondes, nous avons décidé d'ouvrir l'Aratta à la multitude. Tous les humains ont le droit de savoir et pas seulement une poignée d'élus. La véritable décision n'est pas encore prise, mais elle le sera bientôt. Pour certaines humanités, c'est le seul chemin.

— Bien, se contenta de dire Franklin. Que veux-tu que je fasse ?

— Il faut protéger cette Terre. C'est une priorité absolue. Ce monde est un sanctuaire et il doit le rester.

Un jour viendra où il servira de terre d'accueil à ceux qui ont payé le prix fort de nos exactions communes.

— Protéger cette Terre…, ânonna Franklin. Ma foi, je devrais pouvoir y arriver. Mais éclaire-moi sur un détail. Est-ce qu'il y a d'autres accès que celui dans la grotte ? Parce que ça risque d'être coton, si c'est le cas.

— Non. Cette Terre a perdu ses humains, son Réincarné, et l'utilisation de l'Aratta avec. Chance et Enac'h ont aussi veillé à ce qu'elle soit laissée intacte, je pense.

— Pourquoi m'avoir révélé tout ça, à moi seul ? dit enfin Franklin.

— Pour que tu témoignes, comme tu as su le faire il y a des années. Pour que tu portes cette vérité à ma place auprès de tes compagnons, pour commencer, pour que vous décidiez ensemble quoi faire. Et pour que tu prennes la pleine mesure de ce qui va se jouer dans les temps à venir. Nous sommes sur le point d'entrer en contact. Les humanités ont aujourd'hui la possibilité de se rejoindre, de partager leurs expériences, et pourquoi pas d'unir leurs qualités. Avec un peu de chance, il se pourrait même qu'un immense bien ressorte de tout ça.

— M'étonnerait, grogna Franklin.

— Tu dois avoir foi en l'Homme, Franklin. Je te demande là le plus gros effort de ta vie, sans doute. Mais il en va de la réussite de cette entreprise. Les agissements de chacun vont compter au-delà de nos doutes ou de nos espérances. Peut-être devras-tu sacrifier ce que tu aimes pour y parvenir. Je l'ignore. L'avenir me reste inconnu. Autant qu'à toi. Tu vas devoir choisir.

Ilis-Malhorne se leva.

— Tu peux t'allier à Denis Craig, poursuivit Malhorne. Il est du bon côté, à présent.

Franklin pensa à un mauvais fonctionnement de ses facultés auditives.

— Pardon ? J'ai dû comprendre de travers…

— Je viens de le quitter. Milos est avec lui, de son plein

gré. Gail, sa mère, aussi. Ainsi qu'un certain nombre de personnes qui me sont chères. Tu peux lui faire confiance.

— Après tout ce qu'il a fait ? Même s'il n'a pas agi personnellement, il est responsable du meurtre de Bout de chou, enfin, je veux dire, de cette petite fille qui te ressemblait tant. Mais c'est un meurtre quand même. De celui du Rimpoché et de tant d'autres !

— Je te l'ai dit, Franklin. Nous allons avoir besoin de tous. Et Craig est un allié de choix. Ne néglige pas cet aspect des choses. Certains événements de sa vie ont modifié sa vision du monde. Il faut en profiter.

Franklin marmonna un juron de son cru.

— Tu restes ici ?

— Comment ça, je reste ici ? demanda Franklin. Où vas-tu ?

— Je dois retourner dans l'Aratta, maintenant.

— Mais tu viens de débarquer. Nous avons tant de choses à nous dire encore.

— Je sais, Franklin. Et je le regrette, mais j'ai beaucoup à faire. C'est même presque impossible d'y arriver. Je dois y aller.

Franklin se leva à son tour et prit Ilis par les épaules.

— Fais attention à toi, enfin, à vous.

— Merci. Tu es devenu quelqu'un de bien, Franklin. Quelqu'un de vraiment bien.

## 63

Franklin accompagna Ilis jusqu'au seuil de l'Aratta. En chemin, ils firent un détour pour éviter de croiser Stuart, Tara et Irina, qui les cherchaient dans le sous-bois. Ilis ne voulait pas perdre un temps précieux.

Franklin resta seul dans la grotte, longtemps après que l'Aratta se fut refermée, emportant Ilis vers une destination dont il ne savait rien.

Il demeura immobile, les bras ballants, triste de voir partir son vieil ami si rapidement. Puis il commença à réfléchir, le regard accaparé par les profondeurs du cristal qu'il tenait dans sa paume ouverte. Ilis le lui avait donné avant de pénétrer dans la bulle.

Une idée germa très vite dans son cerveau. Il possédait un moyen de répondre aux attentes de Malhorne. Il pouvait tenter de protéger cette Terre contre des agressions extérieures. Mais il fallait agir vite, car cela prendrait un peu de temps.

Il quitta alors la grotte et se mit en quête de ses compagnons.

Il n'eut pas besoin d'aller loin. Il les aperçut aussitôt qu'il fut passé de l'autre côté de la palissade. Tara, Stuart et Irina remontaient la pente douce qui séparait la falaise de la forêt. Il s'assit sur un rocher et les attendit, un sourire gourmand accroché au coin des lèvres.

— Où est Ilis ? s'enquit Stuart dès qu'il fut à portée de voix.

— Repartie.

— Quoi ? Comment ça, repartie ?

— Elle n'avait pas le temps de rester, les informa Franklin. Mais je suis sûr qu'elle reviendra. Plus tard. Quand elle aura achevé ce qu'elle doit faire.

— Merde ! lâcha le prêtre. C'est un peu dur à avaler, quand même.

— Qu'a-t-elle raconté ? demanda Tara.

— Oh ! Beaucoup de choses. Ça va pas être facile de vous le répéter. J'ai encore un peu de mal à les intégrer.

— Eh bien, tu vas quand même essayer, l'encouragea Tara.

Franklin se lança alors dans la narration de ce que Malhorne venait de lui révéler. Il essaya de n'omettre aucun détail. Tous avaient une grande importance pour la compréhension globale. Mais cette tâche fut laborieuse, tant il avait parfois lui-même des difficultés à comprendre ce qu'il disait. Quand il eut terminé, un silence s'installa entre les quatre compagnons. Stuart, Tara et Irina avaient, eux aussi, besoin de digérer ces nouvelles extraordinaires.

— Protéger cette Terre. Facile à dire, ça, commença Tara. C'est grand, la Terre.

— Il n'y a qu'une seule façon d'y accéder, et c'est ici, précisa Franklin.

— Effectivement, si tel est le cas, ça simplifie la question.

— Je ne vois pas comment nous pourrions mettre la parole de Malhorne en doute.

— De Malhorne ? interrogea Stuart. Qu'est-ce que tu racontes ?

— Je…, hésita Franklin. Je voulais dire Ilis bien sûr.

Tara scruta le visage de Franklin. Il avait un air gêné qui ne lui échappa pas.

— Figurez-vous que j'ai une idée, s'écria-t-il pour reprendre de la contenance.

Irina soupira. Elle avait fréquenté Nemo pendant des années. Ses idées avaient souvent suscité de lourds problèmes.

— Nemo va reprendre du service ! lâcha-t-il sur un ton triomphal.

— J'aurais pu le parier, commenta-t-elle.

Franklin négligea la remarque d'Irina et observa les visages de ses compagnons. Son annonce ne paraissait pas recueillir l'enthousiasme qu'il escomptait.

— Haut les cœurs ! C'est une bonne idée. Croyez-moi.

— Poursuis un peu, le piqua Tara. Pour le moment, je ne vois pas en quoi ton pantin hystérique pourrait sauver cette planète.

— Mais c'est qu'on prend des airs, fanfaronna Franklin.

— Ça y est, il remet ça, les prévint Irina. Je l'ai vu faire des centaines de fois. D'abord il se chauffe, et ensuite il devient ingérable.

Franklin adoucit le ton de sa voix.

— Nemo a fait des émules. En dix ans, il en a même fait beaucoup plus que vous ne l'imaginez. Il doit avoir laissé des milliers d'orphelins, là-bas, sur Terre. Il suffit que j'y retourne, que je remette la machine en route et en un rien de temps, nous pourrions disposer de quelques centaines de jeunes gens volontaires pour venir jusqu'ici. Quant à toi, Irina, tu pourrais aussi faire appel à tes potes, les Lukingias. S'il en reste quelques-uns.

— Ils valent dix fois les tiens, rétorqua Irina, un soupçon d'agressivité dans la voix.

— De toute façon, peu importe, intervint Tara. Nous sommes bloqués ici.

— Pas si sûr ! lâcha Franklin en sortant le cristal de sa poche. Je crois au contraire que nous avons un billet aller-retour. Un billet open, et dans la meilleure des compagnies !

— Raison de plus pour ne pas faire n'importe quoi, renchérit Irina. Les Lukingias ont été entraînés précisément pour cette occasion. Tes internautes ne le seront pas.

— Tant mieux ! Ilis m'a dit que nous aurions besoin de tous. Tous les braves, en tout cas. Elle m'a proposé également de nous tourner vers Denis Craig.

— Pardon ? s'exclama Tara.

— Milos se trouve avec lui. Elle a précisé, de son plein gré. Ainsi que Gail.

— Mais… c'est une pure folie ! se plaignit Stuart. Craig est notre ennemi juré, même si je n'aime pas dire une chose pareille.

— Non, Stuart. Ce serait une plus grande folie de ne pas utiliser Craig. Il est notre ennemi et il ne l'est plus en même temps. Et puis, nous le connaissons bien maintenant. C'est un homme d'une grande valeur, même s'il n'a pas choisi la meilleure façon de l'utiliser. C'est en tout cas ce qu'en pense Ilis

— Je trouve ça insensé, asséna Tara. Complètement insensé. Autant nous poser un revolver sur la tempe nous-mêmes !

— Je ne fais que relater ce qu'Ilis a dit. Et vous n'allez pas penser qu'elle est en train de vriller, non ?

Personne ne répondit. Ils s'entre-regardèrent sans rien se dire, les yeux pleins de questions muettes auxquelles ils ne pouvaient pas répondre.

Tara fut la première à rompre ce silence.

— Bon, quand partons-nous ? demanda-t-elle en se forçant à adopter une intonation plus joyeuse.

— Eh bien, proposa Franklin. Le temps de ramasser nos maigres affaires… de mettre un peu d'ordre et de faire un dernier dîner sous les étoiles, je propose de quitter ce paradis demain. Oui, c'est bien. Demain !

## 64

*Zagul : il y a quarante mille ans…*

Zagul a cessé d'avoir peur. La créature ne lui a fait aucun mal. Elle ne l'a pas mordu, pas piqué, pas amputé d'un membre pour s'en repaître. Elle n'a rien fait du tout. Elle s'est contentée de l'observer.

Le drôle de manège a duré longtemps. Au début, l'humain s'est laissé aller. Il a uriné debout, sur lui. Et puis la source s'est tarie, la vessie s'est vidée. Il y a eu un bruit de succion. L'urine n'a jamais touché le sol. Les filaments qui emmaillotent Zagul l'ont recueillie avant. Et s'en sont repus, l'ont goûtée, analysée, estimée.

Dans sa tête, ce qui est en train de se passer ne trouve pas d'explication. Quand un prédateur attrape une proie, c'est pour la dévorer. Tout de suite, sans attendre. Sinon la proie finit toujours par s'échapper. Zagul sait cela.

Au contraire de tout ce qu'il connaît, la créature semble s'intéresser à lui. Dans les yeux démesurément grands qui l'observent, Zagul ne décèle rien de mauvais, seulement de l'intérêt. Il se voit en train de considérer le drôle de manège d'une fourmi, mais cette fois, la fourmi, c'est lui.

Zagul s'est senti fondre sous le regard de cet être inimaginable. Liquéfié, dissous, digéré. Il n'a bientôt plus eu une pensée propre. Son cerveau s'est arrêté subitement. Et quelqu'un a pris le relais.

Aussi la peur est-elle retombée, faute d'émotions-combustible pour l'alimenter.

Peu à peu, il s'enhardit même au-delà de l'attente muette et commence à exprimer des paroles. Les mots sont courts, gutturaux, émis par une gorge peu rompue à cet exercice.

La face de la créature se déforme. Peut-être est-ce un sourire.

La suite se passe sans un mot. Zagul sent quelque chose fouiller l'intérieur de son crâne. La sensation est sans doute imaginaire. Il éprouve pourtant un toucher bien tangible. La créature est en train de sonder sa cervelle.

Les souvenirs de Zagul déferlent dans l'esprit de la créature. Elle voit l'existence de l'hominidé, sa frêle, son insignifiante existence. Elle ressent sa peur permanente, des prédateurs, des autres clans, de la nuit, de la mort, de la faim.

Vingt années d'images stockées défilent. Zagul naît, manque crever souvent, mais la vie s'accroche. Dans les combinaisons de ses acides aminés se trouve un message d'urgence, impératif, prioritaire. Vivre ! La mission principale se trouve là. Survivre et se prolonger, engrosser des femelles, aussi souvent que possible. Parce qu'un seul nourrisson sur cinq atteindra la maturité sexuelle. Seul un sur cinq procréera à son tour.

La mère de Zagul, elle, n'a pas survécu à l'enfantement. La créature le voit. C'est une autre femelle qui lui a donné le sein. Dans le clan, les petits appartiennent à la troupe. Si la génitrice meurt, une autre prend le relais.

Cette espèce est chétive, fragile. Il n'est pas certain qu'elle s'en sorte, qu'elle perdure et croisse. Mais elle possède une intelligence vive, en regard des autres formes de vie qui peuplent cette petite planète bleutée. Elle sait apprendre. Elle communique, a déjà développé un embryon de syntaxe. Et elle ne fait que commencer.

Son expansion peut être fulgurante. Quelques centaines de générations suffiront à lui faire atteindre la conscience claire d'elle-même et de son biotope. Si elle perdure.

La créature est l'une des dernières de son peuple, peut-être même la dernière. Elle connaît l'importance de cet instant. L'Univers livré à lui-même manque de sens. Il faut des observateurs.

L'humain qui se trouve devant elle est peut-être le premier représentant d'une conscience émergente.

De nouvelles images défilent. Zagul entre dans l'adolescence. Il a huit ans et découvre la peinture. Son aîné s'occupe de son apprentissage. Comment se servir des pigments, où les trouver, comment les lier. Zagul a l'œil qu'il faut, et le goût indispensable qui engendre la patience.

Le plaisir vient après, peu à peu. La main se fait plus sûre, les esquisses plus réalistes.

La créature retire son esprit de la mémoire de Zagul. Elle s'est fait une idée sur lui et sur son espèce. Et elle a envie de lui donner une chance supplémentaire de réussir.

Le blanc vient de disparaître, d'un coup, remplacé par un décor sans pareil. Au même instant, les filaments se sont retirés. Le cocon s'est dissous. Zagul peut à présent voir où il a séjourné.

Et ce qu'il découvre lui procure un sentiment de vertige inversé.

Au-dessus de sa tête, il y a un dôme immense, gigantesque. Il tend un bras vers la voûte, persuadé de pouvoir la toucher. Mais ce plafond se situe à plusieurs centaines de mètres de lui, au-delà de toute atteinte physique.

Zagul ne comprend pas. Ce qu'il a vu sous l'eau, au moment où il pensait mourir, cet objet rond qui brillait curieusement, ne peut pas avoir cette taille. C'est comme s'il avait rapetissé en pénétrant à l'intérieur.

Sous ses pieds, c'est la même chose. Zagul et la créature se tiennent au centre d'une sphère. Bien sûr, Zagul ne pense pas en ces termes.

Ce qui happe l'attention de l'hominidé, c'est cette lumière générée par l'objet, éblouissante, presque palpable tant elle semble épaisse au regard.

Zagul n'a jamais rien vu d'aussi grand, d'aussi lumineux. La peur, sa compagne quasi permanente, déferle à nouveau au sein de sa raison.

Peu à peu, il se calme et observe à nouveau, découvre ce qu'il ne reverra sans doute jamais, dévore des yeux cette merveille de formes, de perspectives et de lumières. Il a l'impression de se trouver au centre du Soleil, ce Soleil tant aimé sous la lumière duquel la peur est toujours moins forte, moins présente.

Au centre du Soleil ! Zagul imagine la force, la puissance qu'il va retirer de ce qu'il voit. Et son orgueil s'embellit d'autant.

Pour la première fois dans l'histoire de l'humanité, Zagul, un être humain, vient d'inventer Dieu.

Et ce Dieu, celui de Zagul et de centaines de générations qui le suivront, sera celui qui habite dans une telle demeure. Ce Dieu ressemblera à la vision qu'en a eue Zagul, l'image d'un grand lézard rouge et noir, avec des yeux démesurément grands et brillants, le corps recouvert d'écailles s'achevant sur une longue queue fourchue. La vision d'un dragon.

Et, dans l'imagerie des Hommes, ce dragon va faire le tour du monde. Chez les Aztèques, les Chinois, les Amérindiens, les Européens…

Il prendra parfois des aspects légèrement différents, se fera serpent, salamandre, mais toujours il conservera cette forme proche du reptile qui fascine et effraie à la fois.

C'est ce même dragon que Malhorne a vu, au cours de ses nuits amazoniennes, au début du XVIe siècle du calendrier chrétien. Ce dragon, symbole de paganisme, que saint Georges transperce d'une lance pour asseoir la nouvelle religion qui gouvernera le monde, quarante mille ans plus tard.

Zagul, lui, est entièrement ignorant des conséquences de sa rencontre fortuite avec la créature. Il n'a ni la faculté d'analyser ni le loisir de le faire. Car sa psyché échappe à son contrôle. La créature vient de s'y glisser à nouveau. Mais, cette fois, la sensation est différente. Zagul n'assiste pas passivement à l'analyse de son cerveau. Au contraire. C'est à présent au tour de la créature d'y projeter des images. Et ces images, faites de la matière des souvenirs de Zagul, le projettent au milieu des siens, dans son univers familier.

Il s'y distingue et se découvre sous ses propres traits. Sa première réaction est négative. Zagul n'aime pas son image. Court sur pattes, une légère claudication résultant d'une mauvaise chasse, une broussaille de poils entourant son visage.

Mais son jugement s'inverse bientôt. Il se voit en train de peindre. Et le fruit de son travail le satisfait pleinement.

Zagul découvre l'estime de soi.

Les images se modifient. Zagul est immobile au milieu de son clan. Il voit les visages de ses proches vieillir à vue d'œil, alors que le sien reste intact. Si cette vision est au début dérangeante, elle devient rapidement abominable. Car la vieillesse précède la mort. Et le pourrissement.

Les membres de la tribu de Zagul se décomposent sous ses yeux, pendant que de nouvelles têtes apparaissent. Des nourrissons par dizaines subissent le même sort. De petits squelettes blanchissent à la lumière du soleil, puis s'effritent sous l'action du vent avant de disparaître en poussière.

Zagul est tétanisé au milieu de ce balai morbide, qui s'accélère. À présent, les visages qui l'entourent lui sont totalement inconnus. Des fils, des filles, de ses contemporains. Puis des petits-enfants. Des arrière-petits-enfants, et ainsi de suite.

Des dizaines de générations naissent, vivent et meurent en l'espace de quelques secondes chacune sous ses yeux. Le spectacle infernal semble sans fin.

Le rythme soudain se ralentit. Les personnages autour de lui se font moins nombreux. Le renouvellement des générations s'est arrêté. Il n'y a plus d'enfants. La demi-douzaine de vieillards qui l'entourent semblent mal en point. Ils meurent et disparaissent les uns après les autres, sans être remplacés. Si bien que Zagul se retrouve seul. Le dernier membre du clan, peut-être même le dernier Homme.

Le point de vue imposé par la créature change. Zagul voit au travers de ses propres cristallins. Il tourne la tête. Au loin, une lumière bleutée ondule en provenance de l'entrée de la grotte. Et Zagul en est certain, la lumière n'a jamais été bleue. Ni là ni ailleurs.

Il s'y rend à pas de loup, presque certain que la créature ne lui veut aucun mal. Presque.

En longeant le tunnel semi-obscur qui lui a servi de lieu de création en même temps que d'abri, Zagul se rend compte que les choses ont changé. Il n'y a plus de feu, plus de bruits, plus de vie. Même plus d'odeur. Pourtant, habituellement la grotte sent le clan, une odeur caractéristique aux siens, faite d'un mélange de nourriture, de suie, de suint, de restes avariés, de cadavres de petits animaux faisandés. Une odeur, forte, puissante, qui amène le cerveau à la limite de la nausée, mais qui possède l'énorme avantage d'être l'identité olfactive de sa maison. Même ce remugle a disparu. Il ne reste plus rien de ce qu'il a connu, vu, entendu, senti.

Maintenant, il voit l'ouverture de près, ou plutôt, ce qui se trouve à sa place. Il tend une main vers le mince filet d'eau qui obture l'entrée. Doucement, la pulpe de ses doigts vient affleurer la surface verticale. Au point de contact, des cercles concentriques partent vers la paroi rocheuse.

Zagul apprécie en artiste. Cette matière bleutée, éclairée de l'intérieur, est très belle.

La volonté de la créature le pousse vers la matière. Zagul ose résister un instant, puis capitule et traverse le film d'eau.

Lorsqu'il rouvre les yeux, Zagul est surpris par le spectacle qui l'attend. La vallée verdoyante qu'il connaît depuis toujours a été remplacée par un lieu qu'il ne sait pas définir. Tout ce qu'il peut en deviner, c'est que ça ressemble à de l'eau.

C'est ça ! Il se trouve dans de l'eau.

Cette idée *a priori* paniquante le laisse pourtant de marbre. Zagul s'est retourné vers la grotte qu'il vient de quitter. À travers l'eau, il en distingue encore les contours, la profondeur. Mais bientôt, la grotte se dissout dans l'épaisseur du liquide, comme si elle s'éloignait. À sa place, Zagul distingue un brouillard de particules lumineuses qui semblent se mettre en ordre. Il lui faut une dizaine de secondes pour comprendre ce qu'est cette sorte de boule qui se matérialise sur le côté de son champ de vision, la Lune. Elle est pleine, ronde, magnifique à ses yeux.

Zagul se laisse entraîner dans sa contemplation habituelle du satellite de la Terre, mais la vision en a décidé autrement. La Lune s'éloigne. Quelque chose d'autre vient la cacher, une autre boule, mais celle-ci est bleu et vert. Zagul ne sait pas ce que c'est. Et il préférerait revoir la Lune.

La terre disparaît à son tour, très vite cette fois. Le système solaire n'est bientôt plus qu'un souvenir, une rémanence. La Voie lactée apparaît, énorme, gigantesque, diffusant une lumière quasi aveuglante. Mais le point de vue s'éloigne encore, toujours plus vite, laissant la constellation s'éteindre au profit de nouvelles, plus lumineuses, plus grandes, plus lointaines.

À mesure que le point de vue s'éloigne, le mouvement semble ralentir. Mais c'est la densité de l'Univers qui s'amoindrit, créant cet effet d'optique.

Lorsque le mouvement s'arrête enfin, Zagul reste de longues minutes à se repaître de ce spectacle. Il ignore de quoi il peut bien s'agir, mais c'est là de loin ce qu'il a vu de plus beau dans toute son existence.

Accaparé par ce qui a remplacé l'accès à sa grotte, il ne s'est pas aperçu que la même chose s'est produite autour de lui. La sorte de pièce sphérique dans laquelle il se trouve est à présent recouverte de la même représentation. Au total, sept Univers gravitent autour de la bulle minuscule qui abrite l'une des plus chétives créatures terrestres.

Zagul éprouve une sensation de puissance absolue qui gonfle sa poitrine. Même s'il ne connaît pas la nature de ce qu'il voit, il en ressent l'importance. Et il se trouve au centre de cette grandeur.

Zagul écarquille les yeux, pour voir mieux, pour se souvenir plus précisément, pour après. Il est bien incapable de peindre une telle splendeur, mais il essaiera. C'est sûr.

Parmi toutes les merveilles auxquelles il vient d'assister, il en est une qui turlupine Zagul.

Il y a toujours un mystère, une énigme, une partie cachée qui obscurcit le reste. Curieusement, c'est parce qu'il manque un détail que la compréhension ne se fait pas.

Dans toute cette aventure extraordinaire, Zagul voudrait comprendre comment il a pu entrer dans un objet à peine plus grand que lui.

Mais patience, tout vient en son heure. Zagul n'est pas près de déchiffrer son aventure.

D'autant plus que de nouvelles épreuves l'attendent, plus immédiates, qui vont faire appel à ses capacités de survie.

Et Zagul, bientôt, va connaître sa première expérience de la mort.

Ses muscles sont complètement détendus. Zagul se sent bien, le regard errant dans les étoiles de sept Univers identiques, parallèles, au centre desquels il ne sait qu'admirer le talent du créateur.

Admirer, c'est déjà beaucoup.

Parfois, un reflet fugace lui montre qu'il se trouve toujours dans une sorte de poche protectrice aux parois transparentes.

Ce qu'il voit ne peut pas être compris par une cervelle si rustique. La créature libère dans le sang de Zagul un flot d'endorphines. Aussi l'humain finit-il par se coucher sur le sol de sa bulle, le dos sur un Univers, les yeux plongés dans un autre. Il est au centre de tout ce qui existe et il est bien, mieux même que jamais dans sa courte existence.

De son côté, la créature a fini son œuvre, son petit coup de pouce à cette espèce fragile qui se nommera un jour « l'humanité ».

Il est temps pour Zagul de retourner vers son monde.

En une fraction de seconde, la bulle s'est effondrée sur Zagul. Des tonnes d'eau se sont refermées sur lui, l'extirpant de la torpeur contemplative où il se sentait si bien. Par réflexe, il a fermé la bouche et s'est mis à exécuter des mouvements de nage. La surface est au-dessus de sa tête, à quelques mètres. Il peut voir le disque du Soleil, déformé et pâli.

Il tente un premier geste vers la surface et s'aperçoit que l'une de ses mains est happée par une drôle de boule.

Cela le gêne terriblement pour nager. Il secoue les

bras en tous sens, mais rien à faire, la boule ne daigne pas laisser sa main tranquille. Tant pis, il devra faire avec et s'en occuper ensuite. L'urgence immédiate, c'est d'aller respirer.

L'instinct de survie est fort dans ses gènes. Et sa cage thoracique remplie d'air l'aide à remonter plus vite.

Sa tête crève la surface une poignée de secondes plus tard. Sa bouche s'ouvre dans un râle, laissant un flot d'air frais s'engouffrer vers ses poumons.

Au même moment, à quelques mètres de lui, d'autres têtes émergent à leur tour. Des têtes chevelues, barbues, criardes, à ce point semblables à celle de Zagul que l'on ne met pas longtemps à comprendre qu'il s'agit de répliques, faute d'une autre explication envisageable.

Zagul ne s'est pas aperçu de la présence de ces autres lui-même. Le fracas des vagues l'en empêche, et toute son attention est braquée sur la grève, située à une centaine de mètres devant lui.

Bientôt, ses pieds touchent le sol. Zagul peut enfin souffler. En se laissant tomber sur le sable sec, il hurle enfin sa joie. Il a survécu.

Il profite de cette belle victoire pour tirer sur la boule, qui consent à quitter sa main. Il la regarde, curieux, sans même un sentiment de peur au creux du ventre. La boule lui a été donnée par le dieu qui vit déjà dans son imaginaire. Elle est pour lui, et dorénavant à lui.

Zagul se retourne et voit un corps recroquevillé sur le sable, dans la position qu'il occupait un instant plus tôt.

Zagul n'est pas viscéralement un chasseur. C'est immédiatement une attitude défensive qu'il adopte.

L'autre vient de lever les yeux de la boule qu'il a, lui aussi, retirée de sa main.

À présent qu'ils se font face, plus aucun doute n'est permis. Il s'agit bien de deux Zagul. L'autre n'est pas plus fier. Il recule d'un pas et montre les dents à son jumeau, occupé à faire la même chose depuis quelques instants. La scène demeure ainsi figée une dizaine de secondes, quasiment immobile, quand un troisième Zagul sort des flots et vient s'écrouler sur le sable pour reprendre son souffle. À peine a-t-il relevé la tête, soudain conscient de la présence des deux autres, qu'un quatrième s'écroule à ses côtés. Puis un cinquième, un sixième, un septième.

Sept Zagul se font à présent face. Sept Zagul sont sortis des flots tumultueux, se sont écroulés sur le sable, dans la même position, puis, se rendant compte d'un élément étranger, se sont relevés pour jauger la situation puis montrer les crocs.

Sept.

Sept humains tenant une sphère entre leurs mains.

Qui sont ces personnages, ces répliques de Zagul, dont chacune est persuadée d'être l'original ?

L'explication n'est pas pour leur époque. Il s'en faut de plusieurs dizaines de milliers d'années avant que cela ne se fasse.

Auraient-ils eu la connaissance nécessaire à la compréhension du phénomène, ils n'auraient pas eu le temps de l'analyser. Car déjà, chaque Zagul commence à agir indépendamment des autres.

Le deuxième à être sorti de l'eau décide soudain de bondir sur son voisin le plus proche. Seul, il était sans doute couard. À sept, il faut un chef. C'est une loi à laquelle aucun animal social n'échappe. Et pour marquer immédiatement sa nouvelle propension à dominer, ce Zagul mord au sang le bras de sa victime. Ses canines s'enfoncent et s'arrêtent aussitôt. Deux trous sanguinolents viennent d'apparaître sur le bras de chaque Zagul. Dans l'agression, la sphère du dominé est tombée, aussitôt récupérée par le vainqueur, qui tient à présent deux trophées dans ses bras.

L'assaillant se relève et s'éloigne prudemment en regardant son avant-bras meurtri.

Quel est ce prodige ?...

Dans leur dos, une lumière bleutée vient de sortir des fonds marins. Les sept Zagul se retournent ensemble. La lumière, qui semble s'être concentrée à la surface de l'eau, explose tout à coup, provoquant un souffle violent.

Sept bras se lèvent en même temps et viennent protéger sept paires d'yeux.

Lorsque la luminosité revient à un niveau supportable, le Zagul qui voulait devenir chef se tourne vers ses jumeaux. Il va pour tendre un bras, toucher la réalité de cet autre lui-même qui se tient debout à côté de lui, mais il n'y parvient pas. Quelque chose l'en empêche. Quelque chose qu'il ne voit pas mais qui est pourtant bien là, invisible et dur.

Ce Zagul-là grogne. Ce qui ne se voit pas n'existe pas.

Il se rue tête baissée sur son vis-à-vis, et heurte violemment son crâne. Sa main s'empare d'une poignée de sable, qu'il jette vers son adversaire invisible. Le sable est arrêté net, comme s'il avait touché un mur en verre et qu'il glissait le long de sa surface.

Chaque Zagul assiste alors à un phénomène qui viendra longtemps hanter ses rêves. La paroi invisible a dû bouger, car chacun a pu voir des reflets irisés s'élever jusqu'au ciel. La suite est restée en dehors de toute réalité possible, une vision de l'ordre de l'hallucination. Les parois transparentes se sont lentement écartées les unes des autres, emportant chacune la portion de plage où se trouve Zagul. Sept fois. Sept décors identiques s'éloignant les uns des autres.

Tous les Zagul ont pensé qu'ils restaient immobiles, et que seuls les autres s'éloignaient. Chacun s'est légitimement cru au centre du monde.

Chacun a vu miroiter au loin les derniers reflets des parois irisées. Puis plus rien. Aucun d'entre eux n'a jamais revu un seul de ses jumeaux. Pas sous la forme de cette rencontre historique.

La nuit est tombée sur ces événements incroyables.

Au sortir du sommeil, Zagul a retrouvé son quotidien, sa peinture, les problèmes constants liés à sa survie. Et, petit à petit, la formidable rencontre qu'il a faite se transforme en souvenir et perd de sa force. Des semaines, quelques mois à peine, suffisent à jeter dans l'oubli l'image de la créature. Était-ce un rêve ? A-t-il vraiment vécu une chose pareille ?

Zagul vit au temps présent, dans un espace plus restreint encore que la journée. Son avenir est trop hypothétique pour qu'il s'y projette bien loin. Le lendemain est le point le plus éloigné qu'il puisse entrevoir. Et encore. Zagul ne pense pas de cette façon. Aujourd'hui, demain, hier, ces paramètres ne l'intéressent pas. Le prochain repas, la prochaine chasse, voilà du concret.

Cette façon de se comporter explique comment le souvenir de la créature a pu se dissoudre dans son esprit.

Mais cette défaillance de la mémoire, la créature l'a prévue. Que l'humain se souvienne d'elle n'a pas d'importance. L'objectif est ailleurs, sur un terrain que les hommes mettront des dizaines de milliers d'années à découvrir, si toutefois ils y parviennent.

Et sans le savoir, Zagul a quitté la sphère avec une pensée étrangère non consciente. Une pensée qui va bientôt l'assaillir sous la forme d'un rêve, chaque nuit, pendant des semaines, jusqu'à ce qu'il se décide à en matérialiser la forme sur la paroi de la grotte. Un rond de couleur chaude ceint de sept triangles. L'heptaèdre de Zagul, la forme qui deviendra heptagone pour Malhorne ou le chiffre sept pour Ethen Ur Aratta. Sa représentation n'importe pas. Seul le symbole compte. Un symbole qui est sur le point de livrer pleinement son sens.

## NOTE DE L'AUTEUR

En 1997, lorsque j'ai commencé à écrire *Malhorne*, j'avais une vaste histoire en tête. Et comme il s'agissait de mon premier roman, je ne me suis pas demandé si cette histoire tiendrait en un ou plusieurs volumes.

Quand, deux ans et cinq cents pages plus tard, je me suis rendu compte du temps que prendrait la rédaction de la totalité, et le risque que je courais de voir ces milliers de pages rester à la poussière des placards à manuscrits des éditeurs, je me suis alors décidé à arrêter ma prose là où s'achève le premier tome. Pour voir qui en penserait du bien. Et si quelqu'un en penserait du bien. Ce qui n'était pas couru d'avance.

Une fois la chose faite, j'ai estimé que l'histoire complète de *Malhorne* tiendrait en trois tomes.

Erreur. Grande erreur dont vous venez de vous apercevoir.

*Mea maxima culpa*, donc.

Je plaide coupable, mais il y aura un tome 4.

Un tome 4 qui clôturera l'histoire, parole !

Jérôme Camut

*Malhorne*
dans Le Livre de Poche

1. *Le Trait d'union des mondes* n° 27052

Un homme assis armé d'une épée, telle est l'étrange statue datant du XVe siècle que l'ethnologue Franklin Adamov découvre au fin fond de l'Amazonie. Pourtant, ce n'est que le premier indice. En effet, peu après, Franklin est contacté par une fondation appartenant à un riche financier, qui lui offre des moyens illimités pour résoudre cette énigme. Le mystère s'épaissit lorsqu'une statue identique est découverte à l'autre bout du monde. Qui se cache derrière ces monuments ? Qui a laissé ces signes, et pourquoi ? Le récit fabuleux d'une quête initiatique à travers cultures, histoire et religions.

2. *Les Eaux d'Aratta* n° 27053

Il s'appelait Malhorne. Il avait vécu plusieurs vies à travers l'histoire et s'était décidé à les révéler au monde pour essayer de déchiffrer sa propre énigme… avant de mettre fin à ses jours. Pourtant, il n'a pas disparu. Il s'est réincarné dans une petite fille, que l'ethnologue Franklin, Tara et les compagnons de Malhorne ont soustraite aux griffes de Denis Craig et de sa Fondation Prométhée. Ils sont réfugiés en Amazonie, où l'enfant retrouve peu à peu la mémoire d'avant sa naissance et répète un premier mot mystérieux : « Aratta ». C'est alors que leur village est sauvagement massacré, et qu'un groupe d'archéologues met au jour une nécropole sumérienne où le même nom apparaît.

*Du même auteur :*

Aux éditions Bragelonne

*Malhorne*

1. LE TRAIT D'UNION DES MONDES (2004)
2. LES EAUX D'ARATTA (2004)
3. ANASDAHALA (2005)
4. LA MATIÈRE DES SONGES (2006)

(avec Nathalie Hug)
ESPYLACOPA (2006)

Aux éditions Télémaque
(avec Nathalie Hug)

*Les Voies de l'ombre*

1. PRÉDATION (2006)
2. STIGMATE (2007)
3. INSTINCT (2008)

Aux éditions Calmann-Lévy
(avec Nathalie Hug)

LES ÉVEILLÉS (2008)

www.jeromecamut.com

Composition réalisée par Chesteroc Ltd.

Achevé d'imprimer en Allemagne en mars 2009 par
GGP Media GmbH
Pößneck (07381)
Dépôt légal 1re publication : mars 2009
LIBRAIRIE GÉNÉRALE FRANÇAISE – 31, rue de Fleurus – 75278 Paris Cedex 06

31/2435/1